曾道衡文集

曹道衡文集 卷五

兰陵萧氏与南朝文学
南朝文学与北朝文学研究

曹道衡 著

中州古籍出版社
·郑州·

本卷说明

本卷收录曹道衡先生两部著作，分别是《兰陵萧氏与南朝文学》、《南朝文学与北朝文学研究》。前者考证了兰陵萧氏的发展、演变，创造性地论证了南朝文学流变与兰陵萧氏的有机联系，肯定了兰陵萧氏对南朝文学发展所起的积极作用；后者着重探讨了南朝文学与北朝文学各自的特点，并分析了南北文学形成悬殊差别的原因。可以说上述两部著作是曹道衡先生研究南朝文学与北朝文学的精华所在。编选《曹道衡文集》时，因两部著作字数相对较少，且内容相近，故将其合并为一卷。具体编排上，做了必要的格式统一。特此说明。

中州古籍出版社
2017 年 12 月

目 录

兰陵萧氏与南朝文学

自 序 …………………………………………………………… 3
引 言 …………………………………………………………… 7

上编　兰陵萧氏的世系和南齐皇朝

第一章　兰陵萧氏的世系 ………………………………… 13
　一、关于萧姓的由来/13
　二、典籍中关于南兰陵萧氏世系的记载/16
　三、兰陵萧氏的南迁和兴起/20

第二章　南齐皇族 ………………………………………… 23
　一、萧承之和北府兵/23
　二、萧道成建齐及其文化政策/24

三、齐武帝萧赜和"永明体"的出现/27

四、萧嶷、萧长懋对文化的贡献/29

五、萧子良和他的"竟陵八友"/32

六、南齐皇室其他成员与文学/37

第三章　南齐皇朝与士族 ················· 41

一、宋齐易代与士族/41

二、王、谢二族的没落过程/47

三、南朝的吴地高门/57

四、北府兵将领及其子孙的文人化/61

第四章　南齐文风的演变 ················· 65

一、南齐文学发展的几个阶段/65

二、不同社会集团势力的消长对文学的影响/69

三、诗歌题材的变化/76

下　编　梁皇朝及其历史地位

第一章　梁代世系和梁武帝 ················· 85

一、梁代皇室的先世/85

二、梁武帝的长兄萧懿/88

三、梁武帝与梁代的兴衰/90

四、梁武帝在文化上的贡献/101

五、梁武帝及其文学活动/107

第二章　梁代兴亡与南朝文学 …………………………………… 115
　　一、东晋南朝的历史地位/115
　　二、梁武帝和文人/120
　　三、梁代衰亡对南朝文学的影响/123

第三章　梁代诸藩王与文学 ……………………………………… 129
　　一、梁武帝诸弟/129
　　二、梁武帝之子萧纶、萧纪和萧综/134

第四章　萧统和《文选》(上) …………………………………… 141
　　一、萧统的生平/141
　　二、萧统的思想/153
　　三、萧统的文学创作/158

第五章　萧统和《文选》(下) …………………………………… 165
　　一、《文选》的编者和编定时间/165
　　二、萧统的文学思想和《文选》的选录标准/173
　　三、《文选》关于文学和非文学的区分和"文笔之分"/179
　　四、《文选》的文体分类/185
　　五、《文选》和魏晋以来文学传统的关系和它的编排问题/190
　　六、《文选》的流传与对后世的影响/196

第六章　"宫体诗"的代表人物萧纲 …………………………… 205
　　一、萧纲的生平和思想/205
　　二、萧纲的诗文创作/208
　　三、萧纲的文学观和徐陵的《玉台新咏》/212

第七章　文论和创作实践相矛盾的萧绎 …… 219
　一、萧绎的生平／219
　二、萧绎的思想性格／226
　三、萧绎的诗文及其文学思想／233

第八章　萧子显及其兄弟们 …… 242
　一、萧子显兄弟的特殊处境／243
　二、萧子显的文学观及其创作／244
　三、萧子范、萧子云和萧子晖／248

第九章　后梁萧詧和北朝的萧氏文人 …… 251
　一、萧詧和后梁／251
　二、流入北朝的萧氏文人／255

南朝文学与北朝文学研究

第一章　绪　论 …… 261
　第一节　南北文风异同说的提出／263
　第二节　关于南北文风差别的时间断限／270
　第三节　怎样看待南朝文学和北朝文学／275

第四节　对北朝文学评价不高的原因/280

第二章　历史的回顾 ········· 287
　　第一节　统一的中华文明之形成/287
　　第二节　大一统时代的地区差别/294
　　第三节　从汉至西晋的几个不同地区的文化状况/303

第三章　汉魏学术思想的变迁与南北文风 ········· 315
　　第一节　儒学的独尊与"今文经学"的兴衰/315
　　第二节　"古文经学"的兴起及其局限/322
　　第三节　儒学的"衰微"和玄谈的兴起/332
　　第四节　玄学的兴起及其与地域的关系/337

第四章　南方的文化传统 ········· 345
　　第一节　南方的地理环境与民俗文化/345
　　第二节　南方的发展与士族的形成/351
　　第三节　南方的儒学/356
　　第四节　江南的道教和佛教/363
　　第五节　三国西晋南方文学的发展/373

第五章　南朝文学发展的社会原因 ········· 380
　　第一节　门阀士族的变迁/380
　　第二节　南朝士族的内部矛盾/386
　　第三节　南朝士人的生活方式/390
　　第四节　建康——南方文化的中心/398
　　第五节　南朝文风向各地的传播/405

第六章　南方文学的几个主要题材 …… 414

 第一节　玄言诗和玄谈的影响/415
 第二节　山水诗的兴起及其历史地位/425
 第三节　"永明体"的产生及其作用/430
 第四节　"新变"和"宫体诗"/432

第七章　河朔的文化传统 …… 436

 第一节　河朔的地理环境和民风/437
 第二节　河朔文化的兴起/444
 第三节　凉州文化的影响/452
 第四节　南方文化对北朝的影响/455

第八章　北方的生活情况及文化的衰落 …… 460

 第一节　"五胡乱华"的性质/461
 第二节　十六国北朝人们生活的特殊方式/468
 第三节　北朝的学术和宗教/475
 第四节　北朝前期士人生活状况对文学的影响/484

第九章　孝文帝迁洛与北朝文学的兴起 …… 489

 第一节　鲜卑拓跋氏汉化的历程/489
 第二节　汉化和迁洛所引起的新矛盾/493
 第三节　北齐文学与北周文学的不同/504

第十章　北朝文学的特点和得失 …… 511

 第一节　北朝文学的特点/512

第二节　北朝文学的长处和短处/516

结束语 ………………………………………………… 526
后　记 ………………………………………………… 533

兰陵萧氏与南朝文学

自 序

在南朝文学史上产生作家最多的无过于琅邪王氏、陈郡谢氏、彭城刘氏和兰陵萧氏这四个家族。这四个家族的情况颇为不同。其中王、谢二姓是中原南渡的高门士族,他们在政治上的鼎盛时期均为东晋时代,到宋初以后虽还有些人位居显职,而并无实权,仅仅以其门第和高度的文化修养在社会上发生影响。特别是陈郡谢氏出现了谢灵运、谢惠连、谢庄和谢朓等著名作家,为人们所艳称。但这个家族的败落最快,到齐末谢朓被杀后,谢姓也就在文坛上几乎销声匿迹。相对来说,琅邪王氏出现的大作家虽不如谢氏之多,而直到梁代,这一家族的人物仍在文坛上占有一席之地,并且像王褒、王胄还著名于周隋。刘、萧二姓的兴起较王、谢为晚,他们都是东晋时代北府兵将领的后代,原先社会地位并不高,在文化上亦无多大影响。只是在他们的祖先以军功取得高官以后,子孙才弃武从文,逐步进入文坛。彭城刘氏曾出现过宋武帝刘裕,建立了统治南方近六十年之久的宋皇朝,并且产生过像刘义庆、刘铄这样的作家,但在当时的政治斗争中几乎被残杀得靡有孑遗。驰骋在南朝文坛上的彭城刘氏,大抵为刘宋大将刘勔的本家子弟,与宋皇族并非一支。这一家族中产生的作家虽然不少,但他们似乎较少传诵的名篇。兰陵萧氏的情况与上述三个家族都不太一样。这个家族的人物建立了齐、梁两个皇朝,而南朝文风的丕变也正发生在这个时期。齐、梁皇室的一些人物是当时文人们的东道主。例如"永明体"诗歌的创立者沈约、谢朓和王融都是齐竟陵王萧子良的"八友"中人;《文选》的编纂者萧统和"宫体诗"的代表人物萧纲身边都有众多的学士;北周著名作家庾信、王褒,北齐著名作家颜之推又都曾聚集于萧绎周围。齐、梁二代皇室成员能文者为数甚多,齐豫章王萧嶷之子子范、子显、子云和子晖均驰名于梁代;梁武帝和他几个儿子也都有名作传世。更重要的是萧统所编的《文选》和徐陵在萧纲鼓励下编纂的《玉台新咏》,不但是留存至今较早的两部文学总集,而且对后代的文学有着十分重大的影响。因此研究南朝文学显然不能忽视王、谢、刘、萧四族,而四族之中,兰陵萧氏的作用似尤其重要。

  兰陵萧氏的历史之所以值得重视,不但在于这个家族中曾出现过许多在文学史上做出重大贡献的人物,还在于这个家族在政治上和文坛上的兴衰都标志着社会上某一阶层或集团在这一领域里势力的消长。前面我们说过,宋、齐、梁三朝的皇族都出身于北府兵的将领。这支北府兵本是今鲁南、苏北一带在西晋灭亡时避乱南迁至今苏南一带的移民,其将领则多半为社会地位较低的次等士族或平民。这些移民南迁以后,与吴人杂居,在语言上改操吴语。① 当这个集团的代表人物在政治上得势之后,就逐渐取代了中原高门在朝廷中的地位。经过刘宋一代的多次斗争,使原来的高门士族受到很大打击,谢氏中不少支已经败落,王氏也有不同程度的削弱。再经过齐代王融、谢朓的被杀,原来的中原高门在政治上已不占重要地位,在文坛

---

① 参阅陈寅恪《述东晋王导之功业》,上海古籍出版社排印《金明馆丛稿初编》,第57页。

上的地位亦远不如前。例如在梁代作家中,谢姓已无重要人物,王氏虽有王筠、王籍,其影响也远不如刘、萧二姓中的一些人物。及至梁末的"侯景之乱"以后,不论王、谢或刘、萧都受到了严重的打击。因此在陈代的文坛上,已经找不到这四姓出身的重要作家。如果说这些家族中还有人在创作,那都是远离长江下游的家乡而客居北方或江陵后梁政权下的人物。这种现象说明了兰陵萧氏的盛衰反映着南朝士族中各不同阶层的势力消长和作家队伍的变化。士族中不同阶层的势力消长和作家队伍的变化,又对文学本身的发展起着重要的影响。以诗歌形式而论,齐梁以后"声病说"的流行,应该说和南方民歌"吴声"、"西曲"的影响不无关系。例如谢朓主张"好诗圆美流转如弹丸"的说法,就与《大子夜歌》中说的"慷慨吐清音,明转出天然"的话颇有相通之处。如果说刘宋后期鲍照、汤惠休开始学习南方民歌作诗而受到某些人批评的话,到王融、谢朓和沈约写作这类诗歌时,就很少有人加以责难。萧子显作《南齐书·文学传论》在提出"若无新变,不能代雄"的同时,又公开主张作诗要"杂以风谣,轻唇利吻,不雅不俗,独中胸怀"。这里所说的"风谣",显然是指"吴声"、"西曲"这些南方的民歌。这些民歌在东晋时代是被王恭这样的中原高门人士斥为"淫声"或"妖俗之音"的,直到宋末齐初的王僧虔还把它们斥为"烦淫"、"喧丑"[①],而到萧子显时就公然强调学习这些民歌,这说明了代表不同集团的人物有着完全不同的艺术趣味。这种艺术趣味的变化,不光反映在形式和技巧方面,同时也反映在内容方面,像萧纲之反对作诗搬弄经书典故,批评当时人学谢灵运"不届其精华,但得其冗长",甚至把诗歌的作用视作"吟咏情性",所以提出

---

① 参阅《南齐书》本传。本处及以下所引二十四史不注明出处者,均引自中华书局点校本。

"文章且须放荡",萧子显斥学谢灵运的人"典正可采,酷不入情",作诗喜用典故的人"唯睹事例,顿失清采",并且反对"谈家所习,理胜其辞",都反映着这些军人出身的士族虽然致身显贵,其生活情趣还是与沿袭魏晋玄风以清谈儒、道二家的玄理为高的中原高门颇有不同。他们更感兴趣的倒是声色之娱及各种玩好。所以到梁后期"宫体诗"兴起以后,艳歌与咏物诗就大量产生,而搬弄典故及阐述玄理之作就几乎绝迹。这种风气的转变,归根结底也是和士人中各阶层的兴衰变化分不开的。因此研究南朝文学,对于当时几个重要家族的兴衰,实颇有深入探究之必要。在本书中,笔者仅就个人的初步探索,谈一些浅见,其错误当在所难免,还望专家及读者指正。

引 言

　　历来论南北朝文学的人往往以齐梁代指整个南朝。其实南朝从宋武帝永初元年(420)代晋建宋起,经宋、齐、梁、陈四代,直到陈后主祯明三年(589)为隋文帝所灭,一共有一百七十年之久,而齐梁二代自齐高帝建元元年(479)到梁敬帝太平二年(557)为陈所取代,总共七十九年,还不到整个南朝的一半时间。再说在刘宋时代曾经出现过以谢灵运、颜延之和鲍照的诗为代表的"元嘉体",应该说是文学史上颇为繁荣的时代;即使陈代,也有着徐陵、阴铿、江总等作家,文坛也并不寂寞。那么人们为什么要独举齐梁以为南朝文学的代表呢?这个问题是很值得探讨的。

　　在笔者看来,以齐梁文学代指南朝,自有其理由。因为刘宋一代的文学成就虽颇辉煌,却上承两晋特别是太康作家的余绪。所以历来论诗,总是把"颜谢"和"潘陆"并提,而鲍照之深受左思影响,亦为不少论者的共识。至于陈代作家像徐陵、阴铿与江总,其诗风实成熟于梁代,并且基本上沿袭着梁代"宫体"的遗风。反观南朝一百七十年间,其文风的丕变,实在齐梁二代。例如:著名的"永明体"和"宫体"两大诗派的产生以及骈体文的成熟,均在齐梁二代。我国文学批评史上的两大杰作——《文心雕龙》和《诗品》,都产生于齐梁之交;

现存较早的两部文学总集——《文选》和《玉台新咏》，也都出现于梁代。所以人们在论及南朝文学时特别重视齐梁不为无故。不过，在这部分人中，对南朝文风持否定态度者似乎比持肯定态度者更多些。其实这些人对南朝特别是齐梁文学的批评，似乎着眼点主要在于骈文，而对当时的诗歌，似乎稍有不同。以反对骈俪文风著名的韩愈在他的《荐士》诗中论到唐以前五言诗的发展时说：

　　五言出汉时，苏李首更号。东都渐弥漫，派别百川导。建安能者七，卓荦变风操。逶迤抵晋宋，气象日凋耗。中间数鲍谢，比近最清奥。齐梁及陈隋，众作等蝉噪。①

这段话说明了韩愈对南朝诗歌并不一笔抹杀，他对刘宋一代尤其是鲍照和谢灵运还是比较肯定的。这也不足怪，因为韩愈自己作诗就深受鲍照的影响。正如清人何焯所说：

　　诗至明远（鲍照），已发露无余。李、杜、元、白皆从此出也。钟记室谓其"含景阳之俶诡，兼茂先之靡嫚"，知之最深。然亦具太冲之瑰奇。太白、退之学鲍处多，他家则求味兼采耳。②

在历来的作家和评论家中，韩愈可以说是抨击南朝之风最为激烈的人物之一，但即使像他那样，也不免要从鲍谢那里吸取营养。至于后来的论者，其态度较之韩愈似更显温和，而论点也益趋公允。即以著名的理学家朱熹而论，甚至认为李白诗之所以好，原因就在"始终学

---

① ［唐］韩愈《韩昌黎全集》卷二，中国书店据世界书局1935年版影印本，第40页。
② ［清］何焯《义门读书记》卷四十七《文选·诗》，中华书局1987年版，第925页。

《选》诗"。我们知道:所谓"《选》诗",不但包括晋宋以前的诗歌,而且也有大量的齐梁诗。尤其是朱熹所推崇的李白,更是以仰慕和学习谢朓闻名。于此可见不但晋宋诗,就是齐梁诗在文学史上也有着不可磨灭的历史贡献,如果从整个诗歌史的发展过程看,即使陈隋诗亦自有其地位,不能采取虚无主义的态度。

其实南朝盛行的诸种文体,都各有其成就,不光诗歌如此,就是历来许多人所非议的骈体文,也不失为一种独特的文体。这种文章之所以讲究对仗,也是由于汉语之主要为单音节词汇所决定的。事实上对偶句的出现,早在《尚书》、《易传》及先秦诸子的文章中已普遍存在,决非始于齐梁。对仗不失为修辞之一法,确能使句子显得华美,对骈文似无加以非议的必要。至于齐梁作家之讲求声律,更是文学史上的一大贡献。如果没有周颙、沈约之创"四声说",并用于诗文写作,就不可能有律诗的产生和唐代诗歌的繁荣。即以韩愈而论,他也写过不少律诗,岂非受益于沈约的"四声说"和"永明体"?就是后来的散文名家如清代的桐城派代表人物之一刘大櫆之提倡"古文",最后还是落实到"音节"。既然讲"音节",自然也不可避免地会涉及声韵的问题。从这个意义上来说,即使后来各散文流派,实际上也无不深受齐梁文学的沾溉。

齐梁时代在文学史上既有着颇为重要的贡献,那么深入地探讨这个阶段的文学现象及其原因显然很有必要。在这方面,统治着这两个朝代的南兰陵萧氏的作用亦不可忽视。因为据《隋书·经籍志》著录,在整个南北朝时代,出于这一族姓人物的文集就有二十三种三百八十三卷(包括刘宋时人作一种,后梁人作两种,北周人作一种和隋人作一种);但这还是经过江陵陷落时大焚书后的数字,如果照《隋志》记梁代情况,还应加上五种七十四卷。这还仅仅是个人文集一项的统计数字,如果加上所编的总集及其他杂著,数量也很不少。

特别应该提到的是梁昭明太子萧统所主持编纂的《文选》,对唐以后文学的发展起着无可置疑的作用;由萧统的弟弟萧纲(简文帝)授意让徐陵编选的《玉台新咏》,也对陈隋及初唐文学有着显著的影响。因此不管人们对齐梁时代的文风持何种态度,对兰陵萧氏在文学史上的作用都不容忽视。笔者正是基于这样的认识,才对这个家族的发展、演变以及其中不少人员在历史和文学上的作用做了一些考察。

上编 兰陵萧氏的世系和南齐皇朝

第一章　兰陵萧氏的世系

一、关于萧姓的由来

我国传统的史籍在谈到某个历史人物时,往往要追溯这一姓氏的起源。这种做法无非是要强调这个人物的出身是何等高贵。因此他们的叙述总要上推到上古的某些圣贤或名人。正因为这样,这些记载常常不很可信。尤其是一些古籍中关于某些姓氏的起源又常有不同的说法,难免使人莫衷一是。不过关于萧姓的起源,各家之说似还比较相近。现存的关于萧姓来源的记载,似当以东汉王符之说为较早,他说:

> 及徐氏、萧氏、索氏、长勺氏、陶氏、繁氏、骑氏、饥氏、樊氏、荼氏,皆殷氏旧姓也。①

王符此说盖据《左传·定公四年》中记载周成王分封鲁卫诸国之事的一段话:

---

① ［清］汪继培《潜夫论笺》,中华书局 1979 年版,第 460 页。

> 分鲁公以大路、大旂、夏后氏之璜，封父之繁弱，殷民六族：条氏、徐氏、萧氏、索氏、长勺氏、尾勺氏，使帅其宗氏，辑其分族，将其类丑，以法则周公，用即命于周，是使之职事于鲁，以昭周公之明德。①

但比王符稍后同为东汉人的应劭的说法与此略有不同。他说：

> 宋乐叔以讨南宫万立御说之功，受封于萧，例附庸之国。汉相国萧何其后氏也。

这段话，据说见于应劭的《风俗通义》，但今本《风俗通义》没有此文，而上述文字见《广韵·三萧》所引。不过，此说对后世颇有影响。如唐代林宝的《元和姓纂》卷五《三萧》云：

> 宋微子之后，支孙封于萧，萧叔大心子孙有功，因邑命氏焉。代居丰、沛，至不疑，为楚（春）申君之客。②

《新唐书·宰相世系表》关于萧姓来源的论述，基本上即据应劭和林宝的说法。后来郑樵《通志·氏族略二》的说法，又基本上同于《新唐书·宰相世系表》。这些说法看来和王符有所不同，其实并非不可调和。至少，萧氏之出于殷族，这一点并无分歧；根据应劭等人的说法，萧姓的祖先因功受封于萧。"萧"即今安徽萧县。《左传·庄

---

① ［战国］左丘明《左传》，［西晋］杜预集解，上海古籍出版社 1997 年版，第 1620 页。
② ［唐］林宝《元和姓纂》，中华书局 1994 年版，第 556 页。

公十二年》记宋国遭南宫万之乱,"群公子奔萧"。杜预注:"萧,宋邑。今沛国萧县。"①这个萧邑实际上是宋国的一个附庸国。据《春秋》及《左传》记载,后来为楚国所灭,时间为鲁宣公十二年即公元前597年,下距秦的统一有三百七十八十年时间。在这期间萧国的后代分散迁移至各地,形成不同的分支。例如:《元和姓纂》中提到的那位春申君的门客萧不疑,已从萧县迁到战国末期楚都寿春(今安徽寿县),远在淮河以南;而汉初的相国萧何则世居丰、沛,在今江苏的北端;汉代的另一名臣萧望之的籍贯为东海兰陵,在今山东省境。这些分支的子孙虽都姓萧,却早已"昭穆既远,已为路人",在古代交通不便的条件下,未必能有多少联系。

自秦汉以后萧姓的各个分支出现的人物,只有汉初的萧何与西汉后期的萧望之两人最为著名。但从东汉至南朝初的四百年左右时间中,萧姓似乎并未出现过什么名人或显宦。直到刘宋时代的萧思话,由于其姑母是宋武帝刘裕的继母,才在上层官僚中取得了立足之地。萧思话本人并无多大才能,更没有多少业绩可言,但他远房的本家萧道成作为他的部属,却凭借当时种种时机,逐步取得了朝廷的军政大权,最终代宋建齐。后来萧道成的族人萧衍,又因宗族和功臣关系,取得了齐帝的信任,最后以襄阳为基地,起兵夺取政权,建立了梁朝。齐梁二代统治了南朝七十九年之久。在梁亡以后,梁武帝之孙(昭明太子萧统之子)萧詧又在北周的羽翼下在江陵建立后梁,历时三十年左右。后梁子孙有不少入仕周隋,直到唐代,还出了不少萧姓的显官和文人。因此南兰陵萧氏在中古时代的政治史和文学史上均有其不可忽视的地位。

---

① [战国]左丘明《左传》,[西晋]杜预集解,上海古籍出版社1997年版,第157~158页。

二、典籍中关于南兰陵萧氏世系的记载

兰陵萧氏原籍为东海兰陵,在今山东省的南部,约今兰陵县和枣庄市一带,在西晋末年的"永嘉之乱"后,避乱过江,移居至晋陵的武进县,即今江苏常州和丹阳交界处的丹阳市境内,遂为南兰陵萧氏。关于这一点,《南齐书·高帝纪》上的记载应该是正确的:

> 晋元康元年,分东海为兰陵郡。中朝乱,淮阴令整字公齐,过江居晋陵武进县之东城里。寓居江左者,皆侨置本土,加以南名,于是为南兰陵兰陵人也。

但是《南齐书》和《梁书》关于南兰陵萧氏过江以前的世系的记述却很不可信。这主要是由于古人长期以来形成的陋习,喜欢攀附某些名人作为自己的祖先,因而把这一分支说成了汉初名相萧何之后。这一做法并非始于《南齐书》的作者萧子显,其始作俑者应为梁初著名的文人沈约。不过沈约在其《齐故安陆昭王碑文》中,并未编造过具体的萧氏谱系,而只是说:"萧曹扶翼汉祖,灭秦项以宁乱。魏氏乘时于前,皇齐握符于后。"这就是说萧道成乃萧何之后,因萧何辅汉有功,所以应该得天下。这本是文人们的惯技,不必认为是事实。然而在《南齐书·高帝纪》里的叙述则与此不同,它详叙了从萧何到萧道成的历代人名:

> 太祖高皇帝讳道成,字绍伯,姓萧氏,小讳斗将,汉相国萧何二十四世孙也。何子酂定侯延生侍中彪,彪生公府掾章,章生

皓,皓生仰,仰生御史大夫望之,望之生光禄大夫育,育生御史中丞绍,绍生光禄勋闳,闳生济阴太守闸,闸生吴郡太守永,永生中山相苞,苞生博士周,周生蛇丘长矫,矫生州从事逵,逵生孝廉休,休生广陵府丞豹,豹生太中大夫裔,裔生淮阴令整,整生即丘令俊,俊生辅国参军乐子,宋昇明二年九月赠太常,生皇考(萧道成父承之)。萧何居沛,侍中彪免官居东海兰陵县中都乡中都里。

这段详尽的记载应该说是代表了南齐皇族的意见。因为萧子显为萧道成次子豫章王嶷之子。他这种说法大约也影响了后来梁代的皇室,因为梁武帝的父亲萧顺之是萧道成刚出五服的族弟。所以《梁书·武帝纪》所记从萧何到萧整的谱系与《南齐书》完全相同,只是"吴郡太守永"的名字《梁书》作"冰",恐怕是字形相近,乃缮写之误。至于萧整以后的世系,《梁书》云:

……(萧)整生济阴太守镣,镣生州治中副子,副子生南台治书道赐,道赐生皇考讳顺之,齐高帝族弟也。

关于这个世系,清代的王鸣盛在《十七史商榷》中曾提出过疑问,即萧顺之既为萧道成"族弟",但他的名字却和萧道成之父萧承之一样都带"之"字,其父萧道赐却又与萧道成同带"道"字,疑有一误。他这看法是有道理的。不过,从《梁书》的记载看来,萧顺之和萧道成同为萧整的玄孙,这一点大约不会错。不过关于萧整以前萧氏的世系,《南齐书》和《梁书》虽基本一致,却大有疑问。因为萧何与萧望之本非一支,而《南齐书》与《梁书》却硬把萧望之说成萧何的六代孙。这和《汉书》的记载是矛盾的。因为《汉书·萧望之传》根本没有说萧

望之和萧何有什么血缘关系,而且断言他"家世以田为业",并非封侯世家。所以唐初学者颜师古在作《汉书注》时说:

> 近代谱谍妄相托附,乃云望之萧何之后,追次昭穆,流俗学者共祖述焉。但酇侯汉室宗臣,功高位重,子孙胤绪具详表、传。长倩巨儒达学,名节并隆,博览古今,能言其祖。市朝未变,年载非遥,长老所传,耳目相接,若其实承何后,史传宁得弗详?《汉书》既不叙论,后人焉所取信?不然之事,断可识矣。

颜师古的话得到了《南史》作者李延寿的赞同。李延寿在《南史·齐本纪上》的论赞中说:

> 据齐、梁纪录,并云出自萧何,又编御史大夫望之以为先祖之次。案何及望之于汉俱为勋德,而望之本传不有此陈,齐典所书,便乖实录。近秘书监颜师古博考经籍,注解《汉书》,已正其非,今随而改削云。

颜师古和李延寿的话显然是正确的,因为萧何和萧望之的后代本系两支,这在东汉时代还分得很清楚。如王符在《潜夫论·志氏姓》中说到萧氏来源之后,又明确地说:

> 汉兴,相国萧何封酇侯,本沛人,今长陵萧其后也。前将军萧望之,东海、杜陵萧其后也。[1]

---

[1] [清]汪继培《潜夫论笺》,中华书局1979年版,第460页。

王符是东汉中期人,《后汉书》本传说他是安定临泾(今甘肃镇原东南)人,其地距长安不远,又说他"与马融、窦章、张衡、崔瑗等友善"。马融、窦章都是长安附近人氏,张衡亦曾"游于三辅",对关中情况均很熟悉。王符自然知道居渭北的长陵萧氏与居长安城南的杜陵萧氏不是一家。但是颜师古和李延寿的论点虽切实可据,而南兰陵萧姓在唐代却是望族,有很大的社会势力,因此后人在谈到萧氏世系时,仍然认为他们是萧何之后。如《新唐书·宰相世系表》云:

> 汉有丞相酂文终侯何,二子:遗、则。则生彪,字伯文,谏议大夫、侍中,以事始徙兰陵丞县。生章,公府掾。章生仰,字惠高,生皓。皓生望之,御史大夫,徙杜陵。生育,光禄大夫。生绍,御史中丞,复还兰陵。生闳,光禄勋。闳生阐,济阴太守。阐生冰,吴郡太守。冰生苞,后汉中山相。生周,博士。周生矫,蛇丘长。矫生逵,州从事。逵生休,孝廉。休生豹,广陵郡丞。豹生裔,太中大夫。生整,字公齐,晋淮南令,过江居南兰陵武进之东城里。三子:儁、镨、烈。

这里所说的萧何后裔,与《汉书·萧何传》有很大出入。据《汉书》说,萧何的长子叫萧禄,嗣位后死,无子。后来吕后立其弟延为筑阳侯,文帝时改为酂侯。延死,子遗继位,死后又无子,复以弟则继位,以罪免。景帝时,又封则弟嘉为武阳侯。这说明《新唐书》所说的世系,完全不合事实。萧遗、萧则明明是萧何的孙子,而误以为是萧何之子。萧何的少子萧延至少有三个儿子,而《新唐书》却说仅遗、则二人。至于《新唐书》所说的萧彪,《汉书·萧何传》与《高惠高后文功臣表》均无其名。据说萧彪始迁至兰陵,《汉书·萧何传》和《萧望之传》均无记载,并且从《潜夫论》的话看来,直到东汉中叶,长陵之萧与杜陵之萧仍泾渭分明,并非一家。而且《新唐书》所说的萧氏世系,又与《南齐书》和《梁书》分歧甚大,显然是入唐以后萧氏的后人因为《南齐书》与《梁书》的记载已遭颜、李二人的批评,而另编新谱。但这位编造者比他的前辈更不高明,因为照齐梁人的说法,还可以说萧彪是萧遗、萧则的兄弟,因为萧延究竟有几个儿子,还是无从确考的。至于这位编造者则连《汉书》也没有查过,其不足征信是显然的。

不过,《新唐书·宰相世系表》中有一段话,却对我们了解齐梁二代皇族的兴起有很重要的意义:

> (萧)苞九世孙卓,字子略,洮阳令,女为宋高祖继母,号"皇舅房"。卓生源之,字君流,徐、兖二州刺史,袭封阳县侯。生思话,郢州都督,封阳穆侯。六子:惠开、惠明、惠基、惠休、惠朗、惠蒨。惠蒨,齐左户尚书。生介。

这段话,道出了"皇舅房"和"齐梁房"之间的关系,而"皇舅房"的发迹,不但早于"齐梁房",而且正是依附于这一房,萧道成才得以进入统治者的上层。

三、兰陵萧氏的南迁和兴起

南兰陵萧氏和萧何并非一家是肯定的,至于他们和萧望之有无直接的血缘关系,也无确证。因为《汉书·萧望之传》记载萧望之有三子:萧育、萧咸和萧由,这三人均无返居兰陵的记载,而且照王符的说法,萧望之的后代在东汉中叶仍居杜陵,因此《新唐书》说萧育之子萧绍重返兰陵之说,亦颇可疑。然而这个家族和萧望之同属兰陵的萧姓则当无疑问。不管后来的南兰陵萧姓是否萧望之之后,他们在东汉到西晋近三百年间并未出现过什么名人则为事实。即使到了东晋,也仅有萧鎋一人曾为荀羡参军,因参加东晋与前燕的战争,见于《晋书·荀崧附荀羡传》。据《晋书》载,在前燕慕容儁进攻段兰时,朝廷命兖州刺史荀羡出兵救段,荀羡军次琅邪而段兰已覆没,于是荀羡就退还下邳,"留将军诸葛攸、高平太守刘庄等三千人守琅邪,参军戴逯、萧鎋二千人守泰山"。此事据《通鉴》卷一百系于晋穆帝升平元年(357),但《通鉴》的记载仅有诸葛攸、刘庄和戴逯之名而不及萧鎋,可见萧鎋的社会地位在当时甚低。至于《梁书》说他做到济阴太守,可能是以后的事,不见其他记载。这萧鎋就是梁武帝萧衍的高祖。至于齐梁两代其余的祖先则除了在他们的子孙自叙谱系时被提到外,都于史无闻。

《新唐书·宰相世系表》在记"皇舅房"和"齐梁房"的血缘关系时,说到"皇舅房"的萧卓上距萧苞九代。萧苞其人据《南齐书·高帝纪》说是"后汉中山相",具体时代无考。如果照《南齐书》所述世系,那么此人应生活于东汉的顺帝至桓帝时代,因为他父亲萧永(冰)官至吴郡太守,而吴郡从会稽郡中分出是在顺帝时。从东汉顺、桓之际到西晋末的永嘉之乱,有一百五六十年时间,以萧氏的谱系来说,至少已有九代。这样多的人口一起南迁,正体现了当时流民的特点。因为在这种兵荒马乱之际,只有用这种举族迁徙的办法,才能确保路途的安全,也只有这样,才能不致因流落异乡而受人欺凌。当然,这样一个人口众多的宗族在过江以后,自然会形成一支不可忽视的力量。这时正值东晋新造,兵微将寡,朝廷的官员自然要借重他们的力量。荀羡之命萧鎋守泰山,恐怕也是如此。这些从北方流亡到江南的流民,具有很强的战斗力,成为著名的北府兵的主干。南朝宋、齐、梁三代的创建者,都是北府兵将领出身。

北府兵的初露锋芒是在晋孝武帝太元八年(383)的淝水之战中大破前秦苻坚。此后北府兵的向背,往往能决定执政者的命运。特别是当宋武帝刘裕掌握了这支军队并率领他们平定南燕、后秦,这些北方移民认为是致身贵显的良机,纷纷从军。正如南朝乐府《丁督护歌》所说:

督护北征去,前锋无不平。朱门垂高盖,永世扬功名。

在这个从军高潮中,南兰陵的萧氏似乎并无多少人参与。所以在刘裕的历次战役中建立殊勋的亦无萧姓人物,而且齐梁二代的祖先据他们子孙所记官衔也都是文职。最早从事武职的,大约要算"皇舅房"的萧思话,他在元嘉八年(431)的宋、魏交战中打了败仗并曾因此丢官,后来在镇压汉中氐族首领杨难当的战争中,虽然立了功,但据《宋书》本传记载,却主要靠族人萧承之即萧道成之父的功劳。据《宋书》载,宋文帝说他"以琴书为娱",还曾送琴给他,说明他基本上是个文臣,并无军事才能。所以《宋书》本传说他:"所至虽无皦皦清节,亦无秽黩之累。"看来他官职虽高,主要是靠他的外戚身份而非其才能。他的几个儿子也并无多大政治才能,但文化修养较高。如长子萧惠开,据《隋书·经籍志》记载,曾有文集七卷,至梁代尚存;三子萧惠基,"善隶书及弈棋","解音律","尤好魏三祖曲及《相和歌》,每奏辄赏悦不能已"。在南兰陵萧氏中,这一房虽兴起较早,却很少建树。不过,所谓"齐梁房"的发迹,多少和萧思话的任用萧承之有关。

第二章　南齐皇族

一、萧承之和北府兵

南兰陵萧氏的"齐梁房"一支即萧整的后人。从《南齐书·高帝纪》所述看来,在萧承之以前,南兰陵萧氏官位都不高,且均属文职。这一支的兴起实始于萧承之。他的事迹附见《南齐书·高帝纪》,说他:

> 少有大志,才力过人,宗人丹阳尹摹之、北兖州刺史源之并见知重。初为建威府参军,义熙中,蜀贼谯纵初平,皇考迁扬武将军、安固汶山二郡太守,善于绥抚。

从这段话可以看出在萧承之刚踏上仕途时,南兰陵萧家已有人贵显,并加以提拔。这里提到了他出仕时间在晋安帝义熙前期,正属刘裕刚消灭桓玄,掌握政权之初,此时北府兵的势力日益兴盛,许多过江的北方移民纷纷从军,以求"朱门垂高盖",他的弃文就武显然不难理解。

萧承之其人据说颇有军事才能,在元嘉七年(430)的宋魏之战中,他正任济南太守,曾以几百人的兵力击退魏军,保全济南。为此,宋文帝曾想用他为兖州刺史,但他与檀道济没有来往,因此作罢。后来萧思话任梁州刺史,他又在其幕下,任横野府司马、汉中太守。这时氏族首领杨难当与刘宋发生战争,据《宋书·萧思话传》和《南齐书·高帝纪》说,都是由于萧承之的力战,才得以平定梁州。在这次战役后,宋文帝曾下诏嘉奖,并加以龙骧将军称号。关于萧承之的这些战功是否有所夸大,是很难判断的。因为沈约《宋书》的诸传作于齐武帝永明年间,这时的皇帝正是萧承之的孙子,沈约自然要加以颂扬;至于《南齐书》的作者萧子显,是他的直系子孙,那更不必说了。不过无论如何,萧承之在经历了这些战役之后,地位毕竟是提高了。他死于元嘉二十四年,死前已被封为"晋兴县五等男、邑三百四十户"。这虽然还算不上什么高官,但较之他的先辈,社会地位已大大提高,更重要的则是使他的家人在北府兵中占有了一定的地位。这显然对后来萧道成的夺取刘宋政权起着重要作用。

萧承之本人已经弃文从武,尽管宋文帝曾经说他"理民直亦不在武干后",但这也仅仅是关系到他办理政事的能力,至于他的文化修养究竟如何,还是无法详知的。不过,由于他官位的提升,使他的家境较前富裕,因此他的儿子萧道成虽然以武官出身夺取了政权,然而在此以前,他就有了较高的文化修养,他在当时颇为复杂的政治环境中所以能夺取政权,多少也得力于此。因此萧承之虽未取得政权,但他的出现,对齐梁二朝的建立有着很大作用。

二、萧道成建齐及其文化政策

南齐的创建者萧道成虽然和宋武帝刘裕一样,是出身北府兵的将领,但两人早年的经历和所受的教育却迥然有别。刘裕出身于一个贫苦的下层移民家庭,《南史·宋本纪》记他早年曾欠官员刁协的债,为其执缚;还曾到新洲"伐荻"。他刚参加北府兵时大约只是一个下级军吏,在镇压孙恩之乱中"手奋长刀",勇于作战,地位逐渐上升。桓玄攻入建康,刘牢之受骗自杀后,他就成了北府兵的领袖。他正是依靠这支军队诛桓玄、平孙恩、卢循,灭南燕、后秦,杀死刘毅等政敌,最后取代东晋自立。在南朝各代的君主中他的功业最高是毫无疑问的。然而由于他早年家境贫困,所受的教养并不高。他自己也从不掩饰这情况。据《宋书·刘穆之传》记载,他称帝后,因为书法欠佳,刘穆之就向他建议用写径尺大字的办法来遮丑;同书《郑鲜之传》更记他执政后"颇慕风流,时或言论",经常遭郑鲜之驳斥,于是他就承认"我本无术学,言义尤浅"。萧道成则相反,他的取代刘宋皇朝,主要依靠机遇。在宋末一系列内乱中,原有的将领多数被杀。到宋明帝临死时,就以他为右卫将军领卫尉,跟袁粲、褚渊和刘勔共掌朝政。其中袁粲、褚渊都不过是名门出身的文士,褚渊更是一心依附于他。至于刘勔,又在桂阳王刘休范之乱中战死。这样,朝廷的军政大权便落入萧道成之手。这时在位的宋后废帝刘昱年仅十五岁,萧道成除掉他自然毫不费力。所以历来的论者对萧道成的政治业绩很少称道。不过,萧道成的文化教养却高于刘裕。因为他出生于宋文帝元嘉四年(427),这时其父萧承之已官至武烈将军、济南太守,多少可以说是一个中等官员,经济条件自然不会太差。他十三岁时,名士雷次宗在建康鸡笼山立学,他曾去受业,习《礼》和《左氏春秋》。尽管他入学的时间很短,不久就随萧承之到了豫章,并且在十六岁时就领兵镇压"沔北蛮",开始了军旅生涯,但毕竟有了较高的文化教养。根据现存的一些史料来看,萧道成还曾写过诗,例如《南齐书·苏侃传》载有他在宋明帝时遭受猜忌而作的《塞客吟》,《南史·荀伯玉传》也载有他的《群鹤咏》。此外,他还善书法,《南齐书·王僧虔传》记他曾问王僧虔自己的书法与王"谁为第一",王僧虔回答说"臣书第一,陛下亦第一"。王僧虔可能对他评价偏高,但萧道成应该也是不错的。

从萧道成生活的年代看来,他的青少年时期正当宋元嘉中期。据梁裴子野《雕虫论》说,"宋初迄于元嘉,多为经史"①。当时的文坛,正值谢灵运刚死不久,颜延之还健在,鲍照和谢庄亦崭露头角之时。从萧道成的《塞客吟》一诗,在文体和风格上都与谢庄那些杂言诗相近来看,很可能是有意识地模仿谢庄。不过他的文学主张似更推崇西晋的陆机、潘岳,其次是元嘉体的颜延之。据《南齐书·武陵昭王晔传》载,萧道成的几个儿子曾在一起作短诗,其中第五子萧晔学谢灵运体。写成后把诗送给他看,萧道成回信说:

见汝二十字,诸儿作中最为优者。但康乐放荡,作体不辨有首尾,安仁、士衡深可宗尚,颜延之抑其次也。

从这封回信很可以看出萧道成的艺术趣味在当时偏于保守。但这种观点确实代表了宋末齐初的一派诗风,据《诗品》说,像谢超宗、丘灵鞠等人的诗风即与此相近,这种诗风和当时"殊以动俗"的鲍照、汤惠休等人从民歌中吸取营养的诗风颇为不同。钟嵘说谢、丘诸人的诗"得士大夫之雅致"。萧道成的诗歌主张所以和这一派相近,也许和他非高门士族而是武官出身,一旦进入统治阶级最上层,更需要显示出自己的士大夫情调有关。他这种艺术趣味和他的大臣王俭十分相似。据说在永明初年,萧道成之子武帝萧赜曾问王俭,当今谁的五言

---

① [清]严可均《全上古三代秦汉三国六朝文·全梁文》卷五十三,中华书局1958年影印本,第4册第3262页。

诗最好,王俭答以谢朓和江淹二人。谢朓的诗今均已散佚,但照王俭之说,谢朓诗的长处是"得父(谢庄)膏腴",而谢庄之诗却以典雅古奥为特色;至于江淹的诗,亦以拟古见长。王俭这种主张可以说代表了当时高门士族的见解。在这里,王俭表彰了江淹却不提与江年龄相仿的沈约。令人感兴趣的是,在萧道成执政时,对江淹颇为重用,而对沈约则未加注意。他这种文学主张显然对齐初的文风会有一定影响。所以南齐一代文风的变化出现于萧道成身后的永明年间。

三、齐武帝萧赜和"永明体"的出现

关于南朝文风的重大变化,大家都认为发生于南齐的永明(483~493)年间,其关键就是周颙创立了"四声"的名目,沈约、王融诸人又把它运用到诗文的写作中去,于是就称为"永明体"。"永明"是齐武帝萧赜的年号,萧赜其人也和他父亲一样,很早就出任官职,并且参加过战事。他做皇帝以后,颇留心政事。《南齐书·武帝纪》说他:"上刚毅有断,为治总大体,以富国为先。颇不喜游宴、雕绮之事,言常恨之,未能顿遣。"南朝的经济由于萧道成和他两人都比较注意节省民力而有所恢复。据《南齐书·良政传》说:

> 永明之世,十许年中,百姓无鸡鸣犬吠之警,都邑之盛,士女富逸,歌声舞节,袨服华妆,桃花绿水之间,秋月春风之下,盖以百数。

不管这种繁荣景象带有多少表面的和虚假的成分,但歌舞之盛终究会促进音乐的发展,使当时的上层士族对南方的民歌产生兴趣,并且在诗歌创作中注意从这些民歌中吸取营养。音乐的发展,也促使士人们提高对音律的兴趣,所谓"永明体"的强调声律,显然也和这种社会风气有密切的关系。

从萧赜本人来看,他似乎并无多大文学才能,甚至还比不上他的父亲。迄今为止,我们见到萧赜本人所作的诗仅有一首《估客乐》:

> 昔经樊邓役,阻潮梅根渚。感忆追往事,意满辞不叙。①

从文辞上看来,此诗可谓"质木无文",谈不上什么艺术成就。不过,此诗的出现却另有其历史作用。因为《估客乐》这种曲调本属"西曲歌",是流行于今湖北荆、襄一带的民歌。我们知道,东晋、南朝的政治文化中心在今长江的下游,一些高门士族、达官贵人以及著名的文人大抵聚居于现在的江苏南部和浙江一带,他们对流行于这一地区的"吴声歌"较早发生兴趣,但对"西曲歌"则多少有点轻视。所以沈约在作《宋书·乐志》时,历叙了"吴声歌"的由来,而对"西曲歌"却谈得很简略而且斥为"哥词多淫哇不典正"。当时朝廷的乐官对"西曲歌"也不熟悉。据《乐府诗集》卷四十八引《古今乐录》云:

> 《估客乐》者,齐武帝之所制也。帝布衣时,尝游樊、邓。登阼以后,追忆往事而作歌。使乐府令刘瑶管弦被之教习,卒遂无成。有人启释宝月善解音律,帝使奏之,旬日之中,便就谐合。敕歌者常重为感忆之声,犹行于世。宝月又上两曲。……

"西曲歌"的进入南朝上层,显然和萧赜的提倡有很大的关系。正因

---

① [宋]郭茂倩《乐府诗集》卷四十八,中华书局1979年版,第3册第699页。

为"西曲歌"渐为人们所重视,所以后来连斥之为"不典正"的沈约,也仿作起"西曲歌"来。沈约是创导"永明体"的主将,他所提倡的诗体,显然受了南方民歌的影响,而这种影响除了来自"吴声歌"外,也不能排除"西曲歌"。

除了写作《估客乐》以外,萧赜本人虽然没有别的作品传世,然而他对文学大约也不是全无兴趣,只是忙于政事,较少留神而已。根据《文选》王元长《三月三日曲水诗序》,他曾和群臣四十五人举行曲水宴,下诏说,"今日嘉会,咸可赋诗",并令王融作序。王融的序,据说还传到北方,为魏使房景高等所叹服。永明末年,他曾有北伐的意图,据《南齐书·王融传》记载,他曾使毛惠秀画《汉武北伐图》。《文选》中录有当时文人虞羲所作《咏霍将军北伐》一诗,当是此时所作,其写作目的当是献给萧赜看,这也说明萧赜对文学有一定兴趣。尽管他本人并未进行多少文学活动,但对文学的发展仍起过一定的推动作用。

四、萧嶷、萧长懋对文化的贡献

南齐的皇家从萧道成开始就具有较高的文化修养。萧道成诸子中有一些是能作诗的。其中较著名的是第五子萧晔,前面已经说过。但当时还有其他人和他同作,所以《高十二王传》说他"与诸王共作短句",可是还有谁,史籍已无记载。从他们作诗的时间看,当在萧道成称帝之后,武帝萧赜和豫章王萧嶷早已从政,当不在其列。萧赜对文学发展所起的影响已如上述。至于萧嶷的事迹虽有《南齐书·豫章文献王传》,却看不出他有什么文学活动。我们知道,《南齐书》作者萧子显是萧嶷的儿子,并且还是个作家,如果其父善于文学,应该是不会忽视而不载的。不过,萧嶷的情况确实有点特殊,据《豫章文献王传》云:"建元中,世祖(武帝)以事失旨,太祖颇有代嫡之意,而嶷事世祖恭悌尽礼,未尝违忤颜色,故世祖友爱亦深。"《南史·齐高帝诸子传》上还有一段近于神话的记载:

> 嶷薨后,忽见形于沈文季曰:"我未应便死,皇太子加膏中十一种药,使我痛不差,汤中复加药一种,使利不断。吾已诉先帝,先帝许还东邸,当判此事。"因胸中出青纸文书示文季曰:"与卿少旧,因卿呈上。"俄失所在。文季秘而不传,甚惧此事,少时太子薨。

这种关于鬼现形的传说自然不足信,但这种传说的出现当有一定的原因,即萧嶷生时因萧道成曾有"代嫡"的想法而颇遭齐武帝父子猜忌。现在我们从《南齐书·豫章文献王传》看来,他在萧道成在世时参加政治活动颇多,也确有较高的才能,而到永明以后,则颇谦退,只求自全而已。所以清代学者王鸣盛在《十七史商榷》中也认为《南史》所载的故事事出有因。正因为如此,萧嶷自然不会随便显露自己的文学才能,也不会去招致文士。从现存的资料来看,尚未发现他有什么诗作。但他和文人的来往还是有的。如著名作家江淹在建元初年就任过他的记室;至于永明以后,他的部属中最受亲礼的是乐蔼、刘绘和张稷。其中刘绘颇有文名,他不但曾有诗和谢朓唱和,他的骈文更是颇为人们所称道。乐蔼虽然不以文名,但从《豫章文献王传》所载他给萧子良和沈约的信看,亦颇有文采。还应该提到的是萧嶷早年在荆州时,还曾办过学校:

> 于南蛮园东南开馆立学,上表言状。置生四十人,取旧族父

祖位正佐台郎,年二十五以下十五以上补之;置儒林参军一人,文学祭酒一人,劝学从事二人,行释菜礼。

如果说萧嶷的较少从事文学活动多半由于谦退的话,那么萧赜的太子萧长懋则并无这种顾虑。他对自己的文学才能似乎颇为自信,据《南齐书·文惠太子传》载,萧嶷死后,他曾作碑文呈给萧赜看,但未及刊刻,他自己就死了。萧长懋周围颇有一些文人,据《梁书·沈约传》云:

> (沈约)齐初为征虏记室,带襄阳令,所奉之王,齐文惠太子也。太子入居东宫,为步兵校尉,管书记,直永寿省,校四部图书。时东宫多士,约特被亲遇,每直入见,影斜方出。当时王侯到宫,或不得进,约每以为言。太子曰:"吾平生懒起,是卿所悉,得卿谈论,然后忘寝。卿欲我夙兴,可恒早入。"迁太子家令……

沈约对萧长懋也颇有感情,据《梁书》本传载,入梁后沈约有一次参加梁武帝的宴会,座上有妓师是文惠太子的宫人,梁武帝问她认识座中的客人吗,妓师回答说:"惟识沈家令。"沈约听后"伏座流涕",引得梁武帝也感悲伤。

萧长懋颇喜建立园囿,曾造东田,颇为奢华,谢朓等文人都曾去游玩,今存谢诗有《游东田》。萧长懋对文学的最大贡献恐怕应该说是他叫虞炎编了鲍照的集子。这个集子在南北朝诸家中是保存得比较完整的一部,而且虞炎所作的序,叙述鲍照生平较详,而《宋书》和《南史》的传记则均甚简略。值得注意的是:虞炎这篇序说鲍照的作品"虽乏精典,而有超丽"。看来此序是比较强调诗文的典雅的。但我们现在所见虞炎自己的诗,似是学谢朓的,如《诗品序》中说当时人

"学谢朓,劣得'黄鸟度青枝'",即虞炎《玉阶怨》中诗句,这种诗同样算不上"精典",所以序中的观点,可能是萧长懋的看法。这也很可以理解,萧长懋死于永明十一年(493),年三十六,在萧道成死时他已二十多岁,而且他出生后"为太祖所爱",很可能受到萧道成文学观的影响。

五、萧子良和他的"竟陵八友"

在南齐一代皇室人物中对文学起了推动作用的,似乎并非是那些皇帝,而是萧赜之子竟陵王子良。萧子良本人亦能写作诗文,据《隋书·经籍志》著录,他有集四十卷。但《南齐书·武十七王·竟陵文宣王子良传》说他"所著内外文笔数十卷,虽无文采,多是劝戒"。他的文集现已散佚,现今所能见到他的诗虽有五首,但大抵见于《艺文类聚》等类书,可能已经删节,只有一首《登山望雷居士精舍同沈右卫过刘先生墓下诗》(一作《同随王经刘先生墓下作》),因附见《谢宣城集》,所以是仅存的完整之作。所谓"刘先生",即南齐名儒刘瓛,卒于永明七年(489),此诗当作于刘瓛死后不久,因为和萧子良同作的随郡王萧子隆和谢朓次年就去往荆州。这首诗异文甚多,艺术成就也不高,不但比不上谢朓、沈约等名家之作,也不如其弟萧子隆那首。看来萧子良对诗歌并不擅长,不过他似乎很喜欢写诗,在沈约作品中,有不少是与他唱和的,如《和竟陵王游仙诗》、《和竟陵王抄书诗》、《奉和竟陵王郡县名诗》、《奉和竟陵王药名诗》等。除了沈约以外,王融也有一些诗是和萧子良的,他还有些诗称"应司徒教","司徒"是萧子良的官职。但是在谢朓作品中与他唱和的诗却很少。这大约因为永明七年(489)的下半年,谢朓已随萧子隆去了荆州,而萧子良在永明后期,对写诗尤感兴趣,当时王融和沈约正在建康。

萧子良在文学方面的才能并不高,他在政治方面似乎也没有多少建树,只是因为他在齐武帝诸子中较为年长,得到武帝的任用,所以官位甚高。不过,在南朝那些皇族中,他为人还较善良厚道。从他向齐高帝和武帝所上的章表看来,他还是很强调要减轻百姓的赋税和劳役的,对人民有一定的同情。他对士人尤为优礼,《南齐书》本传说:

> 子良少有清尚,礼才好士,居不疑之地,倾意宾客,天下才学皆游集焉。善立胜事,夏月客至,为设瓜饮及甘果,著之文教。士子文章及朝贵辞翰,皆发教撰录。

他这种做法自然得到了许多士人的支持。在永明五年(487)他正式任司徒以后:

> 移居鸡笼山邸,集学士抄"五经"、百家,依《皇览》例为《四部要略》千卷。招致名僧,讲语佛法,造经呗新声,道俗之盛,江左未有也。

在萧子良周围的文人,最有名的要算"竟陵八友"。这所谓"八友",据《梁书·武帝纪》载,为梁武帝萧衍和沈约、谢朓、王融、萧琛、范云、任昉、陆倕等。这些人恐怕并非同时进入西邸,因为根据《梁书》诸传的记载,其中陆倕在永明五年(487)还不过十七八岁,萧琛的年龄更小些。这八人并非都是文人,例如萧琛就不以文学闻名,《隋书·经籍志》也没有著录他的文集,从《梁书》本传看来似乎更像一个学士。

值得注意的是,在这些人物之中,虽多数善于作诗文,而文学主张却不很一致。如王融、谢朓和沈约虽为"永明体"的倡导者,但梁武帝萧衍就不懂"四声";任昉的诗也近于古体。但有一点是肯定的,那就是像江淹这样承袭晋宋以来诗风者,不在"八友"之列,他和谢朓、沈约亦无来往。当"永明体"出现以后,江淹便在文坛上销声匿迹,这一现象很可以令人深思。

永明时代出现的新体诗,虽非萧子良所创,但和萧子良的"造经呗新声"显然有密切关系。原来佛教自传入中国以来,佛经由梵文译为汉文,语言既变,音调自然也发生变化。正如后秦时代佛经翻译大师鸠摩罗什所说:"天竺国俗,甚重文制,其宫商体韵,以入弦为善。凡觐国王,必有赞德;见佛之仪,以歌叹为贵,经中偈颂,皆其式也。但改梵为秦,失其藻蔚,虽得大意,殊隔文体。"①这段话既兼及译文的声律也兼及辞藻。后来的僧人诵经,也颇苦于声调的难于和谐。正如慧皎所说:"自大教东流,乃译文者众,而传声盖寡,良由梵音重复,汉语单奇。若用梵音以咏汉语,则声繁而偈迫;若用汉曲以咏梵文,则韵短而辞长。是故金言有译,梵响无授。"②所以许多僧人都曾在这方面做过努力。据《高僧传》记载,做这种探索的始于东晋永和年间的僧人帛法桥,此后晋、宋僧人继续在这方面寻求各自的途径。萧子良既笃信佛教,也对此颇为留意。据《高僧传》说,他的创造经呗新声,是受了释僧辩的影响。据《高僧传》卷十五《齐安乐寺释僧辩传》说,释僧辩诵经颇受稍前的释昙迁、法畅二人启发,"晚更措意斟酌,哀婉折衷,独步齐初",因此知名。在他的影响下,"永明七年二月十九日,司徒竟陵文宣王梦于佛前咏《维摩》一契,因声发而觉,即起

---

① [南朝梁]释慧皎《高僧传》卷二,金陵刻经处刊本,第9~10页。
② [南朝梁]释慧皎《高僧传》卷十五,金陵刻经处刊本,第7页。

至佛堂中,还如梦中法,更咏《古维摩》一契,便觉韵声流好,有工恒日"。第二日即集合一些僧人在他府第中诵经,所谓"造经呗新声"的过程大致就是这样。这个故事显然有较强的迷信色彩,但对我们了解"经呗新声"和"永明体"诗歌的关系有很重大的意义。值得注意的是:慧皎《高僧传》讲到这些诵经的名僧时,很强调昙迁、僧辩和萧子良的作用。昙迁、僧辩都生活于宋、齐间,这个时期的僧人有不少在仿作南方的民歌,如《南史·颜延之传》载,颜延之评汤惠休诗说,"惠休制作,委巷中歌谣耳,方当误后生"。稍后的释宝月也熟悉"西曲歌"的曲调,甚至比朝廷的乐官更为精通。汤惠休生活于宋末,《诗品》说他是"齐惠休上人",他死时大约已离齐代不久;宝月的为《估客乐》谱曲,正在永明年间。这些僧人的仿作民歌,很可研究。因为那些民歌的内容无非是男女之情,和佛教的教义很不协调,前此和后来的佛教僧人亦很少有这现象。这说明那些僧人很可能是在探索汉语歌曲的音调以便为诵经做参考。因此"经呗新声"的出现于永明年间,恐怕不是偶然的。我国的诗歌发展到南朝,确是到了一个转折时期。因为上古的诗和乐曲本来没有区别,汉人的诗,基本上也都是乐府,即使像《古诗十九首》,有些也是由乐府改写而来或可以谱曲歌唱的。即使曹操的诗,亦全用乐府曲调,到曹丕、曹植和建安七子中一些人才有些作品未入乐府之列。经过魏和西晋不及百年的时间,就出现了"永嘉之乱"及东晋的南迁,不但乐官流散,而且由于地域不同,乐调也与过去不同,这样诗和乐曲逐渐分了家。不少文人已经开始注意到诗文创作的声律问题,但他们似乎并没有真正找到什么好方法。例如西晋陆机在《文赋》中已经说过"暨音声之迭代,若五色之相宣"的话,说明他已经多少对声调问题有个朦胧的认识。后来元嘉作家如颜延之,据《诗品序》记王融的话说他也曾谈过"律吕音调"的问题。但颜延之其人对音乐似无多大造诣,所以王融批评他的论点为"其实大谬"。刘宋时的范晔和谢庄都通晓音乐,所以王融说他们"颇识之耳"。不过他们也没有提出过什么具体的诗文写作方法。到了永明时代,许多士人致力于佛经的探讨,因而注意到梵汉语言的不同。如"四声"的发现者周颙,就是一位著名的佛学家。周颙,据刘跃进博士考证,卒于永明七年至八年间。这时正是萧子良的西邸高朋云集之时,周颙和萧子良及西邸文士如沈约等人都有来往,沈约关于"四声"、"八病"的探讨,正是受了周颙的影响。他把"四声"运用于诗文特别是诗的写作。沈约在《宋书·谢灵运传论》中提出了他的新体诗文理论:"夫五色相宣,八音协畅,由乎玄黄律吕,各适物宜。欲使宫羽相变,低昂互节,若前有浮声,则后须切响。一简之内,音韵尽殊;两句之中,轻重悉异。妙达此旨,始可言文。"他作《宋书》时间按他自己在《自序》中说始于永明五年(487)春,至次年(488)二月毕功,那时也正是西邸的盛时。沈约关于"四声"、"八病"的说法,是对近体诗格律的初步探索。由于当时尚未充分付诸创作实践,所以他的设想未免陷于苛细,事实上连他自己的多数作品也难于完全做到。所以后来唐代的卢照邻在《南阳公集序》中说:"八病爰起,沈隐侯永作拘囚。"但是沈约自己作诗其实也并不完全遵用。他的友人谢朓在试作新体诗方面成就似更为突出,但在永明后期在宣城等地的作品,多数却非新体。这说明沈约关于"四声"、"八病"的规定,并非都能使用于诗歌创作,然而在诗歌的发展史上却功不可没。因为正是"永明体"的出现,使平仄相对等要求在广大诗人中得到普遍的承认,其后又经梁、陈以后许多诗人的不断实践,得到发展,才会有唐以后所谓的"近体诗"。

在诗体的这种变化过程中,萧子良本人虽然既未提出过什么主张,也不见他有何优秀的诗篇,但作为文人们的东道主,尤其是他的西邸成了文人和僧侣互相交流的地方,促进了佛学、音乐和文学各方面人才的互相沟通,结果使佛学和文学都取得了令人注意的重大发展,从这个意义上说,萧子良其人亦可谓功不可没。

六、南齐皇室其他成员与文学

南齐的皇室从萧道成开始,就具有较高的文化教养,后来武帝萧赜的儿子如萧长懋、萧子良已如上述。此外,如晋安王子懋、随郡王子隆,都颇有文学才能。萧子懋是萧赜第七子,据《南齐书》本传,曾撰《春秋例苑》三十卷,颇得萧赜称赞。萧赜曾敕书给他,说到"及文章诗笔,乃是佳事,然世务弥为根本"。不过萧赜对他求书还是欣赏的,曾赐以杜预手定的《左传》及《古今善言》。据《隋书·经籍志》说,梁时曾有《齐晋安王子懋集》四卷,入隋已佚。萧赜的第八子随郡王子隆,《南齐书》本传称其"有文才",他的诗现存《经刘瓛墓下》一首,附见《谢朓集》,其中"初松切暮鸟,新杨催晓风"诸句,颇为凄婉有致。谢朓曾在荆州为随王文学,和他相处甚好。谢朓的《拜中军记室辞随王笺》写得极富感情,说明二人交谊之笃。《南齐书》本传说他"文集行于世",但在《隋书·经籍志》中不见著录,亦未提及"梁有"的话,疑是萧子隆被明帝萧鸾杀害时遭毁。

齐武帝萧赜卒于永明十一年(493)七月,这时他的太子萧长懋已于本年初死去,使萧赜不得不立萧长懋的长子萧昭业为太孙。这时萧昭业年已二十一岁。但萧赜死前已经察觉当时的政局存在着危机,决非毫无政治经验的萧昭业所能胜任,于是想让萧子良代替萧昭业继位。他这种意图无疑是有道理的,然而不免为时已晚。这时萧赜本人已身染重病,不再能发号施令,而萧子良为人却又仁厚有余,威断不足,平时虽居要职,却很少自作主张,在朝廷中亦无自己的党羽，尤其没有调动军队的能力。他所能倚仗的只有"八友"中的文人王融。当萧赜进入弥留状态时，王融虽想发动政变立萧子良为帝，但并无实力。这时萧赜的堂弟萧鸾以尚书左仆射领右卫将军的身份掌握着军政大权，乘机赶到现场，驱散王融的部下，拥立萧昭业。王融因此下狱被赐死，萧子良不久亦忧惧而死，朝廷大权全部落入萧鸾之手。接着萧鸾就连着杀了萧昭业及其弟昭文，篡夺帝位，是为齐明帝。萧鸾一登上帝位，就大肆屠杀萧道成和萧赜的子孙，几乎"靡有孑遗"（北魏孝文帝语）。根据现有的史料，大约只有豫章王萧嶷的几个儿子幸免于难；此外据《南史·齐武帝诸子传》还有萧子良的孙子萧同和萧贲活到了梁代。至于萧道成、萧赜及萧长懋诸子只要活到萧鸾称帝之后的，全被杀害。

萧鸾的屠杀"高武子孙"，虽极残忍，毕竟是统治者内部的斗争。从《南齐书》和《南史》的记载看来，萧鸾性虽猜忌，但他"明审有吏才，持法无所借"，对百姓似亦无明显的暴行。不过他的得势，对"永明"诗体的发展恐怕起到了某些不利的作用。这倒也未必出于有意。平心而论，萧鸾其人对文学虽无爱好，却也不见得仇恨文人。然而从他篡取政权时的情况来看，他对不少文人怀有猜忌亦不难理解。例如所谓的"竟陵八友"中除萧衍和他暗中早有勾结外，王融想拥立萧子良，自被他视为政敌。其余诸人因与萧子良关系密切，亦不能不使他怀有戒心，例如：范云在王融想拥立萧子良的事件中，曾被任为"帐内军主"，他和萧子良关系最为密切，所以萧鸾对他不放心，其常被调往始兴、广州等远地；任昉曾作《为齐明帝让宣城公第一表》，其中对萧鸾颇有责让，因此被疏远；沈约也因为和萧长懋、萧子良的关系，被调任东阳太守。这些文人失去了萧子良西邸这一经常集会的场所，且迫于形势，自然不能经常在一起唱和，切磋诗艺。这对新诗体的形成多少起到不利的作用。试看谢朓在宣城时期和沈约在赴东阳途中所写的一些诗,与永明年间之作颇有差别,而且现在看来,他们在永明年间所作的一些咏物诗,不论从内容到风格都更接近于后来某些"宫体"诗人之作。这是因为沈、谢诸人在此时已很少有集会赋诗的机会,也不再有永明时期那种宽松闲适的心情。所以像谢朓的《之宣城出新林浦向板桥》、《京路夜发》,沈约的《新安江水至清浅深见底贻京邑游好》等诗,有的幻想出世,羡慕归隐,有的甚至流露出渴望回家的情绪,说明了他们的心情都很不舒畅。但萧鸾仍不免要使用这些文人,当他发现沈、谢等人并不为萧子良效忠后,仍对他们颇为任用,而使他们后来都转而依附于他。他对这些文人的创作也没有做什么限制,因此在位期间文坛也不寂寞。

　　萧鸾统治的时间并不长,从篡位到死去不过五年时间。在此期间,他忙于杀戮"高武子孙",对文学、事业实无暇过问。但是他的屠杀皇族,不免引起了萧道成、萧赜手下那些功臣宿将的不安。这些人物在萧鸾夺取政权时,本来采取中立态度,但在"高武子孙"被杀戮殆尽之后,萧鸾对这些武将也颇猜忌,开始想对他们下手。这激起了他们的反抗。这些人物手里有兵权,自然不像"高武子孙"那样束手就死。这样,在萧鸾在位的最后一年,出现了王敬则在会稽起兵反对朝廷,一直进兵到晋陵(治今江苏常州)一带,几乎抵达建康。王敬则失败后,另一位将领陈显达也于次年起兵,不久亦遭失败。王敬则和陈显达的起兵,虽未能推翻萧鸾及其子宝卷的统治,却也削弱了朝廷的实力。在这些斗争中,一些文人也被卷入了旋涡。例如著名诗人谢朓,本是王敬则的女婿,当时正为南东海太守,行南徐州事。王敬则起兵前,曾通知他,要他接应,但谢朓却向朝廷告发,得到了嘉奖。谢朓此举虽受人非议,但恐怕亦迫于形势。因为谢朓虽出身高门,但他的家庭自伯父谢综、谢约参与元嘉后期范晔谋反事件后,早已败落。他娶王敬则女为妻,本为依托权势,如果不是万不得已,恐怕也不会这样做。

萧鸾在镇压王敬则之乱后不久即病死,其子东昏侯萧宝卷继位,年仅十六岁。史籍中记载萧宝卷的行事十分昏暴,也许由于他是亡国之君,后代作史有所夸大。不过萧宝卷继位以后,政权一直不稳。先是陈显达起兵反对朝廷,接着又是萧鸾的胞侄遥光阴谋夺取政权。在这场斗争中,他试图拉拢谢朓,谢朓不愿意,竟遭杀害。遥光被镇压下去后,内乱仍不断发生,许多大臣均被杀害,最后梁武帝萧衍在襄阳起兵,攻下建康,杀了萧宝卷。当萧衍兵临建康时,许多士人都主动去投奔他,其中有许多是文人,如:范云、刘绘还奉王珍国、张稷之命,将萧宝卷的首级送到萧衍军中;沈约和任昉也得到了萧衍重用,沈约更是参与了萧衍代齐自立的密谋;甚至久已不闻政事亦不从事文学活动的江淹,也主动去投奔萧衍。这说明齐末的内乱,已经使广大士人包括文人失去安全感,而对萧衍的到来表示欢迎。文人们这种态度,不一定说明萧鸾和萧宝卷有敌视他们的行为,只是由于那些文人希望有个比较安定的环境。

萧鸾的为人自然不免受到非议,但他并非有意识地和文人作对。他只是一味争权夺利,并不想干涉文人的创作。他手下的大臣如萧遥欣,也有较高文化修养,据《隋书·经籍志》记载,在梁代曾有他的集子十一卷,至隋已佚。这说明南齐后期的皇族仍有人能文,只是不如永明期间那样繁荣,这大约是当时的政局不像永明年间那样安定之故。

南齐皇族中能文之士,其实还数豫章王萧嶷的几个儿子萧子显、萧子晖、萧子范和萧子云,但他们都已入梁,所以应在后面详论。

第三章 南齐皇朝与士族

一、宋齐易代与士族

在继东晋之后的宋、齐、梁、陈四代中,萧道成建立的齐皇朝似乎最不受当时和后代人好评。庾信《哀江南赋》在自述家世时说道:"水木交运,山川崩竭。家有直道,人多全节。"这里用"五德终始"的说法,以"水"代指宋,以"木"代指齐,而"山川崩竭"是形容所谓"伦纲"的解体。庾信这样评价宋齐易代之事,是值得研究的。因为南北朝人已看惯了皇朝的更迭,正如颜之推在《颜氏家训·文章》中说的,"自春秋已来,家有奔亡,国有吞灭,君臣固无常分矣"①。尤其庾信身事梁、西魏、北周和隋四朝,更不会斤斤于所谓"君臣之分",然而他强调宋齐之际的"全节",亦有其原因。因为宋之代晋,是由于宋武帝有平桓玄,灭南燕、后秦的大功;梁武帝代齐,是由于他结束了齐末的混战和东昏侯的虐政;陈武帝的代梁,是由于他击败了北齐,使江南的偏安得以维持;至于齐高帝的代宋,却纯是军阀乘刘宋皇室内乱之机夺取帝位,毫无功绩可言。所以《南史·褚裕之附褚彦回(渊)传》

---

① 王利器《颜氏家训集解》(增补本),中华书局1993年版,第258页。

云:"然世颇以名节讥之,于时百姓语曰:'可怜石头城,宁为袁粲死,不作彦回生。'"袁粲是据石头城反对萧道成而死的宋朝大臣,彦回即褚渊则既为大臣又是刘宋的外戚,却依附萧道成。所以当时的名士何点曾对人说:"我作《齐书》已竟,赞云:'渊既世族,(王)俭亦国华。不赖舅氏,遑恤外家。'"①《南齐书·刘祥传》:"司徒褚渊入朝,以腰扇鄣日,祥从侧过,曰:'作如此举止,羞面见人,扇鄣何益?'渊曰:'寒士不逊。'祥曰:'不能杀袁(粲)、刘(秉),安得免寒士?'"褚渊之依附萧道成,不但为广大民众和许多士大夫所不满,甚至亦为他本族的人所非议。《南史·褚裕之附褚炤传》:"常非彦回身事二代。彦回子贲往问讯炤,炤问曰:'司空今日何在?'贲曰:'奉玺绂,在齐大司马门。'炤正色曰:'不知汝家司空将一家物与一家,亦复何谓?'"褚炤还认为褚渊如果早死,"不当是一名士邪!名德不昌,遂令有期颐之寿"。(亦见《南齐书·褚炫传》)甚至褚渊的儿子褚贲也对其父不满,"让封与弟蓁,世以为贲恨渊失节于宋室,故不复仕"(《南齐书·褚渊附褚贲传》)。

不管士族中一些人对萧道成代宋采取什么态度,但他们的上层人物中已有不少人归附了萧道成,如褚渊、王俭都是士族中的首领,所以其他人即使有所非议,已左右不了局面,所以萧齐政权对他们有时亦取宽容的政策,如谢朏在萧道成代宋前,曾劝萧学曹操、司马昭"将必身终北面"。"及齐受禅,朏当日在直,百僚陪位,侍中当解玺,朏伴不知,曰:'有何公事?'传诏云:'解玺授齐王。'朏曰:'齐自应有侍中。'乃引枕卧。传诏惧,乃使称疾,欲取兼人。朏曰:'我无疾,何所道。'遂朝服,步出东掖门,乃得车,仍还宅。是日遂以王俭为侍中

---

① 见《南齐书·高逸·何点传》;亦见《南史·何尚之附何点传》,但"外家"作"国家"。

解玺。既而武帝言于高帝,请诛朓。帝曰:'杀之则遂成其名,正应容之度外耳。'遂废于家。"(《梁书·谢朓传》)这并不是由于萧道成"仁慈",而是他明知谢朓并无干预政治的能力和意图,只是"内图止足,且实避事"(同上)。后来他还是做了南齐的吴兴太守,曾给他弟弟谢瀹送酒,并写信说:"可力饮此,勿豫人事。"(同上)这些高门士族虽无从政的才能,却有一定的社会影响,所以萧道成乐得采取怀柔政策。

这些高门士族的社会影响来自东晋以来长期形成的传统。这种传统自然有其牢固的社会基础,那就是整个高门士族阶层的经济实力及其众多的族人、"门生故吏"。因为这些高门士族大抵从东晋南渡时已经来到江南,在会稽(今浙江绍兴)和其他地区广占田产。他们家族中出过不少大官,自然有许多"门生故吏"在朝廷中担任要职,其力量不容忽视。光从经济实力而论,如陈郡谢氏,据《宋书·谢弘微传》记载,谢安的孙子谢混死后,由谢弘微代管其财产,"混仍世宰辅,一门两封,田业十余处,僮仆千人"。同书《谢灵运传》载谢灵运"因父祖(谢瑍和谢玄)之资,生业甚厚。奴僮既众,义故门生数百,凿山浚湖,功役无已。寻山陟岭,必造幽峻,岩嶂千重,莫不备尽。登蹑常著木履,上山则去前齿,下山去其后齿。尝自始宁南山伐木开径,直至临海,从者数百人"。陈郡谢氏仅为一例,与之齐名的琅邪王氏的兴起比谢氏更早,族人更众多,在东晋初就有"王与马,共天下"之说(《晋书·王敦传》及《南史·王弘传论》),经济实力和政治影响当更在其上。除了王、谢二族之外,自中原南来的高门士族如济阳江氏、陈郡袁氏、河南褚氏等,到南朝也还有很大的势力。

这些从中原南来的高门士族,在东晋时代确曾产生过一些具有政治才能的人物,如王导、谢安等,对保全江南的偏安局面有其不可忽视的作用。但这些士族中的多数人却长期过着优裕的生活,并享有许多特权,往往失去了进取心。正如颜之推在《颜氏家训·涉务》所说,"晋朝南渡,优借士族,故江南冠带,有才干者,擢为令仆已下尚书郎中书舍人已上,典掌机要。其余文义之士,多迂诞浮华,不涉世务"①。从《世说新语·简傲》中看来,早在东晋时,这些士人已多迂诞得近于荒唐。如:"王子猷(王徽之)作桓车骑(桓伊)骑兵参军。桓问曰:'卿何署?'答曰:'不知何署,时见牵马来,似是马曹。'桓又问:'官有几马?'答曰:'"不问马",何由知其数?'又问:'马比死多少?'答曰:'未知生,焉知死!'"②"王子猷作桓车骑参军。桓谓王曰:'卿在府久,比当相料理。'初不答,直高视,以手版拄颊云:'西山朝来,致有爽气。'"③"谢万北征,常以啸咏自高,未尝抚慰众士。谢公(谢安)甚器爱万,而审其必败,乃俱行,从容谓万曰:'汝为元帅,宜数唤诸将宴会,以说众心。'万从之。因召集诸将,都无所说,直以如意指四坐云:'诸君皆是劲卒!'诸将甚忿恨之。"④像这种人物,使之办理政事、统率军队,自然只能把事情弄糟。所以入宋以后,各朝统治者也明知他们中大多数人不堪任使,即使委以显职,也不过徒有其名,不叫掌握实事。如谢灵运之自谓才能宜参权要,而宋文帝却仅以文义之士处之,正是明知他不具备这种能力。自宋孝武帝以后,更是着重使用出身低微的人物。《南史·恩幸传》:"(宋)孝武以来,士庶杂选,如东海鲍照以才学知名,又用鲁郡巢尚之,江夏王义恭以为非选。帝遣尚之送尚书四十余牒,宣敕论辩,义恭乃叹曰:'人主诚知人。'"到了南齐,这情况尤为明显,同书同卷《刘系宗传》云:"系宗久

---

① 王利器《颜氏家训集解》(增补本),中华书局1993年版,第317~318页。
② 徐震堮《世说新语校笺》,中华书局1984年版,下册第414~415页。
③ 同上,第415页。
④ 同上。

在朝省,闲于职事,(齐)武帝常云:'学士辈不堪经国,唯大读书耳。经国,一刘系宗足矣。沈约、王融数百人,于事何用。'其重吏事如此。"当然萧道成、萧赜父子也任用一些高门士族,其中最著名的自是褚渊和王俭。这两个人所以位居显职,多半并非因为他们具有办理政事的才能,而是因为他们在宋末已经和萧道成同列,而能及早投靠萧氏,以固禄位,而萧亦乐得利用二人在士族中的影响。关于二人的处世态度,《文选》中有两篇文章说得最为真切,如王俭的《褚渊碑文》说褚渊:"夫乘德而处,万物不能害其贞;虚己以游,当世不能扰其度。均贵贱于条风,忘荣辱于彼我,然后可以兼善天下,聊以卒岁。经始图终,式免祗悔。谁云克备,公实有焉。"①任昉的《王文宪集序》说王俭:"公在物斯厚,居身以约,玩好绝于耳目,布素表于造次。室无姬姜,门多长者。立言必雅,未尝显其所长;持论从容,未尝言人所短。"②这里除去一些抽象的颂扬之辞和生活细节外,就是赞扬褚王二人的善于待人接物,明哲保身。我们现在读《南齐书》中关于二人的传记,可以看出褚渊其实只是个怀禄贪势、苟求自免的人,王俭其实在政治上并无作为,如果说有什么贡献的话,仅在撰次《七志》等学术工作上。萧氏父子的授以高官,本来亦意在利用其虚名。至于谢朏貌似倔强,亦不过假装清高,萧道成亦明知其早晚还得就范,才故意宽容。至于他们中有人只要稍有不驯服的表现,南齐君主都会毫不犹豫地加以诛杀,如萧赜之于谢超宗、王奂,萧鸾之于王晏,皆其适例。至于萧赜临死时的任用王融,那是近于所谓"病急乱投医",其经过当在后文详论。

总的来说,中原南来的高门士族中不少家族在东晋时已经没落,

---

① [南朝齐]王俭《褚渊碑文》,中华书局影印清胡克家刊本卷五十八,第808页下。
② 同上卷四十六,第656页下。

如琅邪诸葛氏、鄢陵庾氏、太原王氏等。琅邪王氏和陈郡谢氏还算维持到了南朝。其中谢氏在元嘉初年谢晦被杀后，再没有出现过对朝政有所影响的人物；王氏在元嘉时代还出现过王弘、王昙首、王华和后来的王僧绰众人，但这些人死后，也渐显颓势。《宋书·王景文（王彧）传》载，王彧之妹为宋明帝皇后，宋明帝病重时，"虑一旦晏驾，皇后临朝，则景文自然成宰相，门族强盛，借元舅之重，岁暮不为纯臣"，就送毒药令王景文自杀。到了齐代，帝王们对这些高门似乎已无类似的顾虑。他们所猜忌的除了帝王的族人外，大约主要是出身北府兵或其他军队的人物，如武帝之于张敬儿，明帝之于王敬则、陈显达，东昏侯之于沈文季、萧懿等。的确，那些高门士族的社会地位已大不如前，原来在东晋时，高门子弟一踏上仕途，就得授予显职，稍低的职位他们是不愿接受的。《世说新语·方正》："王中郎（坦之）年少时，江虨为仆射，领选，欲拟之为尚书郎。有语王者，王曰：'自过江来，尚书郎正用第二人，何得拟我！'江闻而止。"刘孝标注："按《王彪之别传》曰：'彪之从伯导谓彪之曰："选曹举汝为尚书郎，幸可作诸王佐耶！"'此知郎官寒素之品也。"①足见高门如琅邪、太原二王氏均不愿做"第二人"。但到了南齐时，王融出仕时只做到晋安王南中郎行参军，经升迁才到中书郎，谢朓初出仕时，只是豫章王太尉行参军，几经升迁，最后告发了自己岳父王敬则，才做到尚书吏部郎，较之东晋时代，已大为下降。进入南朝以后，他们所能保有的大约只有某些特殊的豁免权及社会地位。如《南史·王弘附王僧达传》载，王僧达曾当面侮辱了宋孝武帝母路太后的侄孙路琼之，路太后大怒，要把他治罪，孝武帝不同意，说："琼之年少，无事诣王僧达门，见辱乃其宜耳。僧达贵公子，岂可以此加罪乎？"不过，这也只是虚假的话，王僧达后

---

① 徐震堮《世说新语校笺》，中华书局1984年版，上册第185页。

来还是被加以"谋反"罪名处死。到了南齐,帝王在某种程度上,仍对高门士族表示尊重。如《南史·江夷附江敩传》:"先是中书舍人纪僧真幸于武帝,稍历军校,容表有士风,谓(齐武)帝曰:'臣小人,出自本县武吏,邀奉圣时,阶荣至此。为儿昏,得荀昭光女,即时无复所须,唯就陛下乞作士大夫。'帝曰:'由江敩、谢瀹,我不得措此意,可自诣之。'僧真承旨诣敩,登榻坐定,敩命左右曰:'移吾床让客。'僧真丧气而退,告武帝曰:'士大夫故非天子所命。'时人重敩风格,不为权幸降意。"当然,这种士大夫的特权亦不过是虚名,"寒人"虽做不了士大夫,却已掌握了朝政大权,如前面讲到刘宋时的巢尚之,连执政的江夏王刘义恭后来也只能听命于他;到南齐时代,更因为萧赜要加强对藩王们的监控而给予"寒人"出身的典签以不少权力,使皇族出身的藩王尚得惟他们之命是从,更不用说那些做藩王的长史、参军之类官职的士族了。随着士族在朝廷中影响的削弱和历次争权斗争中不少士族的被杀,再加上士族人物养尊处优,变得越来越迂诞,其没落自然不可避免。

二、王、谢二族的没落过程

中原高门士族的南渡,是由于西晋末年的"八王之乱"和刘聪、石勒的乘机攻陷洛阳,使西晋归于灭亡。但这些士族的南渡,虽都是为了避难,情况却不完全相同。其中有的家族是在刘、石攻陷洛阳以前,目睹中原形势混乱,只有江南比较太平,就较早地来到南方。这部分人可以琅邪王氏为代表。例如王导,早在晋怀帝永嘉元年(307)即洛阳陷落前四年,已和后来的晋元帝司马睿一起来到建邺(今江苏南京),着手准备建立东晋政权。这时他的堂兄王敦已在南方,并且掌握了不小的军政大权。王导的家乡是琅邪临沂,在今山东南部靠近江苏的地方,他本人在南迁前曾在下邳(治今江苏睢宁北)做官,南迁的道路不会受到石勒等人的阻截,因此这个家族南迁的人数最多,在政坛上也最有势力。另一些家族的情况则与此不同。如永嘉五年(311)洛阳陷落后,司马睿接受王导意见,招收所谓"百六掾",其中有勃海人刁协、太原人王承、济阴人卞壶、琅邪人诸葛恢、陈国人陈顗和颍川人庾亮等,这些人都是中原的望族,都是因洛阳倾覆而仓皇逃难来到江南的。其中像刁协、王承的家乡远在黄河以北,自然不可能携带众多的族人一同迁徙;另一些人如诸葛恢、卞壶等,家乡虽在黄河以南,离建邺较近,但在兵荒马乱中已来不及到家乡会同族人一起南下。在当时中原高门纷纷南下的条件下,家族势力越大,就越容易在江南广占田产,而人口寡少的家族,就难以做到这样。因此像琅邪诸葛氏、太原王氏这样的家族,在西晋时代的门第并不在琅邪王氏之下,而到东晋时,其实力就颇显逊色。所以在诸葛恢在日,曾有王葛并称的说法,而到他死后,诸葛氏在政坛上已销声匿迹,在士族中亦无重要地位。太原王氏的情况与此略有不同,这一家族也出了一些名士和显宦,直到东晋中叶,王述还和琅邪王氏的王羲之争高下,并占上风。但到后期则由于族人王恭和王国宝争权而互相厮杀,卒致这一家族在江南失去了高门的地位。其实在那个时代,官场中的争斗既属数见不鲜,士族被杀亦非罕见,像琅邪王氏在东晋时代也有像王廙被杀之事,但整个家族并不因此衰落。这说明南迁人口的多寡对家族实力有很大影响。

  在中原南迁的高门士族中,人口众多而维持贵盛最久的端推琅邪王氏。关于这个家族,据称当时曾流行过一个传说:"昔晋初度江,王导卜其家世,郭璞云:'淮流竭,王氏灭。'"(《南史》卷二十四,王裕之等人传论)而且据说到陈代灭亡那年,秦淮河确曾断流,而江南士族从此衰歇。这种传说当然有迷信色彩,不足凭信。但在南来的中原高门中,确以王氏败落最晚,几乎与南朝相终始。当时人大约看到了这个家族的雄厚实力,才编造出这种传说。前面提到"王与马,共天下"的说法确有其原因。因为王氏在东晋建立之前,早已在江南具有巨大实力。司马睿的建立偏安政权,还多少依仗他们的扶助。《晋书·王导传》云:"及(晋元帝)徙镇建康,吴人不附,居月余,士庶莫有至者,导患之。会(王)敦来朝,导谓之曰:'琅邪王仁德虽厚,而名论犹轻。兄威风已振,宜有以匡济者。'会三月上巳,帝亲观禊,乘肩舆,具威仪,敦、导及诸名胜皆骑从。吴人纪瞻、顾荣,皆江南之望,窃觇之,见其如此,咸惊惧,乃相率拜于道左。……自此之后,渐相崇奉,君臣之礼始定。"所以据同书同传载,当司马睿登帝位时,甚至"百官陪列,命导升御床共坐"。王导当然不敢应命,但也可由此看出王氏和其他士族的不同地位。甚至在王敦发动叛乱后,王导的从弟王彬及其兄子王籍之被人参奏,"并是敦亲,皆除名",晋明帝却下诏说:"'司徒导以大义灭亲,其后昆虽或有违,犹将百世宥之,况彬等公之近亲。'乃原之。"(《晋书·王廙传》)这种特权,在某种程度上还维持到刘宋。《宋书·王球传》载,王球兄子履,在宋文帝元嘉时曾为彭城王刘义康哭诉,及至刘湛被杀时,王履十分恐慌,去见王球,王球却说:"阿父在,汝亦何忧?"最后王履竟得免死。终刘宋一代,琅邪王氏虽然也有人死于政治事件,但很少造成家族的败落,如王僧绰参与宋文帝和江湛、徐湛之关于废黜太子刘劭的计划,被刘劭所杀。但其子王俭并未遇害,而为叔王僧虔抚养长大。王僧虔和王俭仍贵显于宋齐之际。王僧达的被杀,是由于公开侮辱路太后的侄孙,这在某种程度上说不光是给路太后也是给宋孝武帝以难堪,所以实为咎由自取。即使这样,其子道琰亦未被牵连,官至庐陵内史,孙子王融是齐永明间著名文人,因其他的事被杀,这已是南齐时代。王景文(王彧)的被宋明帝赐以毒药自尽,则纯出于猜忌,与政见无干,且亦未进一步损害其门户。所以自宋至齐初,王氏的社会地位基本上未受到明显影响。如果说已显下降趋势的话,只是才能杰出或名位显达者已见减少,这大约和这些高门士族已不再能垄断要职有关。关于这问题,下文还将详论。

琅邪王氏之遭受沉重打击,其实始于南齐时代。南齐初年的王僧虔、王俭叔侄虽然地位甚高,却都是"式免祗悔","未尝显其所长",也"未尝言人所短"的人物,所以能得善终。王融就不一样了,他其实只是一个文人,齐武帝萧赜在赞赏刘系宗时,已说过他没有政治才能。但他偏偏"自恃人地,三十内望为公辅"。用沈约《怀旧诗·伤王融》的话说就是"眷言怀祖武,一篑望成峰"①。这本来就犯了南齐君主们的大忌。萧赜末年眼看他的太孙萧昭业难于守业,宗室中的萧鸾之流又有觊觎帝位之心,临时决定改立萧子良。萧子良尽管久居高位,却无多大政治才能,更不能掌握兵权,只能把废立之事交给王融去办。无谋躁进的王融却想凭短时期内召集的少数乌合之众来完成废立大事。正如梁武帝萧衍所说:"夫立非常之事,必待非常之人,融才非负图,视其败也。"(《南史·梁本纪》上)结果自然被萧鸾用萧昭业的名义把他诛杀。王氏另一位人物王奂是王彧之侄,过继给王球为孙。他在永明年间曾官至尚书左仆射等要职,后为雍州刺史,因擅杀宁蛮长史刘兴祖,被萧赜所杀,其长子王融、次子王琛都被杀,虽有一个儿子王肃逃奔北魏,成了魏孝文帝的名臣,但王氏这一支在南朝已经败落。王奂弟份虽得保全,但本人和子孙均无多少建树,官位显达者亦不多。王氏另一支的人物王晏,是刘宋时隐士王弘之的侄孙,这一支在晋宋以来的官职就不如王导子孙们。王

---

① 逯钦立《先秦汉魏晋南北朝诗》,中华书局1983年版,中册第1653页。

晏为人据《南齐书》本传说他"性甚便僻"。其实他主要是想全身免祸。早在刘宋末，他已在萧赜幕下，萧道成代宋，萧赜为太子，行事专断，他怕牵连，就"称疾自疏"。萧赜即位后，官至右仆射，萧鸾废萧昭业，他就"响应推奉"。萧鸾为人猜忌是人所共知的，王晏作为萧赜的旧臣，"言论常非薄世祖（萧赜）故事"（同上），显然是为了图自全计。但萧鸾并没有放过他，而是把他杀死，并且还杀了他的两个儿子王德元与王德和。经过这几次打击，王氏在政坛和社会上的地位也随之下降。虽然这个家族人数较多，不像其他家族那样败落得迅速，而剩下的各支人物，已经丧胆，大抵明哲保身者多而热衷功业者少，再没有出现多少政治人物。入梁以后王氏人物中稍为人们注意的只有王筠、王籍和王褒等文人，这和他们在齐代的经历有很大的关系。

和琅邪王氏相比，陈郡谢氏的命运远为不如。谢氏之兴起始于西晋末年的谢鲲，较之王氏要晚。谢氏在东晋初年的社会地位也远不能与王氏及其他中原望族相比。前面提到司马睿接受王导意见招致的"百六掾"中，就没有谢姓人物。当那些高门士族群集建康司马睿左右时，谢鲲虽已过江，却居于豫章（今江西南昌），充任王敦的幕僚。谢鲲之子谢尚官职比乃父稍高，但也没有建立什么重大功业。谢尚无子，因此这一支在东晋初年以后就在政坛上消失了。后来显贵于晋宋间的谢氏则是谢鲲的从兄弟谢裒的子孙。谢裒其人《晋书》无传，只知道他是东晋名臣谢安之父，《晋书·谢安传》说他官至太常卿；《世说新语·方正》注引《永嘉流人名》说他"字幼儒，陈郡人。父衡，博士。裒历侍中、吏部尚书、吴国内史"[①]。据此，他的官职不低，而《晋书》不为他立传，说明无事迹可记。他在当时的高门士族心目中的地位似乎不高。《世说新语·方正》载有一个故事："诸葛恢大

---

① 徐震堮《世说新语校笺》，中华书局 1984 年版，上册第 174 页。

女适太尉庾亮儿,次女适徐州刺史羊忱儿。亮子被苏峻害,改适江彪。恢儿娶邓攸女。于时谢尚书求其小女婚,恢乃云:'羊、邓是世婚,江家我顾伊,庾家伊顾我,不能复与谢裒儿婚。'"①诸葛恢是当时第一流的望族,地位与琅邪王氏不相上下。《世说新语·排调》:"诸葛令、王丞相共争姓族先后。王曰:'何不言葛、王,而云王、葛?'令曰:'譬言驴马,不言马驴,驴宁胜马邪?'"②以此可见,在第一流高门人士看来,谢家还难以和他们相提并论。这种看法并不限于诸葛恢这样的人,其他士大夫们似乎对谢氏也不很服气。《世说新语·方正》:"韩康伯病,拄杖前庭消摇,见诸谢皆富贵,轰隐交路,叹曰:'此复何异王莽时!'"③这位为《易·系辞传》作注的玄学名士,曾被庾龢把他与太原王坦之并论,可见社会地位不低。他的看不起谢氏,大约因为谢姓之兴,是由于谢尚乃临朝太后庾氏的舅父,贵显多少由于外戚,所以比作王莽。韩康伯的生卒年不详,从《晋书》本传看,似生活于永和间,可能不及见谢氏在淝水之战中的功勋,故有此论。谢安和谢玄在打败前秦苻坚的进犯时,确实功不可没。王谢并称的情况正是始于此时。

淝水之战后,谢氏在政坛和社会上的地位确实如日中天。前面提到谢琰、谢灵运所继承的谢安、谢玄的遗产就充分说明了这一点。在谢安的影响下,谢氏子弟都具有高度的文化教养。从某种程度上说,谢氏的人对琅邪王氏亦有某种轻视的心理。《世说新语·贤媛》:"王凝之谢夫人既往王氏,大薄凝之。既还谢家,意大不说。太傅(谢安)慰释之曰:'王郎,逸少(王羲之)之子,人身亦不恶,汝何以恨乃

---

① 徐震堮《世说新语校笺》,中华书局1984年版,上册第173~174页。
② 同上,下册第425页。
③ 同上,上册第189页。

尔?'答曰:'一门叔父,则有阿大、中郎;群从兄弟,则有封、胡、遏、末,不意天壤之中,乃有王郎!'"①这也不奇怪,谢氏此时正当极盛之时。王氏此时距王导去世已有四十年左右,子孙久享富贵,难免沾染颜之推所说的那种"迂诞浮华"之风。但谢氏的兴盛并未维持多久,谢安、谢玄相继去世之后,就趋于败落。而且其衰败比起王氏要快得多。谢安、谢玄之能以少击众打败苻坚,在很大程度上得力于北府兵之功,而谢氏之所以衰落亦多少与这支军队有关。所谓北府兵,是指京口(今江苏镇江)一带的军队。这一带东晋、南朝时代居住着许多原住在徐州(今苏北鲁南等地)的移民,所以成为南徐州的治所。北府兵正是以这些移民为主干组建的,当然,其中也有部分江南人(如吴兴沈氏)及其他地方的移民。北府兵以勇锐著称,当东晋南渡之初,朝廷手中并无可以直接指挥的武装,所以很难应付王敦、苏峻等军阀的叛乱,而当北府兵出现后朝廷的实力大大加强。在淝水之战及镇压孙恩的战役中都立下了巨大功劳的将领刘牢之,更是在东晋末年的政坛上起着举足轻重的作用。后来王恭、王国宝和桓玄的争权斗争,几方面都要借重刘牢之的力量。最后,刘牢之虽被桓玄所愚弄,自缢而死,但北府兵的实力并没有消失。在桓玄篡晋之后,正是北府兵的将领刘裕等人据京口起兵,以兴复晋朝为号召,很快地消灭了桓氏势力。接着刘裕又率兵灭了割据今山东一带的鲜卑族南燕政权,彻底平定了卢循之乱,又北上攻克洛阳、长安,灭羌族所建的后秦。最后就代晋自立,建立刘宋皇朝,成为宋武帝。宋武帝刘裕本是北府将领刘牢之的部下,而刘牢之在淝水之战时,原本隶属于谢玄及谢安之子谢琰麾下。因此陈郡谢氏和北府兵的关系由来已久。在淝水之战中,谢安认为其子谢琰有"军国才用",曾用他为辅国将军,统率精

---

① 徐震堮《世说新语校笺》,中华书局1984年版,下册第377页。

兵八千。谢安死后,谢琰仍兼武职,孙恩之乱发生后,朝廷派他和刘牢之一起去镇压,最后在会稽战败而死,他的两个儿子谢肇和谢峻亦同时阵亡,只剩下小儿子谢混。但谢混亦未得善终。当刘裕取得了平桓玄、卢循的胜利后,又因争权与一同起兵反对桓玄的刘毅斗争,谢混因党附刘毅被杀。谢混无子,只有两个女儿,他的家产虽极丰厚,却被女婿殷叡赌博败光。这样,谢安一支就彻底没落。

和谢安一起在淝水之战中建立功勋的谢玄是安兄奕之子。他因战功被封"康乐公",在谢安死后三年(388)也死去了。谢玄儿子谢瑍是个弱智人,早卒,而孙子谢灵运却是晋宋间杰出的诗人。谢灵运虽有高超的文学才能,却未必有政治才能,所以刘宋朝廷只是以一个文人看待他,而他"自谓才能宜参权要,既不见知,常怀愤愤"(《宋书》本传)。史载他的为人"多愆礼度",《南史》甚至说他"猖獗不已,自致覆亡"。的确,谢灵运行为放荡,最后招致杀身之祸,自有其原因。据《宋书》、《南史》本传说,宋文帝杀他是因为他"谋反",其实像他这样一个文人,已经远离家乡,在临川内史任上被捕,流放广州途中,根本不可能有力量造反,《宋书》说他和大将檀道济有勾结,更非事实。檀道济之死亦属冤案,本无事实。谢灵运之被杀,其实是由于他对朝廷不很驯服,因此遭宋文帝及执政的彭城王刘义康之忌恨。在谢灵运看来,刘牢之等北府军人,原是他祖父谢玄的部下,刘裕名位更在其下。魏晋以来,士族本来轻视武人,而刘裕更是自己祖父的旧部,一旦向刘裕之子称臣,自然不大服气,因此形于言行而招致杀身之祸。谢灵运被杀后,他的儿子谢凤早死,孙子谢超宗亦有文才,由宋入齐,由于家庭没落,自称家庭为"悬磬之室"(《南史》本传),大约是事实。谢超宗因为家庭没落,不得不和齐高帝的功臣张敬儿结为儿女亲家,以求强援。但张敬儿在高帝死后,被武帝所杀。谢超宗曾口出怨言,结果又被杀。谢超宗既死,长子谢才卿早卒,次子谢几卿亦有文才,但并无政治才能,官位亦不高。因此谢玄这一支入齐以前,已遭打击,入齐后更是雪上加霜。

除了谢安、谢玄两支外,谢安的次兄谢据一支也出了不少著名人物。其中谢据的曾孙谢绚、谢瞻、谢晦和谢曒四人是亲弟兄。谢绚的事迹不见史传,谢瞻是诗人,有诗为《文选》所录,他为人谦退,不赞成其弟谢晦的行径,他只活了三十五岁,史籍未言其有子嗣。谢晦则是宋武帝刘裕的重要谋士,刘穆之死后,他掌握了朝廷的机要。尤其是刘裕去世以后,少帝义符即位,由他和徐羡之、傅亮一同辅政。他们三人掌握大权后,先杀了刘裕的次子庐陵王义真,接着又废少帝,不久加以杀害,而迎立宋文帝刘义隆。他们这种行为自然引起刘义隆的不安,许多士族人物如王华等的愤恨。于是刘义隆便下决心杀了徐羡之、傅亮和谢晦在建康的子侄,并发兵讨伐在荆州的谢晦,很快把他击溃,捕得谢晦及谢绚子谢世基押送建康斩杀。这一支便这样被消灭了。

谢据另一房的孙子谢裕在晋宋间亦颇有名,其弟谢述有三子:谢综、谢约和谢纬。谢综和谢约据云因参加了范晔"谋反"的事件被杀。只有谢纬因娶宋文帝女,且素为综、约所憎,得免死,流放广州。他到孝武帝孝建时才被允许还建康。他就是著名诗人谢朓之父。谢朓出生于其父已从流放地回来以后,家境显然已远不如前。所以谢朓也和谢超宗一样攀结强援,娶萧道成的功臣王敬则之女。谢朓在文学上有很高成就,而在仕途上并不顺利。历任藩王僚属之后,只做了宣城、南东海等地的太守。当他在南东海太守任上时,他岳父王敬则因遭萧鸾猜忌,决定举兵,事先派人通知谢朓,谢朓告发了王敬则,因此升任尚书吏部郎。此后不久,萧鸾死去,东昏侯萧宝卷即位,萧鸾的堂兄弟始安王遥光密谋废宝卷,更立宝卷弟宝玄,并拉拢谢朓,许以卫尉之职,要他支持。谢朓怕被牵连,就向萧宝卷的幸臣左兴盛告发,但事机不密,反被遥光加以罪名杀死。谢朓生前,曾和梁武帝萧衍有约,让谢朓子谢谟娶萧衍第二女为妻,但谢朓死后,家庭败落,萧衍反悔,把女儿嫁给了琅邪王志之子王谟。谢谟很不得志,在梁代仅做过县令、王府咨议等小官。其后史传已无记载,说明这一支亦已败落。

谢安之弟谢铁的儿子谢冲家在会稽,被孙恩所杀。谢冲子方明因随伯父谢邈在郡城得免,但不久孙恩进攻郡城,谢邈也被杀,谢方明逃免,却能聚众报仇。然而已是"合门遇祸,资产无遗"(《南史》本传)。后来孙恩再次进攻会稽,他只能携母及妹转道今闽浙交界处,经今江西逃到建康。后仕宋,史称颇有政绩。他有二子:惠连、惠宣。谢惠连亦是著名诗人,早卒,无子。谢惠宣曾为宋临川太守,史籍无传,仅知齐代诗人王融之母是他的女儿。可见谢氏这一支亦不兴盛,入齐后已默默无闻。

陈郡谢氏中由晋经宋入齐尚能免于重大打击的大约只有谢安弟谢万的曾孙谢弘微一支。谢弘微之所以能长保富贵,大约由于他为人谨慎谦退,正如谢混说他的"异不伤物,同不害正"(《宋书》本传),但《南史》说当时有人把他比作汉代的孔光,说明他主要是明哲保身,全身免祸。谢弘微虽未至显职,儿子谢庄却官位甚高。谢庄在谢灵运、谢惠连死后,不失为刘宋一代谢氏又一优秀文士,但对仕途不很热衷,曾任吏部尚书这样的要职,却写信给执政者刘义恭,称病求辞。谢庄因擅长文学,曾为宋孝武帝宠妾殷贵妃作诔,孝武帝死后,前废帝曾把他下狱,几乎被杀。明帝即位后得释,不久即死。他基本上也是个但求全身远祸的人,因此未遭杀害。他有五个儿子,以谢朏和谢瀹最有名。谢朏历齐入梁,他的为人前面已谈过。其弟谢瀹则卒于齐代,确如其兄所嘱,专以酣饮为事,大约也是为了全身远祸。他的两个儿子谢览、谢举在梁时皆有较高官位,谢举官职尤高。据说谢举及子谢峳均有文集,但《隋书·经籍志》不见著录。谢举仅存诗一首,见《文苑英华》卷一百九十二,可见谢氏仅存的这一支在文学上的成就也已远不如前人。大抵谢氏在东晋和宋初全盛时代,不但官职与王氏相埒,在文学方面的人才也较王氏为多,所以《文选》所录晋宋作品,谢氏的人物及作品远超王氏。入齐后因谢朓尚在,入选之作也很多。但入梁以后如《隋书·经籍志》所录文集王氏已远多于谢氏。《梁书·王筠传》载,王筠曾作书告诫其诸儿,自称古人"非有七时之中,名德重光,爵位相继,人人有集,如吾门世者也"。谢氏就无此情况。这大约因为从谢安至谢混,谢氏人数众多,时作乌衣之游,交流文义,促进了文才成长,而入齐以后,家族败落,已难有这种交游,而且家庭衰微之后,纵使有文集,亦不复受人注意,难以收入国家藏书,从而更易散佚之故。

三、南朝的吴地高门

除了中原南渡的望族外,江南本地也有一些高门士族,早在西晋灭吴以前,就颇为中原人士所知。如左思《吴都赋》就有"其居则高门鼎贵,魁岸豪杰,虞魏之昆,顾陆之裔"①之语,陆机作《吴趋行》,有"四姓实名家"之语,所谓"四姓"指吴郡(今江苏苏州)的朱、张、顾、陆四族。其实江南的高门士族不限于吴郡,亦不止这四族。《晋书·王导传》提到王导向司马睿建议招致的望族为顾荣和贺循,而当时曾向司马睿下拜的还有纪瞻。王导所以提顾、贺二人,大约因为顾代表吴郡,贺代表会稽郡。王导为了招致顾、贺,曾亲自登门拜访,他们也

---

① 中华书局影印清胡克家刊本《文选》卷五,第 88 页下。

应命而来。在这些人中,顾荣在西晋时就曾入洛做官,后来见朝政衰乱,就辞官南归。他在吴地高门中拥护晋皇朝最为积极。在西晋末年平定陈敏之乱中,他就有不小的作用。《世说新语·言语》:"元帝始过江,谓顾骠骑曰:'寄人国土,心常怀惭。'荣跪对曰:'臣闻王者以天下为家,是以耿、亳无定处,九鼎迁洛邑,愿陛下勿以迁都为念!'"①他在这方面的功绩,却被一部分南人所愤恨,因为中原南渡的士族几乎占尽了东晋朝政的重要职位,而南方士族则只处于次要的地位。在这方面,初年王导在日,可能还有所不同。如顾荣官至骠骑将军,族人顾和官至司空、尚书令等职。陆玩则官至太尉,王导曾向他要求结儿女亲家,事虽未成,也可以看出对他的重视。王导这样做,显然是因为初到江南,立脚未稳,需要这些本地大族的支持。但王导和顾荣、陆玩诸人死后,那些中原高门渐渐垄断了重要官职,因此东晋中叶以后,南方士族在朝廷中基本上不占多大势力。所以直到南齐时,丘灵鞠还在那里怨恨顾荣。他说:"我应还东掘顾荣冢。江南地方数千里,士子风流,皆出其中。顾荣忽引诸伧渡,妨我辈途辙,死有余罪。"(《南齐书·文学·丘灵鞠传》)

如果说顾陆等吴地大族在东晋南渡之初还与中原来的高门关系较好的话,其他吴地强宗豪族与这些中原人士的矛盾则十分尖锐。这种矛盾大约从西晋平吴之初已经存在。《晋书·周处传》:"及吴平,王浑登建邺宫酾酒,既酣,谓吴人曰:'诸君亡国之余,得无戚乎?'处对曰:'汉末分崩,三国鼎立,魏灭于前,吴亡于后,亡国之戚,岂惟一人!'浑有惭色。"《世说新语·言语》:"蔡洪赴洛,洛中人问曰:'幕府初开,群公辟命,求英奇于仄陋,采贤俊于岩穴。君吴、楚之士,亡国之余,有何异才而应斯举?'蔡答曰:'夜光之珠,不必出于孟津之

---

① 徐震堮《世说新语校笺》,中华书局 1984 年版,上册第 49~50 页。

河;盈握之璧,不必采于昆仑之山。大禹生于东夷,文王生于西羌。圣贤所出,何必常处?昔武王伐纣,迁顽民于洛邑,得无诸君是其苗裔乎?'"①这种矛盾还仅限于心态,而东晋南渡之后,则事关政权和仕途的实际问题,因此碰撞尤为激烈。周处之子周玘就曾和一些人密谋杀死执政诸大臣,推周玘和戴渊跟南方士人共同奉晋帝处理政事,事泄,朝廷虽未追究,而周玘因此发病而死,临死对儿子周勰说:"杀我者诸伧子,能复之,乃吾子也。"(《晋书·周处附周玘传》)周勰听了父亲遗命,"时中国亡官失守之士避乱来者,多居显位,驾御吴人,吴人颇怨。勰因之欲起兵,潜结吴兴郡功曹徐馥。馥家有部曲,勰使馥矫称叔父札命以合众,豪侠乐乱者翕然附之,以讨王导、刁协为名。孙皓族人弼亦起兵于广德以应之。馥杀吴兴太守袁琇,有众数千,将奉札为主。时札以疾归家,闻而大惊,乃告乱于义兴太守孔侃。勰知札不同,不敢发兵",后来徐馥等均告失败,"(晋)元帝以周氏奕世豪望,吴人所宗,故不穷治,抚之如旧"。在这里可以看出东晋朝廷对吴人采取的是既不重用,却又不敢得罪的态度。这大约是东晋直到刘宋时对南方人所实行的一贯政策。如果说代表中原高门的东晋皇朝对义兴(治今江苏宜兴)周氏这样的强宗是如此,那么对汉魏以来就有很高声誉的顾陆诸高门更是如此。例如这些吴郡的大族,其庄园、田产大多在今苏南浙西一带,因此中原高门如王谢诸族的田产和别业则大抵建置在今浙东的会稽一带。这当然因为那时浙东相对人少地多,更重要的则是为了避免与顾陆诸族产生矛盾。至于顾陆等族,眼看晋宋两代的朝廷中内部争权斗争不断,仕途颇多危险,也很少有人积极从政。所以从东晋中叶直到宋末,顾陆二姓并无显宦,却也无人卷进政治斗争而被杀。这恐怕不完全由于中原高门

---

① 徐震堮《世说新语校笺》,中华书局 1984 年版,上册第 45~46 页。

排斥他们,也因为他们吸取了西晋时到洛阳的经验:顾荣因及早抽身南归而保全;陆机、陆云则继续任职而遇祸。

和顾陆稍有不同的是"四姓"中的张氏。在朝廷和中原高门眼里,他们的地位似不如顾陆重要,所以王导到江南,积极拉拢的只是顾陆、纪瞻和贺循诸人。这时张氏人物在朝廷中并无重要地位。到了晋末宋初,张裕、张邵才在史传中占据较为令人注目的地位。张氏人物中颇有些人像《抱朴子·讥惑》中所说的那样模仿中原士人的行为。如宋元嘉时的张畅,善于学中原口音,史称其"音韵详雅";张敷亦"善持音仪";宋齐间的张绪,被袁粲说成"有正始遗风";南齐时代的张融更为怪诞,萧道成说他"此人不可无一,不可有二"。但齐梁以后产生的文人也不少。《南史·张邵传论》称,"有晋自宅淮海,张氏无乏贤良"。但宋齐间张氏人物真正有功业者并不多见。如官位较高的张永,其实是个文士,却偏要做将帅,宋明帝时率兵迎薛安都,为北魏所败,士兵逃散,仅以身免,还死了一个儿子;后废帝时,桂阳王刘休范作乱,他又领兵抵御,又是全军溃散,被免官削爵,忧惭而死。张氏一些人颇思仕进,但中原高门对他们并不重视。齐初,萧道成"欲用绪为右仆射,以问王俭,俭曰:'南士由来少居此职。'褚渊在座,启上曰:'俭年少,或不尽忆。江左用陆玩、顾和,皆南人也。'俭曰:'晋氏衰政,不可以为准则。'上乃止。"(《南齐书·张绪传》)但正因为"南士"的社会地位较低,统治者对他们的疑虑也较轻,所以在政治斗争中遭杀身之祸的也相对少些。如宋明帝晚年,颇猜忌王彧和张永,编了个谣言说"一士不可亲,弓长射杀人"(《宋书·王景文传》),但后来彧被赐死,而张永则未遇祸。

对南方士族来说,因为在朝廷中没有重要势力,所以历次政治斗争对他们的影响不大,不至于因有人被杀而败落。尽管在东晋及刘宋时,南方士族出身的文人还不多,而入齐以后,陆、张及顾氏均产生了一些作家,如陆厥、张融,都很有名,顾则心在当时亦有一定影响。

其实在南朝政治史和文学史上影响最大的吴地大族还不是原来的高门朱、张、顾、陆诸姓,而是社会地位稍低的武力强宗吴兴沈氏,在政坛上有沈庆之、沈攸之、沈文季诸人,在文坛上出现了"永明体"的创始人沈约。不过沈氏的兴起,却与北府兵有着密不可分的关系,所以只能在下文详谈。

四、北府兵将领及其子孙的文人化

上面说过,北府兵的主要成员是居住于以京口为中心的徐州一带移民,当然也有部分南方人及其他北方移民。这支军队的成员出身不一,有的较贫苦,有的可能尚较富裕,他们的文化水平也不太一样。如宋武帝刘裕大约是下层出身,《宋书·武帝纪》下记载宋孝武帝时,说他"所居阴室","床头有土鄣,壁上挂葛灯笼、麻绳拂"。同书《徐湛之传》:"初,高祖微时,贫陋过甚,尝自往新洲伐荻,有纳布衫袄等衣,皆敬皇后(武帝妻臧氏)手自作,高祖既贵,以此衣付公主,曰:'后世若有骄奢不节者,可以此衣示之。'"他的文化程度亦不高,他自称"我本无术学",字迹也不好。这不光是他个人如此,他的弟弟长沙王刘道怜"素无才能,言音甚楚,举止施为,多诸鄙拙"(《宋书·宗室传》);刘道怜之子刘义綦也无文化,连陆机是什么人也不知道,同书同传说他"凡鄙无识知",被宋文帝子始兴王刘濬所戏弄,对他说:"陆士衡诗云:'营道无烈心。'其何意苦阿父如此?"刘义綦竟说:"下官初不识,何忽见苦?"这大约因为刘裕及其族人出身贫苦,没有机会接受较高的文化教养。这和兰陵萧氏的情况很不一样。南齐建立者萧道成,虽然功业远不能和刘裕相比,但文化程度却要高得多,我们在上面已经谈到。其他北府将领的情况也不一样。如刘粹，是东晋名士刘恢的孙子；刘裕的妻兄臧焘虽贫，却好学，"善《三礼》"；同时，刘裕的舅舅赵伦之"性野拙，人情世务多所不解"。至于宋孝武帝的大将沈庆之出身吴兴沈氏，本亦大族，却目不识丁。可见文化的高低有时和贫富并无直接关系。但一个家族在富贵之后，总要让他们的子弟上学，以提高其文化教养。如刘裕虽无学术，当他执政之后，子侄们有文才的就不少。如次子刘义真，与谢灵运、颜延之来往颇多；三子刘义隆即宋文帝，能诗；侄儿刘义庆是《世说新语》及《幽明录》的作者。刘裕的孙子一辈能文者更多。如孝武帝刘骏能诗，亦有文集；明帝刘彧亦有文才，作《晋江左文章志》，编有《赋集》、《诗集》各四十卷，他有集三十三卷；南平王刘铄能诗，有《拟古》诗三十余首，《文选》收录其中二首，艺术价值较高；此外像竟陵王刘诞、后来投奔北魏的义阳王刘昶，亦有文才。但刘宋皇族内部的争权斗争十分尖锐，经孝武帝刘骏和明帝刘彧二朝，宗室大部分被杀害，最后萧道成代宋，又杀死了刘氏尚存的皇室近亲，所以刘宋皇朝的子孙在齐梁时代已基本灭绝。但彭城刘氏在南朝产生的作家很不少，不过他们并非刘裕子孙，而是宋明帝时的大将刘勔之后。刘勔亦属彭城人氏，祖上很可能和刘裕一支是本家，但家族聚居之地和刘裕一支不在一处，而且两支人物也无互认同宗之事。刘勔在帮助宋孝武帝平竟陵王刘诞之乱和明帝反对晋安王刘子勋的战争中都有功劳，后来抗击桂阳王刘休范之乱时战死于朱雀航。刘勔死后被谥为忠昭公，其子刘悛袭爵，悛子刘孺、刘览、刘遵及悛弟刘恒子苞皆有文才，知名于梁代。刘悛另两个儿子刘绘和刘瑱则为南齐文人，能诗，刘绘的骈文尤为时人所称。刘绘一门皆能文，长子刘孝绰早年就被舅父王融所称赏。他的弟弟孝仪、孝胜、孝威、孝先皆有文才。刘孝胜后来还到了北方，后来成为唐代显姓的彭城刘氏，大约就是孝胜等人之后。刘孝绰还有三个妹妹都有才学，尤其是最小的刘令娴，为徐悱之妻，她不但能诗，徐悱死后她作《祭夫文》，尤为骈文名篇。刘勔本是个军人，家贫，开始出仕时是广州增城令，后为郁林太守，这些地方都在今两广境内，当时较有地位的士人是不会去的。但到他做了大官，他的儿媳竟是王僧达的孙女；三个孙女一个嫁琅邪王氏，一个嫁东海徐氏，都是中原高门，另一个嫁吴郡张氏，亦南方望族。既与这些士族联姻，也必然去学士大夫那种文化教养，于是彭城刘氏便成了文才济济之族。这样的情况在当时军人出身的人物中，很有代表性。例如刘宋将领到彦之的子孙也是这样。到彦之是彭城人，也是北府军人，从宋武帝征讨有功，文帝时封建昌县公，最后做到护军将军。他曾孙到沆、到溉和到洽，都成了著名文人。到溉曾任梁代的吏部尚书，这在晋宋是第一等高门士族才能做的官职，但士族何敬容还是看不起他，因为到彦之富贵前担过粪，说："到溉尚有余臭，遂学作贵人。"（《南史·到彦之附到溉传》）任昉论到氏兄弟则说："臣常窃议，宋得其武，梁得其文。"（《梁书·到洽传》）大抵武官出身的人，其子弟往往不愿别人提起此事，如沈庆之的儿子沈文季在齐代听到褚渊称他"当今将略"就发怒，因为他"讳称将门"（《南史·沈庆之附沈文季传》）。宋时另一将领张兴世的儿子张欣泰不愿做武官，褚渊问他："张郎弓马多少？"他说："性怯畏马，无力牵弓。"（《南史·张兴世附张欣泰传》）这种心理大约和晋宋以来士族的轻视军人有关，《世说新语·方正》载，东晋王坦之在桓温幕下任职，桓温表示要让儿子娶他的女儿，他回去和父亲王述商量，王述大怒，认为桓温是"兵"，不能把女儿嫁给"兵"。《晋书·谢安附谢奕传》载，谢奕也把桓温看作"老兵"。但随着北府兵将领日渐得势，原来那些中原望族趋于衰落，这种偏见其实在不断地被打破。前面讲到的彭城刘氏和琅邪王氏联姻，还可以说是王家因刘家已经贵盛，刘勔既为朝廷而死，刘绘本人又有才华才同意结亲的话,像谢超宗和张敬儿做亲家,谢朓娶王敬则女,恐怕还是士族方面更主动,因为谢家这两支已经衰败,不得不托附高官,而那些武人出身的显宦,也愿结亲士族以提高社会声望。这种事例虽颇遭一部分人的反对,像沈约作《奏弹王源》就是这样,但事实却促使了士庶界线的消除,未尝无进步意义。即以沈约而论,他出身的家族,在东晋时既非中原望族,亦非顾陆那样的吴地高门。

在这种士庶界线渐趋泯灭的过程中,像兰陵萧氏,其实也是北府将领出身,只是由军功而升官,再进而爬上皇帝的宝座。南齐皇族发迹的历史,我们在前面已经详述,和这里讲到的刘、到诸姓并无太大区别。萧氏富贵以后,也渐渐由军阀转化为士族,所以根据《隋书·经籍志》的著录,晋宋时代人的文集,几乎绝少有出于萧姓之手的,而到齐梁以后,萧姓文人的集子数量大增,几乎超过王氏,而大大多于谢氏。这一点,也充分说明入齐以后,中原士族在政治上趋于衰歇,北府军人则如日中天;在文坛上的势力也有类似情况。本来,人们在文学上的成就和官职并无必然的联系,官位高的人未必能写出好作品来。产生这种情况的原因大约是高官的文集可以更容易地进入国家藏书,著录于国家藏书的目录中;地位卑微的人即使有文集,也不大会有人为之扬名,亦难以进入国家藏书而被著录于书目,这种文集也最易散佚。所以某些家族衰落以后,文集散佚的可能性就更大。这决不意味着这些家族中不可能再产生有才华的作家。

第四章 南齐文风的演变

一、南齐文学发展的几个阶段

在南朝四代中,齐皇朝统治的时间最短,从萧道成代宋(479)到梁武帝萧衍代齐(502)共二十三年。但这短短的二十三年,文学上却出现了几次变化。第一个阶段为齐初,即齐高帝建元元年(479)到武帝永明三年(485)或四年(486)竟陵王萧子良的西邸建立以前。这个阶段的文风尚沿自南朝宋末,当时江淹的文名高于沈约,他的集子即编定于这一时期。江淹的诗颇多古奥的字语,这和后来沈约提倡"三易"之说有很大不同;江淹所作公文,虽然已属骈体,但和后来孔稚珪的《北山移文》还有不少区别,他有些文章如《袁友人传》和更早一些的《诣建平王上书》之文风则模仿西汉的司马迁和邹阳,更与齐梁文风迥异。当时一些文人看重的也是江淹那种文风,《南齐书·谢瀹传》记齐武帝问王俭"当今谁能为五言诗",王俭答"谢朓得父膏腴;江淹有意",不提沈约。江淹的诗有古气,我们都知道。谢朓之作已不存,难知其详,但王俭说他"得父膏腴",当近于谢庄,而谢庄之诗,《诗品》把他和颜延之并提,当与后来的永明诗人大异其趣。当时还有不少文人大约也是这种诗风,钟嵘《诗品》谈到谢超宗、丘灵鞠、刘祥、檀超、钟宪、颜则和顾则心七人之诗,说到他们都学陆机、颜延之的诗体。我们再看萧道成叫他儿子萧晔作诗学陆机、潘岳和颜延之,不大赞成学谢灵运,也可以看出古体在齐初实占主导地位。

永明三四年以后,特别是至永明七年(489)的几年,所谓"永明体"的三位主要人物——沈约、谢朓和王融都在竟陵王萧子良的西邸中出入,互相唱和,所谓"永明体"的新诗和沈约的"四声八病"之说正是在此期间形成的。沈约的《宋书·谢灵运传论》当亦完成于这期间。他提倡的这种新体,虽有较大的影响,但一时间并不能为所有的人接受,如陆厥就和他有不同意见,梁武帝萧衍对"四声"也不大理解。应该承认,沈约他们提倡并试作这种新体诗还处于尝试的阶段,他主张文章当从"三易"(易见事、易识字和易读诵)的说法[1],和在《宋书·谢灵运传论》中主张"宫羽相变,低昂互节,若前有浮声,则后须切响"的要求都是很对的,不但开了律诗的先河,也确使诗歌的音节更趋和谐。然而他对"八病"的规定未免失之苛细,这也是新体刚被提出时难免有缺点之故。如果经过一定时间的实践,定能逐步完善。但永明末年的政治斗争使这个文学流派的发展受到一定的影响。随着王融的被杀,沈约、范云的被调到外地,这些作家已难在一起切磋诗艺,新体的发展也多少受了影响。

萧鸾夺取了帝位以后,文人的处境与前不同,原来作为他们东道主的竟陵王萧子良已死,萧鸾只对事务性的问题感兴趣,加之一味屠杀萧道成、萧赜的子孙,对一些旧臣亦颇猜忌。谢朓、沈约等人虽不属猜忌的对象,却也难像从前那样安心。他们这一时期的好诗大多作于宣城和东阳。萧鸾死后,萧宝卷继位,谢朓不久被萧遥光所杀,

---

[1] 王利器《颜氏家训集解》(增补本),中华书局1993年版,第272页。

接着是统治者内部争权，战乱不断，文人们已不能安心创作，直到南齐灭亡。但在这战乱频仍的时代，却出现了刘勰的《文心雕龙》。这部文学批评的名著中提到过"皇齐驭宝，运集休明"(《时序》)的话，但《序志》中却又避梁武帝萧衍之名，当作于和帝中兴年间，亦即南齐灭亡的前夕。因此《文心雕龙》的文学观点确实反映了一部分人的看法。

《文心雕龙》的作者刘勰(生卒年不详)祖籍东莞莒县(今属山东)，据《梁书·文学》本传说，他祖父刘灵真是宋司空刘秀之弟，和宋武帝的开国功臣刘穆之是本家。这种说法近年颇有人提出怀疑。这些学者争论的焦点，似在刘勰的出身是士族还是庶族。其实士庶之分并不是决定刘勰文学思想的惟一或主要的因素。从《宋书·刘穆之传》看来，即使刘穆之也是个"世居京口"的北方移民，刘裕起事时，"坏布裳为绔"去见刘裕，实际上与北府兵成员差别不大。刘勰在齐末内乱频仍之际，还能安心写作《文心雕龙》这样的巨著，大约是由于他并无官职，亦未为时人所知，依僧祐居定林寺，对当时的政治斗争可以置身事外。也许正因为如此，他对文坛上各流派的得失较容易客观地对待。

关于刘勰及其《文心雕龙》，近年来许多研究者发表了各种精彩的看法，这里不想多说。但有一点似乎还需一谈，即有些国外学者把《文心雕龙》的文学思想说成复古和保守，恐怕值得商榷。当然，刘勰在《文心雕龙》中提出了宗经的主张，并且认为自上古到南朝的文学作品，似乎是越来越不如前。这些言论在《文心雕龙》中确实是存在的。不过这种观点的出现亦有其历史原因。我们知道现存最早的诗歌见于《诗经》，最早的散文见于《尚书》，这是事实。古人因此以"六经"为文章之祖，亦未可深责。至于强调文学为政教服务，亦属汉代以来儒者的传统观点，此前的曹丕、陆机和挚虞其实也不能完全摆脱这种影响,只是由于曹、陆之作并非全面论及文学的功能,挚虞的《文章流别论》又多散佚,所以不这样明显。再说东晋南朝以来士族们任诞放纵,亦不能不使一些有识之士感到寒心。因此提出类似主张亦不必苛责。其实刘勰对文学的发展观还是有认识的,他说:"夫设文之体有常,变文之数无方,何以明其然耶?凡诗赋书记,名理相因,此有常之体也;文辞气力,通变则久,此无方之数也。名理有常,体必资于故实;通变无方,数必酌于新声;故能骋无穷之路,饮不竭之源。"①刘勰对齐代出现的声律说提出了很卓越的见解,他认为音律本起于人声,乐曲的声调本为配合人声而来。器乐之声往往易知,而文章声律失调,有些人就不能觉察。他强调"异音相从谓之和,同声相应谓之韵",押韵较易,而要使文句声律和谐则很难,如果声律失调,必须仔细寻求其病根,"左碍而寻右,末滞而讨前",才能加以调整。这说明他对声病问题已有较深的认识,其他如文章的对仗问题、用典问题,他都提出了许多很有价值的意见,如认为"事对"难于"言对","反对"优于"正对",且都举出古代名篇中的句子为例。尽管他主张宗经,但对两汉魏晋的许多名家和名篇都能提出精当的评价。他所称道的作品又都和后来《文选》等总集所录之作基本符合。这说明他这部著作确实对前代的创作经验进行了总结,反映了齐代以前多数文人共同的看法。尽管他那种宗经的观点多少影响了他对一些问题的认识,然而他还是承认文学技巧的不断发展和更新,并对魏晋以后人所提出的技巧问题做了研究和思考,并不像后来裴子野《雕虫论》那样对颜延之、谢灵运等大家也一笔抹杀,更不像北朝的苏绰那样叫人模仿《尚书》作文。这是因为刘勰身处创作比较繁荣的南朝,见到了"元嘉体"、"永明体"等优秀流派迭起,多少认识到这些流派对文

---

① 周振甫《文心雕龙注释》,人民文学出版社 1981 年版,第 330 页。

学的推动作用。所以刘勰的文学思想颇得沈约赞同,据《梁书·文学·刘勰传》说,他曾把《文心雕龙》献于沈约,沈约读后"大重之,谓为深得文理,常置之几案"。可见他的文学思想和当时新体的创导者沈约并非对立,而是颇有相合之处。

《文心雕龙》的出现,说明文学发展到南齐后期,已经有许多经验值得加以总结,而不少人确实在进行总结。除刘勰外,南齐人有志于评论文学的人并不少。钟嵘《诗品》说到谢朓曾和他论诗,"感激顿挫过其文",《南史·王昙首附王筠传》记沈约曾对王志讲到谢朓说过"好诗圆美流转如弹丸"之语,可惜他的言论已大部散佚。《诗品》又称卒于梁武帝代齐前夕的刘绘,也曾想作"当世诗品,口陈标榜,其文未遂"。这些文人纷纷出来论文谈诗,说明南齐正是一个文学发生急剧转变的时代,所以论者蜂起,而主张亦不完全一致。这种情况一直延续到梁代。不管后来一些人如何诋毁齐梁文学,但齐梁在某种程度上说,确实出现了一个各种主张并起,不少风格争奇斗艳的繁荣局面。在文学史上,这个时代应当占有重要的历史地位。

二、不同社会集团势力的消长对文学的影响

前面说过,从东晋到齐梁,朝廷的大权已经由中原南渡的名门望族那里逐渐地落到了本来社会地位较低的一些北府兵出身的次等士族甚至庶族手中。由于这些北府兵出身的家族官居要职之后,渐次和高门通婚,他们尽量地模仿高门士族的一些文化修养。这样就使他们逐渐和原来的高门趋于融合。至于原来的高门士族,在东晋以来的多次政治斗争中遭到打击,有的已经败落。这一切使文坛上的

人员成分也发生了变化,原来占大多数的王谢等中原望族出身的人渐渐减少,而本来是北府兵将领的子孙却渐渐增加。这种变化比较容易被人察觉。但对文学创作所产生的影响,则要曲折、复杂得多。例如"永明体"这样新的诗派的出现,究竟和社会的这种变迁有何关系?这就需要做深入的研究。一般来说,永明诗人之作大抵平易清新,与元嘉诗人有很大不同。这种新诗风的出现,多少和《子夜歌》等吴地民歌的影响有关。如前面说到谢朓主张"好诗圆美流转如弹丸"的话,颇令人想起当时江南民歌《大子夜歌》:"歌谣数百种,子夜最可怜。慷慨吐清音,明转出天然。"①这种要求声调清亮、语言自然的诗歌,显然与刘宋时一些文人诗特别是颜延之、谢庄等人的诗风有较大区别。刘勰在《文心雕龙·明诗》中论宋初诗风的特色说"俪采百字之偶,争价一句之奇"。这种诗风的产生也有其历史根源。因为晋宋之际正当东晋玄言诗风盛行将近百年,许多诗人之作"淡乎寡味",缺乏辞采。颜延之、谢灵运等元嘉诗人的代表们为了改变这种诗风,就转而向建安、太康的诗人学习,效法他们那种辞采华茂的特色。这些魏晋诗人中,辞采的华丽当以太康间的陆机、潘岳最为突出。因此颜谢之诗颇取法潘陆。尤其颜延之不少诗几乎可以说完全步趋陆机。谢灵运似更倾心潘岳与左思,但他的乐府诗模仿陆机之处亦很明显。总之,这一派的诗风着力于拟古及遣词琢句,这种"极貌写物"、"俪采百字之偶,争价一句之奇"的做法,虽然有助于他们模山范水、"穷力追新",有时不免促使他们到辞赋中去吸取词汇,也有时为了求对仗工整,而大量用典。这些诗人创作过不少好诗,但亦有其缺点。如谢灵运,钟嵘就评他"颇以繁芜为累";颜延之更被人评为"铺锦列绣,雕绘满眼"。因此比他们稍后的鲍照、汤惠休已经开始向

---

① [宋]郭茂倩《乐府诗集》卷四十五,中华书局1979年版,第2册第654页。

民歌学习,吸取其自然活泼的长处。但鲍照的这种倾向似主要表现在乐府诗方面,至于徒诗还与颜谢相近。汤惠休的诗存者不多,颜延之曾说是"委巷中歌谣",从现存的几首看,有些确实是学南方民歌,语言亦很平易,但可能因社会地位较低(据《宋书·徐湛之传》,汤官至"扬州从事史",官位极低,逯钦立《先秦汉魏晋南北朝诗》作"扬州刺史",误),因此影响不大。入齐以后出现的那些"永明体"的倡导者就不一样了。沈约在齐代已成文坛领袖,王融、谢朓亦出身名门,所以钟嵘说他们"或贵公子孙","士流景慕"。他们在文坛上造成了巨大的影响,确实使诗风发生了变化。

过去一些研究者谈起"永明体",往往仅从声律问题着眼,这种说法恐怕值得商榷。"四声八病"之说虽为"永明体"的重要内容,却不能包括这一流别的全部贡献。从沈约提倡的"三易"和谢朓主张的"圆美流转"之说看来,他们除了讲究声调和谐、平仄相间之外,还要求语言平易流畅,易于理解。他们并不一概反对用典,却要求在用典时避免生僻,使人不觉其在用典;他们更反对使用生僻的古字,以免使人难于理解和诵读。他们既对诗的平仄比较讲究,句与句之间都有一定的规格,于是对诗的长短也有了一定的限制,因为太长的诗,不但用字易于重复,而且类似的声调格式一再重复亦会流于单调,所以他们的诗常常只有十句或八句,以防"繁芜"之弊。从这些特点看来,其要求平易、要求流转等主张显然是受了江南民歌的影响。《玉台新咏》第十卷所录谢朓、王融、沈约等人的小诗,形式和风格均与《子夜歌》等南方民歌颇为相似。而且创作这种小诗的人还远不止这三人,连对"四声"感到不理解的梁武帝也写了很多这种诗。他这些诗大多数恐非称帝后所作(这一点下面还要详谈),这说明模仿南方民歌之风到南齐已经是一种普遍现象。不论什么阶层出身的人或对"声病说"采何等态度的人,都在这方面致力。这更可以说明"永明体"的出现和南方民歌的影响有着密不可分的关系。

　　文人们的向南方民歌学习,不但有个过程,而且有其社会原因。即以《乐府诗集》中所录《子夜歌》、《读曲歌》等南方民歌而论,皆题"晋宋齐辞",可见此类作品在东晋时已被乐官采集并在上层社会中演唱,其出现当更在此前。然而这些民歌之被多数士族文人所爱好与学习却要晚得多。尽管有些作品如《团扇歌》、《桃叶歌》被说成是王献之、王珉等人作,但仍有不少人对此持怀疑态度。甚至谢灵运的《东阳谿中赠答》亦有人怀疑,至少它很难反映谢灵运的创作特色。文人们的爱好与学习南方民歌,这和中原望族势力的削弱、南北士族的趋向融合以及北府兵将领的兴起都有较深的关系。在东晋南渡之初,中原士族不但掌握了朝廷中的权势,而且在文化上也处于优势,他们中不少人对吴人颇有轻视的心理。王导执政时为了团结吴人,有时也学吴语,但一些中原来的名士,对此不以为然。《世说新语·排调》载,王导有一次讲吴语,刘惔就加以嘲笑。甚至到东晋末年,一些人仍然看不起吴歌。同书《言语》:"桓玄问羊孚:'何以共重吴声?'羊曰:'当以其妖而浮。'"[①]《晋书·王恭传》载,有一次在会稽王司马道子东府集会,"尚书令谢石因醉为委巷之歌,恭正色曰:'居端右之重,集藩王之第,而肆淫声,欲令群下何所取则'"。这里的"委巷之歌"四字,《北堂书钞》卷一百六十引徐野民(广)《晋记》作"吴歌",可见指的就是南方民歌。可见当时的北方士族对吴歌还有反感。在那时,吴歌在上层士族中还是不大流行的。但自从北府兵将领在朝廷中逐渐得势以后,情况就有了改变。北府兵的成员大抵来自长江以北地区,本非吴地土著。他们和中原高门不同。陈寅恪先生论到他们时说:"下层阶级大抵分散杂居于吴人势力甚大之地

---

① 徐震堮《世说新语校笺》,中华书局1984年版,上册第88页。

域,既以人数寡少,不能成为强有力之集团,复因政治社会文化地位之低下,更不敢与当地吴人抗衡,遂不得不逐渐同化于土著之吴人,即与吴人通婚姻,口语为吴语。"[1]所以当出身于这个阶层的刘裕取得政权之后,情况有了改变,他所任用的官员,有不少出身于下层或某些次等士族,这些人物对吴语、吴歌的偏见就不像中原望族那样深,而且中原高门既移居吴地,少不了要与吴人交往,也不得不在某种程度上接受吴人的影响。于是入宋之后,吴歌已为多数士族所接受。例如:宋文帝之子始兴王刘濬曾命鲍照撰作《白纻歌》,这本是一种吴地流行的舞曲;孝武帝刘骏亦命鲍照作《中兴乐》,采用的亦是南方民歌的形式。据《南齐书·萧惠基传》记载,到了刘宋的大明年间,吴歌实际上已普遍为人们接受,并且驾汉魏旧曲而上之。这也不奇怪,因为从西晋覆亡至此已一百四十年左右,汉魏旧曲已多散佚,且情变听移,难于得到多数人爱好,于是由吴歌来取而代之,也是很自然的。

当吴歌在上层社会中得到普遍的承认时,南方另一个地区即长江中游的荆襄地区的民歌却还没有受人重视。这是因为南渡之初东晋政权的势力还没有到达荆州。这个地区还处于西晋时任命的官员第五猗及杜弢、杜曾的叛乱者骚扰之下。即使这些人被削平以后,荆州实际还是被王敦、桓温所控制,仍非朝廷政令所能及。所以直到东晋中叶,殷浩等人想进攻中原,王羲之就不赞成,他认为"以区区吴越经纬天下十分之九,不亡何待"(《与会稽王笺》,见《晋书》本传)。在这种情况下,朝廷中基本无荆襄人士任职,掌权的中原高门虽有意团结南方人,但他们所能拉拢的也无非是丹阳、吴郡及会稽一带的一些士人,并无荆襄人士。所以东晋上层阶级所能接触到的南方民歌,基

---

[1] 《述东晋王导之功业》,上海古籍出版社排印《金明馆丛稿初编》,第 57 页。

本上全属吴声歌。入宋以后，情势有了很大改变。自从东晋的桓温控制荆州，西平割据今四川一带的成汉政权，东向威胁朝廷以后，荆州便日益显出其重要性。宋武帝刘裕用武力消灭了刘毅之后，便在荆州建立了牢固的统治。以刘裕为首的北府兵将领虽然和中原高门一样久居吴地，熟悉吴语，而对荆襄的语言及音乐未必了解，但他们对荆州地理位置的重要性却有很深的认识。首先是因为荆襄靠近洛阳，是北伐中原的战略要地；其次是荆襄一带的人口相对较少，土地肥饶，粮食丰足，而地少人多的长江下游地区还多少有赖于荆州的供应。特别是经过淝水之战，北方许多地方遭受前秦灭亡后的各族混战，许多居民就逃亡到今襄阳一带，东晋为此在襄阳建立了雍州。这些移居襄阳的北方移民特别骁勇善战。在宋文帝元嘉后期对北魏的战斗中，宋军在东路连遭失败，魏军一直打到长江北岸的瓜步；而西路却取得不少胜利，一直攻到潼关一带，只因东路失败，双方言和才停止了进攻。从此以后，雍州军人出身的柳元景、薛安都等都成了刘宋一代的名将。因此襄阳一带的地位也日益重要起来。

　　刘宋的帝王和大臣们对荆州本来比较重视，刘裕称帝后，一直不把荆州刺史一职轻易授人。他在位时，把荆州交给第三个儿子刘义隆，也就是后来的宋文帝。徐羡之、傅亮和谢晦废少帝迎立文帝后，就由谢晦来任荆州刺史，目的显然是要居上游以控扼朝廷。刘义隆诛杀徐、傅，消灭谢晦之后，任用的荆州刺史如刘义康、刘义恭、刘义季都是他的弟弟，刘义庆则是他的堂兄。后来此职也经常由皇室成员担任。萧道成代宋以后，情况基本一样。由于一些帝王在即位前就到过荆襄，不少贵族和大臣也在荆襄任过职，尤其是在像柳元景这样的名将官居要职之后，荆襄人士在朝廷中的地位日渐提高，帝王和大臣对荆襄一带的乐曲也渐渐发生兴趣。这种变化肇端于宋而完成于齐。据《宋书·乐志》载："又有西、伧、羌、胡诸杂舞。随王诞在襄阳,造《襄阳乐》,南平穆王(刘铄)为豫州,造《寿阳乐》,荆州刺史沈攸之又造《西乌飞哥曲》,并列于乐官。哥词多淫哇不典正。"随王诞在襄阳、南平王铄在寿阳,并元嘉间事,说明在刘宋中期前已有人注意西曲(寿阳虽不在荆襄,曲调疑亦西曲)。《宋书》据《自序》,完成于永明六年(488),当时长江下游的士人对西曲仍有歧视,斥为"不典正",却将《子夜歌》、《读曲歌》等吴歌与汉魏旧曲一起论述,没有贬斥。正因为西曲在当时的地位尚不能和吴声相比,所以齐武帝萧赜要为《估客乐》谱曲,而乐官感到困难。不过这种情况很快得到了改变。因为南齐的皇室中不少人到过荆襄地区,如萧道成、萧赜、萧嶷等在宋末都曾在那里做官。萧道成、萧赜的大臣如张敬儿本来是南阳(今属河南)人,在雍州辖区,又在襄阳做过雍州刺史;柳世隆本籍为河东解(今属山西),亦久居襄阳一带。又如梁陈间著名诗人阴铿的祖父阴智伯,祖籍武威姑臧(今甘肃武威),随宋武帝南迁,居于南平(今湖北公安、松滋一带),后因游宦,到了建康,成了梁武帝早年的邻居。这许多荆襄人士的来到建康,并且进入朝廷,自然会改变士族们对西曲的看法。因为这些荆襄人特别是襄阳一带的北方移民也像北府兵将领一样,以军功起家,进入上层后,就逐步地士族化并弃武习文,如柳元景本是刘宋的将领,他的侄儿柳世隆虽仍未离开武职,但已有士族的习性。《南齐书》本传云:"世隆少立功名,晚专以谈义自业。善弹琴,世称柳公双璈,为士品第一。常自云马稍第一,清谈第二,弹琴第三。在朝不干世务,垂帘鼓琴,风韵清远,甚获世誉。"他的儿子柳恽后来成了梁代的优秀诗人。这几乎是一个规律,凡是武将贵显以后,其子孙必然转而习文。这样的过程也使文人的成分越来越多样化,原来长江下游文风独盛的局面渐渐被打破,文风已广被荆襄地区。同时,荆襄一带流行的西曲也随之流行于长江下游的士族文人之中,进而影响到文人的创作。像沈约和后来的梁武帝萧衍等人开始仿作起西曲歌来。特别是萧衍对文学的态度前后颇为不同，他早年也写过不少艳歌，因此后人往往把《东飞伯劳歌》、《河中之水歌》甚至《西洲曲》附会为他所作。然而当他做了皇帝，却又对徐摛的新变诗取否定态度。因此我们大致可以设想，《玉台新咏》等书中所录萧衍的艳诗，多作于齐代。萧衍在齐时本是"竟陵八友"之一，亦颇有文名。他的仿作西曲，说明到永明中期以后，西曲已普遍地流行于士族文人之中。

三、诗歌题材的变化

　　南齐一代的诗风变化不但体现在形式和技巧方面，同时也表现在题材方面。历来论诗的人往往把艳诗和咏物诗的大量出现归因于梁代的萧纲或徐摛。这是因为"宫体诗"之名，实由萧纲或徐摛的创作而起。不过那种艳诗和咏物诗早在永明时代已经出现。我们试看《玉台新咏》所录王融、谢朓和沈约的诗，有不少就是艳体或咏物之作。其实写这种题材的诗人亦不限于这三位，像丘巨源、陆厥之诗也有类似的作品。这说明那些题材在南齐诗歌中已占有一定的地位。所以近年的文学史研究者有人提过"齐梁宫体"的说法。这种提法虽不很妥当，然亦非无故。这种题材在南齐的出现绝非偶然。这与当时社会上崇尚文学之风不无关系。崇尚文学之风自然并非始于南齐，而是东晋以来士族中早已存在的现象。不过到了齐梁之际，显得更为令人注目。我们在谈论这个问题时，经常引用钟嵘《诗品》中的一段话："今之士俗，斯风炽矣。才能胜衣，甫就小学，必甘心而驰骛焉。于是庸音杂体，人各为容。至使膏腴子弟，耻文不逮，终朝点缀，分夜呻吟,独观谓为警策,众睹终沦平钝。"①其实典籍中论及此风者甚多,像裴子野的《雕虫论》,亦为人们所经常谈到。裴子野认为此风之起是由于宋明帝的好文,"自是闾阎少年,贵游总角,罔不摈落六艺,吟咏情性。学者以博依为急务,谓章句为'专鲁',淫文破典,斐尔为曹,无被于管弦,非止乎礼义,深心主卉木,远致极风云,其兴浮,其志弱,巧而不要,隐而不深,讨其宗途,亦有宋之遗风也"②。裴子野把这种风气的产生上推到刘宋,显然是对的,但他将这种风气归结为宋明帝个人的爱好恐非事实。因为裴子野在上文提到"宋初迄于元嘉,多为经史,大明之代,实好斯文"。"大明"乃宋孝武帝年号,在明帝之前,这就说明此风不始于宋明帝。然而裴子野《雕虫论》之值得注意,恐怕还在于它显示了这种尚文之风与进身仕途的关系。因为裴子野的《宋略》和文集均已散佚,《雕虫论》一文始见《通典·选举》,可见杜佑在载录此文时,是把它和选拔官吏的问题联系起来的。我们再看《隋书·李谔传》中李谔批评类似的风气时说,"世俗以此相高,朝廷据此擢士。禄利之路既开,爱尚之情弥笃",更可以看出这种风气是和仕途有关。当然,迄今为止,我们还没有发现南朝有以诗赋取士的明文规定。至于正式以诗赋取士的进士科则始于隋炀帝大业年间。但早在此前的裴子野和李谔都把作诗与取士联系起来,恐怕并非指应考时作诗,而是指因诗而得进入仕途。如《南史·宋宗室及诸王传上附鲍照传》:"照始尝谒义庆未见知,欲贡诗言志,人止之曰:'卿位尚卑,不可轻忤大王。'照勃然曰:'千载上有英才异士沉没而不闻者,安可数哉?大丈夫岂可遂蕴智能,使兰艾不辨,终日碌碌,与燕雀相随乎。'于是奏诗,义庆奇之。赐帛二十匹,寻擢为国侍郎,

---

① [清]何文焕《历代诗话》,中华书局1981年版,上册第3页。
② [唐]杜佑《通典》,王文锦等点校,中华书局1988年版,第1册第389页。

甚见知赏。"《南齐书·文学·丘灵鞠传》:"宋孝武殷贵妃亡,灵鞠献挽歌诗三首,云'云横广阶暗,霜深高殿寒'。帝摘句嗟赏。除新安王北中郎参军……"同书《文学·王智深传》:"宋建平王景素为南徐州,作《观法篇》,智深和之,见赏,辟为西曹书佐。"又同书《文学·陆厥传》:"厥少有风概,好属文,五言诗体甚新变。永明九年,诏百官举士,同郡司徒左西掾顾昙之表荐焉。州举秀才,王晏少傅主簿,迁后军行参军。"《南史·谢裕附谢朓传》:"朓好奖人才,会稽孔觊粗有才笔,未为时知,孔珪尝令草让表以示朓。朓嗟吟良久,手自折简写之,谓珪曰:'士子声名未立,应共奖成,无惜齿牙余论。'其好善如此。"这种称赏常常会影响到被称者的升降。《梁书·任昉传》载刘孝标《广绝交论》说到任昉"见一善则盱衡扼腕,遇一才则扬眉抵掌。雌黄出其唇吻,朱紫由其月旦"。正是因为得到名人的称赏,就易于得官,而要博取名人的称赏,又常以诗文为捷径,所以人们才这样着力于写诗。后来实行以诗赋取士的做法,即由于此风盛行已久。其实早在隋炀帝开进士科以前,已有以诗赋取士的先例。《隋书·文学·杜正玄传》:"开皇末,举秀才,尚书试方略,正玄应对如响,下笔成章。仆射杨素负才傲物,正玄抗辞酬对,无所屈挠,素甚不悦。久之,会林邑献白鹦鹉,素促召正玄,使者相望。及至,即令作赋。正玄仓卒之际,援笔立成。素见文不加点,始异之。因令更拟诸杂文笔十余条,又皆立成,而辞理华赡,素乃叹曰:'此真秀才,吾不及也!'授晋王行参军,转豫章王记室,卒官。"可见隋唐之以诗赋取士,实源于这种南朝以来把诗文写作看成选拔官员的重要标准的风气。因此,南朝士人之致力于诗文创作,实与跻身仕途有很大关系。

南朝士人既然可以靠诗文跻身仕途,所以许多人"甘心驰骛"就不足怪了。他们为了写好诗文,自然要不断地习作,《梁书·张率传》:"率年十二,能属文,常日限为诗一篇,稍进作赋颂,至年十六,向二千许首",张率卒于梁武帝大通元年(527),年五十三,当生于宋后废帝元徽三年(475),他十二岁至十六岁为齐武帝永明四至八年(486~490)。从他的例子可以知道,钟嵘和裴子野所说的情况确为南齐一代的普遍现象。张率出身吴郡高门,他父亲张瓌"齐世显贵,归老乡邑",可以想见其子的生活颇为优裕。像这种贵公子,自然不会参加多少社会实践,也不见得有什么发愤抒情的需要,可是还得天天写诗,在十六岁时已积累了两千首左右。他显然不可能有这许多真情实感去形诸歌咏,就只能从日常琐事中去寻找题材。在当时的历史条件下,一个贵公子的生活面本来就很狭小,那就只能去写那些日常能接触到的人和事物,其中自然包括那些歌妓舞女。因为从东晋以来,那些上层士族之家都有歌妓,并且经常为他们演奏。这种情况连东晋名臣谢安也在所难免。《晋书·谢安传》说谢安"性好音乐,……及登台辅,期丧不废乐。王坦之书喻之,不从,衣冠效之,遂以成俗"。如果说谢安作为一个中原望族,所好的音乐可能还有一部分汉魏旧曲的话,那么到了南朝,汉魏旧曲的爱好者已日益减少,人们经常听到的就是吴地流行的《子夜歌》一类男女恋歌。张率作为一个吴人当然更是如此。南朝士族不但爱好艳歌,而且自魏晋以来,放诞之风盛行,在行动上也少检点。《抱朴子·疾谬》说到东晋人往往"入他堂室,观人妇女,指玷修短,评论美丑"[1];甚至进入内室,与别人妻子"促膝之狭坐,交杯觞于咫尺,弦歌淫冶之音曲,以诱文君之动心,载号载呶,谑戏丑亵,穷鄙极黩"[2]。《世说新语·任诞》注引邓粲《晋纪》载:"王导与周顗及朝士诣尚书纪瞻观伎,瞻有爱妾能为新声,

---

[1] 杨明照《抱朴子外篇校笺》,中华书局1991年版,上册第620页。
[2] 同上,第623页。

颇于众中欲通其妾,露其丑秽,颜无怍色。"①进入南朝以后,此风其实并未改变,只是人们已习以为常,所以史籍中记载的反而较少。在这种风气下,许多文人就大量地写艳诗,或有描写妇女体态之作,有时甚至很少顾忌。如谢朓的《赠王主簿》其二"轻歌急绮带,含笑解罗襦"②,《听妓》其一"知君密见亲,寸心传玉腕"③;沈约的《少年新婚为之咏》似更为露骨,甚至有"裾开见玉趾,衫薄映凝肤"④之句。至于他的《六忆》、《梦见美人》等情调亦与萧纲等宫体诗人类似。不过谢朓、沈约这类诗歌毕竟为数不多,他们诗歌中最为人们所传诵的还是《文选》中所录的那些名篇以及另一些类似题材的诗,至于那些艳诗毕竟很少为人称道。事实上那种描写妇女体态之作,亦非沈谢的特长,应该承认这种题材在齐及梁初尚未完全成熟。从某种程度上说,在写这类诗歌的技巧方面,后来的萧纲等人确有超过沈谢之处。

除了艳歌以外,盛行于梁陈间的咏物诗在南齐也已经出现。咏物诗如丘巨源的《咏七宝扇》,王融的《咏琵琶》、《咏幔》,谢朓的《杂咏五首》,沈约的《杂咏五首》、《十咏二首》等,既为咏物,又经常和美女生活有关,实际上是艳诗的变种。这些咏物诗,有的只是搬弄一些有关的典故,很难表现作者的思想感情,一般说来较少传诵之作。这些题材的大量出现亦有其社会原因。正如《颜氏家训·涉务》中说的,当时士人深受优待,平时很少从事社会实践,不大可能在现实中得到启发,而在当时的朝廷中以及朋友间的聚会,又常常需要作诗,

---

① 徐震堮《世说新语校笺》,中华书局 1984 年版,下册第 398 页。
② [南朝陈]徐陵《玉台新咏》卷四,成都古籍书店影印世界书局排印本,第 90 页。
③ 同上,第 91 页。
④ 同上,第 104 页。

临时命题,难免要以身边的杂物作为描写的对象。这种逢场作戏的诗虽然很难写出多少佳作,但这种诗却往往深受作者重视。因为这些诗有时是"应制"、"应令"、"应教"之作,很可能得到称赏和提拔,例如前面讲到杨素叫杜正玄为白鹦鹉作赋即其一例。即使是朋友间的聚会作诗,写不好也被认为有失面子。因此当时的士人不能不经常练习作诗,而天天要写,也只好从这些身边的杂物中去寻找题材。前面提到张率从十二岁到十六岁的四五年间就写了两千首左右,恐怕主要就是这一类作品。所以他的文集据说达四十卷之多,而至今存者寥寥。这些咏物诗往往要搬弄有关典故,于是人们往往要熟记一些典故,此风一开,一些人作诗便"竞用新事",甚至比赛所记典故的多少。如《梁书·沈约传》载梁武帝和沈约曾比赛有关栗的典故;《南史·文学·刘峻传》载梁武帝与群臣比赛所记锦被典故,刘峻超过了他,他很不高兴;《梁书·张率传》记梁武帝叫张率"撰妇人事二十余条,勒成百卷"(中华书局点校本校记云:"'二十'疑有误,二十余条不能'勒成百卷'")。这些事实都和咏物诗的大量出现有关。

除了艳诗和咏物诗之外,仿作乐府诗也是当时盛行的一种现象。文人的拟作乐府诗,自魏以来已多先例,即以《文选》所录曹操、陆机、鲍照诸人之作,好诗颇多。但齐梁文人的仿作乐府诗却与此不同,他们往往取"汉铙歌"或"相和歌辞"中一些诗,略改一些字句就算新作,如王融的《三妇艳》,沈约的《相逢狭路间》、《三妇艳》等,其实只能说是窜改前人之作,谈不上创作,更说不上什么艺术价值。另一类作品非机械模仿,而是借用乐府旧题来咏某些古代故事或传说,如王融的《巫山高》,与"汉铙歌"中《巫山高》之叹山路艰险的内容无干,却是咏宋玉《高唐》、《神女》二赋中关于巫山神女的典故。这类诗在艺术技巧上不能说没有长处,但也很难说有多少真切的感情。这类作品大抵体现了作者的写作技能和书本知识,较之前一类作品自然远胜,但毕竟难于成为名篇。值得注意的是,这一类诗和前一类有一个共同点,即所选取的内容,大抵总和妇女有关。这正说明齐代诗人的这类作品,确和后来"宫体诗"是同一社会风气的产物。历来论者对这些作品似乎很少注意,尽管人们对这些诗并不像对后来的"宫体诗"那样强烈非议,却也无人称道。平心而论,这一类作品确非上乘之作。我们试看古今许多古诗选本,不管编选者持有何种文学观,但对谢朓、沈约之作,总是选录那些《文选》中所收或类似的篇目,很少有人选录那些《玉台新咏》所录的咏物诗。可见人们的文学观和爱好可以各各不同,但评价作品的艺术亦非全无准则。不过,对这些作品,似亦应具体分析。那些描写妇女生活及体态之作,由于写的是人,自然也会流露作者某些感情,而在手法上有时还显得颇为细腻,如果我们不抱封建礼教的偏见,还是可以肯定它们的一些长处,即对丰富艺术技巧有其贡献。至于那些单纯的咏物诗,情况又有不同,像《乌皮隐几》、《咏竹槟榔盘》之类,就很少可取之处了。这类诗的出现,其目的恐怕不在吟咏性情,而主要在于锻炼技巧,以便提高诗艺。这些诗本身虽无多大价值,但作者们因写这些诗而使诗艺益趋成熟。在这个过程中,人们不断地提高其对辞藻、对仗和声律的认识,从而促使律诗形式趋向完善和成熟。所以从整个诗歌史发展的长河中来考察这些作品,似亦应承认其一定地位。

下编

梁皇朝及其历史地位

第一章　梁代世系和梁武帝

一、梁代皇室的先世

梁代的皇室和南齐同属南兰陵萧氏,皆为萧整的后代。据《南齐书·高帝纪》记载,兰陵萧氏是从萧整开始才从北方老家迁居"晋陵武进县"的东城里。关于萧整的事迹,史书不载,因此我们很难详知。迄今知道的是他有两个儿子,一个是萧儁,即南齐皇室的祖先,一个是萧辖,即梁皇室的祖先。萧辖之名见于《晋书·荀崧附荀羡传》,当时他是荀羡的参军,那时已是晋穆帝升平元年(357),至于《梁书·武帝纪》说他官至济阴太守,则并无其他史料可证。萧辖之子副子、孙道赐的事迹,史籍亦无记载,他的曾孙萧顺之为梁武帝萧衍之父,因此他的事迹还略有可考。《梁书·武帝纪》说他是"齐高帝族弟也。参预佐命,封临湘县侯。历官侍中,卫尉,太子詹事,领军将军,丹阳尹,赠镇北将军"。萧顺之作为开国皇帝的父亲,在《南齐书》和《梁书》中均不立传。但有一点是肯定的,那就是萧辖的子孙们到他手里才显贵起来,因为据《宋书·百官志》,太子詹事、领军将军、丹阳尹均为三品显职,而其祖副子官"州治中",其父道赐为"南台治书",都是地位很低的小官。萧顺之的官位高升,显然和他"参预佐命"有关。因为他和萧道成是刚出"五服"的本家兄弟,参与某些机密也是很可能的。由于史不立传,我们对他的事迹只能从《南齐书》、《梁书》和《南史》中找到一些零星记载。他大约从刘宋时代已经到建康做官,因为据《梁书·武帝纪》,梁武帝是宋大明八年(464)出生于秣陵县的。至于萧顺之怎样成为萧道成的佐命功臣,则仅《南史·梁本纪》上记载较详:

> 皇考(萧顺之)外甚清和,而内怀英气,与齐高少而款狎。尝共登金牛山,路侧有枯骨纵横,齐高谓皇考曰:"周文王以来几年,当复有掩此枯骨者乎?"言之懔然动色。皇考由此知齐高有大志,常相随逐。齐高每外讨,皇考常为军副。及北讨,薛索儿夜遣人入营,提刀径至齐高眠床,皇考手刃之。频为齐高镇军司马、长史。时宋帝昏虐,齐高谋出外,皇考以为一旦奔亡,则危几不测,不如因人之欲,行伊、霍之事,齐高深然之。历黄门郎,安西长史,吴郡内史,所经皆著名。吴郡张绪常称:"文武兼资,有德有行,吾敬萧顺之。"袁粲之据石头,黄回与之通谋,皇考闻难作,率家兵据朱雀桥,回觇人还告曰:"朱雀桥南一长者,英威毅然,坐胡床南向。"回曰:"萧顺之也。"遂不敢出。时微皇考,石头几不据矣。及齐高创造皇业,推锋决胜,莫不垂拱仰成焉。齐建元末,齐高从容谓皇考曰:"当令阿玉解扬州相授。"玉,豫章王嶷小名也。齐武帝在东宫,皇考尝问讯,及退,齐武指皇考谓嶷曰:"非此翁,吾徒无以致今日。"及即位,深相忌惮,故不居台辅。

这些事实之不见于《南齐书》及《梁书》,大约和当时人不知萧道成所为有关。不过《南史》这段记载对萧顺之的作用是否有所夸大,似亦可研究。因为《南齐书·王俭传》载萧道成称帝后"曲宴群臣数人",

他的"佐命"都在座而无萧顺之,可见其地位在诸臣之下。至于萧顺之入齐后事迹,史籍记载其少,比较令人注意的是他的死因。据《南史·齐武帝诸子传》载,齐武帝第四子萧子响为荆州刺史,因为私作"锦袍绛袄"与蛮族交易,被长史刘寅密奏,齐武帝派人查看,子响大怒,就把刘寅及其僚属多人杀死。齐武帝发怒,派胡谐之、尹略、茹法亮等去逮捕子响身边的"群小",并告诫他们说"子响若束手自归,可全其性命"。他们到达荆州后,萧子响自我辩解,尹略不听反而骂他为"反父人",萧子响手下的人不胜愤怒,就攻杀了尹略。这时齐武帝派萧顺之带兵击之,萧子响就来归降认罪,而萧顺之出发前已受文惠太子密令,不许萧子响生还,就"于射堂缢之"。萧顺之还都后,齐武帝很怪恨他,亲自为萧子响作佛事,并流涕呜咽。"顺之惭惧,感病,遂以忧卒。"后来萧顺之的儿子萧衍帮助齐明帝萧鸾杀害齐武帝子孙,据说是"以雪心耻",即为父报仇。(《南史·梁本纪》上)关于萧子响事件,《南齐书》的记载与《南史》不同,说萧子响之死是"赐死",似出齐武帝之意。这显然是萧子显身为梁臣,故意讳言事实。不过,《南史》说梁武帝后来投靠齐明帝是为了"雪心耻",恐亦系借口。萧顺之的卒年当在永明十年(492)左右,他死时,梁武帝萧衍正在荆州任随郡王萧子隆的镇西咨议参军。萧子隆是永明八年(490)去荆州的,当时谢朓也在荆州。谢朓有《冬绪羁怀示萧咨议虞田曹刘江二常侍》诗,中有"一听春莺喧,再视秋虹没"之句,说明萧衍在永明九年(491)冬尚在荆州,则他离开荆州,回建康奔丧至迟在永明十年(492)。这时萧衍年已二十九岁,他是萧顺之的第三子,说明萧顺之死时年纪至少在五十以上。再看《南史·梁本纪》载齐武帝称萧顺之为"此翁",那么萧顺之的年龄应大于他。齐武帝这年是五十三岁(次年卒,年五十四),可见萧顺之死时已五六十岁,基本上属于正常病死,未必和萧子响事件有太大关系。梁武帝是善于玩弄权术的,他帮助齐明帝杀害齐高帝、武帝子孙,显然有背封建道德,所以要找个借口。正如他后来对萧子恪兄弟自称代齐乃"为卿报仇"一样。

萧顺之在齐代多少和萧道成之父萧承之类似。萧承之正是依附其族人萧思话和宋皇朝的关系为萧道成进入上层集团铺平了道路;同样地,萧衍之所以能致身贵显,也和萧顺之的依附萧道成有着密切关系。因为在此以前,萧鎋的子孙们官阶甚低,我们很难设想他们能像萧衍那样出入萧子良的西邸,和王融、谢朓这样高门望族的人士为友。也正因为萧顺之的关系,才使梁武帝之兄在永明末就做到梁、南秦二州刺史,多少掌握了一部分兵权。如果不是靠乃父之余荫,梁武帝也很难在三十几岁就到襄阳掌管当时的精兵,以为夺取帝位做准备。

二、梁武帝的长兄萧懿

萧顺之的诸子中除了梁武帝萧衍外,要算长子萧懿在政治上较有作为。他的生平在《南齐书》和《梁书》中亦无传,我们仅能根据《南史·梁宗室传》上的一段记载略知梗概。《南史》说他:"解褐齐安南邵陵王行参军,袭爵临湘县侯。历位晋陵太守,以善政称。永明末,为梁、南秦二州刺史,加督。……永元二年,裴叔业据豫州反,懿以豫州刺史领历阳、南谯二郡太守讨之,……武帝时在雍州,遣典签赵景悦说懿兴晋阳之甲,诛君侧之罪。懿不答。既而平西将军崔慧景入寇,奉江夏王宝玄围台城,齐室大乱,驰信召懿。懿时方食,投箸而起,率锐卒三千人入援。"这时梁武帝又派人劝他平乱之后,引兵入宫,"行伊、霍故事",萧懿又不听,事平以后不久,就被东昏侯赐以毒药自杀。这段记载比较概括,有些情节不很准确。据《南齐书》,齐高帝诸子无"邵陵王";武帝子邵陵王萧子贞,"永明十年为东中郎将、吴郡太守"(《武十七王传》),无"安南"之号。所谓"安南邵陵王"当是宋明帝子邵陵殇王刘友,他在宋顺帝昇明二年(478)加号安南将军。因此萧懿的出仕在刘宋时代。他做晋陵太守应在齐永明十年(492)袭爵之前。因为萧顺之死前,他不可能"袭爵",永明十年(492)他已居丧,不可能出任太守。至于"永明末"做梁、南秦二州刺史,当是齐武帝死后,郁林王初立尚未改年号之时。因为据《南史·梁本纪》上,齐武帝临死时,王融曾发动未遂政变,要废黜郁林王萧昭业,改立竟陵王萧子良继位,遭明帝萧鸾反对而失败。在事变开始时,萧子良曾以萧懿和萧衍为"帐内军主",但萧氏兄弟此时已倒向萧鸾,萧子良、王融因之失败。萧鸾执政后为了赏他们临阵倒戈之功,任萧懿为梁、南秦二州刺史,其实此时萧懿还服父丧未满,恐系特例。萧懿任梁、南秦二州刺史大约直到东昏侯的永元元年(499),此后曾一度到郢州,不久裴叔业、崔慧景相继谋反,又调他去镇压。因功进位尚书令,因遭忌被赐死。照《南史》所记,他对南齐颇有点愚忠。但事实是否如此亦可疑。因为梁、南秦二州地处今川陕交界一带,其地在南朝本僻远之处。他去任后到郢州,尚无正式名义,不久又调他讨伐裴叔业,裴本无力量与朝廷对抗,不过因为东昏侯诛杀群臣,才想叛之,所以一见朝廷派兵征讨,立即投向北魏,并非萧懿之功。至于崔慧景,本非将才,攻到建康后围攻台城不下,兵心已散,"军旅散在京师,不为营垒"(《南齐书》本传)。所以萧懿所率兵士仅三千人就能一举把他击溃。这时萧懿从郢州来到京城不过一年,其实并无自己的武装,手下兵众都是朝廷拨给他指挥的,他要"行伊、霍故事",自然难于取胜。梁武帝一再派人去劝他对东昏侯下手,其实正促使东昏侯及其左右对萧懿的猜忌。梁武帝在襄阳早已在做起兵的准备。《梁书·武帝纪》上云:"于是潜造器械,多伐竹木,沉于檀溪,密为舟装之备。"(《南史·梁本纪》上同)他这一行为自难完全掩人耳目,东昏侯对此不能无所戒备。梁武帝未始不明白这个道理。他想夺取南齐的天下已非一日,《梁书·张弘策传》载,齐明帝未死时,他已对张弘策自比东汉的光武帝(光武帝刘秀正是在其兄刘縯被更始帝刘玄所杀之后才背叛刘玄的)。梁武帝其实蓄谋已久,一听到萧懿死讯,立即在襄阳起兵。我们不难设想,如果萧懿真的"行伊、霍故事"成功,皇帝的宝座自然不会落到梁武帝身上;尽管萧懿不敢或不愿对东昏侯下手,一旦梁武帝在襄阳起兵,东昏侯也难于保留其性命。这些情况梁武帝显然很清楚。从某种程度上说,萧懿之死与梁武帝有直接关系。《南史·梁宗室传》上云:"懿名望功业素重,武帝本所崇敬。帝以天监元年四月丙寅即位,是日即见褒崇。戊辰,乃始赠第二兄敷、第四弟畅、第五弟融。至五月,有司方奏追皇考皇妣尊号,迁神主于太庙。帝不亲奉,奏临川王宏侍从。七月,帝临轩,遣兼太尉、散骑常侍王份奉策上太祖文皇帝、献皇后及德皇后尊号。既先卑后尊,又临轩命策,识者颇致讥议焉。"梁武帝对儒家经典很熟悉,岂有不知这些礼制之理?问题在于他内心实有愧于萧懿。萧懿其人对梁皇朝的建立并无直接作用,但梁武帝对萧懿的做法,却为后来萧绎在"侯景之乱"中的做法开了先例。庾信在《哀江南赋》中指责萧绎"但坐观于时变,本无情于急难",其实萧绎不过是变本加厉地效法其父,而其结果则加速了梁代的灭亡。

三、梁武帝与梁代的兴衰

梁武帝萧衍其人在南北朝甚至整个封建社会的君主中都可以说是一个比较特殊的君主:他既是梁皇朝的创建者,却又断送了自己的统治。在他代齐之初,其境内政局看来还较清平,他本人也还有几分励精图治的模样;至于晚年的昏愦颠顶,却到了令人难以理解的地步。其实这种情况并不足怪。原来东晋南渡以后,由于大批中原人口的南迁,使江南的土地得到开发,并且成为沃饶之地,超过了当时号称富裕的关中地区。再加上宋武帝代晋后,对吏治进行一番整顿,因此出现了"元嘉之治"。元嘉以后,宋、齐二代虽内乱迭起,都不过是统治者的争权内讧,对经济实力影响不大,所以南齐永明年间,由于内乱减少,一时也出现过某些太平景象。梁武帝夺取政权后,由于内部的敌对势力大多被消灭,百姓多少有了休养生息的机会,所以经济上又显现出某种繁荣迹象。这时的北魏正值宣武帝元恪在位,承孝文帝之余烈,国力尚强,梁武帝几次对魏用兵,都互有胜负,并未达到目的。敌国外患的存在,使他在办理政事上不敢过于大意,而他的大臣如范云、周舍、徐勉都是比较正派而谨慎的人,虽未必有太大作为,但政局还较稳定。普通(520~527)之后,由于北魏朝政日乱,又发生了六镇军人的起义,北魏政权已无余力与梁争胜,尤其是中大通元年(529)陈庆之以五千人的兵力乘北魏内乱,一度攻入洛阳,使梁武帝错误地估计了形势,以为北魏从此衰亡,他亦可毫不费力地攻克中原。因此在办理政事上就不如早期那样谨慎,而这时一些较有才能的大臣相继去世,继之者则为朱异那样的阿谀奉迎之臣。梁政自然日衰。更严重的是当北朝的六镇铁骑已进入中原,对南方形成威胁之际,梁朝宗室及梁武帝的诸子在长期的姑息纵容之下,日趋骄横,鱼肉百姓,甚至觊觎皇位。但年老荒愦的梁武帝对这种形势全无认识,甚至还在做着轻易攻取中原的美梦。他的接纳东魏叛将侯景,并幻想借侯景之力来夺取中原的想法,正是这种情况的突出表现。在这种条件下,梁朝的覆亡已属无可避免。

梁武帝的前半生和后半生形成这样鲜明的对比,绝不是偶然的。

过去的史家评论梁武帝的过失往往说他"留心俎豆,忘情干戚,溺于释教,弛于刑典",以致"追踪徐偃之仁,以致穷门之酷"。(《南史·梁本纪》中)从他称帝后的一系列事件看,确有这种表现。不过,梁武帝的为人,恐怕不这样简单。作为一位北府将领的子弟,他自然也娴于弓马。但在当时社会普遍重文轻武的风气下,早年的梁武帝走上文士之路,出入齐竟陵王萧子良的西邸和谢朓、王融等文人为友。这也是可以理解的。因为在萧顺之诸子中,他居第三,依照"立嫡以长"的原则,袭爵和荫官都轮不到他。他出仕之初,正值齐武帝永明年间,南齐的统治还较巩固,他当时自然不会产生夺取帝位的想法。《梁书·任昉传》记载他早年曾和任昉开玩笑:"始高祖(梁武帝)与昉遇竟陵王西邸,从容谓昉曰:'我登三府,当以卿为记室。'昉亦戏高祖曰:'我若登三事,当以卿为骑兵。'谓高祖善骑也。"这虽属戏言,却也透露了真情,当时的梁武帝也不过想做个大官,而任昉也没有预料他会做皇帝。到永明末齐武帝临死那场未遂政变发生时,他和萧懿正丁父忧,被萧子良和王融任命为"帐内军主",显然因为萧子良平时结交的大抵是文士,只有萧氏兄弟出身将门,所以夺情起用。在当时情势下,萧氏兄弟知萧子良并无实权亦非萧鸾的对手,就临阵倒戈,转而支持萧鸾。这时的梁武帝也不过是"见风使舵",寻找"登三府"的机会。他的为萧鸾进计杀害萧子隆,稳住王敬则(《南史·梁本纪》上),虽说是"欲助齐明,倾齐武之嗣,以雪心耻",其实只不过是借口,实为谋求升官之计。这时他还未必对皇位有所企求。到了齐明帝末年,情况有了变化。《梁书·张弘策传》记载他和张弘策议论齐朝行将灭亡时说的"梁、楚、汉当有英雄兴"的话,说明他已有夺取帝位的想法。但当时在他心目中,这"英雄"既可能是萧懿,也可能是自己。这里的"梁"指梁州刺史即萧懿,而"楚、汉"即指襄阳,亦即他本人。从那时的形势看来,萧懿的可能性比他要大,因为萧懿的官位和威望比他高。他当时尚非正式的雍州刺史。后来形势却发生了变化。萧懿的离开梁州到郢州,又从郢州入援建康,使梁武帝夺取帝位的可能性大大超过乃兄。因为萧懿一旦离开其梁、南秦二州旧部,便失去了亲信的兵众,到郢州又很短暂,立脚未稳又入援建康,自无足够的兵力可用,只能统率朝廷拨归他指挥的军队。他显然不可能用这种军队去"行伊、霍故事"或"兴晋阳之甲"。《南史·梁本纪》中记载有一段神话:"时台内有宿卫士为觋,常见太极殿有六龙各守一柱,末忽失其二,后见在宣武王(萧懿)宅。时宣武为益州,觋乃往蜀伏事。及宣武在郢,此觋还都,乃见六龙俱在帝所寝斋,遂去郢之雍。中途遇疾且死,谓同侣曰:'萧雍州必作天子。'具以前事语之。推此而言,盖天命也。"这虽是迷信,却也曲折地反映出一个事实,即萧懿罢梁、南秦二州去郢州,使他失去了夺取政权的实力。梁武帝对此未必无认识,他派张弘策去郢州向萧懿进言时已预料到"后相防疑,拔足无路"(《梁书·武帝纪》上)。但并未能劝阻萧懿到建康。此后梁武帝不顾萧懿的安危,一边准备起兵,一边又再次遣使叫萧懿行废立,这在客观上正是促使萧懿走向"拔足无路"的绝境。他这样做,显然可以用"为天下者不顾家"的话来辩解。但这毕竟成了梁武帝的心病,因为萧懿之死多半由于他。尤其是他佞佛以后,多少接受了佛教的"果报"之说,因此后来在处理一些他弟弟和侄儿的问题上,会如此悖于情理。例如天监五年(506)的洛口之败,梁武帝对负主要责任的临川王萧宏就没有做任何处分。关于这一点,宋代的叶适曾说:"洛口非小败,而梁之君臣不以为意,自宋武始创用子弟,义真一举而丧关中,武陵闭城,敌越至瓜步,几亡。然相承行之不悔也。梁武诸弟尚有可使,乃以甲乙用宏。余故谓其守边无定规,虽立国数十年,特幸而已矣。至宏不肖反逆,而帝能容之,不失兄弟之恩,盖人情所难。

本史阙不载,不知此乃梁所以亡者,何可讳也。"①叶适看到了梁武帝对洛口之败不以为意是梁亡的原因,这颇有见地。但他把这一事件等同于宋庐陵王刘义真之守关中及武陵王(即后来的孝武帝)刘骏之守彭城,则未必妥当。因为当时长安离刘裕的主力甚远,即使刘义真有过人之才,亦难坚守;至于刘骏之困守彭城,无可厚非,因为城中兵力亦难与魏太武帝的骑兵交锋,闭城坚守却能保全城池,对魏军南下有一定威胁。萧宏洛口之败与此全然不同。《南史·梁宗室传》上说萧宏此次出兵,"所领皆器械精新,军容甚盛,北人以为百数十年所未之有",出兵以后,由于诸将力战,已取得不少胜利,而只是由于萧宏的怯懦,不准军队前进,而是顿兵洛口,最终弃军逃亡,使"百万之师,一朝奔溃",连吕僧珍也认为此役如果由始兴王萧憺或吴平侯萧景为元帅,完全可以立功。但大败而归的萧宏回到建康,不但未受处分,反而升为司徒领太子太傅。后来萧宏并不改悔,却屡次谋害梁武帝本人,梁武帝对此亦不加责罚,只是对他说:"我人才胜汝百倍,当此犹恐颠坠,汝何为者。我非不能为周公、汉文,念汝愚故。"这种流涕的说教,自然丝毫感动不了萧宏。至于梁武帝对萧宏之子萧正德的态度,更是有悖事理。梁武帝早年无子,认领萧宏之子萧正德为嗣,后来昭明太子萧统出生,又把萧正德还给了萧宏。萧统出生时,梁武帝年已三十八岁,在当时人看来已是很晚,所以萧正德大约做了他好几年养子。萧统出生后,萧正德"还本","自谓应居储嫡,心常怏怏"(《南史·梁宗室传》上),曾经一度逃奔北魏,但北魏对他并不优厚,他就又逃回梁朝,梁武帝不加处分,只是"泣而诲之",还恢复他西丰侯的爵位。后来随豫章王萧综伐魏,又弃军逃归。朝臣奏请把他下狱治罪,而梁武帝又加赦免,只是免官削爵,后来还封他为临贺郡王,

---

① 《习学记言》卷三十二《南史》二,上海古籍出版社影印四库本,第 294 页。

并任丹阳尹这样的要职,后来又让他做过南兖州刺史,都以昏虐被免官。就是这样一个人,梁武帝宽纵其罪行,还不算,竟在"侯景之乱"中以他为平北将军,镇守朱雀航。其实萧正德早已与侯景通谋,就把叛军引进宣阳门,使建康的防御完全瓦解。据《南史》本传说,委任萧正德是由于"朝廷未知其谋"。其实只要稍具理智的人,都知道像萧正德这样的人显然不能任用。这说明梁武帝的晚年已经昏愦到令人不解的地步。

梁武帝之所以从一个"开国之主"变成"亡国之君",决非无故,早年的梁武帝不失为一个"奸雄",尽管他的历史功绩远不能与曹操、刘裕等人相比,但较之南齐后期那些上层人物,他确实高出一筹。例如在齐明帝时代,他为齐明帝出主意杀害萧子隆,稳住王敬则就体现了他阴谋家的本色。他曾任萧子隆幕僚,当时的形势倒也不难对付。至于王敬则,就不同了,他是萧道成的开国功臣,手握兵权,如果不加笼络,显然会成为齐明帝诛杀"高武子孙"的障碍。因为那时齐武帝萧赜刚死,其影响还存在,如果不把王敬则稳住,他会以忠于萧道成、萧赜作借口,朝廷内外的文武大臣从封建道德出发,很可能响应。萧鸾当时立脚未稳,显然很难应付。但他又深知王敬则年已六十,只图保住禄位享受富贵,所以建议"唯应锡以子女玉帛,厚其使人,如斯而已"(《南史·王敬则传》)。这一招果然稳住了王敬则。但他也知道萧鸾与王敬则的矛盾早晚要爆发,而且预料到了王敬则的失败。他对张弘策说:"稽部且乘机而作,是亦无成,徒自驱除耳。"这也很合事理。因为萧鸾在位已四五年,"君臣之分"已定,而且萧鸾已掌握了大权,王敬则在此时起兵,自难成功。但王敬则的叛乱,显然可以削弱朝廷的实力,使他更便于夺取权力。在他从襄阳起兵前,东昏侯萧宝卷曾叫荆州刺史萧颖胄发兵袭击襄阳。萧颖胄是南齐宗室,本来很可能奉命出兵,但他抓住了萧颖胄是个文弱书生和荆州素来怕襄阳人的心理，使用反间计把萧颖胄拉到自己一边。起兵之初，他还让萧颖胄的地位居于自己之上。但萧颖胄幸而在建康被攻克之前死去，不然亦难为梁武帝所容。所以萧颖胄之弟颖达在梁武帝即位后不久，就遭猜忌，忧惧而死。从这些事例看来，在齐末的政坛上，确实很难有人可以和梁武帝较量。应该承认正是这样的情势使他一帆风顺地登上了皇帝宝座。但正因为这样，使他过分自信，产生了别人都不如自己的思想。如果说他认为自己的才能百倍于萧宏还可以说得过去的话，他平时在书本知识方面不愿有人超过自己已属狂妄。至于侯景叛乱发生后，他竟认为"是何能为，吾以折棰笞之"（《南史·贼臣·侯景传》），则完全是昧于形势了。正因为他过高地估计了自己的才能，才把"侯景之乱"看作儿戏，以致像萧正德这样的人也委以兵权。梁武帝这种过高地估计自己的力量，也和当时北方的形势有关。原来宋元嘉以来对北魏的战争，经常是北强南弱，南朝仅能自守。到了魏宣武帝元恪即位后，北魏政治日衰，对南朝的战争已属胜负各半。到孝明帝元诩时，由于六镇军人的起义，一时间出现过某种南强北弱的假象。但随着尔朱荣的入洛及高欢、宇文泰的继起，南朝所面临的是实力强劲的六镇军人。至于南朝方面，则自从宋齐间北府兵将领纷纷进入上层，这支军队已远不及晋宋间那样精锐。南方政权所依仗的只有襄阳的雍州兵，但距都城建康甚远，再加上梁武帝到建康已四十多年，功臣宿将大抵早已去世，他手下不但无可用之兵，亦乏可用之将。他却仍以为对付侯景是轻而易举之事。

梁朝的衰乱之兆即使东魏方面的杜弼也看得很清楚，他在《檄梁文》中说，梁代境内已是"人人厌苦，家家思乱，灾异降于上，怨讟兴于下"。这并非夸大，虽然这未必全属梁武帝一人之过，更多的是他的弟侄及儿子们所为，而梁武帝的纵容，实为造成这些事实的祸根。所以杜弼又说："恃浮躁之风俗，任轻薄之子孙，朋党路开，兵权在外，必将祸生骨肉,难起腹心。"①可谓料事如神。造成这局面的,除了萧宏父子,还有其他许多宗室甚至包括坐观成败、谋取私利的萧绎之流。造成这种情况的原因比较复杂。主要是由于当时的交通还不发达,尤其南方各地山川阻隔,容易形成割据,而且建都长江下游的朝廷在粮食和兵源都在一定程度上依靠上游的条件下更易造成末大不掉之势。在这方面,南齐皇朝曾经实行过用典签来控制各州刺史的办法。《南史·齐武帝诸子·巴陵王子伦传》:"先是高帝、武帝为诸王置典签帅,一方之事,悉以委之。每至觐接,辄留心顾问,刺史行事之美恶,系于典签之口,莫不折节推奉,恒虑弗及,于是威行州部,权重蕃君。"这种制度确实加强了中央集权,但其流弊是造成典签的专横。这一事实清代的赵翼在《廿二史札记》卷十二《齐制典签之权重》中已指出。梁武帝可能鉴于齐明帝屠杀齐高帝、齐武帝子孙的教训,削弱了典签的权力,但又走向另一极端,即对任刺史的藩王放弃了监督。他之所以对弟侄及几个儿子纵容亦有其原因。一方面他是想让藩王们互相牵制,避免再有萧鸾式的人物出现。另一方面,也和他受佛教"果报"之说的影响有关。梁武帝的佞佛是人所共知的。他的佞佛当然有利用佛教来麻痹人民的反抗意识的用意,这是刘宋以来统治者一贯的政策。(何尚之《列叙元嘉赞扬佛教事》,《全上古三代秦汉三国六朝文·全宋文》卷二十八)不过在大力宣扬这些教义的同时,他确实也接受了其中不少思想。只要看《梁书·武帝纪》下和《贺琛传》中他斥责贺琛的口敕,就可以知道他的佞佛决非全属伪装。尽管清王鸣盛在《十七史商榷》中已指出他不少行为与佛教教义的矛盾。事实上历来许多帝王和军阀尽管杀人如麻,却在晚年佞佛,都和"果报"说有关,他们想用"忏悔"来免去过去的罪孽。梁武帝尤其是

---

① 《文苑英华》卷六百四十五,中华书局影印宋、明刊本,第4册第3311页。

这样。他称帝后之所以纵容弟侄们的不法行为亦与此有关。例如前面提到的叶适认为他在洛口败后对萧宏不做处理是"不失兄弟之恩，盖人情所难"，显然是对他的心态缺乏分析。梁武帝在襄阳起兵之前，本已估计到当时足以夺取南齐江山的"英雄"只有他和萧懿二人。在萧懿应召赴建康时，他估计到此去的危险，然而并未积极阻止。萧懿到建康后，他仍积极准备起兵并遣使劝萧懿行废立之计，客观上是促使东昏侯杀害萧懿。但萧懿毕竟是他胞兄，萧懿死后他不能不感到内疚。他对萧宏、萧正德的宽纵，亦有其心理原因。他因为已致其兄于死地，不忍再杀其弟。更重要的是，他对萧宏亦有内疚，一是萧统出生后萧正德的"还本"，二是梁武帝在准备起兵前，从建康召诸弟到襄阳。当时的情势确实很难全部召去，这样势必引起东昏侯及其左右的警惕。于是梁武帝只叫了萧伟和萧憺，这是有他的用意的。因为萧伟是他起兵后替他镇守襄阳的，而萧憺在诸弟中以武勇著称。与这二人相比，萧宏的才干自然远不能及。据《南史·梁宗室传》上云："宣武（萧懿）之难，兄弟皆被收。道人释惠思藏宏。及武帝师下，宏至新林奉迎。"梁武帝当时把一个缺乏才能的弟弟留在建康，在内心中多少也有些内疚，而他又自恃其才百倍于萧宏，所以对萧宏父子的行为不加追究，其实既是纵容，也属轻视。

梁武帝对弟侄们的不法行为既如此宽纵，而对自己几个儿子的态度似亦颇令人费解。应该说，梁武帝诸子的情况颇有不同。其中萧统和萧纲似乎没有什么过失，尽管作为皇位的继承者他们能否胜任，似可怀疑。南康王萧绩非皇位继承人，但他"寡玩好，少嗜欲，居无仆妾，躬事约俭"（《梁书·高祖三王》本传），可惜早死。庐陵王萧续据《南史》本传，已有贪财聚敛的毛病，但尚无大恶。邵陵王萧纶和武陵王萧纪在史籍中被说得过恶甚多，但是否可信很可怀疑。因为史籍的记载往往受后来成了梁元帝的萧绎的影响，恐多诋毁，这些都只能在下文专门论述。萧绎所以能长期任荆州刺史控制上游,这问题颇可讨论。至于豫章王萧综的问题,更反映了梁武帝的某种心态。豫章王萧综在梁武帝诸子中排行第二,乃吴淑媛所生,吴氏本是齐东昏侯萧宝卷的宠姬,《梁书·豫章王综传》云:"初,其母吴淑媛自齐东昏宫得幸于高祖,七月而生综,宫中多疑之者,及淑媛宠衰怨望,遂陈疑似之说,故综怀之。"《魏书·萧赞传》则云:"(萧)宝夤兄宝卷子赞,字德文,本名综,入国,宝夤改焉。初,萧衍灭宝卷,宝卷宫人吴氏始孕,匿而不言,衍仍纳之,生赞,以为己子,封豫章王。及长,学涉,有才思。其母告之以实,……"二书虽有不同,但恐以《魏书》为得其实,因为《梁书》所据为梁代记载,恐有为梁武帝曲而回护处。《南史·梁武帝诸子》本传,基本同《梁书》,却添加了不少迷信故事。萧综其人《梁书》把他和萧正德同传,似乎以叛国者看待,似未必公允。他既为萧宝卷子,投奔北魏似未可非议。从《南史·梁宗室传》记他作《钱愚论》以讥讽萧宏的贪婪看,他为人还非无可取。问题在于他逃奔北魏后,既已削爵,黜去皇族谱籍,改为"悖氏",不久梁武帝又恢复其属籍,他死后梁武帝还派人到北方偷来他的棺木,照儿子之礼安葬。事实上梁武帝对萧综的身世显然很清楚,但他不能不用这种手段为自己的丑行掩饰。这一事例说明梁武帝除了狡黠之外,还有其愚蠢的一面。

如果说在萧综的问题上还体现了梁武帝的某些狡黠,在萧绎身上则更多地表现他的愚蠢和昏愦。萧绎其人后来成了皇帝,又把梁代的藏书集中到了江陵,梁代记事的史官大抵是他的臣下,所以《梁书》中很少揭露他的过恶。《南史》乃北方人李延寿所修,较能直言一些真相,但由于时代较晚,所能见到的史料除《梁书》以外所存不多,且多近于小说家言,所以也难全信,不过字里行间多少还可得到一点信息。关于萧绎是个什么样的人,只要看一下他在"侯景之乱"

中的表现就十分清楚。庾信在《哀江南赋》中说他"但坐观于时变,本无情于急难";姚思廉在《梁书·元帝纪》中说:"梁季之祸,巨寇凭垒,世祖时位长连率,有全楚之资,应身率群后,枕戈先路。虚张外援,事异勤王,在于行师,曾非百舍。"《南史·梁本纪》下引魏征的话说得更透彻,同样指出了他不能及时出兵去援救台城之围,而是"遂乃拥众逡巡,内怀觊望,坐观国变,以为身幸"。其实萧绎正是要借侯景之手去消灭梁武帝和萧纲,以便登上皇帝的宝座。因为从实力上讲,侯景叛军的力量并不很大,据《梁书·侯景传》,他在涡北被东魏慕容绍宗所败,只剩兵八百人;《南史·贼臣·侯景传》载,他后来见梁武帝时,自称起兵时只有兵"千人"。如果上游诸军及时东下,台城不会陷落。然而萧绎不但自己不出兵赴救,还不许益州的萧纪派兵入援。昭明太子的儿子萧誉在湘州,萧詧在雍州,也曾派兵入援,而萧绎派人监视萧誉,后来甚至派兵攻打,直到把他杀死;萧詧入援时,萧绎也派人袭击襄阳。(详见《周书·萧詧传》)于是上游诸镇都不能出兵救援。至于在郢州坚持讨伐侯景的邵陵王萧纶也被萧绎派人逼迫,逃离郢州,最后为西魏所杀。从上述的事实看来,不但台城的陷落,而且整个梁代的灭亡,萧绎都有着无可逃避的严重罪责。关于萧绎的为人,我们在下文还要专章详论。梁武帝在庐陵王萧续去世之后把荆州的重任交给萧绎,显然是一个很大的失误。因为萧续死于太清元年(547)正月,当时侯景还没有背东魏而降梁,梁武帝的诸子和大臣中,足以担当这重任的还不乏其人,如萧纶、萧纪后来都比萧绎的表现要好得多,但他还是任用萧绎,可见他对自己的儿子也缺乏了解。这说明尽管当时梁朝内部的矛盾已暴露无遗,连东魏的杜弼也看得很清楚,而梁武帝还认为自己可以北定中原,所以改年号为"太清",朝廷上下正如庾信在《哀江南赋》中说的:"宰衡以干戈为儿戏,缙绅以清谈为庙略。乘渍水以胶船,驭奔驹以朽索。"梁武帝所以会变得这样昏庸,应该说正如阮籍所谓"世无英雄,遂成孺子之名"。前期的一系列胜利,促使他盲目地自信,最终走向灭亡。

四、梁武帝在文化上的贡献

梁武帝虽然是一个奸雄,并且是一个不很高明的奸雄,但在我国的文化史上却颇有影响。某种程度上说,他这种影响并不亚于曹操,而且超过了司马懿父子。这也是时势使然。原来我国古代的学术思想自汉武帝接受董仲舒的建议实行"罢黜百家,独尊儒术"的政策后,在两汉近四百年的时间里,基本上是儒家思想占统治地位,但实际上所谓的"儒家",已有"今文经学"与"古文经学"之别;甚至"今文家"与"古文家"中,也有不同的流派。到了魏晋之际,儒家的"经学"趋向衰微,代之而兴的是崇尚《老子》、《庄子》等道家思想的"玄学"。这些玄学家也和汉代的儒家一样分为不同的学派。如王弼、何晏、阮籍、嵇康、向秀、郭象等人,其主张亦各不同。东晋以后,外来的佛教经典翻译日广,逐渐影响到思想界。一些僧人借助于老庄和玄学以阐释佛理;一些清谈名士也与僧人为友,援佛理来解释老庄。甚至像慧远这样的僧人也兼治儒家的礼学。于是儒、道、佛三家的学说不但互相驳诘,同时也互相渗透。因此形成了思想学术方面的大融合和大变化时代。梁武帝正是在这种形势下对这种学术进行了总结。他这种总结,不但影响了南朝,而且为唐代"五经正义"的出现创造了条件。

历来的论者往往把他在文化方面的功绩和他政治上的过失相联系。例如《南史·梁本纪》中"论曰",在肯定梁武帝提倡学术,"自江左以来,年逾二百,文物之盛,独美于兹"之后,又说:"然先王文武递用,德刑备举,方之水火,取法阴阳,为国之道,不可独任;而帝留心俎豆,忘情干戚,溺于释教,弛于刑典。既而帝纪不立,悖逆萌生,反噬弯弧,皆自子弟,履霜弗戒,卒至乱亡。"这种看法似乎是当时不少人的观点。《南史·隐逸·陶弘景传》载他有一首诗:"夷甫任散诞,平叔坐论空。岂悟昭阳殿,遂作单于宫。"后人解释为当时"人士竞谈玄理,不习武事"。陶弘景卒于大同二年(536),这时梁魏间的战争仍未停止,从中大通后期到大同初年,虽无很大的战役,梁朝派将领送元氏子孙入北为主的事还是不少的,说明梁武帝并未"偃武修文"。问题似乎只在于他没有大举北伐,而北方亦未大举南侵。在此以前像大通二年(528)命陈庆之率军北伐,送元颢入洛之役,只给陈庆之五千人的兵力,且无后续部队。当陈庆之攻入洛阳,尔朱荣率大兵反攻时,梁朝竟无一兵卒增援,坐观陈庆之兵败,化装南逃。这说明梁武帝虽一再以"大通"、"大同"、"太清"为年号,似乎大有北定中原之意,而实际上并无意付诸行动。这也不足怪,因为梁武帝自即位以后,虽确曾大举伐魏,而所任非人,屡次遭受重大损失。如天监四年(505)伐魏,以萧宏为主将,结果萧宏弃军逃归,全军溃散;天监十四年(515)冬天筑浮山堰堵塞淮水以攻魏,筑堰士兵冻死者十之七八;次年夏天筑城,到八月就被大水冲毁,沿淮居民十多万人漂入海中;普通六年(525)派豫章王萧综伐魏,萧综奔魏,全军崩溃,兵士十之七八被魏军屠杀或俘虏。经过这几次挫折之后,梁朝的军力大损,已无实力再发动大规模的军事行动。这时正好北魏已是孝明帝元诩的后期,政局混乱,内部斗争不断发生,梁武帝就想利用这些矛盾,削弱北魏,乘机渔利。这种手段也正是他在夺取皇位时所常用的。所以说他"忘情干戚",并非事实。他的提倡文化学术,恐怕也有其目的,他是要争取北方士大夫和一部分汉化了的鲜卑人。这一点,东魏方面的高欢就看得很清楚。《北齐书·杜弼传》载,杜弼曾向高欢建议制止东魏诸武臣的贪虐,高欢对他解释说这样做会触怒诸将,诸将会转而投靠西魏的宇文泰;同时他又说:"江东复有一吴儿老翁萧衍者,专事衣冠礼乐,中原士大夫望之以为正朔所在。"他甚至担心"士子悉奔萧衍"。可见梁武帝的提倡学术,也有一定的政治作用。

梁武帝在文化方面的一个重要措施是制定五礼。据唐杜佑《通典》载,自汉以来,除汉初叔孙通制定朝仪以外,通行的礼制悉遵古代的《周礼》和《仪礼》中的规定。汉以后,"魏以王粲、卫觊集创朝仪,而鱼豢、王沈、陈寿、孙盛虽缀时礼,不足相变。吴则丁孚拾遗汉事,蜀则孟光、许慈草建时制。晋初以荀顗、郑冲典礼,参考今古,更其节文,羊祜、任恺、庾峻、应贞并加删集,成百六十五篇。后挚虞、傅咸缵续未成,属中原覆没,今虞之《决疑注》,是其遗文也。江左刁协、荀崧补缉旧文,蔡谟又踵修缀。宋初因循前史,并不重述。齐武帝永明二年,诏尚书令王俭制定五礼。至梁武帝,命群儒又裁成焉。吉礼则明山宾,凶礼则严植之,军礼则陆琏,宾礼则贺玚,嘉礼则司马褧。又命沈约、周舍、徐勉、何佟之等参会其事"①。《梁书·徐勉传》载有主持其事的徐勉在普通六年所上的章表,说:"《嘉礼仪注》以天监六年五月七日上尚书,合十有二秩,一百一十六卷,五百三十六条;《宾礼仪注》以天监六年五月二十日上尚书,合十有七秩,一百三十三卷,五百四十五条;《军礼仪注》以天监九年十月二十九日上尚书,合十有八秩,一百八十九卷,二百四十条;《吉礼仪注》以天监十一年十一月十日上尚书,合二十有六秩,二百二十四卷,一千五条;《凶礼仪注》以天监十一年十一月十七日上尚书,合四十有七秩,五百一十四卷,五千六百九十三条;大凡一百二十秩,一千一百七十六卷,八千一十九条。"徐勉称颂五礼的制定是"洪规盛范,冠绝百王,茂实英声,方垂千

---

① [唐]杜佑《通典》,王文锦等点校,中华书局1988年版,第2册第1121页。

载"。在当时社会里制定这样大部的礼制,要聚集许多儒生,经过较长时间的努力才能完成。尽管封建社会的统治者十分重视"礼",但即使在两汉及西晋初这样承平的时代也没能做成的大工程,竟由梁武帝来完成,这充分说明了梁武帝对文化的重视。

除了制定五礼外,他还对儒家的经典和《老子》做了许多阐释。据《梁书·武帝纪》下说到梁武帝的著述有:"造《制旨孝经义》、《周易讲疏》,及六十四卦、二《系》、《文言》、《序卦》等义,《乐社义》,《毛诗答问》,《春秋答问》,《尚书大义》,《中庸讲疏》,《孔子正言》,《老子讲疏》,凡二百余卷。""制《涅槃》、《大品》、《净名》、《三慧》诸经义记,复数百卷。""又造《通史》,躬制赞序,凡六百卷。""凡诸文集,又百二十卷。"梁武帝还善于书法、弈棋、骑射甚至阴阳术数。除了他自己著述之外,他还置五经博士,设立士林馆等"五馆",对学术的发展起了不小的推动作用。

梁代的学术风气受魏晋玄学的影响,与汉以来的传统不大一样。以经学而论,历来论者多以为不如北朝。如清代的赵翼在《廿二史札记》卷十五中有"北朝经学"和"南朝经学"二条。在"北朝经学"中说:"六朝人虽以词藻相尚,然北朝治经者,尚多专门名家。"[1]而在"南朝经学"条又说"南朝经学,本不如北",但认为"惟萧齐之初,及梁武四十余年间,儒学稍盛"。[2] 梁代学者中比较有名的如皇侃著有《礼记讲疏》五十卷、《论语义疏》十卷,皆见重于世,《礼记讲疏》尤为唐孔颖达《正义》所本。皇侃所撰《论语义疏》在南宋初犹存于国内,后佚,但保留于日本,后经商人自日本携归,被鲍廷博《知不足斋丛书》所收。但清修《四库全书》时因有关于"夷狄"字样,颇被删改。

---

[1] [清]赵翼《廿二史札记》,世界书局1947年版,第193页。
[2] 同上,第195页。

近人吴承仕评此书云:"自何氏(晏)《集解》以讫梁、陈之间,说《论语》者,义有多家,大抵承正始之遗风,标玄儒之远致,辞旨华妙,不守故常,不独汉师家法荡然无存,亦与何氏所集者异趣矣。皇氏本通《三礼》,尤好玄言,故其为《论语疏》,颇采华辞以饰经说。"①吴先生的评语是正确的,我们试举一例,即可见其一斑。《论语·公冶长》中的公冶长是孔子弟子,曾因事入狱,孔子以为非其罪。皇侃《论语义疏》引《论释》曰:"公冶长从卫反鲁,行至二界上,闻鸟相呼往清溪食死人肉。须臾,见一老妪当道而哭。冶长问之。妪曰:'儿前日出行,于今不反,当是已死亡,不知何在?'冶长曰:'向闻鸟相呼往青溪食肉,恐是妪儿也。'妪往看。即得其儿也,已死。即妪告村司。村司问妪:'从何得知之?'妪曰:'见冶长,道如此。'村官曰:'冶长不杀人,何缘知之?'因录冶长付狱。主问冶长:'何以杀人?'冶长曰:'解鸟语,不杀人。'主曰:'当试之,若必解鸟语,便相放也。若不解,当令偿死。'驻冶长,在狱六十日。卒日,有雀子缘狱栅上相呼,啧啧眈眈。冶长含笑,吏启主:'冶长笑雀语,是似解鸟语。'主教问冶长:'雀何所道而笑之?'冶长曰:'雀鸣啧啧眈眈,白莲水边有车翻,覆委粟,牡牛折角。收敛不尽,相呼往啄。'狱主未信,遣人往看,果如其言。复又解猪及燕语,屡验,于是得放。"②这个故事自然很难令人置信,所以后来训释《论语》者亦以为荒诞而不取。皇侃的说法自然不足信,对理解《论语》亦未必有多大帮助,但他谈公冶长事,颇似一段志怪小说,足为文人取资。像这种例子,其实正如刘勰在评纬书时说的"无益经典,而有助于文章",经学家尽可斥之为谬,而对文学创作未始无益。不但如此,南朝学者承袭魏晋以来的学风,比较自

---

① 吴承仕《经典释文序录疏证》,中华书局1984年版,第146页。
② 转引自杨树达《论语疏证》卷五,上海古籍出版社1986年版,第115页。

由活泼,敢于独立思考,敢于吸取佛道二家思想中的有益成分,较之汉儒的笃守"家法"与"师法",往往陷于烦琐之弊,自更有益于文学创作。所以梁武帝的总结汉以来儒学成果,在事实上是对文学创作有利的。

梁武帝的编纂《通史》六百卷,应该说对史学也起了积极的推动作用。因为历代的"正史"自班固作《汉书》以来,都是一个朝代一部史书。这种方法有较大的局限性,一方面是内容不免有重复,如《后汉书》中有董卓、袁绍诸人的传,而《三国志》中亦有,另一方面,则有时不免有遗漏,如西汉末的严遵(君平),在学术界有重要地位,而在《汉书》和《后汉书》中均未立传。更容易有重复与疏漏者则为"志"的部分,现在看唐修《晋书》,"志"的部分多采沈约《宋书》,因此内容相同者更多。通代的史书还较能避免后代修前代之史于易代之际多有忌讳之弊。如《三国志》记汉魏及魏晋之际曹操、司马昭的行为就不如刘宋人裴松之、范晔所记真实;齐梁二代之史,《南齐书》和《梁书》亦隐讳,不如《南史》得实。如从今天的观点来看,一代一史,尤其容易割断历史发展的线索,因此不如通代史书。梁武帝的《通史》六百卷虽已散佚,但他这种尝试应该是有益的,后来宋代郑樵之作《通志》,可能从他那里得到启发。此外,梁武帝又叫安右长史殷芸编撰《小说》一书(梁目三十卷,隋时存十卷)。此书所收内容,大抵属于志怪故事。过去传统的看法都把此类书作为史部典籍的一种,即使后来的《隋书·经籍志》也还放进"史部·杂传"一类,后来《新唐书·艺文志》才把它们放入"子部·小说类",欧阳修、宋祁也可能从梁武帝那里得到了启发。

在佛学方面,梁武帝的著作亦复不少。他对佛学中的《般若经》、《涅槃经》等,都有较深的研究,《梁书·武帝纪》下说他"听览余闲,即于重云殿及同泰寺讲说,名僧硕学、四部听众,常万余人"。他最推重的名僧是僧旻和法云。僧旻曾奉命注《般若经》,在惠轮殿讲《胜鬘经》,后又在庄严寺讲《十地经》。法云亦奉命撰《成实义疏》、注《大品经》,主持对范缜《神灭论》的驳难。《南史·循吏·郭祖深传》载郭祖深上封事,说梁武帝信僧旻、法云之说,"云、旻所议则伤俗盛法"。其实郭祖深只是看到佛寺的"穷极宏丽",僧尼们"资产丰沃"、"僧尼多非法"等现象,这当然是事实,但是僧旻、法云和梁武帝本人对佛学的深入探究,对学术本身仍有其功绩。

五、梁武帝及其文学活动

梁武帝不但是一位政治家,而且也是一位文学家。据《梁书·武帝纪》下,他所作文集有一百二十卷之多,但据《隋书·经籍志》著录"《梁武帝集》二十六卷(梁三十二卷),《梁武帝诗赋集》二十卷,《梁武帝杂文集》九卷,《梁武帝别集目录》二卷,《梁武帝净业赋》三卷",与《梁书》所言卷数相差很大。如果加上《历代赋》十卷、《围棋赋》一卷和《梁武帝连珠》一卷(沈约注)、《梁武帝制旨连珠》十卷(梁邵陵王纶注)、《梁武帝制旨连珠》十卷(陆缅注),也不到一百二十卷之数。这种差别恐怕不完全由于江陵陷落时萧绎的焚书,而是各个时期所编集的《梁武帝集》当有多种,如沈约就作过《梁武帝集序》,沈约卒于天监十二年(513),下距梁武帝之卒还有三十六七年,因此续有增补。

梁武帝的文学创作,前后期颇有不同。前后期的分界大致就在他称帝之际。在他称帝以前,尤其是在南齐永明年间出入齐竟陵王萧子良的西邸时,基本上是和一些文人相交游。据《梁书·武帝纪》上载,竟陵八友是:沈约、谢朓、王融、萧琛、范云、任昉、陆倕和梁武帝本人。在这些人中,除萧琛外,其他都是著名的文学家,并有作品收入《文选》。梁武帝本人则因《文选》不录存者之作,所以未收。至于《玉台新咏》则有四十一首之多(据明寒山赵氏覆宋本统计,又《河中之水歌》及《东飞伯劳歌》,《玉台》以为古辞,不作梁武帝之诗统计)。此外还有一些诗见于《文苑英华》、《乐府诗集》及某些类书。这部分作品一般有较高的艺术价值。至于他后期之作,虽散见于《广弘明集》及一些史籍、类书等,非宣扬佛教即为称扬某些人而作,大抵都是说教,并无多大艺术性。

梁武帝早期的诗歌和"永明体"的倡导者谢朓、沈约等人既有相似之处,也有所不同。其相同之处在于清丽和平易,与"永明体"诗歌相类似,如《答任殿中宗记室王中书别诗》:

问我去何节,光风正悠悠。兰华时未晏,举袂徒离忧。缓客承别酒,鸣琴和好仇。清宵一已曙,蕤尔泛长洲。眷言无歇绪,深情附还流。①

此诗当作于永明八年(490)赴荆州任萧子隆咨议参军时别任昉、宗夬、王融时所作。此诗不用生僻典故,亦无古奥字词,全篇十句,亦与"永明体"的诗歌相似。但永明诗人之作,很注意平仄相对,尽管从律诗的要求来说,往往"失粘",但对平仄相对的要求还是比较注意,此诗则"缓客"句第二字与第四字皆用入声字,"眷言"二句上句"言"字与下句"情"字皆平声字,这在永明作家看来,似犯声病。但总的看来,其诗风与谢、沈亦类似,如《直石头诗》:

---

① 逯钦立《先秦汉魏晋南北朝诗》,中华书局 1983 年版,中册第 1528 页。

率土皆王士,安知全高尚。东垄弃黍稷,西游入卿相。属逢利建始,投分参末将。尺寸功未施,河山赏已谅。摄官因时暇,曳裾聊起望。郁盘地势远,参差百雉壮。翠壁绛霄际,丹楼青霞上。夕池出濠渚,朝云生叠嶂。笼鸟易为恩,屠羊无饰让。泰阶端且平,海水本无浪。小臣何日归,顿辔从闲放。①

此诗系与谢朓唱和之作,谢朓有《和萧中庶直石头诗》,此诗当作于齐明帝建武三年至四年间(496~497),此时王融已死,谢朓、沈约的一些诗又稍带古气,诗的篇幅较前为长,用典及古字亦较前为多。这种情况在谢朓那首和诗中表现尤为明显。梁武帝此诗较之谢诗,似尚稍为平易。值得注意的是梁武帝此诗中有的诗句令人联想起江淹的某些名句。如此诗中"翠壁"二句,上句的"翠"对下句的"丹","绛"对下句的"青",而二句本身的"翠"和"绛"、"丹"和"青"又正好相对,且色彩也相映成趣。这种颜色对仗的做法,在谢灵运的山水诗中已多次使用。江淹亦好使用这技巧。如《从冠军建平王登庐山香炉峰诗》中"瑶草正翕䓿,玉树信葱青。绛气下萦薄,白云上杳冥"四句,前二句以"䓿"对"青",后二句以"绛"对"白",不但工整,也色彩鲜艳;《赤亭渚》中"水夕潮波黑,日暮精气红"二句,则脱胎于鲍照《游思赋》,以"红"对"黑",颇见自然与工整。梁武帝显然继承了前人的成果而加以发展,一句之中又自以色彩构成对仗。这不能不说是一种独创的构思。不少学者在评论萧纲等人的"宫体诗"时,往往对宫体诗人们在作品中善于刻画色彩的手法颇加肯定,从此诗的例子看来,有意识地做这方面的努力实始于梁武帝。

的确,梁武帝前期的诗正如谢朓、沈约诸人一样,有一部分已和

---

① 逯钦立《先秦汉魏晋南北朝诗》,中华书局1983年版,中册第1528页。

"宫体诗"的内容相近。如《捣衣诗》：

> 驾言易水北，送别河之阳。沉思惨行镳，结梦在空床。既寤丹绿谬，始知纨素伤。中州木叶下，边城应早霜。阴虫日惨烈，庭草复芸黄。金风㕍清夜，明月悬洞房。裛裛同宫女，助我理衣裳。参差夕杵引，哀怨秋砧扬。轻罗飞玉腕，弱翠低红妆。朱颜日已兴，眄睐色增光。捣以一匪石，文成双鸳鸯。制握断金刀，薰用如兰芳。佳期久不归，持此寄寒乡。妾身谁为容，思君苦入肠。①

"捣衣"这个题材，是古诗中常见的，前人如曹毗、谢惠连之作均见于《玉台新咏》。但曹毗之作比较简短，亦不甚为人传诵；谢惠连的《捣衣诗》则历来被视为其代表作之一。梁武帝此诗中有些手法似即取法谢诗，如诗中"轻罗飞玉腕，弱翠低红妆。朱颜日已兴，眄睐色增光"四句即从谢诗的"微芳起两袖，轻汗染双题"中化出，但谢诗仅写美人劳累汗出，此诗不但写出了美人捣衣时的形态，而且用"朱颜"二句，形容其劳累，脸色发红，虽似称其容颜之美，实际是写她的劳苦。这种构思颇为巧妙。

梁武帝早年颇着力于仿作民歌，尤其是南方的"吴声歌"与"西曲歌"。他对这些民歌颇为爱好。《南史·徐勉传》："普通末，武帝自算择后宫《吴声》、《西曲》女妓各一部，并华少，赉勉，因此颇好声酒。"这段记载颇可看出梁武帝的为人。此时他登上帝位已经二十年左右，早已表示皈依佛教，却仍有女妓。《梁书·贺琛传》载有他斥责贺琛的话，自称："朕绝房室三十余年，无有淫佚。朕颇自计，不与女

---

① 逯钦立《先秦汉魏晋南北朝诗》，中华书局1983年版，中册第1534页。

人同屋而寝,亦三十余年。"其实此时梁武帝年已五十余岁,不近女色已非难能,而且他当时恐怕也未必已断绝声色之事。他斥责贺琛时说:"卿又云女妓越滥,此有司之责,虽然,亦有不同:贵者多畜妓乐,至于勋附若两掖,亦复不闻家有二八,多畜女妓者。此并宜具言其人,当令有司振其霜豪。"话说得振振有词,其实好畜声妓之风实为梁武帝自己倡其端:他后宫既有女乐,又用以赏赐徐勉诸人。可见他直到晚年对女乐的爱好并未改变,然而为了政治的需要,他在口头上似乎颇持反对态度。《梁书·徐摛传》载,徐摛被周舍举为晋安王(即简文帝萧纲)侍读,"摛文体既别,春坊尽学之,'宫体'之号,自斯而起。高祖闻之怒,召摛加让"。但内心里恐未必很反对,所以下文又云,"及见,应对明敏,辞义可观,高祖意释"。这是因为梁武帝早年的诗风,与此并无太大不同,尽管作为帝王和佛教徒,他不能不对艳体诗表示反对,其实他内心中仍然欣赏这类作品,试看在萧统去世后,他还是立"宫体诗"的代表人物萧纲为太子就可以知道。从现存梁武帝的诗作看来,也可以证明这一点。如他的《子夜歌》二首:

> 恃爱如欲进,含羞未肯前。朱口发艳歌,玉指弄娇弦。

> 朝日照绮窗,光风动纨罗。巧笑蒨两犀,美目扬双蛾。①

这两首诗,见于《玉台新咏》卷十(明寒山赵氏覆宋本与通行本同),《乐府诗集》卷四十四作"晋宋齐辞",意谓晋宋齐乐官所采民歌,二说不同,似当从《玉台新咏》,因为《玉台新咏》乃徐陵在萧纲授意下所编,萧纲、徐陵当不至于把民歌误作当朝皇帝甚至亲生父亲之作。

---

① 逯钦立《先秦汉魏晋南北朝诗》,中华书局1983年版,中册第1516页。

再看这两首诗中,第一首显然是写一个歌妓在畜妓的"贵人"面前的娇态,当非恋人相悦之辞;第二首的后两句,都用《诗经·硕人》典故,也不像民歌。《玉台新咏》成书年代远较《乐府诗集》为早,因此比后者可信。从这两首诗尤其是第一首看来,已经和沈约的《十咏》二首、《六忆诗》四首等作品类似。应该说和后来萧纲、萧绎甚至梁陈"宫体"的许多作者情调相同。其不同之处似乎只在遣词造句方面,较之当时的"永明体"诗人和后来的"宫体"诗人有较多的古气,有些句子略有散文化的气息。如他的《雍台》:

日落登雍台,佳人殊未来。绮窗莲花掩,网户琉璃开。芊茸临紫桂,蔓延交青苔。月没光阴尽,望子独悠哉。①

此诗起首二句颇似江淹《杂体三十首》中拟汤惠休之作;末句则用虚词,也和江淹等成名较早的诗人类似。据《梁书·沈约传》载,沈约撰《四声谱》,"高祖雅不好焉"。这说明梁武帝早年虽写艳诗,而诗风与"永明体"还是不同的。

梁武帝做了皇帝以后,由于身份的改变,其诗风也发生了变化。如果说他前期的作品有时对妇女的态度失于轻薄的话,多数则还是健康的,不少诗在艺术上亦颇有特色;后期则往往偏于说教,多乏艺术价值,读起来往往索然无味,至多不过从中了解一些有关梁武帝个人的生平和思想。如《会三教诗》:

少时学周孔,弱冠穷六经。孝义连方册,仁恕满丹青。践言贵去伐,为善存好生。中复观道书,有名与无名。妙术镂金版,

---

① 逯钦立《先秦汉魏晋南北朝诗》,中华书局 1983 年版,中册第 1514 页。

> 真言隐上清。密行贵阴德,显证表长龄。晚年开释卷,犹日映众星。苦集始觉知,因果乃方明。示教惟平等,至理归无生。分别根难一,执著性易惊。穷源无二圣,测善非三英。大椿径亿尺,小草栽云萌。大云降大雨,随分各受荣。心想起异解,报应有殊形。差别岂作意,深浅固物情。①

当然,这样枯燥乏味之作,还不等于梁武帝晚年创作的全部,他那时虽不写艳歌,但有时还有一些登临述怀之作,尚可略见其辞采,如《登北顾楼诗》:

> 歇驾止行警,回舆暂游识。清道巡丘壑,缓步肆登陟。雁行上差池,羊肠转相逼。历览穷天步,矖瞩尽地域。南城连地险,北顾临水侧。深潭下无底,高岸长不测。旧屿石若构,新洲花如织。②

此诗始见《艺文类聚》卷六十三,疑有删节。前四句平平,"雁行"句以下,稍有对景物的描写,较上首略胜,可见他的诗才并未完全消失。又如《游钟山大爱敬寺诗》,开首和结尾虽属说教,而中间写景的部分还多少可以看出他仍有较高的艺术技巧,但迷恋于说教严重地削弱了诗歌的感染力,以致很少有人爱读这类作品。这种情况的发生,主要不在于他晚年的信仰佛教,而是作为一个皇帝,他多少要把自己打扮成"教化"的主持者,不论是儒学或佛教对他来说首先是借以强化统治的一种思想武器,其次才是一种学说或信仰。尽管他晚年对佛

---

① 逯钦立《先秦汉魏晋南北朝诗》,中华书局1983年版,中册第1531~1532页。
② 同上,中册第1529页。

教的信仰不能说全属伪装,但正如王鸣盛在《十七史商榷》中批评沈约时,也谈到梁武帝,指出他助成齐明帝篡夺帝位,后又杀戮明帝子孙,掠东昏侯萧宝卷之妃吴氏、余氏为妃,却又"舍身奉佛,以面为郊庙牺牲,一何可笑"①。梁武帝对徐摛的诗有反感,是因为这些作品"无益风教",甚至在某种程度上与他提倡的儒学与佛教矛盾,所以不能不加申斥;但由于徐摛那种诗风和他自己早期的诗实际上一脉相承,所以很快就回嗔作喜。这种矛盾的现象,正说明梁武帝的内心中存在着双重人格。他在文学方面的主张和他在政治上的一些表现颇有共同之处。王鸣盛曾经说过:"愚谓(梁武)帝之信果报,正为于心有所不能释然者,故欲以奉佛禳之。"②早年的梁武帝野心勃勃又贪于声色,做皇帝后,却不能不装出正经样子,这就是他的本质。

---

① [清]王鸣盛《十七史商榷》,商务印书馆1959年版,下册第509页。
② 同上。

第二章　梁代兴亡与南朝文学

一、东晋南朝的历史地位

东晋南北朝二百七十多年(312 或 317~589),是秦汉统一以后我国历史上出现的第一个南北分裂的时代。这个时代的历史从现象上看是一片军阀割据、战乱频仍的时期,似乎很少积极意义可言。其实并非如此。以北方而论,由于各族的入据中原,形成了民族大融合,给汉族添加了许多新血液;各族的迁徙和融合,又带来各自的文化成果,为唐代灿烂的文化准备了条件。南方的情况虽与北方有所不同,但这个时期的巨大进步亦不容忽视。我们知道,在汉代,南方的经济和文化均落后于中原地区。《汉书·地理志》下云:"楚有江汉川泽山林之饶;江南地广,或火耕水耨。民食鱼稻,以渔猎山伐为业,果蓏蠃蛤,食物常足。故呰窳偷生,而亡积聚,饮食还给,不忧冻饿,亦亡千金之家。"又云:"本吴粤与楚接比,数相兼并,故民俗略同。"《盐铁论·通有》云:"宋、卫、韩、梁好本稼穑,编户齐民,无不家衍人给。"①这些话虽有夸大,如说宋、卫诸地"家衍人给"就失于夸

---

① 《盐铁论》,上海人民出版社据《四部丛刊》影明涂刻本排印,第 7 页。

张,但当时中原地区的农业较南方为发达当是事实。经过东汉一代,由于北方遭受"羌乱"的影响和汉末的战乱,许多中原人开始避乱南迁,使南方的土地逐步得到开发。但南方不如北方的局面尚未得到根本改变。三国时代南方的经济得到了进一步的发展。当时的吴、蜀二国均居南方,这对各自疆内的农业经济起过不小的推动作用,一些人物对当地的文化也有过一定贡献(如刘表在荆州)。不过,吴、蜀二国的政治中心一在长江下游的今江浙一带,一在上游的今成都平原,至于中游的广大地区由于战争较多,且曾几度易手,故发展比较缓慢。大致说来,直到西晋统一时,南不如北的基本格局还尚未得到改观。

西晋乱亡之时,南方各地的情况很不相同,如上游的巴蜀地区,早在洛阳陷落之前,已经发生动乱,终于为巴氏李氏所据达四十五年(303~347)之久;中游的荆州地区则先后发生了张昌、石冰、杜曾等的叛乱,也是战争不息;只有下游地区比较安定,所以晋元帝司马睿才在建康建立了东晋偏安政权。东晋建立之初,朝廷的政令所及其实不过今江苏、安徽南部和浙江、江西及湖北的东部一带,至于湖南、福建及两广等地,由于还未充分开发,经济和文化还很落后。后来陶侃、庾亮和桓温逐渐把势力范围扩展到荆州,并以荆州为基地西上灭成汉,收复了巴蜀,名义上统一了南方。但荆州等地仍在桓温等军阀控制之下,并不听命于东晋朝廷。所以当东晋政权建立三十多年后,殷浩想出兵北伐,王羲之在写给司马昱的信中仍称:"以区区吴越经纬天下十分之九,不亡何待。"在这个时期,原来居于中原地区的高门士族避乱过江者,自然集中于长江下游;就是那些次等士族和普通百姓,也多数来到这个地区。后来形成的北府兵也就以这部分人为基础。中原移民的大批到来,带来了先进的农业技术,使吴越地区的经济得到了长足的进步。中游的荆州地区在庾亮、桓温以及刘宋初年的经营之后,经过一个时期的休养生息,经济也逐步发展起来。大抵东晋初年中原人民南迁虽主要集中于长江下游,但也有一部分人迁向荆州,其中主要是今河南西南部南阳地区的居民。例如庾信的祖上本居新野,遭乱时就南迁江陵。所以《哀江南赋》中说到"值五马之南奔,逢三星之东聚"时,庾氏也"诛茅宋玉之宅,穿径临江之府"。在荆州的战争平息后,南迁的人口也逐渐多起来。宋武帝刘裕平后秦,也曾把原来关中一带的一些居民迁到荆州一带。如梁陈间诗人阴铿之父阴子春,《梁书》本传云:"晋义熙末,曾祖袭随宋高祖南迁,至南平,因家焉。"随着大批人口的到来,荆州的经济也随之发展起来。《宋书·孔季恭传论》云:"江南之为国盛矣,虽南包象浦,西括邛山,至于外奉贡赋,内充府实,止于荆、扬二州。自汉氏以来,民户彫耗,荆楚四战之地,五达之郊,井邑残亡,万不余一也。自义熙十一年司马休之外奔,至于元嘉末,三十有九载,兵车勿用,民不外劳,役宽务简,氓庶繁息,至余粮栖亩,户不夜扃,盖东西之极盛也。既扬部分析,境极江南,考之汉域,惟丹阳会稽而已。自晋氏迁流,迄于太元之世,百许年中,无风尘之警,区域之内,晏如也。及孙恩寇乱,歼亡事极,自此以至大明之季,年逾六纪,民户繁育,将曩时矣。地广野丰,民勤本业,一岁或稔,则数郡忘饥。会土带海傍湖,良畴亦数十万顷,膏腴上地,亩直一金,鄠、杜之间,不能比也。荆城跨南楚之富,扬部有全吴之沃,鱼盐杞梓之利,充牣八方,丝绵布帛之饶,覆衣天下。"这里说的"荆、扬二州",显然指的《尚书·禹贡》中所说的荆州和扬州,因此包含着当时已经分置的江州和郢州等地,实际上也就是长江的中游和下游。两地的交通主要靠长江航运,那时水路交通颇为发达,西曲歌中就有不少讲到了江陵和建康间的送别行人之事。大抵长江下游人口稠密,农业虽发达,粮食供应却不如中游的荆州等地充裕。《宋书·宗室·刘义庆传》:"荆州居上流之重,地广兵强,资实兵甲,居朝廷之半,故高祖使诸子居之。义庆以宗室令美,故特有此授。"《南史·孔琳之附孔觊传》载,有一次下游旱灾,米价上涨,孔觊弟孔道存为江夏内史,"遣吏载五百斛米饷之。觊呼吏谓之曰:'我在彼三载,去官之日,不办有路粮。郎至彼未几,那能得此米邪? 可载米还彼。'吏曰:'自古以来无有载米上水者,都下米贵,乞于此货之。'不听,吏乃载米而去。"这件事发生在刘宋后期,说明此时长江下游的粮食已多少依赖中游。除了粮食以外,南朝的兵力亦多依靠中游。如刘宋的柳元景、薛安都,南齐的柳世隆,梁代的韦叡诸人均出身雍州。宋文帝时对魏作战,雍州一带的宋军不断取胜,远较下游诸军为强。所以梁武帝起兵时就说过"荆州本畏襄阳人","我若总荆、雍之兵,扫定东夏,韩、白重出,不能为计"等语(《梁书·武帝纪》上)。所以中游的荆襄诸地,在南朝极受重视,宋、齐、梁三代的荆州和雍州刺史一般都由皇室近亲或皇帝所亲信的大臣担任。在这些人物幕下往往集中了许多名士和文人,自刘宋后期以来,鲍照、谢朓、江淹、沈约等人都曾到过荆州等地,到了梁代,萧纲、萧绎及刘孝绰诸弟均曾在荆、雍二州任职。在他们的影响下,荆、雍诸地的文风亦随之兴起。至于上游的梁、益二州即今四川一带的情况与此不同。这里本是文化比较发达的地区,自从巴氏李氏割据被桓温平定以后,蜀中文士如常璩就随之来到建康。此后这里又遭谯纵等人的叛乱,其重要性似不如荆、雍诸地。笔者在拙著《南朝文学与北朝文学研究》一书中曾说:"晋、宋、齐三代直到梁初,对益州的重视,似远不如雍、荆、江等州,其刺史入选有时也不一定选用很有地位的人物,朝廷对这里的控制有时也鞭长莫及。"①这大约是由于蜀地距建康太远,又是逆水上溯,而且地势险峻之故。清代王鸣盛在《十七史商榷》卷五十七

---

① 曹道衡《南朝文学与北朝文学研究》,江苏古籍出版社1998年版,第159页。

曾有专条论江左不可无蜀,认为"晋宋齐梁立国,不全恃蜀,而蜀实足以壮其声势"①。正因为蜀地僻远,文人到这里的不多,所以自东晋迄梁初,蜀中文人甚少,只是梁武陵王萧纪任益州刺史后,其幕中有些文人较有名,但蜀地不久即入西魏,刘璠、刘孝胜等后来都到了关中。所以东晋南朝的文学兴盛之区仅在长江中下游的沿岸地区。

至于荆、扬诸州以南的许多地方,自东晋至梁代,正处于开发过程中,较之长江沿岸,这里的人口较少,经济亦不如沿江地区发达。齐梁时,江州(辖今江西一带,治浔阳)例称"南府",至于更南的地区如今湖南及福建、两广诸地,经济和文化都不甚发达。东晋初,元帝司马睿因王敦跋扈,欲用谯王司马承为湘州刺史,及王敦作乱,司马承感到"地荒人鲜,势孤援绝"(《晋书·宗室·谯闵王承传》),自知必死。王敦派兵二万人进攻湘州,司马承败死。但到梁代后期,梁元帝萧绎派儿子萧方等和鲍泉等进攻湘州刺史萧誉时,曾屡为萧誉所败,萧方等战死。这说明经过东晋及南朝近二百年间的发展,湘州的人口和经济也都有了较大发展。萧绎之平侯景,除了王僧辩所率领的荆州军队外,还有陈霸先所率领的从广州出发的军队。陈霸先的部下多为广州地区的军队。他的大将侯安都本人就是始兴曲江(今广东韶关南、北江上游)人,侯安都虽属武夫,但《陈书》本传说他"工隶书,能鼓琴,涉猎书传,为五言诗亦颇清靡","梁始兴内史萧子范辟为主簿"。他贵显后,还曾召集文士"或命以诗赋,第其高下,以差次赏赐之"。在梁代的"侯景之乱"中,一些文人曾避乱到广州,如江总现存的诗中,就有不少作于今广东境内,像《秋日登广州城南楼诗》、《经始兴广果寺题恺法师山房诗》以及《贻孔中丞奂诗》等。这说明南朝文学已广被岭南地区,如果没有南朝时代对华南经济和文化的

---

① [清]王鸣盛《十七史商榷》,商务印书馆 1959 年版,下册第 544 页。

推广,就不可能在唐代出现张九龄这样的著名政治家和诗人。因此南朝近二百年间看似混乱和分裂,其实在南方各地的经济和文化发展方面,其作用是不可忽视的。

二、梁武帝和文人

在南朝诸帝中,梁武帝虽称不上很杰出的政治家,但在文化上却有一定的贡献。除了前文讲到他主持和亲自编著许多学术著作和文学作品外,他多少给当时的文人创造了一个相对宽松的政治环境,使他们能够比较安心地创作。这只要把梁代情况与此前的宋、齐两代做些比较就可明白。宋齐两代的大作家死于非命的人很多,最著名的如谢灵运、范晔、袁淑、王僧达、鲍照、王融、谢朓等都因这样或那样的原因被杀。至于梁代,尤其是梁武帝时期则基本无此事例,即使像宋前废帝时谢庄因曾作《殷贵妃诔》而被下狱的事似亦未闻。据《梁书·文学传》,工诗而曾下狱的如高爽、江洪均非名作家,下狱原因史籍亦无明文,未必与文学活动有关。因著述而得罪梁武帝的事,似亦仅吴均一例。《南史·文学·吴均传》:"先是,均将著史以自名,欲撰齐书,求借齐起居注及群臣行状,武帝不许,遂私撰《齐春秋》奏之。书称帝为齐明帝佐命,帝恶其实录,以其书不实,使中书舍人刘之遴诘问数十条,竟支离无对。敕付省焚之,坐免职。寻有敕召见,使撰《通史》,起三皇讫齐代。均草本纪、世家已毕,唯列传未就,卒。"这件事说明梁武帝对文人还是较能宽容的,因为梁武帝帮助齐明帝屠杀齐高帝、武帝子孙的事,从封建道德来看是极大的罪恶,吴均据实记载,正触到了梁武帝的痛处。这种事在其他帝王手里,吴均很可能被杀,而他只是把吴均免职了事,并且后来还起用吴均编撰《通史》。

这虽然不一定说明梁武帝为人仁慈,至少说明他较一般帝王有度量。这种度量来源于他对自己的统治很有信心。确实,梁武帝在"侯景之乱"发生以前,其统治确较巩固,不像东晋和宋齐,时有强臣和宗室的叛乱发生。这倒不是由于梁武帝个人的才能过人,而是由于宋齐以来历代帝王不断加强中央集权的结果。原来东晋时代由于当时的形势,各战略要地的刺史,大抵委派强臣担任。这些人往往恃强跋扈,对朝廷构成威胁。宋武帝代晋以后,鉴于上述情况,又凭借自己的兵力,逐步把这些要地的刺史改换为自己的亲信子侄,以便加强控制。但这些藩王们对朝廷也不驯服,大抵在宋初的武帝、文帝时代,还比较安定。孝武帝以后,就不断有藩王叛乱之事发生,为此,他在孝建二年(455)制定了二十四条制度,意图削弱藩王的地位,但似乎并未取得明显的效果。然而朝廷的实力显然远远大于各地的藩王和刺史。即使是宋孝武帝死后,明帝刘彧杀前废帝刘子业自立(465)时,江州刺史晋安王刘子勋起兵反对,各州刺史纷起响应,最后还是以失败告终。掌握一方兵权的大臣如沈攸之起兵反对萧道成的战争,亦很快归于失败。萧道成代宋以后,更加强了对各藩王的控制。齐代各州刺史一般都由帝王的儿子们担任,这些王子中有些年龄很小,实权掌握在朝廷派去监视他们的典签手中,所以齐代诸王其实并无发动叛乱的能力。像永明年间萧子响的被杀,其实也只是贵族少年的胡闹,并非有意叛乱,朝廷也就毫不费力地加以平定。后来齐明帝正是利用那些典签之力,轻而易举地杀害了萧道成、萧赜的子孙。至于异姓大臣,似亦无实力与朝廷抗衡。齐武帝杀张敬儿既不困难,连后来王敬则、陈显达等的起兵也很快被镇压下去。梁武帝的攻杀东昏侯,实为朝廷内屡经内讧,人心涣散,无人为东昏侯出力的情况下取得成功。他登上帝位之后,一方面继承宋齐以来的老办法,各地的刺史几乎都委派自己的弟弟和儿子们担任,军政大权集中在他一门之手。在他中年以前,他的控制能力显然很强,不但儿子们,就是几个弟弟,也正如他对萧宏说的"我人才胜汝百倍",自然不敢有什么作乱的想法;即使到了晚年,这些战略要地的刺史已都换成他自己的儿子,故亦不可能像宋齐那样出现军事叛乱的可能。在这种形势下,文人们即使在一些藩王幕下任职,也不会有鲍照在宋末被乱兵所杀那样的事发生;至于朝廷内部也较安定,不存在像王融、谢朓或范晔那样的事例。梁代文坛的情况也和南齐特别是刘宋大不相同。刘宋承东晋之后,中原南渡的高门士族在政治和经济方面都还有很大的势力,在文化上更占主要地位。当时成就较高的作家,多数出于王、谢两族,而王、谢两族凭借其门第,颇倨傲,甚至对皇帝亦不甚驯服。如王僧达之公然羞辱路琼之,就是不把孝武帝和路太后放在眼里;谢灵运虽未涉及皇亲,但他对孟𫖮那种态度亦傲慢过甚,确有取死之道。到了梁代,情况和宋齐大为不同,王、谢等过江旧族,到此时的社会地位已大不如前,不但在朝廷中无人居于要职,在文坛上亦远非曩时之比。梁代作家中谢氏已经没有什么名人,王氏虽有王筠、王籍等人,亦非第一流人物。当时驰骋文坛的作家如江淹、沈约、任昉以至稍后的刘孝绰、何逊,都只是以文义见长。江淹在梁初封了个伯爵,已感到很知足;沈约的官职较高,但在齐代已被齐武帝看作"不堪经国,唯大读书耳"。这些人物自然不敢像王僧达、谢灵运那样桀骜不驯,而自恃其才能的梁武帝也不会把他们放在眼里,没有必要加以杀害。梁代在"侯景之乱"前,并无宗室或强臣的起兵反抗朝廷之事,文人们出任那些人物的幕僚自然也不会被牵连而招祸。因此据现存史籍所载,终梁武帝之世,文人死于非命的仅江洪一人,而且死因亦不明,未必由于政治斗争,也可能因触犯其他刑律。比起晋宋齐等代来,梁代文人的处境似乎较好。

当然,梁武帝对待文人也不是一心奖励的,由于他自己也博览典籍且工诗文,因此不愿别人胜过自己,如果在这个问题上触犯他,也会招致压抑,终生不得志。正如《梁书·沈约传》所载,沈约死前一个时期,曾道破了梁武帝的这种心态:"先此,约尝侍宴,值豫州献栗,径半寸,帝奇之,问曰:'栗事多少?'与约各疏所忆,少帝三事。出谓人曰:'此公护前,不让即羞死。'帝以其言不逊,欲抵其罪,徐勉固谏乃止。"其实沈约早已有这种认识,只是没有说出而已。《南史·刘怀珍附刘峻传》:"初,梁武帝招文学之士,有高才者多被引进,擢以不次。峻率性而动,不能随众沉浮。武帝每集文士策经史事,时范云、沈约之徒皆引短推长,帝乃悦,加其赏赉。会策锦被事,咸云已罄,帝试呼问峻,峻时贫悴冗散,忽请纸笔,疏十余事,坐客皆惊,帝不觉失色。自是恶之,不复引见。及峻《类苑》成,凡一百二十卷,帝即命诸学士撰《华林遍略》以高之,竟不见用。"按:《梁书·文学·刘峻传》,梁"安成王秀好峻学,及迁荆州,引为户曹参军,给其书籍,使抄录事类,名曰《类苑》"。大抵梁武帝虽不杀害文人,但文人们的言行亦未必很自由。例如何逊、吴均就因为稍失其意,便被说成"吴均不均,何逊不逊",以后就被"疏隔,希复得见"。(《南史·何承天附何逊传》)不过,文人们如果在朝廷中不得志,常常可以到藩王那里充任幕僚,如刘峻在安成王萧秀那里编《类苑》,何逊长期依附南平王萧伟等,较之宋齐似稍得安定,所以创作较为繁荣,现存南朝人诗文亦以梁代为最多。这说明梁代在文学史上不失为一个重要的阶段。

三、梁代衰亡对南朝文学的影响

从东晋南渡到隋文帝灭陈的二百七十七年中,南方凡经历了五个皇朝的更迭。这几个朝代虽同属封建王朝,但其性质亦不全相同。

东晋实际上是过江的中原高门士族建立的政权，朝廷的要职都操在这些高门士族之手。宋、齐、梁三朝都出身于北府军人，他们也是北方南来的居民，不过门第较王谢诸族为低；他们登上政治舞台后，朝廷中一些重要职位如尚书仆射、吏部尚书等已渐渐地不是归中原高门独占，而是有一部分由南方士族或北来次等士族担任；更值得注意的是宋、齐、梁三代的帝王虽亦任用士族，而实际上却认为他们并无实用，而好把政务委任给一些出身比较低微的人，这些人名义上官位不高，而实权甚大，东晋甚至宋初都无此现象。到了梁亡以后，情况又发生了更大的变化。原来在朝廷中比较占优势的家族不论是王谢等高门和顾陆等吴地旧族或刘萧等北府将领的子孙，都受到"侯景之乱"的重大打击，在政治上的影响已大为削弱，这时在朝廷中较有势力的倒是南方一些社会地位不高的武力强宗，他们在协助陈武帝平侯景和取代梁朝时立下了功勋，自然成了一支新兴的政治力量。随着在政治上的得势，这些人物中的一部分，也逐渐进入文坛。在这同时，原来在文坛占很大势力的王谢、刘萧诸族，则影响渐渐减弱。其中谢氏在梁代本已败落，如谢几卿等人在"侯景之乱"前死去；王氏像王籍亦卒于乱前，王筠则在乱中遇难，剩下一位著名作家王褒则于江陵陷落时入北。刘萧两族情况亦复如此，刘孝绰兄弟多数在乱前死去，剩下刘孝先等人则到了西魏，同样地，梁武帝的子孙和本家留在长江下游一带的在"侯景之乱"及梁末萧绎残杀宗族时已死亡殆尽，只有在襄阳的萧詧和在江陵、成都为西魏所俘的一些人物得以生存，他们后来仕于周隋，至唐仍有人贵显，却早已离开了老家。因此入陈以后，在南方文坛上这些家族亦已销声匿迹。至于后来兴起的一些家族，也出现了一些文人，但由于这些人缺乏长期的文化积累，在艺术成就上较之前人颇有逊色。所以终陈一代，在文学创作上最有成就的当推徐陵、阴铿和江总。其中徐陵、江总均出身中原南渡的士族;阴铿门第虽不如徐、江,但父祖以来已进入上层(其祖父阴智伯和梁武帝早年是邻居)。他们的创作实始于梁代。在"侯景之乱"时,徐陵因出使北齐,被留于邺多年;江总避难到了广州;阴铿可能亦避乱到今湖南、广东等地(阴铿有《渡青草湖》、《游始兴道馆诗》),这在客观上为南朝后期保存了创作力量。

  历来论诗的人对梁后期和陈代的文学评价不高,原因在于当时文坛上"宫体诗"占着主要地位。近年来有些论者则与此相反,他们对"宫体诗"评价较高,因此认为南朝后期的文学不存在衰落的情况。关于这个问题,似应作具体分析。以"宫体诗"而论,许多作者的情况并不一样,笼统地认为这些作品多写妇女体态,不健康,自然不免偏激;但其中某些作品(如萧纲的《娈童》)确有不健康内容亦属事实。如果从艺术成就方面来看,情况也不大一样。"宫体诗"的代表人物萧纲在诗的艺术上确有不少贡献,这一点连沈德潜这样对萧纲、萧绎持否定态度的人,也不得不承认萧纲《折杨柳》中"风轻花落迟"五字为"隽绝";《临高台》中"山河同一色"句为"自是登高远望神理"。[①]萧绎的人品不如萧纲,艺术成就上亦稍逊色,但其《咏阳云楼檐柳》一诗,沈氏亦认为"咏杨柳者,唐人佳句甚多,然不如梁元二语,有天然之致"[②]。其实萧纲、萧绎许多描写妇女体态之作,尤多观察细致入微之句。如萧纲《秋闺夜思》中"回月临窗度,吟虫绕砌鸣。初霜陨细叶,秋风驱乱萤。故妆犹累日,新衣襞未成"诸句,通过写景及行为刻画女主人公相思之苦,可谓精细传神。《咏内人昼眠》中"簟文生玉腕,香汗浸红纱"之句,虽过于香艳,亦显出刻画之工细为前人所未道。至于陈代作家的诗,并非全无佳作,但总的来说正如陈祚明所

[①] [清]沈德潜《古诗源》卷十二,中华书局1963年版,第293页。
[②] 同上,第294页。

说,"陈后主诗如徐生为容,顾步登降,事事修饰,望之嫣然,未达礼意"①,张正见诗"才气络绎奔赴,使事骞花,应手成来,惜少流逸之致,如馆驿庖人,肴羞兰桂,咄嗟立办,乍可适口,不名珍错"②。陈祚明一针见血地指出张正见诗"所以不大佳者,多无为而作,中少性情也"③。这些作家虽然沿袭萧纲、萧绎等人的诗风,但因缺乏创新,因此艺术成就远为不及。

梁代"宫体诗"的盛行有其社会原因,那就是天监以来四十多年的承平局面。在那时,包括梁武帝和他的大臣们都安于现状,根本没有意识到潜在的危机。即使在梁代统治还比较巩固的天监、普通年间,郭祖深已经指出执政的"(徐)勉(周)舍之志唯愿安枕江东",认为梁朝"主慈臣恇"(《南史·循吏·郭祖深传》)。当时北魏尚未遭"六镇之乱",梁代即已惰于进取;及至侯景提出归梁的要求时,梁代内部的种种矛盾已极尖锐,正如杜弼《为东魏檄梁文》所说在"人人厌苦,家家思乱"的情况下,梁武帝还在做他的太平梦,说什么"我国家承平若此……"(《梁书·朱异传》);大臣朱异又乘机阿谀奉迎。既然连执政的皇帝和大臣都看不到危机,那么当时尚年轻的藩王萧纲及其左右的文士们自然更难有清醒的认识,而且南朝士人像颜之推说的"居承平之世,不知有丧乱之祸;处庙堂之下,不知有战阵之急;保俸禄之资,不知有耕稼之苦;肆吏民之上,不知有劳役之勤"④的情况,从东晋以来已在上层人物中不断滋长,已不仅是藩王和文士们为然。在政局比较安定,经济有所发展的条件下,人们对歌舞等娱

---

① [清]陈祚明《采菽堂古诗选》原刊本卷二十九,第1页。
② 同上,第22页。
③ 同上。
④ 王利器《颜氏家训集解》(增补本),中华书局1993年版,第317页。

乐的要求也会随之发展,就如《南史·循吏传》说的,刘宋盛时,"凡百户之乡,有市之邑,歌谣舞蹈,触处成群";南齐永明中,"十许年中,百姓无犬吠之惊,都邑之盛,士女昌逸,歌声舞节,袨服华妆。桃花渌水之间,秋月春风之下,无往非适"。可见此风盛行已不限于上层,甚至一些衣食无虞的平民亦如此。当时士人们所经常观看的歌舞,其实就是流行于民间的那些"吴声"和"西曲"。这只要看梁武帝赏赐徐勉以女乐的事例就可以明白。士人们日常接触的既然是这些歌舞,因此文人创作也就难免要加以模仿。现在看来,"宫体诗"实际上不过是"永明体"以来一些艳诗的发展,而这些艳诗本身就是模仿"吴声"、"西曲"的。如果说"宫体诗"与那些民歌存在着差别的话,那就是"宫体诗"更着重于对妇女体态的细致刻画。这也不足怪,这是因为这些文人长期出入于歌舞场中,对歌姬舞女们的体态和举止有深入的了解。无可否认的事实是民歌多为男女相悦之辞,主要是抒情;而"宫体诗"则多少带有"体物"的手法,因此描绘更细,有时还带有铺陈的成分。对这些作品的评价应该具体分析,描写妇女的体态之美,不一定都有轻视妇女的用意,像萧纲等人之作,有些颇有特色,在表现色彩、形体及动作方面时有警句,丰富了诗歌的艺术手法。当然也有个别不健康的成分。至于陈代那些艳诗,则在艺术上并无多少发展,则又当别论。应该指出的是梁陈文人的作品反映社会生活的确实较少,题材也窄。这和他们的生活状况不无关系。颜之推在《颜氏家训·涉务》中说这些人"皆尚褒衣博带,大冠高履,出则车舆,入则扶持,郊郭之内,无乘马者";"肤脆骨柔,不堪行步,体羸气弱,不耐寒暑"。[①] 这样的人要接触广泛的社会生活是很困难的,因此梁后期和陈诗反映的社会生活确实不如宋齐及梁初广泛。我们要

---

① 王利器《颜氏家训集解》(增补本),中华书局1993年版,第322页。

正确地评价梁陈"宫体诗",自然不应该从传统的礼教观点出发,但对这一事实却亦不宜讳言。当然,在指出这种事实的同时,对萧纲等人在艺术技巧和诗歌形式方面的贡献却又不应加以抹杀。

第三章 梁代诸藩王与文学

历来论梁代皇室的文学成就时,一般都限于"四萧",即梁武帝萧衍、昭明太子萧统、简文帝萧纲和元帝萧绎。这显然不完全是因为他们做了皇帝或太子,而是由于他们都有较多的作品传世。不过除了他们父子四人以外,梁武帝诸弟中,有的本人虽不擅长创作,但对文学也有提倡之功;梁武帝诸子中,能够写诗文的亦不限于萧统等三人,像邵陵王萧纶、武陵王萧纪都有诗见于《玉台新咏》,萧纶的骈文亦颇可观,至于豫章王萧综的情况比较特殊,但其《听钟鸣》《悲落叶》二诗,亦颇可注意,在此一起论述。

一、梁武帝诸弟

出身于兰陵萧氏的齐梁两个皇族和彭城刘氏所建立的宋代不同。宋武帝刘裕出身比较贫苦,纯粹是个武夫。齐梁二朝的帝王则家世仕宦,具有较高的文化教养。尤其梁武帝之父萧顺之不但是齐高帝萧道成的族弟,而且是"佐命之臣",官位颇高,且已封侯,因此梁武帝兄弟应该都受过较多的教育。据《梁书·太祖五王传》,萧顺之共有十子,除梁武帝本人外,其兄萧懿、弟萧融被萧宝卷所杀,兄萧敷及弟萧畅早死,及至梁武帝代齐时,只剩下萧宏、萧秀、萧伟、萧恢和萧憺五个弟弟。这五人除萧宏为人据《南史·梁宗室传》记载颇多劣迹外,史籍所载皆无恶行,有的还辅佐梁武帝有一定的功劳。

梁武帝五弟中,六弟萧宏年纪最大,他受封为临川王,曾奉命率兵伐魏,在诸将节节取胜的情况下却停顿不前,最后从洛口弃军逃归,使大军溃散;后来还曾想谋杀梁武帝,却从未受到处分。他的儿子萧正德更是把侯景引进建康的人。关于萧宏父子上面已经谈过,这里不想多谈。萧秀、萧伟都和文士有来往;萧恢和萧憺本人虽与文人关系不大,但两人的子孙中都有文士,如萧悫为北齐至隋间有名作家,萧该则为隋代学者,曾作《文选音义》、《汉书音义》,在学术上颇有贡献。

萧秀(475～518)字彦达,萧顺之第七子,封安成郡王,历任南徐州刺史,征为领石头戍事、中书令等职,天监六年(507)为江州刺史,次年又为荆州刺史,后又征为宗正卿、调郢州刺史,最后于天监十七年(518)调任雍州刺史途中卒于竟陵之石梵。萧秀的事迹据《梁书·太祖五王传》及《南史·梁宗室传》所载,他作为一个皇族和藩王,"性仁恕,喜愠不形于色",二书都讲了他在诸州任刺史时的一些政绩及死后百姓对他的哀悼,说明他的为人与暴戾的萧宏颇为不同。萧秀本人据史籍所载,似乎并不以能文称,但他对文化事业及文人都很看重。《梁书》本传记他出任江州刺史时:"及至州,闻前刺史取征士陶潜曾孙为里司。秀叹曰:'陶潜之德,岂可不及后世!'即日辟为西曹。"这一事实说明了他对名士的尊重和敬仰。尽管萧秀在这里称叹陶渊明的"德",而尚未言及诗文,因为在当时许多人看来,陶渊明主要是个隐士而非文人,所以沈约作《宋书》也把他列入《隐逸传》。陶渊明的诗文在刘宋时,虽曾得到王僧达、鲍照的注意,后又曾被江淹《杂体诗》所模拟,然而作为一个诗人却是在被萧统、萧纲表彰之后。萧秀在江州称叹"陶潜之德"时,萧统才七岁,萧纲才五岁,所以他的这一行动,实开他两个侄儿的先声。尽管这里还没有提到文学,但当时上距陶渊明之卒已经八十年,他平素如果不浏览典籍,是不会有这种敬仰之情的。我们可以推测萧秀当时恐怕读过陶渊明的一些作品和颜延之的《陶征士诔》,这说明他是一个富于文化教养的人。《南史》本传云:"时诸王并下士,建安(萧伟)、安成二王尤好人物,世以二安重士,方之'四豪'。""四豪",指战国时孟尝君、信陵君、平原君和春申君。萧秀在荆州对文化事业的提倡尤力。《梁书》本传称他到荆州后,"立学校,招隐逸"。他还下教令说:"夫鹈火之禽,不匿影于丹山;昭华之宝,乍耀采于蓝田。是以江汉有濯缨之歌,空谷著来思之咏,弘风闻道,靡不由兹。处士河东韩怀明、南平韩望、南郡庾承先、河东郭麻,并脱落风尘,高蹈其事。两韩之孝友纯深,庾、郭之形骸枯槁,或橡饭菁羹,惟日不足,或葭墙艾席,乐在其中。昔伯武贞坚,就仕河内,史云孤劭,屈志陈留。岂曰场苗,实惟攻玉。可加引辟,并遣喻意。既同魏侯致礼之请,庶无辟疆三缄之叹。"这是严可均《全上古三代秦汉三国六朝文》中所辑萧秀两篇文章之一,而另外一篇仅有四句,似只是口头的命令。此文则骈四俪六,用典甚多,说明他读书甚多,有较高文化教养。他在荆州共五个年头,时间较长,荆州在梁以前的文风并不很盛,此后则出了不少文士,应该说有萧秀一定的功劳。他在荆州还组织刘峻等人编《类苑》一书,《梁书》本传说他"精意术学,搜集经记,招学士平原刘孝标,使撰《类苑》,书未及毕,而已行于世"。《梁书·文学·刘峻传》云:"安成王秀好峻学,及迁荆州,引为户曹参军,给其书籍,使抄录事类,名曰《类苑》,未及成,复以疾去。"刘峻其人据《南史·刘怀珍附刘峻传》记载,是不为梁武帝所喜的。萧秀平时对梁武帝极为恭顺,《梁书》本传说他"小心畏敬,过于疏贱者",但在对待刘峻的问题上,却毫不考虑梁武帝的好恶,说明他确能爱惜贤才,奖励文化事业,对文学的兴盛起了促进作用,所以文士们归心他的甚多。《南史》本传云:"当世高才游王门者,东海王僧孺、吴郡陆倕、彭城刘孝绰、河东裴子野,各制其文,欲择用之,而咸称实录,遂四碑并建。"这并非偶然。

萧伟(476~533)字文达,萧顺之第八子,《梁书》本传称其"幼清警好学"。梁武帝诸弟早年都在建康,齐末他准备起兵夺取政权以前,为了不使东昏侯萧宝卷怀疑,仅叫部分人去襄阳,他所召去的就是萧伟和萧憺。据说梁武帝召他去襄阳途中,"俄闻已入沔,高祖欣然谓佐吏曰:'吾无忧矣'"(《梁书·太祖五王·南平王伟传》)。这说明他对萧伟最为器重。梁武帝起兵后,把襄阳的留守重任交给了他。后来又历任南徐州、扬州和江州刺史等职,晚年有病,任左光禄大夫,梁武帝只能加重俸禄以示照顾。《南史·梁宗室传》说他对"朝廷得失,时有匡正",甚至认为"梁政渐替,自公薨焉"。萧伟的为人,《梁书》《南史》本传都说他"幼清警好学",具有高度文化修养,《梁书》本传说他"晚年崇信佛理,尤精玄学,著《二旨义》,别为新通。又制《性情》《几神》等论,其义,僧宠及周舍、殷钧、陆倕并名精解,而不能屈"。他不但自己善于写作及谈玄,而且"笃诚通恕,趋贤重士,常如不及。由是四方游士,当世知名者,莫不毕至"。萧伟优待文人历史上确有其事,如何逊即是一例,据《南史·何承天附何逊传》,何逊在天监中,"南平王引为宾客,掌记室事,后荐之武帝",及至何逊不受梁武帝重视,萧伟仍加以照顾。《南史》称:"初,逊为南平王所知,深被恩礼,及闻逊卒,命迎其柩而殡藏焉,并饩其妻子。"另一个例子是王曼颖。《梁书·太祖五王·南平王伟传》:"太原王曼颖卒,家贫无以殡敛,友人江革往哭之,其妻儿对革号诉。革曰:'建安王当知,必为营理。'言未讫而伟使至,给其丧事,得周济焉。"王曼颖当即志怪小说《冥祥记》作者王琰之子,据《隋书·经籍志》著录,他也曾作《续补冥祥记》一卷。笔者在《王琰和他的〈冥祥记〉》一文中,曾据慧皎《高僧传》末所附他给慧皎的信中自称"孤子",怀疑死者非王曼颖而是其父王琰。① 不管这推测是否正确,都说明萧伟对文人颇能照顾,这对文学的发展有一定推动作用。

萧恢、萧憺二人和文人的关系似不如萧秀、萧伟密切,他们似乎更专注于政事。但他们并不是没有文化教养,也不是完全不注意文化事业。如萧恢,《梁书》本传说他"幼聪颖,年七岁,能通《孝经》、《论语》义,发摘无所遗。既长,美风表,涉猎史籍";萧憺在益州任刺史,"开立学校,劝课就业,遣子映亲受经焉,由是多向方者"。萧恢和萧憺的子孙中都有人从事文学活动。隋代《文选》学的研究者萧该,据《隋书·儒林》本传云乃"梁鄱阳王恢之孙也"。萧该作有《文选音义》,是现在所知最早的《文选》研究著作,其年代较曹宪稍早。考《梁书·太祖五王·鄱阳王恢传》和《南史·梁宗室传》,萧恢之子可考者凡四人,其中嗣位者萧范最长,他死于"侯景之乱"后,卒于晋熙(今安徽潜山);次萧咨,被侯景派人刺死于建康;最小的萧泰,任谯州(今安徽蒙城)刺史时为侯景所覆败;只有萧脩在侯景乱后到过荆州。据《隋书·儒林传》说萧该"少封攸侯。梁荆州陷,与何妥同至长安",则他可能是萧脩之子。萧该是萧统的从侄,所见《文选》当更近原貌。其书虽佚,唐时犹存,对后代《文选》学的影响不可忽视。萧憺之孙萧悫为北齐至隋重要作家,其"芙蓉露下落,杨柳月中疏"(《秋思》)一直为人们所称赏;他的《春赋》多五七言句,显然沿袭梁代宫体诗人那种小赋之余风,在北朝后期和隋代文人中,可谓别具一格。

---

① 详见《汉魏六朝文学论文集》,广西师范大学出版社1999年版,第512页。

二、梁武帝之子萧纶、萧纪和萧综

历来谈论梁皇室的作家时,一般只着重梁武帝和萧统、萧纲、萧绎,所以有人把他们并称为"四萧"。其实梁武帝诸子中,能文的不止萧统等三人,像萧纶、萧纪都有诗文留传至今,萧综亦有作品传世。历来对这三人之所以不大重视,也许和史籍中对他们贬抑过甚有关。不过从今天看来,这三个人物似都要重新评价。其中萧纶和萧纪情况略有类似之处,可以作为一种情况来论述;萧综情况比较特殊,并且上文已有所论及,这里仅就其文学成就略作评说。

萧纶(519~551)字世调,梁武帝第六子,封邵陵郡王,死后被谥为"携",这显系萧绎加给他的恶谥。不过萧纶早年为人其实未必如《南史·梁武帝诸子传》所载这样过恶甚多。据《梁书·高祖三王》本传所载,"侯景之乱"前他的过失仅一事,即中大通四年(532)任扬州刺史时,"以侵渔细民,少府丞何智通以事启闻,纶知之,令客戴子高于都巷刺杀之。智通子诉于阙下,高祖令围纶第,捕子高,纶匿之,竟不出。坐免为庶人"。至于《南史·梁武帝诸子》本传所载早年过失,则多不近情理。如普通五年(524)在南徐州时,"遨游市里,杂于厮隶。尝问卖鲩者曰:'刺史何如?'对者言其躁虐,纶怒,令吞鲩以死,自是百姓惶骇,道路以目。尝逢丧车,夺孝子服而著之,匍匐号叫。签帅惧罪,密以闻。帝始严责,纶不能改,于是遣代。纶悖慢逾甚,乃取一老公短瘦类帝者,加以衮冕,置之高坐,朝以为君,自陈无罪。使就坐剥褫,捶之于庭。忽作新棺木,贮司马崔会意,以辒车挽歌为送葬之法,使姬乘车悲号。会意不堪,轻骑还都以闻。帝恐其奔逸,以禁兵取之,将于狱赐尽。昭明太子流涕固谏,得免,免官削爵土还第"。关于这些事恐不尽为捏造,因为《梁书·武帝纪》下记普通六年(525)十二月"邵陵王纶有罪,免官,削爵土"。从这些事例看来,萧纶作为一个年仅十八岁左右骄纵的皇子,是有可能做出来的。清人赵翼在《廿二史札记》卷十一"《梁》《南》二史歧互处"条中,对此表示怀疑,认为和后文说萧纶多次想谋杀梁武帝的事一样,"此必《南史》好采异闻,而不究事之真伪也"①。赵氏驳斥所谓萧纶想谋杀梁武帝事,他指出:"案纶当侯景之变,率兵赴援,钟山之战最力,后兵败而逃,闻湘东王绎以兵围河东王誉,作书劝湘东息家门之愤,赴君父之难。湘东不听,反以兵逼纶。纶遂遁入齐昌,尚思匡复,为西魏兵所攻被杀,是纶非肆逆者。且(梁武)帝既先防其为乱,加卫士防之矣。侯景反时,岂肯又加以征讨大都督之权,令其统诸军讨贼乎?"②理由十分充足;而怀疑这些早年之事,却提不出多少根据。笔者觉得《南史》记萧纶事确有失实处,但有一段话似颇中肯:"纶任情卓越,轻财爱士,不竞人利,府无储积。闻有辄求,既得即散,士亦以此归之。初镇京口,大造器甲,既涉声论,投之于江。及后出征,戒备颇阙,乃叹曰:'吾昔造仗,本备非常,无事涉疑,遂使零散。今日讨抄,卒无所资。'"这说明他除了骄纵之外,还有幼稚轻率的一面。这样的人自然在政治上难有所成,却未必不可能改悔,而事实上他在"侯景之乱"后的表现,还是颇可称道的。当然,他并非将才,在和侯景作战中,屡遭败绩,但这是他才能的问题,从他后半生的事迹看来,他倒一直是为平定侯景而战的。他这种努力不但没得到安居上游的萧绎支持,反而换来了萧绎处心积虑地要消灭他。尽管他在给萧绎的信中已说到"弟英略振远,雄伯当代,唯德唯艺,资文资武,拯溺济难,朝野

---

① [清]赵翼《廿二史札记》,世界书局1947年版,第141页。
② 同上。

咸属,一匡九合,非弟而谁"(《梁书》本传),早已承认萧绎为盟主,而平定侯景之后皇位继承人显然也非萧绎莫属,但萧绎还是不放过他,听说他大修器甲,要讨伐侯景,就派王僧辩去逼他,使他部众溃散,逃往武昌。他最后逃到汝南(今湖北武昌西南),被西魏将杨忠攻杀,投尸江岸,据云"经日颜色不变,鸟兽莫敢近焉","百姓怜之,为立祠庙"(《梁书》本传)。这前两句话,虽近迷信,当亦由于民众对他的尊敬,才有此传说。不但如此,即使长江下游的百姓,对萧纶亦颇崇敬。《南史·陈本纪》上载,陈武帝永定二年(558),"立梁邵陵携王庙室,祭以太牢"。此时萧纶已死七年,且在梁陈易代之后,还要"祭以太牢",这是很值得注意的。《礼记·祭法》云:"夫圣王之制祭祀也,法施于民则祀之,以死勤事则祀之,以劳定国则祀之,能御大菑则祀之,能捍大患则祀之。"①萧纶在抵抗"侯景之乱"时,可以称得上竭尽心力,"以死勤事"。所以设庙祭祀,还见于本纪,可见当时人对他的评价断然与萧绎对他的评价不同。

萧纶在梁武帝诸子中,亦属能文之列。逯钦立《先秦汉魏晋南北朝诗》辑有其诗八首,《南史》本传所录"方同广川国,寂寞久无声"二句尚不在其内;《玉台新咏》所录《代旧姬有怨》一首,逯作萧绎诗。从这些诗看来,萧纶的诗,与萧纲、萧绎等人相近,亦属"宫体诗",比较擅长细致的描写。如《代秋胡妇闺怨诗》:"荡子从游宦,思妾守房栊。尘镜朝朝掩,寒衾夜夜空。若非新有悦,何事久西东。知人相忆否,泪尽梦啼中。"②此诗平易流畅,"尘镜"二句对仗工整,通过身旁杂物刻画思妇相思之苦,颇为传神。他的写景之作,亦很细致传神,

---

① [元]陈澔《礼记》,上海古籍出版社1987年影印清殿本,第255页。
② 逯钦立《先秦汉魏晋南北朝诗》,中华书局1983年版,下册第2028页。

如《咏新月诗》:"霜氛含月彩,霭霭下南楼。雾浓光若昼,云驶影疑流。"①体物之工亦颇出色,惜见类书所引,疑有删节。

萧纶的文亦颇有佳作。清严可均《全上古三代秦汉三国六朝文·全梁文》辑其文十篇,其中最著名的也许是《隐居贞白先生陶君碑》,此文全篇见于《文苑英华》卷八百七十三,显然是作为典范之作入选的。此文辞采华丽,在南朝骈文中不失为佳作,但后人提到此文时,往往是作为有关陶弘景生平的史料来引用。他的短篇骈文亦不乏文采,如《艺文类聚》所载《谢令赍马启》:

> 连翩绝景,沃若追风;超渥水之形,逾大宛之状。荷传西蕃,将达宫闱。无任城之气勇,降东平之嘉锡,何以扬名沙漠,仰称隆慈。恋德铭心,瞩恩雨泪。②

此文当为萧纶于普通后期坐事免官夺爵之后所作,因此笔锋挟带感情,而辞藻华美,用典贴切,置诸骈体文选本中亦不见逊色。但他最出色的文章要算《梁书》本传中所载《与湘东王书》。这是"侯景之乱"后,劝阻萧绎进攻萧统子河东王萧誉而作。当时萧誉为湘州刺史在长沙,萧纶则在郢州,正整顿残部,准备再次与侯景作战。当时萧纶军粮不足,想靠湘州方面供应,而萧绎却围困长沙,使湘州的军粮无从发运。这实在是关系到平息"侯景之乱"的大计。在这封信中,他强调梁朝皇族应该团结一致,消灭侯景,晓以大义,言辞剀切,可谓字字血泪:"方今社稷危耻,创巨痛深,人非禽虫,在知君父。即日大

---

① 逯钦立《先秦汉魏晋南北朝诗》,中华书局1983年版,下册第2029页。
② [清]严可均《全上古三代秦汉三国六朝文》,中华书局1958年影印本,第3册第3080页。

敌犹强，天仇未雪，余尔昆季，在外三人，如不匡难，安用臣子。唯应剖心尝胆，泣血枕戈，感誓苍穹，凭灵宗祀，昼谋夕计，共思匡复。"他又指出藩王互攻之不当："夫征战之理，义在克胜；至于骨肉之战，愈胜愈酷，捷则非功，败则有丧，劳兵损义，亏失多矣。侯景之军所以未窥江外者，正为藩屏盘固，宗镇强密。若自相鱼肉，是代景行师，景便不劳兵力，坐致成效，丑徒闻此，何快如之。"他甚至清楚地预见到西魏出兵的危机："弟若苦陷洞庭，兵戈不戢，雍州疑迫，何以自安，必引进魏军，以求形援。"这样一封信，萧绎对此竟无动于衷，还强调萧誉有罪，不可解围，萧纶见之流涕，左右的人"莫不掩泣"。由此可见萧纶后期的为人，他受到百姓同情与尊敬绝非偶然。

梁武帝另一个儿子萧纪在《梁书》中被姚思廉把他和萧综、萧正德、萧誉列为一传，这显然是以叛逆者视之。姚思廉这种做法大约是沿袭了萧绎的史官们所记。其实《梁书》关于他的记载，多为萧绎横加于他的罪名。例如说"及太清中，侯景乱，纪不赴援"，就完全不合事实。《南史·梁武帝诸子》本传："及侯景陷台城，上甲侯韶西上至硖，出武帝密敕，加纪侍中、假黄钺、都督征讨诸军事、骠骑大将军、太尉、承制。大宝元年六月辛酉，纪乃移告诸州征镇，遣世子圆照领二蜀精兵三万，受湘东王绎节度。绎命圆照且顿白帝，未许东下。七月甲辰，湘东王绎遣鲍检报纪以武帝崩问。十一月壬寅，纪总戎将发益镇，绎使胡智监至蜀，以书止之曰：'蜀中斗绝，易动难安，弟可镇之，吾自当灭贼。'"这和"不赴援"的话根本相反。正如赵翼所说："而《梁书》所谓不发兵者，盖本元帝时国史。元帝既杀纪，欲著其逆迹而有是言，所谓欲加之罪，其无辞乎。此事当以《南史》为正。"萧纪在益州是有政绩的，据《南史》载：萧纪"在蜀十七年，南开宁州、越巂，西通资陵、吐谷浑。内修耕桑盐铁之功，外通商贾远方之利，故能殖其财用，器甲殷积。马八千匹，上足者置之内厩，开寝殿以通之，日落,辄出步马。便骑射,尤工舞稍。九日讲武,躬领幢队。及闻国难,谓僚佐曰:'七官文士,岂能匡济。'"可见他还是有志于平乱,而萧绎阻止了他出兵,还诬为"不赴援",全属颠倒黑白。

萧纪也颇有文学才能,连《梁书》本传也说他"少勤学,有文才,属辞不好轻华,甚有骨气"。萧纪的诗,逯钦立辑有六首,但其中有两首一说为刘孝绰及萧纲作。从这些诗看,题材近于"宫体",但稍显清拔,不大用典。如《和湘东王夜梦应令诗》:"昨夜梦君归,贱妾下鸣机。悬知意气薄,不着去时衣。故言如梦里,赖得雁书飞。"①又如他的《明君词》:"塞外无春色,边城有风霜。谁堪览明镜,持许照红妆。"②确如《梁书》所说"甚有骨气"。据《隋书·经籍志》著录,隋时有《萧纪集》八卷,今则仅存诗六首,文已一篇无存。但萧纪在益州曾聚集过不少文人,据《周书》记载,北周文人中如萧㧑、刘璠等皆自益州入关中,至于萧圆肃,是萧纪之子,萧纪诸子均为萧绎杀害,惟有他降西魏而独得保全。他的著作据《周书》本传有文集十卷、《文海》四十卷、《广堪》十卷、《淮海乱离志》四卷,传中附载《少傅箴》一篇亦朴雅可诵。又《南史·梁武帝诸子传》载萧纪另一个儿子萧圆正在狱中续萧绎之诗云:"水长二江急,云生三峡昏。愿贳淮南罪,思报阜陵恩。"亦颇具文采,说明萧纪一家亦有很高的文学修养。

萧综的为人,前面已经谈过。他的《听钟鸣》、《悲落叶》二诗见于《梁书》本传,但据云为"大略",恐非全文。如《梁书》所载《听钟鸣》云:

听钟鸣,当知在帝城。参差定难数,历乱百愁生。去声悬窈

---

① 逯钦立《先秦汉魏晋南北朝诗》,中华书局1983年版,下册第1899页。
② 同上,第1900页。

窕,来响急徘徊。谁怜传漏子,辛苦建章台。

听钟鸣,听听非一所。怀瑾握瑜空掷去,攀松折桂谁相许。昔朋旧爱各东西,譬如落叶不更齐。漂漂孤雁何所栖,依依别鹤夜半啼。

听钟鸣,听此何穷极。二十有余年,淹留在京域。窥明镜,罢容色,云悲海思徒掩抑。

《艺文类聚》卷三十所载,与此不同,云:

> 历历听钟鸣,当知在帝城。西树隐落月,东窗见晓星。雾露胐胐未分明,乌啼哑哑已流声。惊客思,动客情,客思郁纵横。翩翩孤雁何所栖,依依别鹤半夜鸣。今岁行已暮,雨雪向凄凄。飞蓬旦夕起,杨柳尚翻低。气郁结,涕滂沱。愁思无所托,强作听钟歌。①

两者颇有不同,《艺文类聚》本为类书,载文多有删节,而《梁书》所录,却较之《艺文类聚》尤简,似乎《艺文类聚》所录为一章,而《梁书》则为全诗之摘要。但萧综此诗据《洛阳伽蓝记》卷二所载,为入魏后作,而《梁书》所录有"二十有余年,淹留在京城"之句。按:萧综以普通六年(525)奔魏,迄魏孝武帝永熙元年(532)卒,前后仅八年。昔日曾与亡友沈玉成先生议论此诗,疑萧综此诗本有二稿,《梁书》所载,为在南方所作,《艺文类聚》所录,或为入北后据此修改之稿,故有此差别。惜无确证,姑作此推测。

---

① [唐]欧阳询《艺文类聚》,上海古籍出版社1982年排印本,第1册第539页。

第四章　萧统和《文选》(上)

历来论者谈梁武帝诸子在文学方面的成就时,都认为以昭明太子萧统、简文帝萧纲和元帝萧绎为最重要。在这三人中,萧统的文学思想和萧纲、萧绎不太一样。就他们自己的创作而言,萧统虽有文集传世,而为后人所传诵的诗文绝少,但就文学史上的作用而论,则似乎很少有人可以和他相比。这是因为他所主持编纂的《文选》,几乎影响了后来所有的诗文作者。

一、萧统的生平

萧统(501~531)字德施,梁武帝的长子。他的母亲名丁令光,梁武帝起兵以前所纳之妾,称帝后被立为贵嫔。梁武帝的正妻叫郗徽,高平金乡(今山东金乡北)人,她在齐高帝建元末年就嫁了梁武帝,但婚后只生了三个女儿,齐东昏侯永元元年(499)卒于襄阳。在封建社会里,一个人要是没有儿子,要被认为是"绝祀",所谓"不孝有三,无后为大"。梁武帝在南齐中期,年已三十左右,曾经认其弟萧宏之子萧正德为子。不过梁武帝对此并不甘心,尤其是从他和张弘策的谈话中可以看出他已有夺取皇位的野心,自然更不愿把皇位传给别人。因此在齐明帝永泰元年(498)纳丁令光为妾。次年,郗徽就死去。郗徽之死,可能由于忧愤,因为据《南史·后妃传》下称"后酷妒忌"。郗徽死后,丁令光在中兴元年(501)生下了萧统。这时梁武帝已经兵临城下,夺取南齐的江山指日可待了。

梁武帝登上帝位的当年,即立丁令光为贵嫔,立萧统为太子,当时萧统刚满两岁。按照古人"母以子贵"的惯例,此时郗徽已卒,丁令光自可名正言顺地做皇后,这样也许可以避免日后皇室内部的许多矛盾。但梁武帝并没有这样做,其原因即在于梁武帝的门阀偏见。因为高平郗氏在东晋是高门士族,王羲之的夫人即出于郗氏。同时郗徽之母又是宋文帝的女儿寻阳公主。这种"高贵"的出身,丁令光自然很难与她相比。《南史》和《建康实录》都记载了郗徽死后化龙的种种迷信传说。《南史》还说"故帝卒不置后"。从这些传说看,郗徽的死因当与梁武帝纳丁令光有关。郗徽之死,笔者颇疑其与梁武帝纳丁贵嫔有关,纳丁为妾在永泰元年(498),而郗氏卒于次年。其间相去不远。《南史·后妃传》记郗氏化龙传说云:"后酷妒忌,及终,化为龙入于后宫井,通梦于帝。或见形,光彩照灼。帝体将不安,龙辄激水腾涌。于露井上为殿,衣服委积,常置银鹿卢金瓶灌百味以祀之。故帝卒不置后。"其言衣服、百味颇似祭祀之事,疑郗氏以妒自投于井卒,故于井上祀之也。又《建康实录》卷十八云:"按《东京记》:皇城西南洛水北,有分谷渠,北,隋朝有龙天王祠。俗传梁武帝郗后性妒忌,武帝初立,未册命,因忿怼,乃投殿庭井中。众赴井救之,已化毒龙,烟焰冲天,人莫敢近。帝悲叹久之,乃册为龙天王。使井上立祠,朱粉涂饰,加以杂宝,每有所御,必厚祭之,巡直洒扫,自梁历陈,享祀不绝。"①按:郗氏未得见梁武称帝,自不应为未册命而忿怼,此传说之误,然谓郗氏投井及井上祀之等事,足为《南史》做补充。又《南史·梁宗室·临川王宏传》:"宏又与帝女永兴主私通,因是遂谋弑逆,许事捷以为皇后。帝尝为三日斋,诸主并豫,永兴乃使二僮衣以婢服。僮逾阃失屦,阁帅疑之,密言于丁贵嫔,欲上言惧或不信,乃使宫帅图之。帅令内舆人八人,缠以纯绵,立于幕下。斋坐散,主果请间,帝许之。主升阶,而僮先趣帝后。八人抱而擒之,帝惊坠于床。搜僮得刀,辞为宏所使。帝秘之,杀二僮于内,以漆车载主出。主恚死,帝竟不临之。"永兴公主为郗后所生,若非为报母仇,未必为叔谋杀父也。然《魏书·岛夷传》及《洛阳伽蓝记》载杨元慎斥南朝语皆不及此,未敢视为定论,姑志此存疑。至于丁令光之未能立为皇后,大约也有此原因,当然出身平民也是因素之一。梁武帝这一做法多少给怀有野心的萧正德留下了觊觎皇位继承人的借口,使萧统的地位蒙上阴影。因为萧正德可以借郗徽在时所收养子的名义,自封为"嫡子"。

萧统虽出生于襄阳,但出生不久梁武帝已攻克建康,把丁令光和他迎接到那里。接着梁武帝登上了皇帝宝座,立太子的事自然提到了日程上,于是出生刚一年零两个月的萧统就被立为皇太子,当时由于年幼,他仍留居宫内。萧统从小是按照皇位继承人的要求来接受教育的。他三岁就读《孝经》和《论语》,"五岁遍读'五经',悉能讽诵",这说明他所受的完全是正统的儒家思想教育,也是历代皇位继承人所必学的功课。作为太子,萧统在六岁那年便出居东宫,据说"太子性仁孝,自出宫,恒思恋不乐"(《梁书》本传),其实大约是年龄尚幼,离不开父母之故。到了天监十四年(515),梁武帝就为萧统举

---

① [唐]许嵩《建康实录》,上海古籍出版社1987年排印本,第502页。

行成人标志的冠礼。这也完全是依古训决定的,《左传·襄公九年》载:"国君十五而生子,冠而生子,礼也。"梁武帝为了表示对这一仪式的重视,除了让萧统依旧制"着远游冠,金蝉翠绥缨"外,还下"诏加金博山"以示隆重。

萧统也不负其父之望,"读书数行并下,过目皆忆。每游宴祖道,赋诗至十数韵。或命作剧韵赋之,皆属思便成,无所点易"。这当然不完全由于萧统具有文学的天才,而主要来源于薰陶。因为萧统自立为太子时起,梁武帝安排在他身边的就有许多当时卓有成就的文学家,如沈约、谢览、王泰、张充、陆倕、到洽、明山宾、殷钧、陆襄、张率、刘孝绰、王筠、张缅、萧子范、萧子显、萧子云、到溉、许懋、到沆等,都是当时有名的儒者和文士。(按:《梁书·范云传》载,范云以天监元年领太子中庶子,次年卒,卒时萧统年三岁,当难有影响,故略。)在这些人物的薰陶下,萧统的文学才能自然得以很快地成长。除了这些人物以外,像著名的文学批评家刘勰,据《梁书·文学》本传载,也曾做过兼职的"东宫通事舍人","昭明太子好文学,深爱接之"。关于刘勰对萧统的影响,过去一些研究者认为很大,而近年的不少学者则把《文心雕龙》和《文选》二书进行比较,认为二人的文学观并不相同。关于这一点,下文论《文选》时将加论述,这里不赘。萧统生活在这样的环境里,所以年青时代就善于作诗文,据《梁书·刘孝绰传》说:"太子文章繁富,群才咸欲撰录,太子独使孝绰序而录之。"现存刘孝绰的文章中,确有一篇《昭明太子集序》①,可见当时确已编集。检《梁书·刘孝绰传》,刘孝绰在萧绎出任荆州刺史前夕,已被到洽参奏免官。萧绎初任荆州刺史是普通七年(526),那么刘孝绰为萧统编集

---

① [清]严可均《全上古三代秦汉三国六朝文·全梁文》卷六十,中华书局1958年影印本。

时间最迟也得为普通六年(525),当时萧统刚二十五岁。不但如此,现存萧统之文中有《答湘东王求文集及〈诗苑英华〉书》,当时萧绎在荆州,则《诗苑英华》的成书,当亦在普通年间(520~527)。自然,像《诗苑英华》这样的总集,很可能是由萧统主持,而由他身边的众人编纂的。不过,如果萧统自己没有较高的文学才能,亦难于主持此工作。

梁武帝安排在萧统身边的人除了文士以外,也有一些熟习政务的官员。据《梁书·徐勉传》载,早在萧统幼年,梁武帝曾让徐勉做太子右卫率,又做太子中庶子,"侍东宫。昭明太子尚幼,敕知宫事。太子礼之甚重,每事询谋",后又转太子詹事,"频表解宫职,优诏不许"。另一位职掌朝廷要务的大臣周舍,亦曾任太子洗马、太子右卫率、太子左卫率和太子詹事诸职。显然,这种安排说明梁武帝确实是按照皇位继承人而非一般文士的要求来教育萧统的。所以萧统在行冠礼以后,梁武帝就叫他协助处理政事。《梁书·昭明太子传》云:"太子自加元服,高祖便使省万机,内外百司奏事者填塞于前。太子明于庶事,纤毫必晓,每所奏有谬误及巧妄,皆即就辩析,示其可否,徐令改正,未尝弹纠一人。平断法狱,多所全宥,天下皆称仁。"显然,在长期处理政事的过程中,萧统对处理政务有一定的能力,但他的性格和梁武帝有很大的差别。梁武帝作为一个开国皇帝,尽管口头上挂着儒家和佛教的"仁义"、"慈悲"等说教,其实质却是一代奸雄。他登上皇帝宝座以后,那些阴谋和权术虽不时流露,但总要用儒家和佛教的教义来加以掩饰。至于萧统显然不同,他是真诚地接受了这些教义。特别是天监年间的表面升平景象和梁武帝的大多数政敌已被消灭,也使他很少考虑到权诈及危机。另外,他母亲丁令光出身平民,"性仁恕","不好华饰,器服无珍丽,未尝为亲戚私谒","屏绝滋腴,长进蔬膳",并且受了佛教的戒律(《梁书·后妃传》),也不免对他性格的形成有一定的作用。从《梁书》本传看,萧统当时受儒家的礼制影响甚深,如普通三年(522),他才二十二岁,叔父萧憺去世,据旧制,"东宫礼绝傍亲,书翰并依常仪",他对此表示怀疑,命刘孝绰议论此事,刘孝绰主张应该停止听音乐,但书信仍依常规,萧统认为书信出自己手,较之音乐尤重,下令更议,最后从明山宾等人议,在书信仪式等方面都做了改变。这说明他很看重亲族间的感情。在普通间梁军北伐时,建康米贵,他还"菲衣减膳"。据说他"每霖雨积雪,遣腹心左右,周行间巷,视贫困家,有流离道路,密加振赐。又出主衣绵帛,多作襦袴,冬月以施贫冻。若死亡无可以敛者,为备棺椁。每闻远近百姓赋役勤苦,辄敛容色。常以户口未实,重于劳扰"。这些慈善活动虽不能根本改变百姓的困苦,但用心是好的。当然,像这种善良的人如果真的做了帝王能否胜任是疑问。即以内部而论,萧正德这样的堂兄、萧绎这样的弟弟,就是很大的威胁,更不用说北方的强敌了。不过萧统在处理政务方面,多少还是起了一些好作用。如中大通二年(530),有人认为吴兴郡屡次闹水灾,建议发动吴郡、吴兴和义兴三郡民丁挖掘太湖水道使之流入浙江(钱塘江)。这个建议从长远看来,确是"暂劳永逸,必获后利",萧统对此看得也很清楚。但他考虑到"所闻吴兴累年失收,民颇流移。吴郡十城,亦不全熟。唯义兴去秋有稔,复非常役之民。即日东境谷稼犹贵,劫盗屡起,在所有司,不皆闻奏。今征戍未归,强丁疏少,此虽小举,窃恐难合,吏一呼门,动为民蠹。又出丁之处,远近不一,比得齐集,已妨蚕农。去年称为丰岁,公私未能足食;如复今兹失业,虑恐为弊更深"。这些话都见于其《请停吴兴丁役疏》,此文作于他死前一年,当时萧统因为丁贵嫔葬地的事触怒过梁武帝(见《南史·梁武帝诸子传》),处境并不太好,但为了避免扰民,他还是上了这篇奏疏。

萧统不但能同情百姓的疾苦,而且在处理一些事情上也比较具有见地。例如《南史·梁武帝诸子传》记萧纶在普通年间的一些过失,梁武帝十分生气,"将于狱赐尽",其实萧纶有一些事纯属无知胡闹,虽然应加处分,还不到令他自杀的地步。萧统为此"流涕固谏",应该说是对的,因为在后来的"侯景之乱"中,他"忠孝独存"。在刘孝绰和到洽的矛盾方面,萧统的处理也比较妥当。刘孝绰本是萧统最器重的文士之一,但他为人"仗气负才,多所陵忽,有不合意,极言詆訾"(《梁书》本传),他对到洽很轻视,"自以才优于洽,每于宴坐,嗤鄙其文",造成到洽对他的愤恨。在刘孝绰出任廷尉卿后,曾携妾入官府,其母犹停私宅,被到洽弹劾免官。刘孝绰的几个弟弟当时都在荆、雍二地,"乃与书论共洽不平者十事,其辞皆鄙到氏","又写别本封呈东宫,昭明太子命焚之,不开视也"。这显然是对的,因为这种信只能造成不良影响,加深二人间矛盾。萧统既没有偏袒刘孝绰,也不因此嫌弃他,后来刘孝绰又回到萧统那里,做了太子仆。这说明萧统为人的厚道。

　　萧统作为皇位的继承者,除了参与处理一定的政事外,优游文史,和不少文士相处,应当说是生活得比较优裕的。但在他的身旁也潜伏着种种危机,其中最主要的是临川王萧宏及其子萧正德。因为萧正德是梁武帝早年无子时曾经认领的儿子,当时梁武帝的正妻郗氏尚在。《南史·梁宗室传》谓收养萧正德在"齐建武中",自在郗氏未死之际。他便可以自认为是梁武帝的嫡子,根据"立子以嫡"的原则应充当太子。在当时宗法制度下,确也有过这种先例,那就是南齐的豫章王萧嶷早年无子,养齐武帝子萧子响为嗣,后来嶷自己有儿子仍"表留为嫡"(《南齐书·武十七王·鱼复侯子响传》)。不过梁武帝既是皇帝,情况自然不同,他不可能放着儿子不立而把帝位传给侄儿。①但萧正德对此并不甘心,《梁书》本传云:"初,高祖未有男,养之为子,及高祖践极,便希储贰,后立昭明太子,封正德为西丰侯,邑五百户。自此怨望,恒怀不轨,睥睨宫扆,觊幸灾变。"普通六年(525)他曾率军北伐,萧正德奔魏,《梁书》谓在普通六年,而《南史》以为三年(522),今从《梁书》。因《南史》谓"六年为轻车将军,随豫章王北侵,正德辄弃军走,为有司所奏下狱"。按:正德于三年已为轻车将军,且三年降魏方归,不宜六年复使北伐也。在前线弃军奔魏,自称"被废太子"(《南史·梁宗室传》)。他这些话,连南齐降魏宗室萧宝夤也信不过。萧正德不过是一个妄人,他本人并无多大才能,但由于梁武帝中期以后内政不修,种种危机不断滋长,某些反对势力却可引为口实。萧正德本人"多聚亡命,黄昏多杀人于道",公然"杀戮无辜,劫盗财物","夺人妻妾,略人子女"(《南史》本传),成为百姓的一大祸患,这让协助梁武帝处理政务的萧统也增加了不少忧虑。

　　萧统在梁武帝诸子中,地位本是很巩固的,郗氏无子,而丁贵嫔地位显然高出诸妃。在梁武帝心目中,他是选定的继承人,而且是实际上的嫡长子。试看梁武帝曾称叹萧纲云"此子,吾家之东阿(曹植)"(《梁书·简文帝纪》),称庐陵王萧续"此我之任城(曹彰)也"(《梁书·高祖三王传》),这显然是以曹操自居而比萧统为曹丕。但在这问题上,梁武帝显然忘了一点,即曹操在废丁夫人以后,是公开以卞氏为继室,及至称王,即以卞氏为后,这样在封建社会里,显得"名正言顺"。梁武帝却没有这样做,也许由于郗氏之死于非命,他始终不立皇后,这就使诸子的地位不很明确,引起了争夺之心。据《南

---

① 萧统出生时,梁武帝正在进攻建康的军中,及至攻下建康,登上帝位,又忙于其他事,至天监元年十一月始立太子,此时是否已命萧正德"归本",史无明确记载,疑"归本"在立太子之后。

史·梁武帝诸子传》载,在萧统死后,萧纲被立为太子,萧纶曾说"时无豫章(萧综),故以次立"。从这一事例看来,梁武帝诸子未必承认萧统及萧纲、萧续的"嫡出"地位,可以推知萧统在日,这种情绪亦未始不存在。萧统虽居太子之位,其处境实际上并不很安定。面对种种危险,萧统自然不会毫无感觉,但作为太子,并无实权,而过分自信又贪恋权势的梁武帝自然也不能允许他有所作为。于是他不能不向往着出世,从隐逸之士那里去找寻解脱,在给当时著名隐士何胤的信中,他写道:"昔园公道胜,汉盈屈节,春卿经明,汉庄北面,况乃义兼乎此,而顾撰不肖哉。但经途千里,眇焉莫因,何尝不梦姑胥而郁陶,想具区而杼轴,心往形留,于兹有年载矣。方今朱明受谢,清风戒寒,想摄养得宜,与时休适。耽精义,味玄理,息嚣尘,玩泉石,激扬硕学,诱接后进,志与秋天竞高,理与春泉争溢,乐可言乎!岂与口厌刍豢,耳聆丝竹之娱者同年而语哉!"([梁]萧统《昭明太子集》卷三,《四部备要》本)在这里可以看出他衷心地羡慕那些隐士,所以陶渊明的文集,正是首先由他编定的。所以明人张溥在《梁萧统集题词》中说:"浔阳陶潜,宋之逸民,昭明既为立传,又特序之。以万乘之元良,恣论山泽。唐尧汾阳,子晋洛滨,若有同心。"([明]张溥《汉魏六朝百三家集》,上海古籍出版社影印《四库全书》本)这种心情正是他那种处境的曲折反映。

但萧统一生所受的最沉重的打击也许是普通七年(526)他母亲丁贵嫔的去世。萧统为人本极孝顺,《梁书》本传云:"(普通)七年十一月,贵嫔有疾,太子还永福省,朝夕侍疾,衣不解带。及薨,步从丧还宫,至殡,水浆不入口,每哭辄恸绝。高祖遣中书舍人顾协宣旨曰:'毁不灭性,圣人之制。《礼》,不胜丧比于不孝。有我在,那得自毁如此!可即强进饮食。'太子奉敕,乃进数合。自是至葬,日进麦粥一升。高祖又敕曰:'闻汝所进过少,转就羸瘵。我比更无余病,正为汝如此,胸中亦圻塞成疾,故应强加馈粥,不使我恒尔悬心。'虽屡奉敕劝逼,日止一溢,不尝菜果之味。体素壮,腰带十围,至是减削过半。每入朝,士庶见者莫不下泣。"萧统的身体可能就此未得复原。但他的挫折却又接着来到,那就是因丁贵嫔的墓地事引起了梁武帝对他的不满。据《南史·梁武帝诸子传》说:"初,丁贵嫔薨,太子遣人求得善墓地,将斩草,有卖地者因阉人俞三副求市,若得三百万,许以百万与之。三副密启武帝,言太子所得地不如今所得地于帝吉,帝末年多忌,便命市之。葬毕,有道士善图墓,云'地不利长子,若厌伏或可申延'。乃为蜡鹅及诸物埋墓侧长子位。有宫监鲍邈之、魏雅者,二人初并为太子所爱,邈之晚见疏于雅,密启武帝云:'雅为太子厌祷。'帝密遣检掘,果得鹅等物。大惊,将穷其事。徐勉固谏得止,于是唯诛道士,由是太子迄终以此惭慨,故其嗣不立。后邵陵王临丹阳郡,因邈之与乡人争婢,议以为诱略之罪牒宫,简文追感太子冤,挥泪诛之。邈之兄子僧隆为宫直,前未知邈之侄,即日驱出。"这本是一件很无聊的迷信活动,但据《南史》说,梁武帝在萧统死后,不立萧统子萧欢而立萧纲,即由于此。还说"帝既废嫡立庶,海内噂沓,故各封诸子大郡以慰其心。岳阳王詧流涕受拜,累日不食"。看来这场家族间的纠纷还闹得很严重,但《梁书》对此事却一字不提。看来《南史》记此事颇详,当有事实根据,不过其中情节是否因出于传闻而有所夸大则很难判断,至于说梁武帝舍萧欢而立萧纲,恐未必是这个原因。因为萧统直到死前还在做着太子的"监抚"工作,所以在中大通二年(530)还上了《请停吴兴丁役疏》,而梁武帝见到此疏,也"优诏以喻焉"(《梁书·昭明太子传》)。这说明他还能议政,而梁武帝亦未对他很忌恨。再说萧统死后,王筠所作《哀册文》和萧纲所作《昭明太子集序》都对他做了极度的颂扬;不但如此,连萧子范也上《求撰昭明太子集表》,如果当时梁武帝对萧统已很忌恨,似不当有这些情况。

笔者认为梁武帝之舍萧欢而立萧纲，主要是认为"帝既新有天下，恐不可以少主主大业"（《南史》本传）。这个问题笔者已在《昭明太子和梁武帝的建储问题》（见《郑州大学学报》1994年第2期）中谈过，这里不想重复。不过，这件事确实造成了萧统的心理负担。因为萧统本是以孝道闻名的，现在被加以"厌祷"之名，自然会使他"迄终以此惭慨"。大约由此使他的身体更为虚弱。据《南史》本传说，萧统的得病起因于落水。据云：

> 三年三月，游后池，乘雕文舸摘芙蓉。姬人荡舟，没溺而得出，因动股，恐贻帝忧，深诫不言，以寝疾闻。武帝敕看问，辄自力手书启。及稍笃，左右欲启闻，犹不许，曰："云何令至尊知我如此恶。"因便呜咽。四月乙巳，暴恶，驰启武帝，比至已薨，时年三十一。

《梁书》本传所记较此简略，未及游后池及溺水事，但说萧统自三月"寝疾"至四月去世则完全一致。看来《南史》所说得病时间是可信的，但情节可能有些出于传闻，因为三月刚是春末，无摘芙蓉之理。

萧统死时，他的长子萧欢正任南徐州刺史，在京口（今江苏镇江）。梁武帝派中书舍人臧厥急召萧欢还都，在崇正殿服丧哭泣。照例萧欢是嫡长孙，应当成为"皇太孙"，充当皇位继承人，但梁武帝却立了萧纲。这是因为梁武帝吸取了历史教训，齐武帝萧赜正是在太子萧长懋死后立萧昭业为"皇太孙"，而正是他自己帮助齐明帝萧鸾废杀萧昭业，渐次杀了齐高帝、武帝子孙而夺取帝位。何况齐武帝死时，萧昭业年已二十一岁，尚且不能保全，而萧欢当时最多也不过十五六岁。所以立萧纲为太子，未必说明梁武帝此时还忌恨萧统。不过，他这一做法确实被人们所非议，认为是"废嫡立庶"，甚至北朝的杜弼也指斥他"立废失所"(《檄梁文》)。

萧统死后,他的儿子在史传中可考知的有萧欢、萧誉、萧詧、萧𧫄和萧鉴。萧𧫄、萧鉴早卒,无事迹可记。萧欢封豫章郡王,官至江州刺史,卒于大同六年(540)。死后子萧栋嗣爵,侯景废萧纲后,曾一度立他为傀儡,不久又加囚禁。萧绎派王僧辩平定侯景时,曾命令王僧辩加以杀害,遭到拒绝,但萧绎还是派心腹朱买臣把萧栋淹死。萧誉封河东郡王,任湘州刺史。"侯景之乱"发生后,他率兵入援,行至青草湖,台城失陷,有诏叫他回军。据《南史·梁武帝诸子传》载,他和萧绎产生矛盾是由于张缵挑拨,说萧誉起兵,萧誉正在积粮,将要袭击江陵。萧绎很害怕,赶快回到江陵。接着又派人去监督萧誉的粮食和军队。萧誉拒绝说:"各自军府,何忽隶人。"此事从道理上说,萧绎有"都督荆雍湘司郢宁梁南北秦九州诸军事"之权(《梁书·元帝纪》),萧誉此语似有失理。其实从《梁书·高祖三王传》所载萧纶致萧绎的信看来,萧誉当时正以湘州粮食供应萧纶以与侯景作战,而萧绎借机进攻湘州,实为阻止发遣,使萧纶无法坚持。萧誉自然不肯听命于萧绎,结果使萧绎接连派儿子萧方等和鲍泉、王僧辩去进攻他。但这一行动显然不得人心,因此萧方等兵败战死,而鲍泉亦无功,最后被王僧辩所败。萧誉临死还想见萧绎申辩其冤,但遭拒绝且被杀害。

萧统之子只有萧詧得以保全,他排行第三,封岳阳王,为雍州刺史。"侯景之乱"发生时,他也出兵救援台城,派部将刘方贵先行,萧绎却买通刘方贵要进攻襄阳,被萧詧所平。此时萧誉在湘州形势危急,萧詧就进攻江陵救兄。但被战败。萧詧既败,自图不能保全,才向西魏称藩。萧绎正好派兵攻襄阳,为西魏所败。及至西魏伐江陵,萧詧率兵配合魏将于谨,江陵攻克后,西魏遂取襄阳之地,而以江陵归萧詧,在那里建立后梁。北周保定二年(562),萧詧去世。子岿继位,一直传到萧詧之孙萧琮时,才由隋文帝于开皇七年(587)取消梁国,但萧氏子孙仕于周、隋及唐代的很多,成为隋唐以后的著姓。关于后梁,以后详谈,不赘。

二、萧统的思想

萧统的思想正如前面所说,兼受儒家和佛家的影响,此外由于他对陶渊明等隐士的企羡,也无可避免地受了道家的某些影响。一般来说,生活在当时社会中的士人都会或多或少地兼受这三家的薰染,不过各人所汲取的成分各各不同且轻重有别而已。从萧统的思想来看,他主要是受儒家思想的影响。这是可以理解的,因为梁武帝是把他当作皇位继承人来培养的,这些"治国平天下"的道理,显然也只有乞灵于儒学,谈空说玄的佛、道二家是很难造就帝王的。试看萧统从三岁起就诵读《孝经》、《论语》,五岁就读五经,当时虽未必有很深的理解,但对幼小的心灵不能不产生深刻的影响。现在我们阅读《梁书》本传,就可以发现萧统的一些行事,大抵依据了儒家经典。如《梁书》本传云"太子孝谨天至,每入朝,未五鼓便守城门开"这种做法,实即效法《礼记·文王世子》记周文王的做法:"文王之为世子,朝于王季日三,鸡初鸣而衣服,至于寝门外,问内竖之御者曰:'今日安否何如?'内竖曰:'安。'文王乃喜。"①又如丁贵嫔死后,他的居丧之礼,亦多与《礼记》、《孟子》的规定相符。从他在叔父萧憺之丧时和刘孝绰、明山宾等议礼之事看来,他还特别看重儒家的礼。从他所作的《文选序》中,也可以看出他对儒学的崇敬,"若夫姬公之籍,孔父之

---

① [元]陈澔《礼记》,上海古籍出版社1987年影印清殿本,第112页。

书,与日月俱悬,鬼神争奥,孝敬之准式,人伦之师友"([南朝梁]萧统《昭明太子集》卷四,《四部备要》本),可谓推崇备至。他自己确实把这些儒家的学说当作行动的准则。在他的《答晋安王书》中,自称:"泛观六籍,杂玩文史,见孝友忠贞之迹,睹治乱骄奢之事,足以自慰,足以自言。人师益友,森然在目,嘉言诚至,无俟旁求,举而行之,念同乎此。"([南朝梁]萧统《昭明太子集》卷三,《四部备要》本)的确,从他的许多行为来看,确是真心地实践着儒家的教义。但与此同时,也许正由于他已目睹自己的处境,而向往着出世,因此羡慕陶渊明等隐士。正因为他羡慕这些隐士,自然会多少由此而受到某些道家思想的影响。这是由于在南北朝,《老子》、《庄子》等书均为士人们所必读,而萧统所崇敬的陶渊明等人又受庄子影响甚深之故。例如在《与何胤书》中那种羡慕隐士的心情,就与《庄子·逍遥游》中说尧到汾水之阳,见到许由等人时"窅然丧其天下焉"的思想相类。值得注意的是萧统作为一个皇太子而特别崇敬陶渊明。在《陶渊明集序》中,他写道:"含德之至,莫逾于道,亲己之切,无重于身,故道存而身安,道亡而身害。处百龄之内,居一世之中,倏忽比之白驹,寄寓谓之逆旅,宜乎与大块而盈虚,随中和而任放,岂能戚戚劳于忧畏,汲汲役于人间。"[1]这并不是他故作高论,而是和他在《与何胤书》中流露的思想一致。在这篇序中,他还说:"唐尧四海之主,而有汾阳之心;子晋天下之储,而有洛滨之志。轻之若脱屣,视之若鸿毛,而况于他乎!"[2]这后一段话特别是"子晋"二句,显然是以王子晋自比。值得注意的是陶渊明这样的隐逸诗人,当时人对他的评价并不高,沈约论

---

[1] [清]严可均《全上古三代秦汉三国六朝文·全梁文》卷二十,中华书局1958年影印本,第3册第3067页。

[2] 同上。

文时根本不提,钟嵘《诗品》也仅把他列入"中品",而萧统偏要特别加以表彰。应该看到萧统诗文的风格和陶渊明大相径庭,他所以崇敬陶渊明,恐不在于文风而在其人格。更可以进一步探讨的是萧纲对陶渊明作品的爱好,亦和萧统一样。《颜氏家训·文章》记刘孝绰"常以谢(朓)诗置几案间,动静讽味";而"简文爱陶渊明文,亦复如此"。① 萧纲文风较之萧统与陶渊明差别更大,但他也爱读陶渊明作品,恐怕亦有取于他的人格。大抵萧统和萧纲虽身为太子,而遭受的种种压力使他们对处境颇有疑虑。尤其萧纲继立为太子后,各种反对意见更趋表面化。因此他们要把富贵"轻之若脱屣,视之若鸿毛"决非无故。

除了儒、道二家的影响外,萧统的思想显然也受到了佛教的影响。这一点似更易于理解。因为在齐梁时代,统治集团中的人几乎无不佞佛。尤其是萧统的父母都信佛教,这对他早年就会造成深刻的影响。梁武帝的信佛,除了他想借此免除他过去一些阴险毒辣的罪过外,不免有欺诈和虚伪的成分;但丁令光和萧统的信佛,恐怕就比较真诚,至少我们很难指出他们有什么虚伪的表现。从前面讲到过的萧统经常派人赈济贫民等行为看来,大约主要就是受佛教的影响。他的不好声色和批评陶渊明《闲情赋》恐亦与佛教思想有一定的关系。他信佛,且亦颇读佛典。《梁书》本传云:"高祖大弘佛教,亲自讲说;太子亦崇信三宝,遍览众经。乃于宫内别立慧义殿,专为法集之所。招引名僧,谈论不绝。太子自立二谛、法身义。并有新意。"这里所提到的"二谛"、"法身"义,当即今本《昭明太子集》中的《解二谛义》和《解法身义》二文。

这两篇佛学论文显然受了梁武帝的影响。梁武帝佞佛,也确曾

---

① 王利器《颜氏家训集解》(增补本),中华书局1993年版,第298页。

对佛典做过一些研究,但据有些研究者说,他对佛学未必很精通。《梁书·武帝纪》下云:"(武帝)兼笃信正法,尤长释典,制《涅槃》、《大品》、《净名》、《三慧》诸经义记,复数百卷。听览余闲,即于重云殿及同泰寺讲说,名僧硕学、四部听众,常万余人。"他不但自己讲佛经,有时还下敕让萧统参加讲解([梁]萧统《谢敕参解讲启》,《昭明太子集》卷三,《四部备要》本)。不过梁武帝尽管热衷于讲解佛经,其实对佛教中各个流派的思想区别并不很清楚。郭朋先生在《中国佛教思想史》中批评说,"他可以序《涅槃》以说'有',注《大品》而谈'空'"①。其实"空"和"有"的说法是矛盾的。萧统这两篇文章显然要秉承乃父之旨,所以亦有此弊。他的《论二谛义》的思想近于后秦高僧鸠摩罗什和僧肇所提倡的般若学。这一学派在东晋时颇受玄谈之士欢迎,但入南朝后一度衰歇,到南齐永明年间,由于玄风复盛而再度兴起。如周颙作《三宗论》,发挥的就是这种学说,周颙的论点曾深得"西凉州智林道人"的称赞。萧统的《解二谛义》谈的就是这个问题。他所谓"二谛"指"真谛"即"第一义谛","俗谛"即"世谛"。"真谛"或"第一义谛"指事物的本体,即"理",亦即所谓"彼岸世界";所谓"俗谛"或"世谛"指的是事物的现象,即"事",亦即所谓"此岸世界"。萧统认为:"'真谛'、'俗谛'以定体立名;'第一义谛'、'世谛'以褒贬立目。"([梁]萧统《昭明太子集》卷五,《四部备要》本)他还认为,"真者是实义,即是平等,更无异法,能为杂间","俗者即是□集议,此法得生,浮伪起作"。他又说:"真谛离有离无,俗谛即有即无。即有即无,斯是假名;离有离无,此为中道。真是中道,以不生为体;俗既假名,以生法为体。"这就是说:一切学说都是由种种因缘形成的,所以有体,而实际上排除了众缘,其体就不可得,因

---

① 郭朋《中国佛教思想史》,福建人民出版社1994年版,第519页。

此是"空"。但既已提出"空",就与"有"相对立,仍有纷争。所以真谛应是"离有离无",也就没有纷争;而俗谛因为"有体",所以"即有即无",才有了纷争和执着。萧统依据《涅槃经》,认为"出世人所知,名第一义谛;世人所知,名为世谛";"世人所知,生法为体;出世人所知,不生为体"。这种理论到隋代曾受到高僧吉藏等人的批评,是否正确地阐释了佛教教义确很难说,但此说倒很符合萧统本人的思想。因为他把"真谛"解释为"理",为事物的本体,自然可以与他在《陶渊明集序》中说的"道"相通;把"俗谛"解为"事"或现象,他自可去探求"真谛",以期"道存而身安",摒除"俗谛",也正如对人间的荣华富贵"轻之若脱屣,视之若鸿毛"。他这种观点曾有许多名僧和贵族进行论难,对一些人可能产生过影响。

　　萧统的《解法身义》主要是宣扬当时流行的《涅槃经》的学说。根据这一学说,认为"一切众生皆有佛性",通过修行,均可悟到"佛性"。所谓"法身"说,是"佛性"说的一种补充。他们所谓"法身",本指佛的真身。萧统在这篇文章一开头就说:"法身虚寂,远离有无之境,独脱因果之外,不可以知知,不可以识识,岂是称谓所能论辨。"既然"法身"这东西无法理解,也无法说明,本来就不可论说,而他却又说"将欲显理,不容嘿然"。根据他的解释,"法身"即天竺(印度)所谓"达摩舍利","若以当体,则是自性之目。若以言说,则是相待立名。法者,轨则为旨,身者,有体之义,轨则之体,故曰法身"。他举出一种粗浅的说法,认为"法身"是"常住身"、"金刚身",但又说这种理解"重加研核,其则不尔"。因为"若定是金刚(喻其坚不可坏),即为名相;定为常住(永恒不变),便成方所"。这样就成了有体的东西,有它的一定位置和场所,就成了有限的东西,而佛身本是"无为"的,也就是无局限的。他依据《涅槃经》说:"如来之身非身,是身无量无边,无有足迹。无知无形,毕竟清静。无知清静而不可为无;称曰妙有,而复非有。离无离有,所谓法身。"这种说法看来玄虚费解,其实是说明"法身"是一种无形体的精神性的东西。所以萧统此论,正如郭朋先生说的"只能是有'法'而无'身'"①。关于"法身"义的问题,萧统也曾与一些僧侣们讨论,产生了一定影响。总的来说,他的佛学论文,正是适应着梁武帝兼尊《般若》、《涅槃》二经之说,根据他自己的理解,加以发挥,但是否符合佛经本义却很难说,而且佛教徒本来存在多种派别,主张不同,所以后来的僧侣对此亦有非难。应该说,萧统虽曾涉猎佛典,但他的基本思想,恐主要还是受儒家的影响。

三、萧统的文学创作

萧统出生在一个擅长文学的家庭中,他东宫中又多文学之士,从小受到薰陶,因此很早就能吟诗作文。《梁书》本传说他"每游宴祖道,赋诗至十数韵。或命作剧韵赋之,皆属思便成,无所点易"。萧纲、刘孝绰作《昭明太子集序》及萧子范作《求撰昭明太子集表》都对萧统的文学才能倍加称颂。不过,萧统在文学方面的贡献似乎主要在于编纂《文选》,而不是诗文创作。萧统的文集,据《梁书·昭明太子传》说最早是萧统生前由他本人授意叫刘孝绰编纂的。刘孝绰的序文尚在,此文称"粤我大梁之二十一载",当即梁武帝普通三年(522),萧统年方二十二岁。这个集子所收当为萧统早年之作,现在我们所常读的文章如《文选序》、《答湘东王求文集及〈诗苑英华〉书》等均作于这个文集编纂之后。但刘孝绰在序中说到"能使典而不野,远而不放,丽而不淫,约而不俭,独擅众美,斯文在斯"等语([梁]刘

---

① 郭朋《中国佛教思想史》,福建人民出版社1994年版,第597页。

孝绰《昭明太子集序》，《四部备要》本）。这些话与萧统在给萧绎的信中所说"夫文典则累野，丽亦伤浮，能丽而不浮，典而不野，文质彬彬，有君子之致"（［梁］萧统《昭明太子集》卷三，《四部备要》本）相类。《梁书·刘孝绰传》讲到"太子文章繁富，群才咸欲撰录，太子独使孝绰集而序之"，也许正由于二人的文学观点最为相似。后来萧统编纂《文选》，据云刘孝绰曾参与其事，当亦由于此。刘孝绰所编的《萧统集》在隋时已散佚。《隋书·经籍志》所著录的"《梁昭明太子集》二十卷"，当即萧统死后由其弟萧纲所编。现存萧纲所作《昭明太子集序》及《上昭明太子集别传等表》当即指此本。《梁书》本传所说的文集二十卷，亦即此书。不过这个本子现在亦已散佚，现在我们所见到的《昭明太子集》是经过后人重辑的，已所剩无多，而且还有误收的作品，如《锦带十二月启》，据《四库提要》考证，非萧统之作；又《拟古》第二首、《林下作妓》、《照流看落钗》、《美人晨妆》、《名士悦倾城》诸诗，皆萧纲之作。因此我们今天讨论萧统的文学创作，还应该把这些误入的作品除去。

　　从刘孝绰、萧纲两篇序看来，当时人对萧统之作，虽对各体皆有赞美之语，而比较强调的则为"诗"、"七"和"表"三体。他们赞扬萧统的诗，是可以理解的，因为当时人在各种文体中本来就最看重诗。但值得注意的倒是对"七"与"表"的赞美。刘孝绰说萧统作品"'七'穷炜烨之说，'表'极远大之旨"；萧纲也说"'七'高愈疾之旨，'表'有殊健之则"。但在现今所见的《萧统集》中，"七"只有一篇《七契》，见《文苑英华》卷三百五十一，张溥《汉魏六朝百三家集》已收入而《四部备要》本未收。此文主要是模仿曹植《七启》和张协《七命》，很难说有什么特色。"表"则今已不存，也许只能根据性质相类似的《请停吴兴丁役疏》一类文章，想见其大概。不过刘孝绰、萧纲之称赞这两种文体，也许由于萧统生前自以为他这两种文章写得较好。尤其是"七"这一体,前人对《文选》中把它独辟一类颇有訾议。然而在萧统当时看重这文体,大约是一时风尚。因为"七"作为一种文体,至晚在西晋已有人注意到。《艺文类聚》卷五十七已引有傅玄的《七谟》序,同书还引挚虞《文章流别论》言及此事。《文苑英华》卷三百五十二还有一篇《七召》,有人归之何逊名下,虽未必可信,但是梁人所作,当无疑问(文中有"我大梁之启基"句)。因此可以推知"七"体在梁代颇受重视。

萧统的诗如果用今天的眼光看来,其诗才似乎并不很突出,大部分存诗为参加佛会所作,诗中难免有歌颂梁武帝功德及宣扬佛教的成分。他这些诗一般很讲究对仗,语言也较重辞藻,却不免有模拟古人的痕迹。有些诗句全用古人诗文中语,如《钟山解讲》([梁]萧统《昭明太子集》卷二,《四部备要》本)中"轮动文学乘,笳鸣宾从静",全出曹丕《与朝歌令吴质书》。但也不乏一些写景的好句。如《开善寺法会》一诗中"稍看原蔼蔼,渐见岫苍苍。落星埋远树,新雾起朝阳。阴池宿早雁,寒风催夜霜"诸句,写清晨进入山区所见深秋景色,颇为传神;《宴阑思旧》一首怀念几位去世的友人,"一起应刘念,泫泫欲沾巾"亦真挚动人。他有些诗确能使用"剧韵",如《讲解将毕赋三十韵诗依次用》一首,使用入声"屋"韵作长诗,确有较大的难度,诗中使用佛经典故较多,难免艰涩,且有说教成分,很难打动读者。但用这种常见字不太多的韵作长诗而一部到底,确也属不易。他比较有特色的诗作当推《咏山涛王戎诗》二首(同上)。他在序中说:"颜生(颜延之)《五君咏》不取山涛、王戎,余聊咏之焉。"诗中对山涛和王戎颇有讥讽,恐有为而发:

  山公弘识量,早侧(一作"厕")竹林欢。聿来值英主,身游廊庙端。位隆五教职,才周五品官。为君翻已易,居臣良不难。

(其一)

濬充(依《晋书》当作"冲")如萧散,薄暮至中台。征神归鉴景,晦行属聚财。嵇生袭玄夜,阮籍变青灰。留连追宴绪,庐下独徘徊。(其二)

他认为山涛虽曾入竹林七贤之列,后来却出来做官,并且职为司徒,应当"敬敷五教"(《尚书·舜典》),使"五品"(父、母、兄、弟、子)各顺其事。但他却并无多大作为,晋武帝统一中国后,据《晋书·何曾传》载,就不大考虑政治大事,只和群臣谈家常。山涛对此未予规谏。他只提出不能荒废武备的建议,晋武帝未予接受。他从此不问政事,托病归家,使西晋的承平只是昙花一现,不久乱亡。这样晋武帝为君确已甚"易",而山涛为臣亦"良不难"。这后两句化用《魏鼙舞歌·为君既不易》典,反用其意,颇见幽默。王戎号称有识见,却以聚敛钱财自晦行迹,以求保全自身。他眼看嵇康、阮籍那些耿直有志的友人有的被杀,有的抑郁以终,当有所感触,"留连追宴绪,庐下独徘徊"二句,用《世说新语·伤逝》中典故,情调颇凄凉,当亦有所寄托。这两首诗语气很和缓,但多少流露出对梁代"朝野欢娱"的局面有所忧虑。二诗风格均较平易,未用华丽辞藻,似有意学颜延之《五君咏》之体,但不失婉而多讽的特点,不像颜延之那样峻切。这是因为萧统作为一个太子,自不能像颜延之那样狂放。

萧统的《拟古诗》第一首([梁]萧统《昭明太子集》卷二,《四部备要》本),亦具一定特色:

晨风被庭槐,夜露伤阶草。雾苦瑶池黑,霜凝丹墀皓。疏条索无阴,落叶纷可扫。安得紫芝术,终然获难老。

此诗除末二句外,全用对仗,且很注意辞藻,但似不很讲究声律,往往以仄声字对仄声,平声字对平声,与永明作家们很不一样,倒近于江淹等人之作。这也许是受了梁武帝的影响。因为梁武帝一些诗也很注意辞藻和对仗,却并不讲究平仄。所以他的诗还有一些古气。这和他编《文选》时较多地采录潘岳、陆机、颜延之、谢灵运之作而不收何逊、柳恽、吴均等人之作,恐怕有一些关系。但总的来说,他的诗才似不如梁武帝和萧纲,也稍逊于萧绎,因此很少有为人们传诵之作。

和他的诗歌相比较,他的一些文章似更能流露真情实感,且亦富辞藻。如前面所引的他给何胤的信,就很能看出他的心态。他的文章虽多用骈句,而并不刻意用典,显得平易自然,却能表达他自己内心的活动,如与晋安王令中讲到明山宾等人的逝世时说:

> 但游处周旋,并淹岁序,造膝忠规,岂可胜说,幸免祗悔,实二三子之力也。谈对如昨,音言在耳,零落相仍,皆成异物,每一念至,何时可言。

这些话显然有效法曹丕《与朝歌令吴质书》的成分,然而"谈对如昨"数句,颇为亲切;"造膝忠规"数句,骈散兼用,更能表达他对这几个人的思念之情。在齐梁骈文盛行之时,这种清新的文笔,颇为难得。他的那些悼念友人的手令,大抵都如此。他的《答晋安王书》中写到他自己的生活情况时,讲到自己读书有得的愉快心情,笔锋一转又写到对萧纲的思念之情,"但清风朗月,思我友于,各事藩维,未克棠棣,兴言届此,梦寐增劳"([梁]萧统《昭明太子集》卷三,《四部备要》本)数语,用《世说新语·言语》中记东晋名士刘惔所说"清风朗月,辄思玄度(许询)"的典故,也很贴切自然,令人不觉其用典,而且刘惔和许询本是好友,萧纲在萧统诸弟中以能文著称,这样说确令人有亲切之感。他的《答湘东王求文集及〈诗苑英华〉书》是给萧绎的信,信中谈到了他的文学思想,我们后面还要详谈。这里不赘。但在信中也说到了他自己的写作情况。"吾少好斯文,迄今无倦。谭经之暇,断务之余,陟龙楼而静拱,掩鹤关而高卧,与其饱食终日,宁游思于文林。或因春阳,其物韶丽,树花发,莺鸣和,春泉生,暄风至,陶嘉月而熙游,藉芳草而眺瞩。或朱炎受谢,白藏纪时,玉露夕流,金风时扇,悟秋山之心,登高而远托;或夏条可结,倦于邑而属词,冬雪千里,睹纷霏而兴咏。密亲离则手为心使,昆弟宴则墨以砚露"等语,写四季景色,睹物兴情,形诸笔墨的情况亦颇真切。这种仅用寥寥数语,简洁地写了四时景色的手法,可能得力于顾恺之的《神情诗》,而对后来欧阳修作《醉翁亭记》用"野芳发而幽香,佳木秀而繁阴,风霜高洁,水落而石出者,山间之四时也"的手法,有一定的影响。

  萧统的《陶渊明集序》更是他着意阐释陶渊明思想的文章。此文较之书信,更多骈句,但说理透辟,笔锋常带感情。如:"处百龄之内,居一世之中,倏忽比之白驹,寄寓谓之逆旅,宜乎与大块而盈虚,随中和而任放,岂能戚戚劳于忧畏,汲汲役于人间。齐姬赵女之娱,八珍九鼎之食,结驷连骑之荣,侈袂执圭之贵,乐既乐矣,忧亦随之。何倚伏之难量,亦庆吊之相及。智者贤人居之甚履薄冰,愚夫贪士竞之若泄尾闾。"①这段文字用形象的比喻,说明祸福相倚的道理。这种说理方法,切中肯綮而发人深省,笔调颇似《弘明集》中所载东晋南朝人辩论佛理的著作,而在语言方面又多使用陶渊明作品中常用的词汇,更显得亲切有味。他在文中称赞陶渊明说:"其文章不群,辞彩精拔,跌宕昭彰,独超众类,抑扬爽朗,莫之与京。横素波而傍流,干青云而

---

① 张溥《汉魏六朝百三家集》本及严可均《全上古三代秦汉三国六朝文·全梁文》卷二十《四部备要》本个别文字稍异。

直上。语时事则指而可想,论怀抱则旷而且真,加以贞志不休,安道苦节,不以躬耕为耻,不以无财为病。自非大贤笃志,与道污隆,孰能如此乎!"这段热情洋溢的赞语,已经不单是把陶渊明作为一个诗人来评论,而是作为一个理想人物来歌颂。因此这段文字本身就具有很强的感染力,应该说是很好的抒情文章。又如他的《陶渊明传》,作于沈约《宋书·隐逸传》之后,但补充了许多沈约未道及的细节。如写到他为彭泽令时,"不以家累自随,送一力给其子书曰'此亦人子也,可善遇之'";与此同时,又写到他去官的情形:"岁终,会郡遣督邮至,县吏请曰:'应束带见之。'渊明叹曰:'我岂能为五斗米折腰向乡里小儿!'即日解绶去职。"这虽属细节,却很能表现陶渊明的性格。"不为五斗米折腰"的典故,更成了家喻户晓的成语。这说明萧统此文有很大的影响。

当然,萧统在文学上的贡献也许主要在于《文选》的编纂,而《文选》一书,亦体现了他主要的文学思想。其实萧统的文学思想不仅表现于《文选序》,其《陶渊明集序》和给萧纲、萧绎的信中也有涉及,但因与《文选》宗旨相合,所以一起论述。

第五章 萧统和《文选》(下)

一、《文选》的编者和编定时间

《文选》的编者是萧统,这说法历来无人怀疑。因为《梁书·昭明太子传》讲到萧统的著述时已说到"《文选》三十卷",《南史·梁武帝诸子传》同。《隋书·经籍志》亦云:"《文选》三十卷,梁昭明太子撰。"后来唐代李善的《上〈文选注〉表》和吕延祚的《进五臣集注〈文选〉表》也都说《文选》乃昭明太子所编,这个问题本来是不成疑问的。但是像《文选》这样一部上起先秦下迄梁代的文学作品总集,在其编纂的过程中,是否仅仅由萧统一人独力完成,还是有旁人参与其事,这应该是另一个问题。历来论到《文选》的编纂者时,确也有人认为有其他人参加。例如:日本释空海在《文镜秘府论·南卷·集论》中说"至如梁昭明太子萧统与刘孝绰等,撰集《文选》"[1];宋王应麟《玉海》卷五十四引《中兴书目》录《文选》并注云"与何逊、刘孝绰等选集"[2]。这两条材料虽都说有其他人参加编纂,但其可信程度是完全不同的。

---

[1] 王利器《文镜秘府论校注》,中国社会科学出版社1983年版,第354页。
[2] [宋]王应麟《玉海》,江苏古籍出版社影印本,第2册第1017页。

《文镜秘府论》的作者空海(774~835)虽是日本人,但曾到过中国,他回日本的年代是唐宪宗元和元年(806),因此所见中国典籍,都应在中唐以前。他这里所引的话,据王利器先生考证,出于元兢的《诗人秀句》,元兢其人又名元思敬,《旧唐书·文苑传》说他"总章中为协律郎,预修《芳林要览》,又撰《诗人秀句》两卷传于世"[①]。"总章"是唐高宗年号,相当于668至670年,亦即李延寿的《南史》和李善的《文选注》流行十年之后,即以其年代较早而论,所见材料自然较我们为多,而且他所提到的人名只有刘孝绰一人,刘孝绰确实和萧统关系极为密切,且有很长时期在萧统身边,说他曾参加《文选》的编纂工作,我们虽难于肯定其必然如此,但确实没有任何材料可以证明其不然。至于《中兴书目》的话,则完全是两回事。《中兴书目》又称《中兴馆阁书目》,其编者为陈骙(1128~1203),是南宋初年人,上距元兢有五百年之久,中经"安史之乱",唐末五代的兵燹,金兵入侵的浩劫,典籍的散佚已远非唐初之比。再说《中兴书目》的话,显然不合史实。因为我们知道,《文选》一书不录存者之作,但《文选》中所收作者如刘孝标卒于普通初年[《梁书》作普通二年(521),《南史》作普通三年(522)],徐悱卒于普通五年(524),陆倕卒于普通七年(526),而何逊则最晚也卒于天监十八年(519)。何逊卒年,史无明文,但《梁书·文学》本传说他丁母忧后,"服阕,除仁威庐陵王记室,复随府江州,未几卒"。检《梁书·武帝纪》,庐陵王续为江州刺史在天监十六年(517),《高祖三王传》同。据此至晚应在天监十七八年。又《梁书》本传云"东海王僧孺集其文为八卷",王僧孺据《梁书》本传卒于普通三年(522),《南史》作普通二年(521),则何逊至晚亦不得卒于天监十八年以后也。怎么能参加《文选》的编纂呢?何逊在天监年间为建

[①] 王利器《文镜秘府论校注》,中国社会科学出版社1983年版,第355页。

安王水曹行参军,兼记室,"及迁江州,逊犹掌书记。还为安西安成王参军事,兼尚书水部郎,母忧去职。服阕,除仁威庐陵王记室"。检《梁书·武帝纪》《太祖五王传》《高祖三王传》,建安王萧伟为江州刺史在天监九年(510),安成王萧秀为安西将军、郢州刺史在天监十三年(514),庐陵王萧续为江州刺史在天监十六年(517)。可见何逊自天监九年后,即不在京城建康,当时萧统才十岁,怎么能主持《文选》的编纂工作呢?可见这两条记载的情况完全不同,不能混为一谈。近来有人因为《中兴书目》的话不可信,也就怀疑起《文镜秘府论》来,甚至说两条材料可能出于同一来源,那未免是信口开河。

关于《文选》的编著,近年来日本学者清水凯夫教授等人根据《文镜秘府论》中的记载,提出是刘孝绰所编的说法。其主要论点在于萧统作为皇太子只是署个名,而具体工作却是由刘孝绰来做的。这说法应该说只是一种推测,并无确切的证据。尽管根据《文镜秘府论》的记载,刘孝绰曾参加过《文选》的编选,但他究竟起了多大的作用,根据现有的史料很难确考。据有的学者说,日本所藏古抄无注本《文选》在《文选序》的旁边有注文云"太子令刘孝绰作之云云"字样[1]。这也许可以作为一条旁证。但这几个字究竟是谁的手笔,很难确知。即使是唐以前中国人的话,但究竟为什么人的意见仍不明确,未可据为定论。何况即使出于梁人之手,充其量也只说明序文出刘孝绰手,不足以说明全书乃刘孝绰编,何况此语出于什么时代,出于中国人还是日本人之手也难确考呢?笔者在1988年曾和亡友沈玉

---

[1] 屈守元《跋日本古抄无注三十卷本〈文选〉》,《中外学者文选学论集》,中华书局1998年版,上册第443页。

成兄合作《有关〈文选〉编纂中几个问题的拟测》[①]一文,曾对刘孝绰在《文选》编纂中的作用作过若干推测,认为《文选》中有一些篇目的入选可能是由于刘孝绰的意见,这种推想并无确切根据,所以称之为"拟测"。现在看来,这几篇文章的入选是否和刘孝绰有关是比较难于证明的。因为刘孝标的《辨命论》和《广绝交论》,确是当时骈文中的杰作,历观南朝各家之文,能与《广绝交论》相颉颃者几乎很难找到,因此即使刘孝绰未参加《文选》的编纂,恐怕萧统亦有可能收入。相对来说,徐悱那首《古意酬到长史溉登琅邪城诗》,在当时诗歌中还说不上有多少突出的优点,不过亦非不能入选,何况萧统本人与徐悱之父徐勉关系甚深,也不一定是由于徐悱乃刘孝绰妹夫。至于陆倕的两篇骈文,用历史的眼光看来本属佳作,何况梁武帝就颇好这两篇文章,更不能作为刘孝绰参与编纂的证据。所以我们那种推测本来未敢认为必是而只是一种设想。不过,笔者至今认为刘孝绰参加编纂工作的可能性是很大的,如果我们承认有人曾协助萧统参加这一工作,那么此人最大的可能就是刘孝绰。因为在当时文士中,当以刘孝绰和萧统的关系最深。《梁书·刘孝绰传》:"时昭明太子好士爱文,孝绰与陈郡殷芸、吴郡陆倕、琅邪王筠、彭城到洽等,同见宾礼。太子起乐贤堂,乃使画工先图孝绰焉。太子文章繁富,群才咸欲撰录,太子独使孝绰集而序之。"这不但说明刘孝绰和萧统的交谊,同时也说明二人的文学观最为接近。刘孝绰作《昭明太子集序》所主张的"典而不野"、"丽而不淫"和萧统在给萧绎的信中提倡"丽而不浮"、"典而不野"可谓如出一辙。日本古抄本《文选序》的注语说《文选序》是萧统叫刘孝绰作,此语虽无确证,但这种可能性倒亦不可抹煞。

[①] 曹道衡,沈玉成《有关〈文选〉编纂中几个问题的拟测》,《中外学者文选学论集》,中华书局1998版,上册第338~353页。

在笔者看来萧统的编纂《文选》，需要别人协助的可能性较大。因为据《梁书·元帝纪》萧绎出为荆州刺史在普通元年(520)，此前他是丹阳尹，在建康。此时他要《诗苑英华》，自可当面向萧统要，而萧统在信中说到"发函伸纸"，又说"皆遣送也"，说明萧绎已至荆州，那么《诗苑英华》成书，应在普通元年萧绎去荆州之后。《诗苑英华》成书之后，萧统是否就着手《文选》的编纂呢？即使着手，也不可能有太多时间，因为据《梁书·昭明太子传》，这一年十一月，丁贵嫔就有病死去。在病中萧统既无暇编书，遭丧之后，他更不能编书。照当时人守丧的规定，父在为母服丧一年，那么在大通元年(527)十一月以前，萧统是不可能从事《文选》的编纂工作的。从大通元年底至萧统之死，不过三年有余的时间，在这段时间里，萧统身体已大不如前，据《梁书》本传所记，腰围瘦了一半。再加上他当时还要处理政务。在这样的情况下，很难设想《文选》的编纂工作由一个人独立完成。在这时，刘孝绰虽免官在家，但据《梁书》本传，仍和梁武帝有一定来往，因此协助萧统做一些工作是完全可能的。除了刘孝绰之外，是否还有别人参加，现在很难确考，从情理而论，王筠参与其事的可能性最大。因为在萧统周围的文士中，除了刘孝绰，恐怕要算王筠和萧统关系最深。《梁书》本传载萧统曾和文士们在玄圃游宴，"太子独执筠袖抚孝绰肩而言曰：'所谓左把浮丘袖，右拍洪崖肩。'其见重如此"。据《梁书》本传，王筠在普通元年遭母丧，"毁瘠过礼，服阕后，疾废久之。六年，除尚书吏部郎，迁太子中庶子，……(中大通)三年，昭明太子薨，敕为哀策文"。这说明王筠虽有一个时期不在萧统身边，但普通六年(525)以后直到萧统去世，他一直出入东宫。这阶段正包括萧统最可能进行《文选》编纂工作的时间。因此元兢所说的"与刘孝绰等"一语，是否意味着有王筠参加，其可能性是很大的。除了王筠以外，似乎张缅亦颇有可能。因为张缅很早就做太子舍人，卒于中大通三年(531),死时萧统曾去哭吊。萧统曾写信给张缅之弟张缵说:"贤兄学业该通,莅事明敏,虽倚相之读坟典,郤縠之敦《诗》、《书》,惟今望古,蔑以斯过。自列宫朝,二纪将及,义惟僚属,情实亲友。文筵讲席,朝游夕宴,何曾不同兹胜赏,共此言寄。"(《梁书·张缅传》)可见他与萧统有长期来往,并精通典籍,《梁书》本传还说他"抄《江左集》,未及成",足见他对东晋以来文学是很熟悉的。萧统在编纂《文选》时,也有可能请他参加或征求其意见。此外,当时在朝的文士当然不少,萧统要征求其意见或请人参加一部分工作,亦非不可能,但这些都属猜想,并无根据,从元兢那句话看来,似不止刘孝绰一人,而其他的人已难考知。

　　正因为到目前为止,可以考知曾协助萧统编纂《文选》的文士只有刘孝绰一人,所以有的研究者就设想《文选》的编者为刘孝绰,主此说最力的要算日本的清水凯夫教授。他在《〈文选〉编辑的周围》一文中提出了这个看法,认为"《文选》是以刘孝绰和王筠为中心,陆襄、殷钧、殷芸三人参与协助编辑的"[①]。应该指出:清水凯夫教授这看法是有一定道理的。特别是元兢的《诗人秀句》一书在我国早已散佚,因此无人提到,而清水教授从日本古籍中发现这条材料,应当引起我们思考。不过,清水教授在他的文章中,为了突出刘孝绰的作用,过于忽视了萧统的作用。例如:他由于《文选》选录了宋玉《神女赋》等作品和选谢灵运的诗比陶渊明多,就断言"《文选》的实质性撰录者不是昭明太子,而是刘孝绰",这就值得商榷。因为萧统在《陶渊明集序》中批评陶渊明作《闲情赋》,主要是因为陶渊明此赋中有些话实在是写得太大胆了。如"愿在衣而为领,承华首之余芳","愿在裳而为带,束窈窕之纤身","愿在丝而为履,附素足以周旋"等话不

[①] 转引自《中外学者文选学论集》,中华书局1998年版,下册第976页。

免过于痴情,为礼教所非议,对于萧统这样深受儒家礼学影响的人表示难于接受也是可以理解的。但据此认为萧统一定不愿选录宋玉的《高唐》、《神女》诸赋,就未必妥当了。因为儒家并不一概反对男女之情,他们只是主张"发乎情,止乎礼义"(《毛诗大序》);《孟子·梁惠王下》公开说"昔者太王(周文王祖父)好色";《史记·屈原列传》也说"《国风》好色而不淫"的话。所以萧统不赞成陶渊明作《闲情赋》,不等于他不能选录一切有关男女之情的作品。何况《文选》中有关"情"的赋一共选了四篇,即宋玉的《高唐赋》、《神女赋》、《登徒子好色赋》和曹植的《洛神赋》,这些都是历来传诵之作。像《文选》这样一部试图总结历代文学发展概貌的总集,如果不收这些作品,显然很难为当时多数文人同意。至于《文选》所收谢灵运诗多于陶诗的问题,亦难说明《文选》之编选与萧统无关。因为入选作品之多寡,其原因是多方面的。据《隋书·经籍志》载,《陶渊明集》在梁代仅五卷,而《谢灵运集》有十九卷之多,超出《陶渊明集》几近四倍。再说总集的编者并不能完全以个人的爱好来决定去取,他还要顾及当时多数读者的意见。在梁代,人们对陶渊明的评价远不如谢灵运,这是普遍的看法。如沈约作《宋书》,不设《文苑传》而把对文学的看法放在《谢灵运传论》中,就说明他对谢灵运的重视。在这篇传论里,沈约对谢备极推崇,而不提陶渊明一字,更说明他的态度。至于钟嵘《诗品》也把谢灵运放在上品而把陶渊明放在中品论述。因此清水教授此论,难免失于偏颇。不过他注意到了刘孝绰等人在《文选》编选中的作用,亦不可说没有道理。他的论文发表以后,我国一些学者对此持有不同的看法,这本来是很正常的,但他们对清水教授的批评,有时也有偏激之处。清水教授为了论证自己的看法,在后来发表的某些文章中,则又走到了另一极端,甚至认为刘孝绰在编选《文选》时选录王巾的《头陀寺碑文》是为了照顾本家彭城刘氏(建寺者刘暄)和舅家琅邪王氏(王巾),就不免牵强,因为《头陀寺碑文》历来都被公认为是骈文的典范之作。至于他因为东汉邓骘讨伐羌族打了败仗而说刘孝绰选录史岑《出师颂》是意在讥刺梁武帝派萧宏伐魏败归之事,那不免把《文选》看作"谤书"了。其实不管萧统在《文选》的编集中究竟起了多大作用,《文选序》总是由他署名并以他的口吻写的,即使真由刘孝绰执笔,他仍得对此负责,而在"埋鹅事件"已经发生之后,萧统处境已不很妙,他又怎能同意这样做呢?

  关于刘孝绰和《文选》的关系,我们现在所依据的史料只有《文镜秘府论》所引元兢《诗人秀句》中的话。但元兢这段文字除了提到萧统与刘孝绰等"撰集《文选》"外,其下文亦颇可注意。元兢说萧统、刘孝绰等"自谓毕乎天地,悬诸日月,然于取舍,非无舛谬。方因秀句,且以五言论之。至如王中书(王融)'霜气下孟津',及'游禽暮知返',前篇则使气飞动,后篇则缘情宛密,可谓五言之警策,六义之眉首。弃而不纪,未见其得"[①]。这里所提到的王融两诗,今见《玉台新咏》卷四,题名《古意二首》。这话很可注意。因为王融正是刘孝绰的舅舅。《梁书·刘孝绰传》:"孝绰幼聪敏,七岁能属文。舅齐中书郎王融深赏异之,常与同载适亲友,号曰神童。融每言曰:'天下文章,若无我当归阿士。'阿士,孝绰小字也。"可见王融不但是刘孝绰的舅父,还是最早赏识他的人。如果说刘孝绰在编《文选》时,连他舅父的本家王巾都要照顾却偏偏不选王融之诗,以致元兢为之不平,这个例子似乎说明了刘孝绰对《文选》的取舍问题并无完全的决定权,所以即如王融的诗,也无法收入。《文选》所以未收王融的诗,也许是由于当时人都认为王融所长在文不在诗,如《诗品》卷下论到王融和刘孝绰之父刘绘时说,"元长(王融)、士章(刘绘),并有盛才,词美英

[①] 王利器《文镜秘府论校注》,中国社会科学出版社1983年版,第354页。

净。至于五言之作,几乎尺有所短"①。但《文选》所收,几乎包括所有的文体,却不录被时人推崇的刘绘的骈文,更说明《文选》选录作品,决非由刘孝绰一人做主。在这方面,大约刘孝绰、王筠以及其他的参加者都有一定的作用,而主持其事的萧统也不可能完全不拿主意。因此笔者认为《文选》一书当为集体的产物,既不应抹煞萧统的作用,也不能否定刘孝绰的功绩,此外恐怕还得承认王筠和其他人可能也有一定的作用。根据这样的设想,笔者认为自己过去对《文选》编定年代的考证,似可做一定的修正。过去因为只强调萧统与刘孝绰二人的作用,所以推测《文选》的成书在刘孝绰丁母忧以前。刘孝绰之丁母忧,据《梁书·刘潜(孝仪)传》有"晋安王纲出镇襄阳,引为安北功曹史,以母忧去职。王立为皇太子,孝仪服阕,仍补洗马,迁中舍人"等语。刘孝仪是刘孝绰胞弟,丁忧时间应相同。刘孝仪服阕时间在萧纲立为皇太子前后,那么以当时父母之丧为两年零三个月计算,刘孝仪丁忧时间当在中大通元年(529)春季。因此推测《文选》成书应不晚于中大通元年初。现在看来似乎未必。因为即使刘孝绰丁忧以后,萧统在王筠等人协助下也可完成这一工作,所以成书的下限似不必确定为中大通元年初。不过这个工作始于萧统服丁贵嫔之丧期满以后,大约还可以成立。

二、萧统的文学思想和《文选》的选录标准

《文选》一书既然是在萧统主持下编定的,那么萧统的文学思想自然会对此书的取舍标准起很大的作用。当然,在具体的编选中,既

---

① 曹旭《诗品集注》,上海古籍出版社1994年版,第454页。

有刘孝绰甚至王筠等人参与其事,他们的文学思想也多少会影响到此书的取舍。不过刘孝绰现存的诗文并不多,其中论文之作尤少,比较值得注意的只有《昭明太子集序》一文。此文认为萧统的作品"能使典而不野,远而不放,丽而不淫,约而不俭,独擅众美,斯文在斯"。这种主张和萧统在给萧绎的信中所论文学的意见完全一致。也许正因为这样,萧统才把自己诗文的编集交给刘孝绰去做。不过,刘孝绰后来写过一些艳诗被收入《玉台新咏》,这和萧统的诗颇有区别。但刘孝绰此序作于普通三年(522),当时他四十一岁,下距卒年即大同五年(539)还有十八年,其时文坛风气已有变化,很难根据那些诗否定此序的文学思想与萧统相一致。所以我们探讨《文选》问题时,强调刘孝绰文学思想与萧统的区别,似乎尚乏足够的根据。

萧统的文学思想虽然表现在不少文章中,但与《文选》关系较大的当然首推《文选序》。这篇序虽有人说是刘孝绰的手笔,但它毕竟由萧统署名,且是以萧统的口吻写的,应该说表达的是萧统的文学思想。在这篇序中,最值得注意的是萧统主张文学是在发展变化的,并且后代的作品可以超过前代。他说:"若夫椎轮为大辂之始,大辂宁有椎轮之质?增冰为积水所成,积水曾微增冰之凛。何哉?盖踵其事而增华,变其本而加厉。物既有之,文亦宜然,随时变改,难可详悉。"(中华书局影印清胡克家刊本)这种发展观点,显然受了《抱朴子·钧世》的影响。《抱朴子》云:"且夫古者事事醇素,今则莫不雕饰。时移世改,理自然也。至于鬻锦丽而且坚,未可谓之减于蓑衣;辐辌妍而又牢,未可谓之不及椎车也。……若舟车之代步涉,文墨之改结绳,诸后作而善于前事,其功业相次千万者,不可复缕举也。世人皆知之快于曩矣,何以独文章不及古邪?"[①]和萧统差不多同时的

---

① 杨明照《抱朴子外篇校笺》,中华书局1991年版,下册第77~78页。

人如刘勰也提出过类似的看法。他在《文心雕龙·通变》中认为："黄歌《断竹》,质之至也;唐歌《在昔》,则广于黄世;虞歌《卿云》,则文于唐时;夏歌《雕墙》,缛于虞代;商周篇什,丽于夏年。至于序志述时,其揆一也。"①但萧统这段话较诸葛洪、刘勰显然更为精当。因为葛洪毕竟只是个思想家,对文学作品似少鉴赏能力,他认为后人之作超过前人,以为郭璞的《南郊赋》优于《诗经》中的《清庙》、《云汉》,陈琳的《武军赋》胜过《诗经》中的《出车》、《六月》,就未必妥当。因为郭璞、陈琳的赋,虽有一定的辞藻,但从郭璞《南郊赋》今存佚文看,不过是模拟汉人写帝王郊祭的辞赋,并无多大创新,而陈琳《武军赋》亦非佳作,曹丕对陈琳仅肯定其章表,曹植甚至笑他"不闲于辞赋"(《与杨德祖书》)。可见葛洪虽有一定的见地,对文学作品的评价则不很妥当。刘勰虽然对文学的发展有所认识,却认为这种发展是"从质及讹,弥近弥澹",因此提出了"矫讹翻浅,还宗经诰"的复古主张。萧统的提倡文学发展观显然不是这样,他在肯定文学发展的同时,对具体的作品作了分析,并不一味认为今不如古,也不主张后人之作一定超过前人。因为他认识到不少文人都有模拟古人的习气,这种模拟有时也可以有某些创新,有些却又无足称述。因此他在选录作品时,对有的体裁较多选录古人之作,而对有的题材却较多地选录后来人的作品。例如:"骚"这一类,他在选录屈原、宋玉之作外,仅取汉淮南小山《招隐士》一篇,对两汉人模仿《楚辞》之作和六朝人拟《楚辞》的作品均未收入。至于"令"、"教"、"表"、"启"、"弹事"等文体,他又只取魏晋六朝以后人的文章。这种做法显然是有见地的。因为后人拟《楚辞》之作,的确很少能赶上屈原、宋玉,正如刘勰所说"屈宋逸步,莫之能追"(《文心雕龙·辨骚》);而从文章的辞藻华丽来说,

---

① 周振甫《文心雕龙注释》,人民文学出版社1981年版,第330页。

魏晋以后的文章确也胜于先秦两汉的散体文字,尽管骈散两种文体之间并无分优劣的必要,但在当时的文坛上这样做也不难理解。根据笔者的约略统计,《文选》所收作品六百六十余篇,其中秦以前作品二十三篇,两汉作品约一百篇,三国作品一百零一篇,西晋作品一百七十一篇,东晋作品二十五篇,南朝宋、齐、梁三代作品共二百四十六篇。从这个统计中,我们可以看出,《文选》中选录的作品以西晋和南朝为最多,秦以前和东晋则很少。如果以文体而论,那么"赋"、"骚"、"七"等在今天看来均可归入赋类的作品一百多篇,先秦、两汉就占了一半以上;"诗"则两汉仅三十五首,而三国与西晋一百八十多首,南朝也是一百八十多首;其他文体先秦、两汉合三十四篇,三国和西晋合四十五篇,加上东晋才五十二篇,而南朝则达五十四篇之多。由此看来,《文选》所录作品除了"赋"和"骚"一类文体显得详古略近外,"诗"和其他文章,都是详近略古的。还应该特别指出的是,两汉合共四百年左右;而三国如果从建安中期算起,到建兴四年(316)西晋灭亡不过一百年左右;南朝从宋永初元年(420)到梁普通七年(526)也不过一百年左右。这更可以说明萧统在《文选》的编纂中是贯彻了他的文学发展观的。(关于"赋"一类的问题,下文还要详谈。)

不过,萧统在承认后代文学可以超过前代的同时,并不认为后人之作一定比古人为好。他在选录作品时有他一定的标准,这就是他在《答湘东王求文集及〈诗苑英华〉书》中所说的"夫文典则累野,丽亦伤浮,能丽而不浮,典而不野,文质彬彬,有君子之致"的观点。这种观点也很明显地体现在《文选》之中。因为他虽然没有忽略齐梁的多数作家,但对有些人的作品则并未选录,例如《文选》所收作品以陆倕卒年(普通七年,526)为最晚,而卒年早于陆倕的人如柳恽(天监十六年,517)、何逊(天监十八年左右,519年左右)、吴均(普通元年,

520)、王僧孺(普通二或三年,521或522)的作品均未入选。其中吴均和何逊,也许可以说是由于梁武帝不喜欢他们,但梁武帝同样忌恨的刘孝标,其作品入选者不止一篇;再说像柳恽和王僧孺也未闻梁武帝对他们有何不满。可见萧统不录这些人的作品,显然有他的原因。那就是他认为这些人的作品未免有"丽而伤浮"的毛病。在这方面近人骆鸿凯在《文选学》一书中已经说过:"盖自江左文辞,稍崇华赡,下逮齐、梁,骈丽之习成,声病之学成,取青媲白,镂叶雕花,日趋于纤艳,而古初浑朴之意尽失。昭明芟次七代,荟萃群言,择其文之尤典雅者,勒为一书,用以切劘时趋,标指先正。迹其所录,高文典册十之七,清辞秀句十之五,纤靡之音百不得一。以故班、张、潘、陆之文,班班在列,而齐梁有名文士若吴均、柳恽之流,概从刊落,崇雅黜靡,昭然可见。"①骆鸿凯这段话是很有见地的。因为《文选》所录作品虽然南朝人之作并不少于三国、西晋,但从每个作家而论,入选作品最多的却决非齐梁文人。笔者往年曾和亡友沈玉成兄做过一些统计,《文选》中所选录的作品,以陆机之作为最多,共六十一篇,其中诗五十二篇(《演连珠》五十篇作一篇计);谢灵运四十一篇,全为诗;曹植三十八篇,其中诗二十四篇;其次像颜延之为二十八篇,谢朓二十四篇,潘岳二十一篇,鲍照二十篇,沈约和任昉各十九篇。(详见《有关〈文选〉编纂中几个问题的拟测》,吉林文史出版社《昭明文选研究论文集》)在这些作家中,属于齐、梁二代的人物只有谢朓、沈约和任昉三人,任昉的文风本以典雅闻名,而谢朓、沈约二人虽属"永明体"的创始人,《文选》对其作品的选录,则仍以典雅的作品为主。像《玉台新咏》中所录艳诗和咏物诗均未入选。可见骆鸿凯说的"崇雅黜靡"确实符合萧统选文的实际情况。和这种"崇雅黜靡"的做法相关联的,

---

① 骆鸿凯《文选学》,中华书局1989年版,第32页。

是对民间作品与写男女之情的作品似乎较少录取。这不能不使《文选》一书存在着一些缺陷。例如汉代的乐府诗不论是"铙歌"还是"相和歌辞"都有一些优秀的民歌。但其中不少名篇如《陌上桑》、《羽林郎》、《董娇娆》、《孔雀东南飞》等,《文选》均未收入,我们只能在《玉台新咏》等书中读到;至于东晋以来的南方民歌如《子夜歌》、《读曲歌》等也都未收。《文选》在"诗"的一类中虽立了"乐府"一目,但所收"古乐府"仅四首(李善注本只有三首),其他的都是文人拟作。然而书中又另立"郊庙"一目,选颜延之的《宋郊祀歌》二首。这种做法我们今天从艺术欣赏的角度来看显然是无法赞同的。不过这也和当时的风气有一定的关系,例如《文心雕龙·乐府》,对这些民歌也采取否定的态度,甚至认为曹操等人的乐府也是"志不出于淫荡,辞不离于哀思,虽三调之正声,实《韶夏》之郑曲也"。相对来说,萧统还不像刘勰那样偏激。又如《文选》所录的诗,由于他"崇雅黜靡",不光对同时人,即使前代作家中较有影响的人物如汤惠休之作亦未入选。其实汤惠休在宋齐之交,在文坛上影响不小,江淹《杂体诗》三十首,其最后一首即拟汤诗,《诗品》亦称"鲍休美文,殊已动俗",但萧统大约信从颜延之的评语,"惠休制作,委巷中歌谣耳,方当误后生"(《南史·颜延之传》),不加收录。这种"崇雅黜靡"的做法,在今天看来应该说是有偏颇的,因为这样就遗漏了许多民歌杰作,也忽视了像鲍照的《拟行路难》等诗,汤惠休的全部作品和后来的何逊、柳恽及吴均等人之作。不过我们也应该看到,这种做法也不是完全没有起积极影响,例如《文选》所录谢朓、沈约诸人之作,应该说都是精品,他们迄今传诵的篇章,似都已收入《文选》,而相对来说,《玉台新咏》所录,则有不少并不出色,尤其谢朓之作更是这样。

《文选》很少收情诗,像繁钦《定情诗》、杨方《合欢诗》这样的名篇均未入选。这大约是和萧统在《陶渊明集序》中批评《闲情赋》的观点是一致的。在这个问题上,他和梁武帝的某些作品以及萧纲、萧绎等人显然有很大的区别。他这种做法我们今天自然无法赞同,但从萧统的历史条件及其经历来看,也许亦不难理解。因为萧统作为梁武帝的长子,他本是皇位的合法继承人,因此梁武帝完全是按照未来皇帝的要求对他进行培养的。不管梁武帝在登上帝位以前是怎样雄猜阴狠、肆无忌惮的奸雄,但当上皇帝以后,他还是要"逆取顺守",把萧统培养成一个合格的"继体守文之主",因此儒家"非礼勿动"、佛家"戒淫"的教义,从小深刻地影响了他,所以有这种思想就很自然。

三、《文选》关于文学和非文学的区分和"文笔之分"

萧统编纂《文选》的一大贡献在于他企图对文学和非文学的界线做一种区分。这是因为古人所谓的"文"和今天的文学有很大的不同。最早的各种文体,一般都有实用的目的,后来经过长期发展,才有我们今天所谓的文学作品。例如先秦时代留存至今的典籍除了《诗经》和《楚辞》以外,基本上都是一些史学、哲学著作和应用文字。两汉的情况亦与此差不多。《汉书·艺文志》根据刘向《七略别录》,把典籍分为七类,其中属于纯文学作品的只有"诗赋略"一类,但其中似还包含某些如《杂山陵水泡云气雨旱赋》、《杂禽兽六畜昆虫赋》等类似口诀的内容。王充《论衡》中所推崇的文章,似亦多为学术著作与应用文。直到刘宋时代,范晔作《后汉书》,才始创《文苑传》,但他指为文人的人,也多以应用文著称。至于人们对文学范畴的看法,一般都很推重曹丕的《典论·论文》,但这篇文章把"文"分为四类,其中"奏议"、"书论"都不属纯文学的范畴,"铭诔"亦有应用文性质,真正可以算"纯文学"的,仅"诗赋"一种。再看曹丕所推崇的文人,主要是传统所谓的"建安七子"。曹丕论这些人时,只称道王粲、徐幹的辞赋,而对陈琳、阮瑀只称赞其"章表书记",至于后人经常称赏的王粲、刘桢之诗则一字未及。在《与吴质书》中,曹丕提到了刘桢的诗,而论徐幹时却盛称其《中论》而不及赋。可见在曹丕心目中,"文章"不但包括学术文和应用文,而且其地位可能更重于诗赋。所以他说"文章,经国之大业,不朽之盛事"的话,大约主要指那些诏、表等有关政治的大手笔和"子书"等学术文章。值得注意的是最早的文章总集人们常推西晋挚虞的《文章流别集》,然而在挚虞之前却已有杜预的《善文》一书。此书虽久已散佚,但从《隋书·经籍志》把此书和一些诏令、露布等文的总集及《山公启事》、《范宁启事》一类书放在一起,就可以知道是一些论政的应用文总集。此书佚文尚可略见,如《史记·李斯列传》之《集解》云:"辩士隐姓名,遗秦将章邯书曰:'李斯为秦王死,废十七兄而立今王'也。然则二世是秦始皇第十八子。此书在《善文》中。"又《后汉书·皇后·安思阎皇后纪》提到谢㡡其人时,唐李贤注引《善文》曰"㡡字伯周,宓字仲周,笃字季周"。可见《善文》一书,所录大抵是政论文。这说明在魏晋时期,人们还是没有把学术文、应用文与纯文学分开。到了南朝才出现了文笔之分。《南史·颜延之传》载,宋文帝曾经问及颜延之诸子的才能,颜延之答云:"竣得臣笔,测得臣文。"《文心雕龙·总术》:"今之常言,有文有笔,以为无韵者笔也,有韵者文也。"这种文笔之分和文学与非文学之分并不能完全等同起来,因为无韵之文有时也带有强烈的感情,如司马迁的《报任安书》、诸葛亮的《出师表》等,有些文章虽称为"论",亦富有辞藻,如贾谊《过秦论》、刘孝标《广绝交论》;有些有韵之文如某些铭诔,虽有韵却谈不上有什么感情和辞藻,只是应酬之作。尤其像六朝那些"志怪"、"志人"小说,皆属无韵之文,也不能说非文学作品。不过,在那个时代,人们的看法似有不同。在当时,那些"志怪"、"志人"小说,还被当作史籍的一部分;而被当作"缘情"、"体物"之作来写作的却是有韵的诗赋。所以当时有"任笔沈诗"之说,而萧纲、萧绎等人都把诗赋称为"文",把章表等称"笔"。萧统在《文选序》中对于文学和非文学的区分,基本上也是这种看法。不过具体到《文选》的编纂,要涉及所有的文体,其势必不能把一切无韵之文排除在外。因此他在《文选序》中规定了一个选文的范围,把所谓"经"、"史"、"子"三部分典籍排除出去。他说:"若夫姬公之籍,孔父之书,与日月俱悬,鬼神争奥,孝敬之准式,人伦之师友,岂可重以芟夷,加以剪裁。老、庄之作,管、孟之流,盖以立意为宗,不以能文为本,今之所撰,又以略诸。"这样就把不录"经"、"子"两部分的理由说清楚了。他这样做大约是当时大多数人所能同意的。因为在他以前的总集如挚虞《文章流别集》和李充的《翰林论》虽已散佚,但从现有的佚文看来,似乎也未录"经"、"子"之文。另一类书情况就有些复杂,这就是古代的议政之文。这部分典籍的显著代表应该说是《战国策》一类书。这类书既非一人之作,并无完整的思想体系,因此虽有不少文章出于"纵横家"之手,却不能称为"子书";这些书中所议论的内容,很多都属历史上的重大事件,但并非记事之史。这部分书的内容已被《善文》收录,但萧统对这些亦未收录,他说:"若贤人之美辞,忠臣之抗直,谋夫之话,辩士之端,冰释泉涌,金相玉振。所谓坐狙丘,议稷下,仲连之却秦军,食其之下齐国,留侯之发八难,曲逆之吐六奇,盖乃事美一时,语流千载,概见坟籍,旁出子史,若斯之流,又亦繁博。虽传之简牍,而事异篇章,今之所集,亦所不取。"他这样做,也有其道理。因为像《战国策》中的文章,其中有不少出于苏秦、张仪、鲁仲连、虞卿诸人之手。据《汉书·艺文志》,这些人都有子书,鲁仲连、虞卿属儒家；而苏秦、张仪属纵横家；即如汉人陆贾、贾谊、贾山、晁错、董仲舒等，也都有著作属于子部儒家或法家。所以《文选》对西汉人的无韵之文仅取枚乘、司马相如、杨恽等不属于子书之作以及虽有子、史著作而不在那些书中的文章（如司马迁《报任安书》、邹阳《狱中上梁王书》等）。这显然是为了分清"子"、"史"与文集的界线，这做法还是很可取的。《文选》对于"史"一类典籍的选录标准与"经"、"子"略有不同。萧统认为："至于记事之史，系年之书，所以褒贬是非，纪别异同；方之篇翰，亦已不同。若其赞论之综缉辞采，序述之错比文华，事出于沉思，义归乎翰藻，故与夫篇什，杂而集之。"在《文选》中，的确没有史书中的记事部分，但设立了"史论"和"史述赞"两类，选录了班固《汉书》、干宝《晋纪》、范晔《后汉书》和沈约《宋书》中的一些论赞。他认为这些"论"和"赞"是"综缉辞采，错比文华"的，因此可以当作文学作品入选。后来一些研究者对萧统这段话有不同的解释，有人认为《文选》选文之标准即在"事出于沉思，义归乎翰藻"，有人则认为这两句话仅针对"史论"及"史述赞"而言。其实把这两句话认作《文选》的选录标准，也许不很妥当，因为像"诗"、"赋"之类，本属文学创作，无需以此标准来选录；但这两语所适用的范围，似亦不限于这两类。因为就"史论"和"史述赞"二类而论，他所选取的都是富于辞藻且有骈俪气息的文章，所以在纪传体的史书中，他只取《汉书》、《后汉书》与《宋书》，而不取《史记》、《三国志》与范晔以前诸家的《后汉书》，在编年体中，他也只取干宝《晋纪》而不取像袁宏《后汉纪》中的史论，就可以知道他还是强调骈体和辞藻的。他这种取舍也许受了范晔的某些影响。范晔在他的《狱中与诸甥侄书》曾谈到史书，认为"班氏最有高名"，然而他把自己的《后汉书》与《汉书》相比，自称："吾杂传论，皆有精意深旨，既有裁味，故约其词句。至于《循吏》以下及《六夷》诸序论，笔势纵放，实天下之奇作。

其中合者,往往不减《过秦》篇。尝共比方班氏所作,非但不愧之而已。……赞自是吾文之杰思,殆无一字空设,奇变不穷,同合异体,乃自不知所以称之。"(《宋书·范晔传》)现在我们来看《文选》所录《后汉书》的《宦者传论》、《逸民传论》,正在《循吏传》之后,《东夷传》等篇之前。可见萧统多少接受了范晔的看法。尽管有些篇目也许与范晔略有出入,但大体上说,萧统所谓"事出于沉思,义归乎翰藻"与范晔自称"皆有精意深旨"及"笔势纵放"等语一样,既要求有独到见解,也要求有华美的文辞。这种要求显然也体现在《文选》对另一些文体的选录方面,例如章表一类,在汉代已有名家,如王充《论衡》的《效力》、《超奇》诸篇,盛称西汉的唐林(唐子高)和谷永(谷子云)、后汉时还有"以善文记知名"的葛龚(《后汉书·文苑传》李善注引《笑林》"作奏虽工,宜去葛龚")等人的文章均未入选。甚至像历来比较著名的政论文如西晋傅玄、刘毅、裴頠、江统一些文章均未入选;即使在今天还很为人们所爱读的文章如王羲之的《兰亭集序》及一些书信亦未入选。这说明了《文选》的选录作品,确实很重辞藻,比较质朴的文章,一般不大入选。但是,萧统亦非一味强调辞藻华美,他对有些作品如谢灵运的赋和骈文均未入选,即使颇有人欣赏之作如鲍照的《河清颂》亦未收入,这说明他对那些辞藻华丽之作,也不是一概肯定,例如鲍照的《河清颂》,未免对宋文帝的统治颂扬过当,而谢灵运的文和赋,却正如钱锺书先生所说:"谢诗工于模山范水,而所作诸赋,写景却鲜迥出。"[①]

《文选》虽然兼收有韵之文和无韵之文,但其选录的重点似仍在有韵之文。即以现在通行的胡刻李善注本而论,全书六十卷,其中"赋"、"诗"、"骚"、"七"四类皆属有韵之文,已占三十四卷有余;此

[①] 钱锺书《管锥编》第4册,中华书局1979年版,第1285页。

外"颂"、"赞"、"史述赞"、"箴"、"铭"亦皆有韵,又占一卷以上。特别是"赋"一类又分十个子目;"诗"分七个子目;而其他文体如"册"、"令"、"奏记"、"对问"、"连珠"、"箴"、"哀"、"墓志"、"行状"诸类,仅各收文章一篇。可见他重视的是"文"而不是"笔"。这大约是南北朝人共同的看法。《文心雕龙》论各种文体,也是先有韵之文,后无韵之笔。萧绎甚至认为"笔退则不能成篇,进则不云取义,神其巧惠,笔端而已"(《金楼子·立言》,《知不足斋丛书》本卷四)。甚至北朝的魏收,也认为"会须作赋,始成大才士。唯以章表碑志自许,此外更同儿戏"(《北齐书·魏收传》)。至于任昉据《诗品》说因为世人称"沈诗任笔"而"深恨之",更可以看出当时重文轻笔之风。

在有韵之文中虽有好多类,但其选录的重点似乎只是"诗"、"赋"("骚"和"七"在汉代似亦归入"赋"的范围)两类。在这两类中,"赋"占的篇幅尤多,这是因为"赋"一般较长而"诗"则较短。但值得注意的是"赋"、"骚"二类,选录的重点在汉代以前,而"诗"及其他文体基本上以魏晋以后之作较多。这当然是由于"赋"这类作品以汉代为最多,两汉时代诗歌很少,而辞赋独盛,以后的作者不免有模仿汉人的地方。当然,魏晋六朝的小赋较之汉赋并非没有发展变化,尤其是这些作品所流露的真情实感常常较汉赋更强,抒情写景的手法有时也更生动、更细致。但是这些作品的题材往往限于个人的哀怨,而且又多涉及男女之情,为萧统所不喜,因此他所选录的也就以先秦、两汉之作为多。这种现象的出现,恐怕还有一个原因,那就是"赋"这一类作品的选录,受梁武帝的影响较多。我们在前文中谈到,梁武帝曾对他以前的许多文化学术部门做过许多总结性的工作,如制定"五礼",注释儒家诸经与佛经、《老子》,编纂《通史》等,但在传统所谓"集"部即文学作品方面进行的工作较少,据《隋书·经籍志》著录,他在这方面只编了一部《赋集》,共十卷,其书今佚,已难考知其详情。不过有一点却很值得注意,即现在流行的《文选》,一般依李善注本,分为六十卷,其中"赋"占十九卷,然而《文选》本身原来只分三十卷,而"五臣注"本则仍为三十卷。据现藏台湾省的南宋陈八郎刊本,其"赋"一类占九卷多("情"这一子目包括宋玉赋三篇及曹植《洛神赋》在第十卷中),和十卷之数相差不多。因此笔者曾经设想:《文选》中"赋"的部分可能是以梁武帝的《赋集》为蓝本,因此所选作品以"京都"、"郊祀"、"耕籍"、"畋猎"等占大多数,这些都和帝王生活有关。笔者甚至设想:《文选》很可能是在梁武帝授意下编纂的。因为梁武帝早年也是个文人,他不会在致力于"经"、"史"、"子"部典籍的同时,对"集部"全不理会,而编纂《赋集》,也正说明他注意到了这部分典籍,想让自己的皇位继承人来完成这一工作。再看萧统在编纂《文选》以前,曾"撰古今典诰文言,为《正序》十卷;五言诗之善者,为《文章英华》二十卷"(《梁书》本传)。这里说的《文章英华》可能即《诗苑英华》一书的修改稿,因为他在给萧绎的信中曾称《诗苑英华》一书"上下数十年间,未易详悉,犹有遗恨"(同上)。值得注意的是萧统对诗和其他文体都曾在《文选》之前做过编集工作,惟有"赋"并未注意,而梁武帝却正好只编了一个《赋集》,这是不是说明他们父子之间有所分工。如果是这样,那《文选》应当更具"官书"的性质。

四、《文选》的文体分类

《文选》把各种文章分几类?这本是一个比较简单的问题,似乎就全书的分类做一个统计,问题就可以解决了。但这个问题在学术界引起的争论,却是由于版本问题引起的。因为从清代以来,最通行的《文选》只有两种版本:一种是清嘉庆年间胡克家据南宋尤袤刊本覆刻的李善注本,也就是我们现在常说的"胡刻本"。这个版本出现以后,凡是后来刻本、石印本、影印本和排印本,大抵都以此为底本。还有一种是"六臣注"本,这是把李善注和"五臣注"合在一起的注本①。清代《四库全书》和后来《四部丛刊》及中华书局、上海古籍出版社影印宋本《六臣注文选》都是依据这个版本。根据这两种版本来统计,《文选》中的作品有"赋"、"诗"、"骚"、"七"、"诏"、"册"、"令"、"教"、"文"、"表"、"上书"、"启"、"弹事"、"笺"、"奏记"、"书"、"檄"、"对问"、"设论"、"辞"、"序"、"颂"、"赞"、"符命"、"史论"、"史述赞"、"论"、"演连珠"、"箴"、"铭"、"诔"、"哀"、"碑文"、"墓志"、"行状"、"吊文"、"祭文"凡三十七类。因此不少人就认为《文选》把文章分为三十七类,此说至今也还有人相信。但这种看法确实存在着疑问。因为今本第四十三卷为"书"类,而在丘迟的《与陈伯之书》和刘孝标的《重答刘秣陵诏书》之后却是刘歆的《移书让太常博士》和孔稚圭的《北山移文》。这样次序就不对了。因为丘迟和刘孝标都是梁代人,刘歆是西汉人,孔稚圭是南齐人。所以胡克家在《文选考异》卷八中引陈景云说,《移书让太常博士》的"题前脱'移'字一行,是也",并称"各本皆脱,又卷首子目亦然"(中华书局影印胡克家刊本)。后来黄季刚先生在《文选平点·目录校记》中,也在这个地方加上了"移"类,自称"意补一行"。骆鸿凯作《文选学》,采用了这一说法,于是就有了三十八类说,笔者过去也信从此说。但此说仍有疑问。因为卷四十四也有同样的疑问,即"檄"一类有钟会

---

① 这些合刻本分为两种:一种是把"五臣注"放在前面,李善注放在后面的,有些研究者称之"六家注"或"五臣李善注",如我国过去出现过的广都裴氏本和韩国奎章阁刊本等;一种是把李善注放在前面,"五臣注"放在后面的,研究者称之曰"六臣注"或"李善五臣注"。现在我们常见的是后一种。

《檄蜀文》,而下面却是司马相如的《难蜀父老》,钟会乃三国末人,却放在西汉司马相如之前。这就使人怀疑通行本是否还在司马相如《难蜀父老》题目之前,也脱了一个"难"字,即《文选》本来有三十九类,今本脱去两类。此说可以在南宋陈八郎刊《五臣注文选》和日本所藏古抄无注本《文选》中得到证实。古抄无注本(即所谓"九条家本")藏于日本,国内只有少数几个过录本,一般研究者很难见到。陈八郎本"五臣注"亦系海内孤本,清末才出现。原藏王同愈先生处,先姨丈顾廷龙先生在二十世纪二十年代末曾见到。后来此书藏在台湾省。台湾学者游志诚先生据此书作《论〈文选〉之难体》(台湾成功大学魏晋南北朝文学与思想学术研讨会论文)。此文在大陆学者中反响不一,有的研究者认为这只是"孤证";还有的认为"五臣注"本不可信。但傅刚博士见到日本所藏《文选集注》的日本影印本(罗振玉影印本有脱误),在司马相如《檄蜀文》末有一"难"字,并有陆善经注说"难,诘问之"字样。这个《文选集注》是以李善注为底本的。[①] 傅刚博士还据南宋晁公武《郡斋读书志》卷二十所列《文选》分类有"移"、有"难",王应麟《玉海》卷五十四引《中兴书目》所列《文选》文章分类亦有"难"的事实论证《文选》的分类,应为三十九类。笔者认为此说依据目前所能掌握的材料看似最可信从。

《文选》把各种文体分为三十九类,在今天看来确实显得很繁细。这个问题前人早已提出过批评。其中如姚鼐《古文辞类纂序》、章学诚《文史通义·诗教上》的意见,更是人们所熟知的。现在看来,这种批评虽然都有其见地,但人们对文体分类的看法,本有一个发展过程。在南北朝时期,人们对文体的分类还刚在起步阶段,分类过于琐碎大约是较普遍的现象。萧统以前的总集如挚虞《文章流别集》、李

---

① 傅刚《〈文选〉版本研究》,北京大学出版社2000年版,第132页。

充《翰林论》等书,均已散佚,其分类情况已难得知。现在根据后人所辑《文章流别论》的佚文看,至少有"诗"、"赋"、"七发"、"箴"、"铭"、"哀辞"、"哀策"、"解嘲"、"碑"、"图谶"等十类以上;李充的《翰林论》大约至少也有"书"、"议"、"赞"、"表"、"驳"、"论"、"檄"、"赋"、"诗"九类,还有《文选》扬雄《剧秦美新》注引《翰林论》一条,可能还涉及"符命"一类。可见挚虞、李充的分类也相当细。至于和萧统差不多同时而较早的任昉、刘勰对文体的分类似较萧统更繁。《文心雕龙》共五十篇,其中除前三篇(《原道》、《征圣》、《宗经》)外,《正纬》和《辨骚》其实已有文体的意味。从《明诗》至《书记》凡二十篇,其中有不少篇实包含两种文体(如《颂赞》、《祝盟》、《铭箴》、《诔碑》等),合计起来也有三十几种,而且像《杂文》、《书记》二篇所论,还包括多种体裁,这样看来,《文心雕龙》对文体的分类,并不比《文选》简略。尤其是《文心雕龙》中所论各体,有的并非纯文学作品,如"史传"、"诸子";有的甚至还很难算文章,如"谱"、"籍"、"簿"、"录"等不成句读的文字。从严格意义上说,刘勰对文学和非文学的界线是分得不很清楚的。和刘勰同时的任昉作有《文章缘起》一书,此书把文体分成八十五类,仅"诗"一类就分为"三言诗"、"四言诗"、"五言诗"、"六言诗"、"七言诗"和"九言诗"六类。其中有些类似乎也不能算文学作品或文章,如"玺文",还有像"篇"这一类,举《凡将篇》一类为例。《凡将篇》本像《千字文》一样,是一种古人的识字读本,并非文学作品,难被划为文体之一。这样看来,萧统对文体的分类,似较刘勰、任昉的看法稍见合理。后人对《文选》分类的批评在今天看来也许不为无故,但放在当时的历史条件下,萧统对文体这样分类却不难理解。例如:《文选》把"七"作为一种文体独立出来,确实可以商榷,因为在《汉书·艺文志》中本来不认为《七发》是一种文体,而称之为"赋"。何况枚乘《七发》在"赋"的发展史上有其重要地位。正如段熙仲先生曾指出的那样,《七发》是从《楚辞·招魂》向司马相如等人的大赋转变中的一个环节。如果把《七发》独立为一体,这对探讨"赋"体的发展并无好处。不过,萧统这样做也是时代使然,因为在魏晋之际的傅玄作《七谟序》,已把"七"当作一种文体来看待,后来挚虞、李充、任昉、刘勰等也都如此,就不必据此苛责萧统。

当然,萧统对文体的分类,如果结合他具体的选目来看,也不是无可非议。例如:"辞"这一类,共收两篇作品,一为汉武帝的《秋风辞》,一为陶渊明的《归去来》。这二者似难组成一类,《秋风辞》很短,是楚歌体,这种文体在汉代相当多,实际上和"诗"类中的"杂歌"如《荆轲歌》、《汉高帝歌》区别不大,与没有收入《文选》的项羽《垓下歌》和《汉书·李广苏建传》所载李陵在苏武归汉时所作楚歌皆属一类,其实可以归入"诗"类(沈德潜《古诗源》卷二已把它作为诗收入)。《归去来》根据许多版本的《陶渊明集》,有的作《归去来辞》,也有作《归去来兮辞》的,但"辞"本指文辞,古人有时用以指有韵之文,也有时以之称无韵之文。我们今天看这篇作品,一般都视之为"赋"。近年来丁永忠先生还发现日本保存着我国刘宋时僧亮的《归去来》、《隐去来》等佛曲五首。① 那么《归去来辞》还有可能本是佛曲。不论如何,它与《秋风辞》不是一体,不能因题目上都有个"辞"字就归为一类。

与"辞"的问题相类似的还有"哀"这一类。在这一类中,共收文三篇:潘岳的《哀永逝文》、颜延之的《宋文皇帝元皇后哀策文》和谢朓的《齐敬皇后哀策文》。这三篇文章其实决非一体。《哀永逝文》乃潘岳哀悼其妻杨氏之作,和他的《悼亡诗》只是形式不同,用意并无区别,这篇作品用的是骚体,纯为抒情之作,用今天的眼光看来,可以

---

① 丁永忠《陶诗佛音辨》,四川大学出版社1997年版,第106页。

说是纯文学作品。颜延之、谢朓二文则是奉命而作,本属应用文字。"哀策"这种文体一般只用于皇后一类上层统治者。这种文体一般前有无韵的序言,后有四言或骚体的韵文,文辞要求典雅庄重,却非作者抒情的文字。因为这实际上是代言体,一般要命有名文人执笔。如颜延之那篇文章,是颜本人当时奉宋文帝之命而作。那时的官员根本不可能见到居于深宫的皇后,谈不上什么哀伤之情,这与潘岳《哀永逝文》显然不能归入一类。又如《文选》中的"对问"和"设论",其实都是回答别人对作者的提问,其差别只是宋玉《对楚王问》的提问者是君主,而东方朔等人所说的提问者只是一般的人而已。东方朔等的文章很可能受了宋玉的启发,像这两类文章合成一种是完全可以的。

五、《文选》和魏晋以来文学传统的关系和它的编排问题

　　《文选》的选录作品正和我国许多总集一样,虽然要体现编选者自己的某些眼光,但编者却又不能不接受他的前人和同时人对某些作品的看法。笔者过去在《汉魏六朝文精选·前言》中曾说:"从来的编选者都不可能任意地决定他的文学观和选录标准。因为任何人的文学思想都不是凭空产生的,而是在吸取和改造前人学说的基础上形成的。具体到总集的编选来说,编选者对前人众多的作品究竟选录哪些?不选录哪些?这虽然由他的文学观来决定,但他的文学观本身却无法完全摆脱传统的影响。早在他文学观形成之前,他已从接受传统的过程中形成了某一类作品是好的,某一类是较差的;某

些作品是名篇,某些则不是的想法。"①对萧统及其编纂《文选》来说,恐怕更是如此。因为由他这样以一位皇位继承人的名义来编选一部总集,本来就不免要体现"官方"的观点。尤其《文选》一书很可能是梁武帝对各种学术文化进行整理总结的一部分,而参加这一工作的又不止萧统、刘孝绰等一二人,他们各人的艺术趣味也不可能完全一样,而求其统一,亦不得不乞灵于传统与流行的观点。因此,我们现在来看《文选》中所录作品,大多数是魏晋直到齐梁的论者所经常推崇的典范之作。以《文选》所录的赋为例,其中很多都是被前人称道的,如西晋皇甫谧作《三都赋序》云:"其中高者,至如相如《上林》,扬雄《甘泉》,班固《两都》,张衡《二京》,马融《广成》,王生(王延寿)《(鲁)灵光(殿)》,初极宏侈之辞,终以约简之制,焕乎有文,蔚尔鳞集,皆近代辞赋之伟也。"②在这里所提到的几篇赋,除马融的《广成赋》外,《文选》已全部收录。尤其像司马相如和扬雄、班固等人,在曹丕、曹植等人的文章中已经加以推崇。左思《咏史诗》有"著论准《过秦》,作赋拟《子虚》"之语。张衡的《二京赋》和左思的《三都赋》也常被人们所并称,如《世说新语·文学》载孙绰语,以为"《三都》、《二京》、五经鼓吹";庾亮称赞庾阐的《扬都赋》,亦云"可三《二京》、四《三都》"。此外,像班固《幽通赋》、张衡《思玄赋》等都曾得挚虞《文章流别论》称赞。刘勰在《文心雕龙·诠赋》中称赞的汉代赋有"枚乘《菟园》"、"相如《上林》"、"贾谊《鹏鸟》"、"子渊《洞箫》"、"孟坚《两都》"、"张衡《二京》"、"子云《甘泉》"、"延寿《灵光》"。这十篇中只有"枚乘《菟园》"一篇未被《文选》收入。在《诠赋》中对建安至东晋的赋家,推崇王粲、徐幹、左思、潘岳、陆机、成公绥、郭璞和袁

---

① 曹道衡《汉魏六朝文精选》,江苏古籍出版社 1992 年版,第 2 页。
② 《文选》,中华书局影印胡克家刊本,第 2 册第 641 页。

宏八家,《文选》对其中的六位作者的作品都有选录,仅徐幹、袁宏之赋未收;至于潘岳的赋还收了八篇之多。至于曹植的《洛神赋》为沈约、陆厥所称赞,郭璞《江赋》为李充所称等,其例亦不胜举。

关于《文选》所选录的诗,同样是当时和前人早已传诵之作。例如江淹所作《杂体诗》三十首,拟自汉迄刘宋三十家之作。《文选》在这三十家中,已选录其中二十六家之多,不选的只有孙绰、许询、谢庄和汤惠休四家。这四家之所以没有入选,都有其原因。孙绰、许询是玄言诗的代表人物,从刘宋檀道鸾《续晋阳秋》起到沈约、钟嵘、刘勰对他们评价都很低。汤惠休诗,从颜延之对他批评以后,钟嵘对他评价亦不高。谢庄诗在钟嵘《诗品》中亦仅入"下品"。所以萧统不取这四家,亦系当时人较普遍的看法。我们再看沈约的《宋书·谢灵运传论》,其中有一段话很可注意:"至于先士茂制,讽高历赏,子建函京之作,仲宣霸岸之篇,子荆零雨之章,正长朔风之句,并直举胸情,非傍诗史,正以音律调韵,取高前式。"这里说的四个例子实指曹植《又赠丁仪王粲》、王粲《七哀诗》、孙楚《征西官属送于陟阳候作诗》和王赞《杂诗》。这四首诗《文选》亦均已收入。又如钟嵘《诗品序》也有一段话说:"陈思赠弟,仲宣《七哀》,公幹思友,阮籍《咏怀》,子卿'双凫',叔夜'双鸾',茂先寒夕,平叔衣单,安仁倦暑,景阳苦雨,灵运《邺中》,士衡《拟古》,越石感乱,景纯咏仙,王微风月,谢客山泉,叔源离宴,鲍照戍边,太冲《咏史》,颜延入洛,陶公咏贫之制,惠连《捣衣》之作,斯皆五言之警策者也。"[1]这里所举的二十二篇作品中除嵇康的"双鸾匿景曜"(《赠秀才入军》)和谢混的《送二王在领军府集诗》没有入选外,何晏那首已无可考,王微那首亦佚。不过《文选》也收了嵇康、谢混、王微的其他作品,如谢混的《游西池》还是历来传诵

---

① 曹旭《诗品集注》,上海古籍出版社 1994 年版,第 346~347 页。

的名篇。我们再看当时人如何对待魏晋以来诗人,大抵三国推崇曹植,西晋推崇陆机,南朝推崇谢灵运,而《文选》所录之诗,亦以这三人之作为多。这不能不说《文选》的选录诗歌也正与其选录赋一样,大抵所选皆历来和当时人最为传诵的名篇。

《文选》中选录"赋"和"诗"以外的其他文章,情况大抵和诗赋相似。入选之作,有许多是挚虞、刘勰等人早已视为名篇的作品。只要我们把《文选》所录作品与他的前人及同时人的言论加以比较,就可以发现其中很多都是挚虞、李充、刘勰等人都称赞过的;至于南朝作品,自是挚虞等人所未见到,亦刘勰所没有提过的,但像萧纲等人也曾表彰过,可见均非出自萧统及其协作者的偏爱。例如:"论"这一类,《文选》所录班彪《王命论》、李康《运命论》、陆机《辨亡论》、贾谊《过秦论》均为刘勰《文心雕龙·论说》所提到;"檄"、"移"二体所录如刘歆《移书让太常博士》、陈琳《为袁绍檄豫州》、钟会《檄蜀文》及"难"体的司马相如《难蜀父老》,《文心雕龙·檄移》都常作为名文来举例。"表"这一类所选孔融《荐祢衡表》、诸葛亮《出师表》、羊祜《让开府表》、刘琨《劝进表》、庾亮《让中书令表》等,《文心雕龙·章表》亦曾赞扬。应该指出的是:刘勰在《文心雕龙》中所举篇目,往往只是举例,不一定包括他所有认为好的作品,如《文选》所录曹植的《求自试表》和《求通亲亲表》,刘勰就未必不欣赏。因为在《才略》中,他曾称曹植"诗丽而表逸"。这样的例子还很多,不一一列举。在这里我们还要提到两篇入选《文选》的作品,那就是扬雄的《剧秦美新》和史岑的《出师颂》。《剧秦美新》是一篇称颂王莽功德的文章,王莽其人的评价我们可以姑置勿论,但在封建社会中总是把他视为巨奸大憝的。然而像萧统这样深受儒家思想影响的皇太子竟选入了这篇文章,似乎很难理解,其实这就是受传统的影响。因为对于扬雄此文,前人已有评说。李善注引李充《翰林论》云:"扬子论秦之剧,称新之美,此乃计其胜负,比其优劣之义。"这说明在李充以前,已有人把此文当作名篇来加以评论。后来刘勰也没有忽视此文,他在《文心雕龙·封禅》中说:"及扬雄《剧秦》,班固《典引》,事非镌石,而体因纪禅。观《剧秦》为文,影写长卿,诡言遁辞,故兼包神怪。然骨掣靡密,辞贯圆通,自称极思,无遗力矣。《典引》所叙,雅有懿乎,历鉴前作,能执厥中,其致义会文,斐然余巧。故称《封禅》丽而不典,《剧秦》典而不实,岂非追观易为明,循势易为力欤!"可见《文选》之选录扬雄《剧秦美新》,实由于他的前人已认为这是篇名作,所以即使颂王莽功德亦能入选。史岑的《出师颂》,其情况与《剧秦美新》又不同。此文乃汉安帝永初元年(107)命外戚邓骘出兵平定羌乱时所作。此文大约是出兵前所作。据《后汉书》记载,次年即为羌人所败,朝廷把邓骘征还,但因为他是外戚,未加处分。史岑作颂时,战役尚未开始,所以文中所言封赏皆想象之辞。此文被视为名作,最迟也在西晋时代,因为西晋书法家索靖曾用章草书写此颂,是著名法帖。挚虞《文章流别论》已提到此文(见《艺文类聚》卷五十六引)。可见萧统选录此文,亦因为它在当时是名篇。近年来日本学者清水凯夫教授曾提出此文的入选是由于刘孝绰借此讥讽萧宏在天监四年(505)伐魏失败之事,恐失于臆测。因为《文选》的编纂既有多人参加,又由萧统署名,如果意存讥刺,恐萧统与其他人也难同意。

　　《文选》一书的基本宗旨及其选录标准虽基本上比较清楚,但它的编排问题却颇有可探讨之处,即书中对作家先后的次序排列得很不一致。一般来说,书中的次序是以年代来编排的。在这方面,编者掌握得似不够严格。例如对一些年代相仿的作家,如颜延之(384~456)生年比谢灵运早一年,但卒年晚了二十三年,因此谢在颜前,是以卒年为准。但陈琳不论生卒年都早于杨修,而在卷三十九"笺"类,杨修却在陈琳之前。这种排列次序虽然失当,但杨修和陈琳都是三国时人,陈琳比杨修早死二年,这样的疏失还不能算太严重。最严重的是两种情况:一是年代上误差太远,如卷四十一("书"上)竟把孔融的《论盛孝章书》置于朱浮的《为幽州牧与彭宠书》之前。按:朱浮是东汉初人,这篇文章作于光武帝建武二年(26),而孔融那封信则作于汉献帝建安九年(204),相差有一百七八十年,则未免疏误过甚。笔者过去曾托人复印过南宋陈八郎刊本"五臣注"《文选》的目录,发现朱文在孔文前,曾以为"五臣注"不误,及见陈八郎本全书,方知"五臣注"亦以孔文置朱文之前,非李善注及六臣独误,恐是萧统原有之误。另一问题是全书的排列次序并不统一。如潘岳和陆机二人同时,以生卒年来说,潘早于陆。《文选》卷十六,陆机《叹逝赋》在潘岳《怀旧赋》和《寡妇赋》之前,卷二十四陆机《赠冯文罴迁斥丘令》等诗在潘岳《为贾谧作赠陆机》之前;但卷二十六潘岳的《河阳县作》及《在怀县作》却在陆机的《赴洛》诸诗之前。又如左思的生年在陆机前,卒年在陆机之后(虽然现在已难确考),但萧统当年应该是还可考知的,然而《文选》中左、陆的次序亦无定准,卷二十二是左思在前,而卷二十九却是陆机在前。同样地,曹植和王粲、刘桢的次序也各卷不同。卷二十是曹植在前,王、刘在后;卷二十一则王粲在前,曹植在后;卷二十三"哀伤"又是曹植在前,王粲在后;而同卷"赠答"和卷二十九却是王粲、刘桢在前,曹植在后。这说明编者们对这个问题并无统一的看法,甚至可能各部分的编者各按己意行事,成书前亦未最后做一番整齐划一的工作。这说明此书的编成多少有些草率。在这方面,其严密的程度甚至还不如《玉台新咏》,因为《玉台新咏》如果依据明寒山赵氏覆宋本来看,其作者是相当严格地按照生卒年排列的。这种情形不禁使人产生一个疑问:《玉台新咏》即使像《大唐新语》记虞世南的话认为是徐陵奉萧纲命所编,但萧纲本人并不署名,看来其重视程度毕竟不及《文选》。那么《文选》的编排工作也不应该反不如《玉台新咏》那样准确。这究竟是什么原因呢？笔者曾经猜想，这也许是后人传抄中的错误。然而这假设恐难成立。因为《文选》在传抄中可能有误，但只能是个别字句上出错，未必篇目次序都会自相矛盾。现在看来，这问题也许和《文选》的成书时间有一定关系。笔者过去曾推测《文选》成书在中大通元年（529）刘孝绰丁母忧以前，此说恐过分强调了刘孝绰的作用。其实即使刘孝绰丁忧时《文选》尚未完成，萧统身边还有王筠等人，编纂工作仍可进行。不过，萧统身边的文人，到他死前几年，的确在减少，如陆倕、张率等人相继去世，而刘孝绰又丁母忧，萧统本人自丁贵嫔死后，身体大不如前，心情又因"埋鹅事件"而变得很坏，因此很难再像从前一样全力以赴，《文选》的最后收尾工作不得不稍草率，才出现了这些纰缪。当然，这只是一种设想，并无确证。

六、《文选》的流传与对后世的影响

《文选》成书以后是怎样在士人中间流传开来的？关于这一问题，我们由于缺乏足够的史料尚难说得很清楚。但萧统之死离太清三年（549）台城的陷落还有十八年之久。他死时长子萧欢已出任南徐州刺史，第三子萧詧年已十三岁，很可能已藏有《文选》的抄本。此外，曾参加《文选》编纂的文人如刘孝绰卒于大同五年（539），王筠卒于大宝元年（550），他们手头也都可能有《文选》。迄今所知，梁代的宗室萧该为鄱阳王萧恢之孙，入隋曾作《文选音义》。萧该在血统上说，应是萧统之堂侄。这说明梁代皇族中已有《文选》在流传。如果说萧恢的孙子已藏有《文选》，那么萧统的直系子孙应该也有其书。因为萧统的儿子萧詧后来归降西魏，在江陵称帝，号曰后梁。萧詧一系都擅长文学。萧詧本人有集十五卷，他的儿子萧岿有集十卷，孙子萧琮有集七卷。萧岿的女儿是隋炀帝的皇后，亦善于文学，《隋书·后妃传》载有她的《述志赋》一篇。本传还说到她文体雅正，颇有忧虑之辞。萧詧及其子孙既然都擅长诗文，可以设想他们大约也藏有《文选》。《文选》不但在梁代皇族中和南方士人中流行，而且很可能较早地传入北方。据《太平广记》卷二百四十七引《启颜录》："高祖（高欢）尝令人读《文选》，有郭璞《游仙诗》，嗟叹称善，诸学士皆云：'此诗极工，诚如圣旨。'动筲即起云：'此诗有何能？若令臣作，即胜伊一倍。'高祖不悦，良久语云：'汝是何人？自言作诗胜郭璞一倍，岂不合死。'动筲即云：'大家即令臣作，若不胜一倍，甘心合死。'即令作之。动筲曰：'郭璞《游仙诗》云：青溪千余仞，中有一道士。臣作云：青溪二千仞，中有两道士，岂不胜伊一倍。'高祖始大笑。"①高欢是一个武人，他能不能欣赏郭璞的《游仙诗》，是一个疑问。不过《启颜录》乃隋侯白所作，这说明至迟到隋代，《文选》已在士人中广泛流传，而且在北齐时，《文选》很可能亦已流行于一部分士人中。因为阳休之在魏孝武帝末曾随贺拔胜奔梁，到天平二年（535）回北。他从梁朝带回了萧统编的《陶渊明集》，自然也可能带回《文选》。

不过，《文选》的广泛流传大约是在唐代。在此以前，不论是南方的梁陈还是北方的齐周，《文选》都未形成一种专门的学问。即使是隋代，虽有萧该的《文选音义》问世，但亦仅此一部。《文选》之被士人们普遍阅读，大约是和科举制特别是进士科的设立有关。进士科的设立，据史籍记载，始于隋炀帝大业年间。此后不久，即爆发了隋末的农民大起义，隋朝亦随之倾覆。因此在士人中尚未形成很大的影响。唐承隋制，并且特别重视进士科。据《通典》卷十五《选举三》

---

① ［宋］李昉等《太平广记》，中华书局1961年版，第5册第1916页。

记载,当时"其进士,大抵千人得第者百一二,明经倍之,得第者十一二"。因此人们对进士科的重视,远过于明经。据说当时缙绅"虽位极人臣,不由进士者终不为美"①。《唐会要》卷七十六载,贞观二十二年(648)考试进士,当时张昌龄、王公瑾等有文才,却被试官黜去,唐太宗问其原因,试官王师旦答云:"此辈诚有文章,然其体性轻薄,文章浮艳,必不成令器。"②但进士考试仍试诗赋及时务策。既然朝廷重视文才,以诗赋和文章取士,士人们为了求官,也不得不注意诗赋和骈体文章的写作。在这方面,《文选》正好成了他们学习诗赋和骈文的范本。因为它不但包含了这三方面的内容,而且其题材也多半适应着庙堂和士林之用,它的篇幅既不太简,亦不过繁,正便于士人们阅读。再加上唐初君臣如唐太宗和他的大臣如魏征等人自身既擅长诗文写作,又对南朝后期的绮艳文风有所不满。例如以魏征领衔编纂的《隋书》,有一篇《文学传论》,其中总结南北朝文风的异同说:"江左宫商发越,贵于清绮,河朔词义贞刚,重乎气质。气质则理胜其词,清绮则文过其意。理深者便于时用,文华者宜于咏歌,此其南北词人得失之大较也。若能掇彼清音,简兹累句,各去所短,合其两长,则文质斌斌,尽善尽美矣。"这段话不论是否魏征本人所写,但代表着唐初君臣的文学主张。应该说,在唐朝初年,朝廷上虽提倡这种"文质斌斌"的文风,然而具体到这些人物本身,情况就不太一样。像魏征本人,其文风确较清刚。唐太宗有时却不免要写一些艳诗。至于广大士人,受南朝后期文风的影响,还是绮艳之作居于上风。所以后来论初唐文风的人,大抵认为当时未脱齐梁的余习。不过,许多

---

① [唐]王定保《唐摭言》卷一,泰山出版社 2000 年排印《中华野史文库》本,第 2 册第 208 页。
② [宋]王溥《唐会要》,中华书局 1955 年版,下册第 1379 页。

文人作诗甚至还有学习梁陈"宫体"的是一回事,而唐初君臣提倡的文风却又是一回事。从《隋书·文学传论》的话看来,魏征等人对齐梁文学的确并非一味否定,对"永明、天监之际"和北朝的"太和、天保之间"的文风都做了相当高的评价。特别值得我们注意的是《隋书·文学传论》对南朝文学既肯定了"永明、天监之际",还特别表彰了江淹、沈约和任昉,而《文选》所录齐梁文人的作品既主要是永明至天监这三十多年的诗文,并且对梁代文人也主要选录江淹、沈约和任昉之作为多。至于《传论》所否定的梁代作家如简文(萧纲)、湘东(萧绎)和徐陵、庾信等人,当萧统编纂《文选》时,不但都健在,而且有些尚未成名,其作品自然不能入选。因此根据魏征等人所提倡的文风来看待《文选》,它显然是学习写作和应付科举的很好范本。尤其是魏征等人提出了"文质斌斌"的口号,也和萧统在《答湘东王求文集及〈诗苑英华〉书》的主张相同。因此入唐以后,《文选》之学大盛,此风大约在太宗贞观年间已经开始。唐刘肃《大唐新语》卷九《著述》云:"江淮间为《文选》学者,起自江都曹宪。贞观初,扬州长史李袭誉荐之,征为弘文馆学士。宪以年老不起,遣使就拜朝散大夫,赐帛三百匹。宪以仕隋为秘书,学徒数百人,公卿亦多从之学,撰《文选音义》十卷,年百余岁乃卒。其后句容许淹、江夏李善、公孙罗相继以《文选》教授。"([唐]刘肃《大唐新语》,中华书局点校本。《旧唐书·儒学·曹宪传》基本上采自该书。)《新唐书·文艺·李邕传》记邕父李善"居汴郑间讲授,诸生四远至,传其业,号《文选》学"。这说明当时的士人为了应科举的需要,已普遍地致力于《文选》之学。正如李善在《上〈文选注〉表》中所说,"后进英髦"对此"咸资准的"。当时学习《文选》之风甚至普及乡学之中。据《太平广记》卷四百四十七引唐张鷟《朝野佥载》记载:"唐国子监助教张简,河南缑氏人也,曾为乡学讲《文选》,有野狐假简形,讲一纸书而去。"(中华书局赵守俨点校本作为"补辑"部分收入)这个故事虽较荒诞,但也说明至少在唐玄宗初年以前,即我们习惯称之为"初唐"的时代,《文选》已成为士人们必读之书。现在我们看唐代一些著名作家的言论和事迹,常常可以发现他们深受《文选》影响,据唐段成式《酉阳杂俎·语资》载,李白曾三次拟作《文选》。杜甫更看重《文选》,他在《宗武生日》一诗中告诫他儿子要"熟精《文选》理"①;《水阁朝霁奉简严云安明府诗》亦云"续儿读《文选》"②。宋王谠《唐语林》卷二记当时人有把杜甫《八哀诗》比于谢灵运《拟魏太子邺中集诗》,杜甫说:"公知其一不知其二。吾诗曰:'汝阳让帝子,眉宇真天人。虬髯似太宗,色映塞外春。'八篇中有此句不?"有人说谢诗中"'百川赴巨海,众星拱北辰',所谓世有其人",杜甫说:"使昭明再生,吾当出刘、曹、二谢上。"③可见杜甫虽以诗自负,仍很推重萧统。即使提倡散体文的韩愈,其实对《文选》也未尝不重视。他的散文自然和《文选》中的文章不一样,但其诗如《秋怀》等首,就很可以看出受《文选》中谢惠连诸人的影响。论者多引《李邢墓志》中讲到李邢熟读《文选》的事。韩愈自己作过一篇《新修滕王阁记》,说到自己读了王勃《滕王阁序》后,"壮其文辞"④,那么他对《文选》中文章大约也不全否定。在唐代,不光著名的文人大抵熟读《文选》,一般士子为了应举的需要,也都把《文选》当作必读之书。敦煌发现的唐人所作《秋胡变文》记秋胡外出游学,所携带的书籍中除儒家经典及《庄子》外,还有《文选》。当时士人家里一般都藏有《文选》,《新唐书·选举志》载李德裕上表

---

① [清]杨伦《杜诗镜铨》,上海古籍出版社1980年排印本,第414页。
② 同上,第581页。
③ [宋]王谠《唐语林》,上海古籍出版社1978年排印本,第65页。
④ [唐]韩愈《韩昌黎全集》,中国书店1991年影印世界书局本,第208页。

唐武宗，自称其祖李栖筠因仕进无他途，勉强应举，中举之后就此"家不藏《文选》"，以此表示他那河朔高门出身的人不同凡响。这也说明了《文选》在当时的巨大影响。

由于人们都普遍阅读《文选》，于是《文选》的注释就应运而生。可是最先从事《文选》学研究的人如萧该、曹宪的著作，大约只是解释一些难字的音读和训诂，故称"音义"。他们的著作卷数也不多，光凭这些书，仍不能帮助广大士人读懂《文选》。于是比较详细的注释就出现了。在这方面，最先出现的大约就是李善和公孙罗二人的注释。李善和公孙罗都是曹宪的弟子，他们的《文选注》都分为六十卷，比萧统原书的篇幅增加了一倍。李善注于唐高宗显庆三年（658）上献朝廷。他这个注本据说后来经过了三四遍修改，但每次的注本均已被人抄写流传。据晚唐人李匡乂《资暇录》说，当时流传有多种李善注的抄本，可惜这些抄本大多散佚，无从加以比较，也不清楚现在所见的李善注究属哪一次稿本。公孙罗的注本大约不如李善注，所以后来就散失了，我们现在只能在日本京都大学影印的《文选集注》中看到部分内容。此书在唐代大约影响就不如李善注，所以唐开元年间吕延祚在上"五臣注"《文选》的表中只提到李善而未及公孙罗。不过，"五臣注"的作者可能见过公孙罗注，因为据周勋初先生考证，"沿用公孙罗的成果甚多"[1]。《文选》卷四十三孔稚圭《北山移文》中"值薪歌于延濑"句，李善注未详而"五臣注"有解释，可能即采自公孙罗或其他人的注。不过，李善注尽管引证详博，有极高的学术价值，但对一般的读者并不很适用。因为李善注往往只注典故出处，很少作文句的串讲，所以吕延祚指责李善注"忽发章句，是征载籍，述作

---

[1] 周勋初《〈文选〉所载〈奏弹刘整〉一文诸注本之分析》，《文选学新论》，中州古籍出版社1997年版，第358页。

之由,何尝措翰"(《进五臣集注〈文选〉表》)。"五臣注"进献朝廷后,唐玄宗对"五臣注"颇为称赞,因此在士人中得到广泛流传。这一现象也不足怪,因为唐代士人读《文选》,目的只在学习作诗文以应付进士科考试,并不想深究其典故出处。再加上唐玄宗的表彰,更使"五臣注"在唐代得到重视。因此李匡义说当时人"相尚习五臣"(《墨海金壶》本上卷《非五臣》)。五代丘光庭在《兼明书》中对"五臣注"进行了批评,后来宋代的苏轼等人也曾认为李善注比"五臣注"好,但很难扭转社会上普遍的风尚。即以刻本而论,"五臣注"的刊本也较李善注为早。最早的"五臣注"是五代后蜀时毋昭裔所刊,而李善注的刊本则在北宋仁宗天圣七年(1029)左右才出现,比"五臣注"晚好几十年。这个刊本大约印得不多,经过北宋末年金兵入侵,已很少有人见到。现在我们常见的清胡克家覆宋本所据为南宋尤袤刊本,这个本子和国立图书馆藏北宋天圣刊本的残卷差别甚多。这两种李善注本在当时似都不太流行。宋人所引用的《文选》,似以"五臣注"本为多。不过经李匡义、丘光庭、苏轼等人之后,像洪迈等人也都曾对"五臣注"进行批评。特别是北宋末至南宋初以后,所谓"六家注"和"六臣注"相继出现,一般流行的《文选》似以这些刊本为多,单"五臣注"的刻者也很少。像前面提到过的陈八郎刊本,流传也不广。

宋代自从理学及王安石变法以后,科举考试重视策论而不太重视诗赋,因此《文选》之学从南宋后期迄于元、明二代都陷于衰落。因此在这个阶段,并没有出现过比较重要的《文选》学著作。《文选》学的复兴,始于清代。清人研究《文选》和唐宋以来的人们不同,除了从中学习诗文写作之外,还有不少人的从事《文选》学研究,为的是研究《文选》中的字义、训诂和从李善注中辑录许多古书的佚文。因为李注引证广博,实为辑佚工作的绝好宝藏,再加上《文选》所引作品都产生在唐以前,其中保存了许多古言古语。尤其是李善注《文选》,正如李匡乂说的,"有旧注者,必逐每篇存之,仍题元注人之姓字"(《资暇录·非五臣》),保存了许多古人著作。举例说,张衡《两京赋》注保存了三国吴薛综注,比李善要早几乎四百年时间。更值得注意的是薛综的《诗经》学是宗尚《韩诗》的,和现在通行的《毛诗》说法常有不同,清朝学者的治《文选》学,其重要目的之一就是考释文字、训诂以与儒家的经典相印证。这正与他们的研究诸子、古史一样,亦为治经之助。所以从余萧客《文选音义》起,到孙志祖、朱珔、胡绍煐、梁章钜、张云璈诸人的著作,重点都在校勘、训诂、考订典故及辑佚等方面。而在这方面,"五臣注"对这些学者似乎没有多少帮助。因为"五臣注"对字义和典故的解释一般都取自李善注,而且往往不注明引书的出处,书中的注释错误亦多于李善注。这样的《文选》注,对清代那些考证学者自然很少用处。因此清代学者大抵对"五臣注"评价极低,即使为了学习诗文写作而去读《文选》的人,也很少再去读"五臣注"了。尤其当嘉庆十四年(1809)胡克家覆刻南宋尤袤刊本①问世以来,各种木刻、影印、排印和石印的《文选》,绝大多数都以胡刻本为底本。甚至"六臣注"本的读者亦不多,只有一些专门的研究者用以参考。至于"五臣注"本由于不受重视,已很少人注意。直到前几年,台湾省影印陈八郎刊本"五臣注"《文选》传到祖国大陆以后,许多人才知道"五臣注"本至今尚存,而且据说在国外还有一种朝鲜旧刊本,与陈八郎本亦颇有不同。

  《文选》之学在清代虽曾有个短时期的复兴,但在"五四"时期,由于反对复古倾向,批判"选学妖孽",又曾有一个时期颇为冷落。不

---

① 这个刻本底本可能不是尤袤刊本的原本。尤袤原刊本今存,藏于中国国家图书馆,现代学者曾以此与胡刻对校,发现异同甚多,是否尤袤后来又重刻过,待考。

过近几年来,由于敦煌发现的唐写本、日本藏古抄本的影印本传入国内,以及国内外一些珍本的发现,渐渐引起学者注意,再加上今天学者用现代科学的文学观来研究《文选》,其成绩必当超越前人,这是可以预期的。

第六章 "宫体诗"的代表人物萧纲

一、萧纲的生平和思想

萧纲(503~551)字世缵,梁武帝第三子。他和萧统同为丁贵嫔所生。他三岁时就被封为晋安王。《梁书·简文帝纪》说他"幼而敏睿,识悟过人,六岁便属文,高祖惊其早就,弗之信也,乃于御前面试,辞采甚美。高祖叹曰:'此子,吾家之东阿。'"大约因为他的才华,梁武帝把他比作"东阿"(曹植),显然有意在文学方面培养他。次年,即天监八年(509),他七岁被任命"为云麾将军,领石头戍军事"时,梁武帝对朝臣周舍说:"为我求一人,文学俱长兼有行者,欲令与晋安游处。"周舍对云:"臣外弟徐摛,形质陋小,若不胜衣,而堪此选。"梁武帝说:"必有仲宣之才,亦不简其容貌。"因此徐摛就被任命为侍读。(《梁书·徐摛传》)这时徐摛年已三十多岁,名义上是"侍读",实际上显然成了萧纲的老师。从此徐摛就长期和萧纲在一起,除中间因徐摛丁母忧暂离外,一直到中大通三年(531)萧纲被立为太子以后,徐摛才一度出为新安太守,而且任满后又回到萧纲身边,直到萧纲被侯景囚禁,徐摛忧愤而死。从七岁到二十岁,正是一个人从童年走向成年并且完全成熟的时期,在这个时期中朝夕相处,对一个人的影响自然是不言而喻的。萧纲在文学上成为梁陈"宫体诗"的代表人物之一,可以说主要是受了徐摛的影响。

关于"宫体诗"之名,据《梁书·简文帝纪》云:"(简文帝)雅好题诗,其序云:'余七岁有诗癖,长而不倦。'然伤于轻艳,当时号曰'宫体'。"同书《徐摛传》则谓"(徐摛)属文好为新变,不拘旧体","摛文体既别,春坊尽学之,'宫体'之号,自斯而起"。从这段话看来,似乎"宫体"之兴,是在萧纲做太子以后。不过,"宫体"这种诗风和它的名称似非一事。萧纲在做太子时,年已二十九岁,诗风当早已形成。他那些艳诗,当开始在更早的阶段,而其风行于士人间,则当在他被立为太子之后。因为此前他为雍州刺史和扬州刺史,是不应被称为"春坊"的。唐刘肃《大唐新语》卷三云:"先是,梁简文帝为太子,好作艳诗,境内化之,浸以成俗,谓之'宫体'。晚年改作,追之不及,乃令徐陵撰《玉台集》,以大其体。"这段话说得不很准确,因为萧纲为太子在萧统去世之后,其作艳诗似应在为太子以前就开始了。如《玉台新咏》卷七有他的《从顿暂还城》一首,卷十又有《从顿还南城》一首。前一首有"汉渚水初绿,江南草复黄"之句,显然是在襄阳为雍州刺史时作,此诗已属艳体。至于乐府《雍州十曲》(《玉台新咏》卷七录三首),所咏皆襄阳景物,更为中大通二年(530)前所作无疑。萧纲这种诗风其实和梁武帝早年之作并无多大区别。即以《玉台新咏》(赵本)而论,所收梁武帝的艳歌就有四十一首之多。但他做了皇帝以后,特别是皈依佛教以后,对这种艳歌在口头上却要做出一副反对的样子。所以当徐摛的浮艳诗风对萧纲和他周围的文士造成影响以后,梁武帝对此颇不满。《梁书·徐摛传》云"高祖闻之怒,召摛加让",但徐摛本是一个有才学的人,同时梁武帝本人从内心说就是一个艳诗的爱好者,再说原本对萧纲的要求也只是想让他做一个诗人而非皇位的继承者,所以不像对萧统那样严格。经过徐摛的对答,梁武帝就改变了态度。《梁书·徐摛传》云："及见，应对明敏，辞义可观，高祖意释。因问《五经》大义，次问历代史及百家杂说，末论释教。摛商较纵横，应答如响，高祖甚加叹异，更被亲狎，宠遇日隆。"因此引起朱异之忌，被调任新安太守。此时萧纲的诗风早已形成，而梁武帝对此也再没有做什么责备。

萧纲除了从事文学活动之外，作为一个藩王，且后来又被立为太子，当然也参加过一些政务。《梁书·简文帝纪》说他"自年十一，便能亲庶务，历试蕃政，所在有称"。在襄阳任雍州刺史时，曾于普通六年（525）派柳津等伐魏，攻下南阳、新野等郡，"拓地千余里"。《梁书·武帝纪》下载，这一年，梁雍州的军队曾攻下魏新蔡郡。在这次战役中，萧纲还可能到过前方，如前面提到的《从顿暂还城》的顿（南顿）即在此附近。但是这次战役由于豫章王萧综的奔降北魏，并未取得成功。这种战场上的胜利，应该说是襄阳一带的梁军骁勇善战之故，还不能说是萧纲指挥之功。不过这种战争，也多少使他有了一些从政的经验。据《梁书·简文帝纪》云："（萧纲）及居监抚，多所弘宥，文案簿领，纤毫不可欺。"这说明萧纲也非全无从政的能力。不过，他也和萧统一样，只是协助梁武帝处理政务，以梁武帝之固执及贪恋权势，萧纲自然也很难有所作为。不过对梁武帝晚年的失策，他也不是全无觉察。在侯景围攻台城时，据《梁书·朱异传》载，萧纲曾作过《围城赋》，其中有这样一段话："彼高冠及厚履，并鼎食而乘肥，升紫霄之丹地，排玉殿之金扉，陈谋谟之启沃，宣政刑之福威，四郊以之多垒，万邦以之未绥。问豺狼其何者？访虺蜴之为谁？"即指朱异而言。事实上朱异确是误国之臣，但在他死后梁武帝还是加以称扬。可见萧纲虽有所认识，却也无能为力。当然，从萧纲的一生看来，也未见他有突出的政治才能。他的作为皇位继承人完全是悲剧，无所作为地做了十几年太子，和他父亲一起成了侯景的俘虏，最后成为傀傀皇帝和囚徒,被侯景用土囊压死。死前,他曾题壁自序云:"有梁正士兰陵萧世缵,立身行道,终始如一,风雨如晦,鸡鸣不已。弗欺暗室,岂况三光,数至于此,命也如何!"(《梁书·简文帝纪》)他这样评价自己,从当时的历史条件看来,还是确当的。的确,他和萧统一样,从行事上说并没有什么阴险狠毒的行为,和他父亲梁武帝及弟弟萧绎并不一样。如果真让他做皇帝,是否能办好政事虽很难说,不过作为一个诗人和文学批评家,他应该说还是有他的贡献的。

二、萧纲的诗文创作

萧纲在文学方面的贡献是多方面的,他能诗善文,且对文学批评亦有其见解。在不少人看来,萧纲的文学成就主要在诗歌方面,尤其是在"宫体诗"方面。其实萧纲的贡献并不限于诗,即以诗而论,亦不仅善于艳体,其他题材的诗亦不乏佳作。如他的《登烽火楼诗》:"叠楼排树出,却堞带江清。陟峰试远望,郁郁尽郊京。万邑王畿旷,三条绮陌平。亘原横地险,孤屿派流生。悠悠归棹入,渺渺去帆惊。水烟浮岸起,遥禽逐雾征。"[①]此诗写登高远眺都城建康附近的景色,如"悠悠归棹入"以下四句,颇能体现沿江一带舟楫来往的自然景物;"万邑"二句更显出都城开阔繁富的气象。他的《登城诗》亦写登高远眺,而更具特色:"遥山半吐云,严飙时响谷。靡靡见虚烟,森森视寒木。落霞乍续断,晚浪时回复。"[②]令人如身历其境。另一首《经琵琶峡诗》的情调则与此迥异,写的是奇险之景:"由来历山川,此地独

---

① 逯钦立《先秦汉魏晋南北朝诗》,中华书局1983年版,下册1932页。
② 同上。

回遭。百岭相纡蔽,千崖共隐天。横峰时碍水,断岸或通川。还瞻已迷向,直去复疑前。夕波照孤月,山枝敛夜烟。此时愁绪密,□□魂九迁。"①琵琶峡景色之险,南齐刘绘已写过,但与此诗立意不同而各尽其妙,说明萧纲作诗,并不依傍前人,而能独出机杼。

萧纲不但善于写景,也曾写过一些边塞题材的诗。他这些诗虽多用汉魏《相和歌辞》旧题如《从军行》、《陇西行》、《雁门太守行》等,但不论内容和形式均与《相和歌辞》颇有不同。从内容上看,萧纲这些诗多数已在传统的边塞题材中加上了闺怨的成分。本来这两种题材是颇有联系的,而萧纲的诗才又偏于写妇女题材,他的大量写作这种诗,遂造成了一种传统,使唐代许多边塞诗,也常常带有闺怨的内容。从形式上讲,萧纲虽采用乐府旧题,也不拘泥于旧形式。例如《从军行》,本是五言,而萧纲之作却加上一些七言句;《雁门太守行》本辞基本上是四言,而萧纲之作,却为五言。萧纲写这类题材自然有他一定的局限,即他不可能有多少战争经历,不得不乞灵于书本,特别是前后《汉书》等典籍。因此从反映边塞真实情景说,萧纲之作较之某些到过战场的北方诗人确有不如,但艺术上还是有他的特色,如《陇西行》其三:"悠悠悬旆旌,知向陇西行。减灶驱前马,衔枚进后兵。沙飞朝似幕,云起夜疑城。回山时阻路,绝水亟稽程。往年郅支服,今岁单于平。方欢凯乐盛,飞盖满西京。"②此诗用典颇多,与其说是写实倒更像咏史。不过这种诗对后来的诗人亦有一定影响,如此诗结尾几句与隋代杨素、薛道衡等人的《出塞》有明显相似处,当然,杨、薛二人写边塞战争的生活较之萧纲要丰富真切得多。又如《从军行》其二:"云中亭障羽檄惊,甘泉烽火通夜明。贰师将军新筑

---

① 逯钦立《先秦汉魏晋南北朝诗》,中华书局1983年版,下册第1934页。
② 同上,下册第1906页。

营,嫖姚校尉初出征。复有山西将,绝世爱雄名。三门应遁甲,五垒学神兵。白云随阵色,苍山答鼓声。逦迤观鹅翼,参差睹雁行。先平小月阵,却灭大宛城。善马还长乐,黄金付水衡。小妇赵人能鼓瑟,侍婢初笄解郑声。庭前柳絮飞已合,必应红妆起见迎。"①这一首诗几乎每句都有典故,对仗亦工整,说明萧纲在作诗的技巧方面颇有过人之处,但由于缺乏这方面的生活经历,写来总难动人。

萧纲的诗似以艳歌最为擅长,其中《玉台新咏》所收,大约是他比较得意之作。其中有一些诗风虽很绮艳,但还非专门描写妇女体态之作,如《玉台新咏》所收的《戏作谢惠连体十三韵诗》:"杂蕊映南庭,庭中光景媚。可怜枝上花,早得春风意。春风复有情,拂幌且开楹。开楹开碧烟,拂幌拂垂莲。偏使红花散,飘扬落眼前。眼前多无况,参差郁可望。珠绳翡翠帷,绮幕芙蓉帐。香烟出窗里,落日斜阶上。日影去迟迟,节华咸在兹。桃花红若点,柳叶乱如丝。丝条转暮光,影落暮阴长。春燕双双舞,春心处处扬。酒满心聊足,萱枝愁不忘。"②这首诗的手法比较别致,从现存谢惠连诸诗中很难说是具体拟哪一首。诗中并未点到人,写的都是自然景色和居室内的东西。但这是通过一个独处闺房的妇女在深闺中见到的时光变化,写出了她的寂寞和愁苦心情,纯粹是用写物来写人。南北朝诗中描写妇女的诗很多,但用这种手法来刻画心理的却不多见。

萧纲写得较多,而且最能代表他创作特色的,也许是那些描写妇女动作和体态的诗。这部分作品过去最受人非议。如《和徐录事见内人作卧具诗》:"密房寒日晚,落照度窗边。红帘遥不隔,轻帷半卷悬。方知纤手制,讵减缝裳妍。龙刀横膝上,画尺堕衣前。熨斗金涂

---

① 逯钦立《先秦汉魏晋南北朝诗》,中华书局 1983 年版,下册第 1904 页。
② 同上,下册第 1942 页。

色,簪管白牙缠。衣裁合欢襦,文作鸳鸯连。缝用双针缕,絮是八蚕绵。香和丽丘蜜,麝吐中台烟。已入琉璃帐,兼杂太华毡。且共雕炉暖,非同团扇捐。更恐从军别,空床徒自怜。"①"徐录事"即徐摛,普通二年(521),萧纲为南徐州刺史,徐摛为安北中录事参军,这时他才十九岁,已写出这样辞藻秾艳的诗,足见他诗才成熟之早。又如《咏内人昼眠诗》:"北窗聊就枕,南檐日未斜。攀钩落绮障,插捩举琵琶。梦笑开娇靥,眠鬟压落花。簟文生玉腕,香汗浸红纱。夫婿恒相伴,莫误是倡家。"②此诗题材虽然并没有很深刻的意义,但描写很细腻。"簟文生玉腕,香汗浸红纱"二句尤可谓真实传神。这样的诗句在过去的论者看来,似失之轻浮,其实亦很难说有什么不健康。当然,萧纲的诗中也确有不足取的成分,如《玉台新咏》所收的《娈童》,显然是病态社会的产物。

萧纲的文学才能是多方面的,他不但善于写诗,亦擅长骈文。在他的骈文中碑一类颇有特色,如《招真馆碑》,是道教的碑文,萧纲在此文中既要阐述道家玄理,又要宣扬道教的法力。萧纲在文中使用华丽的辞藻来加以渲染,使之很好地结合起来,形成一篇奇丽的骈文。文中颇多写景之句,如"高岩郁起,带青云而作峰;瀑水悬流,杂天河而俱洒",又如"旭日晨临,同迎石华之色;夕阳斜影,俱成拂镜之晖;玉础微润,应山云于高牖;鸣籁徐响,引和风于空谷"等,设想奇特,遣辞典丽。李兆洛评此文"长笛短箫,一何清绮"③。他另一篇《吴郡石像碑》,是宣扬佛像灵验的文章,文中记载晋建兴元年(313)在今上海一带海中出现佛像被迎到吴郡之事。此事大约是当时佛教

---

① 逯钦立《先秦汉魏晋南北朝诗》,中华书局 1983 年版,下册第 1939 页。
② 同上,下册第 1940 页。
③ [清]李兆洛《骈体文钞》卷二十三,中州古籍出版社 1990 年排印本,第 506 页。

徒编造的神话,但在东晋南朝时这故事颇为流行。江淹的《吴中礼石佛》一诗,亦指这佛像。文中记载佛像出现本末备极神奇:先是被人们误认为海神,即由巫祝前去祭享,"遂乃风波骇吐,光景晦明,咸起渡河之悲,窃有覆舟之惧,相顾失色,于斯而返";后来又有道教徒前往奉迎,而"尊像沉躯,没而不见";最后是佛教徒前去,"于时微风送棹,淑景浮波,云舒盖而未移,浪开花而不喷。虽舟子招招,弗能远骛,而灵相峨峨,渐来就浦"。① 这段描写颇离奇,虽辞藻绮丽而文辞简洁,所以李兆洛称"叙次处如镜如濯",又说"当师其叙事生动处"。② 在齐梁骈文中,应当说是很杰出的。又如萧纲的《与萧临川(萧子云)书》,写朋友离别之情,抒情性较强,如"白云在天,苍波无极,瞻之歧路,眷慨良深"③诸句,读来颇为感人;他的《答穰城求和移文》,是普通年间在襄阳时所作,李兆洛评为"尚质健"④。大抵齐梁骈文,到萧氏兄弟时才臻成熟,萧统之文,李兆洛说"尚有朴致",至萧纲、萧绎"益巧构矣"。⑤ 这评语是有见地的。

三、萧纲的文学观和徐陵的《玉台新咏》

萧纲不但善诗能文,而且对文学有他自己的看法。我们现在研究齐梁时代的文学,就可以发现梁初文学与梁中叶以后的文学颇有

---

① [清]李兆洛《骈体文钞》卷二十三,中州古籍出版社1990年排印本,第508页。
② 同上。
③ 同上卷三十,第680页。
④ 同上卷十七,第300页。
⑤ 同上卷二十三,第506页。

不同,梁初作家如任昉、沈约还与宋齐文风相近,诗风以清丽为特色,尚时有典雅的古气,文亦较质朴和清刚;梁中叶以后,诗歌益趋绮艳,稍见柔靡,文亦更讲求声律对仗和辞藻。这个转变的发生大抵和《文选》成书及萧统之去世时间相当,这说明萧纲之继萧统而成为太子,对梁代文学的变化起了一定影响。这也是可以理解的。因为古代文人除了做官之外,大抵是充当达官贵人的宾客幕僚。不论哪种情况,他们的文学活动必然要去适应上层统治者的爱好。南朝文学本身的发展本是逐渐由典雅走向绮靡,而萧纲本人又是绮靡文风的倡导者,更促使这种文风的进一步盛行。萧纲之成为这个倾向的代表人物绝非偶然。从他的出身来看,虽和萧统并无区别,从性格的端正和善良来说,似亦无太大不同。然而两人所受的教育并不完全一样。萧统生下来就是按照皇位继承人的要求去培养的。梁武帝虽然是个奸雄,但他仍笃信"逆取顺守"的说法,希望儿子成为"仁德之君",使梁朝统治久长。因此萧统笃信"孝"、"礼"等儒家的教义,在萧憺死时,就下令议服丧之礼。萧纲和他不同,在《梁书·简文帝纪》中看不到这种记载,相反地,他似乎不很看重这些礼制,所以能写出像《咏内人昼眠诗》,甚至如《娈童》那样的作品。这是和他所受的教育分不开的。因为在梁武帝心目中,原来只想让他做一个富于文学天才的藩王,成为梁代的"曹植",所以对他的教育似不如萧统那样严格,尤其是七岁就叫他任云麾将军,领石头戍事,八岁就任南兖州刺史。这时他虽年幼不能真正掌握军政事务,却远离梁武帝左右,而作为皇子,身旁的师傅与臣下自然不会对他有太苛的要求,因此他的性格似较萧统稍少拘泥,使他的文才稍得自由发展。再加上他早年就和徐摛这样的老师朝夕相处,其薰染亦颇有力。像徐摛这样的文人所以能久处萧纲身旁,这也和梁武帝的初衷有关。梁武帝本人原也是艳歌的爱好者,早年也写了不少这种诗。到他做了皇帝以后,自然要以儒、佛二家的教义粉饰其统治,使文学为其政教服务,于是口头上不能不反对艳诗。当他知道徐摛的诗风时,口头上怒责,而内心却未必很反感。再说当时萧统健在,即使萧纲成为一个纯粹的文人亦不致影响梁代的统治,梁武帝的回嗔作喜,正说明了他对萧纲的要求本不同于萧统。及至萧统去世,梁武帝不愿"以少主主大业"而要以萧纲为太子时,萧纲年已二十九岁,思想已基本定型,也无从使之改变了。

萧纲的文学观较之萧统的确更见自由。在他论文学的文章中,已不再强调什么"孝友忠贞之迹"、"治乱骄奢之事"(萧统语,见前),也不再强调文学要"丽而不浮"、"文质彬彬"等要求。他在《诫当阳公大心书》中,公然主张"立身之道,与文章异,立身先须谨慎,文章且须放荡"①。这里的"放荡"当然不是指行为放纵,而是说不能有所拘泥,而要有足够的自由和独创。萧纲对文学似乎重视的是文采。他在《答张缵谢示集书》中声称:"日月参辰,火龙黼黻,尚且著于玄象,章乎人事,而况文辞可止,咏歌可辍乎。"②这种看法就与萧统的"文质彬彬"说有别。他在《答新渝侯和诗书》中对他从兄弟萧暎的诗大加赞美,称之为"风云吐于行间,珠玉生于字里,跨蹑曹左,含超潘陆"③。这是极高的评价,因为在当时,曹植、陆机的诗歌都被视为诗歌的极则,而左思、潘岳亦属第一流诗人。至于萧暎的诗究属什么内容,我们从萧纲那封信中可以看得很清楚,他说:"双鬟向光,风流已绝;九梁插花,步摇为古。高楼怀怨,结眉表色;长门下泣,破粉成痕。

---

① [清]严可均《全上古三代秦汉三国六朝文·全梁文》卷十一,中华书局1958年影印本,第3册第3010页。
② 同上。
③ 同上。

复有影里细腰,令与真类;镜中好面,还将画等。此皆性情卓绝,新致英奇。"①从这段话看来,可知萧暎的诗乃属描写妇女生活的诗,和萧纲的诗风相同,所以萧纲对他备极赞美。在这段话里有一点很可注意,即萧纲之称赞萧暎,比之为曹植及陆机、潘岳和左思,却不提谢灵运和颜延之。在齐梁时代,论诗的人一般是将曹植、王粲、陆机、潘岳和谢灵运、颜延之并提的。但萧纲对颜、谢的态度似乎与当时人不太一样。在他的《与湘东王书》中,他批评了当时的文风,说:"又时有效谢康乐、裴鸿胪(裴子野)文者,亦颇有惑焉。何者?谢客吐言天拔,出于自然,时有不拘,是其糟粕。裴氏乃是良史之才,了无篇什之美。是为学谢则不届其精华,但得其冗长;师裴则蔑绝其所长,惟得其所短。谢故巧不可阶,裴亦质不宜慕。"②从这段话看来,萧纲对谢灵运诗似有所不满。至于颜延之,他虽未指名批评,但他对颜延之的不满是很自然的。因为颜延之的诗,前人说他"喜用古事,弥见拘束"(《诗品》语),颜延之好用典,诗风古雅,却很难说华美。萧纲在批评当时有些人的诗文时说:"比见京师文体,儒钝殊常,竞学浮疏,争为阐缓。""既殊比兴,正背风骚。若夫六典三礼,所施则有地;吉凶嘉宾,用之则有所。未闻吟咏情性,反拟《内则》之篇,操笔写志,更摹《酒诰》之作,迟迟春日,翻学《归藏》,湛湛江水,遂同《大传》。"③这种情况与颜延之的好用典故,使"大明、泰始间文章殆同书抄"亦颇有共通之处。看来萧纲那封信,所要求的正是想使文学创作能有更多的自由与独创,摆脱儒家礼制的拘束。他这种要求尽管在某种程度

---

① [清]严可均《全上古三代秦汉三国六朝文·全梁文》卷十一,中华书局1958年影印本,第3册第3010页。
② 同上,第3册第3011页。
③ 同上,第3册第3011页。

上使一些不良倾向有所滋长,但更重要的是使文学创作得以免去一些拘束,得以更好地体现作者的某些真实情感,拓展了文学的描写领域,其作用基本上是积极的。

萧纲作为"宫体诗"的代表人物,他和徐陵编《玉台新咏》究竟有什么关系？这是一个颇可思考的问题。历来的研究者认为徐陵之编《玉台新咏》乃受萧纲之命,此说最早见于前引《大唐新语》中的那段话。此语据云出于唐初的虞世南,按理说应是可信的。然而刘肃是中唐人,上距虞世南生活的年代将近一百六七十年,即《大唐新语》是笔记小说,难免有得之传闻。且萧纲只活了四十九岁,所谓"晚年",究何所指？如果照现在一般的说法,《玉台新咏》至晚当成书于中大通六年(534),萧纲才三十二岁,称"晚年"不近理。不过"追悔"之说,虽不可信,但作为"宫体诗"代表人物的萧纲,其文学思想会对《玉台新咏》产生影响,这似乎是没有疑问的。不过现存的《玉台新咏》一书,还保存多少徐陵的原貌,颇可研究。即以现在公认为比较可信的明寒山赵均覆宋本而言,就存在着不少矛盾的现象,例如:把萧纲称为"皇太子",似是徐陵当时的称呼,但又把梁武帝称"梁武帝",这是已死的谥号。如果是梁武帝死后,萧纲应是皇帝而非皇太子,再说梁武帝死时,徐陵已到邺城,而等徐陵还南,那已到梁亡前夕,兵荒马乱,不可能有时间去编这些艳诗了。《玉台新咏》选录作品,在第六卷以前,皆严格按作者卒年编排,以《梁书》诸传核之几无一不合。第七卷乃梁武帝萧纲父子,第八卷以下,似是存者,其次序或依官阶。我们再看第五卷,收范云诗四首,却放在何逊、王枢、庚丹之后,这与本书体例不合。范云卒于天监二年(503),比江淹早二年,当在卷五之首,而反置于末,似是后人所补。第八卷下又见徐悱妻、王叔英妻诗各一首,而二人已见卷六末。卷九末又有王叔英妻诗一首,沈约诗六首在刘孝威、徐君蒨后。卷十则纪少瑜后又见王叔英妇、戴暠、刘孝威诗。按：孝威已见本卷刘孝仪后、江伯瑶前，此似已经后人补缀。再说《玉台新咏》和《文选》的一大不同即收录健在者之诗，然而书中却不收徐摛之作。其原因颇可研究。徐摛实际上正是"宫体诗"的开山祖。可见即使是赵本，亦非全无可疑处，刘跃进博士在《〈玉台新咏〉成书年代新证》[①]一文中怀疑此书编成于陈代，对作者的称呼系后人窜改，而未收徐摛之作，是因为徐摛死于"侯景之乱"中，文集散佚之故。此说有一定道理，当然这说法也只是推测。

即使《玉台新咏》成书于陈代，但它和萧纲的文学思想确有共同之处的事实并不会因此改变。因为萧纲既是"宫体诗"的主将，又和徐陵早年有很密切的关系，两人诗风又颇相近，所以从《玉台新咏》对作品的选录来理解萧纲的文学观，应该是可以的。从今本《玉台新咏》来看，萧纲的文学观和萧统确有许多不同。萧统在编纂《文选》时，比较强调文学和政教的关系，而对儿女之情似不太看重。与此相关的还有他对民间作品有一定程度的轻视，因此《文选》中所收民歌甚少，对汉代的乐府古辞仅取四首（李善注仅三首），而对涉及男女之情的诗如《陌上桑》、《古诗为焦仲卿妻作》等均未入选，只有《玉台新咏》才保存了这些名篇。至于"吴声歌"和"西曲歌"，《文选》一律不收，这也许和萧统之不喜女乐有关。至于萧纲则不但喜爱这些艳歌，而且在自己的创作方面也深受这些民歌的影响。至于对三国以来诗人的选录，萧统和徐陵的眼光亦颇有异同。大抵《玉台新咏》的宗旨在于"撰录艳歌"，因此和《文选》有所不同。不过二书对曹丕、曹植、陆机、潘岳等人的诗，态度还是相近的。如《文选》录曹植诗二十四首，《玉台新咏》则录十首，其中相同的凡五首，凡《文选》所录有关艳

---

① 刘跃进《〈玉台新咏〉成书年代新证》，《古典文学文献学丛稿》，学苑出版社1999年版，第123~149页。

情和妇女生活的诗,《玉台新咏》均已收入。《文选》录陆机诗二十五首,《玉台新咏》收十四首,同样《文选》所录有关妇女及艳情的陆诗,《玉台新咏》亦已收入,还多收了《为周夫人赠车骑》和《燕歌行》二首。关于潘岳的诗,情况亦与此相类。当然,二书对嵇康、张协、左思的态度看来不大相同,但这是由《玉台新咏》的性质决定的。二书选录作品的区别似主要在南朝作家方面,例如对鲍照,《文选》不取《拟行路难》《梅花落》等名篇,而《玉台新咏》均已收入,说明萧统过于强调典雅,而萧纲则强调艳丽。这一方面似乎《玉台新咏》胜于《文选》。但像对谢朓、沈约之作,《文选》所录均为传诵名篇;而《玉台新咏》限于仅取艳歌,有些诗自难收入,但其中一些咏物之作,则似乏精彩,在沈、谢集中本属下乘。(当然《玉台新咏》收沈约的《六忆》《八咏》确不失为好诗。)所以二书的得失,自当有所分析,不能一概论之。后来唐宋时《文选》之学大盛,《玉台新咏》则读者寥寥,实由专录艳歌之书,本不适于应举之用,未可据此定其优劣。

第七章　文论和创作实践相矛盾的萧绎

一、萧绎的生平

在梁武帝诸子中最能继承其早年阴狠狡诈性格的,要数排行第七的萧绎(508~554),亦即历来所说的梁元帝。萧绎字世诚,小字七符。他在诸子中地位比较特殊。他的母亲据《梁书·后妃传》:"高祖阮修容讳令嬴,本姓石,会稽余姚人也。齐始安王遥光纳焉。遥光败,入东昏宫。建康城平,高祖纳为采女。天监七年八月,生世祖(萧绎)。寻拜为修容,常随世祖出蕃。"可见萧绎之母在梁武帝妻妾中地位甚低,只是由于生了萧绎才被封为"修容",此前不过是个"采女"。这位阮修容据萧绎《金楼子·后妃》说"以昇明元年丁巳六月十一日生"(《知不足斋丛书》本卷二)。《梁书·后妃传》谓阮修容"大同六年六月,薨于江州内寝,时年六十七",则当生于元徽二年(474),与《金楼子》不合。《南史·后妃传》亦作"大同九年六月",与《金楼子》合。疑《梁书》有误,《南史》校勘记据王鸣盛说改"九年"。按:《金楼子》谓"大同九年太岁癸亥六月二日庚申,薨于江州之内寝",当可据。据此,她生萧绎之年,已经三十二岁,比萧统、萧纲之母丁贵嫔大十一岁,按年龄来说,已很难得到帝王宠幸。《南史·梁本纪》下记萧绎出生事云:"初,武帝梦眇目僧执香炉,称托生王宫。既而帝母阮采女次侍,始褰户幔,有风回裾,武帝意感幸之。采女梦月堕怀中,遂孕。""梦月"传说,颇可推敲,萧绎称"帝",当为"日"而非"月"。《左传·成公十六年》:"姬姓,日也;异姓,月也。"《文选》谢庄《月赋》记梦月生子,一为孙策,一为汉元帝王皇后,皆非正统帝王。尤其六朝人皆熟悉《左传》,以萧绎为"月"(异姓),究属何意?颇可研究。这个荒诞神话,自不足信。《南史·梁武帝诸子·庐陵威王续传》:"始元帝母阮修容得幸,由丁贵嫔之力。"这些都说明阮修容之生萧绎,有一个曲折的经历,可惜史料不足,已难详考。

　　这位阮修容虽出身低微,据萧绎在《金楼子·后妃》中记载,却颇有文化教养,据说"年数岁,能诵《三都赋》、《五经指归》",后来又学过"《净名经》、《杂阿毗昙心论》等佛经"。据萧绎说,她还会"看相"和辨察"云气",她曾预言临川王萧宏之死和萧统之不能嗣立,并预料刘敬宫(《梁书》作"躬")的谋反。这些虽亦近迷信,却说明她和一般后妃、宫女不同,时刻注视着政局。萧绎自称:她"及随绎数番,指以吏道,政无繁寡,皆荷慈训";"余好为诗赋及著书,宣修容敕旨曰:'夫政也者,生民之本也,亦其勖之。'余每留心此处,恒举烛理事,夜分而寝"。(《金楼子·杂记》下,《知不足斋丛书》本卷六)可见萧绎的不少政治手腕,很可能得自阮氏的慈训。因为她经历过齐末权贵萧遥光的邸宅、东昏侯的宫廷,可谓"见多识广",富于政治经验。

　　在封建社会中,依据"子以母贵"的惯例,萧绎在梁武帝诸子中,其地位不但不能和丁贵嫔所出的萧统、萧纲及萧续相比,较之吴淑媛所出的萧综和董淑仪所出的萧绩也略有不如。据《宋书·后妃传》"贵嫔"为"三夫人"之一,位视"三公";"淑媛"、"淑仪"和"修容"并在"九嫔"之列,"位视九卿",但"淑媛"、"淑仪"在"修容"之前。这种卑微的地位,也许正是阮修容及其子萧绎力求高出他人的重要原因。除此以外,造成萧绎某些性格形成的另一因素就是他的生理上的缺陷——眇一目。《南史·梁本纪》下云:"初生患眼,医疗必增,武帝自下意疗之,遂盲一目。乃忆先梦,弥加慜爱。"萧绎自称梁武帝对他"特垂慈爱"(《金楼子·杂记》上,《知不足斋丛书》本卷六),大约正是由此原因。

萧绎早年即颇聪明,《梁书·元帝纪》云:"年五岁,高祖问:'汝读何书?'对曰:'能诵《曲礼》。'高祖曰:'汝试言之。'即诵上篇,左右莫不惊叹。"次年,即天监十三年(514)就被封为湘东王。《金楼子·自序》云:"余六岁解为诗,奉敕为诗曰:'池萍生已合,林花发稍稠。风入花枝动,日映水光浮。'因尔稍学为文也。"这是他走上文学道路的开始。但其母阮修容则不大赞成他从事诗文写作,而要他关心政务。当然,作为一个帝王的儿子走上仕途是很容易的。萧绎的出任宁远将军、会稽太守,大约是在普通元年(520),其后又为宣威将军、丹阳尹。这时他年纪不过十几岁,恐难亲自处理政事,故史不载其年月。直到普通七年(526),他"出为使持节、都督荆湘郢益宁南梁六州诸军事、西中郎将、荆州刺史",这时年已十八,当可开始亲理政事了。这是他第一次出任荆州刺史,一共在那里任职十四个年头,至大同五年(539),才被调回建康,任安右将军、护军将军、领石头戍军事。这时梁代的政局比较稳定,荆州物产丰盛,本是南朝盛产粮食之地,又是梁武帝起兵时的后方。入梁后历经始兴王萧憺、鄱阳王萧恢的治理,二人在梁武帝诸弟中均称贤能,因此兵精粮足,以致萧绎东返后,梁武帝命他检阅军队,据说:"伏蒙敕板军主,新从荆还,人马器甲,震耀京辇,百姓观者如堵墙焉。"(《金楼子·杂记》上,《知不足斋丛书》本卷六)此时他在朝廷中颇受人称赏。但与此同时,萧绎的不良品质已有所表现。《南史·梁武帝诸子·庐陵威王续传》:"元帝之临荆州,有宫人李桃儿者,以才慧得进,及还,以李氏行。时行宫户禁重,续具状以闻。元帝泣对使诉于简文,简文和之得止。元帝犹惧,送李氏还荆州,世所谓西归内人者。自是二王书问不通。及续薨,元帝时为江州,闻问,入阁而跃,屧为之破。"萧绎有《送西归内人诗》云:"秋气苍茫结孟津,复送巫山荐枕神。昔时慊慊愁应去,今日劳劳长别人。"①足证《南史》记载属实。萧绎颇好标榜自己,《梁书·元帝纪》亦称他"性不好声色",而此事却颇道出了萧绎的真相。

萧绎在建康任职不过一年多,大同六年(540)又被调为镇南将军、江州刺史。在江州又是七年左右,太清元年(547)庐陵王萧续卒于荆州,他又被调任荆州刺史。他这次到荆州,官号为"使持节、都督荆雍湘司郢宁梁南北秦九州诸军事、镇西将军、荆州刺史",也就是说除现今的重庆、四川和云贵诸地外长江上中游和汉水流域甚至包括今陕南和豫南部分地区的兵马都得由他调度。这样他就掌握了当时南朝主要的钱粮产地和出精兵的地方,眼看梁武帝已年逾八十,时刻准备着借上游之势,东向以争天下。无怪乎在《金楼子》中一再地对东晋权臣桓温表示仰慕。正在这时老髦昏愦的梁武帝竟纳东魏叛将侯景之降,并对他毫无防备,终于引起了次年侯景的叛乱,自寿阳起兵进攻建康,由于梁朝的武备松弛和梁武帝的用人不当,使侯景叛军迅速渡过长江并包围了梁武帝和萧纲父子所居的台城。侯景叛军初起时,兵力并不强大,梁武帝亦不以为意。的确,如果当时上游诸州的军队及时东下救援,台城陷落的悲剧是根本不可能发生的。在这方面,《梁书》的记载,往往根据了萧绎方面的诬妄不实之词。如《武陵王纪传》说萧纪"及太清中,侯景乱,纪不赴援";《元帝纪》称河东王萧誉在太清三年四月"世祖征兵于湘州,湘州刺史河东王誉拒不

---

① 逯钦立《先秦汉魏晋南北朝诗》,中华书局1983年版,下册第2060页。

遣"等。其实均非事实。据《南史·梁武帝诸子·武陵王纪传》,萧纪得知台城陷落的消息后,"纪乃移告诸州征镇,遣世子圆照领二蜀精兵三万,受湘东王绎节度。绎命圆照且顿白帝,未许东下"。萧誉据《梁书·河东王誉传》:"侯景寇京邑,誉率军入援,至青草湖,台城没,有诏班师,誉还湘镇。"可见萧誉并非坐视台城被围而不救。至于萧绎与萧誉、萧詧(萧誉弟)互攻的起因,据《梁书·河东王誉传》云:"时世祖军于武城,新除雍州刺史张缵密报世祖曰:'河东起兵,岳阳聚米,共为不逞,将袭江陵。'世祖甚惧,因步道间还,遣咨议周弘直至誉所,督其粮众。誉曰:'各自军府,何忽隶人?'前后使三反,誉并不从。"据此,萧绎、萧誉之失和,似由于张缵之挑拨。其实事情并不如此。据《梁书·武帝纪》下,"以护军将军河东王誉为湘州刺史"在太清二年(548)四月,以"前湘州刺史张缵为领军将军"在太清二年五月,都在侯景反叛以前,至于以张缵为雍州刺史,则《梁书·武帝纪》并无记载,其事有无姑勿论,但直到台城陷落时,萧詧仍未知被取代之事。《周书·萧詧传》:"初,梁元帝将援建业,令所督诸州,并发兵下赴国难。詧遣府司马刘方贵领兵为前军,出汉口。及将发,元帝又使咨议参军刘毅喻詧,令自行。詧辞颇不顺,元帝又怒。而方贵先与詧不协,潜与元帝相知,克期袭詧。"可见此时萧绎已在图谋袭击萧詧,他谋害萧誉、萧詧之心早已存在,本不待张缵进谗。再说张缵其人与萧绎关系本非一般。《梁书·张缅附张缵传》载萧绎登上帝位后追思张缵作诗,"其序曰:简宪(张缵谥号)之为人也,不事王侯,负才任气,见余则申旦达夕,不能已已。怀夫人之德,何日忘之"。在《金楼子序》中,萧绎也说"张简宪,余之知己也"。其实萧詧当时也可能确在集结军队,而其用心决非要袭击江陵,却是与邵陵王萧纶联合,出兵讨伐侯景。因为当时萧纶在援救台城失败后,以郢州驻军,准备再举,却困于军粮不继,无法进军,而湘州的萧誉则予以支援。所以湘州被围后，萧纶陷于"饔馈悬绝，卒食菜蔌，阻以菜色，无因进取"的境地，只得向萧绎要求撤长沙之围，"使其运输粮储，应赡军旅，庶协力一举，指日宁泰"（并见《梁书·高祖三王·邵陵王纶传》）。萧纶这种请求，萧绎自然不会理会，他显然要坐观成败，等待侯景灭梁之后，再来重建社稷，登上帝位，断不容许萧纶立功。于是他加强了对湘州的围攻，最终杀害了萧誉。

萧绎对萧誉的战争打得很不顺利，从太清三年（549）六月开始，就派儿子萧方等去攻湘州，萧方等战败而死，接着又派鲍泉，亦无功，一直到次年即大宝元年（550）的五月，才攻下湘州，杀了萧誉。在这期间，据《南史·梁本纪》下云："先是，邵陵王纶书已言凶事，秘之，待湘州之捷。是月壬寅，始命陈莹报武帝崩问，帝哭于正寝。"萧绎分明是秘不发丧来实现自己消灭异己的图谋，发丧之后，却又自称"窃慕考妣之盛则，立尊像供养于道场内，设花幡灯烛，使僧尼顶礼，正以乌鸟之心，系恋罔极"（《金楼子·立言》上，《知不足斋丛书》本卷四）来欺骗别人。即使这样，他又不急于出兵攻打侯景，而派王僧辩"帅舟师一万以逼纶，纶将刘龙武等降僧辩，纶军溃"，最终萧纶只能逃奔武昌、汝南，最后为西魏将杨忠所害。（《梁书·高祖三王·邵陵王纶传》）萧绎这样做，显然因为在"侯景之乱"中，梁武帝诸子惟独萧纶抗击侯景最为尽力，怕他深得民心，成为自己登上帝位的障碍。

害死了萧誉和萧纶，萧绎的魔手又指向其弟武陵王萧纪。萧纪其人早年颇有政绩，《梁书》讳而不书，《南史·梁武帝诸子·武陵王纪传》则记其开建宁、越巂之功，以及梁武帝称其清廉慎勤的话。当"侯景之乱"发生后，他派儿子圆照率兵东下，受萧绎节度，说明他还相信萧绎，而萧绎却不许东下。及至梁武帝死讯一到，萧纪又要出兵，萧绎仍不许东下，说是"蜀中斗绝，易动难安，弟可镇之，吾自当灭贼"，萧纪对此尚有怀疑，认为"七官文士，岂能匡济"，说明萧纪东下,实在志在讨伐侯景,但出兵后却遭西魏偷袭,直逼成都,而萧绎又派陆法和在峡口阻击,使其不得东下。萧绎还向西魏"移书请救,又请伐蜀"(《周书·尉迟迥传》),萧绎甚至在信中说"子纠亲也,请君讨之"①。这时萧纪得知侯景已平,部下亦有人建议回救成都,但形势已难改变。萧纪的军队屡为萧绎所招降的侯景部将任约、谢答仁所败,他曾向萧绎提出"和缉之计",而萧绎不许。承圣二年(553)七月,萧纪兵溃散,父子俱为萧绎部将所杀。

萧绎在杀害萧誉、逼死萧纶和阻止萧纪东下的同时,于大宝三年(552)二月派王僧辩自寻阳出兵讨伐侯景,三月,即将侯景讨平,这说明以当时萧绎的实力去消灭侯景,本非困难,他所以迟迟不出兵,正是想利用侯景去谋害皇位的合法继承者萧纲,然后以"兴复梁朝"的名义登上皇帝宝座。然而侯景在废萧纲之后,却又一度立萧统长子欢之子萧栋为傀儡,不久又废黜囚禁了他。萧绎对这位侄孙也不放过。《南史·梁武帝诸子·萧统附孙栋传》云:"初,王僧辩之为都督,将发,咨元帝曰:'平贼之后,嗣君万福,未审有何仪注?'帝曰:'六门之内,自极兵威。'僧辩曰:'平贼之谋,臣为己任,成济之事,请别举人。'由是帝别敕宣猛将军朱买臣使行忍酷。会简文已被害,栋等与买臣遇见,呼往船共饮,未竟,并沉于水。"可见出兵之前萧绎已布置了部下,万一萧纲尚在,就要杀害,而萧纲已死,遇害的就成了萧栋。这就是那个在《金楼子》中满口"仁义道德"、"崇儒"、"信佛"的萧绎的真面目!庾信在《哀江南赋》中说萧绎对梁武帝和萧纲是"但坐观于时变,本无情于急难",而对萧誉、萧纪则"蔑因亲以教爱,忍和乐于弯弧",确是事实。不过,萧绎虽有梁武帝当年之"奸",却绝无

---

① [清]严可均《全上古三代秦汉三国六朝文·全梁文》卷十七,中华书局 1958 年影印本,第 3 册第 3048 页。

其"雄"的一面。在他杀害萧誉、萧纪和平定侯景之后,既未及时还都建康,又未加强江陵的防务,却在接待北齐和西魏的使节方面得罪了西魏,于是西魏执政宇文泰又派兵来攻打江陵,而久受萧绎威胁而归降了西魏的萧詧也出兵配合西魏军来攻。萧绎急调远在长江下游的王僧辩入援,但已经来不及。江陵终于在承圣三年(554)底被攻陷,萧绎亦被西魏所杀。他在失败前夕,把自己的藏书和平定侯景时从建康运来的图书十余万卷全部放火焚毁,对文化又犯下滔天大罪。

萧绎死后,西魏军立萧詧于江陵,是为后梁,而把襄阳收归西魏,改称"襄州"。王僧辩、陈霸先等在建康拥立萧绎子萧方智,不久陈霸先又杀王僧辩,并代梁自立,是为陈朝。自江陵陷落后,南朝的疆土已局限于今湖北中部以东地区,土宇日蹙,由北朝来统一中国的形势业已确定了。

二、萧绎的思想性格

萧绎的思想性格比较复杂,他的言行往往不符,其著述中某些言论有时并不代表他的真实观点,然而他的思想性格,也不时地在这些书里流露出来。因此研究萧绎的思想性格,尤需注意去伪存真的工作。

萧绎的著述甚多,据《金楼子·著书》所载,其著述共六百多卷,据清人汪辉祖说,《永乐大典》本《金楼子·聚书》后有"自《连山》三帙"至"已上六百七十七卷"云云。今案其文系《著书》正文,脱其篇目,因误与《聚书》合为一篇。今本《著书》将著述分为甲、乙、丙、丁四类,计六百四十七卷,而其统计数字,据汪辉祖统计,亦有误。文字恐有脱误,姑作"六百多卷"。但其中不全是萧绎自己的著述,如《安成炀王集》《碑集》《诗英》均编集他人文章;《周易义疏》《注前汉书》等乃为他人著述作注释。萧绎自己在《金楼子·杂记》下说到他自己的著述中"唯《玉韬》最善"。但这些著述大抵散佚。今天能读到的除一些诗文外,只有一部业已残缺的《金楼子》。此书原有十卷,后散佚,今本存六卷,系清人从《永乐大典》中辑出,脱误恐在所难免。从《金楼子》现存的佚文看来,此书颇为驳杂,不少内容系抄摘别人著作,并非萧绎自己的文字。如《兴王》《箴戒》《后妃》诸篇,大抵取自古代的经、史、子及诸种传说;《戒子》《说蕃》以下诸篇,亦多采择前人之言论及记述,其中《捷对》《志怪》以及《立言》《杂记》的大部分,亦多采自他书。只有《终制》《聚书》《著书》《自序》及《立言》《杂记》的一部分保存萧绎自己的话最多。但那些大部分采自他书的篇目中,有时也颇能体现出他的某些真实用意。如《兴王》中讲梁武帝登上帝位前的许多"灵异",意在宣扬他的家族"受命于天",理当统治百姓。这些迷信故事已被史籍所采用。《后妃》记阮修容事,亦意在宣扬其母之不同凡响,以此压倒梁武帝正妻郗氏和萧统、萧纲之母丁氏,说明自己是帝位的合法继承人。《立言》篇首大肆宣扬孝道,亦为掩饰其已知梁武帝死讯而秘不发丧,一意剪除萧誉、萧纪的暴行。《立言》上记萧贲许多过失,无非因为萧贲得罪了他(事见《南史·齐武帝诸子·竟陵王子良附萧贲传》)。《南史》云"(萧绎)乃著《怀旧传》以谤之",疑此条本出《怀旧志》。《杂记》上记庐陵威王萧续贪财好色的结果是所蓄全入侯景之手,实因他与萧续本有旧怨。

从《金楼子·著书》中所保存的《孝德传序》《上忠臣传表》《忠臣传序》《全德志序》等文字看来,萧绎竭力宣扬的是忠、孝等封建道德,似乎笃信儒家的一套学说。在《立言》下,他还说:"河上公《序》言:周道既衰,老子疾时王之不为政,故著《道德经》二篇,西入流沙。至魏晋之间,询诸大方,复失老子之旨,乃以无为为宗,背礼违教,伤风败俗,至今相传,犹未祛其惑。皇甫士安云:世人见其书云谷神不死,是谓元(玄)牝。故好事者遂假托老子以谈神仙。老子虽存道德,尚清虚,然博贯古今,垂文《述而》之篇,及《礼传》所载孔子慕焉是也。而今人学者,乃欲弃礼学,绝仁义,云独任清虚,可以致治,其违老子亲行之言。"按:河上公《老子序》今佚,中华书局排印本《老子道德经河上公章句》第三百一十一页所辑"河上公序"即引自《金楼子》;《述而》,《论语》篇名。篇中有"窃比于我老彭"语。《礼传》指《礼记·曾子问》记老聃为孔子说礼事。这段话简直是一个儒家卫道者的口吻。在《立言》上,他甚至声称:"哲人君子,戒淫思冲者何也。政以戒惧所不睹,恐畏所不闻,况其甚此者乎?"接着他讲了一通像自己这样"生自深宫之中,长于妇人之手"的藩王应该引为深戒的是:"幼飧尊贵,骄也;名田县道,富也;歌钟盈室,淫也;杀戮无辜,忌也。夫刑罚不中,则民无所措手足,况倍此者邪?夫贵而不骄者,鲜矣。骄则轻于宪纲,富则恃于金宝,淫则惑于昏纵,忌则轻于生杀。既不知稼穑之艰难,又不知民天之有本,徒见珠玑犀甲之玩,金钱翠羽之奇,动容则燕歌郑舞,顾盼则秦筝齐瑟,谓与椿鹄齐龄。宁知蕣华易晚!覆其宗社,曾不三省,损其身名,不逢八议,异矣哉。古之欲明明德于天下者,先治其国,欲治其国者,先齐其家,欲齐其家者,先修其身,欲修其身者,先正其心,欲正其心者,无为不善而怨人,无刑已至而呼天,身不善而怨人,不亦反乎?刑至而呼天,不亦晚乎?"这些话说得简直像后来的理学家,如果联系到《南史·梁本纪》下所载他在江陵前夕哀号"萧世诚一至此乎",以及焚书之事,更可以充分认识萧绎其人的虚伪面目。又如他平时自称笃信佛教,作《内典碑铭集林序》,宣扬佛理,作《法宝联璧序》表示真诚皈依佛门,为梁武帝、阮修容等设立道场,使僧尼顶礼(见《金楼子·立言》上),似乎是一心向善的佛教徒。其实,在王僧辩出兵之前,下令"六门之内,自极兵威",料知萧纪败局已定,就绝其和议,必欲置诸死地的言行,才是萧绎的真思想、真性格。

不过,在《金楼子》中,也确实表现了萧绎的某些真实思想,其中最能代表萧绎性格特征的要算《杂记》上:"成汤诛独木,管仲诛史符,吕望诛任鄙,魏操诛文举,孙策诛高岱,黄祖诛祢衡,晋相(指司马昭)诛嵇康,汉宣诛杨恽,此岂关大盗者,深防政术,腹诽心谤,不可全也。"在这里所举的一些事例中,像曹操杀孔融、黄祖杀祢衡和司马昭杀嵇康等例,是历来所公认的残害异己的暴行,绝无加以称道之例,而萧绎竟把屠杀人的凶手比作成汤、吕望这样被古人视作"圣贤"的人物。这说明奸雄与"圣贤"原无区别,都是他效法的榜样,无怪乎他在《金楼子》中一再地把桓温和诸葛亮并提,并对之表示仰慕。所以萧贲仅仅对文章提出一些意见,就被他"收付狱,遂以饿终,又追戮贲尸"(《南史·齐武帝诸子传》);刘之遴只因萧绎"嫉其才学,闻其西上至夏口,乃密送药杀之"(《南史·刘虬附之遴传》)。这种行径,即使在历代暴君中,亦不为多见。至于对萧誉、萧纪、萧纶和萧栋的事例,更可见其残忍毒辣。萧绎对他的兄弟、侄儿和侄孙的暴行,正如他坐视台城之围而不救一样,目的都在于谋取帝位。在《金楼子》中他一再以"诸侯"自居,而事实上却时刻在谋取帝位。如《金楼子·立言》上:"势者君之舆,威者君之策,臣者君之马,民者君之轮。势固则舆安,威定则策劲,臣从则马良,民和则轮利。"在他看来不是立君为民,而完全是要使所有的臣民服从自己,完全是一个专制统治者的口吻。同篇中他又说:"制将之法,必使弛张从时。事疑则争生,势侔则乱起。所以萧樊被于缧绁,信布见于诛夷,驭将之间,可不深慎也。"这段话也确实反映了他对部下那些将领的态度。例如《梁书·王僧辩传》有这样一段记载:"及荆、湘疑贰,军师失律,世祖又命僧辩及鲍泉统军讨之,分给兵粮,克日就道。时僧辩以竟陵部下犹未尽来,意欲待集,然后上顿。谓鲍泉曰:'我与君俱受命南讨,而军容若此,计将安之?'泉曰:'既禀庙算,驱率骁勇,事等沃雪,何所多虑。'僧辩曰:'不然。君之所言,故是文士之常谈耳。河东少有武干,兵刃又强,新破军师,养锐待敌,自非精兵一万,不足以制之。我竟陵甲士,数经行阵,已遣召之,不久当及。虽期日有限,犹可重申,欲与卿共入言之,望相佐也。'泉曰:'成败之举,系此一行,迟速之宜,终当仰听。'世祖性严忌,微闻其言,以为迁延不肯去,稍已含怒。及僧辩将入,谓泉曰:'我先发言,君可见系。'泉又许之。及见世祖,世祖迎问曰:'卿已办乎?何日当发?'僧辩具对如向所言。世祖大怒,按剑厉声曰:'卿惮行邪!'因起入内。泉震怖失色,竟不敢言。须臾,遣左右数十人收僧辩。既至,谓曰:'卿拒命不行,是欲同贼,今唯有死耳。'僧辩对曰:'僧辩食禄既深,忧责实重,今日就戮,岂敢怀恨?但恨不见老母。'世祖因斫之,中其左髀,流血至地。僧辩闷绝,久之方苏。即送付廷尉,并收其子侄,并皆系之。"后来鲍泉被萧誉打败,萧绎又"数泉以十罪",派王僧辩去接替,又把鲍泉"锁于床侧"。这就是萧绎所谓的"制将之法",其残忍毒辣亦远远超过了乃父梁武帝。这简直有背人之常性,近于心理变态了。

萧绎之所以有这种表现绝不是偶然的。这和他的生理缺陷以及在梁武帝诸子中的地位不无关系。萧绎的生母阮氏,在梁武帝的妻妾中地位本极卑微。她早年曾入齐武帝宫中,后又为齐始安王萧遥光所纳,萧遥光作乱失败后又进入东昏侯萧宝卷宫中,梁武帝攻克建康,她又被纳为"采女",亦即伺候后妃的宫女,其实同于奴婢,还够不上"妾"的地位。她这个"修容"是生下萧绎后才当上的,连"阮"姓也是此时的赐姓。她这种经历,即使在南朝那种贞节观念还不甚强烈的社会里,毕竟也是"流离成鄙贱"了。再加上她生萧绎时已三十二岁,纵使宠妃,亦已到"色衰爱弛"的年龄,《晋书·孝武帝纪》:"时张贵人有宠,年几三十,帝戏之曰:'汝以年当废矣。'贵人潜怒,向夕,帝醉,遂暴崩。"这说明当时人以为妇女三十即为色衰。要想受宠于梁武帝显然十分困难。《南史·梁武帝诸子·庐陵威王续传》:"始元帝母阮修容得幸,由丁贵嫔之力,故元帝与简文相得,而与庐陵王少相狎,长相谤。"关于丁贵嫔怎样帮助阮氏"得幸",梁朝的人自不敢详述,尤不得笔之于书,我们现在已难确考。但有一点却是肯定的,即丁贵嫔与阮修容二人在天监初年的宫廷中,贵贱之别悬殊。丁贵嫔虽非皇后,但梁武帝正妻郗氏已于起兵以前死于襄阳,梁武帝登上帝位的当年,即以她为贵嫔,"位在三大人上,居于显阳殿"(《梁书·后妃·高祖丁贵嫔传》)。她又是太子萧统和萧纲、萧续的生母,虽无皇后之号,其地位实同皇后。《梁书·后妃传》:"贵嫔备典章礼数,同于太子,言则称令。"按:齐代的宣德太后(文惠太子萧长懋妻王氏)已为太后亦称"令",可见丁贵嫔地位实同皇后。梁武帝以萧纲比曹植,以萧续比曹彰,显然是比萧统为曹丕,比丁贵嫔为卞太后。那时阮修容只是从东昏侯宫中接收过来的一名宫女,轮值去服侍皇帝。以这种卑贱的地位,要取得位同皇后的丁贵嫔的欢心本已十分困难,更何况是出力帮她"得幸",更需克服性爱的排他特点,再加上阮氏已年逾三十? 显然,阮修容在这方面是煞费苦心,忍受过许多屈辱,极尽谄媚之能事的。萧绎在《金楼子·后妃》等篇中,大肆宣扬他母亲对他的教诲,自然不能谈到这些伎俩。然而阮氏为了保持她自己和儿子的地位,显然也会把那种韬晦、伪装和谄媚的手法传授给她的儿子。因此萧绎从小所受的教育,显然和萧统、萧纲等人大不相同。

  萧绎本人生来就有着生理缺陷,眇一目,这显然对他性格的形成也有一定的关系,因为有这种缺陷,自然更难被物色为皇位的继承人。事实上梁武帝虽称对萧绎"特垂慈爱",但对他的重视似不如其他诸人,萧统是太子,自不用说;萧纲封晋安王,食邑八千户,较其他人多出四倍;就是其他诸子,如萧纶、萧纪均曾任扬州刺史的要职;萧续长期在襄阳这发祥之地任雍州刺史,后为荆州刺史时,官号为骠骑将军,死后萧绎继任,则官号为镇西将军,比骠骑将军低一品。这种情况说明了他不但"次不当立",而且较之其他兄弟亦有不及。他在《金楼子·立言》上记他对裴子野讲到自己著书的原因时说:"吾于天下亦不贱也。所以一沐三握发,一食再吐哺,何者? 正以名节未树也。吾尝欲棱威瀚海,绝幕居延,出万死而不顾,必令威振诸夏,然后度聊城而长望,向阳关而凯入,尽忠尽力,以报国家,此吾之上愿也。次则清浊一壶,弹琴一曲,有志不遂,命也如何? 脱略刑名,萧散怀抱,而未能为也。但性过抑扬,恒欲权衡称物,所以隆暑不辞热,凝冬不惮寒,著《鸿烈》者,盖为此也。"裴子野卒于中大通二年(530),当时萧统还健在,梁代尚无动乱迹象。他当时还不敢觊觎皇位,对自己前途并无十足信心。他还要依附丁贵嫔和萧纲以求庇护,而在荆州还都时,由于宫人李氏之事,幸得萧纲说情,才得无事。因此《南史》说他"与简文相得",在萧纲来说是真诚的,而且其地位也使他忽于防备;而在萧绎来说纯粹是利用,当他长期地讨好萧纲的同时,内心却又感到屈辱,积羞成怒,不然,后来就不会布置部下准备对萧纲下毒手。长期地觊觎皇位而又无法得到,使他对兄弟子侄都充满了仇恨,甚至对其父亦不惜见死不救,这正是一个心理变态而又充满野心的阴谋家的行径。萧绎这种性格是在其生理缺陷及出身地位等因素长期影响下形成的。他这种思想性格,不但影响了他的行为,同样也影响了他的文学观,下面还要详谈。

三、萧绎的诗文及其文学思想

萧绎其人虽阴险狠毒,却颇有文才。明代张溥在《汉魏六朝百三家集·梁元帝集题词》中虽对他的残忍和虚伪颇有认识,但最后还认为"眇僧化身,固一神物哉"①。这就是说尽管鄙薄其为人,却又颇欣赏其诗文成就。这大约可以代表后来一部分论者的看法。至于在他死后不久的初唐史家们对他的评价就与此不同,他们认为:"梁自大同之后,雅道沦缺,渐乖典则,争驰新巧。简文、湘东,启其淫放,徐陵、庾信,分路扬镳。其意浅而繁,其文匿而彩,词尚轻险,情多哀思。格以延陵之听,盖亦亡国之音乎。"(《隋书·文学传论》)这种论点实际上是对梁后期文风采取全盘否定的态度。这些史家之所以否定梁后期文学,无非是要求文学为政教服务,并非从文学的艺术特性着眼。但他们把萧绎看作和萧纲属于同一文学流派,则似乎已被大多数论者所接受,而且基本上也符合事实。现在我们看萧绎的一些诗文,其风格确与萧纲有不少类似之处。但仔细分析,两人的创作也不尽相同,大体上说,萧绎的诗才略逊于萧纲,因此现存的诗作不如萧纲的多,但从骈文而论,则颇可颉颃。至于在抒情小赋方面,特别是那些五七言句占多数的短赋,则似乎较萧纲之作更受人们重视。

萧绎的诗一般都认为属于"宫体"之列,以写艳歌闻名。其实他正像萧纲一样,在艳歌之外,亦有一些其他题材的好诗。如《赴荆州泊三江口》诗:"涉江望行旅,金钲间彩斿。水际含天色,虹光入浪浮。

---

① [明]张溥《汉魏六朝百三家集》,上海古籍出版社影印《四库全书》本,第 3 册第 632 页。

柳条恒拂岸,花气尽薰舟。丛林多故社,单成有危楼。叠鼓随朱鹭,长箫应紫骝。莲舟夹羽氅,画舸覆缇油。榜歌殊未息,于此泛安流。"①此诗写藩王出行的威仪之盛,颇见生动。"水际"二句写景亦有特色。《咏阳云楼檐柳诗》:"杨柳非花树,依楼自觉春。枝边通粉色,叶里映红巾。带日交帘影,因吹扫席尘。拂檐应有意,偏宜桃李人。"②"拂檐"二句构思精妙,沈德潜评此诗云:"咏杨柳者,唐人佳句甚多,然不如梁元二语,有天然之致。"③此诗在萧绎诗中确实是较好的诗,写景咏物虽仍有艳诗气息,却不落俗套,颇见工巧。

作为"宫体诗"的又一代表人物,萧绎的艳诗亦不乏佳作。如《戏作艳诗》:"入堂值小妇,出门逢故夫。含辞未及吐,绞袖且踟蹰。摇兹扇似月,掩此泪如珠。今怀固无已,故情今有余。"④此诗用"绞袖"、"摇扇"等动作写弃妇内心的激动,着墨不多而刻画人物的心理活动颇为传神。又如《代旧姬有怨诗》:"宁为万里隔,乍作死生离。那堪眼前见,故爱逐新移。未展春花落,遽被凉风吹。怨黛舒还敛,啼红拭复垂。谁能巧为赋,黄金妾不赀。"⑤此诗描写怨妇亦颇形象。他的一些观妓之作亦多细腻描写。这些作品虽显示了萧绎的一定才华,却也说明他的虚伪。他在《金楼子·自序》中颇自诩其不好声色,自称"侍姬应有二三百人,并赐将士"。《梁书·元帝纪》亦称他"性不好声色"。但从他"西归内人"事件及这些诗看来恐非实情,再从《梁书·世祖二子传》及他现存的《为妾夏玉安丰谢东宫赉锦启》、

---

① 逯钦立《先秦汉魏晋南北朝诗》,中华书局1983年版,下册第2036~2037页。
② 同上,第2053页。
③ [清]沈德潜《古诗源》卷十二,中华书局1963年版,第294页。
④ 逯钦立《先秦汉魏晋南北朝诗》,中华书局1983年版,下册第2050~2051页。
⑤ 同上,第2039页。

《为妾弘夜姝谢东宫赉合心花钗启》等文看来,他的姬妾亦为数不少。所以张溥评及他的诗赋说:"独为诗赋,婉丽多情。妾怨回文,君思出塞,非好色者不能道。"既确当地道出诗歌之妙,也清楚地指出了他的为人。

萧绎除了艳诗和一些写景之作外,还特别喜欢写那些《县名诗》、《鸟名诗》《树名诗》之类,这些均属文字游戏,很少有人爱读。他也能作一些乐府,写到边塞,有时亦故作壮语,甚至声言要"终当抚期运,伐罪吊苍生"(《五言诗》)[1],却缺乏真情实感,毫无鼓舞人心的作用,较之萧纲那些写边塞的诗作,似更乏建功立业之壮志,也对沙场征战毫无真切感受。这是因为萧纲虽未亲自指挥作战,却也曾久居边郡,并到过某些战地,而萧绎却一直在后方,并无战阵的经历,试看他那首《燕歌行》:"燕赵佳人本自多,辽东少妇学春歌。黄龙戍北花如锦,玄菟城前月似蛾。如何此时别夫婿,金羁翠眊往交河。还闻入汉去燕营,怨妾愁心百恨生。漫漫悠悠天未晓,遥遥夜夜听寒更。自从异县同心别,偏恨同时成异节。横波满脸万行啼,翠眉暂敛千重结。并海连天合不开,那堪春日上春台。乍见远舟如落叶,复看遥舸似行杯。沙汀夜鹤啸羁雌,妾心无趣坐伤离。翻嗟汉使音尘断,空伤贱妾燕南垂。"[2]此诗作于"侯景之乱"发生以后,与庾信、王褒同作。庾、王二人此时皆已身历战乱,备尝离乱之苦,故写来颇为真切感人;而萧绎此诗,仍是闺怨旧调,且很少动人之处。当时梁武帝已身陷敌手,而萧绎对此也全无痛切赴难之意,仍在那里诗酒流连,仿效思妇口吻作诗,亦足以见其为人。

萧绎之文亦颇与萧纲齐名,前人选录骈文之书如《文苑英华》、

---

[1] 逯钦立《先秦汉魏晋南北朝诗》,中华书局1983年版,下册第2053页。
[2] 同上,第2035页。

《骈体文钞》等亦多有采择。其中虽多为应用文字,而从骈体文的辞藻、对仗等要求来看,确有其长处。即以《南史·齐武帝诸子传》所引萧贲曾加以批评的"偃师南望,无复储胥露寒;河阳北临,或有穹庐毡帐"等数句出自他的《讨侯景檄》,这几句确如萧贲所说"如体目朝廷,非关序贼"。但从前后文看,檄文历数百姓困苦之状,尤其像"南山之竹,未足言其愆;西山之兔,不足书其罪"这句,实为后来祖君彦《为李密檄洛州》一文中名句"罄南山之竹,书罪未穷;决东海之波,流恶难尽"所本;"按剑而叱,江水为之倒流;抽戈而挥,皎日为之退舍",则对骆宾王《为李敬业讨武曌檄》中"喑呜则山岳崩颓,叱咤则风云变色"之句有明显的影响,不失为檄移之文的佳作。他在拦击萧纪东下时,既已勾结西魏,布下杀机,却又假惺惺地致书萧纪,说什么"友于兄弟,分形共气。兄肥弟瘦,无复相代之期;让枣推梨,长罢欢愉之日。上林静拱,闻四鸟之哀鸣;宣室披图,嗟万始之长逝"(《梁书·武陵王纪传》)等读来充满感情的语言。这种书函,诚如张溥在《梁元帝集题辞》中说:"'兄肥弟瘦'、'让枣推梨',上林闻鸟、'宣室披图',友于之情,三复流涕,汉明、东海,词无以加。乃纵兵六门,参夷流血,同室之斗,甚于寇雠。外为可怜之言,内无急难之痛,狡人好语,固难以尝测也。"这样的例子既说明了萧绎的狡诈,但确也说明萧绎长于文笔,正如他自己在《金楼子·立言》下所说"神其巧惠,笔端而已"。这种文辞的技巧,在我们今天看来,实无足称道,但在古时某些人看来,却是文人的一种长技。

萧绎的抒情小赋亦颇有特色,如他的《对烛赋》,主要是五七言句,与隋唐人的歌行相近。当时作这种小赋的人不少,如徐陵、庾信和后来的萧悫,都有过类似的作品。不过他最成功的赋作大约是《采莲赋》和《荡妇秋思赋》。清人许梿选《六朝文絜》,所取的就是这两篇;今人马积高先生的《赋史》亦以这两篇为萧绎赋的代表作。如

《荡妇秋思赋》云:"荡子之别十年,倡妇之居自怜。登楼一望,惟见远树含烟。平原如此,不知道路几千? 天与水兮相逼,山与云兮共色。山则苍苍入汉,水则涓涓不测。谁复堪见鸟飞,悲鸣只翼。秋何月而不清,月何秋而不明。况乃倡楼荡妇,对此伤情。于是露萎庭蕙,霜封阶砌。坐视带长,转看腰细。重以秋水文波,秋云似罗,日黯黯而将暮,风骚骚而渡河。妾怨回文之锦,君思出塞之歌。相思想望,路远如何! 鬓飘蓬而渐乱,心怀疑而转叹。秋紫翠眉敛,啼多红粉漫。已矣哉,秋风起兮秋叶飞,春花落兮春日晖。春日迟迟犹可至,客子行行终不归。"[1]这篇赋在文体和构思方面显然深受江淹《恨赋》、《别赋》的影响,但自有其独创性。赋的一开头点出"荡子之别十年,倡妇之居自怜",不过取《古诗十九首·青青河畔草》篇义,但接着"登楼一望"以下四句,虽写极目所见景色,却生动地写出了思妇的心理活动,着墨不多,而给人以深刻的印象。"露萎庭蕙,霜封阶砌"是写时节的变换,而紧接"坐视带长,转看腰细"写荡妇相思之苦确实"琢磨入细"。"妾怨"二句,张溥已谈到,许梿亦有同感。[2] 他的《采莲赋》亦较有名,赋中"碧玉小家女,来嫁汝南王"之句,采用当时民歌入赋,亦为当时文人作品中较少见之例。

萧绎不仅能文善诗,而且在他的著作中,也发表过不少文学观点。从一些言论看来,他似乎对诗赋和著书不很看重,如前面谈到过《金楼子·杂记》下所载阮修容要他致力政事的话,就有这种意思。但事实上不是这样,对于著书留名,他还是十分重视的。在《金楼子·立言》上,他屡次谈到了这问题。他甚至以周公、孔子、司马迁自

---

[1] [清]严可均《全上古三代秦汉三国六朝文·全梁文》,中华书局1958年影印本,第3册第3038页。
[2] [清]黎经诰《六朝文絜笺注》卷一,上海古籍出版社1982年排印本,第12页。

比,声言"五百年运,余何敢让焉",并且对董仲舒、刘向表示羡慕,说"及仲舒之学术,子政之探微,见重元光之初,声高建始之末。通宵忘寐,终日下帷,不有学术,何以成器。川溜决石,可不勉乎!驰光不留,逝川倏忽,尺璧非宝,寸阴可惜"。在同篇中,他还记载自己和裴子野的一次对话。裴子野认为萧绎身为藩王,身已富贵,为什么要下帷著书?他的回答是因为"名节未树",而且"性过抑扬,恒欲权衡称物",又觉得宾客们不解他的心思,所以非得亲自执笔著书。不过,他所以要著书,似乎意在成一家之言,而非仅以文章传世。这种观点大约与前代的曹丕、葛洪等人类似,既要笃遵儒学,有助"风教",又要针砭当世,独自成家。在《金楼子》中,他多次对各种不同的书加以评骘。如《戒子》云:"凡读书必以'五经'为本。所谓读之百偏(遍),其义自见。此外众书,自可泛观耳。正史既见得失成败,此经国之所急,'五经'之外,宜以正史为先。谱牒所以别贵贱,明是非,尤其留意。或复中表亲疏,或复通塞升降,百世衣冠,不可不悉。"这段话说明他的提倡读书,实是为了办理政事所需,和前引阮修容教给他的话相符。因此他对此外的各种书籍颇有所批评,他说:"诸子兴于战国,文集盛于二汉,至家家有制,人人有集。其美者足以叙情志,敦风俗。其弊者只以烦简牍,疲后生。往者既积,来者未已,翘足志学,白首未遍。或昔之所重,今反轻,今之所重,古之所贱。嗟我后生博达之士,有能品藻异同,删整芜秽,使卷无瑕玷,览无遗功,可谓学矣。"这说明他对诸子和文集虽非全盘否定,却远不如经、子那样重视,而要严加选择。他这种选择主要也是以前面提到的那种准则来衡量的。例如从来论萧绎文学思想的人,一般都很重视《金楼子·立言》下的一段话:

……然而古之学者有二,今人之学者有四。夫子门徒,转相师受,通圣人之经者,谓之儒。屈原、宋玉、枚乘、长卿之徒,止于辞赋,则谓之文。今之儒,博穷子史,但能识其事,不能通其理者,谓之学。至如不便为诗如阎纂,善为奏章如伯松,若此之流,泛谓之笔。吟咏风谣,流连哀思者谓之文。而学者率多不属辞,守其章句,迟于通变,质于心用。学者不能定礼乐之是非,辨经教之宗旨,徒能扬榷前言,抵掌多旨,然而挹源之流,亦足可贵。笔退则非谓成篇,进则不云取义,神其巧惠,笔端而已。至如文者,惟须绮縠纷披,宫徵靡曼,唇吻遒会,情灵摇荡。而古之文笔,今之文笔,其源又异。至如象、系、风、雅、名、墨、农、刑,虎炳豹郁,彬彬君子。卜谈"四始",李言《七略》,源流已详,今亦置而弗辨。潘安仁清绮若是,而评者止称情切,故知为文之难也。曹子建、陆士衡皆文士也,观其辞致侧密,事语坚明,意匠有序,遣言无失,虽不以儒者命家,此亦悉通其义也。遍观文士,略尽知之。至于谢玄晖,始见贫小,然而天才命世,过足以补尤。任彦昇甲部阙如,才长笔翰,善绪流略,遂有龙门之名。斯亦一时之盛……

萧绎提到三类人:只知守章句,博学而不通大义的人;能为章奏等应用文字的人;吟咏性情、写作诗赋的人。从这段话中可以看出,萧绎对于这三种人似乎都不满意。他引证汉代王充的话说:"夫说一经者为儒生,博古今者为通人,上书奏事者为文人,能精思著文,连篇章,为鸿儒,若刘向、扬雄之列是也。盖儒生转通人,通人为文人,文人转鸿儒也。"在他心目中,要做好一个"文人",必须先是"通人",能博通经典,然后才能转而为既有学问而又能写文章、作诗赋的"鸿儒",如刘向、扬雄等人那样。至于仅能写奏章、作诗赋的人,他认为都有缺陷。所以在那段议论中,他对谢朓这样的诗人和任昉这样的骈文家,都认为有所不足。这种看法和萧纲在《诫当阳公大心书》及《与湘东王书》中所发表的文学思想显然很不一样,倒与裴子野的《雕虫论》颇有类似之处。值得注意的是他这段话中特别提到了曹植和陆机,认为这两位作家"虽不以儒者命家,此亦悉通其义也",这种评价正好与隋代那位以"道统"自名的王通在《文中子》中对这两位作家的评价相符。萧绎受裴子野的影响本不足怪,因为他自称和裴子野是"知己",接受裴氏某些观点是很自然的。至于他有些言论类似王通,则更显示他的虚伪。因为王通这样的儒家人物,自然不会去接受萧绎的论点,因为萧绎的为人和儒家所标榜的道德准则完全背道而驰。姑勿论他残害骨肉,杀戮文人的暴行,即以他那些艳诗而论,与萧纲所作并无多大区别,所以萧纲在《与湘东王书》中,认他为文学上的知音。其实萧绎的文学主张却与萧纲并不一致。这正如萧纲在"侯景之乱"中,以爱子相托,而萧绎却嘱咐朱买臣要杀害萧纲。庾信《哀江南赋》说萧纲"以爱子而托人",倪璠注以为指以幼子萧大圜托于萧绎。幸江陵陷落,大圜入西魏,不然的话,恐亦难免毒手。这正说明了萧纲之天真善良,萧绎之阴险狠毒,所以,二人的诗文虽颇多类似之处,其人格却有本质之别。

萧绎在文论和创作方面的矛盾绝不是偶然的,从某种程度上说他的写艳诗和提倡儒家观点,都与当时的具体背景有关。萧绎本是好色之徒,如"西归内人"之事即可证明,而在当时正是"宫体"盛行之时,他又得依附萧纲,所以就大写艳体,以求萧纲之欣赏;及至"侯景之乱"发生后,他觊觎皇位的野心已有实现之可能,又转而提倡"儒学"、"风化"以显示其帝王相。这一点和他父亲梁武帝早年大写艳诗而晚年反对徐摛的诗风颇有其类似之处,大抵作为统治者,总是要求文学为其统治服务,而少考虑到文学本身的特点。

不过萧绎在文学理论方面,确有其见解,他既能认识到文学的发展,又能对文风的"奇正"、"华实"、"繁简"提出比较确当的要求。他在《内典碑铭集林序》中说:"夫世代亟改,论文之理非一;时事推移,属词之体或异。但繁则伤弱,率则恨省,存华则失体,从实则无味。或引事虽博,其意犹同;或新意虽奇,无所倚约。或首尾伦帖,事似牵课;或翻复博涉,体裁不工。能使艳而不华,质而不野;博而不繁,省而不率,文而有质,约而能润;事随意转,理逐言深,所谓菁华,无以间也。"[①]这些话虽是针对佛教碑铭的写作而言,提到"事随意转,理逐言深"这样专就阐述佛理一类议论文而言的主张,但他主张既要"博而不繁,省而不率",又要"文而有质,约而能润",即既有事理,又有文采,这就对其他诗文的写作同样适用,尤其要"文而有质",更与萧统在给他的信中所提倡的"丽而不浮,典而不野"的要求相符;同时,他这里说的是佛教碑铭的写作,与抒情诗自非一途,所以和萧纲批评当时文体的话亦不矛盾。显然,在这些佛教碑文的写作方面,萧纲亦不致有不同的看法。萧绎的为人前面已经讲过,但我们亦不必以人废言,他对文学发展的看法和对诗文的内容与技巧的关系问题的看法,似还颇有可取之处。当然,他自己的作品是否真正做到这样,那是另一个问题。

---

① [清]严可均《全上古三代秦汉三国六朝文·全梁文》,中华书局 1958 年影印本,第 3 册第 3053 页。

第八章　萧子显及其兄弟们

南齐时代皇族中虽然出了一些提倡文学的藩王大臣，却并未产生过稍有成就的作家。但入梁以后齐高祖次子豫章王萧嶷的诸子中却有好几个能文之士。据《梁书·萧子恪传》载："子恪兄弟十六人，并仕梁。有文学者，子恪、子质、子显、子云、子晖五人。"《南史·齐高帝诸子传》同。但现今我们所见到萧氏兄弟中有作品传世的还有一个萧子范，并无子质，所以中华书局点校本《梁书》与《南史》校记均以为"子质"系"子范"之误。至于萧子恪的被多次提及，大约因为他在入梁诸兄弟中年龄居长之故，其实他并未致力于文学创作。《梁书》本传载："子恪尝谓所亲曰：'文史之事，诸弟备之矣，不烦吾复牵率，但退食自公，无过足矣。'子恪少亦涉学，颇属文，随弃其本，故不传文集。"现在我们亦不见其诗文。因此我们所能论述的仅有四人，其中萧子显因有《南齐书》传世，并在《文学传论》及《自序》中阐述了他的文学观，故当以他为本章的主要部分。

一、萧子显兄弟的特殊处境

我们知道:萧子显兄弟作为萧道成的孙子,在齐明帝时期有过一次颇为危险的经历。《梁书·萧子恪传》:"建武中,迁辅国将军、吴郡太守。大司马王敬则于会稽举兵反,以奉子恪为名,明帝悉召子恪兄弟亲从七十余人入西省,至夜当害之。会子恪弃郡奔归,是日亦至,明帝乃止。"《南史·齐高帝诸子传》记此尤详。可见萧氏兄弟在南齐晚期的处境颇为险恶。齐明帝之所以没有对他们下毒手,大约是因为他们的父亲萧嶷与齐武帝子萧长懋有矛盾,事见《南史·齐高帝诸子传》。清王鸣盛《十七史商榷》已指出。《梁书·萧子恪传》谓子恪卒于大通三年(529),年五十二。据此推算,当生于宋昇明二年(478)。又《南史·齐高帝诸子·豫章王嶷附子恪传》:"年十二,和从兄司徒竟陵王子良《高松赋》,卫军王俭见而奇之。"王俭卒于永明七年(489),本年萧子恪正好十二岁,那么到建武元年(494)时,子恪年已十七岁。但他们毕竟属"高武子孙"之列,随时有被害的危险。梁武帝代齐以后,他们的处境显然有所改善。《梁书·萧子恪传》载,梁武帝曾引见萧子恪、子范兄弟,对他们讲了自己不想诛灭南齐宗室及起兵"非惟自雪门耻,亦是为卿兄弟报仇"的言论;还专门派萧嶷旧时的宦官赵叔祖去说明自己的用意。梁武帝这些话并不是虚伪的,因为他明知萧子恪等人并无政治势力,不会成为自己的政敌,乐得安抚他们以示宽大。但梁武帝在帮助齐明帝夺取南齐帝位,屠杀齐高帝、武帝子孙时,萧子恪已近成人,子范、子显等亦均已出生,他们对这段历史显然很清楚,身处梁武帝之朝亦不得无所顾虑。萧子恪之但求无过,萧子云之不乐仕进,可能都与此有一定关系。萧子显在诸人中颇负其才气,但从他的《南齐书》来看,在叙述齐明帝夺取帝位及齐梁易代之际的事迹时,仍多隐讳,说明这种身分对他的思想仍有较深刻的影响。

二、萧子显的文学观及其创作

萧子显(约489~537)字景阳,《梁书·萧子恪传》说他是"子恪第八弟也",在萧氏兄弟中著述最多,《梁书》载其著作有《后汉书》一百卷、《齐书》六十卷、《普通北伐记》五卷、《贵俭传》三十卷和文集二十卷,但留存至今的仅《南齐书》及诗十九首、文二篇,其余均已散佚。他颇以诗才自负,并曾得到梁武帝及萧纲的赏识。《梁书·萧子恪传》节录其《自序》一文,其中有一段说:"追寻平生,颇好辞藻,虽在名无成,求心已足。若乃登高目极,临水送归,风动春朝,月明秋夜,早雁初莺,开花落叶,有来斯应,每不能已也。前世贾、傅、崔、马、邯郸、缪、路之徒,并以文章显,所以屡上歌颂,自比古人。天监十六年,始预九日朝宴,稠人广坐,独受旨云:'今云物甚美,卿得不斐然赋诗。'诗既成,又降帝旨曰:'可谓才子。'余退谓人曰:'一顾之恩,非望而至。遂方贾谊何如哉?未易当也。'每有制作,特寡思功,须其自来,不以力构。"从这段话的末几句看来,萧子显作诗大约以才思敏捷见长,但未必下过太多功力,因此作诗不少,而存留至今的为数不算多。从他现存的诗看来,这些吟咏景物之作亦不占多数,比较为人们熟知的倒是《玉台新咏》中所收的一些艳诗。如他的《燕歌行》:"风光迟舞出青𬞟,兰条翠鸟鸣发春。洛阳梨花落如雪,河边细草细如茵。桐生井底叶交枝,今看无端双燕离。五重飞楼入河汉,九华阁道暗清池。遥看白马津上吏,传道黄龙征戍儿。明月金光徒照妾,浮云玉叶君不知。思君昔去柳依依,至今八月避暑归。明珠蚕茧勉登机,郁金香花特香衣。洛阳城头鸡欲曙,丞相府中乌未飞。夜梦征人缝狐貉,私怜织妇裁锦绯。吴刀郑绵络,寒闺夜被薄。芳年海上水中凫,日暮寒夜空城雀。"①此诗纯写闺怨,与萧纲等人的"宫体诗"情调相近,所以萧纲对他颇为重视。诗中以写景来刻画相思之苦,颇为传神。"洛阳城头"二句对后来卢照邻《长安古意》中"御史府中乌夜啼,廷尉门前雀欲栖"二句有一定启发。在梁陈诗中不失为较有影响之作。他的小诗《春闺思》"金羁游侠子,绮机离思妾。春度人不归,望花尽成叶",亦见《玉台新咏》,结句以花落写时光的流逝,亦别具匠心。

  萧子显的文学思想主要表现在他的《南齐书·文学传论》中。正史之设"文苑传",始于范晔《后汉书》,但这篇传并无传论。稍后则为沈约《宋书》的《谢灵运传论》。《宋书》不设"文苑传",沈约正因为谢灵运是刘宋一代成就最高的作家,所以把他对文学的看法写进了这篇传论。刘宋一代作家是否以谢灵运为成就最高,不光今天,就是古人也未必一致,如清方东树《昭昧詹言》就认为鲍照与谢灵运未易分高下。但六朝人大抵都以谢灵运为最高,这大约无异议。其实这篇文章与谢灵运的生平无甚关系。萧子显的《南齐书·文学传论》的写法从某种程度上说,取法于沈约,他在此文中同样没有提到南齐一代任何作家,只是阐述自己对诗文写作的看法。不过沈约所谈主要是宣扬他的声律论主张;而萧子显则是提倡文学的"新变"和创作的"委自天机"(实即灵感)。这些都可以说是创作中的经验和体会。因为沈约和萧子显本人都是作家,所以与后来一些正史的"文苑"或"文学"传论不太一样,那些传论一般都不过总结一代或前代的文学

---

① 逯钦立《先秦汉魏晋南北朝诗》,中华书局1983年版,中册第1817~1818页。

概况,或评其得失,很少谈到自己独创的文学观点。这是沈、萧二人与其他史书作者的主要区别。

萧子显的提倡"新变",实即认为文学的发展依赖于不断地创新,他认为当时流行的各种文学体裁,往往前人已创高峰,后人如果墨守成规,就难以企及,必须有所变化,才能另辟新境。所以他举出了前代许多事例来说明自己的观点:"若陈思'代马'群章,王粲'飞鸾'诸制,四言之美,前超后绝。少卿离辞,五言才骨,难与争骛。桂林湘水,平子之华章,飞馆玉池,魏文之丽篆。七言之作,非此谁先。"这就是说有古人那些典范之作在前,要想超越,端赖创新。因此他针对当时最为盛行的五言诗说:"五言之制,独秀众品,习玩为理,事久则渎,在乎文章,弥患凡旧。若无新变,不能代雄。"在这里他激烈地反对因袭模仿,强调创作要有个性。所以他说,"建安一体,《典论》短长互出;潘、陆齐名,机、岳之文永异";接着又批评东晋玄言诗,而肯定了颜延之、谢灵运、汤惠休和鲍照的各具特色,"朱蓝共妍,不相祖述"。正是从这个观点出发,他批评了当时文坛的三个流派:学谢灵运体的一派,近于傅咸、应璩那样"全借古语,用申今情"的一派和学鲍照的一派。他认为这三派都不过是因袭前人,不能有所创新,所以都难产生好诗。如果联系当时人的创作情况,萧子显这段话显然有所针对。第一种人,即指萧纲在《与湘东王书》中所说的"效谢康乐","不屈其精华,但得其冗长";第二种人,即指萧纲说的"未闻吟咏情性,反拟《内则》之篇;操笔写志,更摹《酒诰》之作;迟迟春日,翻学《归藏》;湛湛江水,遂同《大传》"(《梁书·庾肩吾传》);第三种人,大约即指释宝月等人,因为他的《行路难》显然模仿鲍照,而钟嵘《诗品》又把他和汤惠休相提并论。这三种诗风虽然表现方式不同,但实质都是模拟前人,丧失作者自己的性灵。这种批评是和钟嵘批评当时人"师鲍照,终不及'日中市朝满';学谢朓,劣得'黄鸟度青枝'。徒自弃于高明,无涉于文流矣"①的精神是一致的。

在强调文学要表现自己性情的同时,他又对创作的灵感问题提出了自己的看法。他说:"文章者,盖情性之风标,神明之律吕也。蕴思含毫,游心内运,放言落纸,气韵天成。莫不禀以生灵,迁乎爱嗜,机见殊门,赏悟纷杂。"这就是说各人性格、爱好不同,诗的风格必然各殊。他强调创作出自灵感,断言"若夫委自天机,参之史传,应思悱来,勿先构聚",意谓灵感之来,非苦思所得,而是有了感触,即自然而来,自古文人都是这样。所以他称之为"委自天机"。此说看来虽有点神秘化,但确是创作中常见的现象。事实上像陆机《文赋》所谓"是故或竭情而多悔,或率意而寡尤"的情况总是数见不鲜,只是我们至今尚难做出一个圆满的解释。因此许多批评家不得不归之"天机",认为非苦思所能致。所以刘勰也认为"秉心养术,无务苦虑;含章司契,不必劳情也"(《文心雕龙·神思》)。这不是说作诗不要吸取前人的经验,也不是说不要有艺术的构思,而是说首先要有真切的感受。他强调作诗应当"言尚易了,文憎过意",反对用难字僻典及过于雕饰,主张"杂以风谣,轻唇利吻,不雅不俗,独中胸怀",这显然是提倡平易流畅,和钟嵘《诗品》之提倡"直寻",反对"竞须新事"是一致的。他这种主张和《自序》中所说"每有制作,特寡思功,须其自来,不以力构"的话是一致的。这种思想和宋严羽《沧浪诗话》所说"诗有别材,非关书也;诗有别趣,非关理也"②的主张相通。但萧子显自己虽能说出这道理,而自己的创作则很难说是达到了这一点,这和严羽也颇有些相似。在文学批评史上,萧子显确有其贡献。

---

① [清]何文焕《历代诗话》,中华书局1981年版,上册第3页。
② 同上,下册第688页。

三、萧子范、萧子云和萧子晖

萧子范(约 486~549)字景则,《梁书》说他是"子恪第六弟也"。他亦善于诗文,前后有文集三十卷,至隋时已仅存十二卷,今存诗十首、文九篇。萧子范在齐代封祁阳县侯,曾任太子洗马。入梁,降爵为子,又任后军记室参军、太子洗马、司徒主簿等职,以后又曾为建安太守、大司马南平王户曹属、从事中郎诸职,历任诸王藩府之职,后为光禄、廷尉卿,迁秘书监,卒于梁武帝太清三年。他现存的诗多为写景及感叹生平之作,与当时流行的艳体诗颇有不同。如他的《夏夜独坐诗》:"节序值徂炎,兹宵在三伏。凭轩伫凉气,中筵倦烦燠。寂寞对空窗,清疏临夜竹。虫音乱阶草,萤光绕庭木。廉月度斜晖,风光起余馥。一伤年志罢,长嗟逝波速。"[①]此诗写夏夜景色,联系到自己身世,颇有时不我待,自伤身世之意。《梁书·萧子恪附萧子范传》记萧子范在入梁之初,长期在藩王手下任职,"而诸弟并登显列,意不能平",在此诗中亦微露此意。他的《夜听雁诗》:"天月广庭辉,游雁犯霜飞。连翩辞朔气,嘹唳独南归。夜长寒复静,灯光暖欲微。凄凄不可听,何况触愁机。"[②]此诗写秋夜听雁鸣而起愁思,"夜长"二句,景色凄苦,更可以衬托作者的心境。萧子范入梁之初任太子洗马,曾为萧统属官。当时诗风尚近永明,与"宫体"兴起后的诗风颇有区别。

萧子范的文大抵为《艺文类聚》等类书所引片断,多非全篇,其中《求撰昭明太子集表》一文较为完整,萧子范梁初曾为太子洗马,后又

---

① 逯钦立《先秦汉魏晋南北朝诗》,中华书局 1983 年版,下册第 1896~1897 页。
② 同上,下册第 1898 页。

任太子中舍人,和萧统的关系甚密,萧统去世后他上表要求编集萧统的文集。他在文中历举许多太子,有的有德行而"靡擅雕虫",说曹丕"虽诗赋可嘉,矩范顿阙",认为均不足与萧统并论。接着说到萧统"若乃缘情体物,繁弦缛锦,纵横艳思,笼盖辞林,积练累素,盈车满笈,金石有销,斯文方远",对萧统之文评价极高。这大约不是虚誉,从他的诗文看来,他的文风与萧统确有相似之处。

萧子云(约487~549)字景乔,《梁书》说他是"子恪第九弟也"。早年不乐仕进,年三十方为秘书郎,迁太子舍人,后官至侍中、国子祭酒诸职,"侯景之乱"中逃奔民间,东奔晋陵,饿死于显灵寺僧房。萧子云是位书法家,学钟繇、王羲之书法,字迹为梁武帝所欣赏。萧子云著作亦不少,有《晋书》一百一十卷、《东宫新记》二十卷,又有集十九卷,今皆佚,存诗六首、文四篇。萧子云今存的诗亦以写景为长,如《赠海法师游甑山诗》:"真心好丘壑,偏说幽栖人。忽闻甑山旅,万里自相亲。沈寥晚霖霁,重叠晴云新。秋至蝉鸣柳,风高露(路)起尘。动余忆山思,惆怅惜荷巾。"①此诗遣辞平易,很少用典,已与钟嵘及萧子显的文学主张相符。他的《落日郡西斋望海山诗》:"渔舟暮出浦,汉女采莲归。夕云向山合,水鸟望田飞。蝉鸣早秋至,蕙草无芳菲。故隐天山北,梦想日依依。"②已颇近唐人写景诗。他的文以《梁书·萧子恪附萧子云传》所载答梁武帝敕旨的文字较为有名。梁武帝自从信奉佛教以后,凡祭祀天神及皇室祖先一律用蔬菜果品,不再使用牲畜等动物,而祭祀的乐章却仍用沈约所作歌辞,萧子云因此上启要求改写,梁武帝见到后,下敕认为应该改写,并且指出沈约原辞"杂用子史文章浅言"。萧子云奉敕旨后,又进行改写,辞语皆用

---

① 逯钦立《先秦汉魏晋南北朝诗》,中华书局1983年版,下册第1885页。
② 同上,下册第1886页。

"五经",并认为沈约"惟浸称圣德之美,了不序皇朝制作事"。经过萧子云改作,歌辞显得更为典雅,却增多了说教气息。这说明梁代后期虽然文人中盛行"宫体诗",而其庙堂之作,却益趋守旧复古。

萧子晖字景光,是萧子云之弟。他的生卒年与在兄弟中的排行,在史籍中均无记载,仅知他"起家员外散骑侍郎,迁南中郎记室",又做过临安令、安西武陵王咨议,带新繁令,卒于骠骑长史。他著有文集九卷,今佚,存诗四首。他的诗风较之诸兄似稍近"宫体",大约因年龄较轻,受当时文风的影响较深。如《春宵诗》:"夜夜妾偏栖,百花含露低。虫声绕春岸,月色思空闺。传语长安驿,辛苦寄辽西。"①又如《应教使君春游诗》:"上林看草色,河桥望日晖。洛阳城闭晚,金鞍横路归。"②在这两首诗中,前首写思妇之情,颇见细腻;后首写一个贵游公子,着墨不多,亦有情致。萧子晖的文仅存赋二篇,皆见类书所引,未必是全文,但《冬草赋》一篇,为冬天尚未凋枯的小草鸣不平,认为人们只知松柏而未见冬草,立意新颖可喜。《梁书·萧子恪传》还提到他的《讲赋》,说曾受梁武帝称赏,但此赋已佚。梁武帝晚年大事宣扬佛教,称赞此赋可能由于宗教的原因,未必说明萧子晖的文才。

萧氏兄弟不仅自己能文,他们的儿子中能文者亦不少,如萧子范子萧滂、萧确,萧子显子萧恺均能文。萧确在"侯景之乱"后到了江陵,江陵陷落后到了关西。萧恺在梁后期曾奉萧纲命修改顾野王《玉篇》,卒于"侯景之乱"中,文集散佚。萧子云子萧特,善书法,早卒。这说明萧嶷的子孙们亦多有富于才学的人。

---

① 逯钦立《先秦汉魏晋南北朝诗》,中华书局1983年版,下册第1887页。
② 同上。

第九章　后梁萧詧和北朝的萧氏文人

一、萧詧和后梁

梁皇朝自江陵被西魏攻陷以后,虽有王僧辩、陈霸先在建康拥立的萧绎之子萧方智作为傀儡皇帝,旋即为陈所取代,在位仅两年左右。但在江陵一带却还存在着一个在北周羽翼下的后梁政权,前后共三十三年(555~587)。它的创立者是萧统之子萧詧。这个政权虽然土宇甚狭,年代不长,且受制于北周,但在南朝文风之北渐方面却有其一定的作用。

萧詧(519~562)字理孙,梁武帝之孙,萧统第三子,初封曲江县公,萧统去世后改封岳阳郡王。《周书·萧詧传》说他"幼而好学,善属文,尤长佛义,特为梁武帝所嘉赏"。据《南史·梁武帝诸子传》载,萧统死后梁武帝不立萧统长子萧欢而立萧纲,封萧詧等人为王,他就"流涕受拜,累日不食",这时他才十二岁,却已"常怀不平"(《周书》本传)。据说萧詧早年出任东扬州刺史时,已看到"梁武帝衰老,朝多秕政,有败亡之渐"(同上),开始笼络人心。中大同元年(546),他出任雍州刺史,到襄阳以后,认为这里是形胜之地,又是梁武帝起兵的地方,就在那里励精图治,把当地的政务办得很出色。"侯景之乱"时,他派府司马刘方贵率前军入援,军队尚未出发,萧绎就派使者要求萧詧亲自出征,这显然想乘虚偷袭襄阳。萧詧识破了他的诡计,没有听从其命令,从此和萧绎结仇。其实萧绎谋害萧誉、萧詧之心早已存在。萧绎暗中支持刘方贵据樊城反对萧詧。萧绎又派张缵至襄阳,要取代萧詧,萧詧当然不肯受代。后来萧绎派兵围攻萧詧之兄萧誉于湘州,萧詧曾率兵伐江陵以救萧誉,但萧绎又用反间计,使萧詧部将杜岸叛降萧绎,并偷袭襄阳,幸留守的蔡大宝力战,等萧詧赶回,消灭了杜岸。萧詧既与萧绎失和,又屡遭挫折,不得不于西魏大统十五年(太清三年,549)向西魏称藩求援。这时,萧绎派柳仲礼率兵进攻襄阳,次年西魏派杨忠率兵击破梁军,擒柳仲礼。这一年萧绎派兵攻克湘州,杀死萧誉。萧詧对萧绎当然更加仇恨。

　　西魏恭帝元年(承圣三年,554),宇文泰派大将于谨进攻江陵,萧詧也起兵配合。江陵被攻克之后,西魏把江陵一带作为梁国,立萧詧为梁王,在其封域内称帝,是为"后梁";而把襄阳收入西魏版图,称襄州。西魏还派兵驻江陵,名为"助守",实兼防备萧詧。江陵平定之初,萧詧的部将尹德毅曾向萧詧进计,劝他袭击于谨,事成后招降王僧辩,还都建康。萧詧没有听从。后来西魏虏掠江陵百姓北迁,又占襄阳,使萧詧深感后悔,作《愍时赋》,全文载《周书》本传。在这篇赋中萧詧描写自己想恢复梁朝而无成的忧愤,"昼营营而至晚,夜耿耿而通晨。望否极而云泰,何杳杳而无津",情调颇悲苦。赋中写到江陵孤弱之势云:"昔方千而畿甸,今七里而磐萦。寡田邑而可赋,阙丘井而求兵。无河内之资待,同荥阳之未平。夜骚骚而击柝,昼子子而扬旌。烽凌云而回照,马伏枥而悲鸣。既有怀于斯日,亦焉得而云宁。"这篇赋可以说是他当时心情的真实反映。萧詧本有文集十五卷,《隋书·经籍志》著录的只有十卷。他的诗文存者寥寥,仅存文六篇,其中赋占四篇,除《愍时赋》外,还有《游七山寺赋》、《围棋赋》和

《樱桃赋》,均有一定的文采。

萧詧死后,其第三子萧岿(542~585)继立。萧岿字仁远,机辩有文学。他在位时,隋文帝代周。隋文帝备礼纳萧岿女为子晋王杨广之妃,即后来炀帝的萧皇后。萧岿亦有文集十卷,并著有《孝经》、《周易》的《义记》及佛学著作《大小乘幽微》。今均散佚,仅存《临终上隋文帝表》一篇,见《隋书·萧岿传》。萧岿死后,子萧琮继立。萧琮字温文,生卒年不详。萧琮广运元年(586),隋炀帝征其叔萧岑入朝,次年又征萧琮入朝,萧琮率其臣下二百余人到长安。隋派兵戍江陵,萧琮叔父萧岩及弟萧瓛等虏臣民奔陈,隋遂废梁国,改封萧琮为莒公。隋炀帝嗣位后,因为萧后之故,颇见亲重,改封梁公,后因与贺若弼友善,贺若弼被诛后,废于家,未几卒。其卒年应当在大业三年(607)以后不久。萧琮有集七卷,今佚。他作品的存者仅《奉和御制夜观星示百僚诗》:"阳精去南陆,大曜始西流。夕风凄谢暑,夜气应新秋。重门月已映,严城漏渐修。临风出累榭,度月蔽层楼。灵河隔神女,仙箄动星牛。玉衡指栋落,瑶光对幌留。徒知仰阊阖,乘槎未有由。"①辞采华丽,说明他有很高的文学修养。他又有《与释智颛书》一篇,乃谈佛理之文。

萧詧子孙能文者不少,如他的第八子萧岑今存诗一首,即《櫂歌行》:"桂酒既潺湲,轻舟亦乘驾。鼓枻何所吟,吟我皇唐化。容与沧浪中,淹留明月夜。"②此诗虽很难说有多高的艺术成就,但说明后梁皇族中能诗的人颇多。此外像萧岿第三子萧瓛,据《周书·萧詧传》说他"能属文"。但他在梁国被废时奔陈,后来因抗拒隋兵战败被诛杀,自然不能有文集传世。

---

① 逯钦立《先秦汉魏晋南北朝诗》,中华书局1983年版,下册第2691页。
② 同上,下册第2655页。

隋炀帝的皇后萧氏乃萧岿之女,系萧统曾孙女。《隋书·后妃传》说她"有智识,好学解属文"。她作《述志赋》一篇,据《隋书·后妃传》云,乃"时后见(隋炀)帝失德,心知不可,不敢厝言"而作。赋中提到"夫居高而必危,虑处满而防溢。知恣夸之非道,乃摄生于冲谧。嗟宠辱之易惊,尚无为而抱一。履谦光而守志,且愿安乎容膝。珠帘玉箔之奇,金屋瑶台之美,虽时俗之崇丽,盖吾人之所鄙"等语,可见她对炀帝的奢华颇有不以为然的看法。从赋中运用的典故看,她对儒、道二家之书及前代文学作品均极熟悉,说明了后梁萧氏的文化教养普遍较高。

入唐以后,萧氏仍不乏贵显人物,有些亦有文集。如萧岿子萧瑀为初唐宰相,并有集一卷(见《旧唐书·经籍志》);萧瑀兄璟的儿子萧钧有集三十卷(亦见《旧唐书·经籍志》)。这说明后梁虽亡,但萧詧家族在文学上的影响还维持了很长一段时间。由于后梁是萧统的后人,他们的贵显自然也可能对《文选》的广为流传有一定影响。

后梁政权的存在,对北周和隋代的接受南朝文化显然有其重要作用。《周书·萧詧传》说到萧岿在位时的人才时说,"文章则刘孝胜、范迪、沈君游、君公、柳信言"。其实后梁能文之士不止此数。例如蔡大宝有文集三十卷;甄玄成有文集二十卷(《隋书·经籍志》作十卷);岑善方有文集十卷;傅准有文集二十卷;萧欣有集三十卷(《隋书·经籍志》作十卷),又有"《梁史》百卷遭乱失本";范迪有文集十卷;沈君游有集十卷(《隋书·经籍志》作十三卷)等。(均附见《周书·萧詧传》)入隋的文人柳䛒乃梁代柳恽之孙,仕后梁,在隋代可以算较重要的作家,有集十卷,又撰《晋王北伐记》十五卷(见《隋书·柳䛒传》)。《隋书》本传又云,"初,王(按:指晋王即炀帝)属文,为庾信体,及见䛒已后,文体遂变",可见他的文风还曾影响过隋炀帝。所以后梁政权对隋唐文学的影响,实未可忽视。

二、流入北朝的萧氏文人

梁朝的皇族在"侯景之乱"发生以后,有许多人因不同的原因流入北朝,加速了南北文风的融合,在文学史上有一定的作用。这些萧梁皇室成员的来到北方,大致有三种情况:一种是在"侯景之乱"中由于不愿归降侯景而主动投向东魏,后来成了北齐文人的;有西魏攻克今四川一带时投降或被俘的;也有在江陵陷落时入关的。在这三部分人中似以后两种人为多,所以《隋书·义学传论》在批评梁末文风时说到"周氏吞并梁、荆,此风扇于关右"。当然,关中文风被南方来的文人所同化有其本身的原因,像庾信、王褒这样的大作家在这里起了主要作用,不过那些萧氏家族出身的文人亦有其一定影响。

萧梁皇族中流亡东魏、北齐的文人似以梁武帝弟始兴王憺的孙子萧悫为最著名。《北齐书·文苑传》记萧悫生平颇简略:"萧悫字仁祖,梁上黄侯晔之子。天保中入国,武平中太子洗马。"《隋书·经籍志》著录其文集九卷,把他作为隋人,可见他一直活到隋代。萧悫的作品今存诗十首,又有《春赋》一篇,见《初学记》卷三。《诗纪》及《先秦汉魏晋南北朝诗》作为《春日曲水诗》收入,似当从《初学记》为是。马积高先生《赋史》亦作赋看待。[①] 萧悫作品中最有名的当推其《秋思诗》:"清波收潦日,华林鸣籁初。芙蓉露下落,杨柳月中疏。燕帏缃绮被,赵带流黄裾。相思阻音息,结梦感离居。"[②]此诗佳处仅在"芙蓉"二句,后面四句亦极平平。但"芙蓉"二句在当时曾引起过

---

① 马积高《赋史》,上海古籍出版社1987年版,第251页。
② 逯钦立《先秦汉魏晋南北朝诗》,中华书局1983年版,下册第2279页。

争论。《颜氏家训·文章》:"兰陵萧悫,梁室上黄侯之子,工于篇什。尝有《秋诗》云:'芙蓉露下落,杨柳月中疏。'时人未之赏也。吾爱其萧散,宛然在目。颍川荀仲举、琅邪诸葛汉,亦以为尔。而卢思道之徒,雅所不惬。"①卢思道是北方文人,不喜萧悫诗句,而荀仲举、诸葛颍和颜之推都是由南入北的文人,却都爱此诗。颜之推在同篇中还提到北方文人卢询祖、魏收不喜梁王籍《入若耶溪》中"蝉噪林逾静,鸟鸣山更幽"之句,说明南北文人所好当颇有不同。所以有人在《萧仁祖集序》中说:"萧仁祖之文,可谓雕章间出。昔潘陆齐轨,不袭建安之风;颜谢同声,遂革太原(元)之气。自汉迄晋,情赏犹自不谐;江北江南,意制本应相诡。"②此文严可均以为邢邵语。然《太平御览》卷五百八十六引此文谓出《三国典略》③,未言出于邢邵。《三国典略》乃唐人丘悦撰,见《新唐书·艺文志》,此当是记当时人语。这些话似意在调和南北文人的不同看法。萧悫在入北诸萧中,似接受"宫体诗"的影响较深。例如他的《春赋》,完全用五七言句组成,所以马积高先生说"此赋亦宫体之流",这是不错的。因为短赋用五七言句,萧绎、徐陵和庾信之作中均多有此类句子,而这种"宫体"诗风在北齐统治的河朔地区似较之在关中稍多反对的意见。因为自十六国时代以来,北方的高门士族大抵集中于河朔地区,又多坚持汉以来的经学传统,与关西文人之迅速成为庾信的仿效者显然有所不同。后来唐初主持几部史籍编修的如魏征、房玄龄等均出身河朔世家,故对"宫体"及庾信的模仿者颇多微词。

---

① 王利器《颜氏家训集解》(增补本),中华书局1993年版,第296页。
② [清]严可均《全上古三代秦汉三国六朝文·全北齐文》卷三,中华书局1958年影印本,第4册第3842页。
③ [宋]李昉等《太平御览》,中华书局1960年影印本,第3册第2641页。

在西魏平蜀时入关的人物以萧㧑与萧圆肃为最著。萧㧑（515～573）字智遐，安成王萧秀子，在梁封永丰县侯。"侯景之乱"前任梁巴西、梓潼二郡守，武陵王萧纪称帝东下，命他为益州刺史，守成都。西魏派尉迟迥攻蜀，围成都，萧㧑战败，于承圣二年（553）投降西魏。入关后被授为侍中、骠骑大将军、开府仪同三司，封归善县公，后官至少傅。北周明帝时曾参与麟趾殿校定经史，周武帝时与唐瑾、元伟、王褒俱为文学博士。他善于书法，有集十卷，今佚，存诗五首，其中《孀妇吟》的风格近于"宫体"；《上莲山诗》则颇有写景之句，如"挂流遥似鹤，插石近如龙。沙崩闻韵鼓，霜落候鸣钟"等亦有情致。他的文仅存《请归养表》一篇，见《周书》本传。萧㧑与庾信交情甚深。庾信有《奉和永丰殿下言志诗》十首，对他的文才与学识颇推崇。

萧圆肃（539～584）字明恭，武陵王纪之子，与萧㧑同时降西魏。北周末官至大将军，隋初授贝州刺史，著有文集十卷，"又撰时人诗笔为《文海》四十卷，《广堪》十卷，《淮海乱离志》四卷"（《周书》）。今存《少傅箴》一篇，见《周书》本传，为太子宇文赟（宣帝）所称赏。

在江陵陷落时入隋的萧氏文人有萧大圜，字仁显，简文帝萧纲子。"侯景之乱"发生后，萧大圜在萧纲被杀时潜逃，建康平定后到江陵，因萧绎猜忌，屏绝人事。江陵被西魏所攻，萧绎派他和兄大封做使者去见于谨，遂入西魏，封始宁县公。他曾入麟趾殿为学士，手抄《梁武帝集》四十卷、《简文集》九十卷。隋开皇初，为西河郡守，不久卒。萧大圜著有《梁旧事》三十卷、《寓记》三卷、《士丧仪注》五卷、《要诀》二卷、文集二十卷，今佚；存文二篇：《竹花赋》见《初学记》卷二十九，《闲放之言》见《周书》本传。其《竹花赋》较有文采。又有鄱阳王恢之孙萧该，在荆州陷落时入长安，入隋方卒，著有《汉书音义》及《文选音义》，为当时所贵。《文选音义》是现在我们所能知道的第一部《文选》学著作，这说明《文选》在当时已为广大士人所重视。以此推论,作为萧统后人的后梁皇室当亦有《文选》传本。

其实萧梁皇朝的影响还远不止这个家族的几个人物,像庾信、王褒、颜之推等北方著名作家,早年皆在南方,和萧统、萧纲与萧绎都有较深的关系。如庾信十五岁时就到萧纲身边为东宫侍读,后来又长期为萧纲的东宫学士,文体受萧纲影响甚深。"侯景之乱"发生后又在萧绎那里任职,与萧绎有唱和。王褒的姑夫是齐代宗室萧子云,早年来往甚密,书法深受萧子云影响。他另一位姑母即萧纲妻王皇后,所以与萧纲之子萧大器是表弟兄。王褒之妻是梁武帝弟鄱阳王萧恢女,并且是由于梁武帝欣赏其才华而定的亲。"侯景之乱"后他到江陵,颇为萧绎所任用,并且有诗唱和,如著名的《燕歌行》,即其一例。颜之推与萧绎关系也较深,其父颜协即为萧绎的记室参军,萧绎作《怀旧志》及诗,都提到了颜协。所以颜之推在一些诗中对梁朝的感情甚深。

同样地,留在南方的作家中,多数亦与萧梁有较深的关系。其中最明显的自然是徐陵,他所编选的《玉台新咏》,历来都认为是受萧纲之命编撰,从书中称萧纲之作为"皇太子圣制"来看,其说当可信从。徐陵和萧纲的诗文属于同一流派,当无异议。此外如阴铿、周弘正、周弘让、周弘直、沈炯、江总、张正见等,其文学才能均成熟于梁代。例如阴铿就曾经做过萧绎的属官,并有诗和萧绎的《登江州百花亭怀荆楚》。梁陈间学者顾野王的文字学著作《玉篇》,还受萧纲之命由萧恺修改。这些都说明兰陵萧氏特别是梁皇室一支在南北朝文学史上有着不可忽视的地位。

南朝文学与北朝文学研究

第一章 绪 论

关于南北文风的异同是历来研究南北朝文学史的人所早已注意到的老问题。但是,在从来的文学作品选本和文学史著作中,所着重选录和论述的,大抵仅仅限于南朝的作家和作品,涉及北朝的作品甚少,充其量不过是一些乐府民歌和极少数几篇骈体应用文和为数更为式微的文人诗,与同时的南方作家作品相比,几乎还不到十分之一①。这种情况可以说是比较自然的,因为当时北方作家和作品存留者本来很少,好作品也确属罕见,因此不受后人的重视也不足怪。我们试看《隋书·经籍志》中所著录的北朝魏、齐、周三代人的文集,其数量就远不足与南朝相比,甚至其总和还不如南朝四代中存书最少的陈代,这就很清楚了。这种情况,似乎并不限于文集,同样地像传统所分的"经"、"史"、"子"三部分典籍,情况和"集部"也没有多大区别;特别像"经部",其悬殊程度尤为突出。这一切是不是说明北朝的文化远不如南朝发达呢? 如果是这样,又由于什么原因呢? 这个问题十分复杂,很有探讨的必要。因为《隋书·经籍志》所著录的书籍,大抵是隋代统一中国以后,北方旧藏的图书和收缴到南朝所存

---

① 这样说当然不包括由南入北的某些作家如庾信、王褒和颜之推等。

的藏书以及从民间搜集起来的书。其中北朝藏书中,隋的代周是出于宫廷政变,根本没有在京城长安动用武力,自然谈不上什么破坏;周的灭北齐,其实也是势如破竹,在齐都邺城未遭抵抗,也不会对图籍有什么损毁。至于南朝的藏书,情况就不同了。根据《隋书·牛弘传》所载牛弘上表隋文帝建议广收典籍的奏疏中说,北朝的国家藏书,本来很不丰富,比南朝相差甚远。南朝的藏书经宋、齐直到梁代,其藏书数量相当可观。所以《隋书·经籍志》中经常说:某书若干卷;又注云:梁若干卷。其中梁代卷数远多于隋时所存卷数。如"建安七子"作品中的《陈琳集》,梁代有 10 卷,到隋时只存 3 卷;《应玚集》,梁代有 5 卷,隋代只存 1 卷。又如晋代《左思集》,梁代有 5 卷,隋代只存 2 卷;《陆机集》,梁代有 47 卷,隋代只存 14 卷。其他作家的集子,梁代尚存而隋代已佚的为数也很多,"经"、"史"各部的情况也大致相类似。我们知道,造成这种情况的原因是梁代末年图书经历了两场浩劫:一次是侯景之乱和梁将王僧辩平乱时的战火,焚毁了建康宫殿中的不少藏书;一次则是王僧辩把残余的部分送到了江陵,梁元帝萧绎曾命庾信、颜之推等人加以整理,但不久又因西魏军攻克江陵,萧绎在被俘杀的前夕放火烧毁藏书,以致受到了更惨重的损毁。这样,隋代的藏书就比梁代要少得多。产生这种情况的原因,还由于北朝各代的鲜卑族统治者对典籍的收藏很少关心过,除了魏孝文帝以外,前此的献文帝以前各朝和后此那些出身"六镇"军阀的北齐、北周统治者也是这样。这在某种程度上也可以说是北朝文化不如南朝文化发达的一种表现。但一个时代的文化兴衰,并不完全决定于几个帝王的意志,如果据此笼统地断言北朝文化落后,恐也不完全确当。因为迄今所见北朝的书法、雕塑等都有其不同于南朝的特色。北朝学者所作的《水经注》、《洛阳伽蓝记》和《齐民要术》,都有很高的学术价值。这说明北朝统治者虽大多不重视学术和文化,但私家的著述还是存在,也未必没有人进行过文学创作,只是由于种种原因未能保存下来。因为后来的学者和文人在搜集、整理和使用这些图书时,可能还存在有"重南轻北"的偏向,这很值得研究。因为像唐初孔颖达所主持编撰的《五经正义》,其所采的说法大抵出于南朝学者,而对北朝人的学说所取甚少。其实像北周的经学家熊安生卒于周武帝宣政元年(578),下距隋文帝代周不过三四年光景,他关于《周礼》《礼记》的著作,在《隋书·经籍志》中就不见著录,贾公彦作《义疏》也未加采择。至于文学方面,保存作品较多的类书《艺文类聚》,成于南方人欧阳询之手,其所收主要为南人之作,更不足怪。甚至出身弘农杨氏的作家杨炯在《王了安集序》中批评当时一些文人说:"好异之徒,别为纵诞,专求怪说,争发大言,乾坤日月张其文,山河鬼神走其思。长句以增其滞,客气以广其灵,已逾江南之风,渐成河朔之制。"孔颖达和杨炯都是北方人,尚且这样对待北方的学术文化,这就关系到一个时代的风气的背景了。不过,从杨炯的话看来,他虽然不赞成"河朔之制",却也承认"河朔"文风与"江南"文风存在着不同。这个问题似可进一步探讨。在这里,笔者想试图从现有材料提出一些看法,来分析南北文风不同的原因。

第一节 南北文风异同说的提出

南北朝时期南北文风有别的说法,是古人早已指出了的。较早地提出这一看法的是《隋书·文学传序》,原文云:

> 自汉、魏以来,迄乎晋、宋,其体屡变,前哲论之详矣。暨永明、天监之际,太和、天保之间,洛阳、江左,文雅尤盛。于时作

者,济阳江淹、吴郡沈约、乐安任昉、济阴温子昇、河间邢子才、巨鹿魏伯起等,并学穷书圃,思极人文,缛彩郁于云霞,逸响振于金石。英华秀发,波澜浩荡,笔有余力,词无竭源。方诸张、蔡、曹、王,亦各一时之选也。闻其风者,声驰景慕,然彼此好尚,互有异同。江左宫商发越,贵于清绮,河朔词义贞刚,重乎气质。气质则理胜其词,清绮则文过其意。理深者便于时用,文华者宜于咏歌。此其南北词人得失之大较也。若能掇彼清音,简兹累句,各去所短,合其两长,则文质斌斌,尽善尽美矣。

主持《隋书》修撰工作的是唐初魏征,他出身于北方士族,却又兼擅诗歌和应用文字。他在叙述南北文风时,既要符合于南北文学发展的实况,又不得不考虑到北魏中期以前在文学方面基本上没有产生什么作家作品的事实,因此这段叙述不能不从北魏孝文帝元宏迁都洛阳,开始大力推行汉化后说起。所以他对自汉迄刘宋的文学情况只能轻轻地一笔带过,说到南朝文学,也只从江淹、沈约和任昉讲起,连卒于南齐时的谢朓、王融等人也没有提到。他这样作法,也有其理由。因为《隋书》的修撰是在唐初,而南朝诸史中,《宋书》成于齐梁间的沈约,《南齐书》成于梁代的萧子显,北朝诸史中《魏书》成于北齐的魏收,都在唐以前;至于南朝的《梁书》和《陈书》、北朝的《北齐书》和《周书》则也都成于唐初,和《隋书》差不多是同时修撰的。这样做可以避免和前人的重复,却又避开了北魏中期以前文学衰微的阶段。然而这只能在文字上给人一个南北并重的印象,还是避免不了问题的实质。因为北方自从西晋灭亡起,由于各族军阀的割据和混战,始终没有建立起一个比较稳定的文化中心,再加上汉族士大夫与各族军阀间的心理隔阂、战乱频繁所造成的村居生活等复杂的情况,纵使有人想致力于文学创作,也往往受到诸如典籍缺乏、交流困难等的限制,很难使其文学才能得到充分的发挥和提高。而且,即使这些村居的士大夫中确实产生了比较优秀的作品,也会因为缺乏交往和传播,只能藏在家中,而在当时战乱频繁的条件下,私家藏书更易在兵火中散失。即使未遭兵火,也会由于后人的不加珍惜而丢失。如《魏书·崔玄伯(宏)传》:"始玄伯因苻坚乱,欲避地江南,于泰山为张愿所获,本图不遂,乃作诗以自伤,而不行于时,盖惧罪也。及浩诛,中书侍郎高允受敕收浩家,始见此诗。"这首诗究竟有多高的艺术价值,这很难说,但它毕竟还是保存下来,说明在北朝,作品的保存是何等不易。所以,从十六国时代一直到魏孝文帝以前,各种学术著作和文学创作,几乎寥若晨星。由于缺乏传统的凭借和参照,即使在北朝后期,文学创作已初步兴起之后,还是很难和南朝相抗衡。这一点,北齐魏收在《魏书·文苑传论》中就丝毫不否认这事实,他认为在北魏之末,尽管"文雅大盛",仍是"学者如牛毛,成者如麟角"。不过,数量和质量之间总是有着辩证的关系,从事文学创作的人多起来,又有了像洛阳和后来的邺城这样的文化中心,也就使文学发展和提高的条件大为改善。据唐代来到中国的日本僧人空海在《文镜秘府论·四声论》中引隋人刘善经的话说:"从此以后,才子比肩,声韵抑扬,文情婉丽。洛阳之下,吟讽成群。及从宅邺中,辞人间出,风流弘雅,泉涌云奔,动合宫商,韵谐金石者,盖以千数,海内莫之比也。郁哉焕乎,于斯为盛。"这段话对北朝后期文学的成就似乎有些夸大,认为"海内莫之比也",似乎此时北齐文学已经超过了南朝,恐怕未必尽然。平心而论,到了南北朝后期,北方文学确有其特色,不但不是一片荒漠,也不能说完全是南朝文学的附庸。但是,当时的北方文人,由于齐、周的对峙,北齐文人和北周文人对待南方文风的态度有所不同。刘善经和魏征都是北齐人的后裔,《隋书·文学传序》中在批评了萧纲、萧绎、徐陵、庾信之后,又说:"周氏吞并梁、荆,此风扇于关右,狂简斐然成俗,流宕忘反,无所取裁。"这几句话是反对南朝文风,也是对庾信、王褒的否定。正因为北齐文士这样评价南朝和庾信,因此刘善经所说的邺下文人"海内莫之比也",正是河朔文人的观点。我们应该承认,这时期北朝作家在形式和技巧方面基本上模仿南朝,较少创新;但由于他们不像南朝后期文人那样享受优厚待遇,终日诗酒流连,而是更多地参加各种社会实践,有的甚至还经历过戎马生涯,对现实的感受较深,因此文风确有其清刚雄浑之气,能反映更多的生活题材。这就使北朝后期文人的创作成就,从总体上说,并不见得比南朝"宫体"诗人们逊色。所以一到隋代统一之后,像卢思道、杨素、薛道衡诸人的创作,实际上超过了出身南方的江总、虞世基诸人;就以帝王来说,隋炀帝杨广的诗,也还有一些佳作和名句,这比陈后主陈叔宝要高出一筹①。至于入唐以后,在一个时期内,较有成就的作家大多是北方人。这些现象说明刘善经和魏征的话并非完全虚构,而有其事实根据。目前有些人因为我们过去对梁陈"宫体"的评价过低而要反其道而行之,竭力抬高"宫体"而贬抑北朝作品,则是大可不必的。评价一个时代的作品不应把眼光局限在某些技巧方面,更应该看到北朝文学的清刚之气,确曾影响到盛唐诗人。因此探讨南北文风的异同及其融合过程,显然颇有必要。

近代以来,首先提出南北文风不同之说的,当推刘师培,他作有《南北学派不同论》,其中有一部分专论文学,称《南北文学不同论》,他在此文中畅论自魏晋至南朝齐梁的各大家并分作几大派别。然后,他又说:

---

① 关于这一点,我们且不论《隋书·文学传》中提到的《饮马长城窟行》一类诗,即以《苕溪渔隐丛话后集》引《艺苑雌黄》所记杨广佚句"寒鸦千万点,流水绕孤村"二句,已非陈叔宝所能及。

> 梁陈以降,文体日靡。惟北朝文人,舍文尚质。崔浩、高允之文,咸碻埆自雄。温子昇长于碑版,叙事简直,得张、蔡之遗规;卢思道长于歌词,发音刚劲,嗣建安之逸响。子才、伯起,亦工记事之文,岂非北方文体固与南方不同哉!自子山、总持,身旅北方,而南方轻绮之文,渐为北人所崇尚。又初明、子渊,身居北土,耻操南音,诗歌劲直,习为北鄙之声,而六朝文体,亦自是稍更矣。隋炀诗文,远宗潘、陆,一洗浮荡之言,惟隶事研词,尚近南方之体。杨、薛之作,简符隋炀,吐音近北,摛藻师南。故隋唐文体,力刚于颜、谢,采缛于潘、张,折衷南体北体之间,而别成一派。唐初诗文,与隋代同,制句切响,言务纤密。虽雅法六朝,然卑靡之音,于焉尽革。

刘师培这段话,用简洁的文字综述了南北文风的差别和其融合过程,基本上是正确的。但他对江总和沈炯二人的论述,似尚可商榷。江总入北在隋文帝灭陈之后,此时北朝文风已与南朝比较接近,薛道衡在陈亡前所作,已颇近齐梁;而江总在北方时间并不久,又被准许南归,似对北方人并未产生影响。至于沈炯虽曾一度被扣留于关中,但他文风的变化,恐怕未必由于北朝人的影响。因为沈炯留在北方不过两年左右,据《陈书》本传,他在北方即使有作品,亦随即弃毁,根本不存在"耻操南音"的问题。沈炯文风的变化,恐怕应归结为生活经历的变化。因为南朝宫体诗人在经历侯景之乱后,也有人能写出比较苍凉悲壮的诗歌,如庾肩吾的《乱后行经吴御亭》这样的诗,就是明显的例子。又如迄今所见梁代诗人所作的四首《燕歌行》,萧子显之作就和战争无关,因为作于侯景之乱以前;庾信、王褒和萧绎的三首乃同时所作,庾信和王褒已经历战乱,所以已具悲凉之气;而在江陵坐山观虎斗的萧绎之作,这种气息就远不如庾、王。这说明庾信和王褒诗风的变迁,实际上也不完全由于到了北方,而是生活经历本身的变化。沈炯确有些悲凉之作,但那是由北回南后痛定思痛之故,似不能把诗风变化完全归结为地区的原因。作品风格的变化总是由于其内容的变化,而作品内容又总是决定于作者所处的社会环境及其个人经历。

刘师培关于南北文风不同的论述,有他的独到之处,那就是他并不局限于南北朝本身,而是一直上溯到先秦汉魏,并且指出了从汉魏以来北方文人和南方文人之间已经在融合而且保持各自的某些特色又互相影响的问题。但他的局限则在于过分地强调了地理环境的影响。他认为北方"土厚水深",因此人们"多尚实际";南方"水势浩洋",所以人们"多尚虚无"。这实际上是继承了《管子·水地》篇的见解,用各地水土的差别来解释人们心理和性格的不同。这显然是难以令人信服的。因为务实和幻想都有其种种复杂的社会的和个人的原因,绝非自然环境所能决定。"土厚水深"之区有时也可以产生玄虚的思想家及富于浪漫色彩的诗人;水乡泽国同样可以有实干家及写实的作家。有时在同一个人身上,在某一种状况下比较务实,而在另一种状态下则又多幻想的情况也很不少。试想极富浪漫色彩的《天方夜谭》,出现在干旱的阿拉伯地区;而以经验主义为特色的哲学家却多出现于英国这样的海岛中,就说明了"务实"和"虚无"的问题很难用自然环境来解释。

关于南北文风的不同,的确由来已久,从先秦时代起,南方的哲学家和文学家就存在着不同。这是由我国幅员辽阔,各地生活方式、风俗习惯以及各地居民的种族成分等众多的原因造成的。但这种不同,不是绝对的,更重要的还在于他们各自不同的处境和个人教养、经历等因素。这些不同又常常由于交流频繁、互相争论及影响而趋向融合。一般来说,像哲学、文学等意识形态部门,随着社会和这些学科的发展,越到后来,就越少受自然环境的影响,而决定于社会及个人的因素。像我国的南北朝时期,文学的发展已经达到了相当高的阶段,更难用自然环境来解释。当时南北文风的差别,主要在于两个政权的长期对峙,经济、政治、文化各方面都产生许多差别,文人们的生活方式和心理状态由之各各不同,不能不影响其创作风格。这种差别,恐怕还不限于南北两个地区,就是在南方和北方各地,也会有所区别。在这里,北朝著名的文学家邢劭有一段话说得很好。他说:

> 昔潘、陆齐轨,不袭建安之风;颜、谢同声,遂革太原之气。自汉逮晋,情赏犹自不谐,江北江南,意制本应相诡。(《萧仁祖集序》,见《全北齐文》卷三)

邢劭这篇文章已经残缺,他为什么提出这个论点,已难确考。我们知道:邢劭和魏收是北齐两大文学派别的首脑。邢劭爱慕南朝的沈约,而魏收则效法任昉,两人尽管争论得十分激烈,以至形成派别,但他们又都是南朝文人的崇拜者,他为什么在这里要强调起南北文风的差别来呢? 笔者认为:邢劭这段话,可能是有所针对而发的。因为萧仁祖即萧悫,他有一首《秋思》诗,其中有两句非常有名,即"芙蓉露下落,杨柳月中疏"。这两句诗据《颜氏家训·文章》载,当时寓居北齐的南方文人如颜之推、诸葛颖等人都很赞赏,相反地,北方籍文人如卢思道等,却很不以为然。同样地,在南方深受推崇的梁代诗人王籍的"蝉噪林逾静,鸟鸣山更幽"两句,也遭到北方文人魏收等反对。这说明北朝文人的艺术趣味和南朝不同。萧悫是流寓北方的梁代宗室,他请邢劭给文集作序,不但说明他的文学见解与邢相近,还可能有借重邢劭在北方的威望之意。邢劭在这篇序中称赞萧悫的作品"可谓雕章间出",接着就论南北文风应该有别。这用意可能是在两种意见之间进行调和。邢劭的论点,实际上已经说明了一点,即既应承认不同的存在,又要看到对方的长处而加以吸取。在这方面,魏收的意见可能不完全一样,因为邢劭崇拜沈约,推崇沈约提出的"易见事"、"易识字"和"易读诵";但魏收仰慕任昉,任昉作诗好用典。像萧悫、王籍的名句,都不用典。然而魏收作文虽学任昉,其诗却很讲究雕藻,他的《棹歌行》、《挟瑟歌》诸作,其实也富有南方诗歌的色彩。像《棹歌行》,就暗用了陶渊明《桃花源记》和陶侃在武昌种柳的典故;《挟瑟歌》中"白马金鞍"来自曹植《白马篇》,"红妆玉箸"又和梁刘孝威《独不见》中同用"玉箸"典,疑皆有所本。这种诗风亦与南朝无甚区别。他和邢劭的争论,实际上不过是意气之争,不完全反映南北文风之争。据唐刘悚《隋唐嘉话》载,徐陵出使北齐南归时,魏收曾把自己的文章交徐陵带到江南为他扬名,但徐陵竟投入江中,说是"为魏公藏拙"。这故事也许出于传说,但至少反映出这样的情况,即北方文人还在虚心学习南方,而南方文人却仍对北方文人有些轻视。这是西晋灭亡以来长期分裂的结果。

第二节 关于南北文风差别的时间断限

在文学史上,各地文风的统一和区别都是相对的。一般说来,在国家处于统一的中央集权统治下,文风就会趋向统一,即使某些地区之间存在着小的差异,那也只是个别文人集团之间在若干问题上的见解分歧,与南北之别无关,而且有些学派或文派虽以地区命名,而这些派别的成员也往往未必出身该地。在割据分裂的局面下,由于各地社会状况、生活方式等客观情况的不同,也会促使文风发生显著的地区差异。但这种差异,也会由于使节和商贾的频繁来往,书籍及各种艺术形式的交流,造成彼此互相影响而逐步走向融合的趋势。这种互相影响而日趋融合的情况,早在秦始皇并吞六国,实现大一统局面之前已经开始了。近年来考古方面的发现,证明了许多远离中原的地区,其出土的文物已明显地受到中原商、周文化的影响。例如:在春秋时代,楚国是被看作蛮夷的。但《左传》和《国语》中都记载在楚国的君主和群臣中,有许多人都很熟悉中原古代的文化。如《左传》载,楚庄王在邲之战大破晋军之后,曾向臣下大谈《周颂》的内容;《左传》还曾讲到楚国的左史倚相能读《三坟》、《五典》、《八索》、《九丘》。《国语·楚语》中讲到了楚国教育贵族子弟的教材,很多是周代的典籍;左史倚相还讲述过卫武公的事迹;等等。在当时看来比楚国更僻远的吴国还产生了季札这样熟悉周文化的人。到了战国,南北的交通尤为频繁,楚国似乎也不再被看作蛮夷了。《孟子》所载的《沧浪歌》已属骚体,并且亦见于《楚辞·渔父》,这是南风北渐的明证;至于孟子对陈良的称赞,却又说明了儒家学说已在楚国流行,所以屈原作品中存在着明显的儒家思想色彩,决不是偶然的。后来荀况作为一个地道的北方人,却终老于南方;他的弟子李斯是楚国人,却又是辅佐秦始皇统一六国的主要人物。这些都说明了即使在割据状态下,文化上的融合和认同的趋势仍然是主流。但另一方面,各个地区的特色和传统,即使在统一的皇朝下,仍然可以存在,所以汉初物色制礼作乐的人物,还得到鲁地寻访;而汉代治《楚辞》的人,又大多在楚国的旧地。不过,这是统一时间还较短之故,在经过一段时间之后,这种差别也会趋于消失。例如:汉代关于"五经"的传授,并不都起于孔子家乡的鲁地,而是散在各个地区,如《公羊传》被称为"齐学",《韩诗》出于燕人韩婴,《毛诗》出于赵人毛苌,而传《易》的施雠、孟喜，一个是沛人，一个是兰陵人，在战国时均属楚地。这是因为战国儒家，本是"显学"，早在秦统一以前已普及全国各地。这正如在大一统局面出现之后，还是会有像佛教中禅学和艺术方面的绘画均有"南宗"、"北宗"之别一样，但这种南北之别，仅仅意味着学派创始人的籍贯或居住地，和这一派别的众多成员无关。又如书法方面，有"碑"和"帖"的区分，学碑者多效法北魏碑志，学帖者多师法东晋王羲之父子，但学碑体的未必都是北人，学帖体的也不一定是南人。因此就总的倾向而论，在秦汉以后，不论学风和文风都以认同和融合为主导倾向，至于南北朝和宋金对立时所出现的文风差别，实际上只是当时政治形势所造成的，其表现形式虽有很大差异，但从语言和心理素质方面说还是大同小异，只是在一个时期以内，在艺术技巧方面和反映的具体内容有所不同。所以刘师培在论南北文风的不同时，虽不局限于南北朝，而一直上溯到汉魏和先秦，但对统一的秦汉时代，就谈得较少，这是很有见地的。因为先秦时代的文风，也有过南北之别，但这是统一以前的事，其原因与南北朝很不相同。秦汉统一以后，南北文风已经实现了融合，所以汉魏作家实在已经很难说谁是纯粹的南方文风，谁又是地道的北方文风。即以三国分裂之后而论，在西晋作家中，傅玄是北地泥阳（今陕西铜川市耀州区）人，陆机是吴县（今江苏苏州）人；一个由魏入晋，一个由吴入晋，身世完全不同。二人的诗歌当然有区别，但这种区别就很难说主要是由于地区的不同，而更多是因为各人经历和性格的差异。像傅玄的《吴楚歌》，就纯属"骚体"。以散文而论，羊祜《让开府表》和李密《陈情表》，也只是个人之间的差别，看不出魏、蜀之分。又如刘师培所举南方文风中各派的代表人物，情况也很复杂，例如他把东晋的孙绰、许询算作南文之一派，但孙绰祖籍太原，许询祖籍高阳（今属河北），都是北方人；颜延之、谢灵运、鲍照等人的祖籍亦属北方。尤其是孙绰的祖父孙楚，刘师培认为是和刘琨、卢谌一样是"北方文人"的代表。其实从西晋末到东晋中期，孙氏的家学并未断绝。《世说新语·文学》记载，东晋时褚裒对孙盛论南北学术的不同，把孙盛作为北方学术的代表。孙盛和孙绰是堂兄弟，而他们一个作为北方学风的代表而一个却是南方文风的代表，这也说明所谓南北朝以前的南北学风和文风的不同，不全在于籍贯。至于南北分裂以后，籍贯和居地就成了比较重要的因素。更可以令人注意的是，在南北分裂的几个阶段中，文人的居住地区往往会对他的创作起着非常不同的作用。例如：西晋末年从洛阳避地到冀州的作家左思和因战乱避祸回故乡安平（今属河北）的张载、张协兄弟，都是当时杰出的作家，但他们的作品留传至今者大抵都作于离开洛阳之前，似乎左思一到冀州，张载、张协一回安平，就此销声匿迹，再无一字留传。我们很难断言三人离开洛阳后不久都已去世或从此搁笔不再写作。相反地，从故乡闻喜（今属山西）避难到南方的郭璞，其有价值的作品差不多是入南以后所作，至于从家乡闻喜经盐池等地过洛阳南下途中所写的赋，作为研究当时的社会状况及郭璞个人的生平，不失为很重要的资料，但其文学价值都算不得上乘。至于他的《尔雅注》、《山海经注》等学术著作，亦完成于入南之后。这时留居北方的作家，只有刘琨和卢谌二人有作品传世，而他们的作品却显然多数为温峤奉命到江南去时带去的，只有刘琨《赠卢谌》的那首五言诗（"幄中有悬璧"）可能是他死后卢谌、崔悦上表晋帝为刘琨鸣冤时派人送到南方，由晋代官府保存下来。至于《晋书·刘琨附刘群传》载，温峤上表所称"姨弟刘群、内弟崔悦"等人，"并有文思"，但他们的作品，也没有得到保存。这也不能说这些人从来都没有写过文章。至于刘宋后期，由于今山东一带落入北朝手中而入北的人，情况有所不同。例如刘芳入北以后，就成了北方的经学大师，有"刘石经"之誉。他虽然不是作家，却说明此时北朝对学术和文化已比较重视,和北魏初年大有不同。至于年纪小于刘芳的文人刘孝标,在北方时不论学术和文艺都不见有什么贡献,但到南方后,在学术和诗文方面都有很突出的成就。刘孝标是在宋明帝泰始初年入北的,当时年八岁,当生于宋孝武帝大明三年至四年(459～460)间,他于齐武帝永明年间还南,这时年已二十多岁,文化教养当已在北方时奠定基础。据说他回南方后自以学识不博,又曾努力读书,但这只能是加深修养。这说明当时北方的情况比东晋初年已有变化,而学术和文艺水平比起南方来还有逊色。到了南北朝后期,情况又有所不同。北朝温子昇的作品传到南方,得到了梁武帝的赞赏,比之曹植、陆机;邢劭的文学才能也颇为南方人所知。又如陈代作家张正见,本是北方人,他的父亲在梁代入南,估计此时张正见已经出生。他的文风可以说是很典型的梁陈宫体诗。至于南方人到北方的,如王褒、庾信、颜之推、诸葛颖、萧悫等人,都无不有作品传世,像庾信最有名的作品,大抵都产生于入北以后,并且他的文集还是以北周藩王宇文逌所编的本子为基础。这种情况说明了北方的创作环境不但不同于南北分裂之初,也比魏孝文帝迁洛前后有重大的改善。因此,我们研究南北文风的不同,似乎不能仅仅着眼于南北朝后期南北几位著名作家的对比,而应该上溯到西晋覆亡后南北分裂局面开始出现的时候。这是因为北方文学的兴起,虽然始于魏孝文帝迁洛以后,但在此以前也存在着文学的伏流。如果没有这股伏流,就很难出现魏孝文帝对文学的大力提倡;同时,如果没有这股伏流,即使有人提倡,也是很难奏效的。除了北朝文学存在着几个不同的阶段外,南朝文学的发展也明显地存在着几个不同的阶段,从东晋的玄言诗到刘宋元嘉诗风,又从元嘉诗风到南齐的永明诗风,再从永明诗风发展到梁中叶至陈代的"宫体诗",各有其不同的特色,而这些特色的形成,又有其种种原因。这些原因虽关系到多种文化部门的影响,却又与当时的门阀世族及其生活方式分不开。因此我们谈论南北朝时期的历史断限,一般都是从公元420年左右宋武帝刘裕取代东晋和北方的鲜卑拓跋氏基本统一黄河中下游地区开始,直到公元589年隋文帝灭陈统一中国为止。但是这种分期方法对于我们论述南北文风的异同和融合有一定的困难。因为文风的形成归根结蒂有其社会原因,而南北两地人们的社会组织、生活方式以及各种意识形态的区别,都于南北开始分裂时已经形成;而南北文风的融合,又基本上完成于隋代。其中南方出身的王胄、虞世基等人和北方出身的杨素、薛道衡等人大都卒于隋炀帝时代。所以我们的论述也就不能不从公元316年长安陷落,晋愍帝被俘说起,直到公元618年隋炀帝被宇文化及所杀而唐高祖在长安代隋称帝为止。

第三节　怎样看待南朝文学和北朝文学

关于南北朝文学的评价问题,长期以来,人们总是重南轻北,认为只有南朝有文学,北朝充其量是南朝文学的附庸。这种看法,并不是短期内形成的。因为从北周开始,由于江陵的被攻克,庾信、王褒等人的到达关中,已经使北周境内文风发生了变化,原来宇文泰和苏绰所提倡的复古文体被文人们弃而不顾,甚至连宇文泰的几个儿子都纷纷学起他们的文风来。隋文帝代周后,对这种文风并不满意,曾采纳李谔的意见,用行政手段严禁文风浮华,但收效甚微。他的两个儿子杨勇和杨广(炀帝)都是南朝文风的崇拜者。杨广即位之后,就大力提倡南朝的文化。他甚至把窦威、崔祖濬两个史官加以杖责,原因就在两人对南方人轻视。他认为"自平陈之后,硕学通儒,文人才子,莫非彼至"(见《全隋文》卷五)。这是文化较落后的征服者往往被先进的被征服者所同化的规律在起作用。大业四年(608)开始实行的进士科考试,更助长了南朝文风的统治地位。这种考试到唐代尤被重视。应进士科考试的人,必须要作诗赋和策论,其中诗赋自然要讲声律,就是策论也大抵是骈体文。在这种情况下,人们自然而然地要取法南朝的文风,于是许多人都以梁昭明太子编纂的《文选》为学习榜样。据《太平广记》卷四四七引唐张鹫《朝野佥载》记载,"唐国子监助教张简,河南缑氏人也,曾为乡学讲《文选》"云云。这则故事本身是关于狐狸精变作人形的荒诞之说,但值得重视的是唐时一个乡学中也讲《文选》,说明李善《上〈文选〉注表》中所说的"后进英髦,咸资准的"并不是一句夸大的话。后来出身于北方大族赵郡李氏的李德裕,在反对专重进士科的奏章中,甚至自称家世不藏《文选》。其实李德裕并不是不能写诗文,他现有的作品中,也未始没有南朝文人的影响。他这种对《文选》的敌视,也是反映了他作为北朝大族对一味重南轻北的反感。李德裕所处的时代已到晚唐,还是有一部分北朝旧姓仍持有这种看法。然而,科举制度是关系到仕进的,禄利之途既开,日渐形成社会风气,并不可能由一两个人的反对而能有所改变。直到宋代,据陆游《老学庵笔记》载,人们还流传着"《文选》烂,秀才半"的俗语。当然,到宋以后,由于科举的改以策论为主,再加上理学家的反对骈俪之文以及"古文运动"的日益得势,南朝文学的影响也就逐渐衰歇。但宋以后人们对南朝文风的批评,丝毫没有提高北朝文学的地位。因为北朝人现存的作品,较为受人重视的作品大抵是在形式上取法南朝,也是讲究声律、对仗的文字,同样地在他们反对之列。因此,从唐以迄现代,北朝文学始终不受重视。因此我们现在常见的许多文学史著作,讲到南北朝文学时,往往只是讲南朝,对北朝则仅仅讲庾信、王褒、《水经注》、《洛阳伽蓝记》和《颜氏家训》等。在这些作家、作品中,庾信、王褒和颜之推本是入北的南方人。

《水经注》虽是北魏郦道元所作,而文中着重举例的往往是《江水》中关于长江三峡的描写,其实这段文字却出于南朝宋盛弘之的《荆州记》。这种情况当然和北朝文学作品传世者较少有关。但我们在文学史的编著中,往往过于强调作家、作品,特别是大作家、传诵名著,而对史的脉络往往注意不够。其实文学史著作的任务不仅在于介绍作家和作品,而在于论述其发展变化的规律或原因。因此对北朝这样虽然出现作家较少,而在文学史的发展中处于一个特殊环节的情况,也决不允许轻易地一笔带过。以20世纪60年代初中国科学院文学研究所中国文学史编写组所编著的《中国文学史》为例,其中《北朝作家》一章是由笔者所写。此章共分四节:第一节只是简略地叙述了一下魏、齐、周、隋四代的社会和政治情况;第二节是《水经注》和《洛阳伽蓝记》;第三节是《庾信》;只有第四节《北朝其他作家》中才讲到了北朝一些作家的诗文,而其中多半篇幅只讲颜之推和王褒这两位由南入北的作家,而对邢劭、魏收和卢思道等人只提到其名字,至于温子昇,甚至连名字也没有提及。在那一节中对杨素、薛道衡等颇具特色的作家,评价过低,甚至认为他们的《出塞》诗,和南朝江淹、吴均之作"区别不大"。这样的评语显然不妥,这是由于自己当时的研究很不深入所致。

最近十几年来,关于南北朝文学的研究,也和其他学科一样,取得了长足的进展。但在一些论著中,忽视北朝文学的倾向,仍多少地存在着。例如胡国瑞先生的《魏晋南北朝文学史》中说:

> 自永嘉之乱以后,广大的北方地区,进入长期的种族残杀恐怖中。随着经济的惨遭破坏,文化亦严重低落。魏晋之间已经繁茂的文学根株,被逃亡的士大夫移植到江南而继续开花结实,北方文坛遂成一片荒芜。(上海文艺出版社1980年10月版,第146页)

胡先生这个论点基本上是传统的看法,说北朝文学的衰落是由于种族残杀的恐怖,对某一个时期来说是正确的。例如十六国的前赵、后赵以及前秦灭亡直到北魏统一北方之前,确有这情形。但在北魏灭夏和北凉以后,特别是孝文帝迁洛以后,经济的恢复是相当迅速的。《洛阳伽蓝记》中所载尔朱荣入洛以前,洛阳的仓库充实,经济繁荣的景象,应该是真实的。但自从"六镇"军人起义,尔朱荣乘北魏朝廷的混乱率兵入洛,一手残酷镇压葛荣起义军,一手又野蛮屠杀洛阳的王公大臣,造成北朝内部的不断混战。尔朱荣死后,尔朱兆等又起兵叛乱,不久又被高欢镇压下去,而接着出现的是高欢和宇文泰的争夺战。这些战争对生产的破坏也很严重,其残酷并不亚于十六国时代。然而正是在北齐和北周对峙的情况下,北朝的文学才真正达到兴盛,并出现了不少有成就的北方籍作家。可见,北朝文学的落后于南方,原因比较复杂,并不能简单归结为战争和经济破坏。当然,造成文化衰落的根本原因还在于战争和经济破坏,但事情并非这样直接和简单。所以胡先生的说法可谓"语焉不详",并不能算完全不对。

最近几年来,还有些研究者鉴于过去对"宫体诗"的评价不足,于是就要反其道而行之,认为南朝后期的诗歌并未衰落,北朝后期的诗歌也没有赶上南方。这种说法,似未免有些偏激。事实上"宫体诗人"在诗歌的形式和技巧上有他们的贡献,同时以萧纲为代表的一些作家写妇女题材的诗歌,确有细腻入微的长处,不能以封建礼教的观点来轻易否定,这都没有疑问。但文学作为一种社会意识,它所反映的生活题材应该是广泛的。我们并不主张文学只应该去写民生疾苦和阶级斗争,但也不应该简单地认为它只能写某些窄狭的生活题材和咏物之作。在文学的风格方面,细腻精致不失为一种长处,但雄浑苍凉也同样应该得到重视。何况南北朝后期文人的诗歌,情况也不能一概而论,北方薛道衡的《昔昔盐》,和南朝的"宫体诗"实已无甚大区别,他的《人日思归》作于出使陈朝时,也被南人所叹服;相反地,像徐陵的《出自蓟北门行》、沈炯的《长安还至方山怆然自伤》诸作,也不是全无北方那种豪放之气。如果像江淹所说的那样"论甘而忌辛,好丹而非素",恐怕也是大可不必的。何况南朝后期文风的缺点,即使像虞世南这样的由陈经隋入唐的文人,也有所觉察(见唐刘肃《大唐新语》),更不必矫枉过正。

近年来对北朝文学不如南朝兴盛的原因,还有一些不同的解释,似乎更难成立。例如有人认为北朝文学的衰微是由于十六国和北朝的统治者尊崇孔子,士人们多致力于经学。这完全不合当时的史实。因为历代皇帝不管哪个民族,只要占据中原某地,总要摆出一副"尊孔"的样子,但是这仅仅是为了迎合汉族士大夫的心理,是否收到实效,要看具体情况。至于北朝的经学是否发达,那只要查一下《隋书·经籍志》就很清楚。众所周知,北朝人的"经部"著作,比起"集部"来还更要稀少。北朝早期的经学家据《魏书·儒林传》,多无著作,即使个别人写了书,也和"经"无关。只有崔浩一人有经学著作,据《魏书》本传,他的著作不少,传到隋代的只有《周易注》,但同时还有他编的《赋集》,说明通经并不影响他致力文学。继之而起的高允,也是经学和文学兼治。至于北方经学的兴起,基本上也在孝文帝迁洛以后,在这里,由南入北的"平齐民"刘芳有比较重要的作用。这说明经学和文学在北朝决非不相容,倒是同步发展的。关于这个现象,我们在下面要详细论述,不必在此多谈。

第四节　对北朝文学评价不高的原因

历来论者对北朝文学评价不高,这当然和北朝作品留存得很少有关。这只要看《隋书·经籍志》关于"集部"著录的情况就很清楚。不过《隋书·经籍志》中之所以会出现南朝人著作远比北朝人多的现象,恐怕与北朝几个政权都没有像南朝那样大力搜集整理图书有关。因此我们还不能说北朝人的创作原来就非常少。因为在印刷术发明以前,书籍的流通颇为困难,流传不广的书,往往最易散佚,这是一个很可考虑的问题。由于书籍流传不广,人们难于得到艺术上的借鉴和学习榜样,也就很难提高其写作技术,这和南方之书籍得到广泛传抄和借阅的情况也很不一样。但我们现在所更应注意的则是在现存资料的条件下,怎样评价北朝时代所产生的文学遗产。

关于北朝文学的评价问题,《隋书·文学传序》说的"词义贞刚,重乎气质","便于时用"的情况,应该是有道理的。只是我们过去对这些文章没有给予充分注意而已。这个问题由来已久,早在南北朝时期当人们提出"文笔之分"的时候已肇其端。例如范晔在《狱中与诸甥侄书》中自以为"性别宫商,识清浊",又认为"手笔差易,文不拘韵故也"。但他现存的文章主要是一部《后汉书》,据《文镜秘府论·天卷·四声论》引隋刘善经的话说:"今读范侯赞论,谢公(谢庄)赋表。辞气流靡,罕有挂碍,斯盖独悟于一时,为知声之创首也。"值得注意的是刘善经本为北人,且十分推崇北齐文风,但他对范晔的称赞,集中于那些论赞,这和《文选》所录《后汉书》文字完全相同。这实际上就说明所谓"文笔之分",已为南北文人所一致同意。在南北朝人看来,"文"的地位比"笔"高。如萧绎《金楼子·立言》中对

"文"和"笔"的态度很明显。他认为"笔退则非谓成篇,进则不云取义,神其巧惠,笔端而已"。这种看法并非始于萧绎,例如任昉这样享有重大文名的人,尚且因为人们中流传"任笔沈诗"的话而引以为耻,晚年努力学作起诗来。这种风气也波及了北方,如魏收和温子昇、邢劭争胜时,也断言要能作赋,才算"大才士",而看不起"章表碑志"之类文章。(见《北史·魏收传》)在这种风气影响下,北朝文人有的就舍其所长,而向南朝去学习。其实北朝人对某些文体的写作,未必没有长处。例如碑志一类文章,在北方有其悠久的传统。相反地,南朝对立碑的限制却十分严格。《文选》任昉《为范始兴作求立太宰碑表》李善注引《晋令》曰:"诸葬者不得作祠堂碑石兽。"又引《陈留志》曰:"阮略字德规,为齐国内史,为政表贤黜恶,化风大行,卒于郡。齐人欲为立碑,时官制严峻,自司徒魏舒已下,皆不得立。齐人思略不已。遂共冒禁树碑,然后诣阙待罪。朝廷闻之,尤叹其惠。"这种禁令虽始于西晋,而到任昉代范云作表时,仍未取消。事实上我们现在所能见到的南朝碑志远比北朝碑志为少。现在我们所见的魏碑,称得上好作品的并不多,但确实也不无特色。例如:魏孝文帝的《吊比干文》,浑厚朴茂,别具一格;《郑羲碑》的叙事简明扼要,虽不太重文采,却也显出刚健之气。这些碑志大抵都是纪事之文,因此北朝的纪事文学形成了较好传统。所以刘师培称赞"温子昇长于碑版,叙事简直,得张、蔡之遗规",决非过誉。试看他的《韩陵山寺碑》气势宏大,而雕藻亦不在南朝文人之下。其实他的文章并不限于碑志,例如《北齐书·神武纪》所载他为魏孝武帝致高欢的书信,说得不卑不亢,委婉曲折,富有《左传》中所载那种辞令之美。北朝的应用文字是有传统的,早在十六国时代,据《周书·王褒庾信传论》说,各个割据政权下,都有若干人善于写这类章奏符檄之文。现在我们在《晋书》的《载记》部分,还可以看到一些应用文字如慕容垂上给苻坚的表和苻坚答慕容垂的书信都颇有文采,这些文章虽不一定是他们自己所作,然而代笔者的文章也可以显示当时不乏能文之士。这时西北的凉州一带,曾是汉族张氏所建立的前凉政权所在;敦煌、酒泉又是西凉李暠所据之地,在这些地区,由于西晋灭亡时有许多士大夫逃奔凉州,因此在河西地区造成了一个北方的文化中心,较之黄河中下游一带,有更多的能文之士,如前凉张骏,西凉李暠、刘昞都有文章和学术著作。张骏今存诗二首,还有上晋帝的表;李暠也有上表,并能作赋;刘昞的《人物志注》迄今保存,他所作的《酒泉铭》虽已亡佚,但唐初尚存,被《周书·王褒庾信传论》称为"清典",是十六国文章中杰出之作。后凉的宗敞在吕隆投降后秦之后,曾到长安上书为王尚伸冤,文笔颇为姚兴所称赏,据吕超说,当时人把他的文才比拟于三国的陈琳、徐幹,西晋的潘岳、陆机。这话也许有点夸大,但至少说明他的应用文字达到了很高的水平。另外,关中一带,在氐族苻坚、羌族姚兴等统治下,也产生了不少文人,著名的志怪小说《拾遗记》,据云出自王嘉之手;苏蕙的《织锦回文诗》,也被南朝文人用作典故。出身关中而后来归附赫连勃勃的胡义周(一说其父胡方回)所作的《统万城铭》,今存《晋书·赫连勃勃载记》,也有很好的文采,为《周书·王褒庾信传论》所称赞。后秦僧人僧肇所作的《肇论》是佛教哲学名著,文笔也为历代所称赏。这些都说明在十六国时代,北方还是有不少文人,只是所作文章以应用文和说理文居多,诗赋较少,这也许和当时的战乱频繁,文人们无暇从事创作,即使有人写了,也难于保存有关。

在北魏拓跋氏统一北方以后,确有一段时间文化比较衰落,这和拓跋氏入据中原前受汉化影响较浅有关。魏道武帝拓跋珪时,曾出使后秦的贺狄干,因为一度被拘留长安,学了儒家经典,衣服举止近于汉人,因此被杀。但拓跋氏既已入据中原,如果完全不任用汉族士大夫,也很难进行统治。这时北魏的诏令、奏议一般都很质朴,缺乏文采。所以刘师培说崔浩、高允之文"咸硗埆自雄",这是对的。但这不等于说这两个人不会写华丽的文字,例如崔浩所作册封沮渠蒙逊为凉王的文章,高允所作的《鹿苑赋》,文采就比他们一般的文章为强。这是因为对文化水平较低的拓跋氏帝王来说,使用辞藻和典故,反而增加了他们作文的困难。至于册封沮渠蒙逊之文,要送到当时文化较高的凉州,不能不维持"天子"的尊严;而《鹿苑赋》又是辞赋,并作于高允晚年,北魏文化已有所提高。这说明北朝文学自有其家世相传的伏流,并非北方人在战乱之后,就都不能作文采斐然的文章。只是当时的条件,使他们的文采无法施展,而且即使有所作,也很难保存。

其实北方文学还是有其特长的,那就是当时的纪事之文。现在我们来看《水经注》和《洛阳伽蓝记》,其中写景之作,当然有不少出色的篇幅,为人们所称道。但在这两部书中,记事之文也不容忽视。如《水经注》中写到某一地点的有关史事或传说时,文笔简练,时有精彩的文字;《洛阳伽蓝记》对一些人物如王肃、李崇及魏末元氏诸王的豪侈生活写得尤为生动传神。更应该强调的是魏收的《魏书》。这部史书,过去常被人目为"秽史"而不予重视。其实作为史书,其许多长处都不容抹煞。关于此书的长处,周一良先生在《魏收之史学》中说:"魏收之书,详略得当,近于实录。"又说:"更以宋齐诸史本纪核《魏书》诸帝传,详略悬殊,而记载大事皆能简当扼要,惟十六国君列传稍嫌琐碎耳,岂崔鸿书本如是耶?"(《魏晋南北朝史论集》,中华书局1963年版,第270页)钱锺书先生在《管锥编》中谈到北朝散文时也说:"《(洛阳)伽蓝记》雍容自在,举体朗润,非若《水经注》之可惋在碎也。魏收《魏书》叙事佳处,不减沈约《宋书》;北方'笔'语,当为大宗。"(中华书局版,第四册,第1509页)这些话都是很精当的。现在看来,《魏书》中写史事的精彩篇幅很不少,如《高允传》记崔浩被魏太武帝拓跋焘下狱诛杀时,审问高允关于修史情况的一段对话,《李彪传》记李冲弹劾李彪时的情景,《奚康生传》记奚康生因元叉隔离胡太后和孝明帝元诩母子而发怒被杀的经过,以及写到孝文帝迁洛后和诸王群臣从容游宴的情景,都生动如在目前。这种笔法在史传文学中,可谓上乘之作,自然不应以人废言。

北朝文学中还有一些近于俗赋或游戏文字,也很有文学价值。如卢元明的《剧鼠赋》,写老鼠可憎之状,颇能给人以深刻印象,只是近于当时的俗体,在史书中没有载录,幸而唐人徐坚在《初学记》中载有此文,其长处颇为钱锺书先生所称赞。《洛阳伽蓝记》卷二载有杨元慎借口为梁将陈庆之治病对南方人所作的调侃语,尽管带有地区的偏见,而嬉笑怒骂,自成一种文体,也带有俗赋的气息。这些文体,历来很少受人重视,但它们上承曹植《鹞雀赋》传统,下开敦煌发现的俗赋先河。但较之后者,似更多文采。这类作品,其实南朝也有,如袁淑的《鸡九锡文》、卞彬的《蚤虱赋》等,实为寓庄于谐,意在刺世,似应给予足够的重视。

总的来说,北朝人的文章,还是以当时人称之为"笔"的纪事文和应用文为多。这部分文章,古代一些重视辞采、声律的人往往因为是"笔"而很少重视;提倡散体的人,又因其带有骈俪气息而加以排斥。到了现代,一些文学史研究者又拘于现代的文学概念,把史传和应用文排斥在文学之外。于是北朝人的文章就很少能为文学史研究者所注目。

但是,正如我们在前面所说,文学史研究的任务,不能仅仅局限于若干有名的作家、作品,更不等于名作欣赏。像文学这种语言艺术,正和其他艺术一样,开始时都有其一定的实用目的。后来由于社会的发展,人类需要的多样化,日渐分化成为一个独立的部门,它虽然给人以美感享受,却同时总要表现一定的思想,反映一定的社会生活,尤其在阶级社会里,也不可能有真正超阶级的艺术。因此迄今为止所能见到的一些作家和作品,都无不具有政治倾向。尤其我国古代的作家,更是被视为"文人",即文学和文章之间并无明确的界限。在一些作家的文集中,往往有许多是政论文、学术文和应用文。这不仅北朝如此,南朝和唐、宋以后人的文集也无不如此。那些学术文和政论文,有些本来就有很高的文学价值。即以我国古代的散文而论,最早的源头一般都推《尚书》,这都是一些古代的政府文告。先秦的诸子散文都是学术文,《战国策》是当时的政论文。《左传》中记事之文属于史传文学,而记言的部分,也常是当时的应用文。这种情况到后来也继续存在,例如南朝作家中,像任昉和徐陵,如果把他们的应用文弃置不顾,那么他们在文学史上的地位也就会大大降低。这些政论文、学术文和应用文虽然和纯文学作品有所不同,但其关系还是十分密切,常常互相影响的。例如我们常读的丘迟的《与陈伯之书》,这是骈体文的一篇代表作,但它本身却是一篇应用文;孔稚珪的《北山移文》,可能是一篇游戏文字,但所用的文体,都是"檄移"一类公文的形式。至于史传文学,情况更为特殊,我们一般的习惯,大抵对史传文学只讲到《史记》和《汉书》;也有些时候,涉及《后汉书》和《三国志》,对晋以后的"正史"就不大谈到。不过在研究我国文学史时,还不能不注意到史传文学和小说的关系。大家都知道,著名的志怪小说《搜神记》的作者干宝,也是编年史《晋纪》的作者;作《续齐谐记》的吴均,同时作有《齐春秋》。唐传奇的文体受史传的影响十分明显,而传奇小说,却又影响了唐代的"古文运动"。这一切说明把"笔"的部分排斥在文学史之外,就会影响到对许多文学史现象的研究。其实我们在文学史研究中,从来也不可能真正把"笔"排除在外,例如《水经注》和《洛阳伽蓝记》,人们都不可能置于不论。如果真是这样,那么连柳宗元那些游记所继承的来源也无从谈起了。

如果我们站在"史"的角度来考察南北朝文学,便不能把眼光局限于盛衰的现象,而更要着眼于盛衰的原因。我们可以而且也应该承认,北朝的文学不如南朝发达。不过,南朝文学的兴盛有它种种的原因;北朝文学比较的衰微,也同样有它种种的原因。这当然不是三言两语所能说明的。对这些问题,笔者准备分作几个方面来加以论述。

第二章 历史的回顾

第一节 统一的中华文明之形成

世界上任何土地广大、人口众多的国家或民族,其形成都有一个漫长的历史过程,决不是一下子就出现的。关于我国文明的形成,近代中外学者有过种种猜测,有主张土著说的,有主张西来说的,也有主张是以殷族为代表的东方部族和以夏、周为代表的西方部族融合说的。关于这些说法,只能由考古学的研究去判断。在这里,我们只能从有文字记载以来的材料加以论述。至少从现有的资料来看,商、周二代的文化虽有不同,但基本上已属同一文化体系,具有明显的继承关系。但直到春秋战国,各地的生活习俗、心理状态都还有其不同,所以表现在《诗经》中的十五国风,虽然在文字上已经过人们加工而趋于一致,但反映的生活却不一样。左思《三都赋序》说:"见'绿竹猗猗',则知卫地淇澳之产;见'在其版屋',则知秦野西戎之宅。"事实也确实如此,试看《郑风》、《卫风》中的情歌和《秦风》中的《小戎》、《无衣》,《唐风》中的《蟋蟀》和《陈风》中的《株林》,其心理状态也颇不一样。在《诗经》中所收集的诗歌,其产地不外黄河中下游沿岸的今陕西中部、山西南部、河南和山东等地,只有《周南》和《召南》

涉及汉水流域等地。《春秋》和《左传》二书所记当时的史事,基本上还只是以这些地区为主,但已经出现了关于楚国的记载,这样中原文明已普及长江流域的中部。春秋后期,加上吴、越两国,文化已普及长江下游的江苏、浙江等地。但在当时,楚、吴、越等国还被中原人看作蛮夷,多少有些歧视的心理。特别值得注意的是有关燕国的记载,在《左传》和《国语》等书中还绝少提到。春秋时代诸侯的会盟,也不见燕国参加。这是因为燕国和中原诸侯间还有"山戎"等族的阻隔。这说明今河北一带在春秋时代和中原文明还存在着差异。

战国时代的情况和春秋时代有很大不同,中原文化已普及远比春秋时代要广大的地区。这时越灭了吴,而楚又灭了越。在南方已经出现了屈原、宋玉等大作家,在中原人心目中,楚人已不再是什么蛮夷。在当时人看来,"横则秦帝,纵则楚王",而楚国的版图也由原来的长江中游向东扩展到今江浙一带,南边扩展到沅湘流域,西边曾一度进入滇、黔,北边则已占有了今山东和河南的一部分。同样的,西方的秦国也逐步吞并了附近各部落,并灭蜀国,把今四川并入了它的版图。北方的赵国则由于赵武灵王的"胡服骑射",把今山西北部纳入自己的辖区;燕国也成了战国七雄之一,其所辖范围也已包括今辽宁的一部分。同时,在原来的中原地区,还存在着许多不同种族的居民,如"陆浑之戎"、"扬拒泉皋伊洛之戎"等,这时都已被中原文明所同化。《尚书·禹贡》所载的版图,基本上反映了战国时代人心目中的"天下",而在当时的思想家中,不论儒家、法家或墨家等虽然政治理想各不相同,但有一点却基本上一致,就是向往着天下的一统。道家的思想不像儒、法诸家那样强烈,但似乎也认为天下应归一统,所以有"天下往","以身托天下"等论点。战国时代的交通比春秋有了很大的发展,"士"的流动性极大,有许多人往往"朝秦暮楚",到处游说。这些活动在某种程度上也加强了各地的文化交流。

但战国时代虽然已经有了统一的要求,而实际上还没有统一,各地的文化也有所不同。现代的学者根据考古发掘的文物,提出了"楚文化"、"齐文化"、"三晋文化"和"秦文化"等论点,这是很有道理的。当时各地的生活方式、语言文字以至心理状态都有较大的区别。以关于世界的设想而论,邹衍关于"大九州"的推想和屈原的《天问》、《招魂》中所写的内容就不一样;《山海经》中所描述的世界更是离奇。以关于古代历史而论,《孟子》和《尚书》中关于尧、舜禅让的故事,充满了理想化的色彩;而晋代汲郡出土的魏国史书《竹书纪年》则谓"舜囚尧,复偃塞丹朱,使不与父相见也"(《史记·五帝本纪》之《正义》引)。《晋书·束皙传》还记载《竹书纪年》认为"益干启位,启杀之。太甲杀伊尹。文丁杀季历"。这种关于上古的设想,其实反映了产生于邹鲁一带的儒家和发源于"三晋"一带的法家的观点不同。像《竹书纪年》中的记载,颇有些与《韩非子·奸劫弑臣》等篇相类似的思想。鲁国与齐国相近,而为楚所灭,因此儒家的"仁政"理想,在齐、楚境内有较大影响。正由于这原因,在战国时代把实行法家思想统治的秦国看作"虎狼之国"的是楚人屈原和齐人鲁仲连;至于"三晋"受秦军的杀掠,较齐、楚尤甚,而对秦的敌视,似还不如齐、楚。这正是一种心理状态的差别。

当然,到了战国时代,各个学派已不完全受地域的限制。赵人荀卿成了儒家的著名人物,而又终老于楚。他的学生韩非和李斯,一个是韩人,一个是楚人。近现代许多学者认为以老、庄为代表的道家思想带有南方色彩,这应该是对的,但这种思想也同样为韩非这样的法家所利用,在《韩非子》中,有《解老》、《喻老》诸篇。至于以《吕氏春秋》为代表的"杂家"之出现,实际上是为政治的统一做思想准备。这时代的滔滔洪流已经是趋向统一,思想界的状况也是如此。连《庄子·天下》篇也认为:"天下之人各为其所欲焉,以自为方。悲夫,百家往而不反,必不合矣。后世之学者,不幸不见天地之纯,古人之大体,道术将为天下裂!"这种言论说明争鸣中的诸子百家已经都提出了"合"的问题,只是怎样"合",却仍有不同看法。春秋战国的长期混战和分裂,当然是统一的一种障碍。但通过春秋时各国间频繁的聘享、会盟,战国时游说之士的遍游各国,以及商业的发展和几个大都会的形成,也使各地的人们加强了接触和联系,为了交流思想,增进了解,必然使语言也逐步趋向统一。这种统一,当然是比较迟缓的,不像政治和思想意识方面那么迅速。但列国间人已多少能熟悉一些别国的语言,《左传·庄公二十八年》载,楚军伐郑,郑方却"县门不发,楚言而出",楚国主帅认为"郑有人焉",就退兵。这说明当时郑国人已能讲"楚言"。至于上层人物,甚至能熟悉邻国的诗歌。《襄公十四年》载,晋国率诸侯的军队伐秦,到了泾水边上,晋国叔向见鲁国的叔孙穆子,叔孙穆子向他背诵了《邶风》中的《匏有苦叶》。战国时代这种语言方面的融合更为加强。《孟子·滕文公下》载,孟子和戴不胜谈话,用了一个譬喻,说是"有楚大夫于此,欲其子之齐语也"。这当然是一种假设,但当时为了外交上的需要,学习别地的方言,大约是免不了的。因为当时各地语言的隔阂还是十分严重。《战国策·秦策三》载范雎用的一个比喻:"郑人谓玉未理者璞,周人谓鼠未腊者朴。周人怀璞,过郑贾曰:'欲买朴乎?'郑贾曰:'欲之。'出其朴,视之,乃鼠也。因谢不取。"这种语言上的差异,既妨碍上层人物的交往,也给普通百姓带来很多不便。于是语言上的趋向统一,也是无可避免的。语言的趋向统一,也会促进文学形式方面的渐趋一致。例如:商周诗歌基本上是四言诗,而屈原的《离骚》、《九歌》与《九章》则为"骚体";然而《天问》、《招魂》等篇仍可以看出与四言诗的血缘关系,就是《九章》中的《橘颂》,也可以看出从四言体演化而来的痕迹。另一方面,荆轲刺秦王前在燕国送别时唱的《易水歌》,又和楚歌无甚差别。荀卿的赋和屈、宋的不同。从《荀子·赋篇》的文体看来，其中对《诗经》的继承关系，较之屈、宋要明显得多。这和他出身北方恐怕不无关系。《荀子·成相篇》所采用的又可能是楚地的民间说唱文学形式。1975年湖北省云梦县出土的"睡虎地秦简"中，有一段《为吏之道》，其形式也和《成相篇》类似。这大约是秦国占领楚地后，秦人依据楚人习俗而作。诗、赋这些韵文和语音的关系较之散文更为密切。因此那些作品较之散文更易看出其异同。

战国时代人们所渴望的统一，终于在秦始皇的并吞六国中实现了。但是，统一的实现毕竟要通过暴力，这是无可避免的。然而使用暴力，也无可避免地会遇到抵抗。从《史记·王翦列传》看来，秦国在吞灭六国时遭到抵抗最强烈的应该是楚国。这是因为"三晋"在战国时代已遭到不断的打击而被削弱，燕国本来弱小，而齐国最后亡，却是大势已去，无可避免。所以王翦认为要灭楚非用六十万兵力不可。即使是这样，楚人对秦的统一似乎反感最甚。所谓"楚虽三户，亡秦必楚"，后来陈胜、吴广起义，打的是"张楚"的旗帜，起义军方面开始时还得立楚王之后为"义帝"作为号召。在秦末的农民起义中，孔子的后裔也参加了进去，作为陈胜的博士，死于陈。值得注意的是《礼记·中庸》中记孔子和子路的对话。孔子说："宽柔以教，不报无道，南方之强也，君子居之。衽金革，死而不厌，北方之强也，而强者居之。"《中庸》是否先秦人作，是可以怀疑的，因为文中说"今天下车同轨，书同文，行同伦"，高山则不称泰山而举"华岳"，至少是秦统一以后的人所作。但它确实反映了南方各地人(包括鲁人)对秦代一味使用暴力的不满。其他地区人民对秦代的暴虐统治当然也不满，其强烈程度也许不如楚地。

从今天来看秦的统一，似应有辩证的观点，既不能像古人那么一味否定，也不能像有个时期那样简单地加以肯定。从历史的发展来看,统一总是进步的,即使过度地使用暴力,在当时确实使不少人遭受许多不必要的痛苦,而从长远的观点看来,则其历史作用又不完全都是消极的,还要作具体的分析。例如:秦始皇穷兵黩武,北伐匈奴,南平百越,为了调发兵力和运送粮草,加重了人民的负担,又用严刑峻法来推行其政策,在当时确实给广大人民带来不少痛苦,然而对巩固国家的统一和安全,却又有其不可抹煞的功绩。同样地,在文化上,短暂的秦代确实没有产生什么重要的思想和文艺成果,而"焚书坑儒"对文化所造成的损失尤为严重。不过,秦始皇统一中国后,实行了统一文字,又"筑驰道",便利交通,并对今四川等地实行移民,把原来经济和文化比较发达的地区的大批人迁入蜀中,这些人中有许多成了当地的富豪。这不光是促进了经济的发展,也使各地文化交流得以加强,为后来蜀地涌现司马相如等文豪准备了条件。

秦末农民大起义中推翻秦皇朝的主力军多是楚国旧地人,但当汉高帝统一中国建立汉朝以后,在各种制度方面,可以说是兼采了战国时各国的遗产。例如:在政治制度方面,基本继承秦制;在朝廷礼仪方面,则由叔孙通等人采用儒家的学说来制定;在文艺方面则由于他是楚人,继承楚文化最多。《汉书·礼乐志》讲到高帝的唐山夫人作《安世房中歌》时说:"凡乐,乐其所生,礼不忘本。高祖乐楚声,故《房中乐》楚声也。"现在我们可以看到的刘邦自己所作的歌如《大风歌》是骚体;《史记·留侯世家》所载《鸿鹄歌》虽不是骚体,但他自己明确地说是"楚歌";后来戚夫人的《舂歌》,赵王如意所作的歌,大约都属"楚歌"。汉初"楚声"的盛行,恐怕不能简单地归结为刘邦个人的爱好,汉初将相大臣,大抵出身丰沛,均为楚人,再加上刘邦采纳了娄敬的建议,把楚地的昭、屈、景等大族迁到关中都是其原因。更有一点值得注意的是刘邦原来很看不起儒生,而后来却改变了看法,这和陆贾这位楚人有很大关系。《史记·郦生陆贾列传》:"陆生时时前说称《诗》、《书》。高帝骂之曰:'乃公居马上而得之,安事《诗》、《书》!'陆生曰:'居马上得之,宁可以马上治之乎?……乡使秦已并天下,行仁义,法先圣,陛下安得而有之?'"于是陆贾就作了《新语》,这部书实际上开了汉人总结秦亡原因的风气。后来贾谊、贾山、董仲舒等人都是沿着这一方向逐步推广儒家影响的。汉武帝采用董仲舒的建议,罢黜百家,独尊儒术。董仲舒的话说:"《春秋》大一统者,天地之常经,古今之通谊也。今师异道,人异论,百家殊方,指意不同,是以上亡以持一统;法制数变,下不知所守。臣愚以为诸不在六艺之科孔子之术者,皆绝其道,勿使并进。邪辟之说灭息,然后统纪可一而法度可明,民知所从矣。"这种建议,实质和《史记·秦始皇本纪》所载李斯建议秦始皇焚书,禁"《诗》、《书》、百家语"的政策是一致的。不过汉代并没有烧书,更没有因藏书杀人,只是断绝了儒家以外各派学说的"禄利之途"。然而,这样的政策却取得了成功。这原因当然很复杂,但有一点是肯定的,即秦始皇当年的手段过于残暴;而董仲舒的学说其实是综合了儒家、法家和阴阳家各派的思想,容易为各地居民所接受。从学术本身的发展来说,"焚书坑儒"当然是荒唐的,"罢黜百家"也不会有什么好作用。事实上这种"定于一尊"也只能是暂时的、相对的。因为正如《韩非子·显学》篇所说,儒家本身在战国时代已有八派之分。当汉代设立"五经博士"之初,各部经书差不多都有几家不同的学说,全都属"六艺之科"、"孔子之术",不能加以禁绝,尤其"古文经"的出现,更使经学本身成了争议纷纭的学术部门。但不管怎么说,学术文化领域基本上实现了各地区的互相融合,新产生的各派学术显然具有许多共同之处,例如强调国家的统一,以及我国传统的许多道德观念,都是在这个时代形成的,并且深入人心。汉代的统一不但形成了一个统一的中华文明,而且把这种文明真正地推广到了更大的地区,例如西南各省、五岭以南以及东北、西北和今内蒙古的不少地区,在秦代虽已曾纳入朝廷的版图,而到汉代却已和中原地区相融合,成为中国不可分割的部分,而各地人民之间已经具有了共同的心理素质。因此所谓南北文化的区别,到汉代已经只有相对的意义,从根本上讲应该是已经融合了。至于南北朝时期所谓南北之分,是在特殊的历史条件下形成的。

第二节　大一统时代的地区差别

我国的统一虽于秦汉时代已基本完成,但各地区之间经济和文化的发展还是不平衡的,各地的生活习惯更不能完全一样。因此,地区的差别并不会因统一而消失。《史记·货殖列传》记载当时各地人民的生活和经济情况就各各不同,大体上说,当时经济和文化最为发达的还是关中地区和黄河以南、长江以北的地带,这里人口比较集中,又是中华文明的发祥之地。其他地区尽管也在迅速地发展,一时还没有完全赶上。当时在农业方面,南方和河北似还与上述地区有差距。《盐铁论·通有》篇:"荆、扬南有桂林之饶,内有江湖之利,左陵阳之金,右蜀汉之材,伐木而树谷,燔莱而播粟,火耕而水耨,地广而饶财;然民䲢窳偷生,好衣甘食,虽白屋草庐,歌讴鼓琴,日给月单,朝歌暮戚。赵、中山带大河,篡四通神衢,当天下之蹊,商贾错于路,诸侯交于道;然民淫好末,侈靡而不务本,田畴不修,男女矜饰,家无斗筲,鸣琴在室。是以楚、赵之民均贫而寡富。宋、卫、韩、梁好本稼穑,编户齐民,无不家衍人给。"这段话出于主张重农抑商的儒生之口,显然带有偏见。不过当时的水利和农业技术的推广,确实主要在关中和"宋、卫、韩、梁"等地。如果统计当时在文化上较有贡献的人物,似乎也以黄河沿岸、长江以北的人物为多。例如:贾谊、晁错、枚乘、邹阳以及关中的司马迁等,出现在河北的董仲舒和四川的司马相如、王褒、扬雄等,长江以南虽然也出现过一些人物,但毕竟较少,而且像严忌、朱买臣等虽然治《楚辞》,能作辞赋,但朱赋已全佚,严忌《哀时命》等作也不大为人们所喜爱。不过在当时,地区和学术、文化的关系已不很密切,现在所见汉人拟作的《楚辞》,如贾谊、东方朔等均非楚国旧地的人物;从《楚辞》发展而来的汉赋,代表作家中也只有枚乘是淮阴人,属楚国旧地,而司马相如、王褒、扬雄等大家却出身蜀地。《盐铁论·杂论》篇叙述汉昭帝时出席一次关于国家经济和对外政策的大辩论,当时持儒家观点批评朝廷的人物中,有"贤良茂陵唐生"、"文学鲁万生"、"中山刘子雍"、"九江祝生"等,他们来自各各不同的地区,而思想上基本一致。他们和朝廷那些大臣的政见分歧,本质上反映了社会上各个不同阶层和集团的利益。在这场争论中,双方各有是非,不可一概而论。但那些儒生的言论,有些也确有其道理,例如《禁耕》篇云:"夫秦、楚、燕、齐,土力不同,刚柔异势,巨小之用,居句之宜,党殊俗易,各有所便。县官笼而一之,则铁器失其宜,而农民失其便。器用不便,则农夫罢于野而草莱不辟。草莱不辟,则民困乏。"这里涉及一个因地制宜的问题。在一些时候,统一的皇朝为了加强中央集权,往往颁布一些只适应于某些地区,而不适应于另一些地区的法令。在统一开始实现时,还不大被人所觉察。历代关于"封建"和郡县之争,开始时大约只是为了维护一家一姓的统治,而不是为了施政的方便。早在秦始皇统一天下之初,就有人提出"诸侯初破,燕、齐、荆地远,不为置王,毋以填之"的建议。当时提这种建议的人未必是想恢复战国时代的割据,而是考虑到当时条件下维持统治有一定的困难。但李斯对他的驳斥是考虑到封王会再度出现分裂割据,比较更能从长远考虑。秦亡以后,汉高帝之所以一度分封诸功臣,显然是由于当时这些异姓功臣都拥有实力,不得不采用权宜之计，而后逐个消灭。至于消灭了异姓诸王后所封的同姓诸王，当时可能有别的打算（如加强对远地的镇守和对内挟制诸吕等），但实行的效果并不好，给后来的文、景诸帝增加了许多困难。最后还是在削平"吴楚七国"之乱及实行"众建诸侯而少其力"的政策下实现了真正的中央集权。这种中央集权制在历史上起着极大的进步作用。由于汉代进一步从中原移民到西北和东南，仅武帝元狩四年一年，就把中原贫民 725000 人迁到陇西、北地、西河、上郡、会稽诸郡，这些地方的生产力也随之得到提高。据《汉书·地理志》，当时建都所在的关中地区，在西汉末年，京兆尹辖区凡 195702 户，682468 口；左冯翊 235101 户，917822 口；右扶风 216377 户，836070 口。其他地区如河内郡（今河南黄河以北地区）241246 户，1067097 口；河南郡（今河南洛阳一带）276444 户，1740279 口；东郡（今豫东鲁西）401297 户，1659028 口；颍川郡（今河南禹州一带）432491 户，2210973 口；汝南郡（今河南东南部）461587 户，2596148 口；南阳郡（今河南南阳一带）359316 户，1942051 口。其他如今山东境内的济阴郡 290025 户，1386278 口；琅邪郡（今山东诸城一带）228960 户，1079100 口。今山东一带，分的郡数较多，但一般都在 50 万人以上。至于今苏皖北部一带，人口也很密集，如临淮郡 268283 户，1237764 口；沛郡 409074 户，2030480 口。地居鲁南苏北间的东海郡，358414 户，1559357 口。相对来说，南方地区的人口还是要少得多。江南只有会稽郡达到 223038 户，10320604 口；至于相邻的丹阳郡只有 107541 户，405171 口；以今湖北江陵为中心的南郡 125579 户，718540 口；江夏郡（今湖北武汉一带）56844 户，219218 口。今河北一带人口更要少些。如巨鹿郡，155951 户，827177 口；涿郡 195607 户，782764 口；上谷郡 36008 户，117762 口；渔阳郡 68802 户，264116 口。今山西境内的太原郡 169863 户，680488 口；北部的云中郡，人口仅 173000 多人；雁门郡、代郡稍多,也不过290000或290000多人;只有南部的河东郡236896户,962912口。东汉的情况,与西汉不完全一样,首先是光武帝迁都洛阳之后,政治重心的东移,使人口东迁,再加上所谓的"羌乱",更迫使关中一带人口东逃。据《续汉书·郡国志》所载各地户口数目,大抵为顺帝永和五年(140)的统计数字。这时郡的建置也和西汉不大一样,有些郡被分为了两郡,因此很难逐个对比。如:关中的京兆尹,仅53299户,285574口;左冯翊37090户,145195口;右扶风17352户,93091口。东汉都城所在地河南尹208486户,1010827口;河内郡159770户,801558口;河东郡93543户,570803口。人口都有减少。至于颍川郡、汝南郡,人口似亦无增加反而减少。但有些郡人口却有增加,如南阳郡、南郡。人口增加较多的郡,似以南方为最显著。如零陵郡212384户,1001578口;长沙郡255854户,1059372口;豫章郡406496户,1168906口;原来的会稽郡,分为吴、会稽二郡合计287254户,1181978口。至于今河北各地,由于"国"的设置不同,情况较难相比,但有些郡则增加较明显,如勃海郡,户数由西汉的256377变为132389,而口却由905119增加至1106500;渔阳郡由西汉的68802户,264126口变为68456户,435740口。这些数字可能不太确切,因为当时人民为逃避徭役和赋税逃入深山沼泽等交通不便之地而没有户籍的人并不太少,有不少郡并未遭"羌乱",但人口反而比西汉减少,恐怕也可怀疑。但总的来说,有两点是肯定的:一是人口在南方增长较快,而西部则在减少;二是今河南东部和苏皖北部等地还是人口最密集之区,特别是颍川、汝南二郡,最为显著。到了西晋时代,由于《晋书·地理志》只记各州户数,不记口数,而且一个州所辖郡数不一,不能作精确比较。当时洛阳所在的司州户数为475800;原来人口较密的豫州辖区比司州小,因此户数为116796;南方的荆州357548户,扬州311400户;北方的冀州306000户,幽州59020户,并州59300

户。从这些数字也可以看出，当时尽管有了三国时代的人口大迁徙，黄河以南到长江以北的地区，还是人口最密集、经济和文化最发达的地区。但是黄河以北和长江以南地区的人口在增长，经济和文化在上升，使朝廷也不能不加以注意了。特别是经过三国鼎立之后，人们看到了吴、蜀之地，人口和经济、文化并不如北方，但仍能各自割据几十年之久，于是就不能不考虑怎样使一些离中原较远的地区得以安定。首先注意到这个问题的是西晋的陆机，他的《五等论》看起来与三国魏曹冏的《六代论》及《晋书·刘颂传》所载刘颂的上疏，都主张实行分封制，不免有"开倒车"之嫌。但用意不全相同。曹冏当时作《六代论》，其实是针对司马氏篡权而发；刘颂则是从晋代魏的经验中得出这结论，无非是防止权臣篡位。陆机文章中当然也有这一层意思，但他认为"五等之君，为己思治；郡县之长，为利图物。何以征之？盖企及进取，仕子之常志；修己安民，良士之所希及。夫进取之情锐，而安民之誉迟。是故侵百姓以利己者，在位所不惮；损实事以养名者，官长所夙夜也。君无卒岁之图，臣挟一时之志。五等则不然，知国为己土，众皆我民，民安己受其利，国伤家婴其病"。这里有多方面的原因。一方面是他看到了东汉以来官吏的贪赃枉法，激起民变；另一方面是离朝廷越远的地区往往吏治尤其黑暗；当然，更重要的原因还在于随着各地经济的发展，文化的提高，也出现了不少当地的高门。对于这些人来说，在分封制统治下，仕进的机会可能比在中央集权制统治下要优越一些，成名的机会也多一些。这情况，早在东汉初年的王充，已经看到了汉时中华文明已广被各地，不像上古那样窄狭。他在《论衡·恢国篇》中，论到东汉时代各地文化发展的情况说："夏禹倮入吴国，太伯采药，断发文身。唐虞国界，吴为荒服，越在九夷，罽衣关头，今皆夏服、褒衣、履舄。巴、蜀、越嶲、郁林、日南、辽东、乐浪，周时被发椎髻，今戴皮弁；周时重译，今吟《诗》、《书》。"在同书

《超奇篇》中,他又谈到了他家乡会稽一带的文人,言谈中就不免有不受重视而感到不平之意。他说:"古昔之远,四方辟匿,文墨之士,难得记录。且近自以会稽言之,周长生者,文士之雄也……长生之才,非徒锐于牒牍也,作《洞历》十篇,上自黄帝,下至汉朝,锋芒毛发之事,莫不记载,与太史公《表》、《纪》相似类也。上通下达,故曰'洞历'。然则长生非徒文人,所谓鸿儒者也。前世有严夫子(庄忌),后有吴君高,末有周长生。白雉贡于越,畅草献于宛。雍州出玉,荆、扬生金。珍物产于四远幽辽之地,未可言无奇人也。"王充曾游学洛阳,师事班彪,而据李贤《后汉书·王充传》注引袁山松、葛洪的说法,他的书曾受到过蔡邕的高度评价。但中原士大夫们,总不免有其传统的优越感,看不起别的地区人士。从《后汉书》注引袁山松的话可以知道,王充之书,虽作于东汉章帝时代,而其流传中原却是在蔡邕、王朗等人南游之后,那就是说到了东汉末甚至三国初。直到东汉末,中原士大夫们还在作《汝颍优劣论》,争论汝南和颍川的人才优劣,而其实河北和江南都已出现了许多名士。中原大族对河北的士人似乎还不敢过于轻视,因为在东汉初期已经出现了像博陵崔氏(崔篆、崔骃、崔瑗)、范阳卢氏(卢植)这样的人物,但有时也不免有所讥讽,如晋张敏《头责子羽》(见《世说新语·排调》注引)对张华的口音就有轻视之意。对江南似乎歧视得更甚。这大约与三国时代河北和中原地区同属于魏,而江南属吴有关。其实江南在东汉时,已经产生了许多名士,例如最有名的高士严光,据《后汉书·逸民传》载,他是会稽余姚(今属浙江)人,早年曾和光武帝一同游学。光武即位后,他在今山东一带钓鱼,光武帝多次去征聘,才把他请到洛阳。"司徒侯霸与光素旧,遣使奉书,使人因谓光曰:'公闻先生至,区区欲即诣造,迫于典司,是以不获。愿因日暮,自屈语言。'光不答,乃投札与之,口授曰:'君房足下,位至鼎足,甚善!怀仁辅义天下悦,阿谀顺旨要领绝。'霸得书奏之。帝笑曰：'狂奴故态也。'车驾即日幸其馆，光卧不起。帝即其卧所，抚光腹曰：'咄咄！子陵不可相助为理邪？'光又眠不应，良久乃张目熟视曰：'昔唐尧著德，许由洗耳。士故有志，何至相迫乎？'帝曰：'子陵，我竟不能下汝邪？'于是升舆叹息而去。"严光是光武帝的故交，在皇帝面前也显得十分狂傲。这当然是因为士大夫们大抵有一定的经济基础，不一定要靠朝廷俸禄，相反地，皇帝有时却要借重他们，"求之若不及"，但有的是"聘而不肯至"，有的"至而不能屈"。这些名士，当然全国各地都有，而江南也不乏其人。在《后汉书》的《儒林》、《文苑》二传中南方籍的文人和学者也为数不少。其中包咸是会稽曲阿（今江苏丹阳）人，程曾是豫章南昌（今属江西）人，黄香是江夏安陆（今属湖北）人，王逸是南郡宜城（今属湖北）人，高彪是吴郡无锡（今属江苏）人等。这些人的出现，说明南方的文化已大为提高。东汉末年的黄巾大起义和军阀混战主要在北方，因此南方所遭兵灾比中原要轻些。《三国志·魏志·杜畿传》载，杜畿子杜恕曾说："今大魏奄有十州之地，而承丧乱之弊，计其户口，不如往昔一州之民。"相反地，同书《吴志·鲁肃传》载，鲁肃到江南去以前，曾说："吾闻江东沃野万里，民富兵强，可以避害。"避乱前往江南的，不但有仕吴的鲁肃、周瑜诸人，后来回到中原仕魏的华歆、王朗等，起初也曾到江南。那些避难过江的人物中，大部分有一定的经济实力，因此能在江南立足，如周瑜、鲁肃等人，还为孙吴的建国贡献了不少力量。但是，江东本地的豪门正在不断地发展和壮大，逐渐在排斥北方流寓人士的权力。关于这一点，高敏先生在《试论孙吴建国过程中北方地主集团与江东地主集团之间的矛盾斗争》（见《郑州大学学报》1994年第1期）已说得很清楚。陆机《吴趋行》中说："邦彦应运兴，粲若春林葩。属城咸有士，吴邑最为多。八族未足侈，四姓实名家。"《文选》李善注引张勃《吴录》曰："八族，陈、桓、吕、窦、公孙、司马、徐、傅也。四姓,朱、张、顾、陆也。"陆机说的"八族",大部分在后来的江南都不很显赫,可能只是在一时曾较有实力。但"四姓"直到南朝,还是江南的望族。所以连中原人左思在平吴前所作《吴都赋》中,也夸称江南高门有"虞、魏之昆,顾、陆之裔"。

　　黄河以北地区,在地理位置上本来相当重要,当年汉光武帝取天下,就用过河北的力量,后来袁绍和曹操曾谈论天下事,袁绍提出据河北以制天下,曹操虽不表同意,但事实上他击败袁绍后,仍以邺为根据地,说明河北这个地区仍然十分重要。曹操击败袁绍后下令说:"袁氏之治也,使豪强擅恣,亲戚兼并下民,贫弱代出租赋,炫鬻家财,不足应命。……无令强民有所隐藏而弱民兼赋也。"(《三国志·魏志·武帝纪》注引《魏书》)不过,河北高门士族仍颇得任用,如崔琰、崔林(清河东武城),卢毓(涿郡涿),邢颙(河间鄚)等。这些家族,后来都成了北方的世家,一直维持至唐代。河北的经学传统本来比较久,传《诗经》的毛、韩二家,本起自河北,后来河北又出了大儒卢植,再加上郑玄晚年在邺城讲学,对河北影响甚大。文学方面则自崔骃、崔瑗、崔琦以后,像郦炎、张超等人亦为世人所熟知。这些黄河以北地区的世家大族因为在三国时早已属魏,在心理上与中原世族间的矛盾比起江南来要小得多,从现有的史料看来,彼此间似乎没有太大隔阂。

　　西晋时代,地区之间的心理隔阂似乎以北方和南方之别较为突出。《世说新语·言语》:"蔡洪赴洛,洛中人问曰:'幕府初开,群公辟命,求英奇于仄陋,采贤俊于岩穴。君吴、楚之士,亡国之余,有何异才而应斯举?'蔡答曰:'夜光之珠,不必出于孟津之河;盈握之璧,不必采于昆仑之山。大禹生于东夷,文王生于西羌。圣贤所出,何必常处。昔武王伐纣,迁顽民于洛邑,得无诸君是其苗裔乎?'"同书《方正》:"卢志于众坐问陆士衡:'陆逊、陆抗是君何物?'答曰:'如卿于卢毓、卢珽。'士龙失色,既出户,谓兄曰:'何至如此,彼容不相知也。'士衡正色曰:'我父祖名播海内,宁有不知,鬼子敢尔!'议者疑二陆优劣,谢公以此定之。"又同书《简傲》:"陆士衡初入洛,咨张公所宜诣,刘道真是其一。陆既往,刘尚在哀制中。性嗜酒,礼毕,初无他言,唯问:'东吴有长柄壶卢,卿得种来不?'陆兄弟殊失望,乃悔往。"《晋书·周处传》:"及吴平,王浑登建邺宫酾酒,既酣,谓吴人曰:'诸君亡国之余,得无戚乎?'处对曰:'汉末分崩,三国鼎立,魏灭于前,吴亡于后,亡国之戚,岂惟一人!'浑有惭色。"这种隔阂,显然是北方人以征服者自居,而南方人心中不服之故。但这种矛盾,在后来的种种事件中证明,也无非是一些意气用事,而到西晋后期的战乱面前,他们还是能团结一致的。这是因为从秦汉以来,维护国家的统一和团结,已经深入人心。所以陆机被谗,被成都王司马颖杀害,他临死还说:"自吴朝倾覆,吾兄弟宗族,蒙国家重恩,入侍帷幄,出剖符竹。成都命吾以重任,辞不获已,今日受诛,岂非命也。"对他这种态度,连唐太宗也说他"奋力危邦,竭心庸主"。周处则是在平氏人齐万年的战争中英勇献身的,死得尤为壮烈。即使在东晋初年,中原的皇朝受到了毁灭性的打击,吴人还是拥护晋朝的。《世说新语·言语》:"元帝始过江,谓顾骠骑曰:'寄人国土,心常怀惭。'荣跪对曰:'臣闻王者以天下为家,是以耿、亳无定处,九鼎迁洛邑,愿陛下勿以迁都为念。'"东晋初年,南北士族之间,也还是有矛盾,不过这种矛盾并没有发展到冲突的地步,有时只是心理上的彼此轻视。《世说新语·方正》:"王丞相初在江左,欲结援吴人,请婚陆太尉。对曰:'培塿无松柏,薰莸不同器。玩虽不才,义不为乱伦之始。'"语气虽似卑谦,实则是拒绝。同书《排调》:"陆太尉诣王丞相,王公食以酪。陆还,遂病。明日,与王笺云:'昨食酪小过,通夜委顿。民虽吴人,几为伧鬼。'"按:《一切经音义》引《晋阳秋》"吴人谓中州人为伧",这几乎是调侃了。即使像周处子周玘,对过江北人极为不满,曾策划杀北人,与南人戴渊等辅政,但仍不敢动晋朝皇帝。他死后,儿子周勰又想作乱,但他叔父周札反对,密谋也很快失败。这说明在种族斗争十分激烈的时代,南人和北人之间的矛盾不应激化也不可能被激化。在这方面,顾和曾说顾荣和王导"协赞中宗,保全江表"(《世说新语·言语》),其功确不可没。这说明三国的南北分裂和西晋末年的再一次南北分裂是不同的。前者只是已经形成统一的民族内部的政权斗争;后者则是在当时尚未完成融合的种族之间的斗争,所以对人们造成的心态也和前者大有区别。

第三节　从汉至西晋的几个不同地区的文化状况

从秦汉统一中国以至西晋灭亡,当时全国的经济中心既在黄河以南,长江以北的中原地区,政治中心也始终离不开长安和洛阳两地,只有"建安"时代曾经一度建都许昌,而文人们则大抵聚居于曹操的封地邺城。但是这两个城市本来离洛阳都不算远,基本上还是中原地区。在封建社会,帝王建都之地,同时是文人荟萃之区,因为当时的文人,其谋生之道无非两端:一是做官,二是去当那些藩王或权贵的门客。这前一条路是始终存在的;而后一条路,往往不是每一个时代都有。例如西汉时代,在武帝初年以前,还多少存在过。《盐铁论·晁错》:"日者,淮南、衡山修文学,招四方游士,山东儒墨咸聚于江、淮之间,讲议集论,著书数十篇。然卒于背义不臣,使谋叛逆,诛及宗族。"其实还不止淮南和衡山两国。早在汉初,楚元王刘交的宾客中,就有《鲁诗》的传授者申培。后来在吴王刘濞发动叛乱前,枚乘就曾几次上书劝阻,说明这位辞赋大家,早年也曾到过吴国,他的上书,至今还保存着。梁孝王刘武也是好客的,枚乘、邹阳、司马相如都曾当过他的宾客。至于淮南王刘安的门客所著书如今存的《淮南子》和《楚辞》中的淮南小山《招隐士》,都是当时藩国的文学之士所作。但这种状况没有维持多久,由于"吴楚七国之乱"的平定以及汉武帝实行"推恩"政策,使诸侯王国逐渐削弱,诸王国日趋削弱,并且藩王已经不再拥有实权,因此也没有能力再招纳宾客著书和创作。因此创作和学术活动都集中到了京城长安。这对于学术和文艺创作客观上也起过一定的积极作用。因为当时的学者和文人大抵都到京城做官,这样可以互相交流,而且书籍也容易被收入"金匮石室",作为国家藏书而易于保存。因此在西汉时代,文化学术的中心基本在关中。这种情况在东汉迁都洛阳以后,确有改变,但关中地区在东汉还曾经有过一段时期比别的地方要兴盛,如著名的学者兼文学家班彪父子及经学家兼史学家马融都是关中人;大科学家兼文学家张衡,也曾去关中学习过。只是由于东汉中叶以后,由于羌族起义,使关中残破,关中的许多士人大抵逃向东方。到了三国和西晋,关中所出人才相对地较少。但在西汉时,则由于朝廷和太学都在长安,求官和求学都得来到长安,所以一时全国的人才都涌向这里,司马相如、王褒、扬雄的辞赋,司马迁的《史记》等都是在长安写成的;各派经学的传人,也是在这里讲授他们的学说;中国各种典籍的首次编校整理工作,也是由刘向、刘歆父子在这里完成的。所以在西汉时代,关中人往往轻视外地人。例如《盐铁论·国疾》载,桑弘羊曾说:"世人有言:'鄙儒不如都士。'文学皆出山东,希涉大论。"其实桑弘羊自己是洛阳人,并非关中人士,却也说出这句话来。又如汉武帝时立了功勋的弘农杨氏,曾请求把函谷关东移,以便使自己成为关中人。这种优越感在东汉迁都以后,一时尚未消失。当时杜笃作《论都赋》,就有劝朝廷把都城迁回长安的意思。但事实上东汉皇朝并无这种打算,所以班固作《两都赋》，就是对这种思想的批驳。东汉迁都洛阳，显然有其原因，因为关中的农业在战国至汉初，曾经是富裕的，但随着人口的集中到关中，粮食供应就要依赖东方各地，为了供应的方便，迁都洛阳也是势所必然。

东汉以后的文化中心，已随着政府而迁到了洛阳。这时，西汉以来的国家藏书，也随之迁移，所以班固以兰台令史的身份来修史，得以看到许多国家的藏书和档案。这时集中到洛阳的各地人才也和西汉的长安一样，许多有价值的学术著作和文学作品大都作成于洛阳，或成书以后送到洛阳上献朝廷，才比较容易得到保存。如许慎的《说文解字》，就是成书后，由于本人老病，派他儿子许冲送到洛阳的。学术著作是这样，文学作品也多与洛阳有关，《古诗十九首》中写到"上东门"、"游戏宛与洛"等，虽属无名氏所作，仍和这个文化中心有关。这时外地的人要学习五经等学术，也无不要到洛阳去游学。例如会稽人王充，是到洛阳去师事班彪的；河朔文人崔骃的成名，也在洛阳。东汉末年的战乱，一度使洛阳遭到破坏，但后来曹丕还是建都洛阳，西晋仍之。西晋灭亡以后，洛阳几经易手，又大遭破坏，但北魏孝文帝为了推行汉化，仍然要把都城迁到洛阳。这也可以看出这个文化中心在人们心目中的地位。所以南朝时代，上层人物间的语音仍通用洛阳音。北魏孝文帝也强制人们要学洛阳话。这种对洛阳的重视，其实也给洛阳人民带来不利影响，因为各派政治力量都力争把洛阳抢到自己手中。于是历次重大的战乱，洛阳一带所遭受的损失往往最为严重。

不过，像长安、洛阳这样的文化中心，其实主要的作用还在于它是文化的集散地，各地的学术著作和文艺创作都纷纷汇集于此，又通过来到这里的游宦、游学之士传播到各地去。其实西汉今文经学各派学者，都不是关中人；贾谊、枚乘、邹阳、司马相如、东方朔、王褒、扬雄也都不是关中人；司马迁虽属关中，却非长安人。东汉著名的古文经学家许慎、马融、贾逵、服虔、郑玄，今文经学家何休也都不是洛阳人；班固、傅毅、崔骃、张衡、蔡邕等著名作家也都不是洛阳人。三国西晋时代情况亦与此相仿。但不同的是，在一些条件下，他们离开了长安和洛阳，还可以写经学著作或文学作品；在另一些条件下，就很难说他们是否还在创作或治学。因为这要看他们所处的地方而定。例如我们在前面讲到的左思、张协是一种情况，郭璞却又是一种情况。并不是说一旦长安、洛阳被破坏，文化活动就只能停滞不前。然而有时缺乏一个文化中心，多少会影响学术和文艺的繁荣。

不过，两汉时代最大的不同是西汉时代出现了贾谊、董仲舒等人所谈到过的"豪民"，他们在经济上是兼并农民财产的剥削者，对当时的政治和文化都谈不上什么积极影响，朝廷对他们也大多采取摧抑的政策，贾谊、晁错、董仲舒等，不论儒家或法家，似都不赞成对他们加以宽容。汉初高帝、武帝虽一再下诏求贤，但求的并不是这些豪民。西汉盛时，帝王的权力当然可以操纵士人的荣辱和升降。正如汉高祖《求贤诏》所说，"贤士大夫有肯从我游者，吾能尊显之"。直到武帝时，帝王的权力还是能够控制士大夫们的命运，正如东方朔说的"圣帝德流，天下震慑，诸侯宾服，连四海之外以为带，安于覆盂。天下平均，合为一家，动发举事，犹运之掌，贤与不肖，何以异哉？遵天之道，顺地之理，物无不得其所。故绥之则安，动之则苦，尊之则为将，卑之则为虏，抗之则在青云之上，抑之则在深渊之下，用之则为虎，不用则为鼠"。在这种情形下，士人的出路就只有到长安去谋官，所以东方朔说那时士人"竭精驰说，并进辐凑者不可胜数"。（以上并见《答客难》）但不论西汉朝廷怎样用法令来抑制兼并，但经济的发展，往往不是用行政手段所能控制的。随着经济的发展，土地兼并和贫富的分化还是日益发展着。富人掌握了大量土地和财富，在文化上也必然会占优势。因为衣食不周的贫民,自然很难得到学习文化的机会。昭帝时代的所谓"盐铁之议"中,代表朝廷的桑弘羊认为"今放民于权利,罢盐铁以资暴强,遂其贪心,众邪群聚,私门成党,则强御日以不制,而并兼之徒奸形成也";相反地,那些被称为"文学"的儒生则认为"工商之事,欧冶之任,何奸之能成?三桓专鲁,六卿分晋,不以盐铁。故权利深者,不在山海,在朝廷;一家害百家,在萧墙,而不在胸邪也"。在这场争论中,双方都能引证五经以相驳难,但朝廷方面,除了儒学外,还兼引《管子》,推崇商鞅、李斯等人物;而"贤良"、"文学"也不纯用儒家学说,有时兼引《老子》(《本议》、《未通》等)及《庄子》(《毁学》)。这也不足怪,因为朝廷方面,自是"汉家自有制度,本以霸王道杂之"(《汉书·元帝纪》载宣帝语);而地方上的豪门则力求减少政府的干预,所以称引主张"无为而治"的道家。再加上汉代凡是出任官职的人,大抵缺乏好下场,所以扬雄《解嘲》的文体虽类似东方朔《答客难》,而他却看到了一个事实,即"当涂者升青云,失路者委沟壑;且握权则为卿相,夕失势则为匹夫"。他总结出来的处世哲学是:"攫拏者亡,默默者存。位极者宗危,自守者身全。是故知玄知默,守道之极;爱清爱静,游神之廷;惟寂惟寞,守德之宅。"这些话也充满了老庄思想的意味。扬雄还批评过东方朔和古代的柳下惠,认为"古者高饿显,下禄隐"(《法言·渊骞》),就是说宁要贫贱而有名,不能图富贵而失其操守。事实上扬雄后来的表现并不完全如此。不过,这种话也多少反映出随着地方上豪强的出现,其中士大夫们已经对朝廷不很驯服,他们有的可以不再求官。在王莽统治下,许多地方的士人就隐居养名,他们在本地有一定的号召力,因此汉光武帝统一以后,很想团结这部分人。《后汉书·逸民传序》:"汉室中微,王莽篡位,士之蕴藉义愤甚矣。是时裂冠毁冕,相携持而去之者,盖不可胜数。扬雄曰:'鸿飞冥冥,弋者何篡焉。'言其违患之远也。

光武侧席幽人,求之若不及,旌帛蒲车之所征贲,相望于岩中矣。"这些人中,当然有的人确有真才实学,但也有的人却仅有虚名。《后汉书·黄琼传》载李固给黄琼的信中讲到东汉朝廷征辟的名士中,有些到朝廷后并无多大作为,因此"毁谤布流,应时折减",甚至有人认为"处士纯盗虚声"。这个问题其实也很复杂,在东汉初年,人们不愿做官可能是想全身远祸,或对朝廷有所不满。至于东汉中叶以后,由于朝政黑暗,外戚宦官专权,所以宁愿隐居的士人自然不少。但借此猎取声名,以求从另一条途径仕进的也不乏其人。那些隐居不出的人,对地方上文化的提高,有他们的作用。如《后汉书》中《儒林》、《文苑》二传中有些经学家和文学家,就没有做官或只是晚年才做了一个短时期的官。《逸民传》中,也有不少通经或能创作的人。例如梁鸿的隐居吴地,也给南方文化带去了积极的影响。至于想通过求名以达到仕宦目的的人,情况也很复杂,他们不一定隐居乡里,有的也到洛阳的太学,互相标榜,制造了种种名目,例如"三君"、"八俊"、"八顾"、"八及"、"八厨"等。这些人有些也许是仅仅为了仕进,但不少人确有想通过仕途来挽回东汉的颓势,他们敢于讥评朝政,正如《后汉书·党锢传序》所说:"逮桓、灵之间,主荒政谬,国命委于阉寺,士子羞与为伍。故匹夫抗愤,处士横议,遂乃激扬名声,互相题拂,品核公卿,裁量执政,婞直之风,于斯行矣!"这些所谓的"党人",几乎遍布全国各地,在逃亡时,又得到各地人的掩护。这种种事例在客观上也起了推动各地文化发展的作用。这些名士颇遭宦官和一些官僚的忌恨。例如孔融,名声甚高,敢于抨击朝政,但真正的政治才能就很难说,《后汉书》本传说他"才疏意广,迄无成效",但他能表彰郑玄等大儒,自己又是"建安七子"之一,在文化上,特别是推动今山东一带的文化,有他的功绩。另一个名士刘表,后来做了荆州牧,他只拥众自保,坐观成败,《后汉书》本传说他"其犹木禺(偶)之于人也"。但在提高荆州文化上,他是有作用的。《后汉书》本传说他"遂起立学校,博求儒术,綦母闿、宋忠等,撰立《五经章句》,谓之后定"。一时荆州人才颇盛,王粲在关中扰乱后,曾南投刘表。《艺文类聚》卷三八载王粲《荆州文学记官志》就作于此时。另外,在荆州一带还有许多各地名士,隐居于此,如诸葛亮、徐庶、庞德公等,均隐居于此,这些人中不乏杰出的政治、学术和文艺人才。这些情况也使原来文化较落后的地区得到了发展。

从当时全国各地来看,文化发展的不平衡前后情况有所不同。有些地区发展较早,如今山东等地,本是儒家的发祥地。《汉书·地理志》讲到齐地,认为到汉时,这里的人还是"多好经术,矜功名"。鲁地"然其好学犹愈于它俗",并且"汉兴以来,鲁、东海多至卿相"。汉初出现的经师,也有很多出身在齐、鲁二地。此风直到东汉仍是这样,汉末经学大师郑玄是北海高密(今属山东)人;所谓"建安七子"中,孔融、王粲、刘桢、徐幹四人都出身在今山东一带。直到魏晋,这一带所出的经师和文人仍然很多。

汉代经济上非常繁荣的颍川、汝南、陈留、济阳等地,现在均属河南。这里在西汉已经是比较先进的地方,至东汉人才尤盛。如颍川的荀氏、钟氏、陈氏,汝南的袁氏、应氏,陈郡的袁氏,陈留的阮氏等都是世代名士,有的一直延续到了晋代。

关中本是西汉文化的中心地区,自东汉迁都洛阳以后,逐步相对地衰落,但开始时仍有一段时间,在全国仍占有优势。随着羌乱的发生,关中残破,士人东逃的较多,文化上的优势在表面上逐步在衰败,但原来的世家大族,仍以父子相传的方式,保存着他们的家学。其中弘农杨氏的杨彪、杨修父子,京兆杜氏的杜畿、杜恕父子,京兆韦氏的韦诞等都是魏代名人,大抵都已到洛阳做官。这时留在关西的世族倒是原来出文人不算盛的安定皇甫氏、北地傅氏等。"三辅"过去是关西的中心,只有西晋时出现了一位挚虞,较有成就,其他所谓"关中人",大抵只是祖籍,这大约和汉末的董卓之乱有关。

和关中隔河相望的太原和河东,情况又不大一样,河东在西汉时本是人口较多的富庶之区,至东汉时代仍产生不少人才。太原郡在西汉时本不算很繁荣,但到东汉时,著姓像王氏、郭氏从东汉经三国直到西晋,仍代不乏人,另外像孙氏(太原中都)到三国和西晋也出了不少人物。只是由于十六国时代匈奴族刘渊的举兵叛乱,才使这里遭破坏扰乱,有的士人也随着晋皇朝南迁,如太原王氏,在东晋时南渡的高门中很有地位,但多数人还留在家乡。河东的柳氏也是这样。这些士族,有些和清河崔氏、范阳卢氏有婚姻关系,在北魏时期,曾遭受过较大打击。

今河北及山东省北部一带,是北朝时代高门士族最集中的地区。所谓北朝贵姓中崔、卢、李均在这地区,郑氏原籍今河南开封,直到西晋末才避乱来到河北。在这个地区,情况和前面讲到的今山西一带有些类似。大抵今河北南部和山东北部,在战国和西汉,已经是文化相当发达的地区,荀卿、毛亨、毛苌、董仲舒、东方朔都在学术文化方面有过卓越的贡献。从西汉到东汉,还是人才较盛的地方。相反地战国时属燕的今河北北部,在战国时的文化,就不及赵国兴盛,西汉时知名的人士,也仅有韩婴是燕人。但到西汉末年,博陵崔篆起,崔骃等人世代相传,后来范阳卢氏又成了马融的大弟子。河北一带的学术、文艺有一个家世相传的习惯。如清河崔氏,据《三国志·王粲传》注引《文章叙录》,讲到崔瑗、崔寔都善于书法,其传统一直继续到北朝的崔浩;范阳卢氏自卢植以后,直到北周的卢辩和卢诞、卢光世传礼学。所以河朔之学也一直传授不绝。

南方的学术文化的发展,也很不平均。其中发源较早的是今四川一带,汉景帝时,蜀郡守文翁在那里大办教育,并派人到长安学习五经。所以《汉书·地理志》称:"及司马相如游宦京师诸侯,以文辞显于世,乡党慕循其迹。后有王褒、严遵、扬雄之徒,文章冠天下。"这个传统,在今四川一带,一直维持着,东汉年间,蜀中文人仍很多,学者亦不少,仅《后汉书·儒林传》就有任安、任末、景鸾、杜抚、杨仁、董钧等学者,《文苑传》又有李尤等人。三国鼎立之际,由于蜀汉的割据,又有一批文人才子入蜀,后来邓艾平蜀以后,蜀中人才到洛阳做官,并且才名卓著的像陈寿、李密,都是文化上卓有声名的人物;劝刘禅降魏的谯周,历来被人非议,其实他作的《古史考》,也有一定的学术价值。可惜西晋平蜀后,不久又因任用非人,引起了流民的反抗而出现了巴氐成汉的割据。直到东晋桓温才平定李氏,重归晋朝的版图。关于自汉迄晋的蜀中学术和文艺人才,幸亏有劝李势降晋,以后随同来到建康的常璩所作《华阳国志》,才使我们对蜀中文化情况有较清楚的了解。从《晋书·李雄载记》看来,蜀中士大夫还是心向晋朝的,如龚壮之论与晋通和还是与后赵通和,其立场颇为鲜明。即使像李雄,也不敢公然否定自己是"晋臣",这说明蜀中虽地势险要,而人心所向仍是统一,这也不能不归功于汉时的儒学和文学对当地人的深刻影响。

长江中游的今湖北等地,学术和文化经过了几度起落,情况比较特殊。这里曾是春秋战国时楚国的发祥之地,我们在前面已经讲到,早在春秋时代,楚国的文化已相当高,并且深受中原文化的影响。到战国时,楚国在"七雄"中也以富强著称,战国时出现了屈原、宋玉等大作家。近年来出土的文物也证明了楚文化的兴旺发达。但自从秦将白起攻破鄢郢,楚国的士大夫们纷纷东逃,第一次迁都于陈(今河南淮阳),又东奔寿春(今安徽寿县),由于秦兵的暴虐,使楚国旧地的文化大受破坏,以至汉武帝因喜爱辞赋,访求能传授《楚辞》的人,却不是从这里而是从今苏南及皖北等地找到的。从《汉书》中看来,江陵等地出现的学术、文艺人才颇为稀少。但这里的经济在西汉一代发展颇为迅速,尤其到了东汉,由于这里和光武帝的老家南阳(今属河南)相毗邻,南阳一带的经济、文化都十分发达,于是江陵一带也就跟着迅速发展。从《后汉书》中看来,这一带出现不少经师、文人。特别值得提出的是《楚辞章句》的作者王逸和他的儿子王延寿(《鲁灵光殿赋》作者),都是南郡宜城人。到了东汉末,荆州在刘表的统治下,文化更为发达。祢衡的《鹦鹉赋》作于江夏,王粲的《登楼赋》作于麦城。但这里灿烂一时的文化,由于后来的混战,又渐趋衰歇。王粲随着曹操回了中原,祢衡为黄祖所杀。三国鼎立时,几经易手,南方的政治重心迁到了成都和建业,相对说来,在西晋时代已不如长江下游。东晋时这里还是有习凿齿、李充等著名人物,而人才之盛,却又不及长江下游。

长江下游的吴越之地,在春秋时所受的中原文化影响远不如楚国那样深,尤其越国,在居民种族方面,也和中原有别。《庄子·逍遥游》:"宋人资章甫而适诸越,越人断发文身,无所用之。"《说苑》所载《越人歌》,连楚国人也听不懂,不经翻译,使人无法理解。这说明连语言也和中原隔阂甚大。春秋吴国曾攻入楚都郢城,不能据守;后来越国灭吴后,与楚国争强,一战而败,国家就此分裂,越民向南方逃奔,吴越旧地从此并入了楚国,这也说明吴越的文化落后,人民的凝聚力远不如中原和楚国。但楚国灭越以后,吴越的文化迅速楚化。后来所谓的"楚人",往往兼包吴越以至今苏皖北部地区之人。秦末的农民大起义中,首先起兵发难的虽在今皖北地区,而实力最强大的则是起于吴中的项梁、项羽,他们都是楚国贵族的后裔。西汉时,吴越地区出现了严忌、严助、朱买臣等人。东汉时,会稽地区人才辈出,中原的士大夫避难往往逃到吴地。王充《论衡》中好几处讲到他家乡会稽的作家,颇引以为豪。其实长江下游的文化,在东汉初年还不如后来发展迅速。《后汉书》的《儒林》、《文苑》二传中都有吴国人士。汉末大动乱中,到吴国境内避难的中原士人更使本来已很兴旺的吴地学术与文艺蓬勃开展。这时吴境内的学术如虞翻之《易》学、韦昭之治《国语》、中原学者薛汉的后人薛综之治《韩诗》及张衡《二京赋》、陆玑之作《毛诗草木鸟兽虫鱼疏》、杨泉之作《物理论》等,均为人们所熟知。吴地文学亦颇有为人们所熟知的,如韦昭的《博弈论》和《吴鼓吹曲》等。今本陆机和陆云的集子中所收的《吴丞相江陵侯陆公诔》,显然是吴时人所作,因为陆逊死时,陆机、陆云尚未出生。这篇文章写得很有文采,比起中原许多文人的作品,亦不见逊色。这说明吴地的文学水平,在西晋统一前,已经很高。当时孙吴的群臣中如贺齐,本是庆姓,家世传庆氏礼学。汉时移居吴地,历三国至晋代,仍是江南的礼学世家,这说明吴地学术、文艺水平在南方早已处于领先地位。吴地旧姓在西晋统一以后,实际上对统一并无太大反感,像吴地的顾、陆和会稽的贺氏等,在东晋建国之初,就与中原南渡的士族相合作,共同维持东晋的统治。这样,南方的政治、文化中心自然会在长江下游。

除了长江下游以外,南方的文化其实在汉代已普遍地得到发展。战国时屈原被放逐到沅、湘流域,当地还比较落后,但《九歌》之作,已经受了当地文化的影响。汉初封吴芮于长沙,其后贾谊曾任长沙王太傅,近年长沙马王堆出土的文物,证明西汉前期,今湖南一带文化已经有很大的发展。东汉初的儒者陈元,是苍梧广信(今广西梧州)人,其父陈钦,在西汉末已通《左传》之学,说明这些地方文化的发展也很普及。此外,据逯钦立先生《汉诗别录》说,东汉后期甚至有人避乱到了交州(参看《汉魏六朝文学论集》,陕西人民出版社1984年版,第19页),今天所谓的"苏李诗",有些即当时避难交州的人所作。交州在东汉包括今两广等地。逯先生此说论证确实,说明当时中原文明已普及五岭以南。

除此以外,还应该特别提到的,是河西文化的兴盛。河西地区是汉武帝为了打击匈奴和开通西域而建立的郡。这些地区的文化提高得也很快。两汉时敦煌等地,已经出了不少有名的人才。西晋大书法家索靖就是敦煌人。在西晋末年的大乱中,凉州在张轨的统治下,比较安定,中原士人有不少投奔凉州。前凉灭亡后,继起的后凉、西凉、南凉和北凉都有很高的文化,并和东晋及刘宋有来往。北魏灭北凉后,凉州文化入魏,成为北朝文化的重要因素。

第三章　汉魏学术思想的变迁与南北文风

在讨论南北文风的差别时，除了追溯各地经济、文化的发展外，还有一个方面也是不能忽视的，就是从汉至魏晋的学术思想的变化。因为历来讨论南北文学不同的人，大抵强调南人重玄学，北人重儒学，其实刘师培的《南北文学不同论》所讲北人"多尚实际"，南人"多尚虚无"，也已包含这种思想在内。在这个问题上，我们似乎不应该过于强调地理环境的因素，而应当从学术思想本身的发展中去求解答。因此，研究这个问题必须对我国学术思想的发展作一些简略的论述。

第一节　儒学的独尊与"今文经学"的兴衰

儒家学说创自孔子，这是没有疑问的，但后来的儒者往往把所谓"六经"（西汉称"六艺"）和孔子联系起来，其实是并无多大根据的。例如：《周易》本为卜筮的书，孔子可能读过其所谓"经"的部分（即"卦辞"和"爻辞"），这些文字可能产生较早。至于《易传》亦即后来所谓《十翼》，旧说是孔子所作，也很难置信，近代以来许多学者考证，大抵为战国时儒者所作，并且其中已混杂着道家的学说。《论语》中提到过《易》，《史记·孔子世家》也讲到孔子"晚而喜《易》"，则孔子见过《易》大约是事实。其实《易》始于何时，谁也说不清楚。《左传·昭公二年》载，晋韩起聘鲁，"观书于太史氏，见《易》象与《鲁春秋》，曰：周礼尽在鲁矣"。可见《易》的成书必在孔子以前。关于这问题，《周易·系辞传》中对《易》的兴起也只是推测之辞。如："《易》之兴也，其于中古乎？作《易》者，其有忧患乎？"又说："《易》之兴也，其当殷之末世，周之盛德耶？当文王与纣之事耶？"这些话都有疑问的意思，但出现在孔子前，大约不会有什么问题。《尚书》情况比较复杂，其中有一部分是古代的文诰，如《商书·盘庚》、《周书·大诰》等篇，大致是商周之文。但有些篇似乎产生较晚，如《禹贡》所说的中国版图，似是战国人才能知道。《周书·金縢》颇有点小说的意味，恐怕产生年代较晚，出于战国人之手。古人认为《尚书》乃孔子手定，恐亦不足据。因为孟子是最尊崇孔子的，却怀疑《武成》所载周伐纣的事。所谓"尽信书，不如无书"，话虽不错，但《武成》所记"流血漂杵"却未必失实。《诗经》据《左传》记载，在吴公子季札聘鲁时，所观周乐，已和今本《诗经》差不多，可见也是周代时人所编，成书在孔子前。所以孔子屡次讲"诗三百"。"礼"分为《周礼》、《仪礼》和《礼记》三书。《礼记》是汉人传授礼学时所编教材，大约为先秦时人文章和部分秦汉人文章汇集成书，它不是孔子所定，这早已成了定论。至于《周礼》，是一部"古文经"，西汉时尚未被人承认为"经"。后来的"今文经学家"都排斥它，东汉何休斥之为六国阴谋之书。后来有人说它出于刘歆伪造，当然不足据。这部书主要讲周代的官制。这样周密的官制，自然不可能完全出于某一个人的杜撰，应该有它的根据。只是其中所记制度究竟是周代什么时候所实行，已难确考，也可能被编著者加上了一些自己的设想。但它还是研究先秦官制的重要史料。它虽非汉人伪造,亦未必是西周旧制,也和孔子无关。《仪礼》是历来被视为"礼经"的书,有人认为周公作,也有人认为孔子作,都无确证。现在所传的《仪礼》十七篇乃汉初"今文经学家"高堂生所传。后来在好多地方出现了古文《礼》。这些"礼"是否"周制",这是很可怀疑的。至少像《孟子·滕文公》所载,儒家主张的"三年之丧",在鲁国、滕国等都没有实行过。近人胡适曾怀疑为"殷制",是否真是如此,也很难说。这些"礼",大约是后来的儒家所作,但写定时期当在先秦。从郑玄《仪礼注》中看,他在字句上有时从"今文",有时从"古文",说明古文《礼》确实存在。孔子是提倡"礼"的,但今本《仪礼》与孔子有无直接关系,更难确证。大抵孔子并未手定过什么礼,因为孔子的门人曾参和言偃在礼的方面也各行其是。荀况很重礼,孟轲对礼讲得就要少些,很可能《仪礼》是出于荀况学派,也很难说。《春秋》是古代的史书,其内容和晋代汲郡出土的魏国史书《竹书纪年》颇近似。当为春秋时鲁国史官所记。《左传·昭公二年》记晋大夫韩起访鲁时,见过《鲁春秋》,《史记·孔子世家》也说孔子"因鲁史记而作《春秋》"。《孟子·滕文公》讲到孔子"作《春秋》",后人就认定了是孔子的著作,其实《孟子·离娄》中又讲"晋之《乘》、楚之《梼杌》、鲁之《春秋》,一也"。"春秋",其实是古代史书的通名。《墨子·明鬼下》有"周之《春秋》"、"燕之《春秋》"、"宋之《春秋》"、"齐之《春秋》"。孔子充其量不过是作了校订工作。《公羊传·庄公七年》提到了"不修《春秋》"。《公羊传》大约成于汉代,书中对《春秋》的历史记载甚略,不尽可信。但这部书也是经过好几代人口耳相传,可能其前辈见过一部春秋时的史书这样记载着,但是否未经孔子修订的鲁史原文,也很难说。总之,"五经"中特别是《诗经》和《尚书》,在先秦诸子中引用的不少,尤其是《墨子》引证《诗》、《书》尤多,并非儒家一家专有。《易》在秦始皇焚书时,认为是卜筮之书,不予焚烧,可见与孔子并无关系,不然的话,荀卿弟子李斯当时正是焚书的提议者,不会手下留情。从现有的材料来看,"五经"中,大约只有《春秋》,多少还和孔子本人有些关系,但也不是孔子的著作。所以西汉时董仲舒所说的"诸不在六艺之科孔子之术者,皆绝其道,勿使并进",本来是句骗人的话。"六艺"本非孔子所专有,秦始皇所禁的是"《诗》、《书》、百家语",本来《诗》、《书》和百家都有关系,在"六艺之科"者,本来不一定属"孔子之术"。董仲舒所以硬要把孔子和"六艺"混为一谈,有他的目的,那就是为汉朝的统治制造一套理论,以便统一人们的思想。其实董仲舒的学说本身就很复杂,他的学说中阴阳家的成分很多,例如用土龙求雨等,这和孔子不言"怪力乱神"的思想是相反的。他还用《春秋》来判断刑狱,这实际上是"外儒内法",用儒家的学说来为用刑作理论根据。可是他的学说也是顺应了当时历史发展的潮流。在他的建议下,一批经师被请到长安去做博士,教人学习"五经"。那些经师的学说,都是经口耳相传,因此他们所传授的"经书",都用汉代所通用的隶书缮写,被称为"今文"。"今文经学"家们的学说,本来也不统一。如《易》就有施雠、孟喜、梁丘贺等家之别;《尚书》虽出伏胜,后来也分为大小夏侯及欧阳三派;《诗经》有鲁、齐、韩三家之别;《春秋》也有《公羊》、《穀梁》二传之分。他们都讲"六艺",讲孔子,如《韩诗》的传授者韩婴就和董仲舒辩论过,董仲舒难不倒他。在汉武帝初立"五经博士"时,《春秋》只设《公羊传》一家,因为董仲舒和丞相公孙弘都学《公羊传》,但《穀梁传》的传人不服,几经争论,终于使《穀梁传》也列入学官。"今文家"尽管学说不同,但都为了维护汉朝的统治,其经传不同,而发挥大义却可以尽量去适合董仲舒划定的框框去套。因此虽有争论,还不至于很激烈。但接着,由于朝廷广开献书之路,战国时代的古书原来藏于民间,现在逐渐集中到朝廷。

到成帝时,开始命令刘向加以校订整理。刘向的儿子刘歆在协助父亲整理图书中,发现了不少"古文经",他认为"古文经"比"今文经"有许多长处,开始和刘向争论起来,刘向不能驳倒他。刘向死后,刘歆继承了父亲的事业。这时,刘歆曾写信给那些"太常博士",要求给"古文经"和"今文经"以平等的地位,同样列于学官。于是就遭到了"今文家"和在朝许多大官的一致反对,他也不久就离开长安,到了河内,不久又到五原。这场争论中,"今文经学家"攻击刘歆的主要罪状就是"非毁先帝所立",但从没有人说过他伪造"经书"。他提倡"古文经"的动机,看来只是想为经学多设几个学官,这种增设学官的事,过去也曾有过,所不同的,只是他所要增设的是"古文经",而不是"今文经",其根本动机未必止于增加几个学官。从《汉书·董仲舒传赞》中可以看出一些问题:"刘向称'董仲舒有王佐之材,虽伊吕亡以加,管晏之属,伯者之佐,殆不及也'。至向子歆以为'伊吕乃圣人之耦,王者不得则不兴。故颜渊死,孔子曰:"噫!天丧余。"唯此一人为能当之,自宰我、子赣、子游、子夏不与焉。仲舒遭汉承秦灭学之后,《六经》离析,下帷发愤,潜心大业,令后学者有所统壹,为群儒首。然考其师友渊源所渐,犹未及乎游夏,而曰管晏弗及,伊吕不加,过矣'。至向曾孙龚,笃论君子也,以歆之言为然。"这里涉及对董仲舒所建立的一套谶纬思想的体系,这是"今文经学"的思想基础。"古文经"如果广为流传,对"今文经学"就会起到动摇的作用。因为"今文经学"的理论基础,就是董仲舒所建立的一套所谓"天人合一"的谶纬迷信思想。例如:伏胜所传的《尚书》仅二十八篇,据"今文家"说,这就是孔子所定的《尚书》全帙。据《史记·儒林列传》之《索隐》引孔臧在孔子家墙壁中发现了古文《尚书》,孔安国以今文去释读它,发现比伏胜所传多了十多篇后,写信给孔安国说:"旧书潜于壁室,歘尔复出,古训复申。唯闻《尚书》二十八篇取象二十八宿,何图乃有百篇。即知以今雠古,隶篆推科斗,以定五十余篇,并为之传也。"其实伏胜当时已经承认,他所传的二十八篇,并不全。《史记》中明明写道:"秦时焚书,伏生壁藏之。其后兵大起,流亡。汉定,伏生求其书,亡数十篇,独得二十九篇,即以教于齐鲁之间。"这里所说的二十九篇,即二十八篇外,还有一篇《泰誓》,后来亡失,遂成二十八篇。但后来的"今文家",却硬说《尚书》只有二十八篇,要配合天上的"二十八宿"。另外,"今文家"还有许多荒谬不近情理的说法,如《诗经》中的《关雎》,明明是写婚姻的诗,"今文家"却说是讽刺周康王睡懒觉(详见清王先谦《诗三家义集疏》引《列女传》等汉人的著作引《鲁诗》说);《鹿鸣》分明是周王宴请群臣的乐歌,据《史记·十二诸侯年表序》说是"刺诗",都与诗的本义不符,而《毛诗》对《鹿鸣》的解释是正确的;对《关雎》说成"后妃之德","思得淑女以配君子",尽管不完全对,却较"今文家"要合理得多。此外,"今文家"认为古代的"圣王"都没有父亲,是由上帝"感生"的。这虽然保存了一些古代神话,但在后人却很难置信,《毛诗》却强调这些"圣王"有父亲,是人不是神。又如对《春秋》的解释,《公羊传》对第一句"元年春王正月",就发了一通怪论,说什么"王者孰谓?谓文王也"。但《左传》却说得简单明了,只用了"王周正月"四字,就指明了用的是周历的正月。又如《公羊传》认为宋襄公的"蠢猪"式的用兵是对的;鲁国的女儿嫁到宋国,遇到火灾宁可烧死不逃走是应该的。《左传》对此都作了不同的评论。如果让"古文家"也能公开与"今文家"在太学中竞争,"今文经学"就会破产,董仲舒所设计的一套理论就要受致命的打击。所以许多经师和大臣会对刘歆的建议十分愤怒。但学术的发展却是随着社会的发展而在不断地进步,董仲舒这一套学说的许多荒诞不经的论点,势难永久地不受非议。即使"今文家"们自己,也不能不感到其缺点,而在《盐铁论》中,儒生的发言,已在引用老庄的学说,本身已非

"孔子之术"。这些"今文家"们自己也在暗中吸取"古文经"和诸子百家的学说。例如:戴圣传《礼》所编的《礼记》,其中《祭法》一篇,即采自《国语·鲁语》;《月令》一篇和《吕氏春秋》、《淮南子》相同,疑本非儒家专有。宣帝时路温舒上书论减轻刑法,其中"山薮藏疾"等语,出于《左传》。路温舒本是学《公羊传》的,也引起《左传》来了。和刘歆差不多同时的扬雄,是文字学家,好讲"奇字",实际就是研究秦统一以前的六国古文。正是他作《解嘲》时,讲到了前面引过的一些关于盛衰变化的说法,与董仲舒"天不变道亦不变"的理论相反。扬雄很推崇他的同乡严君平,严君平正是将儒家的《易》学与《老子》相结合的学者。这一切,都说明刘歆的出现不是偶然的,是"今文经学"和董仲舒的学说不再能维持其统治时的必然产物。

在刘歆提出"古文经学"之后,"今文家"已经没有别的方法招架,只能用"非毁先帝所立"来作借口,把他排挤出朝廷。这"先帝所立",实际上就是董仲舒的谶纬学说。后来学者对刘歆颇有非议,是因为刘歆后来曾和王莽合作,在王莽专权时,"古文经"又曾被列于学官。但这其实是误解。刘歆提倡"古文经"是在汉哀帝时,当时王莽正失职家居,刘歆不可能预知哀帝会早死,王莽会得势。至于他曾和王莽合作,也不可苛责。因为王莽虽是个食古不化的人,但他的当政,本想对当时的土地兼并等严重社会问题作一番改革。像刘歆这样的书生,很难看出这办法行不通。至于因为王莽代汉,更只是关于一姓兴亡的问题。研究学问,本不必"因人废言",何况他的行为在今天看来,更不是什么问题。刘歆的建议在当时并没有得到朝廷采用,但影响却是很大的。朝廷的态度毕竟不能完全左右士人们的选择。尤其是我们在前面讲过的地方上豪族的兴起,使做官已不再成为士人生活来源的唯一途径。因此到了东汉,尽管东汉所设的"五经博士"还是西汉的原样,但许多有先进思想的人物,都已同情"古文经学",否定谶纬学说。这对汉代的学术思想来说是一大变动。

第二节 "古文经学"的兴起及其局限

从西汉末年农民起义后建立起来的东汉皇朝,打着"复兴汉室"的旗帜。在学术上还是实行西汉的制度而无所变更。这时有不少官员为设立古文经,特别是《春秋左传》的博士而发生过激烈的争论。最著名的就是那次范升、陈元之争,《左氏传》的传人陈元,引证《史记》,认为《左传》叙史事,比《公羊》、《穀梁》确切可信。但范升坚持今文家之说,认为《左传》不能立于学官,并且对《史记》也进行了攻击。"今古文之争",已经不再是学术上的是非问题。在"今文家"来说,无非是要维护自己的独尊地位,以保持他们当学官的饭碗;而在汉光武帝来说,本是利用谶纬来给自己的帝位制造"天命"的理论根据,于是"今文经学"对他来说还是很有用处的。他不能让"今文经学"的统治地位发生动摇。因此陈元等人的争论,结果不免是徒费口舌。《后汉书·桓谭传》载,桓谭"博学多通,遍习'五经',皆诂训大义,不为章句。能文章,尤好古学,数从刘歆、扬雄辩析疑异"。这是一个很地道的"古文学派"人物。他曾上疏给光武帝,激烈反对谶纬学说,他认为:"观先王之所记述,咸以仁义正道为本,非有奇怪虚诞之事。盖天道性命,圣人所难言也。自子贡以下不得而闻,况后世浅儒能通之乎? 今诸巧慧小才,伎数之人,增益图书,矫称谶记,以欺惑贪邪,诖误人主,焉可不抑远之哉!"这些话,光武帝自然听不进去。因为在他当皇帝以前,就有人因不满王莽而制造预言,说是刘氏将要复兴,等到他当上皇帝以后,又有许多谄媚的人编造了种种谶语,说他当皇帝是上天早已安排好的。光武帝正想利用这些来巩固他的统治,怎能听得进桓谭的劝告？但桓谭是坚持不信谶纬的,有一次,光武帝下令讨论观察天象的灵台当建于何处。光武帝自己对桓谭说:"吾欲谶决之,何如？"桓谭答云:"臣不读谶。"光武帝问他原因,他又"极言谶之非经",光武帝大怒,竟说他"非圣无法",将要杀他,最后就把他贬为六安郡丞。从这一事件,可以看出"今文经学"和谶纬之说虽荒诞已极,但要否定它们,却会触犯帝王,遭遇不测之祸。

但是,朝廷的意志也只能控制那些求利禄的人,并不可能对人们的思想变化起多大作用。一些人物在献给皇帝看的文章中,可以引用谶纬和"今文经学"之说,但到私人著述的场合,则曲曲折折地流露了对董仲舒和今文派的不满。例如班固在《两都赋》和回答汉明帝关于秦代灭亡及秦王子婴的问题时,用的都是《公羊传》的说法,《两都赋》更用了谶纬之说。但实际上从班固之父班彪起,就同情"古文家"。班彪为人"性沉重好古",他为《史记》作续书时,论前代史书说:"唐虞三代,《诗》、《书》所及,世有史官,以司典籍,暨于诸侯,国自有史。故《孟子》曰'楚之《梼杌》、晋之《乘》、鲁之《春秋》,其事一也'。定、哀(指鲁国定公、哀公)之间,鲁君子左丘明论集其文,作《左氏传》三十篇,又撰异同,号曰《国语》二十篇。由是《乘》、《梼杌》之事遂暗,而《左氏》、《国语》独章。"又说:"夫百家之书,犹可法也。若《左氏》、《国语》、《世本》、《战国策》、《楚汉春秋》、《太史公书》,今之所以知古,后之所由观前,圣人之耳目也。"他对"百家"之书,并无否定之意,这和董仲舒的"罢黜百家"已相违反。至于论《左传》、《国语》,则评价更高。他的儿子班固,据《后汉书》本传说他"九流百家之言,无不穷究,所学无常师,不为章句,举大义而已",其实也是"古文经学"的学风,因为"今文经学"必须墨守"师法",重章句。所以他在《汉书》中,作《艺文志》实本刘向、刘歆的《别录》、《七略》,已依"古文经学"的次序,将"五经"次序依《易》、《书》、《诗》、《礼》、

《乐》、《春秋》排列,而不依"今文家"以《诗》为首。在《董仲舒传》中的评论,全采刘歆的观点;在《五行志上》中更把董仲舒在高帝庙发生火灾时胡说是"天变",要汉武帝杀人的谬论全部载录,客观上显示了董仲舒的荒谬。但他毕竟在朝廷做官,有时不能不讲些谶纬之说。和班固相比,那位师事班彪的王充,就和他不同了。王充《论衡》中一再地对董仲舒的谬说进行驳诘:

> 董仲舒求雨,申《春秋》之义,设虚立祀,父不食于枝庶,天不食于下地。诸侯雩礼所祀,未知何神?如天神也,唯王者天乃歆,诸侯及令长吏,天不享也。神不歆享,安耐得神?如云雨者气也,云雨之气,何用歆享?触石而出,肤寸而合,不崇朝而辨雨天下,泰山也。泰山雨天下,小山雨国邑。然则大雩所祭,岂祭山乎?假令审然,而不得也。何以效之?水异川而居,相高分寸,不决不流,不凿不合。诚令人君祷祭水旁,能令高分寸之水流而合乎?夫见在之水,相差无几,人君请之,终不耐行。况雨无形兆,深藏高山,人君雩祭,安耐得之?

这里说得很简明扼要,都是一些常识性的道理,但驳得董仲舒的骗术,可谓"体无完肤"。在《顺鼓篇》中,他又说:

> 《春秋》之义,大水,鼓用牲于社。说者曰:"鼓者,攻之也。"或曰:"胁之。"胁则攻矣。阴胜,攻社以救之。或难曰:攻社,谓得胜负之义,未可得顺义之节也。人君父事天,母事地。母之党类为害,可攻母以救之乎?以政令失道阴阳缪戾者,人君也。不自攻以复之,反逆节以犯尊,天地安肯济?

这里的《春秋》,就是董仲舒所提倡的《公羊传》学说。值得注意的是这种驳诘,实在是用董仲舒自己的"天人感应"来反驳他的止水之术。据《史记》和《汉书》的《董仲舒传》,这是董仲舒的一套很有影响的骗人手法。据云:董仲舒"以《春秋》灾异之变推阴阳所以错行,故求雨闭诸阳,纵诸阴,其止雨反是",而且"行之一国,未尝不得所欲"。但王充自己的驳斥就更彻底,他说"社"是土,"五行异气,相去远"。更是符合当时人的科学水平,不带迷信气息。在《乱龙篇》中,他对董仲舒设土龙求雨,也作了批评。在《实知篇》中,对谶纬家们说的孔子预知"董仲舒乱(治)我书"也作了有力的批评。正是王充,在批判董仲舒同时,又大大地表彰《左传》和《国语》,他说:

> 《春秋左氏传》者,盖出孔子壁中。孝武皇帝时,鲁共王坏孔子教授堂以为宫,得佚《春秋》三十篇,《左氏传》也。公羊高、穀梁寘、胡母氏皆传《春秋》,各门异户,独《左氏传》为近得实。何以验之?《礼记》造于孔子之堂,太史公,汉之通人也,左氏之言与二书合,公羊高、穀梁寘、胡母氏不相合。又诸家去孔子远,远不如近,闻不如见。刘子政玩弄《左氏》,童仆妻子皆呻吟之。光武皇帝之时,陈元、范叔上书,连属条事是非,《左氏》遂立。范叔寻因罪罢。元、叔天下极才,讲论是非,有余力矣。陈元言讷,范叔章诎,《左氏》得实,明矣。言多怪,颇与孔子"不语怪力"相违返也,《吕氏春秋》亦如此焉。《国语》,《左氏》之外传也。左氏传经,辞语尚略,故复选录《国语》之辞以实。然则《左氏》、《国语》,世儒之实书也。

这段话和《后汉书·班彪传》相合。王充是班彪弟子,关于《左传》的看法当得于师说。班彪卒于建武三十年(54),年五十二,当生于平帝元始三年(3),上距刘向之卒,不过十年左右,所言刘向熟悉《左传》,当得其实。以王充这样以反谶纬著名的学者,大力称扬《左传》、《国语》,又一次证明了今古文之争其实和反对谶纬迷信相联系。

这时的学术思想方面,"今文经学"虽仍霸占着学官的位置,但在士人中的影响越来越小,光靠行政命令,事实上已难于维持他们的统治地位。因此汉章帝时就举行了著名的白虎观会议,讨论五经异同。这次会议实际上是朝廷允许了"古文经学"以平等身份和"今文经学"展开讨论。这在朝廷来说,是已经觉察到"今文经学"和"谶纬"学说,已不再能维持其统治地位,不能不对"古文经学"有所让步。但"古文经学"家们,为了求得朝廷的承认,也不能不从"今文经学"方面吸取某些成分,以适应统治者的要求。晋杜预《春秋左氏传序》:"古今言《左氏春秋》者多矣,今其遗文可见者十数家,大体转相祖述,进不成为错综经文以尽其变,退不守丘明之传。于丘明之传有所不通,皆没而不说,而更引《公羊》、《穀梁》,适足自乱。"他又说到"然刘子骏创通大义,贾景伯父子、许惠卿,皆先儒之美者也。末有颖子严者,虽浅近,亦复名家,故特举刘、贾、许、颖之违,以见异同"。可见"古文经学"在释所谓"微言大义"方面,暗中袭用"今文经学"之说,此风从刘歆已经开始。原来,《春秋》不过是史官随时记录史事的一部简略的编年史,并无什么"微言大义",更不存在"以一字为褒贬"。现在我们所见的古本《竹书纪年》佚文,其叙事方式和用语,大致与《春秋》并无多大不同。所谓"微言大义"、"一字褒贬",本是《公羊》学派编造出来的谎言。但没有这套谎言,就很难为统治者所利用。"古文经学"家们最早未必有这套胡说,然而在汉代,如果不讲这一些,就很难得到朝廷的赏识,取得列于学官的地位。于是从刘歆开始,就模仿和采用"今文经学"的这套说法。《论衡·乱龙篇》:"刘子骏掌零祭典土龙事,桓君山亦难以顿牟、磁石不能真是,何能掇针、取芥,子骏穷无以应。子骏,汉朝智囊,笔墨湖海,穷无以应者,是事非议误,不得道理实也。"可见刘歆尽管看出了董仲舒的许多谬误,但他还是不能不在某些方面因袭模仿董仲舒,这首先是一个力求在汉朝政府中取得合法地位的问题;其次是他父亲刘向作《洪范五行传》,专讲灾异之事,也不免受其影响。他的这种做法,颇为后来"古文经学"家所效法。本来刘歆那套和《公羊传》有很深的关系。《后汉书·郑兴传》:"郑兴字少赣,河南开封人也。少学《公羊春秋》,晚善《左氏传》,遂积深精思,通达其旨,同学者皆师之。天凤中,将门人从刘歆讲正大义(李贤注:'《左氏》义也'),歆美兴才,使撰条例章句训诂。"《贾逵传》:"弱冠能诵《左氏传》及五经本文,以大夏侯《尚书》教授。虽为古学,兼通五家《穀梁》之说(李贤注:'五家,谓尹更始、刘向、周庆、丁姓、王彦等,皆为《穀梁》,见前书')。"但像桓谭,反对董仲舒那套就更激烈。

从白虎观会议以后,"古文经学"虽仍未列入学官,但信从的人却较前更多了。许多信从"古文经学"的人,并未因为有些"古文经学"的传人对"今文经学"的因袭而放松对谶纬的批判。大科学家兼文学家张衡,就反对"谶纬"。《后汉书·张衡传》:"初,光武善谶,及显宗(明帝)、肃宗(章帝),因祖述焉。自中兴之后,儒者争学图谶,兼复附以妖言。衡以图纬虚妄,非圣人之法。"就上疏激烈批评,认为"宜收藏图谶,一禁绝之"。张衡的许多文章中,多引用《左传》、《周礼》等古文经,包括一些奏议,说明东汉皇帝对"古文经"也采取了宽容的态度。张衡的《二京赋》,内容和班固《两都赋》相类似,但从思想实质上讲,两人颇有不同。班固《两都赋》中引用图谶之说甚多,而在涉及五经处,用的都是今文经;而张衡的《二京赋》则不但不引图谶,而且涉及五经处,常常引用"古文经"。关于这一点,笔者在《略论〈两都赋〉和〈二京赋〉》一文中已有详述,这里不再赘论。但那篇拙文限于篇幅,只谈到了班、张的经学观点不同,尚未涉及《二京赋》中的道家思想问题。张衡在《二京赋》中,引用《老子》的话就不少,"终日不离其辎重","却走马以粪",均出于《老子》。《东京赋》篇末说:"得闻先生之余论,则大庭氏何以尚兹。"这"大庭氏",原出《庄子·胠箧》篇。至于他的《归田赋》更把"感老氏之遗诫"与"咏周、孔之图书"并举,认为"苟纵心于物外,安知荣辱之所加",完全是庄子的思想。

和张衡一样,"古文经学"的大师马融,也是著名的文学家,他在应邓骘征辟时,曾说:"古人有言:左手据天下之图,右手刎其喉,愚夫不为。所以然者,生贵于天下也。今以曲俗咫尺之羞,灭无赀之躯,殆非老、庄所谓也。"这完全是道家的观点。他的为人,据《后汉书》本传说:"善鼓琴,好吹笛,达生任性,不拘儒者之节。居宇器服,多存侈饰,常坐高堂,施绛纱帐,前授生徒,后列女乐。"他除了注五经外,还注《老子》、《淮南子》和《离骚》,已经不是一个典型的儒者。马融后来为梁冀草奏李固,颇为人所非议,这是他个人的品行问题。但从这里,可以看出他与魏晋名士那种狂放已颇相近,和礼法之士则区别很大。他的"后列女乐"与桓谭的喜欢"俗乐"也很一致。此外,在后汉时代,那种狂放的人物很多,如赵壹、祢衡等,都有这种性格。特别应该提到的是应劭《风俗通义》中记的一些狂士的性格。如《过誉》所记赵仲让的故事:

> 江夏太守河内赵仲让,举司隶茂材,为高唐令,密乘舆车径至高唐,变易名姓,止都亭中十余日。默入市里,观省风俗,已,呼亭长问新令为谁,从何官来,何时到也。曰:"县已遣吏迎,垂有起居。"曰:"正是我也。"亭长怖,遽拜谒,竟,便具吏。其日入舍,乃谒府,数十日,无故便去。为郡功曹,所选颇有不用,因称

狂,乱首走出府门。太守以其宿有重名,忍而不罪。后为大将军梁冀从事中郎,冬月坐庭中,向日解衣裘捕虱,已,因倾卧,厥形悉表露。将军夫人襄城君云:"不洁清,当亟推问。"将军叹曰:"是赵从事,绝高士也。"他事若此非一也。

梁冀这个大权贵,尚能容忍这狂士,这说明这种狂放已成为风气,人们视为常事,不再计较。所以余嘉锡先生在《世说新语笺疏》中认为"盖魏晋人一切风气,无不自后汉开之"(中华书局版,第21页)。东汉士人的"狂放"和趋向老庄,归根结蒂反映了地方上豪族地主的势力增长,因此敢于向朝廷的"礼法"及谶纬学说表示蔑视。但这些豪族地主在根本利益上和朝廷是一致的。所以在思想上决不是互相对立到截然不同的地步,他们有时也互相影响着。例如:对待老庄思想,不但"古文经学"家在提倡,"今文经学"家有时也在研究,如"今文家"范升,据《后汉书》本传,除了通《论语》、《孝经》外,也讲梁丘氏《易》学及《老子》。"古文家"像贾逵,兼通"今文"说;而据《后汉书·儒林传》,东汉儒生兼学今古文经的很多。如孙期,"习京氏《易》、古文《尚书》";张驯,"能诵《春秋左氏传》,以大夏侯《尚书》教授";尹敏,"初习欧阳《尚书》,后受古文,兼善《毛诗》、《穀梁》、《左氏春秋》"。这些人已很难说是"今文家"还是"古文家"。东汉著名思想家王符,据《潜夫论·考绩》中自称"先师京君",指西汉今文《易》学家京房;他引《诗经》,有时与《毛诗》不同,王先谦以为他学《鲁诗》。但他在同书《述赦》中引《周礼·小司寇》语,《三式》中引《左传·昭公二十年》语,《爱日》中引《左传·昭公二十八年》语,《衰制》中引《国语·楚语》及《左传·宣公二年》语,《思贤》中还引了《老子》语,这说明不但"今"、"古"文儒学在混合,儒道二家也在混合。最后完成这种今古文统一的工作的,是郑玄。

《后汉书·郑玄传》:"郑玄字康成,北海高密人也。……遂造太学受业,师事京兆第五元,先始通《京氏易》、《公羊春秋》、《三统历》、《九章算术》,又从东郡张恭祖受《周官》、《礼记》、《左氏春秋》、《韩诗》、《古文尚书》。以山东无足问者,乃西入关,因涿郡卢植,事扶风马融。融门徒四百余人,升堂进者五十余生。融素骄贵,玄在门下三年不得见,乃使高业弟子传授于玄。玄日夜寻诵,未尝怠倦。会融集诸生考论图纬,闻玄善算,乃召见于楼上。玄因从质诸疑义,问毕辞归,融喟然谓门人曰:'郑生今去,吾道东矣。'玄自游学十余年,乃归乡里。……遂隐修经业,杜门不出。时任城何休好《公羊》学,遂著《公羊墨守》、《左氏膏肓》、《穀梁废疾》,玄乃《发墨守》、《针膏肓》、《起废疾》。休见而叹曰:'康成入吾室,操吾矛以伐我乎?'初,中兴之后,范升、陈元、李育、贾逵之徒,争论古今学。后马融答北地太守刘瑰,及玄答何休,义据通深,由是古学遂明。"从这段记载看来,郑玄的治学本是兼学今古文的。他所师事的第五元,似是"今文家",却教他刘歆的《三统历》;张恭祖似是"古文家",却又教他《韩诗》;马融是著名的"古文家",但也会集学生们考论"图纬"。这"图纬"本是"今文家"捏造的谬说,早期"古文家"如桓谭等人都是反对的,从《后汉书·儒林传》中看来,"古文经学"家不见兼学谶纬的,只有"今文经学"的传人提倡这套东西。马融作为一个"古文经学"家,却会集学生讨论"图纬",说明这时"今古文"的界限已越来越趋向缓和。至于郑玄本人,更是调和"今文"和"古文"的说法。他注《仪礼》时,在文字上有时从"今文",有时从"古文";他作《发墨守》、《针膏肓》、《起废疾》以反对何休,似是主张"古文经学",但他又作《驳五经异义》,以反对许慎,似又主张"今文经学"。不过郑玄治经,也不尽笃守儒家学说,也吸取道家的思想。今天看来,《后汉书·郑玄传》对郑玄学说的叙述,是不一定很详尽的。例如本传说他学京氏《易》,这是今文说,后来他注《易》，据清代以来学者考证，乃是古文的费氏《易》；本传说他学了《韩诗》，而今天所见他关于《诗经》的著作，却都是有关《毛诗》的。这些大约都和他后来师事马融有关。因为马融所传，基本上都是"古文经"。除了"今文"和"古文"以外，他对《老子》也可能有研究。《南齐书·王僧虔传》载，王僧虔曾有书信告诫他儿子，其中有"汝开《老子》卷头五尺许，未知辅嗣（王弼）何所道，平叔（何晏）何所说，马、郑何所异，《指例》何所明"云云。近代学者颇有怀疑他曾注《老子》。因为马融曾注《老子》，是《后汉书》早已说了的。所以吴承仕先生在《经典释文序录疏证》中曾说："若《汉志》所录四家及马、郑之《注》，今已不可见。"（中华书局1984年版，第155页）王利器先生《郑康成年谱》引了《南齐书》此语，肯定马融有《老子注》，又说："至于郑玄，则《礼运》注引《老子》曰：'法令滋章，盗贼多有。'《大学》注引《老子》曰：'多藏必厚亡。'只此二条而已，亦未见有郑玄注《老子》之说，未知僧虔《诫子书》之说，果何所指也。"（齐鲁书社1983年版，第264至265页）看来郑玄注《老子》之事，可能有疑问，但他接受《老子》的思想却完全可能，因为马融就很看重《老子》，而东汉的"今文家"和"古文家"都有治《老子》的，这自然不影响他调和"今古文"的思想。

郑玄治"经学"，虽以"古文经"为主，但因他兼习"今文"，也颇受"今文家"流弊的影响，《后汉书》本传说他"质于辞训，通人颇讥其繁"。这弊病正是东汉"今文家"的通病。据何休《春秋公羊经传解诂序》称："说者疑惑，至有信经任意，反传违戾者，其势惟问不得不广，是以讲诵师言，至于百万，犹有不解时加酿嘲辞，援引他经，失其句读，以无为有，甚可闵笑者不可胜记也。是以治古学贵文章者，谓之'俗儒'。至使贾逵缘隙奋笔，以为《公羊》可夺，《左氏》可兴。"从这里可以看出，"今文经学"实际上是束缚文学发展的；而"古文经学"却使文学得到发展，"古文经学"的兴起，使人们的思想变得活跃、扬雄、张衡、马融都是文学上卓有贡献的人,也正是"古文家"如桓谭等不守礼法,喜爱俗乐,从而推动了文学的发展。在这个新的变化中,郑玄起的作用比较复杂。一方面,他的调和"今古文",基本上以"古文经"为主,这多少使人们在"今文经学"和谶纬说的束缚下解放出来;但另一方面他又把"今文经学"的许多说法保留了下来。他这种做法的作用也要具体分析,一般来说,"今文经学"中迷信和荒谬之说较多,对人们思想的活跃与文学的发展是不利的;另一方面,由于"古文经学"因反对谶纬迷信而否定了"今文经学"说中所引用过的一些古代神话;另外,像对《诗经》中某些篇的写作时代问题,《毛诗》的说法有误,而"今文"的"三家诗"也有一些说得对的。这说明郑玄有他的功绩,但也有很大的局限性。

第三节 儒学的"衰微"和玄谈的兴起

东汉的"古文经学"虽未列于学官,但自从白虎观会议起,"古文经学"已逐步地采用了某些"今文经学"的某些所谓"微言大义",还有些人甚至牵合谶纬以迎合帝王的意志。如章帝时,贾逵上疏说自己在明帝永平中曾上言《左氏》与图谶合,提出:《左氏》和《穀梁》的先师"不晓图谶",所以不得立于学官。他现在提出:"又五经家皆无以证图谶明刘氏为尧后者,而《左氏》独有明文。"[①](《后汉书·贾逵

[①] 此说自是贾逵故意牵合《左传》与图谶。但不能因此断言《左传》乃后人窜乱,因为各姓起源,从来有各种说法。如汉人都信《史记》,以为曹姓出祝融氏之后,而《曹全碑》却以为出文王子叔振铎之后,不能说《曹全碑》是附和曹操自称"曹叔振铎之后"。

传》)于是,汉朝皇帝虽不为"古文经"列于学官,却也任用学"古文经"的人做官。此路一开,士人们对学习"今文经学"的兴趣已经不大。于是,学《诗经》的大多学《毛诗》,《齐诗》《鲁诗》很少人学习,日趋衰歇,《韩诗》的学者也大为减少;学《春秋》的都注意学《左传》,而很少人学《公羊》、《穀梁》;学《易》的以古文的《费氏易》占优势;《礼》亦以郑玄注占了优势。《三国志·魏志·钟繇传》注引《魏略》所载曹丕《与钟繇书》,就用了出于《左传》和《国语》的典故。可见三国时代,"古文经"已经占了优势。曹丕即位后,屡次下诏提倡儒学,显然进一步提高了郑玄和"古文家"的地位。但正在"郑学"得势之际,反对者也就出来了。《三国志·魏志·王肃传》载:"初,肃善贾、马之学,而不好郑氏,采会异同,为《尚书》、《诗》、《论语》、三《礼》、《左氏》解及撰定父朗所作《易传》。"他的论点也遭郑门后学孙炎的反驳,孙炎作《周易》、《春秋例》、《毛诗》、《礼记》、《春秋》三传、《国语》、《尔雅》诸注。这种争论,已基本上是信从"古文经学"的人之间的争论。"古文经学"之战胜"今文经学"是符合历史的规律的,这毕竟是优胜劣败的表现。但正因为"古文经学"仍是儒学,且吸收了"今文经学"中不少糟粕,所以"古文家"的胜利也没有持续多久,又被"玄学"所取代。

"玄学"的兴起,实非一朝一夕之故,早在西汉后期,严君平、扬雄之讲《易》和《玄》,已是引道入儒。东汉儒者,多喜《老子》,引《老子》释《易》,已成风气。在西汉初年,《易》在五经中地位不高,仅居于《春秋》之前,因为今文家讲《易》,大抵是一些望气、预言、吉祥及灾异之说,纯为"卜筮之书";而"古文家"则大抵兼采《老子》,阐释哲理。刘向、刘歆父子著录典籍,以《易》为群经之首,被官僚公孙录骂作"颠倒五经",其实正是刘歆高明之处。因为《易》的兴起,比《诗》更早,且事关哲理。扬雄《太玄经》,其思想体系也与《易》相近。"玄学"之兴,正是由此而来。如果说刘歆的提倡"古文经学"是从训诂和史实方面给予董仲舒编造的种种谎言的一个沉重打击,那么玄谈之兴,又从理论上进一步粉碎了董仲舒那套"三纲五常"、"天不变道亦不变"的理论基础。这是比"古文经学"的兴起更具理性色彩的进步。古人往往斥玄学为"清谈误国",其实是完全误解了玄学的作用。

关于玄学的兴起,我们不能不注意到三国时代的学者王肃。这个问题,今人许杭生等先生的《魏晋玄学史》一书,早已注意到,并且作了很好的解释(参看陕西师范大学出版社1989年版,第20至27页)。关于王肃,清代的"今文经学家"对他攻击颇为激烈,他们认为刘歆提倡"古文经"是为王莽篡位张目;王肃反对郑玄,是为司马氏篡魏辩护。其实这些学术主张的分歧,和皇位更迭并无直接关系。《三国志·王肃传》:"肃字子雍,年十八,从宋忠读《太玄》,而更为之解。"可见他在王朗避乱江南时已出生。宋忠是刘表割据荆州时在荆州讲学的,当时曹操尚未攻入荆襄。王肃之父王朗据《三国志》本传注是建安三年(198)被曹操征召到许昌的。曹操平荆州是在建安十三年(208),疑宋忠曾和王粲等荆州人士在这一年到了许昌,王肃随他学习。在此以后,至十六年(211),王肃十八岁,下距景初三年(239)魏明帝曹叡死,司马懿掌握大权还有十八九年,王肃年已四十多岁,学业早已成功,著作亦已完成不少,说他作这些著作是"助晋篡魏",正如说刘歆"助王莽篡汉"一样荒谬无稽。王肃的学说,常常以反对郑玄为特点,这是因为郑玄吸取了许多"今文经学"的谬误,而王肃除了纠正这些谬误以外,又吸取了更多的道家学说,来补救儒学的弊病,由烦琐变得富有系统性而且更为活泼,使思想更进一步活跃起来。人们不但能从老、庄"尚自然"中得以摆脱许多束缚,而且在思辨的领域里更加深刻化,对宇宙的生成及万物的发展作更深刻的思考。前人批评王肃者认为王朗和王肃抛弃了郑玄讲"卦气爻辰"等说和讲礼的学说,于是空虚不根,遂开"道士"们的先河,这是不对的。吴承仕先生说:像清代张惠言辈拘牵汉学,"去滞著而上襄玄远","不知魏晋诸师有刊缀异言之迹者也"(《经典释文序录疏证》第42页)。这是很对的。事实上,《易》本是卜筮之书,"卦气"、"爻辰"等,就由古人占卜所用的种种迷信发展而来,西汉"今文家"又加以发展,成为一套巫术式的"象数式",不但神秘,而且烦琐。这套学说,颇为道教的早期著作《太平经》所引用,如《太平经合校》卷六九,《天谶支干相配法》第一百五中有这样一段话:"'愚生数人,缘天师哀之,为其说天谶诀。愿问事,一言之。今南方为阳,《易》反得巽、离、坤;北方为阴,《易》反得乾、坎、艮。''善乎子之难也。睹天微意,然《易》者,乃本天地阴阳微气,以元气为初。故南方极阳生阴,故记其阴;北方极阴生阳,故记其阳;微气者,未能王持事也。故《易》初九子,为"潜龙勿用",未可以王持事也。故勿用也。此者,但以元气之端首耳。'"(第272页)又卷一一九:"夫阳之生者,于幽冥之中。是阳气起于北,而出于东,盛于南,而衰消于西"(第678页)。这种说法,和近人尚秉和《焦氏易诂》中以乾为南,坤为北的思想正好相通(见《焦氏易诂》卷一及卷九)。尚秉和说:"焦氏用数,多与汉魏间人同。惟邵子(宋邵雍)所传之卦数,焦氏用之尤多。除朱汉上(指宋朱震《汉上易传》)外,鲜有详者。"(《焦氏易诂》凡例)邵雍、朱震之学出自道士陈抟,可见开"道士"先河的,正是西汉的"今文家",与王朗、王肃无涉。

王肃的《易传》,今已不存,但其说对后来王弼的《周易注》很有影响。王弼已是玄学大师,他不但注《周易》,也注《老子》。许杭生等先生采宋晁说之的说法,认为"王弼以《老》解《易》是历代学者所公认的。更准确些说,应是以注释《老子》所发挥的思想解释《易经》,而不是以《老子》的本来思想解释《易经》"(《魏晋玄学史》第79页)。这也不足怪,因为每一种思想都要适合一定时代的要求,王弼生在三国时代,自然不会仅仅拘守《老子》和《周易》两部先秦人著作的思想而无所发挥。王弼和何晏开了玄谈之风,其后嵇康、阮籍更加以发展,到了"蔑弃礼法"的程度。嵇康、阮籍的思想,过去都认为是反对司马氏篡位,有激而然。这也许有一些关系,但决非完全如此。嵇康和曹魏有些瓜葛,但曹魏对宗室已很薄(此点曹植《求自试表》、曹冏《六代论》都已讲到),何况疏远亲戚?至于阮籍后来写了《为郑冲劝晋王笺》;嵇康在《与山巨源绝交书》中也说到阮籍的狂诞,为人所痛恨,"幸赖大将军(司马昭)保持之耳"。不一定和魏晋易代有关。因为狂放之风,自东汉已开其端,至三国更加严重。晋代傅玄对这种风气有过评论,这是人们所经常引用的。但人们对这段话往往只引几句,似不全面。他说:"臣闻先王之临天下也,明其大教,长其义节,道化隆于上,清议行于下。上下相奉,人怀义心。亡秦荡灭先王之制,以法术相御,而义心亡矣。近者魏武好法术,而天下贵刑名;魏文慕通远,而天下贱守节。其后纲维不摄,而虚无放诞之论盈于朝野,使天下无复清议,而亡秦之病复发于今。"这实际上是既反对曹操的使用刑法治理国家,又反对曹丕的"慕通远"。不过,曹操的"好法术"是汉末各种力量交争中统治者必然采取的手段;曹丕的"慕通远",不是他个人的问题,而是沿袭了东汉以来的风气而变本加厉。傅玄既反对过于专权,要开放"清议",又反对狂放。他的思想基本上是儒家的学说。后来"永嘉之乱"以后,人们对玄谈的批判,也基于这一观点。实际上,那些"狂放之士"也有其原因。一是因为汉末以来的军阀混战,统治者的互相残杀,汉朝皇帝只成了曹操等人的工具,根本不起作用,于是士人们也无守节的必要和可能。二是东汉末年的"党锢之祸"以及曹操杀孔融、司马昭杀嵇康,更使人认为马融说的"生贵于天下"正确,更无意于清议,把"口不论人过"作为全身之道。他们这样做,倒可以被人视为"方外之士"得以保身。最本质的问题是他们的崇尚老、庄,是追求所谓个性的自由。嵇康说的"虽饰以金镳,飨以嘉肴,逾思长林而志在丰草也",本质上和仲长统《乐志论》所说"岂羡入夫帝王之门哉",思想是完全相通的。

当然,那些玄谈名士之间,思想也不一样,王弼、何晏与嵇康、阮籍就有很大不同。但他们对政治也多有疑虑。何晏有一首诗说:"鸿鹄比翼游,群飞戏太清。常畏大网罗,忧祸一旦并。岂若集五湖,从流唼浮萍。永宁旷中怀,何为怵惕惊。"(《世说新语·规箴》注引《名士传》)可见他内心也多忧患。这些人物大抵对曹操的"明法审令"和司马氏的提倡"礼法"都不赞成。后来人们把西晋的灭亡归结为"清谈误国",例如据《世说新语·轻诋》载,桓温曾把中原的沦亡归罪王衍等人,其实是倒因为果。正是西晋末年统治者的腐朽,诸藩王的手握兵权,互相争夺权力,这在王衍之流的名士是无能为力的,他们虽然做了高官,并无能力去改变这情势。他们的空谈虚无,实际也只是求全身免祸而已。

第四节　玄学的兴起及其与地域的关系

学术思想的变化,总是渐进的,很少会突然变化。这种变化也是不平衡的,即使某一种新的学说已被很广泛的人们所接受时,旧的学说往往还有它的传人,而且也可能还会作出某些成绩。因为在学术思想的领域中,要强使人改变几十年养成的思想习惯和方法是完全不可能的。所以学术方面的发展只有靠"百家争鸣"的方法才能取得进展。同样地,在我国广大的土地上,在古代由于交通不便,各地的学术思想也会有所差别。因为在西汉,"今文经学"本身就有不同的派别,"古文家"也在民间私相传授;在东汉,"今古文"之争虽遍及全国各地,但各派的势力在不同地区也不一样。例如:郑玄、卢植的礼学流行于中原和河北;而江南的贺氏,仍以庆氏《礼》学占优势;荀爽、郑玄的《易经》是古文的费氏学,而江南则有虞翻的《易》学,与此不同;《毛诗》和《韩诗》,在中原和江南又同样各有其传人。在这些不同地区中,作为首都洛阳所在地的中原地区,由于人才集中较多,学术的发展和变化较为迅速和显著。因此在东汉至西晋这一个学术几度变化的阶段,学术思想的地区差别就比较显著了。当东汉末年,以马融、郑玄为代表的"古文经学"初步得势时,有些地区人们还在传授"今文经学";当王弼、何晏的玄学在洛阳开始发展起来时,黄河以北及江南许多地区尤其是孙吴统治区,仍未受其影响。河北地区除了一部分到洛阳做官的人接受这种学说外,其他留在本乡的人,大抵还坚持郑玄、卢植等人的学说。《晋书·陆云传》:"初,云尝行,逗宿故人家,夜暗迷路,莫知所从,忽望草中有火光,于是趣之,至一家,便寄宿。见一年少,美风姿,共谈《老子》,辞致深远。向晓辞去,行十许里,至故人家,云此数十里中无人居。云意始悟,却寻昨宿处,乃王弼家。云本无玄学,自此谈《老》殊进。"陆云是江东望族,但他"本无玄学",这个故事虽颇荒诞,却也反映了江南和中原的学术区别。至于在黄河以北地区的人学风与洛阳一带有别,最显著的例子就是《三国志·魏志·管辂传》注引《(管)辂别传》载,管辂对人谈及何晏的《易》学时说:"何若巧妙,以攻难之才,游形之表,未入于神。夫入神者,当步天元,推阴阳,探玄虚,极幽明。然后览道无穷,未暇细言。若欲差次老、庄而参爻、象,爱微辩而兴浮藻,可谓射侯之巧,非能破秋毫之妙也。"管辂是平原(今属山东)人,在黄河以北接近今河北境,已与洛阳一带的学风不同。他还信奉汉代的"术数派"《易》学,和王弼、何晏本非一派。《三国志》把他和方伎家列为一传,可见当时人也不认为他是儒学的正宗。然而这种《易》学,在河北一带影响很大,后来崔浩得到北魏统治者信用,与此有关。

除了《周易》以外,"五经"中其他各经在东汉至三国的长期发展中,中原和南北各地也发生了一些变化。例如:关于《诗经》,各地大抵都通行《毛诗》和《韩诗》,另有《齐诗》,据吴承仕先生认为,《齐诗》与各家最大的不同是讲"五际六情"之说,为术数之学,与董仲舒那套谶纬说最近,所以最先亡佚;《鲁诗》稍后,在"永嘉之乱"前后,也亡佚了。这说明由于人们理性的逐渐提高,"今文经学"必然日趋衰歇。《尚书》和《春秋》也是这样。在东汉末到三国,人们所习,也多半为马融、郑玄所传真古文《尚书》,而今文的大小夏侯、欧阳《尚书》,也趋衰歇。《春秋》三传中,《公羊》、《穀梁》也很少人问津,大抵都学《左传》,只是当时的人还信从服虔注;直到西晋,杜预注的出现,才使中原地区的人多学杜注,而在河北则仍以习服注的为多。只有"三礼",似乎各地都用郑注为多。王肃曾注"三礼",与郑玄不同,但在这方面,似并未起到太大影响。这是西晋灭亡以前的大致情况。

西晋的短暂统一和迅速灭亡,使各地的学术和文化发生了一次重大的变化。一方面,由于晋武帝的平吴,把三国时代中原的学术文化新成果传播到江南,江南的顾、陆诸大姓入仕中原,也带去了中原的一部分新学说。另一方面,河北的学风,本来和中原也不完全一样,但较南方其差别毕竟要小些。西晋末年之乱,却使情况发生了变化,原来的中原士大夫有许多逃奔南方,而南方士人又羡慕中原文化,逐渐与之认同;相反地,河北则由于地区及政治上的隔绝,而和南方的差异变得更大。南北学风和文风的不同,遂由此而产生。

南北朝的南北文风差别,和先秦时代的地区差别很不一样,先秦时代的地区差别主要是各封国的种族、传统以及某些自然环境造成的;而南北朝的南北之别,更多的是由于政治的因素。本来,江南和河北的文风,都从东汉时中原一带的学术和文化中发展而来;不过江南所继承的是稍后一个时期即魏晋时期的中原文化,河北所继承的则是东汉时期的中原文化。原来一种学说的产生和广为传播,需要一个较长的时间,而魏晋的玄学从曹魏正始年间产生,到永嘉末年西晋灭亡,还不过六十来年时间,还没有广泛地波及全国各地,就发生了南北的分裂。其实战乱的开始,还远在"永嘉"以前。西晋的乱亡,其实并不是从刘聪、石勒的攻占洛阳开始的。早在晋惠帝初年,就发生了氐人齐万年的叛乱,晋军征讨,屡次败北,最后才平定;元康九年(299),巴氐李氏在成都作乱;永康元年(300),赵王司马伦杀贾后,不久废惠帝自立,齐王司马冏等起兵讨伐司马伦,从此开始了"八王之乱"。"八王之乱"的目的都是争夺朝廷的大权,因此战斗集中在洛阳周围的中原地区,这时已经有一部分士人避乱离开了中原,其中有的往北到冀州等地,如张载、张协兄弟、左思等;也有南逃江东的,如顾荣、张翰等吴人及北方人郭璞等。这时黄河以北的形势和中原及江南都有不同。因为从三国以来,今河北一带自曹操平定袁绍以后,政局相对地平稳,生产得到恢复和发展;但在今山西一带,情况就不同了。那里杂居着许多汉代南匈奴的部族,分为五部,以平阳(今山西临汾)为中心,民风强悍,汉末至晋常利用他们为雇佣兵。所以到三国时,就成了祸难很多的地区。据说李胜在魏正始年间去看司马懿,司马懿说:"并州近胡,善为之备。"(《晋书·宣帝纪》)因此中原士人北逃的大抵向河北,而山西一带则相反,像郭璞等人,却往南奔逃。后来匈奴族刘渊在平阳作乱,拉开了"五胡乱华"的序幕。不久,上党的羯族人石勒,又和饥民一起起兵,初则依附刘渊,后来又自立门户。"八王之乱"中,也有人想借重匈奴族的兵力,更引起了刘渊的觊觎之心。当刘渊在平阳作乱时,不断派兵侵扰洛阳;石勒的部众则到处流窜,其侵扰的范围起初在今河南、山东二省黄河北岸地区,后逐步渡河南侵,骚掠黄河以南地区,构成对洛阳的威胁,并配合刘聪的部众攻下洛阳后仍在今豫东、鲁西一带攻掠,并南下江淮,威胁建邺。后来遭到大水困扰,率众北返,用张宾之计,建都邺城,逐步把势力向今河北南部推进,接着又用计取了幽州,使河北沦入他的手中。这时在北方,晋朝的力量除了起初在山西太原一带的并州刺史刘琨还在坚持抵抗外,几乎没有什么力量足以和匈奴族及羯族军阀对抗。但刘琨力量孤弱,全凭鲜卑拓跋氏、段氏等支援,后来晋阳失陷,东逃蓟(今北京),与鲜卑人段匹磾联合抵抗石氏,不久又被段匹磾所害,而段匹磾也接着为石虎所灭。在这种政治局势下,中原部分北逃的士族,虽然起初曾得到一时的安宁,不久战事蔓延到河北境内,南逃的通路已断,有的就聚族而居,结成坞堡,据守山泽险要之地以抵御匈奴和羯族的侵扰;有的起初依附刘琨、段匹磾,在刘、段败亡后,被迫在石虎那里做官,但心怀不服,最后在冉闵诛杀胡羯时,因和冉闵合作,冉闵失败后也都被杀;还有些人则投奔了鲜卑慕容氏,因为慕容氏在当时占据今冀东、辽西一带,名义上尊奉晋朝。北方的士大夫们和匈奴族的前赵及羯族的后赵两个政权,大抵不愿合作。匈奴族首领刘渊、刘聪和刘曜虽然接受汉化较深,并且懂得汉族的经学和文学,但正是由于他们以匈奴族先起兵反晋,俘虏了西晋的怀、愍二帝,并加以杀害,这在汉族士大夫是最难接受的。因此北方士族绝少肯出仕前赵。后赵的情况略有不同。石勒出身微贱,曾被汉人掠卖为奴,初起时又没有自称帝王,所以汉族将领如刘琨,还幻想利用他对抗前赵。他也曾用"自古诚胡人而为名臣者实有之,帝王则未之有也"去麻痹王浚。刘琨也曾以此说劝他助晋。石勒初起时,由于早年备受欺凌,怀着对汉族士大夫们的仇恨,杀戮较多,后来他的势力越来越大,逐渐想当帝王,知道要在汉族统治区维护政权,非利用士大夫不可,就改变了态度,引用张宾、程遐、徐光等人,收到了一定效果。他把许多士人编为"君子营"。这样,就有一部分士人在后赵出仕。如北魏《郑羲碑》载，荥阳郑氏西晋末到河北避难，在前赵时不肯合作，而对后赵就改变了态度。但后赵时期，士大夫们还是心有不满，他们宁愿投奔鲜卑慕容氏，因为慕容氏还打着拥护晋朝的旗号。所以在前赵、后赵时期，汉族士人出仕者还是少数，多数大族如崔、卢、李、郑等大姓，基本上还没有真心和匈奴及羯族统治者合作。这情况到了前秦、前燕对立时，才逐步改变。其中前秦曾一度统一北方，并设立学校，召集儒生和文士，经学和文学都有复兴的气象。《晋书·苻坚载记》载，苻坚"复魏、晋士籍，使役有常，闻诸非正道典学，一皆禁之。坚临太学，考学生经义，上第擢叙者八十三人。自永嘉之乱，庠序无闻。及坚之僭，颇留心儒学，王猛整齐风俗，政理称举，学校渐兴，关陇清晏，百姓丰乐。自长安至于诸州，皆夹路树槐柳，二十里一亭，四十里一驿，旅行者取给于途，工商贸贩于道，百姓歌之曰：'长安大街，夹树杨槐。下走朱轮，上有鸾栖。英彦云集，诲我萌黎'"。这时前秦的儒学兴盛，文学也随之兴旺，出现了王嘉、苏蕙等著名作家，作品至今仍有流传。苻坚失败后，继之而起的羌族姚氏所建立的后秦，亦颇重视经学和文学。后来刘裕灭后秦，把长安所藏图书几千卷运到了建康。隋代牛弘曾说过十六国的文化之盛，"莫过二秦"。但后秦亡后，由于赫连勃勃及北魏的占领，关中一带的文化又再次衰落下去。

当北方发生"八王之乱"及诸族军阀入侵时，南方也曾发生过动乱，即石冰、陈敏等人之乱，但被江南士族顾荣等所平定。因此江南较之北方要安定得多，中原许多士大夫们，大抵都向江南逃亡，于是长江下游孙吴过去的根据地又成了晋元帝偏安政权的中心。江浙一带的士族，本有较高的经学和文学成就，中原士族南迁后，他们之间虽多少有些心理隔阂，但基本上尚能合作，所以文化上互相融合，取得了不断地发展。这种发展，当然和南渡士族有关，但吴地旧族，亦有其作用。不过,这些南渡的士族,似乎与北方的士族不大一样。首先,这部分北方南渡的士族,大抵聚居于城市中,又在会稽一带建立别墅。大抵这些士族中以今山东、河南南部的士族人数最多,如琅邪王氏、陈郡谢氏,对江南文学的发展起了很大的作用。至于另一些地区的高门士族,也有随着晋朝的南渡而南迁,但在政治斗争中逐步衰落。如太原王氏,开始时势力不小于王、谢,而在政治斗争中逐步下降。这大约和太原王氏只是个别人南下,家族的主要力量仍留居家乡,而像琅邪王氏、陈郡谢氏以及济阳江氏等,则家族南迁的人较多,势力较强有关。除了这些高门士族外,还有原来住在兖、豫二州的居民,这里面有一部分是平民,也有一部分是下层士族,他们大抵聚居于今江苏南部的镇江到常州、无锡一带,也有一些则在江北的今扬州附近,后来就设立了南兖、南徐二州。正是这些人组成了东晋在淝水之战中击败前秦的主力——"北府兵"。后来南朝的宋、齐、梁三朝的皇族均出身于这支军队。"北府兵"的很多将领后来也都成了大官,而当这些武将显贵之后,其子弟又往往弃武习文,以便挤进高门士大夫的圈子。于是像彭城刘氏、兰陵萧氏和原来南方武力强宗吴兴沈氏都出了许多大官,也出了不少文人。另一些南兖、南徐的北方移民虽然社会地位并不高,却也出了一些俊才,如鲍照、刘勰等。后来在十六国后期从今陕西、山西一带居民中南移襄阳(今属湖北)的人们,也成为南朝的精兵,其中将领如河东柳氏,也逐步弃武习文,对于南朝的文学也作出了应有的贡献。因此,江南文风的形成,也是由几部分人的互相接近和融合所形成的。

当我们讨论江南和河朔两个地区的学风和文风时,还不能不提到凉州地区的作用。凉州地处今甘肃西部,本来比较荒凉,但自从汉武帝建立河西四郡之后,文化迅速提高,这也许和西汉末东汉初窦融的影响有关。在《后汉书》中,已有一些儒生,出于敦煌等地。西晋末年的战乱中,中原一部分士族,拥立愍帝于长安,不久又被匈奴刘曜所击灭。这部分士人已无法南逃,只能西奔凉州。《晋书·张轨传》称当时"中州避难来者,日月相继",所以凉州的文化,显得反而高于河朔,并且更接近江南。如后来前凉张天锡被苻坚所灭,淝水之战后,逃到江南,在言谈风姿方面,都与中原士族相颉颃。凉州地处中西交通的要道,接受印度和西域文化较多,又具有其特色。后来北朝的天文、历算、佛教雕塑无不受凉州的影响,经学、文字学和文学的兴起,也和北魏灭北凉之后大批文士来到平城(今山西大同)有关,其作用不可忽视。

第四章 南方的文化传统

第一节 南方的地理环境与民俗文化

　　长江以南的广大地区自唐宋以来,一直是富庶之地,但在先秦一直到两汉,其发展程度显然和中原还有一定的差距。其实这里的文明开始得也很早。从河姆渡文化的发现,就说明这里并非像古人所形容的那样落后。只是由于种族和中原不大一样,才引起中原人的歧视。不过从《尚书·禹贡》看来,长江下游的扬州,"厥田惟下下";中游的荆州,"厥田惟下中"。可见在战国时期,这里在农业上还比中原落后。因为这里在古代是水乡泽国,在当时的条件下,如果不能挖掘沟渠,兴修水利,要使这片沃土成为农业上的先进地区自然很难办到。再加上南方的自然条件与中原不同,山林川泽较多,这对经济的发展有不少有利的因素,如金属的冶炼以及羽毛齿革、竹木等物的生产都比中原丰富;但在交通方面造成很大不便,更重要的是一些不同种族的居民,往往保居山泽,逃避当地政府所收赋税和劳役,因此很少和外间交往,对种族的融合和经济的发展造成了一定的障碍。因此直到汉代,在荆、扬二州,农业上仍处于刀耕火种的状态。后来大量中原人民被迁到江南就食,带来了先进的农业技术,才使江南的经济和文化迅速地提高起来。

江南居民的成分本来比较复杂,在今湖北江陵一带,是楚国的发源地,楚王族可能较早接受了中原文化,但当地居民中,种族与中原颇有不同,所以被认为是蛮夷。在《诗经》的《商颂》和《鲁颂》中,都讲到了和荆楚作战的事。在今湖北和江西之间,据说最早是苗族的聚居区,这里的居民原先可能是传说中蚩尤的后裔,被华夏族的祖先所击败,迁移到那里去的。至于长江下游的地区则又为越族聚居之区,据说这里的人"断发文身,以避蛟龙",直到春秋后期,才和中原诸侯有所交往。《左传》载,楚国的申公巫臣逃奔晋国,又为晋君出主意,去到吴国,教吴人以车战等战术,以牵制楚国北向争霸的力量,这里才逐步参加到诸侯的角逐中去。

南方各族居民住在山林川泽之中,其心理状态和北方大平原地区的居民颇有不同。在古代,山林川泽之地,既多毒蛇猛兽,又因人迹罕至,草木丛生,再加上南方天气炎热潮湿,昆虫和各种细菌、病毒容易滋长,所以疾疫最易发生。所以古人有"山薮藏疾"之说。在古代科学发展水平很低的时代,人们对这种自然现象不能正确地解释,往往幻想为鬼神和妖怪作祟。他们认为在山林中住着各种鬼魅。《左传·宣公三年》载,周朝的王孙满对楚王谈到夏朝铸九鼎的事,就讲到"铸鼎象物,百物而为之备,使民知神、奸。故民入川泽、山林,不逢不若。螭魅罔两,莫能逢之"。这是消极的躲避,但人们毕竟免不了要进入山林川泽,于是就要想出怎样取悦于"神",以求战胜自然的办法。这样,巫术在南方就特别兴旺发达。屈原《九歌》之作,即取材于沅、湘流域民间的祭神之歌。《汉书·地理志》讲到楚地风俗时说:

楚有江汉川泽山林之饶;江南地广,或火耕水耨。民食鱼稻,以渔猎山伐为业,果蓏蠃蛤,食物常足。故呰窳偷生,而亡积聚，饮食还给，不忧冻饿，亦亡千金之家。信巫鬼，重淫祀。

接着又讲到吴、粤（越）之地时说：

> 粤既并吴，后六世为楚所灭。后秦又击楚，徙寿春，至子为秦所灭。寿春、合肥受南北湖皮革、鲍、木之输，亦一都会也。始楚贤臣屈原被谗放流，作《离骚》诸赋以自伤悼。后有宋玉、唐勒之属慕而述之，皆以显名。汉兴，高祖王兄子濞于吴，招收天下之娱游子弟，枚乘、邹阳、严夫子之徒兴于文、景之际。而淮南王安亦都寿春，招宾客著书。而吴有严助、朱买臣，贵显汉朝，文辞并发，故世传《楚辞》。其失巧而少信。初，淮南王异国中民家有女者（晋灼注：有女者见优异），以待游士而妻之，故至今多女而少男。本吴粤与楚接比，数相并兼，故民俗略同。

这两段话颇能说明汉时南方的特点，即农业落后，人民以渔猎和入山砍伐木材为生，其俗"信巫鬼，重淫祀"。并且说出了《楚辞》的流传，主要在从前的吴地，这当然和楚国被迫东迁，楚地士大夫都避秦居于吴地有关。《汉书》还说到了淮南王奖励当地居民生女，以嫁游士，所以其地"多女而少男"，这是过分强调了淮南王个人的意志对当地风俗所起的作用。大抵南方社会发展较中原稍为落后，母系社会的残留保存较多，往往是男子去女子家成婚，所以当地人才乐意把女儿嫁给前往那边的"游士"。淮南王可能也曾经利用这种习俗，用以招徕宾客。这种风俗，其实早在淮南王刘安以前，在南方就很普遍。《史记·秦始皇本纪》载秦始皇三十七年巡游会稽时所立刻石文中有如下的话：

饰省宣义,有子而嫁,倍死不贞。防隔内外,禁止淫泆,男女洁诚。夫为寄豭(《索隐》:"豭,牡猪也。言夫淫他室,若寄豭之猪也"),杀之无罪,男秉义程。妻为逃嫁,子不得母,咸化廉清。

这就是针对南方母系社会的遗俗,用中原父系社会的观念去强制南方人改变其风俗习惯。然而这种行政命令,本难对人们的风俗习惯起太大的作用,充其量也不过对当地的华夏族居民产生一点影响,至于聚居山泽险阻的越族等种族不同的居民,在当时政令是很难奏效的,他们仍然保持着原来的习俗。在汉代,虽然从中原迁去了不少居民,使当地汉化程度加强,但在男女婚姻问题上,还没有彻底改变当地习俗,尤其是长江以南,住着"溪族"、"蛮族"、"山越"等少数民族,他们不断地自觉或被强制地接受汉化,和中原来的民族融合为一个民族,但他们的习俗也同样地会多少影响当地的汉民族,因此,南方人的恋爱婚姻观,往往比中原地区较少受束缚。台湾省学者洪顺隆教授从东晋南朝的民歌中,发现了少数民族"阿注婚"的习俗,这就是这些地区的越族等少数民族所保留的母系社会遗风影响了汉人的例证。因为从汉末直到三国,当地的统治者不断地攻打那些居住于山险中的"山越",强迫他们迁到平地,缴纳赋税和当兵。这种行为在当时是颇为残暴的,但从长远来看,却加速了民族的融合。在这个融合过程中,当地少数民族自然要被"汉化",而汉族在与他们杂居和通婚中,也会接受他们的一些风俗习惯。这就是南方民歌中情歌特别多,而且常常表现出某些比较自由和大胆的原因。

除了恋爱婚姻观的不同以外,随着南方的经济发展,原来的"穷山恶水"之地,常常被开发成富庶之区,变成"山清水秀"的好地方。自然和人的关系渐渐发生了变化,在人们头脑中关于自然界的想象也随之而发生变化。于是人们对鬼神的想象也逐渐地由狰狞可怕变成了善良可亲。屈原《九歌》中的湘君、湘夫人和山鬼等神都充满着人性,不但不使人恐怖,而且给人以美好印象。这大约是一个规律,正如在中原人心目中的"西王母",在《山海经》中形容得那么可怕,而到《汉武故事》等小说中却变成仁慈的神仙一样。出现在现存南方地区的文学作品中的神,常常是美女,其中最著名的就是宋玉《高唐赋》和《神女赋》中的"巫山神女"。汉代的《韩诗》用汉水女神和郑交甫的故事解释《诗经·周南·汉广》,大约也是受了南方神话的影响。这种神人恋爱的故事,一方面是由于人们对鬼神的观感已变得和蔼可亲,另一方面也和南方人在恋爱观上比中原人更为自由和大胆有关。随着神人恋爱故事的出现,人鬼恋爱的故事也发生了。这些故事较多出现在西晋末东晋初,这是和江南文人来到中原有关的。如《三国志·魏志·钟繇传》注引陆氏《异林》所载钟繇和冢中女鬼恋爱的故事,据说是"叔父清河太守说如此",裴注云:"清河,陆云也。"这个"陆氏"既称陆云为"叔父",年代大约不会晚于东晋初。后来的中原人士,也爱谈论这种故事,大约和有鬼论者利用来反驳阮瞻等人所持的无鬼论有关。如《搜神记》中关于吴王夫差之女紫玉和韩童的恋爱故事,汉代谈生和女鬼的恋爱故事,卢充和"崔少府"之女在冥中完婚、生子温休为卢植祖先的故事,都毫无恐怖的气氛,相反却写得完全和活人一样。这些故事中,据汪绍楹先生考订,紫玉和卢充两个故事,有可能出于南朝人所作的《搜神后记》;但这是一些民间故事,可能流传较早,未必是南朝时产生的。

在东晋南渡后,关于神人恋爱的故事更是出现得很多,如《搜神记》中关于汉时神女杜兰香下嫁张硕的故事,魏时神女成公知琼下降济北郡从事弦超的故事,内容都差不多。杜兰香的故事,据《艺文类聚》卷八一引作曹毗《杜兰香别传》。据《晋书·曹毗传》:"时桂阳张硕为神女杜兰香所降,因以二篇诗嘲之。"曹毗和干宝所处的年代差不多,可见这故事流传甚广。这两个故事都带有道教的色彩,而且故事中都附有诗歌。这和卢充故事差不多,与后来唐传奇有相似处。这种神人恋爱的故事,不但影响了志怪小说,也影响了诗歌。例如《乐府诗集》中所录的《神弦歌》中,对神不是敬畏,有时也有"小姑所居,独处无郎"之语。这和南方的文化传统是分不开的。

南方由于是水乡泽国,水上交通十分发达,尤其是长江水道,是荆、扬二州来往的要道,桓温平蜀是溯长江而上,取得了成功;刘裕北伐后秦,也是由长江边上出发的。这样长江沿岸产生的民歌,常常和水路交通有关,特别是与建康、江陵、襄阳等地有关。随着水路交通的发达,商业也在长江沿岸繁荣起来,由于商人来往于这些都会之间,于是旅店、酒肆也跟着兴旺起来。南方的许多民歌,都是在这个条件下兴盛起来,因此像《西曲歌》中的《估客乐》等曲调的产生与这个背景是分不开的。这种音乐也取得了帝王和士大夫们的喜爱。《宋书·乐志》中已经谈到了《子夜歌》等,后流行于荆州和襄阳一带的《西曲歌》,也渐渐得到了上层人士的欣赏,齐武帝萧赜就亲自作过《估客乐》。《吴声歌》和《西曲歌》的流行于上层,又和佛教徒的诵经相结合,既产生僧徒的"梵呗新声",也影响了"四声"的发现,从而促使"永明体"的产生,为律诗的产生奠定了基础。

在南方民歌中,五言诗是主要的形式,这种形式大约也以南方出现的为早。《史记·项羽本纪》之《正义》引《楚汉春秋》所载虞姬和项羽的那首歌,就是一首五言四句的诗,和后来大多数南方民歌相似。《相和歌辞》中的《江南》,也富有南方的特色,后来三国时的民谣"宁饮建业水,不食武昌鱼"等,也是五言四句,可见这种诗体来源久远。除了五言诗以外,晋代的《白纻舞曲》,纯属七言,对后来七言诗的兴盛也起着推动作用。这些都和江南的民情风俗及语言有较密切关系。

第二节　南方的发展与士族的形成

相对于中原地区来说,南方的经济和文化起步稍晚。在西周时代,由于中原文化的中心在关中一带,所以文化的传播到南方,似以江汉流域为较早。《毛诗序》中所说的周文王化行南国,可能是有一定根据的。因为《左传·昭公十二年》载,"昔我先王熊绎辟在荆山,筚路蓝缕以处草莽,跋涉山林以事天子,唯是桃弧棘矢以共御王事"。荆山在今湖北北部的南漳一带,当时和周朝已经有了来往,并向周朝朝贡。后来楚国的势力逐渐发展,成了周朝在南方的劲敌。《诗经》的《江汉》等诗,都是写周宣王征伐江汉的事。楚国在和北方周天子及诸侯的战争和交涉中,逐步接受了中原的文化。但在楚国文化渐趋发展之际,僻处东南的长江下游由于离文化中心较远,接受中原文化较晚,据《史记·吴太伯世家》,说周文王的伯父"太伯"因让位给弟弟季历,就到了吴地,那里还是"断发文身",与中原文化很不相同。直到春秋后期,吴越之地才和中原诸侯有了交往。这时,吴人对中原的文化已有较多的了解。吴公子季札曾出使中原,到了很多诸侯国;孔子的弟子中,言偃是较有成就的,据《史记·仲尼弟子列传》中说,他是"吴人"。在战国后期,楚王曾封春申君于吴地。特别是秦国灭楚时,不少楚国旧族,避乱迁居吴地,江东遂成为楚文化的重要据点。秦始皇晚年曾到会稽,实际上有弹压楚遗民反抗的用意。后来反秦的各支力量中,以江东子弟为骨干的项羽军队,起着主力作用。汉初的陆贾是"楚人",当时的"楚"地域较广,可能即为吴人。西汉的严助、朱买臣等吴人,都曾在文化上作出贡献。到东汉时,吴越一带所出人物很多。其中如严光(会稽余姚人)、王充(会稽上虞人)、彭修

(会稽毗陵人)、张武(吴郡由拳人)、陆续(会稽吴人)、戴就(会稽上虞人)、谢夷吾(会稽山阴人)、李南(丹阳句容人)、包咸(会稽曲阿人)、赵晔(会稽山阴人)等。其中陆续据《后汉书》本传说他"世为族姓",可见吴郡陆氏在东汉中期,已经是吴地的大族。这些吴越旧族中,有些人在学术上很有成就。如王充《论衡》中讲到的吴君高、周长生等;又如谢夷吾其人,王充在《论衡》中也曾论及。赵晔据《后汉书》本传:"晔著《吴越春秋》、《诗细》、《历神渊》。蔡邕至会稽,读《诗细》而叹息,以为长于《论衡》。邕还京师传之,学者咸诵习焉。"这就说明江南士人已接受了中原文化,加以发展,并在某种程度上反过来又对中原文化起着不可忽视的影响。

吴越文化的发达,不尽是当地土著居民的作用,因为早在两汉时期,就有不少北方人因游宦、避祸等种种原因迁入了吴越。例如王充,据他在《论衡·自纪篇》中称,祖先本是魏郡元氏人,因功被封会稽阳亭,才迁居会稽。其他像三国时著名的学者薛综,是沛郡竹邑人。贺齐,据《三国志》本传注引虞预《晋书》,"贺氏本姓庆氏,齐伯父纯,儒学有重名。汉安帝时,为侍中江夏太守,去官。与江夏黄琼、汉中杨厚俱公车征。避安帝父孝德皇帝讳,改为贺氏"。庆氏乃西汉庆普之后,庆普是沛人。可见作为会稽大族的贺氏,本是从北方迁过去的,然而庆氏的礼学,在江南流传甚久,据说庆氏礼学和戴圣的礼学差不多(吴承仕先生《经典释文序录疏证》说)。这说明早在汉代,江淮一带的文人学士迁到江南的不少。这些人的南来,对江南文化作出了应有的贡献。

汉末的军阀纷争中,淮泗一带的大族,大多往江东避难。他们有的是拥有一定实力的。《三国志·吴志·鲁肃传》注引《吴书》曰:"肃体貌魁奇,少有壮节,好为奇计。天下将乱,乃学击剑骑射,招聚少年,给其衣食,往来南山中射猎,阴相部勒,讲武习兵。父老咸曰:

'鲁氏世衰,乃生此狂儿。'后雄杰并起,中州扰乱,肃乃命其属曰:'中国失纲,寇贼横暴,淮、泗间非遗种之地。吾闻江东沃野万里,民富兵强,可以避害,宁肯相随,俱至乐土,以观时变乎?'其属皆从命。乃使细弱在前,强壮在后,男女三百余人行。州追骑至,肃等徐行,勒兵持满,谓之曰:'卿等丈夫,当解大数。今日天下兵乱,有功弗赏,不追无罚,何为相逼乎?'又自植盾,引弓射之,矢皆洞贯。骑既嘉肃言,且度不能制,乃相率还。肃渡江往见(孙)策,策亦雅奇之。"又同书《周瑜传》:"初,孙坚兴义兵讨董卓,徙家于舒。坚子策,与瑜同年,独相友善,瑜推道南大宅以舍策,升堂拜母,有无通共。瑜从父尚为丹阳太守,瑜往省之,会策将东渡,到历阳,驰书报瑜,瑜将兵迎策。策大喜曰:'吾得卿,谐也。'遂从攻横江、当利,皆拔之,乃渡击秣陵,破笮融、薛礼,转下湖孰、江乘,进入曲阿,刘繇奔走,而策之众已数万矣。因谓瑜曰:'吾以此众取吴、会,平山越已足,卿还镇丹阳。'瑜还。"周瑜后来回到寿春,因不得志,又归吴。这些淮泗一带的人,是江东孙氏政权起兵时所依仗的重要力量。孙吴政权建立之初的一批官员如吕蒙、张昭、张纮、步骘、蒋钦、周泰、陈武、徐盛、丁奉等,大抵来自北方。这些人物一时掌握了江南的重要权位,对孙吴的建立立下了功勋。然而,随着时间的推移,他们所率领的部众逐渐凋零,于是外来人士的力量逐步削弱,代之而起的则为江南本地的士族。这些人物中以吴中的朱、张、顾、陆等大姓以及会稽的贺氏等的势力为最大。从陆机《辨亡论》中看,他把吴的安危系于陆逊、陆抗父子的存殁,就可以知道当时吴人心理上确实存在着一些地方观念。

孙吴政权的建立者,本是吴郡富春(今属浙江)人,他们把政权中心放在离家乡较近的建业,显然是要借重宗族和乡里的力量。但吴地处于长江下游,在军事形势上说,如要坚守,必须夺取上游的荆襄地区,以为屏障。那里本掌握在刘表之手。刘表在荆州有较强的实力,孙吴政权觊觎已久,但不能得手,孙策、孙权之父孙坚,就因进攻刘表,被刘表部将黄祖的士兵射死。在刘表死时,鲁肃曾向孙权进说:"夫荆楚与国邻接,水流顺北,外带江汉,内阻山陵,有金城之固,沃野万里,士民殷富,若据而有之,此帝王之资也。"但当时曹操已经下兵荆襄,刘琮迎降,一时落入了曹操之手。于是依附刘表的刘备逃奔孙权,合力抗击曹操,发生了历史上有名的赤壁之战。曹操战败后,荆州又被刘备所据。后来刘备将主力移入蜀地,命关羽镇守,孙权因此乘机派兵攻入荆州,并杀了关羽。荆州原来的经济和文化,都不在吴越之下,刘表占据荆州时,由于宋忠、王粲等人都在这里,经学和文学的水平都很高。但自曹操进入荆州,许多士人就跟着北迁。曹操北返后,刘备进入西川,又带走了一部分士人。接着而来的是吴、蜀间为争夺荆州而进行的彝陵之战。刘备战败,退回四川后,荆州才稳固地落入孙吴之手。但荆州在当时,北方受到魏的威胁,西面又得防御蜀的侵入,成了边防要地。尤其是蜀亡以后,蜀地落入晋朝手中,形势更为吃紧。因此孙吴的政治中心只能设在长江下游。由于政治中心在吴越之地,豪门大族也在那里发展得最快。孙吴也曾想迁都武昌,以便更好地防备蜀亡后晋兵顺流而下的攻击,却遭到吴人的反对。据《三国志·吴志·陆凯传》载,当时有童谣云:"宁饮建业水,不食武昌鱼;宁还建业死,不止武昌居。"当时"永安山贼施但等"还聚众万人,进攻建业,迫使孙皓只能还都建业。可见吴地豪门势力还是很强的。这些豪门大族,是孙吴政权赖以维持的基础,也是孙吴学术文化的主要力量,但是他们在地方上也是剥削人民的大地主。《世说新语·政事》:"贺太傅(贺邵)作吴郡,初不出门,吴中诸强族轻之,乃题府门云:'会稽鸡,不能啼。'贺闻,故出行,至门反顾,索笔足之曰:'不可啼,杀吴儿。'于是至诸屯邸,检校诸顾、陆役使官兵及藏逋亡,悉以事言上,罪者甚众。陆抗时为江陵都督,故下请孙皓,然后得释。"《抱朴子·吴失》篇说到这些豪门"车服则光可以鉴,丰屋则群乌爱止。叱咤疾于雷霆,祸福速于鬼神,势利倾于邦君,储积富乎公室。出饰翟黄之卫从,入游玉根之藻梲。僮仆成军,闭门为市。牛羊掩原隰,田池布千里。有鱼沧、濯裘之俭,以窃赵宣、平仲之名;内崇陶侃、文信之訾,实有安昌、董、邓之污。虽造宾不沐嘉旨之侯,饥士不蒙升合之救,而金玉满堂,妓妾溢房,商贩千艘,腐谷万庾。园囿拟上林,馆第僭太极,粱肉余于犬马,积珍陷于帑藏。"这种残酷的剥削使孙吴政权的国力受到了严重的削弱,决定了它必然覆灭的命运。但是在这些豪门士族中,也产生过不少在学术文化方面有成就的人。例如吴郡陆氏除了西晋的陆机、陆云外,还出现过一个陆喜,据《晋书·陆机附陆喜传》:

> 喜仕吴,累迁吏部尚书。少有声名,好学有才思。尝为自叙,其略曰:"刘向省《新语》而作《新序》,桓谭咏《新序》而作《新论》。余不自量,感子云之《法言》而作《言道》,睹贾子之美才而作《访论》,观子政《洪范》而作《古今历》,览蒋子通《万机》而作《审机》,读《幽通》、《思玄》、《四愁》而作《娱宾》、《九思》,真所谓忍愧者也。"其书近百篇。吴平,又作《西州清论》传于世,借称诸葛孔明以行其书也。

另外一个著名作家是张翰,他是吴郡张氏,孙吴大鸿胪张俨的儿子,他的性格纵任不拘,当时号称"江东步兵",这种人物,自然和任诞放纵的中原士族非常投合。东晋的偏安政权所以要选择建康作都城,自然是当时的政治局势决定了东晋元帝必然在南方建立偏安政权,但为什么要建都在长江下游呢?这是因为西晋平吴后,曾大量吸收吴中豪门士族入洛做官,和中原的士族已经有着密切的联系。号称

"江左管夷吾"的王导,正是看到了这一点。《晋书·王导传》云:

> 及(元帝)徙镇建康,吴人不附。居月余,士庶莫有至者,导患之。会(王)敦来朝,导谓之曰:"琅邪王仁德虽厚,而名论犹轻。兄威风已振,宜有以匡济者。"会三月上巳,帝亲观禊,乘肩舆,具威仪,敦、导及诸名胜皆骑从。吴人纪瞻、顾荣,皆江南之望,窃觇之,见其如此,咸惊惧,乃相率拜于道左。导因进计曰:"古之王者,莫不宾礼故老,存问风俗,虚己倾心,以招俊义。况天下丧乱,九州分裂,大业草创,急于得人者乎!顾荣、贺循,此土之望,未若引之以结人心。二子既至,则无不来矣。"帝乃使导躬造循、荣,二人皆应命而至,由是吴会风靡,百姓归心焉。自此之后,渐相崇奉,君臣之礼始定。俄而洛京倾覆,中州士女避乱江左者十六七。导劝帝收其贤人君子,与之图事。时荆扬晏安,户口殷实……

这说明东晋政权是江东士族和中原士族的结合。像这样的政权在荆州是很难具备的。但荆州在南朝地居扬州的上游,又是粮食的主要产地,北通洛阳、西取巴蜀的兵家重镇,所以当时的权臣军阀,都希望把荆州掌握在自己手中。王敦、桓温都是如此。直到南朝仍然十分重视这要地,并且在荆州,也兴起了一些豪门士族,并且逐步出现了不少学术和文艺人才。

第三节　南方的儒学

南方在汉代离都城比较远,汉代所实行的"罢黜百家,独尊儒术"

的思想统治相对地说比较宽松,人们敢于著书立说,对儒家提出不同的意见,如王充《论衡》中,有《问孔》《刺孟》等篇,又对董仲舒和谶纬学说提出许多驳难,这在中原地区的士人中,还是很难有人敢这样做的。他这部书所以要直到蔡邕游吴才逐渐地在中原流传,这也是一个原因。但在汉代,人们讲究要"通经"才能做官,因此南方的士人也不得不学习儒家的经典。当时也曾产生过一些名儒,如包咸关于《论语》的著作,曾被中原的何晏所引用。一般来说,中原的"今文经学"和"古文经学"都曾流传到南方。例如会稽贺氏所传的是庆普的礼学,薛综所治的是《韩诗》,均为"今文经学",他们原来都是淮泗一带人,后来迁居江南。至于吴人中如陆玑之作《毛诗鸟兽草木虫鱼疏》,韦昭之注《国语》,应属"古文学派";虞翻之治《周易》,则为"今文经学"。

吴越一带的儒学从东汉时代起,已培育出了不少儒生。如《论衡》作者王充,在东汉初年曾到洛阳,入太学,师事班彪。《后汉书》本传李贤注引《袁山松书》(按《晋书·袁瓌附袁山松传》:"著《后汉书》百篇。"当即此书)曰:"充幼聪明,诣太学,观天子临辟雍,作《六儒论》。"班彪卒于建武三十年(54),王充在洛阳,当更在其前,当时能作《六儒论》,说明他对儒学已有较深了解。从王充的例子,也可以想见当时吴越之地的儒生,到中原求学的已不在少数。再说严光,他是会稽余姚人,早年"与光武同游学",按《后汉书·光武帝纪》载:"王莽天凤中,乃之长安,受《尚书》,略通大义。"天凤是王莽称帝后第二个年号,即公元14~19年。此时会稽已有到长安学习儒学的人。可见吴越的儒学有很久的传统。东汉时代的吴越儒学,当以包咸为最有名。《后汉书·包咸传》:

包咸字子良,会稽曲阿人也。少为诸生,受业长安,师事博士右师细君,习《鲁诗》、《论语》。……光武即位,乃归乡里。……建武中,入授皇太子《论语》,又为其章句。……永平五年……经传有疑,辄遣小黄门就舍即问。……子福,拜郎中,亦以《论语》入授和帝。

这包咸大约是江东儒生中最贵显的人物。其他儒生中有名的也不少。如《后汉书·薛汉传》:

> 薛汉字公子,淮阳人也。世习《韩诗》,父子以章句著名。汉少传父业,尤善说灾异谶纬,教授常数百人。……弟子犍为杜抚、会稽澹台敬伯、巨鹿韩伯高最知名。

薛汉是建武间人,卒于明帝永平中,他的弟子中有会稽澹台敬伯,是会稽人,可见东汉初,《韩诗》已传到江东。薛汉的后人薛综,后来也入吴。薛汉的弟子杜抚,虽是犍为武阳人,却对江东的《韩诗》学传授也有影响。《后汉书·赵晔传》:

> 赵晔字长君,会稽山阴人也。……到犍为资中,诣杜抚受《韩诗》,究竟其术,积二十年,绝问不还。家为发丧制服,抚卒乃归。……晔著《吴越春秋》、《诗细》、《历神渊》。蔡邕至会稽,读《诗细》而叹息,以为长于《论衡》。

除《论语》、《诗经》外,《春秋》之学也传到了江东。《后汉书·程曾传》:

> 程曾字秀升,豫章南昌人也。受业长安,习《严氏春秋》,积

十余年,还家讲授,会稽顾奉等数百人常居门下。著书百余篇,皆《五经》通难,又作《孟子章句》。建初三年举孝廉,迁海西令,卒于官。

建初是章帝年号,程曾卒年不可考,但建初三年(78)上距王莽失败(22)仅五十多年,他可能是西汉末到长安游学,因此这些儒生,大抵都学"今文经学"。但东汉时"古文经学"盛行,也流传到江南,如王充《论衡》,就很推崇《左传》。到了三国时代,吴地的经学著作更多。据《隋书·经籍志》著录,关于《周易》,有"吴太常姚信注"十卷,虞翻注九卷,陆绩注十五卷。关于《尚书》,有"范顺问,刘毅答"的《尚书义》二卷,梁存隋亡。关于《诗经》,梁时有东汉赵晔撰《诗神泉》一卷,亡;《毛诗谱》三卷,"吴太常卿徐整撰";《毛诗答杂问七卷》,"吴侍中韦昭、侍中朱育等撰",亡。关于《春秋》,有《春秋穀梁传》十三卷,"吴仆射唐固注";《春秋外传国语》二十一卷,虞翻注;《春秋外传国语》二十二卷,韦昭注。关于《孝经》,有《孝经解赞》一卷,韦昭解;《孝经默注》一卷,徐整注。关于《论语》,梁有虞翻注十卷,亡。这些著作现在基本上均已亡佚。在《三国志·吴志》中叙述生平较详的是薛综、虞翻、贺齐和韦昭。《三国志·薛综传》:

> 薛综字敬文,沛郡竹邑人也。少依族人避地交州,从刘熙学。士燮既附孙权,召综为五官中郎,除合浦、交阯太守。时交土始开,刺史吕岱率师讨伐,综与俱行,越海南征,及到九真。事毕还都,守谒者仆射。……赤乌三年,徙选曹尚书。五年,为太子少傅,领选职如故。六年春,卒。凡所著诗赋难论数万言,名曰《私载》,又定《五宗图述》、《二京解》,皆传于世。

薛综之子薛莹,亦仕吴,《三国志》本传载其四言诗一首。薛莹曾与韦昭等修撰《吴书》,因得罪孙皓,被放逐到广州。后被召还。晋军伐吴,他奉命作降表,至洛阳,被任散骑常侍,太康三年(282)卒,子薛兼,亦为张华所重,东晋时卒。

虞翻也是孙吴一朝名儒。《三国志·吴志》本传:

> 虞翻字仲翔,会稽余姚人也,太守王朗命为功曹。孙策征会稽,翻时遭父丧,衰绖诣府门,朗欲就之,翻乃脱衰入见,劝朗避策。朗不能用,拒战败绩。……后翻州举茂才,汉召为侍御史,曹公为司空辟,皆不就。翻与少府孔融书,并示以所著《易注》。融答书曰:"闻延陵之理乐,睹吾子之治《易》,乃知东南之美者,非徒会稽之竹箭也。又观象云物,察应寒温,原其祸福,与神合契,可谓探赜穷通者也。"会稽东部都尉张纮,又与融书曰:"虞仲翔前颇为论者所侵,美宝为质,雕摩益光,不足以损。"……(孙)权与张昭论及神仙,翻指昭曰:"彼皆死人,而语神仙,世岂有仙人也。"权积怒非一,遂徙翻交州。虽处罪放,而讲学不倦,门徒常数百人。又为《老子》、《论语》、《国语》训注,皆传于世。

又同书《陆绩传》:

> 陆绩字公纪,吴郡吴人也。……绩容貌雄壮,博学多识,星历算数无不该览。虞翻旧齿名盛,庞统荆州令士,年亦差长,皆与绩友善。孙权统事,辟为奏曹掾,以直道见惮,出为郁林太守。……著述不废,作《浑天图》,注《易》释《玄》,皆传于世。

这些《易》学家在江南都很有名,其说似与"今文经学"已不尽相同,所以虞翻治孟氏《易》,却也注《国语》和《老子》,薛综以《韩诗》注《二京赋》,而《二京赋》亦多"古文经学"说。至于贺齐,乃孙吴的将领,贺氏是会稽山阴的大姓。《三国志·吴志》本传注引虞预《晋书》说"齐伯父纯,儒学有重名"。《晋书·贺循传》:"贺循字彦先,会稽山阴人也,其先庆普,汉世传《礼》,世所谓'庆氏学'。族高祖纯,博学有重名。"贺氏世传《礼》学,贺循治《礼》学,乃家世相传,晋代议礼,多从其说。《晋书》本传说:"循少玩篇籍,善属文,博览众书,尤精《礼传》。"据唐人《五经正义序》所引,南方人治《礼记》的有贺循和南朝贺玚,则贺氏世传《礼》学。

孙吴时代著名学者韦昭,也是文学家。《三国志·吴志》本传因避司马昭讳,改为"韦曜",云:"韦曜字弘嗣,吴郡云阳人也。少好学,能属文。"他的著作,据《隋书·经籍志》著录,有关于《毛诗》、《国语》、《孝经》的,据《三国志》本传,他上书孙皓,又自称作有《洞纪》、《官职训》及《辨释名》诸书,今天所能见到的是《国语解》。此外,他的《吴鼓吹曲》见于《宋书·乐志》,《博弈论》见《三国志》本传及《文选》,可见他为一位能文之士。这和汉代一些死守章句的"今文家"已颇不相同。从这里可以看出,南方的经学家大抵都能文。但他们毕竟是儒生,即使文人也多受儒家影响。如《晋书·陆机传》称陆机"少有异才,文章冠世,伏膺儒术,非礼不动"。陆机的文风,古人就称其"繁富"。从东晋至六朝,人们往往评论陆机与潘岳的高下,《世说新语·文学》载孙绰云:"潘文烂若披锦,无处不善;陆文若排沙简金,往往见宝。"《诗品》则谓此语出于谢混。但《世说》又有"潘文浅而净,陆文深而芜"语,似乎孙绰和谢混都有这种观点。从人们对潘、陆的评价中,也可以看出两人文风的不同,这和当时的中原及江南学风不同有关。潘岳是中原人,和清谈名士颇有交往。《世说新语·文学》:"乐令(乐广)善于清言,而不长于手笔。将让河南尹,请潘岳为表。潘云:'可作耳,要当得君意。'乐为述己所以为让,标位二百许语,潘直取错综,便成名笔。时人咸云:'若乐不假潘之文,潘不取乐之旨,则无以成斯矣。'"陆机则出身南方,伏膺儒术,儒家的学风,西汉司马谈已评为"博而寡要,劳而少功"。潘、陆文风的差异,倒多少和褚裒与孙盛论南北学风之别有类似之处。《世说新语·文学》:"褚季野语孙安国云:'北人学问渊综广博。'孙答曰:'南人学问清通简要。'支道林闻之曰:'圣贤固所忘言,自中人以还,北人看书如显处视月,南人学问如牖中窥日。'"刘孝标注:"支所言但譬孙、褚之理也。然则学广则难周,难周则识暗,故如显处视月;学寡则易核,易核则智明,故如牖中窥日也。"这里说的"南人"和"北人",和我们一般的理解不同,唐长孺先生《读〈抱朴子〉推论南北学风的异同》一文引了《世说》中这段记载,作出解释说:"褚裒(季野)为阳翟人,孙盛(安国)是太原人,所谓南北应指河南北。东迁侨人并不放弃原来籍贯,孙褚二人的对话只是河南北侨人彼此推重,与《隋书·儒林传序》所云'南人约简,得其精华;北学深芜,穷其枝叶',虽同是南北,而界限是不一致的。"(《魏晋南北朝史论丛》,中华书局版,第 361 页)有趣的是潘、陆之分,却是北人文风清而净,南人文风繁而芜,似乎学风与文风正好相反,其实情况并非如此,潘、陆文风的差异,正好为唐先生对《世说》与《隋书》二说的不同作了说明。因为当时以玄谈为特色的"清通简要"的学风,开始时只盛行于河南一带,而河北与江南,还是汉儒的学说占主要地位。这种学风也影响到了文风。所以南人陆机之文以繁富为特色,中原人潘岳之文以清省为特色。后来经过"永嘉之乱",中原士人大多逃到江南,使江南人接受了这种学风;而留在北方的则多为河朔士人,他们在普遍接受中原玄风之前,河朔之地已遭刘渊、石勒占领,家世相传的仍是汉儒之学,这样才出现了《隋书·儒林传序》所说的南北学风之别。

当然,江南的儒生学风虽与中原不同,但这种学风毕竟已受到东汉人"古文经学"及《老子》的影响,即使是"礼"学家,也不完全排斥情诗。例如贺循是晋代的礼学大师,但据《晋书》本传,他"雅有知人之鉴,拔同郡杨方于卑陋,卒成名于世"。杨方,就是《玉台新咏》中那首《合欢诗》的作者。这首诗中如"衣用双丝绢,寝共无缝绸;居愿接膝坐,行愿携手趋"等句,和后来萧统所指责的陶渊明《闲情赋》情调相似。杨方其人,《晋书·贺循附杨方传》说他:"公事之暇,辄读五经。"他著有《五经钩沉》及"更撰《吴越春秋》并杂文笔并行于世"。可见他是一个儒生,也是一个文学家。大抵在宋代理学兴起以前,儒学和文学之间并不矛盾,相反地,经常是同步发展的。这种情况在三国和两晋南北朝也并不例外,只是有时二者的关系比较复杂。例如裴子野《雕虫论》说刘宋元嘉年间人们还留意经史,而到大明、泰始之后,人们却专意吟咏,其实这是针对文人而言;而相反地,在大明、泰始之后的诗歌,据钟嵘《诗品》说,却是更讲究用典。至于文化不发达的时代,像北朝初年,所有的文人差不多同时是儒生,而后来文化提高以后,文学和经学都得到发展,二者的分工才趋向明显。同样地,在三国时期,魏国的文化发展较高,文学和经学的分工也较明显;在南方的吴国,则文人多半亦属经学家。这种现象在研究南北文风时不可忽视。

第四节　江南的道教和佛教

江南的文化传统中,除了儒家以外,道教和佛教的影响也很可注意。道教可以说是产生于中国的唯一宗教,这种宗教虽奉先秦道家学说的代表人物老子为神,称之为"太上老君",其实和先秦道家学说并无直接的关系。因为道家的生死观,主要表现为庄周的"齐彭殇"、"一死生",甚至主张生不如死;这和道教的讲究修炼成仙、白日飞升等幻想大异其趣。道教的起源比较复杂,它是综合了古代的鬼神迷信、巫术、占卜、谶纬以及神仙方士等思想,逐步形成起来,又吸取了道家学说中的某些幻想成分,综合而成的。早在战国时代,由于各国的君主幻想长生不死,就有人投其所好,出现了"不死之药"的说法。《战国策·楚策》就记载有人向楚王献"不死之药"的事。屈原《天问》中有"彭铿斟雉帝何飨,受寿永久夫何长"之句,似乎祭祀天神以求福,可以得到长寿。这彭铿,可能就是《庄子》等书中说的"彭祖"。《楚辞·远游》是否屈原所作,学者颇有不同的看法,其中神仙思想尤为明显。如:"神倏忽而不反兮,形枯槁而独留。内惟省以端操兮,求正气之所由。漠虚静以恬愉兮,澹无为而自得。闻赤松之清尘兮,愿承风乎遗则。贵真人之休德兮,美往世之登仙。与化去而不见兮,名声著而日延。奇傅说之托辰星兮,羡韩众之得一。形穆穆以寝远兮,离人群而遁逸。因气变而遂曾举兮,忽神奔而鬼怪。时仿佛以遥见兮,精皎皎以往来。超氛埃而淑邮兮,终不反其故都。免众患而不惧兮,世莫知其所如。"这段话已经有得道成仙,飘然高举以离尘世的思想。这篇作品是否屈原作,可以争论。但先秦时代的楚国,产生这种思想也不足怪。《庄子》中关于乘六气、御阴阳等幻想,早已存在,而韩众等仙人的传说,也不是不可能产生的。这种神仙思想到秦代尤为盛行,秦始皇曾听信齐人徐市的话,派他入海求神仙;又叫燕人卢生求羡门、高誓等仙人;派韩终、侯公、石生求仙人不死之药。后来卢生对秦始皇说:"臣等求芝奇药仙者常弗遇,类物有害之者。方中,人主时为微行以辟恶鬼,恶鬼辟,真人至。人主所居而人臣知之,则害于神。真人者,入水不濡,入火不爇,陵云气,与天地久长。今上治天下,未能恬淡。愿上所居宫毋令人知,然后不死药殆可得也。"(《史记·秦始皇本纪》)这里,神仙思想已多少与道家的"恬淡"之说相结合,和后来的道教逐渐接近起来,但当时这种神仙思想,还主要流行于统治阶级上层,直到西汉,情况还没有多大改变,汉武帝和淮南王刘安,都迷信神仙方士。汉武帝的迷信神仙方士,在《史记·封禅书》等典籍中有详尽的记载;淮南王刘安的求仙也很有名。《汉书·淮南衡山济北王传》载,刘安"招致宾客方术之士数千人,作为《内书》二十一篇,《外书》甚众,又有《中篇》八卷,言神仙黄白之术,亦二十余万言"。他后来谋反被杀,所著书,被奉命治理此案的宗正刘德所得。刘德之子刘向,本名更生,汉宣帝"复兴神仙方术之事,而淮南有《枕中鸿宝苑秘书》。书言神仙使鬼物为金之术,及邹衍重道延命方,世人莫见,而更生父德武帝时治淮南狱得其书,更生幼而读诵,以为奇,献之,言黄金可成。上令典尚方铸作事,费甚多,方不验。上乃下更生吏,吏劾更生铸伪黄金,系当死"(《汉书·楚元王附刘向传》)。刘向后来并未被处死。他这种求仙的事情,后来在社会上流传甚广。汉时就有关于汉武帝和淮南王刘安的种种传说。大约因为刘向之父刘德,本崇信"黄老之学",而方士们又爱攀附老子,于是神仙的传说,逐步和道家相结合。王充《论衡·道虚篇》:"儒书言:淮南王学道,招会天下有道之人,倾一国之尊,下道术之士。是以道术之士,并会淮南,奇方异术,莫不争出。王遂得道,举家升天,畜产皆仙,犬吠于天上,鸡鸣于云中。此言仙药有余,犬鸡食之,并随王而升天也。好道学仙之人,皆谓之然。"同一篇中又说:"世或言东方朔亦道人也,姓金氏,字曼倩。变姓易名,游官汉朝,外有仕官之名,内乃度世之人。"后来应劭《风俗通义·正失》中更说到东方朔是"太白星精"。对这些传说,王充和应劭都曾加以驳斥,认为不可信。但王充在驳斥这些传说的同时又指出:"世或以老子之道为可以度世,恬淡无欲,养精爱气。夫人以精神为寿命,精神不伤则寿命长而不死。成事,老子行之,逾百度世,为真人矣。"王充对这些话,也认为是虚妄的,加以驳斥。王充是东汉初年人,他驳斥的这些怪诞之说,当由来已久,大约在西汉时代,已很流行。后来的《汉武故事》、《汉武内传》、《神异经》、《十洲志》等志怪小说的出现,显然和当时流传的说法有关,只是写定时间可能较后。

  王充所驳斥的种种虚诞的故事,还只涉及统治阶级内部的某些人物是否"成仙"的问题,和当时政局尚无直接的关系。但随着西汉政权的日益腐朽,人民对汉朝政府的不满日益加剧,于是就使方士和董仲舒的谶纬迷信学说结合起来,逐渐形成了一套具有政治色彩的学说,这就是汉成帝时齐国方士甘忠可所作的《天官历》和《包元太平经》。据《汉书·李寻传》载,甘忠可造作这两部书时诈称"汉家逢天地之大终,当更受命于天,天帝使真人赤精子,下教我此道"。这一行动遭到刘向反对,说是"假鬼神罔上惑众"。这里所谓"赤精子"当暗指汉朝为火德,这种言论实际上反映了西汉的统治已引起广大人民不满,有人想用迷信手段来加以维护。后来哀帝曾用其说,改号"陈圣刘太平皇帝"。后来王莽代汉,也曾利用过这一说法。东汉初年,这种说法已不再有人提起。但随着东汉政治的混乱,这种假托谶纬的手段又由一些人重新提出。据《后汉书·襄楷传》:"初,顺帝时,琅邪宫崇诣阙,上其师于吉于曲阳泉水上所得神书百七十卷,皆缥白素朱介青首朱目,号《太平清领书》,其言以阴阳五行为家,而多巫觋杂语。有司奏崇所上妖妄不经,乃收藏之。后张角颇有其书焉。"这里所说的《太平清领书》,也就是现在所谓《太平经》。襄楷称此书"专以奉天地顺五行为本,亦有兴国广嗣之术"。这部《太平经》的主旨似在帮助统治者,如《后汉书·襄楷传》李贤注引《太平经·兴帝王篇》曰:"真人问神人曰:'吾欲使帝王立致太平,岂可闻邪?'神人言:'但顺天地之道,不失铢分,则立致太平。元气有三名,为太阳、太阴、中和;形体有三名,为天、地、人;天有三名,为日、月、星,北极为中也;地有三名,为山、川与平土;人有三名,为父、母、子;政有三名,为君、臣、人(民)。此三者常相得腹心,不失铢分,使其同一忧,合成一家,立致太平,延年不疑也。'"这部书也讲长生之道,但主要还在讲为上天立功。如《太平经合校》卷四七:"'今天地实当有仙不死之法,不老之方,亦岂可得耶?''善哉,真人问事也。然,可得也。天上积仙不死之药多少,比若太仓之积粟也;仙衣多少,比若太官之积布白(帛)也;众仙人之第舍多少,比若县官之室宅也。常当大道而居,故得入天。大道者,得居神灵之传舍室宅也,若人有道德居县官传舍室宅也。天上不惜仙衣不死之方,难予人也。人无大功于天地,不能治理天地之大病,通阴阳之气,无益于三光、四时、五行、天地神灵,故天予其不死之方仙衣也。此者,乃以殊导有功之人也。子欲知其大效乎?比若帝王有太仓之谷,太官之布帛也。夫太仓之谷几何斗斛,而无功无道德之人不能得其一升也;而人有过者,反入其狱中,而正尚见治,上其罪之状,此明效也。今人实恶,不合天心,故天不具出其良药方也。反日使鬼神精物行考,笞击其无状之人,故病者不绝,死者众多也。比若县官治乱,则狱多罪人,多暴死者,此之谓也。如有大功于帝王,宫宇积多官谷有布帛,可得常衣食也。'"(《太平经合校》第 138 至 139 页)书中还讲到古代帝王得贤臣之助,平治天下,君臣俱得仙去等荒诞之论,分明是利用谶纬迷信及西汉方士的说法,来诱劝东汉帝王改良统治,并无推翻汉朝之说。后来张角等人利用《太平经》发动的黄巾起义,可能是对此书进行过改造。

东汉时代借用这种迷信手段对朝廷统治表示不满,要求改良的人大约不少,就以《太平经》来说,思想也不完全一致,可能出于众手。正当宫崇向汉顺帝上献《太平清领书》的同时,沛国丰(今江苏丰县)人张陵,到了今四川大邑的鹤鸣山,造作符书,以为人治病手段,创立

"五斗米道"。到他的孙子张鲁时,就在汉中建立了政教合一的割据政权。张鲁后来投降曹操,部众随他迁到了中原。但"五斗米道"的道徒,也有沿江南下到达长江中下游的荆、扬二州的。另外,丰县和琅邪一带,这种思想流传很广,有的人在汉末已把这些教义带到了江南。《后汉书·襄楷传》李贤注引《江表传》:"时有道士琅邪干吉,先寓居东方,来吴会,立精舍,烧香读道书,制作符水以疗病,吴会人多事之。孙策尝于郡城楼上请会宾客,吉乃盛服趋度门下,诸将宾客三分之二下楼拜之,掌客者禁诃不能止,策即令收之。诸事之者,悉使妇女入见策母,请之。母谓策曰:'干先生亦助军作福,医护将士,不可杀之。'策曰:'昔南阳张津为交州刺史,舍前圣典训,废汉家法律,常著绛帕头,鼓琴焚香,读邪俗道书,云以助化,卒为蛮夷所杀。此甚无益,诸君但未悟耳。今此子已在鬼录,勿复费纸笔也。'即催斩之,县首于市。"《三国志·吴志·孙策传》注引《搜神记》:"策既杀干吉,每独坐,仿佛见吉在左右,意深恶之,颇有失常。后治创方差,而引镜自照,见吉在镜中,顾而弗见,如是再三,因扑镜,大叫,创皆崩裂,须更而死。"这个故事虽然荒诞,却也反映了江南一带的人们对干吉的迷信。在《搜神记》中,还有不少故事表现出道教色彩。

在干吉故事中说到的干吉,显然和《后汉书·襄楷传》中所说的顺帝时宫崇的老师干吉不是一人,而是假托他的名字。但道教的前身之一的天师道,本来起源于琅邪以及今苏北鲁南一带沿海地区,而这一带的居民不论士族或平民在"永嘉之乱"后,都大量涌向江南。这就使"天师道"在江南大为盛行。不过,当时作为早期道教的各派,并不一致。例如东晋末年的孙恩、卢循的起兵,当时曾有许多人信奉,其中也包括很多吴越的士族。孙恩本是琅邪人,孙秀的同族,世奉五斗米道。他的叔父孙泰,师事著名的道教徒杜子恭。然而当时作为会稽内史的王凝之,也信奉五斗米道。《晋书·王羲之附凝之传》:"王氏世事张氏五斗米道,凝之弥笃。孙恩之攻会稽,僚佐请为之备,凝之不从,方入靖室请祷,出语诸将佐曰:'吾已请大道,许鬼兵相助,贼自破矣。'既不设备,遂为孙恩所害。"可见双方在政治上虽属敌对,宗教信仰却相同。《抱朴子·祛惑》篇所载当时道士往往用种种骗术,冒充神仙,有的自称四五百岁,有的甚至自称见过尧、舜、禹、汤和孔子。对这种人,葛洪说他们"多行欺诳世人,以收财利,无所不为矣。此等与彼穿窬之盗,异途而同归者也"。

虽然道教在当时有种种派别,但其信徒为数甚多。例如琅邪王氏,《晋书·王羲之附凝之传》已说到家世信奉五斗米道;据《诗品》记载,谢灵运出生后即被寄养在"杜治",杜治即杜子恭家族的净室,可见陈郡谢氏与五斗米道也有密切关系。其他像吴兴沈氏、兰陵萧氏等也家世信奉五斗米道。据陈寅恪先生考证,陶渊明出身溪族,这个种族,本也信仰五斗米道。吴郡著姓中如陆氏、顾氏中也有信奉道教的人。如孙恩起兵时,吴郡陆环曾起而响应;南齐时顾姓像顾欢,就家世奉道。梁代著名的学者陶弘景,更是一位道教徒。

江南的道教大抵注重修炼长寿,不像《太平经》那样强调要为天地立功,讲什么"度世"、"兴太平",而是求个人的长生,所以当时最被人们重视的是《黄庭经》,《黄庭经》又分《内景经》与《外景经》,都是教人修炼方法的。葛洪的《抱朴子》是讲究炼丹的,也不废吐纳炼气之功,但他认为如果不得明师,光是"诵咏《黄庭太清中经》",还是难以奏效的。这种金丹、吐纳之术,大抵盛行于士大夫之间。至于民间流行的"五斗米道",则和当地的各种"淫祀"相结合,出现了许多巫师,为人"驱鬼治病",杀牛祭神,这些在不少志怪小说中都有记载。这种巫术和佛教教义颇有不同,因此在《幽明录》、《冥祥记》等小说中,都写到了佛教徒托言"冥根",加以反对的故事。

如果说道教的影响主要在民间故事中,其影响文学也主要在志怪小说方面的话;佛教在江南的传播比道教为晚,但对文学的影响似更显著。这是因为"五斗米道"或称"天师道"都是假托老子的名义,在玄理方面也无非是"清静"、"恬淡"等思想。所以那些信奉"五斗米道"的文人,所作诗文,一般都和传统的老庄思想无大区别。佛教徒开始时也借用老庄的学说来宣扬他们的教义,但毕竟有所不同,还较易辨认。另外,佛教徒为宣扬教义所采用的"唱导",对民间文学也有很大影响。

佛教的传入中国,根据传统的说法是在东汉明帝永平年间,也有说是在西汉哀帝时代的。当时译经的场所在洛阳,从事翻译工作的像摄摩腾、竺法兰等都是中天竺人,关于他们的生平,梁慧皎《高僧传》虽有记载,但较简略。在《高僧传》中记载汉代僧人,以《安清传》为较详,据云安清前生也是僧人,有个同学一起修行,那人多有嗔心,安清预知有前身报应,应到广州去了宿孽,到了广州就被人所杀。他再次投胎为安息王子,又到中国,这时他前生同学已成䢼亭湖神,经他点化,湖神变为大蟒蛇,死于山泽中。安清又到广州,见了杀他前生的人,并带他到会稽,说自己还有宿孽未了,到了会稽,正逢市上有人打架,误中安清,应时而死。关于这些故事,梁时有不少传说,有的说在汉代,也有说晚到西晋的,慧皎认为是汉代的事。其实所谓"转世"等说法,本属佛教迷信,"广州"地名更是三国孙吴时才有。这篇传记自然难以置信。不过,从这里也可以看出一些史实的影子,即汉末大约已有佛教僧侣到过南方的豫章(今江西省北部)、会稽(今浙江省西部及江苏省东部)等地。关于"䢼亭湖神"的事,干宝《搜神记》、《晋书·郭璞传》都曾提到,本来和佛教无关,大约也是南方的一种"淫祀",只因流传甚广,才被佛教徒利用来神化他们的教义。

江南的佛教既有从陆路经新疆到中原再过江的,也有从印度从海路来到南方的。《高僧传·魏吴建业建初寺康僧会传》,说到康僧会,其先康居人,世居天竺,其父因商贾移于交趾,后来来到建业。在此之前,吴地已有月支人支谦避乱来到吴地。他们在吴国翻译佛经、兴建寺塔。这些记载大致是可信的。因为据《后汉书·陶谦传》:"初,同郡人笮融,聚众数百,往依于谦,谦使督广陵、下邳、彭城运粮。遂断三郡委输,大起浮屠寺。上累金盘,下为重楼,又堂阁周回,可容三千许人,作黄金涂像,衣以锦彩。每浴佛,辄多设饮饭,布席于路,其有就食及观者且万余人。"后来笮融又逃奔豫章,被人所杀。这说明佛寺建筑在三国时代已在南方兴起。据说支谦在吴地译佛经,从吴黄武二年(223)直到晋建兴(313~317)中,这似乎不太可能,但吴国的译经场所可能没有间断。据说孙皓时曾对佛不敬,结果大受报应。当时天竺人来到吴国境内的还有维祇难,居武昌。可见早在西晋统一以前,吴地佛教已相当发达。但著名的僧侣大抵都是天竺、月支、康居等地人,汉人出家为僧的很少。至于《高僧传》中"义解"即畅谈佛教玄理的,则从晋洛阳朱士行开始。朱士行是汉人,其后有康僧渊,"本西域人,生于长安,貌虽梵人,语实中国"。他在晋成帝时和康法畅、支敏度等一起过江。在《世说新语》中有关于他的记载。这些僧侣大抵为清谈名士。他们的出现助长了南方的玄风。

佛教徒为了宣传教义,经常利用老庄之学。当时的名僧往往兼通道家典籍。《高僧传·竺法雅传》:"衣冠仕子,或附咨禀,时依雅门徒,并世典有功,未善佛理。雅乃与康法朗等,以经中事数,拟配外书,为生解之例,谓之格义。"当时高门士族,也有出家为僧的。《高僧传·竺道潜传》:"竺道潜,字法深,姓王,琅邪人。晋丞相武昌郡公敦之弟也。"永嘉初年避乱过江,他在剡山讲佛学,"或畅方等,或释老庄,投身北面者莫不内外兼洽"。至于支遁,更是一位玄学大师,和许多清谈名士都有交往。《高僧传·支遁传》:"遁常在白马寺与刘系之等谈《庄子·逍遥篇》,云各适性以为逍遥。遁曰:'不然,夫桀跖以残害为性,若适性为得者,彼亦逍遥矣。于是退而注《逍遥篇》,群儒旧学,莫不叹伏。'"王羲之听他讲《庄子·逍遥游》,极为称赏。另一个著名的僧人慧远,据《高僧传》说他"年二十四,便就讲说,尝有客听讲,难实相义,往复移时,弥增疑昧。远乃引《庄子》义为连类,于惑者晓然"。慧远还兼通儒书,《高僧传》说:"远内通佛理,外善群书。夫预学徒,莫不依拟。时远讲《丧服经》,雷次宗、宗炳等并执卷承旨。次宗后别著《义疏》,首称雷氏。宗炳因寄书嘲之曰:'昔与足下共于释和尚间面受此义,今便题卷首称雷氏乎?'其化兼道俗斯类非一。"这种情况说明儒、释、道三派的思想正在逐步地融合。另一方面,他们也不断地互相斗争。于是就出现了像梁释僧祐的《弘明集》这样的哲学论文集。同时,像支遁、慧远都能文。支遁的诗已开了山水诗的先河。

总的来说,东晋的佛教,大抵以般若学为主,宣扬"一切皆空"。他们的许多论点,和魏晋的清谈名士颇为类似。孙绰作《道贤论》,把七个天竺来的名僧与"竹林七贤"相比拟。值得注意的是,东晋南渡以后的儒学以《易经》最受重视,王僧虔在告诫他儿子的信中,就只讲《周易》、《老子》和《庄子》,此外,士大夫们大抵兼看佛经。他们对儒家经典如《尚书》、《诗经》和《春秋》,似都不太注意;对"礼",也仅看重丧服。这说明他们关心的只是他们个人的安危,最多也仅及"五服以内"的亲族。他们中的道教徒,似乎更看重个人修炼成仙;而佛教徒却幻想着超脱红尘,从空无和寂灭中去找寻解脱。这些思想,归结起来就是一点,那就是把目光集中于个人而较少注意治国平天下的大道理。有些佛教徒似乎也讲"地狱"和"因果报应"、佛的神力等等,但大抵是用以向一般下层人民宣讲,只有在《宣验记》、《冥祥记》一类志怪小说中,才涉及这些内容。这比起探讨哲理的文章来,数量要少得多。这和北朝的佛道二教很不一样。关于后者,我准备以后详论。

第五节　三国西晋南方文学的发展

在两汉时代,南方的学术文艺相对于中原差距较大,王充在《论衡·超奇篇》中尽管对周长生等人颇为推崇,但其书多半不存,而且较之中原许多著名的学者和文人来说,人数毕竟较少,质量也相对较差。但这种情况,经过东汉一代许多中原人士的南迁,加上南方的经济发展、士族的形成等因素,这种情况在不断地改变。不过,这种变化只是渐进的,并不是突然发生的。所以人们往往很难觉察。在三国时代的分裂状态下,由于魏国的区域较大,又是经济文化比较先进的地区,再加上曹操父子的喜爱文学,使许多文士都集中到邺城,更使中原出现了一个成为文坛美谈的"建安文学"的高峰,更使我们对吴、蜀两地的文化有所忽视。不过,吴地和蜀地的情况很不一样。在三国中,蜀的疆域最小,灭亡得也最早。蜀地的不少学士文人如李密、陈寿、谯周等人后来都到了洛阳。蜀国人的著作有些还是蜀灭以后编成的,如《隋书·经籍志》所著录的《诸葛亮集》,就是陈寿所编,在《三国志·蜀志·诸葛亮传》中讲得很清楚。此外据说梁代还有《许靖集》、《夏侯霸集》,书久佚,已不可详考。蜀国灭亡后不久,又出现了成汉李氏的割据,直到东晋中叶,才重新被桓温所平定。因此关于蜀地文化的发展,我们现在只能就《华阳国志》中稍稍了解一些情况。吴地就不同了。吴亡虽比蜀亡晚了十七八年,但自从平吴后,吴地一直比较稳定地掌握在晋朝手中,吴地的士族也多在晋朝做官,因此吴地学者文人的著作,保存的较多。据《隋书·经籍志》,到隋代,吴国文人的集子就有:

后汉侍御史《虞翻集》2卷。(梁3卷,录1卷)

后汉讨虏长史《张纮集》1卷。(梁2卷,录1卷)

吴辅义中郎将《张温集》6卷。(梁有《士燮集》5卷,亡)

吴偏将军《骆统集》10卷。(梁有录1卷。又有太子少傅《薛综集》3卷,录1卷,亡)

吴选曹尚书《暨艳集》2卷。(梁3卷,录1卷。又有《姚信集》2卷,录1卷;《谢承集》4卷。今亡)

吴人《杨厚集》2卷。(梁又有录1卷)

吴丞相《陆凯集》5卷。(梁有录1卷)

吴侍中《胡综集》2卷。(梁有录1卷。又有东观令《华覈集》5卷,录1卷,亡)

吴侍中《张俨集》1卷。(梁2卷,录1卷。又有《韦昭集》2卷,录1卷,亡)

吴中书令《纪骘集》3卷。(梁有录1卷。又有《陆景集》1卷,亡)

晋散骑常侍《薛莹集》3卷。(梁又有散骑常侍《陶濬集》2卷,录1卷,亡)

晋处士《杨泉集》2卷。(录1卷)

晋征士《闵鸿集》3卷。

这里所列的集子,大抵散佚,但作者均曾仕吴,不过虞翻、张纮被列入后汉,薛莹、杨泉和闵鸿均仕晋,但早年确在吴。据云梁代还有晋松滋令《蔡洪集》2卷,录1卷,亡。在总集一类中,还有《吴朝士文集十卷》,注云:"梁十三卷。"可见吴国的文学,在吴灭亡前就很兴盛。三国时代,虽然是三方鼎立,但文化上的交往,似乎比较密切。韦昭作的《吴鼓吹曲》,全仿魏缪袭的《魏鼓吹曲》的体裁,但辞采华丽,比缪作并无逊色。前引陆喜的《自叙》,明确地说到了他在吴平以前,就模仿蒋济(子通)的《万机》而作《审机》。按:蒋济死于嘉平元年(249),缪袭卒于正始六年(245),他们的作品,在吴亡以前已传入南方,而被人模仿,这说明《诗品》说陆机诗出于曹植,可能确是曹植之作在吴亡前已传入南方,陆机早年即已学习,并非到洛阳后才学习的。同样,据《晋书·文苑·张翰传》,张翰被人称为"江东步兵"是在入洛以前,他是和顾荣一起入洛的。顾荣入洛与陆机同时,应在晋武帝太康十年(289),而阮籍卒年为魏景元四年(263),据此则阮籍的作风和诗文,亦当在魏晋间已传入吴地,对张翰产生影响。我们现在看西晋一代的作品,由魏入晋和由吴入晋的人,作品风格虽然不很一样,但大致上只是个人特点的不同居多,地方色彩并不很明显。这说明三国时代,虽有割据状态,文化交流还是很多,并且中原先进的文学成果,很快地会影响到江南。这和南北朝时期南朝一些文人的著名作品也会被北朝文人所知相类似,如南齐王融所作的《三月三日曲水诗序》,被北朝人所闻,只知道文章好,却未见过,后来看到了王融之作,却未能促使北朝人有所继作。这种不同的情况,是和当时北朝社会的一些特点有关的。这个问题,我们在下面还要详论。

三国时代的江南人和中原人之间政权分裂,人民之间的心理状态是很不相同的。因为在公元 220 年以前,魏、吴双方都打着尊汉的旗子。公元 263 年,魏灭蜀,三国重归统一的大局已定,264 年孙皓即位,江南人对孙吴政权已深感不满,有的还盼望着 265 年代魏的晋朝的统一,所以当晋武帝平吴以后,不少吴人在言语、习惯等方面,模仿起中原人来。葛洪对此就颇有批评。在《抱朴子·讥惑》中,他批评了当时人种种表现:

> 丧乱以来,事物屡变,冠履衣服,袖袂财制,日月改易,无复一定,乍长乍短,一广一狭,忽高忽卑,或粗或细,所饰无常,以同为快。其好事者,朝夕放效,所谓"京輦贵大眉,远方皆半额"也。余实凡夫,拙于随俗,其服物变不胜故,不变无所损者,余未曾易

也。虽见指笑,余亦不理也。岂苟欲违众哉? 诚以为不急耳。上国众事,所以胜江表者多,然亦有可否者。君子行礼,不求变俗,谓违本邦之他国,不改其桑梓之法也。况其在于父母之乡,亦何为当事弃旧而强更学乎? 吴之善书,则有皇象、刘篆、岑伯然、朱季平,皆一代之绝手。如中州有钟元常、胡孔明、张芝、索靖,各一邦之妙,并用古体,俱足周事。余谓废已习之法,更勤苦以学中国之书,尚可不须也。况于乃有转易其声音,以效北语,既不能便良,似可耻可笑,所谓不得邯郸之步,而有匍匐之嗤者。此犹其小者耳。乃有遭丧者而学中国哭者,令忽然无复念之情。昔钟仪、庄舄,不忘本声,古人题之。孔子云:丧亲者,若婴儿之失母,其号岂常声之有? 宁令哀有余而礼不足。哭以泄哀,妍拙何在? 而乃治饰其音,非痛切之谓也。又闻贵人在大哀,或有疾病,服石散以数食,宣药势以饮酒,为性命疾患危笃,不堪风冷,帏帐茵褥,任其所安。于是凡琐小人之有财力者,了不复居于丧位,常在别房,高床重褥,美食大饮。或与密客,引满投空,至于沉醉,曰:"此京洛之法也。"不亦惜哉! 余之乡里先德君子,其居重难,或并在衰老,于礼唯应缞麻在身,不成丧致毁者,皆过哀啜粥,口不经甘。时人虽不肖者,莫不企及自勉,而今人乃自取如此,何其相去之辽缅乎?

葛洪对当时人的批评,在今天看来,未必都中肯,例如衣服学中原的款式,书法、语音效法中原,虽然未必一定要这样做,也没有必要反对。至于居丧的礼节,古人虽然十分重视,在今天看来也没有必要这样拘泥。但这种现象却说明当时的江南人羡慕中原人,认为中原是文明的中心,"正朔所在",似乎一切都胜于南方。相反地,中原人常常以"正统"和征服者自居,所以前引陆机见到卢志、蔡洪遭到洛阳人嘲笑时,就加以强烈反击,这大约只是个别的现象。直到"永嘉之乱"以后,中原的士大夫逃亡到南方,以至晋元帝有"寄人国土"的话时,顾荣还是加以宽慰。这是因为东晋时南渡的中原士族,一般还有一定的势力和人众,而且民族灾难临头,南北士族之间的地方偏见,不能不有所缓和。再加上王导之所以能成为"江左管夷吾",其最大功绩正在能够调和南北士族之间的关系,使之一致拥护东晋皇朝,维护其偏安政权。历来的论者,往往对王导多有指责,觉得他无所作为。其实在南渡之初,东晋的朝廷既无强大的兵力,又无足够的财力,一切只能以息事宁人为目的。关于这一点,陈寅恪先生在《述东晋王导之功业》(见《金明馆丛稿初编》,上海古籍出版社版,第48至68页)论之已详。所以王导当年曾自叹说:"人言我愦愦,后人当思此愦愦。"(《世说新语·政事》)其后谢安虽靠"北府兵"击败过苻坚,但晚年亦耽于清言,自己解嘲说:"秦任商鞅,二世而亡,岂清言致患耶?"这都是事势使然。东晋政权的政策是既要维护侨姓士族的利益,又不敢得罪吴姓士族,尽量使这两部分人团结起来维持其团结,这就产生了《颜氏家训·涉务》中所讲到的东晋"优借士大夫"的问题。在这种政策下,侨姓和吴姓的士族,确实渐趋一致和融合,才出现了后来永明年间的"竟陵八友"这种现象。关于这一点,刘跃进同志已在《永明文学研究》(台湾文津出版社版)中详论过。这种"优借士大夫"的结果,也产生了积极的和消极的两个方面的影响。其积极方面是使士大夫们得到了优厚的生活条件,得以致力于文学创作,使之在诗文的形式和技巧方面,有所发展。其不利方面则是使原来生活已很放纵的士大夫们,更加缺乏自制能力,更加脱离生活实际。这就使南朝后期诗歌走上了"宫体诗"的道路。《抱朴子·疾谬》有段话颇可注意:

夫君子之居室,犹不奄家人之不备,故入门则扬声,升堂则下视,而唐突他家,将何理乎? 然落拓之子,无骨鲠而好随俗者,以通此者为亲密,距此者为不泰,诚为当世不可不尔。于是要呼愦杂,入室视妻,促膝之狭坐,交杯觞于咫尺,弦歌淫冶之音曲,以挑文君之动心。载号载呶,谑戏丑亵,穷鄙极黩,尔乃笑乱男女之大节,蹈《相鼠》之无仪。夫桀倾纣覆,周灭陈亡,咸由无礼,况匹庶乎? 盖信不由中,则屡盟无益,意得神至,则形器可忘。君子之交也,以道义合,以志契亲,故淡而成焉。小人之接也,以势利结,以狎慢密,故甘而败焉。何必房集内宴,尔乃款诚著,妻妾饮会,然后分好昵哉? 古人鉴淫败之曲防,杜倾邪之端渐,可谓至矣。修之者为君子,背之者为罪人,然禁疏则上宫有穿窬之男,网漏则桑中有奔随之女。纵而肆之,其犹烈猛火于云梦,开积水乎万仞,其可扑以帚彗,遏以撮壤哉! 然而俗习行惯,皆曰:此乃京城上国,公子王孙,贵人所共为也。余每折之曰:夫中州,礼之所自出,礼岂然乎? 盖衰乱之所兴,非治世之旧风也。

葛洪这段话,颇有点"礼法之士"的口吻。葛洪作为南方的士族,受礼法的影响较多,看不惯中原那些放纵的风气。这使人想起陆云所作《为顾彦先赠妇往返四首》中的内容,可能与这种风气有关。这种风气又和南方民间男女关系比较自由的习俗相结合,才使南朝后期的士大夫们往往把妇女的体态作为诗歌的主要内容。陈后主时代许多文人,甚至以写张丽华、孔贵嫔的美貌而被称为"狎客"。这种种情况,我们自然不能以过去传统的眼光去评价,认为一无可取。但在肯定这些文人在艺术上仍有其贡献的同时,也应该看到他们生活的空虚,脱离社会实践的一面。

南方在文学方面的不少成就,在南北朝后期都曾传到北方,并对北方文人产生过很大的影响,但这种放诞的风气,似乎在北朝文学中较少有所反映。这是北朝人的生活方式和南朝人不同之故。这种原因我们在下面还要详谈。但是自从东晋南渡以后,中原的清谈玄风,也普及到了南方。所以在南朝末年人陆德明所著的《经典释文》中,除了"五经"、《论语》、《孝经》、《孟子》等儒家经典外,也有《老子》和《庄子》。在《隋书·儒林传》中说到南北学派有许多不同。总的来说,南方更重魏晋人学说,而北朝全属汉儒著作,二者颇为不同。这对文学的发展也产生了一定影响。

第五章　南朝文学发展的社会原因

第一节　门阀士族的变迁

当我们谈到东晋和南北朝的政治和文化时,总免不了要接触到所谓"门阀制度"的问题。讲到门阀制度,人们很容易想到南方的王、谢和北方的崔、卢、李、郑等高门。其实,南北的士族门第,并不限于这些家族。当时最强调的是"士庶之分",在这个问题上,"士大夫"们掌握着很大的决定权,平民出身的人,即使立了大功,得到比较高的官位,但不得士大夫们允准,仍不能算是士人,连皇帝的意见有时也难于决定。最有名的是南朝宋路琼之和齐纪僧真的两个例子。《南史·王弘附王僧达传》载:"黄门郎路琼之,太后兄庆之孙也,宅与僧达门并。尝盛车服诣僧达,僧达将猎,已改服。琼之就坐,僧达了不与语,谓曰:'身昔门下驺人路庆之者,是君何亲?'遂焚琼之所坐床。太后怒,泣涕于帝(孝武帝刘骏)曰:'我尚在而人陵之,我死后乞食矣。'帝曰:'琼之年少,无事诣王僧达门,见辱乃其宜耳。僧达贵公子,岂可以此加罪乎?'"后来王僧达虽因此事得罪朝廷,借故被杀,但在当时,连宋孝武帝也觉得"岂可以此加罪乎"。路琼之是皇太后的侄孙,情况比较特殊,所以王僧达还是被另加罪名处死。至于纪僧

真,则更说明寒门要进入士大夫行列,实在不易。《南史·江夷附江
敩传》:"先是中书舍人纪僧真幸于(齐)武帝,稍历军校,容表有士
风。谓帝曰:'臣小人,出自本县武吏,邀逢圣时,阶荣至此。为儿昏,
得苟昭光女,即时无复所须,唯就陛下乞作士大夫。'帝曰:'由江敩、
谢瀹,我不得措此意,可自诣之。'僧真承旨诣敩,登榻坐定,敩便命左
右曰:'移吾床让客。'僧真丧气而退,告武帝曰:'士大夫故非天子所
命。'时人重敩风格,不为权幸降意。"江敩这种傲慢的态度,在今天看
来,实在不足称道,但在当时,却被人看作有"风格",可见当时士庶之
间的界限是何等严格。同书《王惠附王球传》:"时中书舍人徐爰有
宠于上(宋文帝),上尝命球及殷景仁与之相知。球辞曰:'士庶区
别,国之章也。臣不敢奉诏。'上改容谢焉。"这比起江敩的对待纪僧
真来,似更见骄矜。

这些士大夫们不但有着社会上的特殊地位,而且做官也享有特
权,从东晋到宋、齐,朝廷中主管选拔官员的吏部尚书一职,基本上掌
握在王、谢诸大族之手。他们选拔人才,往往看门第,高门士族必任
以清贵及易于升迁之职。有些官职被认为不怎么清贵的,高门士族
有时还不肯屈就。《晋书·王湛附王坦之传》:"仆射江彪领选,将拟
为尚书郎。坦之闻曰:'自过江来,尚书郎正用第二人,何得以此见
拟!'彪遂止。"《梁书·刘孝绰传》载,梁武帝用刘孝绰为秘书丞,对
周舍说,"第一官当用第一人"。所以用了刘孝绰。同书《王筠传》:
"起家中军临川王参军,迁太子舍人,除尚书殿中郎。王氏过江以来,
未有居郎署者,或劝逡巡不就,筠曰:'陆平原(陆机)东南之秀,王文
度(王坦之)独步江东,吾得比踪昔人,何所多恨。'乃欣然就职。"在
这里可以看出王筠是比较通达的。因为时至梁代,王、谢高门已不再
具有昔日的权势。王坦之是太原王氏,在东晋时代,其门第可与琅邪
王氏相颉颃,所以尚书郎这样的官职,他还不肯屈就。刘孝绰本是彭

城刘氏,其祖父是军人出身,但因宋末与刘休范作战而死,被视为清贵之族,他父亲刘绘便和上层士族交往,他又是琅邪王氏王融的外甥,所以梁武帝便以"第一人"视之。

士族不但做官有特权,在婚姻问题上也与众不同。门第低微的人,即使官居高位,士族也不肯结为亲戚,而门第低微的人又很愿与他们攀亲,以提高自己的社会地位。《晋书·王湛附王述传》:"(子)坦之为桓温长史。温欲为子求婚于坦之。及还家省父,而述爱坦之,虽长大,犹抱置膝上。坦之因言温意。述大怒,遽排下,曰:'汝竟痴邪!讵可畏温面而以女妻兵也。'坦之乃辞以他故。温曰:'此尊君不肯耳。'"桓温在晋代门第不算低,其父桓彝为晋朝尽忠而死,桓温自己还立过平成汉的大功,官至极品,而王述仍认为他是"兵",不肯结为婚姻。可见士族高门以门第自矜的情况。这种门第的偏见,有时甚至在高门与高门之间,也还有上下之分。《世说新语·方正》:"诸葛恢大女适太尉庾亮儿,次女适徐州刺史羊忱儿。亮子被苏峻害,改适江虨。恢儿娶邓攸女。于时谢尚书求其小女婚,恢乃云:'羊、邓是世婚,江家我顾伊,庾家伊顾我,不能复与谢裒儿婚。'乃恢亡,遂婚。"这是因为谢家在东晋初年,门第尚不能与诸葛家相比。《世说新语·排调》:"诸葛令(恢)、王丞相(导)共争姓族先后。王曰:'何不言葛、王,而云王、葛?'令曰:'譬言驴马,不言马驴,驴宁胜马邪?'"这可见当时高门,以王氏和诸葛氏为最,谢氏还称不上。同书《方正》:"韩康伯病,拄杖前庭消摇,见诸谢皆富贵,轰隐交路,叹曰:'此复何异王莽时!'"足见当时人门第观念的严重。但是,这种门第观念,也并不是完全不可改变的。随着一次次剧烈的政治斗争,有些家族逐渐衰落,有些却得到提高。因此情况有了不同。如王述不肯与桓温结亲,但王述死后,王坦之的儿子却娶了桓温之女(见《世说新语·方正》)。太原王氏本来和琅邪王氏门第不相上下,但自从晋末的几次争权斗争中,王恭等人被杀,也就此没落。到了南朝,即使像王、谢这样的大族,也逐步衰落,不能再维持当年的权势,有的人为了攀附权势,也和他们原来看不起的庶族大官结为亲戚。如王弘是王导曾孙,自己又在刘宋官至太保,他儿子王锡,尽管颇以门第自矜,却也把女儿嫁给了连字也不会写的武将沈庆之的儿子沈文季。《南齐书·沈文季传》:"文季饮酒至五斗,妻王氏,王锡女,饮酒亦至三斗。文季与对饮竟日,而视事不废。"谢氏更是这样,谢灵运孙子谢超宗在南齐时已经没落,只能和出身军人,本名"狗儿"的张敬儿做儿女亲家,但后来张敬儿因事被杀,他也受了连累。谢朓的伯父因与范晔谋反有关被杀,他父亲被放逐到广州,后来虽然被允准回都,但已没落,所以他娶了南齐开国功臣王敬则之女。王敬则是个武夫,出身低微。后来王敬则起兵反对朝廷,谢朓因告发岳父升为吏部郎,但不久又因不肯附和萧遥光而被杀。他生前曾和梁武帝有约,为儿子谢谟与梁武帝之女定亲。但谢朓死后,门户贫弱,梁武帝就赖了婚,把女儿嫁给别人。大抵过江的中原士族,在东晋时曾比较贵显的像琅邪诸葛氏、太原王氏、泰山羊氏、颍川庾氏等,到南朝就均已衰落。只有琅邪王氏、陈郡谢氏、陈郡袁氏、济阳江氏等还出过一些人物,但其中除王氏还比较兴盛外,谢氏只剩下谢弘微一支还有社会地位。这大约和王氏一般都只任文职,而谢氏则曾一度掌握"北府兵"有关。南朝的皇族好多出身"北府兵",因此易于招忌。

　　从北方迁来的士族中,也有一部分人出身较王、谢诸族门第较低,他们大抵聚居在京口(今江苏镇江)一带,他们后来都成了"北府兵"的将领,其中如彭城刘氏、兰陵萧氏都出了皇帝。这些人做了大官,子弟也就成了士大夫。他们为了维护自己家族的声誉,也都好认一个古代的名人为祖先。如刘裕自称是汉高祖弟楚元王刘交之后;萧道成、萧衍自称是萧何和萧望之之后,但萧何与萧望之本非一家,唐代颜师古和李延寿早已指出。这些人显贵之后,凭着政治势力进入士大夫之列是比较容易的。当他们进入士大夫阶层后,可以升任清贵的官职,如刘宋武将到彦之的子孙,后来都做了文人,到溉还做过吏部尚书这一官职,但原来的高门士族,也有加以非议的。如出身庐江何氏的何敬容就看不起到溉,说他身上还有"余臭",却来学做贵人。这是因为到彦之在做官前曾担过粪。刘孝绰的轻视到溉、到洽兄弟,也许亦有此原因。因为相比之下,彭城刘氏门第还是比到氏为高。

在吴地土著的士族中,当然以陆机《吴趋行》中提到的"四姓(朱、张、顾、陆)实名家"为最显贵。这些家族中,陆、顾二姓似更受中原高门的重视。所以左思《三都赋》中写的吴地高门,就仅及顾、陆而不及朱、张。东晋南渡之初,王导所竭力拉拢的也是这两家,所以顾荣、陆玩都做了大官。南渡之初,中原来的士族位居显职,吴地一些强宗颇为不满,有一次宜兴周氏等人曾想发动政变,除掉王导等人。拥护南方士族执政,却不提到顾、陆二家人应参与政权,顾、陆也不支持这些同乡。所以后来南齐的邱灵鞠发牢骚要挖掉顾荣的坟墓,都是顾荣引来了这班"伧"(指中原人),妨了他们江南人的仕途。至于会稽方面,最有名的大族就是贺氏,贺氏本是沛人庆普之后,从东汉才迁入江南。当时浙东一带的发展,似不如浙西和苏南,所以贺氏在会稽虽为大姓,而在朝廷中地位不如顾、陆诸姓。中原来的王、谢等大姓为了避免和吴地大姓发生矛盾,因此置买地产、兴建庄园常在会稽的境内,这当然和会稽的山水优美有关,但也因为吴郡一带是陆、顾诸族的势力范围。但顾、陆二姓和王、谢一样,在东晋时还出了一些较有名望的政治人物,后来就只是以文采风流名家。朱、张二姓在刘宋以后在政治上稍有势力,但没有多大建树,也只是以风雅著名。张永曾想当武将,结果屡战屡败。相对来说,南方人物倒是过去的"武力强宗"却出了些人物。如吴兴的沈氏,因为晋时社会地位本不高,后来因为沈林子、沈田子等参加了"北府兵",跟随刘裕征战,在宋、齐时代出过好几个高官,在政治上有一定建树。所以后来也成了江南的高门。到梁代以后也成了文人为主的家族。

这些中原和江南本地的士族,曾经有过多次的矛盾和斗争,最后还是归于融合。他们为了维护他们的特权,还曾经编订《百家谱》,来确定一些家族在社会上的特权地位。他们力主严格限制士族和庶族之间的通婚,如《文选》所录的沈约《奏弹王源》一文,就表现了这种思想。这篇弹奏文是因东海人王源,嫁女与富阳满氏,收了五万钱聘礼。沈约认为王源是士族,曾祖、祖父和父亲都任过较清贵的官职,而满氏虽自称是满宠、满奋之后,其实出于假托,只是因为王源"见告穷尽",而满氏"家计温足",就联了姻。这情况本是难免的,因为没落士族需要富足的庶族资助,而富足的庶族也想攀结士族以提高其社会地位。沈约认为"王满连姻,实骇物听",并且声称"岂有六卿之胄,纳女于管库之人;宋子河鲂,同穴于舆台之鬼。高门降衡,虽自己作,蔑祖辱亲,于事为甚"。为了这件事,沈约主张对王源要"免源所居官,禁锢终身"。可见处罚之重。但这种禁止,只能行之于"家计温足"的平民,至于立功的武夫,即使出身低贱,做了大官,随即成为"士大夫"。这一点,南方的士族和北方的士族似乎不大一样。当时的庶族,为了能进入士大夫的行列,甚至家计尚称富裕,畜有婢女的人家,也自称"门户殄瘁",自愿以女儿给人做妾。据《世说新语·贤媛》记载,周𫖮之母李氏就是这样。这件事,余嘉锡先生在《世说新语笺疏》中,曾认为这故事出于编造,汝南李氏本为士族。但即使如此,编造者也是根据当时的社会确有此风,决非凭空臆想。

门阀制度的出现,使一些高门士族注意自己的文化修养,在文艺上互相唱和,如《世说新语·言语》所载谢安与子侄辈在下大雪时各自作七言句加以形容,这当然可以互相培养其文学才能。同时,作诗和玄谈已成了士族身份的标志,于是士族子弟"耻文不逮",都努力学习作诗。这对于诗歌技巧的提高,确实起了一定的作用。但其消极作用也非常大,使士族们往往诗酒流连,很少接触实际,最后使生活空虚,往往只能写一些堆砌典故的咏物诗,这些作品一般缺乏真情实感,仅仅搬弄辞藻,很难有什么杰作。另一方面,门阀制度又使一些有才能的庶族受到歧视和埋没。像鲍照的《瓜步山楬文》所写的情形,确是当时的残酷事实。钟嵘称鲍照"才秀人微",故而在当时几遭湮没,即是一例。

第二节　南朝士族的内部矛盾

西晋末年的"永嘉之乱"迫使中原的士大夫纷纷南逃,这是我国历史上的一次民族大迁徙。原来聚居洛阳的士大夫们,有的是早在"八王之乱"中已看出中原不可久留的形势,所以在洛阳陷落之前,就向南方或比较靠近南方的地区移动。例如琅邪王氏在洛阳失陷前,王敦已为扬州刺史,王导辅佐当时的琅邪王司马睿,先在下邳,后到建邺。他们的同宗兄弟到南方的很不少,所以在南方拥有较大的实力。因此东晋初年有"王与马,共天下"(《晋书·王敦传》)之语。这个家族在南朝始终有较高的地位,大约是因为他们家世本为高门,而且南渡时宗族人数最多,势力比较巩固。另一大族陈郡谢氏,在"永嘉之乱"前,谢鲲已在豫章,居王敦手下,因此在江南也有一定的势力,在东晋初年,势力还不如琅邪王氏,这是因为在西晋时他家门第本不及王氏高,而谢鲲的官位,也在王敦、王导之下,后来谢氏的兴起,和谢安、谢玄在淝水之战中的功绩不无关系。这两个家族在江南之所以久盛不衰,除了他们曾经出过不少人才外,还可能由于临沂(今属山东)和阳夏(今河南太康)离苏、皖不远,家族南迁较易,因此人多势众。另一些北方大族,在中原时本属高门,社会地位不亚于琅邪王氏,而比陈郡谢氏要高,但有的因为人数较少,有的则因洛阳陷落时仓促南逃,而宗族势力并未过江,因此力量相应见绌。例如琅邪诸葛恢,在过江之初,可以和王导一争门户的高低,他死后诸葛氏的势力从此衰歇。又如太原王氏过江之初,人数本来还不算太少,但太原地方在"永嘉之乱"前,已经被前赵势力所阻隔。过江的王承,本有重名,但年寿不长。王述是经王导征辟的。太原王氏在中原时本是望族,东晋初年也出了不少人才,而晋末残酷的争权斗争中,他们本族自相残杀,最后就没落了,宋、齐二代未见这家族有什么人物,至梁代有《冥祥记》作者王琰、平侯景之乱的将领王僧辩,却都不以门第见称。和太原王氏情况相似的,还有颍川鄢陵的庾氏,他们在东晋时,曾有过庾亮、庾冰、庾翼等人,因为是皇室的外戚,一时颇有权势。但在政治斗争中,遭到的打击也很严重,在南朝也就衰落了。中原一带的望族,有许多家族在魏和西晋都很显赫,如颍川的荀氏、陈氏等,到东晋就不见有什么人物,荀氏在东晋南朝地位甚低,这也许与战乱的打击有关。还有些汉魏名门,也销声匿迹。如沈约《奏弹王源》中说到满宠、满奋一家,就说"满奋身殒西朝,胤嗣殄没,武秋(满奋字)之后,无闻东晋";河东卫氏是有卫玠过了江的,但卫玠死后,卫氏也就衰落了。

南渡的中原士族,并不完全根据祖上的阀阅来定地位的高下,而往往还要看这个家族在江南势力的大小、过江的先后等条件。《宋书·杜骥传》:"晚渡北人,朝廷常以伧荒遇之,虽复人才可施,每为清涂所隔,坦(杜骥兄)以此慨然。尝与太祖(宋文帝)言及史籍,上曰:'金日䃅忠孝淳深,汉朝莫及,恨今世无复如此辈人。'坦曰:'日䃅之美,诚如圣诏。假使生乎今世,养马不暇,岂办见知。'上变色曰:'卿何量朝廷之薄也。'坦曰:'请以臣言之。臣本中华高族,亡曾祖晋氏丧乱,播迁凉土,世叶相承,不殒其旧。直以南度不早,便以荒伧赐隔。日碎胡人,身为牧圉,便超入内侍,齿列名贤。圣朝虽复拔才,臣恐未必能也。'上默然。"像杜氏这样的例子还有不少。如果说杜坦只是对皇帝发发牢骚的话,有些北方来的士族甚至因不满而发展到参与到反对朝廷的行动中去。如《三国志·魏志·卢毓传》注引《卢谌别传》中说到,卢谌死后,"胡中子孙过江,妖贼帅卢循,谌之曾孙"。又《晋书·杨佺期传》:"杨佺期,弘农华阴人,汉太尉震之后也。……父亮,少仕伪朝,后归国,终于梁州刺史……(佺期)自云门户承籍,江表莫比,有以其门地比王珣者,犹恚恨,而时人以其晚过江,婚宦失类,每排抑之,恒慷慨切齿,欲因事际以逞其志。"最后毕竟和桓玄合作,造成动乱。这说明较早过江的中原人独占政权,引起了中原士族的内部矛盾。

过江的中原士族不但因过江早晚产生矛盾,而且为了争权或争社会地位,在各族之间,也常常不和。如过江之初,王氏与庾氏之间,就外表上合作,内心却颇有间隙。《世说新语·雅量》:"有往来者云:'庾公(亮)有东下意。'或谓王公(导):'可潜稍严,以备不虞。'王公曰:'我与元规虽俱王臣,本怀布衣之好。若其欲来,吾角巾径还乌衣,何所稍严!'"其实王导对庾亮也不是毫无芥蒂,《世说新语·轻诋》:"庾公权重,足倾王公。庾在石头,王在冶城坐,大风扬尘,王以扇拂尘曰:'元规尘污人。'"这些还是只是因权力争斗而内心不满。至于桓温在阴谋篡权时,甚至想杀害谢安与王坦之,《世说新语·雅量》:"桓公伏甲设馔,广延朝士,因此欲诛谢安、王坦之,王甚遽,问谢曰:'当作何计?'谢神意不变,谓文度曰:'晋祚存亡,在此一行。'相与俱前。王之恐状,转见于色;谢之宽宏,愈表于貌,望阶趋席方作《洛生咏》,讽'浩浩洪流',桓惮其旷远,乃趣解兵。王、谢旧齐名,于此始判优劣。"

南渡诸族之间的争权斗争,也造成人情的淡薄,在亲戚之间有时表现得很突出,如高平金乡郗氏,本和琅邪王氏是亲戚。王羲之妻是郗鉴之女。郗氏在江南势力不大,但郗鉴在中原时本是高门,自己的官位也很高,在东晋初,地位虽高,到他儿子手里情况就不同了。郗鉴之子郗愔是王献之等人的舅父,郗愔之子郗超和王献之是表弟兄。郗超依附桓温,甚得宠信。郗超死后,王献之对舅父的态度就变了。《世说新语·简傲》:"王子敬兄弟见郗公(愔),蹑履问讯,甚修外生礼。及嘉宾(郗超)死,皆著高屐,仪容轻慢。命坐,皆云:'有事不暇坐。'既去,郗公慨然曰:'使嘉宾不死,鼠辈敢尔!'"其实郗愔忠于晋朝,郗超则谄事桓温,以当时的道德规范来说,郗愔应该是更可敬重的,但王献之所看重的不是道德,而是权势。《世说新语·德行》:"王子敬病笃,道家上章,应首过,问子敬:'由来有何异同得失?'子敬云:'不觉有余事,唯忆与郗家离婚。'"刘孝标注说明王献之初娶高平郗昙女,后来离异,娶了皇家的公主。这种事例说明了士大夫们外表上高雅,实质上都很贪慕权势。

过江的中原士族,不光亲戚之间关系显得很淡薄,连同族之间,为了争权,也不惜互相排挤和残杀。例如太原王氏的衰落,就和同宗相残有关。如王恭的讨伐王国宝,不惜借助桓玄等人的力量。王国宝其人品行不好,这大约是事实,但互相残杀的结果,毕竟使太原王氏在南方的上层士族中失去了立足点。据《宋书·王懿传》载,王懿是太原人氏,"晋太元末,徙居彭城";"北土重同姓,谓之骨肉,有远来相投者,莫不竭力营赡,若不至者,以为不义,不为乡里所容。仲德(王懿)闻王愉在江南,是太原人,乃往依之,愉礼之甚薄,因至姑孰投桓玄"。这是南渡士人和北方士人的很大不同。除了太原王氏外,琅邪王氏的族姓观念也同样十分淡薄。王敦为了独揽大权,把同族的王澄杀害。后来王敦背叛朝廷,王敦死后,他哥哥王含及子王应逃奔他堂弟王舒,被王舒派人扔进长江淹死。陈郡谢氏的关系也不很融洽。谢混是谢晦的叔父,谢晦是刘裕的心腹,而谢混依附刘毅,被刘裕所杀;谢晦后来和徐羡之、傅亮一起杀了庐陵王刘义真,谢灵运因为附于刘义真,所以被排挤,后谢晦被诛杀,谢灵运又被任用。这种人与人的关系淡漠,在南朝比北朝要严重得多。

相对地说,江南本地的士族之间这种情况还要少些。这并不是因为渡江南下的中原士族特别残忍,而是当时的事势造成的。据周一良先生《南朝境内之各种人及政府对待之政策》(见《魏晋南北朝史论集》,中华书局1963年版)中统计当时南朝境内的侨人,在南徐州,有225600人左右,占人口的53.63%;南兖州约50800人,占人口的31.87%;南豫州约81600人,占人口的37.17%;豫州约120700人,占人口的80.01%;冀州约180900人,占人口的99.94%;其他如荆州、郢州、雍州、益州人数也相当多。当时的南徐、南兖二州地区颇为狭小,侨人来到此地,自然要谋生计,豪门士族更要争置田产,扩大部众,抢夺官职,于是不得不撕破了旧式宗族思想的面纱,而露出赤裸裸的你争我夺的狰狞面目。于是以个人为本位的生存竞争就淋漓尽致地表现出来。对此,我们不必效法旧道德的宣扬者那样加以谴责,也不必曲为辩护。这是客观环境的产物,而且这种以个人为本位的思想,在某种程度上也多少打破了旧的宗法观念,使各人都能较好发挥他的特长,而不再能完全依赖宗族。从长远来看,也未始没有其积极的作用。

第三节 南朝士人的生活方式

江南的地理环境和中原本不相同,黄河中下游本来有比较广阔的平原,农业发展较早。江南则多丘陵沼泽,河道纵横,其农业在南渡以前还落后于中原。再加上南渡之初,大批中原人流亡到长江下游,而这些地区本是孙吴旧地,原来是朱、张、顾、陆等大姓的势力范围,许多土地,都已由这些旧族占据。中原士族来到南方,很有团结他们的必要,否则就很难在南方站住脚。为了避免和这些本地人发生冲突,他们建造庄园、置办田产必须避开吴地士族传统的领地即今苏南、浙西,而必须到人口较少、南方士族力量较小的浙东一带。但这里也不是完全真空的地区,因为会稽的贺氏、纪氏等也是江南有影响的高门,中原迁来的士族,也得避免和他们产生矛盾,再加上浙东一带的山陵地区更多,因此他们的田产不能不比较分散,较少联成一大片。他们又多在朝廷中做官,所置田产,往往交付别人管理,自己很少顾问,只是享受其田租的收入。这种情形也使他们很少有聚族而居的情况,宗法的纽带因此很松弛,人们对宗族的依赖性减弱了。于是兄弟间财产互相分开已成为普遍的现象。《文选》中所录任昉的《奏弹刘整》一文写的就是这种情况。刘整的家族曾在宋齐时代做过吴兴太守等官职,应该是较有地位的士族。他和他的寡嫂范氏为了争夺奴婢和财物,甚至互相斗殴,最后付之诉讼。任昉对那种情况很反感,要求朝廷给刘整以处分。但是这种现象在南朝并不稀少。这种现象在北方来说,很不以为然,卢思道出使南方,见到了这种情况,曾作诗讽刺。据《太平广记》卷二四七引《谈薮》,说卢思道出使陈,陈朝人讥笑北方人吃榆树叶,卢思道作诗反嘲说:"共甑分炊水,同铛各煮鱼。"用来笑南朝人情义之薄。其实大家庭制并无多大优越性,这种讥笑并无多大道理。

南渡的中原士族,在起初对中原的陷落,还念念不忘。著名的新亭对泣故事,就说明他们还是想到洛阳的陷落。甚至那位专以清谈著名的卫玠,也颇感苦痛。《世说新语·言语》:"卫洗马初欲渡江,形神惨悴,语左右云:'见此芒芒,不觉百端交集。苟未免有情,亦复谁能遣此!'"但他们这种情绪并没有坚持多久,因为过江士族仍享有其特权,当时尽管内部争权斗争十分激烈,有许多潜伏的危机,但一些人并不觉察。《世说新语·识鉴》:"周伯仁(颛)母,冬至举酒赐三子曰:'吾本谓度江托足无所,尔家有相,尔等并罗列吾前,复何忧!'周嵩起,长跪而泣曰:'不如阿母言。伯仁为人志大而才短,名重而识暗,好乘人之弊,此非自全之道;嵩性狼抗,亦不容于世;唯阿奴碌碌,当在阿母目下耳。'"后来的结果正如周嵩所料,但南渡诸族并不都像周颛一家那样遭祸,因此安于现状的人还是多数。他们所谓收复中原,大抵停留在口头上。一是因为当时东晋朝廷实在缺乏实力,其次是这些士族到江南后,都置办了产业,也不再想北返了。例如:桓温曾一度攻克洛阳,向朝廷建议还都洛阳,孙绰就上疏反对,明确地说:"植根于江外数十年矣,一朝拔之,顿驱蹙于空荒之地,提挈万里,逾险浮深,离坟墓,弃生业,富者无三年之粮,贫者无一餐之饭,田宅不可复售,舟车无从而得,舍安乐之国,适习乱之乡,出必安之地,就累卵之危,将顿仆道涂,飘溺江川,仅有达者。"(《晋书·孙绰传》)当时迁都洛阳,可能并非良计,但孙绰考虑的还是江南安乐,"田宅不可复售"等等。这说明他已经不再想返回中原,这大约不是他一个人的想法。

这时中原士族虽遭到了流亡之苦,但许多人还是靠着朝廷的优待,尸位素餐,毫无作为。他们大抵都有官职,不但在官时未必清廉,去职时还得搜括。《晋书·范宁传》:

> 又方镇去官,皆割精兵器仗以为送,故米布之属不可胜计。监司相容,初无弹纠。其中或有清白,亦复不见甄异。送兵多者至有千余家,少者数十户。既力入私门,复资官廪布。兵役既

竭,枉服良人,牵引无端,以相充补。若是功勋之臣,则已享裂土之祚,岂应封外复置吏兵乎！谓送故之格宜为节制,以三年为断。夫人性无涯,奢俭由势。今并兼之士亦多不赡,非力不足以厚身,非禄不足以富家,是得之有由,而用之无节。蒱酒永日,驰骛卒年,一宴之馔,费过十金,丽服之美,不可赀算,盛狗马之饰,营郑卫之音,南亩废而不垦,讲诵阙而无闻,凡庸竞驰,傲诞成俗。

这些士大夫们"蒱酒永日"的结果,往往把家产荡尽,还侵占亲戚的财产。《宋书·谢弘微传》载:

> 东乡君(谢混妻)薨,资财巨万,园宅十余所,又会稽、吴兴、琅邪诸处,太傅(谢安)、司空琰时事业,奴僮犹有数百人。公私咸谓室内财产,宜归二女,田宅僮仆,应属弘微。弘微一无所取,自以私禄营葬。混女夫殷睿素好樗蒱,闻弘微不取财物,乃滥夺其妻妹及伯母两姑之分以还戏责,内人皆化弘微之让,一无所争。

殷睿之例也许是比较突出的,但士大夫们的奢侈淫逸,大约也不是个别现象,所以范宁认为当时"并兼之家亦多不赡"。其他士大夫也许不这样狂赌滥饮,但真正能办实事的人也很少见。即使很有名望的人,居官也无实际能力。《世说新语·简傲》:

> 王子猷作桓车骑骑兵参军。桓问曰:"卿何署?"答曰:"不知何署,时见牵马来,似是马曹。"桓又问:"官有几马?"答曰:"'不问马',何由知其数?"又问:"马比死多少?"答曰:"'未知生,焉知死'。"

这王子猷(徽之)在东晋算是一个名士,对自己所任职务一无所知,还自以为清高。刘孝标注引《中兴书》说:"桓冲引徽之为参军,蓬首散带,不综知其府事。"王徽之的官职还比较低,但即使一些做了大官的人,也嗜酒放纵,即使像周𫖮也在所不免。《世说新语·任诞》:

> 周伯仁风德雅重,深达危乱。通江积年,恒大饮酒,尝经三日不醒。时人谓之"三日仆射"。

刘孝标注引《晋阳秋》:"初,𫖮以雅望获海内盛名,后屡以酒失。庾亮曰:'周侯末年,可谓凤德之衰也。'"他们中有些人颇有重名,却并无实际才干。如殷浩,《晋书》本传称他"识度清远,弱冠有美名,尤善玄言",简文帝司马昱认为他名气大,"朝野推伏",引用他来对抗桓温,但他执政后出兵北伐,反而大败,被桓温废黜,"口无怨言,谈咏不辍","但终日书空,作'咄咄怪事'四字而已"。看来,他连为什么战败被贬到后来还未清醒。另一位名士谢万,也曾出兵北征,同样遭到失败。《世说新语·简傲》:

> 谢万北征,常以啸咏自高,未尝抚慰众士。谢公(安)甚器爱万,而审其必败,乃俱行,从容谓万曰:"汝为元帅,宜数唤诸将宴会,以说众心。"万从之。因召集诸将,都无所说,直以如意指四坐云:"诸君皆是劲卒!"诸将甚忿恨之。

用这样的人物去统率军队,简直如同儿戏。这些名士其实也有人颇有自知之明。如吴人陆玩,在王导、郗鉴、庾亮死后,朝廷任命他为司空,有人借端讥讽他,把酒洒在柱上说:"当今乏材,以尔为柱石,莫倾人梁栋邪!"陆玩也明知如此,叹息说:"以我为三公,是天下为无人。"人们也认为是实话。这些高门士族,虽然并无多大才干,但凭着他们的门第,许多掌实权的人还得利用他们。例如谢混因和刘毅勾结,被刘裕所杀,后来刘裕代晋,谢晦对刘裕说:"陛下应天受命,登坛日恨不得谢益寿奉玺绂。"刘裕也叹说:"吾甚恨之,使后生不得见其风流!"(《晋书·谢安附谢混传》)南朝的统治者,也深知这些高门士族并无实用。如王僧达曾因家贫,要求做郡太守,宋文帝想让他做秦郡太守,吏部郎庾仲文说:"王弘子既不宜作秦郡,僧达亦不堪莅人。"(《南史·王弘附王僧达传》)王球做了尚书仆射,仍不大到朝廷办事。江夏王刘义恭要以法纠劾,何尚之说:"球有素尚,加又多疾,公应以淡退求之,未可以文案责也。"刘义恭又向宋文帝去说:"王球诚有素誉,颇以物外自许。端任要切,或非所长。"宋文帝说:"诚知如此,要是时望所归。昔周伯仁终日饮酒而居此任,盖所以崇素德也。"这种宽容的态度,无非是利用他们的门第声望。其实南朝从宋文帝时代起,已经不依靠士大夫来办政事,而是任用寒族人。《宋书·恩幸传》:"夫人君南面,九重奥绝,陪奉朝夕,义隔卿士,阶闼之任,宜有司存。既而恩以幸生,信由恩固,无可惮之姿,有易亲之色。孝建、泰始,主威独运,官置百司,权不外假,而刑政纠杂,理难遍通,耳目所寄,事归近习。赏罚之要,是谓国权,出内王命,由其掌握,于是方涂结轨,辐凑同奔。"又记载宋孝武帝信任巢尚之、戴法兴等寒族,他们"执权日久,威行内外,(江夏王刘)义恭积相畏服,至是慑惮尤甚"。这些寒族出身的人,有的确有才能。《南齐书·幸臣传》:"(宋)孝武以来,士庶杂选,如东海鲍照,以才学知名。又用鲁郡巢尚之,江夏王义恭以为非选。帝遣尚书二十余牒,宣敕论辩,义恭乃叹曰:'人主诚知人。'"于是政治的实权,落到了一些被帝王欣赏的寒人之手,至于士大夫,却并无才能,只是空谈玄理,或以文章见称。《颜氏家训·涉

务》讲到梁武帝不任用士大夫时曾公正地说:

> 吾见世中文学之士,品藻古今,若指诸掌,及有试用,多无所堪。居承平之世,不知有丧乱之祸;处庙堂之下,不知有战阵之急;保俸禄之资,不知有耕稼之苦;肆吏民之上,不知有劳役之勤。故难可以应世经务也。晋朝南渡,优借士族;故江南冠带,有才干,擢为令仆已下尚书郎中书舍人已上,典掌机要。其余文义之士,多迂诞浮华,不涉世务;纤微过失,又惜行捶楚,所以处于清高,盖护其短也。至于台阁令史,主书监帅,诸王签省,并晓习吏用,济办时须,纵有小人之态,皆可鞭杖肃督,故多见委使,盖用其长也。人每不自量,举世怨梁武帝父子爱小人而疏士大夫,此亦眼不见其睫耳。

颜之推是经历过梁代的,他自己又是一个士大夫,对这种事实知道得很清楚。不过他所目睹的梁代士大夫,当已是梁武帝后期的那些士人,所以特别显得无能。但在东晋南渡之初,情况还不很一样。像王导、谢安、谢玄、庾亮、庾翼等人物还有一定的政治才能。到了东晋中叶以后,他们中办理政事的才能已不如其前辈人物,但还能登山涉水,不至衰弱到生活不能自理的程度。《世说新语·栖逸》:"许掾(许询)好游山水,而体便登陟。时人云,许非徒有胜情,实有济胜之具。"谢灵运是位山水诗的名家,未必有什么政治才能,但为了游山玩水,他并不怕山路艰险,所以能有这许多名句。到了梁代,情况便不同了。《颜氏家训·涉务》:

> 梁世士大夫,皆尚褒衣博带,大冠高履,出则车舆,入则扶持,郊郭之内,无乘马者。周弘正为宣城王所爱,给一果下马,常

服御之,举朝以为放达。至乃尚书郎乘马,则纠劾之。及侯景之乱,肤脆骨柔,不堪行步,体羸气弱,不耐寒暑,坐死仓猝者,往往而然。建康令王复性既儒雅,未尝乘骑,见马嘶歕陆梁,莫不震慑,乃谓人曰:"正是虎,何故名为马乎?"其风俗至此。

颜之推这段话,似乎不算太夸大,在晋、宋、齐等代,做官的人立了功,可以封爵、赏赐财物或升官;至梁代,开始用女乐赏赐大臣。但到了陈代,大臣有功,往往赏以"给扶"。其中像徐陵是一个文士,"给扶"时年在七十上下,还可以理解;但像侯安都这样的武将,死时才四十四岁,但在四十岁那年就"给扶",可见那时的统治阶级中,出入叫人扶着,被认为是一种身份高的表现。陈代是南朝的一个比较特殊的朝代,这时由于在"侯景之乱"及江陵陷落之后,原来在社会上地位较高的王、谢二姓及江南的朱、张、顾、陆,都已不甚显赫,最多也只是在学术、文艺方面有些人才。比较得势的则是过去不大受人注意的地方上的强宗豪族。他们出身低微,不但不足和王、谢或顾、陆诸大姓相比,连北府兵将领出身的刘、萧诸族,也比他们要高得多。但当他们掌握政权以后,也很快地"士族化",为了装点门面,一些武人也学着作诗,《陈书》本传说侯安都"工隶书,能鼓琴,涉猎书传,为五言诗,亦颇清靡"。他得势后,召集文士,"或命以诗赋,第其高下,以差次赏赐之"。当时文人中如褚玠、马枢、阴铿、张正见、徐伯阳、刘删、祖孙登等,都成了他的宾客。至于朝廷里陈后主身边,更有一批"狎客",仿作"宫体",但在艺术上已跟不上萧纲和徐、庾诸人。其中有些人并不是没有佳作,如阴铿几首好诗,均作于梁代及遭乱离之时,到那时,好诗就大为减少。在当时的环境中,文人远离生活实践,即使艺术上怎样精雕细琢,毕竟难于出现真正有价值的作品。

从南朝文学发展的历史看来,它的确有其辉煌的成就,有它繁荣兴盛的时代,这就是自晋宋之际一直到梁中叶,这时确实出了不少杰出的作家,他们大多聚集在建康、江陵、山阴等都市中,他们以文会友,互相交流、唱和,又有许多帝王、大臣在那里加以提倡;江南的秀丽景色,也成了他们模山范水的好题材。但随着士族的日趋腐朽,他们逐渐地远离了社会生活,视野日趋窄小,只能在技巧、形式方面有所贡献。对于这些作品,自然也应该历史地加以评价,虽然不必像过去那些道学家那样一概斥为腐朽,但也没有必要加以抬高。值得注意的则是不少过去的"宫体诗人"在遭到"侯景之乱"等事件后,也曾作过一些沉郁悲壮之作,更不能加以忽视。

第四节　建康——南方文化的中心

在前面我们已经谈到了封建社会中建都之地,往往就是人文荟萃之区,一般也就是学术和文艺的中心。这个中心在西汉时代,本在长安,东汉以后就迁到了洛阳。汉末群雄割据之际,这个中心曾一度移到了许昌和邺城,但不久又回到洛阳。西晋末年洛阳的失陷,迫使中原的大批文人、学者逃向江南。他们南下之后,与江南原有的文人在一起,在偏安政权的首都建康重新建立了一个文化中心。

洛阳的陷落,对学术和文艺的发展是一个严重的打击,许多书籍在兵火中散佚,学者和文人四处逃散,有的在兵荒马乱中丧生,有的隐居不出就此默默无闻。只有一部分逃向江南的人,才能重新在建康集合起来。他们从中原南逃时,带着一部分书籍,而建康本是孙吴的旧都,那里的士族,也有部分藏书,于是在互相借阅和传抄中,书籍得以重新积累起来。桓温、刘裕等人曾几度重新攻入洛阳,可能在中原也曾收集到一些遗漏在北方的图书。至少当刘裕灭后秦时,就将关中的藏书4000余卷,全部运送到了建康。据隋人牛弘说,那部分书,"皆赤轴青纸,文字古拙",恐多是西晋以前的旧物,因为十六国的战乱中,人们从事著作的毕竟不多。东晋和南朝政府很注意图书的搜集和保存,并历来有学者加以整理编目。南朝的藏书,根据《隋书·经籍志》记载,有:《晋义熙已来新集目录》3卷;《宋元徽元年四部书目录》4卷,王俭撰;《今书七志》70卷,王俭撰;《梁天监六年四部书目录》4卷,殷钧撰;《梁东宫四部目录》4卷,刘遵撰;《梁文德殿四部目录》4卷,刘孝标撰;《七录》12卷,阮孝绪撰。这些都是南朝文化盛时的藏书目录。到侯景之乱以后,据《隋书·经籍志》尚有《陈秘阁图书法书目录》1卷、《陈天嘉六年寿安殿四部目录》4卷、《陈德教殿四部目录》4卷、《陈承香殿五经史记目录》2卷。北方藏书则在隋以前似乎并无人从事整理,仅有《魏阙书目录》1卷,可能就是北魏向南齐借书时开的目录(《隋书·经籍志》:"孝文徙都洛邑,借书于齐,秘府之中,稍以充实。"据《南齐书·王融传》,北魏向南齐借书时,朝议不许,但王融建议允借,齐武帝也不反对。可能后来借了一些给北魏,所以才会有"稍以充实"的话)。经过侯景之乱和萧绎的焚书,典籍存者寥寥,陈代几种目录,仅4卷,隋代开皇四年和八年的目录也仅4卷,到平陈后的《隋大业正御书目录》9卷,是陈、隋藏书合并的结果,《隋书·经籍志》所著录的书,大约不会比这个目录多出多少。此外,南朝关于文学方面的书录据《隋书·经籍志》著录的还有《续文章志》2卷,傅亮撰;《晋江左文章志》3卷,宋明帝撰;《宋世文章志》2卷,沈约撰。这些文学方面的记载,也可能还有阮孝绪《七录》等书中没有著录的书名或文章篇名。《隋书·牛弘传》载牛弘上书隋文帝要求搜集图书时,讲到王俭《七志》、阮孝绪《七录》所著录图书有30000余卷;北朝方面到周武帝保定初,只有书8000余卷,其中当然包括南方萧绎焚书的残余,尽管说"所收十才一二",

已对北周是一个不小的数字。周平北齐,所获的书,去其重复为5000卷,总计隋代在平陈以前藏书共15000余卷,牛弘说"比梁之旧目,止有其半"。平陈以后,可能有所增加,但比梁时藏书之数,残缺得还很多。即以《隋书·经籍志》而论,以经部《周易》一类,亡佚94部,829卷;"三礼"类亡佚211部,2186卷。别集一类亡佚886部,8126卷;总集类亡佚249部,5224卷。其他经书和"子"、"史"二类的亡书还未统计进去。这些数字其实还未必能完全反映南北朝藏书的情况。有些书和作品,还是保存在南方,在《隋书·经籍志》中没有著录,但在南朝确已存在。如所谓《刘子》,《隋书·经籍志》说已亡佚,而在《旧唐书·经籍志》、《新唐书·艺文志》中又出现了。此书前人都认为是北齐刘昼作,其实从梁代著录情况看,根本不可能出于刘昼之手,笔者在《关于〈刘子〉的作者问题》一文中已有考证。此书当为南朝人作,当出现于南方。又如著名的《木兰诗》,也是在南方发现的。还有像流行于南朝的伪古文《尚书》,北魏中叶已传入北方,但还只在上层流行,直到隋代,一般士人见到的还很少。所以孔颖达会说此书到隋才流行河朔。以上所说,还基本上限于国家藏书,至于私人的藏书恐怕南方还有一些国家藏书中所缺的书。如《梁书·沈约传》云:"好坟籍,聚书至二万卷,京师莫比。"同书《任昉传》:"家虽贫,聚书至万余卷,多异本。昉卒后,高祖使学士贺踪共沈约勘其书目,官所无者,就昉家取之。"又《王僧孺传》:"僧孺好坟籍,聚书至万余卷,率多异本,与沈约、任昉家书相埒。"这些藏书家不但是当时著名文人,也是喜欢结交朋友、奖掖后进的人物。在印刷术发明以前,人们要读到一部书是十分困难的。往往只能向这些藏书家借阅或借抄。尤其是保存更不容易,私人藏书由于兵火或子孙不知爱惜,往往散佚。国家的藏书相对来说要稍好,南方自东晋中叶到梁末,建康基本上没有遭到大破坏,即使发生几次内乱,也未波及宫中藏书。在一百六七十年中,不但保存完好,也在陆续增加。这些藏书虽然对平民来说并不易看到,但做官的人就不难看到。他们可以借抄这些图书,而一般地位较低的人,也可以从这些官员的家中借阅和转相传抄。有着这个文化中心和缺乏这样一个文化中心是很不一样的。南朝绝大多数作家和学者都到过建康,少数人即使没有去,也可以通过其他人借阅和借抄到建康的藏书。这对提高各地的学术、文艺水平起着极大的作用。《梁书·刘峻传》讲到刘峻(刘孝标)从北方回到南方,自己觉得所见不博,于是用功读书,以博洽著称。他所以能有这么大成就,可能就是得力于任昉等人的私家藏书,任昉死后他所以为任昉之子打抱不平,作《广绝交论》,恐怕就由于此。有着建康这样的文化中心,既有丰富的国家藏书,又有这么多私人藏书家,这推动文化传播的力量是难以估计的。

建康除了有许多书籍外,人的因素尤为重要。南方的文人和学者在建康做官,互相结识和交友,一起谈学论文、交流切磋的现象十分普遍,那时像乌衣巷的王、谢二姓第宅中和瓦官寺这样的佛教寺院都是文人学士经常聚会之地。我国古代的文人学者,本有互相讨论和批评的好习惯。早在两汉时代,经学家们就展开过几次讨论。郑玄在经学上曾对今文家何休、古文家许慎都作了批评,后来王肃起来反对郑玄,郑学传人孙炎又起来反驳。到玄谈盛行之后,玄学家们互相驳难,更成了十分经常的事。同样地,在文学方面,从建安时代起,邺下的文人们经常在一起唱和,更是历史上的美谈。建安文人不但经常唱和,也能开展批评。曹丕的《典论·论文》、《与吴质书》对"建安七子"的优缺点都作过评价。曹植在《与杨德祖书》中,批评了陈琳"不闲于辞赋",还说:"世人之著述,不能无病,仆常好人讥弹其文,有不善者,应时改定。昔丁敬礼常作小文,使仆润饰之,仆自以才不过若人,辞不为也。敬礼谓仆:'卿何所疑难,文之佳恶,吾自得之,后世谁相知定吾文者邪?'吾常叹此达言,以为美谈。"嵇康与向秀是好朋友,对《养生论》问题,互相驳难,至于再三,也不以为忤。陆云作为弟弟,给陆机写信,可以批评兄长作文太繁,主张"清省"。这个优良的传统,一直保持到东晋南朝。《颜氏家训·文章》就讲到南朝人作文,喜欢人家批评。这对文学的发展显然是十分有利的。

南渡士族的以文会友,在东晋已很普遍,最有名的,恐怕是晋永和九年(353)的兰亭之会。那次集会是在会稽山阴的风景胜地,主持者是王羲之,参加的人有孙绰、孙统、谢安、谢万等许多名士,宴饮赋诗,并由王羲之作序,这就是著名的《兰亭集序》,此文今人或有疑其伪作的,但根据不很充足,即使墨迹或文章不可信,也不能否认这次集会及会上所作的四言诗、五言诗的真实性。这次聚会纯属名士们私人的宴集。至于朝廷中,大抵也喜欢于每年三月三日举行曲水之宴,会上除作诗外,照例还有人写序。其中最著名的,像《文选》所录颜延之和王融的《三月三日曲水诗序》,这都是骈文的名作。东晋和南朝文人互相唱和及赠别的诗很多,著名的诗文一经写出,就被人们互相传抄,很快流传到各地,甚至北朝。因此南朝士大夫如果不能谈玄和作诗,都被认为是很失体面的事。

当时文人间互相称道或批评,是经常的事。《世说新语·文学》:"郭景纯(璞)诗云:'林无静树,川无停流。'阮孚云:'泓峥萧瑟,实不可言。每读此文,辄觉神超形越。'"又云:"孙兴公作《天台赋》成,以示范荣期,云:'卿试掷地,要作金石声。'范曰:'恐子之金石,非宫商中声。'然每至佳句,辄云:'应是我辈语。'"他们有时也对别人文章作批评,如孙绰批评曹毗"才如白地明光锦,裁为负版袴,非无文采,酷无裁制"。《南史·颜延之传》:"延之尝问鲍照己与(谢)灵运优劣,照曰:'谢五言如初发芙蓉,自然可爱。君诗若铺锦列绣,亦雕缋满眼。'"据《诗品》记载,回答此语的是汤惠休,而颜延之颇不高兴。

不管如何,当时如果没有自由批评的空气,鲍照或汤惠休都不会回答得如此直率。这些文人们对彼此的作品都很了解,有时也可以互相取笑。《南史·谢庄传》:"庄有口辩,孝武尝问颜延之曰:'谢希逸《月赋》何如?'答曰:'美则美矣,但庄始知"隔千里兮共明月"。'帝召庄以延之答语语之,庄应声曰:'延之作《秋胡诗》,始知"生为久离别,没为长不归"。'帝抚掌竟日。"这种相互取笑,不一定是互相轻蔑,却十分具体地反映了文人间彼此对别人作品都很熟悉。这种经常的交流,自然能提高创作的技巧。

文人之间不但能展开批评,而且有时还能接受别人的意见,以增加辞采。如《世说新语·文学》:

> 桓宣武命袁彦伯作《北征赋》,既成,公与时贤共看,咸嗟叹之。时王珣在坐,云:"恨少一句,得'写'字足韵当佳。"袁即于坐揽笔益云:"感不绝于余心,溯流风而独写。"公谓王曰:"当今不得不以此事推袁。"

和袁宏的事情相类者,还有张融。《南齐书·张融传》载,张融作《海赋》以后,还返建康,把赋给顾𫖮之看:

> 𫖮之曰:"卿此赋实超玄虚(木华),但恨不道盐耳。"融即求笔注之曰:"漉沙构白,熬波出素。积雪中春,飞霜暑路。"此四句,后所足也。

这些文人在写文章时,也可以听取晚辈的意见。如《南史·王诞传》:

> 诞少有才藻,晋孝武帝崩,以叔尚书令珣为哀策,出本示诞,

曰:"犹恨少序节物。"诞揽笔便益之,接其"秋冬代变"后云:"霜繁广除,风回高殿。"珣叹美,因而用之。

由于文学作品的流传迅速,文学批评的自由展开,于是文学批评和文学总集的编纂便应运而生。我们现在知道的专门从事文学批评的文章,似以曹丕的《典论·论文》为较早;继之而起的像挚虞的《文章流别集》是最早的选本,而其"论"则为文学批评。到了东晋,继作者甚多。如李充《翰林论》等,据《隋书·经籍志》所著录的就很多。《文士传》和范晔《后汉书》的设《文苑传》,说明了人们对文学越来越重视。正是在这个基础上,人们开始探索起文学创作成败和历代文学兴衰的原因。像《文心雕龙》和《诗品》等著作,直到今天还成为文学批评史上的杰作。《文选》和《玉台新咏》以及当时许多诗文辞赋的总集层出不穷。正是这些选本,使许多作品得以保存。除此以外,作家们还开始了从佛经等外国典籍以及音乐等其他艺术部门中得到启发,创造了四声以及平仄相对等格律,使"声律论"继"文体论"、"风格论"等热门话题而成为许多人关心的问题。于是诗风丕变,也波及文风。这不但促进了唐代律诗的产生,其实影响所及也关系到散体文。不管后来的散文家如何反对齐梁文风,但其还是十分重视"音节"的作用,然而所谓"音节",又何尝能离开"四声"?至于"四声"的发明,正好和南齐永明间竟陵王萧子良创"梵呗新声于西邸"同时,创造"四声论"的沈约,也正是"竟陵八友"之一。正如同当时创作一样,文学批评方面的一切新的变化,往往总是从建康这个文化中心开始,然后普及整个南朝统治区。其作用是应该充分估价的。

第五节　南朝文风向各地的传播

南朝的文化中心虽在建康,但当时作家大抵并非原籍建康,往往只是游官、做幕僚或求学到此,任职期满或学成以后,常常要离开这里,调任外地或回归家乡。这样,就把建康的文学成就广泛传到各地。但由于各地的具体情况不同,产生的影响也不相同。大体上说,南朝交通以长江水道为主,因此文化的发展,也基本为溯江而上,首先在长江沿岸的江州、荆州和雍州(襄阳)等地发展起来。但这几个地点的情况,也不完全一样。因此我们可以分别论述。江州即今江西省一带,这里地处建康之西,离这个文化中心较近,而且是东晋南朝的一个重镇。这里又有着浔阳(今九江)和南昌两个城市,又有庐山这著名的风景区。东晋初年权臣王敦就曾在这里任刺史,并控制朝廷,其后刘毅等人也曾在此做官。但在这里产生的文学家,却似乎以隐士和佛教徒居多。这里的文学兴起较建康稍晚,大约要到东晋中晚期以后。其兴起的原因也和别处不同。因为这里虽然也是富庶之区,而且风景秀美,毕竟不像江浙等地那样曾经是孙吴时代的政治中心。这里也有一些士大夫,但门第一般不算很高,在仕途上也不可能像南渡的王、谢和吴地的顾、陆诸姓那样容易得到高位。个别的人如陶侃虽官至大司马,封长沙公,官职不可谓不高,但在当时已被人轻视,斥为"溪狗"(《世说新语·容止》);他死后,有的儿子自相残杀,有的被庾亮所杀,只有第十子陶范还有官职,但当王胡之贫乏时,陶范好意送一船米给他,王胡之却说:"王修龄若饥,自当就谢仁祖索米,不须陶胡奴米。"(《世说新语·方正》)以这样的名臣之子,还是被高门士族所轻视,因此仕途上自然不会很顺利。另一个大臣周访,本是汉末从中原迁来的士族,祖上在吴时就曾任官职,至周访时,就曾做到梁州刺史,但也得不到高门士族的尊重。这些人的后人,大抵都退居田园,做了隐士。其中比较著名的,当然是陶侃的曾孙陶渊明①。关于陶渊明这样一位伟大的隐逸诗人的出现,决非偶然的,在他的亲属中,有许多在当时都是著名的隐士。陶渊明的父亲虽然做过官②,但对官位已很不重视。正如他在《命子诗》中所说:"于穆仁考,淡焉虚止;寄迹风云,冥兹愠喜。"他的堂叔伯中还有一位陶淡见于《晋书·隐逸传》:"陶淡字处静,太尉侃之孙也。父夏,以无行被废。淡幼孤,好导养之术,谓仙道可祈。年十五六,便服食绝谷,不婚娶。家累千金,僮客百数,淡终日端拱,曾不营问。颇好读《易》,善卜筮。于长沙临湘山中结庐居之,养一白鹿以自偶。亲故有候之者,辄移渡涧水,莫得近之。州举秀才,淡闻,遂转逃罗县埤山中,终身不返,莫知所终。"按:陶氏家族在陶侃死后,曾出现过骨肉相残的悲剧。陶侃的儿子陶洪早卒,陶瞻为苏峻所杀,陶夏为世子,其弟陶斌、陶称乘陶夏送陶侃之丧还长沙时拥兵数千互相争夺,陶夏杀了陶斌,被庾亮所劾,不久病死。陶称亦因行为不好,被庾亮所杀。这一切都给陶家后人以深刻的印象。陶渊明之父的淡泊名利,陶淡之隐居不仕以及陶渊明自己的生活态度,都和这些事件有关。

除了陶氏家族外,陶渊明的外祖孟嘉是一个名士,孟嘉之弟孟陋,也是著名的隐士。《晋书·隐逸传》:"陋少而贞立,清操绝伦,布衣蔬食,以文籍自娱。口不及世事,未曾交游,时或弋钓,孤兴独往,虽家人亦不知其所之也。"他又博学多通,长于"三礼",注《论语》。

---

① 陶侃是否陶渊明的曾祖,历来学者有争论,这里根据《宋书·隐逸传》及萧统《陶渊明传》,他们去陶年代较近,当可从。

② 陶渊明之父,名字已无考,李公焕注引陶茂麟《家谱》说他叫陶逸,未知确否。

对孟陋的情况,陶渊明应该是了解的。在他所作的《晋故征西大将军长史孟府君传》中写到孟嘉的性格也多有隐士气,并且和当时隐居不仕的玄言诗人许询有很深的交情。陶渊明的妻子翟氏也出身于隐士世家。《晋书·隐逸传》记载,隐士翟汤,子翟庄、孙翟矫都是隐士。《宋书·隐逸传》则说翟矫子法赐也是隐士。他们的隐逸思想对陶渊明也有影响。除了陶、孟、翟三姓外,江州一带的隐士还很多,如曾和翟汤一起隐居的周子南,《世说新语·栖逸》说他是"汝南周子南",当为周访之后,周、陶世交,陶渊明曾作《诸人共游周家墓柏下》诗。又如隐居于荆州的南阳刘驎之,即《桃花源记》中的"南阳刘子骥",他对陶渊明当然也有影响。此外,隐居在庐山一带的还有周续之、刘遗民等人,都是当时有名的隐士,他们和陶渊明同时,并有来往,思想虽不完全一样,多少是互有影响的。

在东晋末年,庐山一带的人士中,在文学上有成就的人物也不少。如湛方生,其诗风也以平易为特色,与陶诗风格颇为相近。尤其是他的《帆入南湖》、《还都帆》诸作,在内容和技巧方面,均与陶诗类似。又如曾在庐山追随释慧远的画家宗炳,也能作诗,其诗风也比较平淡质朴,在艺术上可能还不及湛方生,但也带有江州隐逸之士的文学特色。庐山一带不但是隐士聚居之处,也是名僧慧远在那里宣扬佛教之地。慧远本是道安的弟子,从北方来到南方宣扬佛法,他所以选择庐山作为留居之地,并不是偶然的。因为庐山一带不但风景优美,而且佛教在这一带已经有较深的影响。早在慧远来此以前,康僧渊已在此附近居住。《世说新语·栖逸》:"康僧渊在豫章,去郭数十里立精舍,旁连岭,带长川,芳林列于轩庭,清流激于堂宇。乃闲居研讲,希心理味。庾公(庾亮)诸人多往看之,观其运用吐纳,风流转佳,加已处之怡然,亦有以自得,声名乃兴。"豫章即今南昌,与九江相近。和康僧渊在一起的还有康法畅、支敏度等,他们都善谈佛理,可以与玄学家相往还，和朝廷大臣也有来往。康僧渊本是生在长安的西域人，但能汉语，就能对士大夫们起很大影响。至于慧远，是雁门楼烦（今山西娄烦）人，对士大夫们影响更大。陶渊明、谢灵运、宗炳等人均和他有来往。据《高僧传》本传记载，和他来往的有刘遗民、雷次宗、周续之、毕颖之、宗炳、张莱民、张季硕等人。慧远不但是佛学家，也兼通儒学，雷次宗在刘宋是以讲《丧服》礼著名的，其学说即来自慧远。周续之是雁门人（据《高僧传·慧远传》)，据陶渊明诗《示周续之祖企谢景夷三郎》及萧统《陶渊明传》，他也在那里讲礼学，其学说可能也本于慧远。慧远自己也是精于文学的。《高僧传》说他"善属文章，辞气清雅"；"所著论序铭赞诗书集为十卷，五十余篇，见重于世焉"。他的诗，今尚存《庐山东林杂诗》一首。此外在他周围的僧侣能作诗文的也不少，如庐山诸道人的《游石门诗并序》等，都清淡闲远，有玄言诗的气息而多文采，有山水诗的善于写景之妙而没有其过于雕饰之弊；从文风上说和陶渊明、湛方生等人也较接近。总的来说，江州文风是一种隐逸文学或山林文学，与建康一带的颜延之、谢灵运等人的雍容、富赡的带有贵族和庙堂气息的文学作品大异其趣。当然，两者之间，也是互有交流的，颜延之曾经到过江州，与陶渊明有交谊；谢灵运也曾到庐山拜访慧远，后来陶诗也流传到建康等地，得到文人们赞赏。

陶渊明去世以后，江州一带仍是文人经常游历之处。刘宋元嘉年间，刘义庆曾在此任刺史，鲍照在他幕下，他曾作过一些咏庐山的诗。后来江淹也曾从建平王刘景素登庐山，作诗。梁代的安成王萧秀，曾为江州刺史，曾在这里招纳处士，表彰陶渊明，辟举其曾孙为官，何思澄曾游其幕。以后南平王萧伟、庐陵王萧续先后为江州刺史，何逊两次随从来此。其中尤其萧秀为许多文士所仰慕。梁代中叶以后，萧绎（元帝）曾在江州，幕下文人也不少，如陈代著名诗人阴铿，当时就在那里。当然，这些文人大抵是些官员的幕僚，诗风要适应流行的风格，与出入仕途者相近，已和东晋末刘宋初那些隐士的文风不同。

地处长江中游的荆州，在南朝时不但是一个军政的要地，也是文化的重镇。南朝政府的粮食供应有很大一部分来自这里，而且地处建康的上游，许多权臣控制了荆州，往往能对建康构成威胁。在东晋一代，由于帝王手中并无实权，所以往往为一些权臣所控制。如王敦当时控制实权，曾经假装允许陶侃、周访等人立功后为荆州刺史，实际上并未付诸实施，而始终用他的亲族。王敦死后，陶侃做荆州刺史，据《晋书》本传说，也曾有野心，不过因拘于迷信，未敢有所动作。陶侃死后，庾亮等人都抓住荆州不放，庾氏虽无争帝位的心，但也很专权。庾亮、庾翼控制了荆州很久，庾翼死时，上表要他儿子庾爰之继任，朝廷畏忌其势力，最后决定用桓温去代替庾爰之。当时刘惔就认为桓温虽能平定荆州，却从此不可复制（见《世说新语·识鉴》）。果然，从此荆州成了桓氏的世袭领地，直到桓玄篡晋，被刘裕所杀。刘裕执政之后，荆州刺史一直不轻易授人，所用除了他的弟弟刘道怜、刘道规外，就是他的儿子。刘裕死后，这政策也未改变。《宋书·宗室刘义庆传》："荆州居上流之重，地广兵强，资实兵甲，居朝廷之半，故高祖使诸子居之。义庆以宗室令美，故特有此授。"直到梁代，梁元帝萧绎也长期任荆州刺史。在这些人中如庾亮、桓温，都是能文的，他们的文章都被《文选》所采录。《诗品》说他们的诗是玄言诗。这些玄言诗的艺术价值一般不高，但也代表了诗歌中一个流派。在庾亮身边有一批文士，《世说新语·容止》中就有记载。桓温周围也有袁宏、伏滔等著名文人。到了刘宋时代，像刘义庆幕下，有过许多文人，如盛弘之、鲍照等。到梁代时，萧绎周围文人更多。王褒、庾信、颜之推等人都曾在他幕下。

荆州地区不但集中了一大批文人，而且本地出身的文人也不少。如庾肩吾、庾信父子就是在东晋初从南阳新野迁到江陵来的。根据史籍记载，荆州本地的文人就有宗炳、宗夬、刘坦、乐蔼、刘之遴及学者严植之等。到梁元帝时代，江陵一度作为南朝的政治中心。像《荆楚岁时记》作者宗懔也是江陵人。但自从江陵被西魏攻陷以后，这里号称"后梁"，实已成了北周的附庸，不再归南朝统辖。

地处江陵以北，位居汉水之滨的今襄阳市一带，更是东晋和南朝的一个军事重镇。在东晋中叶以前，朝廷势力孤弱，似乎对这一地区还有点鞭长莫及。有一个时期，曾被前秦苻坚所攻陷，直到苻坚失败后才重新收复。在当时，这里曾经是荆州的一部分。当前秦败亡时，正值晋荆州刺史桓冲病逝，当地驻军无人统辖，胡作非为。北方的今山西、陕西等地居民有很大一部分逃难来到襄阳一带。当地晋朝驻军对他们肆意屠杀欺凌。据《太平广记》卷一一〇引王琰《冥祥记·张崇》记载，有许多暴行实在令人发指。但后来朝廷知道后，终于加以制止。这部分由关中及今晋南一带迁入襄阳一带的移民，朝廷特地为他们设立了雍州，治所就在襄阳。后来的事实证明，这部分人特别骁勇善战，在元嘉二十七年的宋、魏战争和后来讨伐刘劭弑父的战争中，其战斗力可以说非常突出。因此从刘宋后期直到齐梁，雍州一直是朝廷非常重视的地方，雍州刺史一般也非皇帝最信任的人不能担任。一些掌握军权的官僚也很重视这个地区在军事上的重要意义。《宋书·柳元景传》载，宋孝武帝想用柳元景为雍州刺史，就遭到臧质反对，因为臧质想和刘义宣据荆、郢二州叛乱。《南齐书·张敬儿传》载，萧道成和沈攸之争夺政权，张敬儿就向萧道成建议，让自己做雍州刺史，以牵制在荆州拥兵自强的沈攸之。到齐末，梁武帝萧衍在雍州任刺史，就认为"雍州士马，呼吸数万，虎视其间，以观天下"；后来齐东昏侯萧宝卷昏乱，梁武帝要联络荆州刺史萧颖胄一同起兵,就料到萧颖胄定能附和,原因是"荆州本畏襄阳人"。(皆见《梁书·武帝纪》)后来他做了皇帝,襄阳被视为根本重地,起初留其弟萧伟,后来又用另一个弟弟萧秀,接着是儿子萧纲(简文帝)、萧续,最后则是孙子萧詧,始终不肯轻易授予他所不完全信任的人物。

襄阳这地方,在东晋南朝虽和都城建康相距较远,在文化上却并不落后。因为这里距西晋时的文化中心洛阳较近,当时在襄阳镇守的官吏大抵是一些有名的人物,如羊祜、杜预、山简等,都有较高的文化修养,在他们幕下也常有不少著名的文人(如邹湛等)。其实这里本是一个文化比较发达的地方,在汉末就有许多著名士人隐居于此,如庞德公等,蜀汉名臣诸葛亮也曾隐居于此。所以东晋时代,就有习凿齿这样的名士,又如高僧释道安也曾到过这里。当时的襄阳,文化应该说是很高的。但在东晋南朝,这里毕竟是边界要地,战乱较多,正如沈约《齐故安陆昭王碑文》所说:"方城汉池,南顾莫重,北指崤潼,平涂不过七百;西接峣武,关路曾不盈千。蛮陬夷徼,重山万里,小则俘民略畜,大则攻城剽邑,晋宋迄今,有切民患,烽鼓相望,岁时不息,椎埋穿掘之党,阡陌成群;傲法侮吏之人,曾莫禁御,累藩咸受其弊,历政所不能裁。加以戎羯窥窬,伺我边隙,北风未起,马首便以南向;塞草未衰,严城于焉早闭。"这种形势,使襄阳的文化多少有些衰落。但其在文学上的地位,仍不可忽视。例如现今《乐府诗集》中所载的《西曲歌》,有很多出自襄阳。后来梁武帝以此为发祥之地,曾让简文帝萧纲在此镇守多年。他是普通五年(524)出任雍州刺史,直到中大通二年(530)才调回建康任扬州刺史,前后7年,去时22岁,回都时28岁,正是创作趋向成熟之时。按《梁书·徐摛传》,徐摛做萧纲的侍读是在天监十二年(513),这时萧纲才11岁,而从此他就一直跟着萧纲。在萧纲回建康的次年(中大通三年,公元531年),他就出为新安太守。因此,"宫体诗"的形成,应该是在襄阳。《梁书·徐摛传》:"摛文体既别,春坊尽学之。'宫体'之号,自斯而起。"这里行文疑有疏忽,"宫体"形成,似不在萧纲为太子以后,而在此前,因为"宫体"本是从徐摛开始,而徐摛之在萧纲周围,正是萧纲在襄阳期间。因此襄阳在齐末至梁中大通时代,也是文学的一个重要中心。在梁后期,萧詧任雍州刺史时,身边也有很多文人,萧詧本人也很善于作文章。在他周围善于作诗文及通经学的人也很多。《周书·萧詧传》所载,有蔡大宝、甄玄成、岑善方、傅准、宗如周、萧欣、范迪、沈君游等人。还有一些入仕周、隋的如柳霞等人。只是襄阳自西魏攻克江陵以后,萧詧徙居江陵,而本地则改为襄州,入了北周的版图。

在荆州、雍州之西的今四川一带,在东晋南朝称为益州。这个地区本是汉代文学的重镇,但自西晋后期被成汉李氏割据以后,有四十多年不在晋朝统治之下。桓温灭成汉,把许多士人迁归建康。自此以后,晋、宋、齐三代直到梁初,对益州的重视,似远不如雍、荆、江等州,其刺史人选有时也不一定选用很有地位的人物,朝廷对这里的控制有时也鞭长莫及。所以在东晋至梁中叶,似乎很少有作家在蜀中进行创作。从历史的传统来看,蜀中文化不应衰落得这样,而且到了唐代,蜀地又成了人才辈出之地。这大约是当时交通不便,江流险急,长江下游的人颇视入蜀为畏途,因此外地文人较少入蜀,蜀地文人的创作,也很少流传到建康等地,所以我们现在对这一阶段的蜀中文学知之甚少。然而,梁后期的益州刺史是梁武帝子武陵王萧纪,他颇有文才,后来因与元帝萧绎互相火并,战败而死。他善于作诗,其作品在《隋书·经籍志》中著录有8卷,今尚有诗见《玉台新咏》。西魏派尉迟迥平蜀,所得文人如萧㧑、刘璠及武陵王纪的儿子萧园肃等,都颇有文才,说明梁时益州在文学上也有其成就。

南朝的文学家大多数出自长江沿岸诸州,至于今湖南、两广及福建等地,出现的文人相对较少。其中今湖南和福建还有一些文人因游宦和贬官曾至其地,所以宋、齐两代,就有较多文人到过那里。至于今两广则很少有人涉足,只有犯罪贬黜者被流放至此。不过到了梁末侯景之乱以后,也有文人避难至此,如江总有一部分作品就作于此地。尽管当地出身的作家似乎很少,但这些地区的文化水平却在迅速地提高。所以到了唐代,今两广、福建等地都涌现了不少作家,这和南朝文化的普及岭南是有密切关系的。

第六章　南方文学的几个主要题材

　　东晋南朝的文学特别是诗歌有一个非常令人注目的问题,那就是在某一个时期,人们似乎特别着重去写某一种题材。例如:我们经常说东晋时代流行的是"玄言诗",刘宋时代流行的是"山水诗",梁陈时代流行的是"宫体诗"。这种说法,是否很确切,是可以讨论的。因为东晋诗人中,已有不少人写到了山水;刘宋诗人中尽管有谢灵运这样的山水诗名家,但同时诗人如颜延之、鲍照就未必专以"山水诗"著名;梁陈作家尽管有不少写妇女题材和咏物之作,却也有人写边塞、写山水。因此过于强调某一题材作为一个时期文学的特征,恐怕是不很妥帖的。但玄言、山水、宫体以及南齐永明年间的声律说,确实都对我国文学史产生了深刻的影响,而这几种诗体的产生,都有其种种社会原因,而且这几种诗体也是互相有着密切的联系,很难孤立地加以探讨。但为了叙述的方便,我们不妨按时代顺序逐一作些简单的论述。

第一节　玄言诗和玄谈的影响

在前面第二、三两章中我们已经论述过玄学的出现是儒学的发展及其进步意义。历来论者谈到玄学，往往着重于从王弼、何晏、嵇康、阮籍以至郭象等魏及西晋学者，对于东晋的玄学则较少注意，这是有原因的。因为在哲学问题上，比较有创造性的是那些三国西晋的玄学家。但东晋的玄谈之风并未衰歇，而且对文学的影响也以东晋时代为大。三国后期和部分西晋人的诗中当然也有老、庄思想，但是他们作品中真正为读者所传诵的名篇、名句，大抵和玄谈关系不大，即使包含老、庄思想，而其动人处主要不在此。东晋的情况则与此不同。东晋一代出现的文人为数不少，而他们的作品能留传下来的为数不多。至今为人们所传诵之作，似乎只有东晋初年的郭璞和末年的陶渊明两人。中期作家之作，仅孙绰《天台山赋》和王羲之《兰亭集序》二文为人们所常读，此外很少有名篇，且多系类书所录佚文，大部分残缺不全。这是和玄言诗的盛行有关系的。南朝的文学批评家们，对东晋诗，大抵取否定态度。如：沈约《宋书·谢灵运传论》云："有晋中兴，玄风独振，为学穷于柱下，博物止乎七篇，驰骋文辞，义单乎此。自建武暨乎义熙，历载将百，虽缀响联辞，波属云委，莫不寄言上德，托意玄珠，遒丽之辞，无闻焉尔。"《文心雕龙·明诗》云："江左篇制，溺乎玄风，嗤笑徇务之志，崇盛亡（忘）机之谈；袁（宏）孙（绰）已下，虽各有雕采，而辞趣一揆，莫与争雄，所以景纯仙篇，挺拔而为俊矣。"钟嵘《诗品》也说："永嘉时，贵黄老，稍尚虚谈，于时篇什，理过其辞，淡乎寡味。爰及江表，微波尚传，孙绰、许询、桓、庾诸公诗，皆平典似《道德论》，建安风力尽矣。"这些意见几乎一致都认为东晋诗似乎没有多少成就。后来一些文学史著作,论到东晋文学,基本上都采取这种看法。如果我们单纯地从艺术鉴赏的角度出发,那么这样的评价自然是无可非议的。但对文学史研究者来说,恐怕对此应作具体的分析。因为历史的发展往往是曲折的、辩证的,而不可能是直线上升的。有时一个时期的文学看似衰落,而实际上却已潜伏着后一时期文学的某些因素,并为其准备了条件。同时,这种文学衰落的现象也必有其原因,对于文学史的研究来说,文学的兴盛的原因当然应予解释,衰落的原因同样也须探讨。同时正像《老子》所说:"祸兮福所倚,福兮祸所伏。""兴"和"衰"的现象有时可以彼此互为因果,不能简单地看待。东晋文学的情况正是如此。

从东晋的社会状况来说,政局很不稳定,内乱迭起,人们生活很不安定。我们经常说"愤怒出诗人",在这样的年代里,理应出现一些深刻反映现实的作品,然而情况却与此相反,正如《文心雕龙·时序》所说:"是以世极迍邅,而辞意夷泰。"是不是当时文人慑于朝廷的压力而不敢正视现实呢?显然也不是。因为东晋的朝廷权力显然远不如三国西晋,也不如后来的南朝,很难有余力去管文人的写作。根本问题则在于东晋的文人基本上都出身于一些上层士族,他们当时所面临的是一个岌岌可危的偏安局面。正如王羲之在《与会稽王笺》中所说:"以区区吴越经纬天下十分之九,不亡何待。"他这种忧虑并不过分。东晋政权既无一支可靠的军事力量,财政更是困难,朝廷的号令,实际上只能及于"区区吴越",即今苏南和浙江、皖南的一部分地区,荆州、江州及长江以北诸州实际上掌握在一些军阀或地方武装手中,闽、广诸地,朝廷更是鞭长莫及。在这种条件下,东晋小朝廷不过是各种地方势力名义上的"共主",和春秋时的"周天子"差不多,要凭这点力量恢复中原不太可能,即使维持一个表面上的平安无事,也要作出很大努力。后来论史者对王导颇多微词,认为他无所作为。

其实当时"王室是赖"的温峤,却推崇他为"江左管夷吾",这并非过誉,实由于在那种条件下,他除了力求息事宁人,积蓄力量以求振兴,别无他法。《世说新语·方正》载孔群对王导保全苏峻旧部匡术,《晋书·陶侃传》载王导对郭默的姑息,从现象上看,王导确实很无能,而实质上却是朝廷根本无力制服郭默。从东晋初年的历史看,朝廷平王敦之难用苏峻之力;平苏峻之难用陶侃之力,而陶侃则《晋书》本传说他"及都督八州,据上流,握强兵,潜有窥窬之志"。这一切,王导未始不知,但在这形势下,他除了力求清静,实行无为而治外,实无其他良策。这是当时的形势决定的。其实不光王导,看来很有政治才能的谢安,其实也不能不采取类似的政策。因为谢安时朝廷手中已经有了一支"北府兵",较之东晋初年,略有起色。但朝廷对这支军队也很难完全依赖。因为一个政府如果把它的统治完全建立在一支军队上,这支军队的向背就会决定这政权的命运。后来刘牢之的两次倒戈使司马道子和王恭先后败亡的事实就证明了这一点。所以谢安为政,也力主清静。《世说新语·政事》注引《续晋阳秋》:"自中原丧乱,民离本域。江左造创,豪族并兼;或客寓流离,名籍不立。太元中,外御强氏,搜简民实。三吴颇加澄检,正其里伍。其中时有山湖遁逸,往来都邑者。后将军安(谢安)方接客,时人有于坐言:宜纠舍藏之失者。安每以厚德化物,去其烦细。又以强寇入境,不宜加动人情。乃答之云:'卿所忧在于客耳,然不尔,何以为京都?'言者有惭色。"谢安这样做,其实也是怕激则生变。王导和谢安可以说是东晋一代最有代表性的政治家,同时也是清谈的名家。他们在玄学方面似乎并无多少创造性的见解,只是发挥前人已有的论点。《世说新语·文学》:"旧云,王丞相(导)过江左,止道《声无哀乐》、《养生》、《言尽意》三理而已,然宛转关生,无所不入。"在这里,《声无哀乐论》和《养生论》乃嵇康作,《言尽意论》为欧阳建作,均为三国、西晋时人论点,他不过加以发挥而已。谢安也好清谈,但他在玄理方面似亦无过人的见解。其实东晋的清谈家们所讨论的,大抵不出三国西晋人所提出过的论点。《世说新语·文学》云:"《庄子·逍遥篇》,旧是难处,诸名贤所可钻味,而不能拔理于郭(象)、向(秀)之外。支道林在白马寺中,将冯太常共语,因及《逍遥》。支卓然标新理于二家之表,立异义于众贤之外,皆是诸名贤寻味之所不得。后遂用支理。"支遁的《逍遥论》据《世说新语》注所引,也就是强调"至人乘天正而高兴,游无穷于放浪"、"物物而不物于物"等论点。其宗旨也就是逍遥物外,不为所累。在东晋那种现实之下,人们对当时的现状很不满意,却又无法改变,只能在这种玄理中去寻求解脱。支遁在当时所以享有盛名,正是适应了当时士族的普遍心理。

在东晋初年,玄谈之风所以盛行,一方面是承袭了西晋以来的习气,另一方面也是南渡士大夫们寻求解脱的一种手段。当时参加玄谈的人物,并不见得都能逍遥物外,有些还是在政治上颇有抱负的人。例如:王导就是一个政治家,而庾亮、桓温等人虽然不以清谈著名,却也通玄理,《诗品》说他们作诗"平典似《道德论》"。桓温其实对清谈颇有不满,甚至认为"永嘉之乱"都是王衍等清谈家造成的,但他还是要作玄言诗。这说明谈玄已经成为一种习尚,成了士大夫们身份的一种象征。人们在各种交际场合都少不了它,士族们相见,交谈的主要内容是玄理,作诗唱和的内容也是玄理。《世说新语·文学》:"殷中军为庾公长史,下都,王丞相为之集,桓公、王长史、王蓝田、谢镇西并在。丞相自起解帐带麈尾,语殷曰:'身今日当与君共谈析理。'既共清言,遂达三更。丞相与殷共相往反,其余诸贤略无所关。既彼我相尽,丞相乃叹曰:'向来语乃竟未知理源所归。至于辞喻不相负,正始之音,正当尔耳。'明旦,桓宣武语人曰:'昨夜听殷、王清言,甚佳,仁祖亦不寂寞,我亦时复造心;顾看两王掾,辄翣如生母狗馨。'"这段记载不但说明一些政治人物几乎都能清言,而且在这种场合如果无所领会,就会被人所轻视。但一般来说,当时的士大夫们耳濡目染,总多少能应付一些。例如王羲之的兰亭集会,出席的几十人,人人都能作一首或二首玄言诗。这些人未必都精通老、庄,但都能形之文咏。原来当时那些士大夫们家中,大抵都早已有一定的训练,以便应付这种场面。《南齐书·王僧虔传》载王僧虔曾作书告诫他的儿子说:"往年有意于史,取《三国志》聚置床头,百日许,复徙业就玄,自当小差于史,犹未近仿佛。曼倩有云:'谈何容易。'见诸玄,志为之逸,肠为之抽,专一书,转诵数十家注,自少至老,手不释卷,尚未敢轻言。汝开《老子》卷头五尺许,未知辅嗣何所道,平叔何所说,马、郑何所异,《指例》何所明,而便盛于麈尾,自呼谈士,此最险事。设令袁令命汝言《易》,谢中书挑汝言《庄》,张吴兴叩汝言《老》,端可复言未尝看邪?谈故如射,前人得破,后人应解,不解即赌输矣。且论注百氏,荆州《八帙》,又《才性四本》、《声无哀乐》,皆言家口实,如客至之有设也。汝皆未经拂耳瞥目。岂有庖厨不修,而欲延大宾者哉?就如张衡思侔造化,郭象言类悬河,不自劳苦,何由至此?汝曾未窥其题目,未辨其指归;六十四卦,未知何名;《庄子》众篇,何者内外;《八帙》所载,凡有几家;《四本》之称,以何为长。而终日欺人,人亦不受汝欺也。"这封信据《南齐书》说,作于刘宋时代,大约直到宋、齐,此风未变,士族子弟为了在社会上与人交往,必须读通《易经》、《庄子》和《老子》的多家注释,还须了解《才性四本》、《声无哀乐》等等魏晋人的论著,否则很难在当时的社交场合上露面。这种风气不但盛行于士大夫之间,连朝廷中的帝王大臣,也沾染上这种风气。如宋武帝刘裕,本是一个武夫出身,却也要附庸风雅。《宋书·郑鲜之传》:"高祖少事戎旅,不经涉学,及为宰相,颇慕风流,时或言论,人皆依违之,不敢难也。鲜之难必切至,未尝宽假,要须高祖辞穷理屈,然后置之。高祖或时有惭恶，变色动容，既而谓人曰：'我本无术学，言义尤浅。比时言论，诸贤多见宽容，唯郑不尔，独能尽人之意，甚以此感之。'时人谓为'格佞'。"不光刘裕是这样，宋齐一些军人出身的大官，也颇好清谈，以此跻身于士大夫行列。《南齐书·柳世隆传》："世隆少立功名，晚专以谈义自业。善弹琴，世称柳公双璩，为士品第一。常自云马稍第一，清谈第二，弹琴第三。"当然，也有些人并不赞成这一套，如南齐大将陈显达就不赞成这一套。《南齐书·陈显达传》："显达谓其子曰：'麈尾扇是王谢家物，汝不须捉此自逐。'"这是因为柳世隆出身河东柳氏，本北方士族，入南后虽以军功成名，而从他的伯父柳元景起，已在刘宋位至公卿，而陈显达则是行伍出身，即使去效法士大夫们，也很难得到人们认可之故。

东晋南朝的士大夫们致力于玄谈，其实未必都忘情于政治和社会现实。即以著名书法家王羲之而论，在他的诗文中，玄虚之气确实很重，但他给会稽王（即简文帝司马昱）和殷浩的信中，论当时政局，就很有见地。以玄言诗闻名的孙绰，在《与庾冰诗》中也写道："德之不逮，痛矣悲夫。蛮夷交迹，封豕充衢。芒芒华夏，鞠为戎墟。哀兼《黍离》，痛过茹荼。"他也写到了东晋内乱："天步艰难，蹇运方资。凶羯稽诛，外忧未夷。矧乃萧墙，仍生枭鸱。逆兵累遘，三缠紫微。"玄言诗人中作写景诗较多的庾阐，也在《登楚山诗》中自称"回首盼宇宙，一无济邦家"。他的《从征诗》有"志士痛朝危，忠臣哀主辱"之句，被简文帝司马昱所引用。这说明玄言诗也并非全部"辞意夷泰"，其中有不乏关心现实的作品。

玄风的盛行对诗文的发展也起了某些积极的影响。首先，它打破了儒家学说的一统天下，使人们能够用老、庄和佛经的理论来和儒家学说抗衡，使许多人的思想得以活跃起来。像僧祐《弘明集》中所收的关于神灭和神不灭的争论，双方各自提出论据，互相驳难。在这场争论中,佛教徒们主张"神不灭",而儒学和某些玄学者则主张"神灭"。从事实上说,"神不灭论"当然是错误的,而"神灭论"自然是正确的。但是如果没有像佛教徒那些反对意见,"神灭论"者也不会作如此深入的论证,使无神论得以发展。另一方面,儒家的反对佛教,往往用一些极浅薄的论点,如认为"沙门"应该尊敬"王者(帝王)"、指斥"沙门"的服饰与中国不同,等等。释慧远作《沙门不敬王者论》等,正是针对这些论点而发。这篇文章的第五部分,是《形尽神不灭论》,当然是宣扬唯心主义的。但他认为出家的人"若斯人者,自誓始于落发,立志形乎变服。是故凡在出家,皆遁世以求其志,变俗以达其道。变俗则服章不得与世典同礼,遁世则宜高尚其节。夫然者,故能拯溺俗于沉流,拔玄根于重劫,远通三乘之津,广开天人之路。如令一夫全德,则道给六亲,泽流天下。虽不处王侯之位,亦以协契皇极,在宥生民矣。是故内乖天属之重而不违其孝,外阙奉主之恭,而不失其敬"。他还提出"是故反本求宗者,不以生累其神;超落尘封者,不以情累其生。不以情累其生,则生可灭;不以生累其神,则神可冥"。由此得出结论认为"沙门"因此可以"抗礼万乘,高尚其事,不爵王侯而沾其惠者也"。这些话看来只是僧侣们自我吹嘘其学说之高明,但认为"沙门"可以不敬帝王,不遵儒家的礼法,对当时人们的思想趋向自由活泼起着一定的作用。如果说佛教和老、庄学说的盛行,使儒家传统的"礼法"受到了一定冲击的话,这些学说对启发人们浪漫、离奇的幻想,也起着一定的作用。我们知道,在《庄子》中既多奇特的寓言,佛经中也常有些光怪陆离的故事。这也使人们打破了儒家"子不语怪、力、乱、神"的教条。例如郭璞的《注〈山海经〉叙》说:"世之览《山海经》者,皆以其闳诞迂夸,多奇怪俶傥之言,莫不疑焉。尝试论之曰:庄生有云:'人之所知,莫若其所不知。'吾于《山海经》见之矣。夫以宇宙之寥廓,群生之纷纭,阴阳之煦蒸,万殊之区分,精气浑淆,自相溃薄,游魂灵怪,触象而构,流形于山川,丽状于木石者,恶可胜言乎?然则总其所以乖,鼓之于一响,成其所以变,混之于一象。世之所谓异,未知其所以异;世之所谓不异,未知其所以不异。何者?物不自异,待我而后异,异果在我,非物异也。"这段话不免过于强调人们认识能力的局限性,而陷于不可知论。然而,这种思想也使人们大胆地幻想一些不存在的事物,构成离奇的神话和寓言。这也为志怪小说一类作品大量涌现,增加了活力。

玄谈之士本来崇尚自然,加以佛教宣传释迦牟尼成佛是在山林中,道家也主张山林泉石之乐,尤其是当时神仙道教之说盛行,人们大抵主张采药服食,可以延长生命,于是入山采药也成了一种风尚,这一切都不能不使人们向往于大自然,增添了对山水的兴趣。所以现代的研究者,大抵认为《文心雕龙》中说的"庄老告退,山水方滋",并不意味着玄言诗之被山水诗所代替,而是山水诗是玄言诗本身发展的产物。这个道理不少学者已经评论过,笔者不想多说什么。只是山水诗和玄言诗本身确实很难区分,玄言诗人孙绰曾自夸其《游天台山赋》为"掷地有金石声",可见是他得意之作,而此赋确为一篇绝妙的山水赋。即使支遁等人的诗中,也有不少很好的写景名句;而谢灵运的山水诗却往往也有玄言的成分,这更不必赘言。

关于玄谈和永明时代兴起的"声律说"的关系,似乎较少受人注意。许多研究者讲到"声律说"的兴起,比较注意到佛教徒诵经的影响,这显然是正确的。因为南齐的竟陵王萧子良在西邸召集名僧,创造"梵呗新声"之际,正是沈约等永明体作家作为"竟陵八友"出入其门之时,二者的关系是很显然的。此外,笔者也曾在一些文章中提到过音乐的影响,因为早在永明以前,范晔、谢庄就很强调文章的"宫商"问题。"宫商"本是音乐方面的术语,而范、谢二人又都精通音乐。现在看来,"梵呗新声"和音乐当然是对"永明体"有重要影响的。但除此之外,东晋南朝的士族,在谈玄之际,也很重视人们谈吐的语音是否符合洛阳的声调及其声音是否悦耳。久而久之,连吟咏和普通谈话,也很讲究"音辞"。《世说新语·容止》:"庾太尉在武昌,秋夜气佳景清,使吏殷浩、王胡之之徒登南楼理咏,音调始遒,闻函道中有屐声甚厉,定是庾公。俄而率左右十许人步来,诸贤欲起避之,公徐云:'诸君少住,老子于此处兴复不浅。'因便据胡床与诸人咏谑,竟坐甚得任乐。"这里的"音调始遒",大约指的是吟诵。到了南朝,人们谈话的音辞,也更为讲究。其中吴郡张氏似颇有名。《宋书·张畅传》载张畅在元嘉二十七年宋、魏交战时,和李孝伯在阵前对话,"孝伯言辞辩赡,亦北土之美也。畅随宜应答,吐属如流,音韵详雅,风仪华润,孝伯及左右人并相视叹息"。元嘉三十年太子刘劭弑文帝,南谯王刘义宣出兵讨伐,张畅"音姿容止,莫不瞩目,见之者皆愿为尽命"。又《张敷传》:"善持音仪,尽详缓之致,与人别,执手曰:'念相闻。'余响久之不绝。张氏后进至今慕之,其源流起自敷也。"《南齐书·周颙传》:"颙音辞辩丽,出言不穷,宫商朱紫,发口成句。"又云:"每宾友会同,颙虚席晤语,辞韵如流,听者忘倦。兼善《老》、《易》,与张融相遇,辄以玄言相滞,弥日不解。"周颙正是四声的发现者。此外,刘绘也以音辞著名。《南齐书·刘绘传》:"永明末,京邑人士盛为文章谈义,皆凑竟陵王西邸。绘为后进领袖,机悟多能。时张融、周颙并有言工,融音旨缓韵,颙辞致绮捷,绘之言吐,又顿挫有风气。时人为之语曰:'刘绘贴宅,别开一门。'言在二家之中也。"可见清谈之风,不但是要谈玄理,还要谈吐有辞采,音韵悦耳。这自然会使人更注意声调的抑扬顿挫,对"永明体"的出现,也显然有一定的影响。

  梁陈宫体和玄谈及玄言诗似乎并无直接的联系。其实情况并不尽然。我们知道,魏晋的不少清谈名士,大抵都蔑弃礼法,崇尚老、庄。他们大抵主张能够"适性",即逍遥。如郭象《庄子·逍遥游》注云:"夫小大虽殊,而放于自得之场,则物任其性,事称其能,各当其分,逍遥一也,岂容胜负于其间哉!"他所强调的正是"足于其性"。这就是东晋许多名士所强调的"各适性以为逍遥"(《高僧传·支遁传》)。这种论点,名僧支遁是不赞成的。但这种思想在当时影响很大。士大夫们既然强调"各适性以为逍遥",自然可以不受各种礼法的约束,其结果是蔑视许多道德规范而流于放荡。《世说新语·任诞》:"阮仲容先幸姑家鲜卑婢,及居母丧,姑当远移,初云当留婢,既发,定将去。仲容借客驴,著重服,自追之,累骑而返,曰:'人种不可失!'即遥集之母也。"在当时的社会里,居丧的人,连夫妻都不允许同房,阮咸竟去姑母家勾引其婢女。据刘孝标注引《阮孚别传》说,阮孚出生后,阮咸写信告诉姑母,他姑母也不以为忤,反而给起了个字号。同样地,著名文人郭璞,在南逃途中,也有类似的行为。《晋书·郭璞传》载,他曾在庐江太守胡孟康家骗取了一个婢女而去,也不以为耻。同传又载,郭璞"性轻易,不修威仪,嗜酒好色,时或过度。著作郎干宝尝诫之曰:'此非适性之道也。'璞曰:'吾所受本有限,用之恒恐不得尽,卿乃忧酒色之为患乎?'"《郭璞传》所载事迹,多有迷信无稽的成分,好像他预知自己要被王敦所杀,但除了这些成分以外,也显示出当时士大夫们纵情声色的风气。

因为这些士大夫们不拘礼仪,纵情声色,所以行为谈吐有时也很放荡。《世说新语·任诞》:"温公(峤)喜慢语,卞令(卞壼)礼法自居。至庾公(亮)许,大相剖击,温发口鄙秽,庾公徐曰:'太真终日无鄙言。'"同篇又载:"有人讥周仆射(周颛)与亲友言戏秽杂无节。周曰:'吾若万里长江,何能不千里一曲。'"刘孝标注引邓粲《晋纪》曰:"王导与周颛及朝士诣尚书纪瞻观伎,瞻有爱妾能为新声,颛于众中欲通其妾,露其丑秽,颜无怍色。有司奏免颛官,诏特原之。"周颛这种行为在当时并不罕见,正如《抱朴子·疾谬》所说,当时人"入他堂室,观人妇女,指玷修短,评论美丑,不解此等何为者哉?或有不通主人,便共突前,严饰未办,不复窥听,犯门折关,逾埭穿隙,有似抄劫之至也。其或妾媵,藏避不及,至搜索隐僻,就而引曳,亦怪事也"。周颙所以被原谅,一方面当然因为他是朝廷大臣,受到保护;另一方面在当时这种行为已经是数见不鲜的了。

士大夫们的行为放纵,除了受老、庄玄学的影响外,恐怕和佛教也有一定的关系。张伯伟同志在《禅与诗学》一书中曾详论佛教与宫体诗的关系,特别是从佛经中引了不少例证,加以对比,极富说服力。(见浙江人民出版社 1992 年版,第 187 至 223 页)我们这里不再详述。

正由于玄学和佛教的双重影响,所以像《玉台新咏》中把一些艳诗归在某些清谈人士名下,如以《情人碧玉歌》为孙绰作,《桃叶歌》为王献之作,《团扇歌》为王献之或如《古今乐录》作王珉,均非偶然。谢灵运这样的中原高门,也会去学《子夜歌》一类作品,写出《东阳谿中赠答》二首。有人把他附会为谢灵运本人的故事,当然不可信,但当时士大夫们这种随意调戏妇女的行为,恐怕并不少见。所以"宫体"之起虽始于梁代,而艳诗之兴,其伏流实始于东晋,与玄谈者的蔑弃礼法,未始没有一定的关系。

第二节 山水诗的兴起及其历史地位

历来论山水诗,总强调它和玄言诗的区别,此论实发自刘宋时人檀道鸾。据《世说新语·文学》注引《续晋阳秋》曰:"(许)询有才藻,善属文。自司马相如、王褒、扬雄诸贤,世尚赋颂,皆体则《诗》、

《骚》,傍综百家之言。及至建安,而诗章大盛。逮乎西朝之末,潘、陆之徒虽时有质文,而宗归不异焉。正始中,王弼、何晏好《庄》、《老》玄胜之谈,而世遂贵焉。至江左李充尤盛。故郭璞五言始会合道家之言而韵之。询及太原孙绰转相祖尚,又加以三世之辞,而《诗》、《骚》之体尽矣。询、绰并为一时文宗,自此作者悉体之。至义熙中,谢混始改。"①后来沈约《宋书·谢灵运传论》、刘勰《文心雕龙》、钟嵘《诗品》都持此说。近年来的研究者,则多强调山水诗是玄言诗的发展和演化。这两种说法看来似乎不同,其实只是强调的角度不一样。古人的说法比较强调在艺术手法上,玄言诗背离了《诗经》、《楚辞》的传统,走向淡乎寡味;而山水诗则恢复了这个传统,使诗歌又走向兴盛。现代的研究者则多从思想内容方面看到玄言诗和山水诗的内在联系和相通之处。两说其实并不见得很矛盾。不过对檀道鸾等人的话,也只能就总的倾向而论。东晋的玄言诗人和一些僧人的诗,当然也有一些佳作,如前面讲到的孙绰《游天台山赋》、庐山诸道人《游石门诗》、顾恺之《神情诗》等都是富有形象性的好诗。

　　玄言诗和山水诗在艺术风格上确实是有区别的。这种区别实际上和作者们的艺术观点有所不同。玄言诗的作者大多数兼长清谈,强调"得意忘言",往往注重诗的哲理性而有时忽视了其形象性。例如《世说新语·文学》记载晋简文帝司马昱曾经称赞许询的诗"可谓妙绝时人"。其实许询的诗很少佳作,至今能留存的极少,而且根据《世说新语·品藻》:"支道林问孙兴公:'君何如许掾?'孙曰:'高情远致,弟子蚤已服膺,一吟一咏,许将北面。'"又云:"孙兴公、许玄度皆一时名流。或重许高情,则鄙孙秽行;或爱孙才藻,而无取于许。"

---

① 引文据余嘉锡先生《世说新语笺疏》(中华书局1983年版,第262页)改,通行本有误,详余书注二至五。

可见许询之诗,在当时也不受人称赏,尤其是孙绰对着支遁这样的诗僧,自称"许将北面",这大约不是自夸,而属实情。许询作为玄言诗的一个代表人物,恐怕主要由于他的谈玄而不在他的诗才。但如果以他为例,认为玄言诗人完全违背了艺术创作的规律,因而没有什么好作品可言,恐亦未必尽然。因为像孙绰那样的文人,其名篇虽然不多,而像《游天台山赋》这样的作品,还是辞采绚丽,颇有传诵名句的。另一些人在创作上也有其独到之见。如阮孚称赞郭璞的"林无静树,川无停流"二句,认为"泓峥萧瑟,实不可言。每读此文,辄觉神超形越"(见《世说新语·文学》)。这两句诗,确有特色,写的是一片秋景,在字面上看不出什么玄理,而读者从这里却能深刻地体会到世上的事物都在不断地运动着,岁月易逝,而万物又变化无常的道理。这种强调以简洁而形象的语言表现深刻哲理的论点,应该说是很有卓见的。同篇记王恭论古诗,以"所遇无故物,焉得不速老"为最佳,似亦属这一观点。我们如果把《世说新语》中一些人物的言谈来和孙绰《游天台山赋》作一些比较,就可以发现其中许多名言,与此赋中精彩的辞句颇有类似之处。如《言语》:"顾长康从会稽还,人问山川之美,顾云:'千岩竞秀,万壑争流,草木蒙笼其上,若云兴霞蔚。'"又:"桓征西治江陵城甚丽,会宾僚出江津望之,云:'若能目此城者,有赏。'顾长康时为客在坐,目曰:'遥望层城,丹楼如霞。'"这些话令人感到颇有上继郭璞,下开谢灵运,中间又与孙绰互相呼应之势。同书《文学》:"羊孚作《雪赞》云:'资清以化,乘气以霏,遇象能鲜,即洁成辉。'桓胤遂以书扇。"这几句话,也和谢惠连《雪赋》颇相近。这些例子都说明山水诗的不少手法,多从东晋玄谈家那里得到启发。只是玄言诗人过于注重思想而多少忽略了形象,所以佳作不多。刘宋初年的作家为了纠正玄言诗的缺陷,就多注意辞采,主张多读书,从古人作品中学习辞汇和手法。《世说新语·文学》:"殷仲文天才宏赡,而读书不甚广博,亮叹曰:'若使殷仲文读书半袁豹,才不减班固。'"这个"亮叹曰"中的"亮"不知确指何人。有人认为是宋初的傅亮,徐震堮先生《世说新语校笺》引《晋书·殷仲文传》作谢灵运语。这说明当时大约不止一人有此看法。这种看法是有其积极意义的。《文心雕龙·明诗》评"宋初文咏"说:"俪采百字之偶,争价一句之奇,情必极貌以写物,辞必穷力而追新。"他们这样去注意辞采和对偶,势必求助于前人之作,其中比较重要的恐怕是汉以来的辞赋。现在来看颜延之、谢灵运以至鲍照的一些写景之作,颇多古奥之句,这不难看出是受辞赋的影响。当然,这些诗的写景,和汉赋并不相同。汉赋写山川,颇多夸饰奇丽之句,但总的来说,不免笼统,不像这些诗那样观察入微。他们这些诗辞采华赡,确有不少长处。宋葛立方《韵语阳秋》卷一论陶渊明、谢朓诗时说:"大抵欲造平淡,当自组丽中来,落其华芬,然后可造平淡之境。如此则陶谢不足进矣。今之人多作拙易语,而自以为平淡,识者未尝不绝倒也。"这段话似也适用于评玄言诗。东晋一些诗人的诗,往往也是因"多作拙易语"而缺乏感人力量。刘宋山水诗正是力求其"组丽",在辞采上远胜玄言诗。但其缺点则有时雕琢过甚,又不免失于板滞。所以《韵语阳秋》卷三引黄庭坚语云:"谢康乐(灵运)、庾义城(信)之诗,炉锤之功,不遗余力,然未能窥彭泽(陶渊明)数仞之墙者,二子有意于俗人赞毁其工拙,渊明直寄焉。"的确,陶渊明诗所以胜于颜、谢,正在其无斧凿痕,一切如出天然。至于刘宋的三大家,情况亦各有不同。鲍照的成就主要在乐府诗方面,他的乐府诗大抵自然活泼,很少艰涩和板滞之弊;但少数写景之作,历来论者对它们评价不很高,事实上这些诗中不乏佳作,但风味与典型的山水诗不同。在鲍照笔下绝少谢灵运的"清晖能娱人,游子憺忘归"(《石壁精舍还湖中作》)那种情调,而是像"萧条背乡心,凄怆清渚发"(《发后渚》)那样萧瑟惆怅之情。这些诗可谓别具一格，不能执彼非此。谢灵运的诗，历来被视为山水诗的典型。他的诗也可以说是最明显地说明山水诗是从玄言诗转化而来。谢诗中名句像"晓霜枫叶丹，夕曛岚气阴"(《晚出西射堂》)，"密林含余清，远峰隐半规"(《游南亭》)体物确实细致，刻画亦十分生动；历来最传诵的"池塘生春草，园柳变鸣禽"(《登池上楼》)，更是言有尽而意无穷。前人称谢诗"如初发芙蓉，自然可爱"(《诗品》引汤惠休语)，确是事实。谢诗中也有显得艰涩之处，但这些多半和玄言成分有关。这是因为在当时，《周易》、《老子》和《庄子》以及某些佛经，是士大夫们几乎人人必读之书。其中典故在当时人看来，并不生僻，但对今天的读者来说，情况就不大一样，即使对古代典籍比较熟悉的人，遇到某些佛教典故，也多少会感到陌生。这种情况，在他当时还不能算大缺点。不过，鲍、谢之诗的长处虽体现在"情必极貌以写物，辞必穷力而追新"方面，其缺点也往往在这里。谢诗如《游岭门山》的"威摧三山峭，澗汨两江驶"虽穷极险怪之状，却也显出作者有意为之，似较生硬；鲍诗如"华志分驰年，韶颜惨惊节"(《发后渚》)，则更见生僻。像这种诗句，就如黄庭坚所说"炉锤之功，不遗余力"，然而不免"有意于俗人赞毁其工拙"。当然，在晋宋之间，鲍、谢诗还是成就极高的，和他们同时的颜延之，就要逊色多了。《诗品》引汤惠休语以颜诗为"雕缋满眼"，这是指他那些应制游蒜山等作而言。他其他的诗，似过多地模仿陆机之作，较少创造性，只有《五君咏》显得自然流畅。

总的来说，山水诗在精神实质上虽然和玄言诗有着继承和演化的关系，而在艺术手法上却变出了新意。如果没有这种"穷力而追新"的种种探索，就很难出现风格各异的诸多流派，也就不会有唐代那种百花争艳的繁荣景象。相对地，北朝文学在北魏至北齐初年的诗坛所以缺乏传诵的名篇，也和它没有经历这样一个阶段有关。

第三节 "永明体"的产生及其作用

历来论"永明体"的人,大抵都着重讨论"声律说"的作用,这是必要的,而且是应该的。但"永明"作家的贡献不止于"声律说"。"声律说"虽然在文学史上起了重大的影响,但它毕竟是永明时代文学潮流的一部分。根据《颜氏家训·文章》:"沈隐侯(沈约)曰:文章当从三易:易见事,一也;易识字,二也;易读诵,三也。"这里所说的"三易",从永明作家的创作中都表现得比较明显,三者实际上是互相关联的。只是由于沈约在《宋书·谢灵运传论》中主要只讲"声律"的问题,接着又和陆厥等人展开了争论,所以人们就常常把"永明体"的贡献仅仅归结为一个声律的问题。其实据《南史·王筠传》载,沈约曾引谢朓的话说:"好诗圆美流转如弹丸。"沈约是极推崇谢朓的,他曾说谢朓诗"二百年来无此诗"(《南史·谢朓传》);在《伤谢朓》中更说他的诗"调与金石谐,思逐青云上"。可见沈约、谢朓的文学主张是相同的,他们和王融三人成了"永明体"的创立者。其中创作方面谢朓的成就最高,在理论的阐述上则沈约之功居多。谢朓所称"好诗圆美流转如弹丸"的话,恐怕是从南方民歌中受到的启发。如《大子夜歌》其一:"歌谣数百种,子夜最可怜。慷慨吐清音,明转出天然。"这"明转出天然"的说法,显然和谢朓的"圆美流转"可以相通。这里涉及"声律",却并不限于"声律",因为《子夜歌》是歌,现存的《子夜歌》歌辞,以沈约的"前有浮声,后须切响"来要求,合格者也不多。这是因为古人在"四声"确立以前,不少字本来可平可仄,所以古诗用韵,平仄通押处甚多。这些民歌的唱腔早已失传,业已无法知其详,但想来当时歌唱的人在平仄上可能有不少灵活性。沈约所谓"易读诵"可能就是指的声律,因为唱歌的音可以灵活,诵读却音调不能有多大变化,只能在写作时先严格考虑声律。本来读和唱不能完全一样。有些诗句可以是极好的诗句,但要吟诵就有困难。例如曹植的"高台多悲风"(《杂诗》其一),谢灵运的"明月照积雪"(《岁暮》),前者五字都是平声,后者除第一字外四字都是仄声。这种诗句,如果用一定声调来朗读,总觉不顺口。在这方面,谢朓有许多诗句是充分注意了声律问题的。沈约和王融也有不少诗比较注意。郭绍虞先生在为《文镜秘府论》作的《前言》中提到"古代诗乐相合,诗的节奏是以乐为主,随乐调为抑扬的。后来诗不歌而诵,逐渐注意到诵读的音节……"(人民文学出版社1980年版《文镜秘府论》前言,第5页),这说法是很有道理的。但除此以外,还有用典和字的问题。用罕见的字,用生僻的典故,也会影响诗的感人力量。晋宋间的山水诗人为了纠正玄言诗过于淡而寡味,力求有绚丽的辞藻,这就不免要使用一些奇字和僻典。此风到宋末仍相沿不改。以奇字来说,谢灵运的诗其实还不算严重,像"潝汨两江驶",已算较难识的字了。但在江淹有些诗句,就更艰涩,如"瑶礑夐崭崟"(《迁阳亭》),"残杌千代木,廥崒万古烟"(《游黄蘗山》)等句,就显得过于生硬,而在谢朓、沈约等人的诗中,就绝少这样的句子。相反地,他们的名句,却是平易流畅的。谢朓的"大江流日夜,客心悲未央"(《暂使下都夜发新林至京邑赠西府同僚》),"天际识归舟,云中辨江树"(《之宣城出新林浦向板桥》)诸句,是这样平易自然,难怪黄庭坚要把他和陶渊明并提了。至于用典,也在于用得恰当,使人感到自然,才算恰到好处。《颜氏家训·文章》引邢劭称赞沈约的"崖倾护石髓"句,暗用嵇康、王烈典故(见《晋书·嵇康传》)。其实这种手法,前人也有其例,如鲍照《代东武吟》的"弃席思君幄,疲马恋君轩"二句,暗用《礼记·檀弓下》记孔子使子贡葬狗典故。这种手法自然比颜延之、谢庄一些诗中几乎大半有典,而又不甚好理解的诗句要好得多。像颜延之的《车驾幸京口侍游蒜山作》、《车驾幸京口三月三日侍游曲阿后湖作》,谢庄的《烝斋应诏作》等,用典都很多,读起来也比较晦涩难懂。这种诗自然称不上"圆美流转",更不符合"三易"的要求。如果说,永明作家在声律说方面为律诗的形成准备了条件的话,那么"易见事"、"易识字"的要求,又从另一个角度纠正了刘宋诗风的某些偏向。前人评谢朓诗认为他开了唐诗的先河,这是不错的。谢朓的诗如"大江流日夜"这样的句子实在是上继建安的曹植,下开盛唐诸大家的先河。李白的"一生低头谢宣城",这不能说是偶然的。《诗品》说齐梁间人就认为谢朓"古今独步"。梁简文帝萧纲推崇"谢朓、沈约之诗"(《与湘东王书》),目空一切的刘孝绰也"唯服谢朓"(《颜氏家训·文章》),可见谢朓所创新体,实在是影响了好几代诗人。

但是谢朓、沈约之诗也有缺点,那就是过于求圆熟而力戒生涩又不免流于纤弱。《诗品》说谢朓"末篇多踬"是因为"意锐而才弱"。这个缺点后来许多诗人也受其影响。杜甫曾称"沈谢何刘力未工",早已指出这毛病。此外,谢朓、沈约作过一些咏物诗,大部分为咏身边日用杂物如乌皮木几等物,如《玉台新咏》所选谢朓诗,大部分均为谢诗的下乘之作。但在文学史上,它们也有过影响。

第四节 "新变"和"宫体诗"

"宫体诗"之名始于梁代。《梁书·徐摛传》:"属文好为新变,不拘旧体。"又云:"摛文体既别,春坊尽学之,'宫体'之号,自斯而起。高祖(梁武帝)闻之怒,召摛加让……"徐摛之作现在存者寥寥,其内容无非是些咏物之作,似乎不应引起梁武帝生气,亲自召来发火。何况梁武帝早年,也写过情诗,何致为几首咏物诗发脾气？这大约说明徐摛现存的作品,并不足代表其特色。因为徐摛卒于侯景攻破台城以后,王僧辩克复建康以前,当时徐陵又被扣留在邺城,因此无人整理他的集子,以至《隋书·经籍志》已无关于《徐摛集》的著录。从现有的资料推测,大约由于徐摛之作,颇与后来《玉台新咏》中萧纲那些写妇女之作相类似,而当时萧纲年纪尚小,梁武帝认为不宜受这种影响,所以才发怒申斥。的确,徐摛的诗"好为新变",与永明诸家的那些名篇是不大一样的。后来的"宫体"确实也与沈、谢诸家有别。他开了后来梁陈"宫体"的先河。

不过,"新变"一词,并不始于梁时。在南齐时代,已有不少人在作创立新体的尝试。如《南齐书·陆厥传》:"厥少有风概,好属文,五言诗体甚新变。"又《文学传论》:"五言之制,独秀众品。习玩为理,事久则渎,在乎文章,弥患凡旧。若无新变,不能代雄。"这说明当时人已经认识到文学的体制,总是要不断创新的。其实从南齐时代起,已有不少人对诗体的变化做过各种尝试。如张融就是一个,《南齐书·张融传》:"融文辞诡激,独与众异。"他临死时诫其子说:"吾文体英绝,变而屡奇,既不能远至汉魏,故无取晋宋。"可见他是有意于和晋、宋之际的诗家立异的。张融卒于建武四年(497),54岁,年龄稍小于沈约,而长于王融、谢朓;陆厥卒于永元元年(499),28岁,较谢朓、王融稍幼。徐摛和陆厥相差仅1岁(徐卒于大宝元年,78岁),现在看来,张融的诗虽不同于"元嘉体"的颜、谢、鲍三家,却和"永明体"亦颇不同,他似乎是想从另一个角度来创新;陆厥则和"永明诗人"较近,他的《中山王孺子妾歌》和谢朓的《咏邯郸故才人嫁为厮养卒妇》诗颇相近。这类诗,已经很接近后来宫体诗人之作。可见从"永明体"到梁陈"宫体",显然有较明显的继承关系。"永明诗人"的一部分诗已和后来梁、陈一些"宫体诗人"接近。但"永明诗人"和后来的"宫体"诗人,毕竟是不同的。

"永明诗人"如谢朓、沈约和王融虽是世家大族出身,但生活经历毕竟和"宫体"诗人不同,谢朓、沈约早年曾经历过坎坷,后来也历任过一些外地官职;王融在政治上也是有抱负的,他在论到北朝求书问题时对汉族和鲜卑贵族问题的矛盾也有见解。他们的有价值作品,往往写仕途失意或行旅、游宦时的心情,较有真情实感,故颇动人。梁陈"宫体诗人"的情况与此不同,他们中不少人,并非没有才华,但传世之作很多是诗酒流连,在聚会时作诗唱和,分韵命题。内容不是写歌女舞伎,就是咏身旁杂物,再不然就是选一句古人诗中名句为题,"为文造情",不得不搬弄些典故,只在辞藻和韵律方面下功夫,因此缺乏深刻的感情,常常写得平稳工整,而并不精彩动人。在这些诗人中,情况也颇不一样。其中萧纲应该说是较有才华的,他初封晋安王,后被立为太子,是一些文人的东道主,他无须去作那些为文造情之作。他的诗多半写妇女的体态,有时写得细致入微。这些作品,也未必能说不健康,而艺术上却有其特色。至少他在对仗、声律方面往往比"永明诗人"更工整,对于观察入微以及色彩的配合等方面均有其独到之处。我们也许可以说这些诗题材狭窄或笔力纤弱,但其工致的长处,仍不可没。一般来说,这些诗中确有若干内容不健康的作品,但那是少数,基本倾向还有不少可取之处。在萧纲周围的一些文人如庾肩吾等,也有一些清绮之作,其中年辈较晚的像徐陵、庾信等人后来成就较高,那是经历乱离之后诗风发生变化之故。这些诗人的才华其实都各具长处,只是早年生活的方式局限了他们的眼界,很难写出动人心魂之作。像庾肩吾在"侯景之乱"后的两首诗,就远非乱前之作可比。稍后那些入陈的作家,情况也与此相类,以江总为例,他比较好的作品,大抵产生于梁末避乱广州一带及入隋之后,而在陈代出入宫廷,被称"狎客"之际,就绝少可取之作。这说明文学的根本源泉,还在于生活实践。耽于安乐的作家,在辞采和技巧方面有时也能作出一些贡献,却写不出激动人心的作品。清人陈祚明评陈后主陈叔宝诗说:"后主诗才情飘逸,态度便妍,固是一时之俊。"又说:"陈后主诗如徐生为容,顾步登降,事事修饰,望之嫣然,然未达礼意。"(见《采菽堂古诗选》卷二九)这两句话,用现代的语言来说,就是既肯定他在技巧和形式方面有其成就,而毕竟缺乏足够的生活经验和高尚的情操,也终究难于达到高超的境界。

梁陈诗人除了描写妇女以及咏物之作外,也写了一些其他题材之作,如写景的及边塞战争之作。其中也有一些好诗,如阴铿的某些写景诗就很好。至于边塞题材,倒是东晋到宋齐较少出现的新内容。这一题材的诗以梁初诗人吴均(卒于普通元年,公元520年)的作品较多,其后不断有人写作。然而这些诗人真正身历战争或到过边界的并不多。他们的作品,大约是受所谓《汉横吹曲》和北朝乐府歌辞的影响。因此这些作品中一些较好的诗有些豪言壮语,显得劲拔有力,不妨作为拟古的佳作来看待;至于一些较差的作品则无非搬弄两汉典故,敷衍成篇,有的虽写战争,仍不脱闺怨的老调。相对来说,这部分作品就不及北朝后期一些诗人之作,因为北朝诗人即使在技巧方面略有不及南人之处,而有不少人确曾身经战阵,至少也曾出使过突厥等少数民族地区,有他们的亲身感受,写来自然不同。

第七章　河朔的文化传统

　　南北朝时期人谈到文化问题时,往往将"江南"和"河朔"并举。其实"河朔"的概念即指黄河以北,用这样的概念来代指南北双方,并不确切。因为南朝的疆域并不限于江南,也包括淮河以北的不少地区;北朝后来迁都洛阳,已在黄河以南。问题在于在十六国直到北朝初年,南北双方的争夺战和各族军阀的混战,常常在黄河以南,淮河以北一带进行,连年的战乱使士人们纷纷逃离这个地区,一部分逃往江南,一部分逃向黄河以北。这两个地区相对地说都比较安定,士人们可以从事经常的学术文艺工作,因此人们就习惯地用"江南"来代指南朝,以"河朔"来代指北朝。

　　然而,南北朝时期的所谓"河朔",虽泛指黄河以北,却又偏于东部的今河北省及山东省黄河以北的部分地区,至于今山西省的情况,却由于若干具体的历史原因而有所不同。关于这些,笔者将逐一加以论述。

第一节 河朔的地理环境和民风

所谓的"中原文化"最早既然兴起于黄河沿岸及关中一带,因此在上古时代,黄河以北地区的发展很不平衡,大体来说,今山西和河北的南部以及山东的黄河以北地区,春秋时代基本上分属齐、晋两大国,其中山西南部是晋国的根本重地,曲沃、翼城、新绛诸地都在这里。河北的邯郸也曾为战国时赵国的都城。山东的北部像聊城、高唐等地,在战国时也颇有名。山西和河北的中部一带,发展较南部稍晚,如晋阳(今太原)一带,在西周时,还是周族和北方少数民族争夺的地方,春秋初年这一带仍很少提到,直到春秋后期,赵鞅据晋阳与智伯对抗,才比较被人注意。同样地,地处今冀中平原的中山国,在战国初年,人们还把它作为"戎狄"对待。至于更靠北的燕国和今山西北部诸地,似乎开发得更要晚些。

大体上说,现在的河北、山西两省,地形是不同的,山西地处太行、中条诸山脉中,西边和南边又有黄河为限,易守难攻,从春秋直到战国初年,人们称"晋国天下莫强焉"(《孟子·梁惠王》),就是凭借着这一地势。只是由于"三家分晋",势力削弱,才渐渐地为秦国所制服。河北只是一片大平原,但东靠渤海,南临黄河,西有太行山为阻。春秋时的晋楚争霸,战国初年秦国的蚕食诸侯,战争大抵不在这里进行,直到战国后期秦赵的长平之战后,秦兵才围困邯郸,不久灭了赵和燕。较长时间的和平,的确为邯郸一带的经济和发展创造了一定的条件,使邯郸成为战国秦汉时代的一座名城。从《汉书·地理志》对燕、赵二地的记载来看,情况很不一样。关于赵地,《汉书·地理志》说:"赵、中山地薄人众,犹有沙丘纣淫乱余民。丈夫相聚游戏,悲歌忼慨,起则椎剽掘冢,作奸巧,多弄物,为倡优。女子弹弦跕躧,游媚富贵,遍诸侯之后宫。邯郸北通燕、涿,南有郑、卫,漳、河之间一都会也。其土广俗杂,大率精急,高气势,轻为奸。"这说明这里人口众多,商业繁荣,文化娱乐活动在这一带颇为兴盛。地处今河北北部的燕国旧地,情况则又是一个样子。《汉书·地理志》说:"蓟,南通齐、赵、勃、碣之间一都会也。初太子丹宾养勇士,不爱后宫美女,民化以为俗,至今犹然。宾客相过,以妇侍宿,嫁取之夕,男女无别,反以为荣。后稍颇止,然终未改。其俗愚悍少虑,轻薄无威,亦有所长,敢于急人,燕丹遗风也。"又说到"上谷至辽东,地广民希"。总之是一个人口较少,文化不大发达的地区。这里所说的民间习俗,恐怕是当地的种族和中原不大相同,接受中原文化较浅之故。直到西汉,这一带人口密度还是比其他地区为少。和今河北省境内的情况相比,今山西省一带的情况要复杂得多。西汉时代,由于建都长安,因此太原、河东诸郡,离政治中心较之邯郸等地要近,河东尤其是皇帝常到的地方,因此很富庶。根据《汉书·地理志》,河东郡人口达96万以上,太原郡达68万以上;《续汉书·郡国志》则河东郡仅57万余,太原郡仅20万余。东汉时代的人口数一般比西汉少,尤其北方诸郡更是如此。这一方面是由于人口南移,一方面可能有不少人逃亡到山泽之地,统计不精确。但这样锐减到几乎只剩过去的半数,却不能不引起注意,因为一般来说,这里受"羌乱"的影响并不大,似亦非由于羌族的叛乱之故。笔者认为,太原、河东人口的锐减,恐怕和匈奴族的迁入内地有关。因为东汉初年,匈奴南单于内附,初居云中,后迁入西河美稷(今内蒙古自治区准格尔旗境),最后迁到并州(今山西中部一带)。到东汉末,他们就"卤掠赵、魏,寇至河南"。这些匈奴族比较强悍,与当地汉民时常发生纠纷,当地汉民有些就流亡外地,有些则聚居山泽以自保,入迁内地的匈奴族又不能像汉民那样编户入籍,纳税服役,因此显得人口大减。到了三国时代,并州已显得很难治理。《晋书·宣帝纪》载李胜去探察司马懿生病的虚实,司马懿故意将"荆州"说成"并州",并谓"并州近胡,善为之备"。人们常引这条记载,说明司马懿的狡诈,这当然是事实,但"并州近胡,善为之备"八字,恐怕是当时的实际情况。晋初江统在《徙戎论》中说:"今五部之众,户至数万,人口之盛,过于西戎。然其天性骁勇,弓马便利,倍于氐羌。若有不虞风尘之虑,则并州之域可为寒心。"这也许是今山西一带人口减少的一个比较重要的原因。

与此种情况相关联的是北朝的"高门士族"也几乎集中于现今河北省境内。历来论到北朝的高门,往往只提清河、博陵的崔氏,范阳的卢氏,赵郡和陇西的李氏以及荥阳的郑氏。其中清河虽属今山东境,但与河北相近,当时已属冀州范围,荥阳郑氏是西晋末避乱到冀州的。只有陇西李氏,因为西凉之后,且李宝在帮助北魏平北凉的战争中立过功勋,才被视为高门。其实在当时的北方,还有一些在汉晋做过大官的士族,却未被视为头等高门,如弘农的杨氏、太原的王氏和郭氏、太山的羊氏、河东的裴氏等。这里有个原因,就是北魏的入据中原,首先是从灭后燕开始的,因此崔、卢、李、郑诸族,较之其他各姓是较早归降拓跋氏并取得要职的。因此他们在朝廷中和社会上就占有了比较特殊的地位。至于像弘农杨氏、太原王氏等在开始时并未仕后燕及受到北魏征辟,因此相对地说,社会地位就要略低一些。但他们仍不失为当地的著姓,拥有一定的特权,到北朝后期,也有不少人做了大官。这种情况和南朝有所不同。南朝的高门士族,大抵住在都城中,而且一般很少举族南迁,一旦个别人获罪,往往会导致整个家族的败落。北朝的高门则与此不同,他们大抵聚居乡村,只有少数出去做官的人来到都城。所以即使个别人获罪,整个家族的势力仍然存在。在某种程度上说,北朝的门阀制较之南朝更为牢固。

我们试看南朝的王、谢以及顾、陆诸族在梁末的"侯景之乱"中,所受的打击就远比北朝的崔、卢、李、郑诸族在遭受尔朱荣所发动的"河阴之难"中要严重得多。这是因为南方士大夫即使罢官归第,也仍留在都城,如《世说新语·雅量》载王导和庾亮有矛盾,人们传说庾亮要起兵入都,王导说:"若其欲来,吾角巾径还乌衣。"他们遇到战乱,已无法逃入家乡,托庇于宗族。在这点上说,北方士族的宗法观念也因此强于南方。

北朝士族的处境,前后有很大变化。当"永嘉之乱"刚发生时,前赵刘氏、后赵石氏的军队出于长期的民族仇恨,杀戮士大夫很多。汉族士大夫也出于同样的心理,不大肯和这两个政权合作,即使在战争中被俘而强授官职,也很少有真心为他们尽力的。尤其是匈奴族的前赵政权,因为出兵攻下洛阳、长安,俘虏西晋的怀、愍二帝,这在汉族各阶层的心理上都造成很大的对立情绪。因此很少有人愿和这个政权合作。后赵的情况就与此略有不同。后赵曾基本上统一了北方,尤其石勒在世时,颇能任用一些士大夫,对士人采取了比较宽容的态度,一部分人开始出仕后赵,如荥阳郑氏就曾在石勒政权下做过官(见《郑羲碑》)。但更多的北方士人似乎更愿意归附割据今河北东北部及辽宁南部一带的慕容廆,因为他还打着忠于晋朝的旗号。因此前燕的群臣中,有不少人出自崔氏等名门,甚至还有远从西北方面来的安定朝那(今甘肃平凉西北)的皇甫岌、皇甫真等。北魏入主中原,首先征召的就是这些曾在前燕和后燕做过官的人,如清河崔宏、崔逞、勃海封懿等,到太武帝拓跋焘神䴥四年(431)下诏征辟士人时称:"访诸有司,咸称范阳卢玄、博陵崔辩、赵郡李灵、河间邢颖、勃海高允、广平游雅、太原张伟等,皆贤俊之胄,冠冕州邦,有羽仪之用。"(见《魏书·世祖纪》上)这次征辟的士人,据《魏书》记载,"至者数百人",而诏书中所点名字仅此七人。更值得注意的是这七人中，六人都是今河北省境内的人，只有张伟一人来自太原。然而从《魏书》的记载看来，那六家后来都世代官宦不绝，只有张伟一人的后代很少有名的人。所以后来人把北朝文化看作"河朔"的文化，并不是偶然的。

河朔地区，特别是其南部和东部是一片开阔的大平原，南边是黄河，西临太行山脉，北边是燕山山脉，东濒渤海。因此这个地区的威胁，多半来自它的西方和北方。因为南部有黄河为天险，易守难攻；西边的情况则相反，由于地势是西高东低，从今山西入侵河北，犹如居高临下，很易得手；而北方的燕山山脉虽是天然的屏障，但一旦被少数民族的军阀突破，也就进入平原，长驱直入，无险可守。但在"永嘉之乱"中，各族军阀的入侵，往往是从西边或北边进入这片土地的。这里因为是大平原，当地的人们很难逃亡到山泽中去，只能聚族而居，由一个或几个家族聚居在一起，组成坞堡，以抵御侵扰。这些强大的坞堡，往往有许多人会去投奔，以求庇护，坞堡的主人也愿意扩大自己的力量，于是就形成了当时的一些地方上的武装实力，有时连朝廷也奈何他们不得。

"坞堡"的建立，本来是为了保护自己的家族不受劫掠骚扰。这种组织早在西汉末年至东汉初的赤眉大起义中已经有过，在"永嘉之乱"中，这种坞堡几乎遍及整个北方地区。但黄河以南的许多坞堡，因地处要冲，往往首先受到各族入侵者的攻击，有的被消灭，有的投降了入侵者，也有的南逃后成为东晋初年军队的重要来源。但地处黄河以北的不少坞堡，因为离南北交争的前方较远，这些坞堡只要对入侵各族表示不反抗，一般就不受到攻击，再加上这些平原地区的村落，往往联成一大片，人数众多，宗族强盛，入侵各族也没有必要对他们硬攻，徒然消耗实力。这就使河北各地的坞堡能够维持较久，直到北魏时代，还继续存在。

这些强宗豪族所建立的坞堡,其目的当然是防止入侵各族的骚扰,但他们所要抵抗的还有汉族中有些军阀的侵扰。这种侵扰,直到北朝后期还存在着。例如北齐的将领高昂,本是勃海高氏出身,他的部下均为汉族,在和北周的战争中,曾以勇悍著名。但他对地方的骚扰,也不下于入据中原的少数民族。他有一首《征行诗》,自称:"垄种千口牛,泉连百壶酒;朝朝围山猎,夜夜迎新妇。"(见《太平广记》卷三〇〇引《谈薮》)这种行为自然也会导致人们的反抗,而聚集起来加以防御。于是聚族而居,成了北朝人的普遍情况。当这些聚居的宗族的力量强大之后,有时也不免恃强凌弱,成为地方上的危害。《魏书·李孝伯附李安世传》:"初,广平人李波,宗族强盛,残掠生民。前刺史薛道㻛亲往讨之,波率其宗族拒战,大破㻛军。遂为逋逃之薮,公私成患。百姓为之语曰:'李波小妹字雍容,褰裙逐马如卷蓬,左射右射必叠双。妇女尚如此,男子那可逢。'安世设方略诱波及诸子侄三十余人,斩于邺市,境内肃然。"这里所引的那首《李波小妹歌》,现代的文学史著作,常常援引来说明北朝人民风强悍和尚武的精神,这是不错的。大凡种族杂处,征战频繁的地区,人们为了求生存,不能不尚武以自卫。然而既要拥有实力,必然要有较多的人集合在一起。这些人为了维持给养,也不免打家劫舍,劫夺行旅。所以《魏书》说李波家族"残掠生民",也在所难免。这也不光是李波一族的情况,即使以抗击石勒著名的祖逖也有时这样做。《世说新语·任诞》:"祖车骑过江时,公私俭薄,无好服玩。王、庾诸公共就祖,忽见裘袍重叠,珍饰盈列。诸公怪问之,祖曰:'昨夜复南塘一出。'祖于时恒自使健儿鼓行劫钞,在事之人亦容而不问。"这在当时是一种比较常见的现象。王导、庾亮要借重祖逖的实力,当然不会加以干涉。至于北方的强宗豪族,如果不危及北朝的统治,一般也很少遭受镇压。但到北魏末年,这些强宗豪族也有起兵和朝廷作对的,如河间的邢杲,"率河北流民十余万户反于青州之北海"(《魏书·孝庄帝纪》)。不过,河间邢氏本是河北的世家大族,其起兵造反之地又在青州北海(今山东潍坊一带),大约是由于其家乡河间遭受杜洛周、葛荣等"六镇"军人起义的兵火,避难到青州,迫于饥寒,才起兵的。这种情况已颇似西晋末年的流民,由于入侵者的力量过于强大,当地居民已无法依靠聚族而居的方式加以抵抗,不得不结伙逃亡。但在逃亡中,仍以十几万户一起行动,以求自卫,而十几万户人抛乡离井,衣食无着,时间长了自然会产生变乱。这种情况的发生原因,显然和河北一带的宗族观念比较浓厚有关,但宗族观念在河北所以比较顽强,也与当地各族杂居,互相侵扰有关。

由于北朝境内不断地发生种族纠纷,人们不能不习惯于争斗,所谓"尚武"的精神即由此而来。《梁鼓角横吹曲·琅琊王歌辞》:"新买五尺刀,悬著中梁柱。一日三摩娑,剧于十五女。"这首歌辞的作者已难确考,不知出于什么种族,然而在战乱频仍的年代里,对武器的爱好,确和保全自己及其家庭有着密不可分的关系。像这样的内容在南朝的民歌或文人作品中显然是不可能出现的。由于同样的原因,北朝人一般较少背井离乡从事商业活动,生活所需,一般来源于男耕女桑的自然经济。因此像南方民歌中所频繁出现的描写商旅生活的内容也很少看到。长期的民族杂居和斗争使北朝人的性格也多少受到少数民族那种粗犷、豪放的影响。因此北朝民歌中的情诗一般都显得大胆和直率,很少南方民歌那种缠绵悱恻之情;文人诗也同样地趋向豪放,尤其以写从军、边塞之作为长,技巧方面常常不如南朝诗人那样娴熟,而颇有真实的感受,与梁、陈一些诗人之在典故中讨生活毕竟大有不同。

第二节　河朔文化的兴起

　　河朔地区在秦汉以前本不是经济文化的中心，在这一带，特别是其北部地区，更较偏僻。在战国时代，燕国在"七雄"中本最弱小，远不是齐、赵二国之敌。这是因为地广人稀，兵力不足之故。入汉以后，北部的人口密度仍不及南部。但到东汉时代，北方各郡人口普遍减少时，这里人口却在增加。如《汉书·地理志》载上谷郡辖 15 个县，人口 11 万多；渔阳郡辖 12 个县，人口 26 万多；右北平郡辖 16 个县，人口 32 万多；涿郡辖 29 个县，人口 78 万多。《续汉书·郡国志》：涿郡辖 7 个城，人口 63 万多；上谷郡辖 8 个城，人口 5 万多；渔阳郡辖 9 个城，人口 43 万多。特别值得注意的是广阳国，《汉书》载辖 4 个县，人口 7 万多；《续汉书》载，广阳郡辖 5 个城，人口 28 万多。以县数和人口数相较，这里的人口显然在增长，而广阳尤甚。这大约是因为西汉末年的赤眉起义和各派势力的混战，并未波及这个地方，所以光武帝刘秀在更始帝攻克洛阳后，就奉命北渡黄河，去安抚河北州郡，在这里他遇上了假称成帝儿子的王郎，但很快加以消灭，他又在河北收降了号称"铜马"的农民起义军，因此以河北为根据地，称帝。他的功臣中如吴汉、耿弇等虽非河北人，却以此为根据地建立功勋。因此在东汉时代，河北的重要意义显然过于西汉。东汉一代的羌乱，也未侵入这里，不少人可能也逃入河北避乱，使这里人口激增。所以袁绍在和曹操谈论割据争雄时说："吾南据河，北阻燕代，兼戎狄之众，南向以争天下，庶可以济乎。"这话虽不为曹操所赞同，后来的事实也证明了袁绍的失败。但袁绍所以看中河北，决不是偶然的，因为他看到了河北的富庶和地利优势。曹操虽然不赞成袁绍的意见，其实他也很重视河北,作为自己的根本重地,他所以以邺城为根据地以遥控许昌的汉献帝,正是因为那里可以控制河北。

河北的发展正如江南一样,是不可避免的。因为秦和西汉建都长安,依靠的是关中的肥沃土地,但这里的面积比较狭小,而作为都城的长安,人口不断增加,光靠关中的财力已不足应付,不能不依赖今河南、山东等地的粮食加以支持。光武帝的迁都洛阳,一方面是由于他起兵的地方本在今河南南阳一带,而后来的基本势力范围又在今河北及河南北部的一些地方;另一方面是因为洛阳的地理位置更靠东,对京城的供应可以比长安方便得多。建都洛阳以后,政治、经济和文化的重心逐步东移,再加上东汉一代不断发生羌乱,关中残破,而南方的江浙和北方的河北,因为比较安定,而且都有较好的自然条件,原来的西部人口,就不断地向这里迁移,使河北的经济得以发展。

河北一带的文化发展在战国到秦汉中间经过一个比较曲折的过程。在战国时代,自从三家分晋后不久,赵国即迁都邯郸,邯郸成了战国时的名城之一。当时的赵国是在六国中还比较富强,曾招致了许多士人,尤其是平原君赵胜门下,宾客很多。北部的燕国也曾经招致过一些人才,最著名的是燕昭王筑黄金台以招士的故事。当时的赵国出过不少人才,最著名的有儒家大师荀况、名家大师公孙龙以及政治家虞卿、蔺相如,军事家廉颇、李牧等,因此在秦统一六国的过程中,遭到抵抗最强的莫如赵国。至于燕国因为国力弱小,所能招致的人才较少,较著名的只有邹衍和乐毅,但后来也离开了燕国。战国时代的游说之士中,只有一个蔡泽,曾做过秦相,但政治上也没有太大建树。这说明燕国在文化上不如赵国发达。到了汉初,儒学大盛,那时的儒生中,最著名的董仲舒,家乡在今河北的枣强,传《毛诗》的毛亨、毛苌是赵人,在文化上还是起了较大的影响。汉代藩王中,像河间献王的提倡儒术,也对儒学的兴盛起过一定影响。在文艺上,赵国本是一个比较发达的地区,《汉书·地理志》、《盐铁论》和一些乐府诗中都提到了赵地倡优之盛。《汉书·礼乐志》,还讲到汉武帝设立乐府,采诗夜诵,有"赵、代、秦、楚之讴"。与赵地相比,燕地的文化就不如赵地发达,汉时儒生中仅《韩诗》的传人韩婴为燕人,不过他的影响不小,在当时燕、赵一带学《诗经》的都学《韩诗》。他还治《周易》,但影响不如《诗经》之大,只是在家族中相传授。现在从《汉书》中看,出身燕地的著名人物较少,大约是由于这里的文化还比较落后之故。到了西汉末至东汉初,才出现了涿郡安平崔氏。这一家族在王莽时出现了崔篆,以后崔骃、崔瑗、崔寔都是著名的文人和政论家。他们是博陵崔氏的先辈,据《魏书·崔挺传》,崔挺的六世祖崔赞,三国时为魏尚书仆射,五世祖崔洪为晋吏部尚书。他们大约和崔骃并非一支,但当是同族。此外,博陵崔氏还有崔辩和崔绰、崔鉴父子。《魏书》都没有提到他们祖上的姓名与官职。大抵博陵安平的崔氏,因为东汉一代出现了很多名人,就成为河北的望族。这些望族的人物,有的到朝廷中做官,有的则官职并不显达,但他们家世相传,都有一定的文化素养,在"十六国"干戈扰攘之际和北朝初年拓跋氏政权对文化不很重视的时候,这些世家大族中,仍能维持其经学和文学的传授不绝。但是这种家世相传的文学和经学都和南方颇不相同。这是因为这种私家传授,在缺乏交流的情况下,不论文学和经学都很难有所发展。《周书·王褒庾信传论》说十六国文人的文风,有"永嘉之遗烈",这是符合事实的。现在看到十六国时代的一些应用文字,其文风确实和西晋后期流行的文体较近。但在北魏入据中原以后,这样的文章也已很少见到。北魏初年的文人如崔浩、高允之文,正如刘师培所说的"咸硗埆自雄",实际上是缺乏辞采。特别是诗歌更是如此,例如《魏书》所载高允和宗钦等人赠答的诗,都是四言,简直很少文采，读来味同嚼蜡。尤其像宗钦，本和后秦时文人宗敞是兄弟，宗敞之文在当时文化比较发达的凉州也很受人称赏，而宗钦的诗，却写得如此拙朴。他这首诗已被高允所称赏，认为自己很难属和。高允的信，可能有自谦之意，但他的答诗甚至还不如宗钦的赠诗，也是事实。在北魏初年，河朔文人中高允还可以算得能文之士，所达到的水平，却殊无足称。这是因为高允的一生，几乎大半是在北魏早年的都城平城（今山西大同）度过的。平城在当时虽然是一个都城，却并非人文荟萃之地。当时的汉族士大夫们对久居塞外的拓跋氏政权尚有疑虑，不像对后燕、后秦等汉化既久的少数民族政权那样较少顾虑。由于崔浩因史事一案，株连了当时许多名门望族，更使汉族士人产生疑虑。高允自己在崔浩一案中，也险遭不测，只是由于拓跋焘的儿子拓跋晃的保全，他才得以无恙。但当时能和他在学术和文艺上进行交流的崔浩、宗钦等一批文人学者均已死去。由于当时的形势，高允也曾在一个较长的时期内很少从事写作。这是因为由太武帝拓跋焘及崔浩所推动的汉化改革受到了鲜卑贵族的强烈反对，朝廷对汉化已不再热心。高允本人虽没有受到处分，但可以往来的文人已很少。所以他在《征士颂》中自称20年没有写文章。这时，北魏已经统治了北中国的大部分土地，统治着广大的汉族地区，在这种情况下，要实行汉化已属势在必行。所以在魏文成帝后期，他已经开始向朝廷提出一些改革礼俗的建议，并且上献过《代都赋》。由于文成帝对高允十分尊崇，他经常向皇帝进谏，即使文成帝听不进去，也不会加罪。文成帝的皇后是汉族，即北燕冯氏的女子。文成帝死后，献文帝和孝文帝都深受冯太后的影响。冯太后本人就有很高的文化修养，她为了教导孝文帝，曾作过《劝戒歌》、《皇诰》等诗文。后来孝文帝的迁都洛阳，大力推动汉化，显然和从小受她的影响有关。

孝文帝的大力推行汉化，当然得到了广大汉族士大夫的赞同。

当时在朝的汉人大部分又都出身河朔地区,或祖籍虽非河朔,而久已在河朔定居的人。《魏书·高允传》所载高允《征士颂》所列和他同时被征召的士人中只有杜铨、韦阆是京兆人,宋宣、宋憎是西河人,不属于后燕统治的范围。但韦阆之父已仕后燕,居蓟城;杜铨之父亦仕后燕,侨居赵郡。西河宋氏则在前燕时代已仕于慕容氏。其实北魏的名门中,大多数都是前后燕的旧臣子孙,如弘农杨氏,据《魏书·杨播传》,其祖上也是后燕的官吏。这些情况说明在西晋灭亡时,北方士大夫有许多人因避乱到冀州、幽州,因为南渡之路已绝,又不甘心于臣服公开反对晋朝的前赵和后赵,宁愿去依靠打着拥护晋室大旗的前燕慕容氏。这些人物的到来,使幽、冀二州的文化潜力大为增长。但前燕存在的时间并不长,不久即为前秦所灭。淝水之战后,前秦覆亡,其中也有人曾想南渡,但由于道路不通未果,如崔浩之父崔宏,就是一例。其余的人大抵留在前燕旧境内,及至慕容垂起兵,他们又归附后燕。后燕不久即为北魏所灭,于是许多汉族士大夫又转而入仕北魏。但是,他们的入仕北魏,并不像入仕前后燕那样完全出于自愿。因为前后燕的慕容氏虽是鲜卑族,但已长期与汉族接触,统治者的汉化程度较高。据《晋书·慕容廆载记》,慕容廆早年曾经见过晋代名臣张华,得到张华的称赞,认为是"命世之器,匡难济时者也"。在洛阳、长安陷落后,据《晋书》说:"时二京倾覆,幽冀沦陷,廆刑政修明,虚怀引纳,流亡士庶多襁负归之。廆乃主郡以统流人,冀州人为冀阳郡,豫州人为成周郡,青州人为营丘郡,并州人为唐国郡。于是推举贤才,委以庶政,以河东裴嶷、代郡鲁昌、北平阳耽为谋主,北海逢羡、广平游邃、北平西方虔、渤海封抽、西河宋奭、河东裴开为腹肱,渤海封弈、平原宋该、安定皇甫岌、兰陵缪恺以文章才俊任居枢要,会稽朱左车、太山胡毋翼、鲁国孔纂以旧德清重引为宾友,平原刘赞儒学该通,引为东庠祭酒,其世子皝率国胄束脩受业焉。廆览政之暇,亲临听之,于是路有颂声,礼让兴矣。"慕容廆的儿孙慕容皝、慕容俊均好文籍,慕容皝还著有《太上章》、《典诫》诸书。后燕的慕容垂左右,亦有能文之士。现在从《晋书》各载记中所载的应用文字看,前后燕的文学水平较高,因此这时河朔地区已成了北方的文化中心。但是这个文化中心却没有能够得到长期的稳定。随着慕容垂之死(396),北魏道武帝拓跋珪就以排山倒海之力,很快地灭了后燕,进占了河朔地区。

拓跋氏和慕容氏虽同为鲜卑族,其文化程度相差很远。当苻坚时代,拓跋氏派燕凤出使前秦,苻坚曾说拓跋氏"无钢甲利器",而燕凤则夸耀拓跋氏实力说:"北人壮悍,上马持仗,驱驰若飞。"这些话虽出发点不同,却都能说明一个事实,即拓跋氏在当时的文化还很低。据说拓跋氏开始任用燕凤时,燕不应聘,拓跋什翼犍就围困代城,对城中人说:"燕凤不来,吾将屠汝。"(并见《魏书·燕凤传》)由于文化落后,拓跋氏统治者对汉化颇有反感。《魏书·贺狄干传》载,贺狄干奉魏道武帝拓跋珪命,出使后秦被扣留,在长安学了《论语》、《尚书》诸经,"举止风流,有似儒者",因此被杀。汉人中也有被拓跋珪所任用的,但如崔逞向拓跋珪建议采桑葚以代军粮,引用《诗经》,意存讽刺,也因此被杀。这些汉族士大夫虽然被迫出仕,心中并不服气,拓跋氏对他们也怀有疑虑。这时拓跋氏的实力,并不能真正巩固地控制中原。当拓跋珪击破后燕,向南进取邺城时,就曾"巡登台榭,遍览京城,将有定都之意"(《魏书·太祖纪》),但最后还只是在邺置行台而去,最后只是迁都平城(今大同)。这原因在《魏书·崔浩传》中记得很清楚:"神瑞二年(415),秋谷不登,太史令王亮、苏垣因华阴公主等言谶书国家当治邺,应大乐五十年,劝太宗(明元帝拓跋嗣)迁都。浩与特进周澹言于太宗曰:'今国家迁都于邺,可救今年之饥,非长久之策也。东州之人,常谓国家居广漠之地,民畜无算,号称牛毛之众。今留守旧都,分家南徙,恐不满诸州之地。参居郡县,处榛林之间,不便水土,疾疫死伤,情见事露,则百姓意沮。四方闻之,有轻侮之意,屈丐、蠕蠕必提挈而来,云中、平城则有危殆之虑,阻隔恒、代千里之险,虽欲救援,赴之甚难,如此则声实俱损矣。今居北方,假令山东有变,轻骑南出,耀威桑梓之中,谁知多少?百姓见之,望尘震服。此是国家威制诸夏之长策也……'"这时北魏虽据有北方较多土地,但实力还不足以控制整个北方,所以对南燕的慕容德并未穷追,对后秦更是采取不加侵犯的政策。这并不是当时北魏还不想攻克中原,而是实力有限。

北魏初年的统治者在对待汉族士大夫的态度上存在有一定的矛盾。一方面,他们对地大物博、人口众多的中原地区很想据为己有,他们也知道如果得不到汉族士大夫们的合作,就很难在这里进行统治;另一方面,他们也害怕和汉族士人合作,因为两个不同种族间的心理隔阂既不易很快消除,而鲜卑族的过快汉化,也会对军力有所削弱,不利于对付北方的柔然和西方的赫连勃勃。但总的来说,北魏从道武帝拓跋珪起,就开始想招致汉族士人以为己用,而在实际上则收效不大。《魏书·崔逞传》:"后司马德宗、荆州刺史司马休之等数十人为桓玄所逐,皆将来奔,至陈留南,分为二辈,一奔长安,一归广固。太祖初闻休之等降,大悦,后怪其不至,诏兖州寻访,获其从者,问故,皆曰:'国家威声远被,是以休之等咸欲归阙,及闻崔逞被杀,故奔二处。'太祖深悔之。自是士人有过者,多见优容。"另一方面,汉族士大夫的出仕北魏,开始时也有很多顾虑。例如崔逞去投魏时,只带了一个儿子,却叫妻子带四个儿子去广固投南燕,原因在于"终虑不免"。这说明北魏的入主河朔之初,对汉族文化并不像慕容氏那样提倡,因此使这里的学术和文化失去了继续上升的趋势。《崔逞传》所载崔逞给东晋郗恢的信,称晋帝为"贵主",已有不承认晋朝之意,道武帝其实对文意不甚了了,只是字面上见了"贤兄"、"贵主"的区别,妄加罪名。这更使执笔者寒心,因此北魏初期有不少公文越加显得鄙拙无文,显然是为了怕拓跋族统治者看不懂而产生误解。现在《魏书》中所载魏初公文,大约已经史官们修改润饰,并不一定是当时真面目。相反地,《宋书·索虏传》所载魏太武帝给宋文帝的信,纯属口语,恐怕更近于北魏朝廷中通用文体的原貌。

不过,到了太武帝时,北魏的势力已发展到了黄河以南很多地方,统治的地区扩大了,汉化的趋势也随之加速。太武帝对崔浩的态度说明了他在汉化问题上的矛盾。他开始时十分信任崔浩,几乎言听计从,正说明他已经认识到当时的北魏已不能继续用过去的方式来对广大汉族地区进行统治。然而他又不能不考虑众多的鲜卑贵族对汉化的反对。《南齐书·魏虏传》记载,太武帝子拓跋晃和崔浩不睦,太子叫玄高和尚祈福,使太武帝梦见拓跋氏祖先拿刀责问他"汝何故信谗欲害太子",醒后就改变了对太子的态度。这个故事出于传闻,且多荒诞情节,但仍有其参考价值。因为当时北魏的鲜卑贵族反对汉化,势必推举一个足以影响太武帝的人物为首领,而在当时北魏朝廷中,最有资格和崔浩相对抗的,莫过于太子拓跋晃。关于拓跋晃和崔浩的矛盾,香港牟润孙先生在《崔浩与其政敌》(《注史斋丛稿》)中已有详论。太武帝之梦见祖先责难,正反映了他既想汉化,又怕变更鲜卑的传统。最后,他杀了崔浩,却又悲叹"崔司徒可惜"(《魏书·崔浩传》)。这种矛盾,正说明了汉化既在所难免,而鲜卑贵族的反抗也极为激烈。然而历史的潮流毕竟不可逆转。太武帝之后,继位的文成帝拓跋濬、献文帝拓跋弘,都在不断地接受汉化的教育。文成帝一些诏令,已经有很浓厚的儒家思想色彩。到献文帝时,据《魏书·程骏传》载,竟与自凉州入魏的程骏,"论《易》、《老》之义"。这个程骏是凉州名儒刘昞的弟子,不但深通儒学,且兼通老、庄。献文帝死后,他更向文明太后冯氏和孝文帝上《庆国颂》,得到冯太后的表彰。《魏书》本传称程骏"才业未多",但他死时,孝文帝和冯太后极为悼惜,赠赐优厚,说明北魏的汉化已在加速进行,并非孝文帝个人意志的产物。

第三节　凉州文化的影响

太武帝太延五年(439),北魏灭北凉,正式统一了北中国,这是北朝政治史上的一件大事,同时也是文化史上的一件大事。从某种程度上说,凉州的并入北魏版图,其文化意义更大于政治意义。因为"永嘉之乱"中,中原的士大夫除了逃奔江南和河北以外,还有一部分人则向西投奔当时晋朝的凉州刺史张轨。张氏政权和东晋虽然道路阻隔,很难交通,但仍旧崇奉晋朝正朔。这个政权维持的时间很长,从西晋灭亡(316)直到苻坚灭前凉,共经60年时间,在这个时间内,中原各地兵戈扰攘,战乱不息,很少人能从事学术文化活动。相反地,凉州各地则相当安定。前凉政权中像张骏等人,都很重视学术和文化。据《隋书·经籍志》著录,到隋时,还有张骏及谢艾的文集存世。《文心雕龙》中论到东晋以后的文人,所提到的大抵均为南渡人士,关于北方,除刘琨、卢谌外,只讲到凉州的张骏、谢艾和王济。可见凉州文人的成就,连南方文人也相当重视。《魏书·胡叟传》载,当时有个叫程伯达的人(此人疑即《魏书·程骏传》所说程骏弟伯达,其人当名程弘,《魏书》述其事迹称"亦以文辩",但下文缺损,拙著《十六国文学家考略》失载)曾说凉州"自张氏以来,号有华风"。前凉灭亡后,后凉、西凉、北凉等政权,仍能保持凉州的文化传统,未曾衰歇。后来北魏的一些学者如刘昞、江式等都来自凉州。北魏所用的历法,称"赵㫲历",也是凉州人所制定的。前面提到的程骏,也来自凉州。凉州不但是保持中原文化的一个重要据点,也是当时中外文化交流的重要通道。当时所谓"丝绸之路",正是经由凉州出玉门关到今新疆维吾尔自治区,再越葱岭,与印度、中亚甚至欧洲进行贸易。当时许多佛教名僧也是由凉州来到中原的。北魏著名的佛教艺术宝库云冈石窟,也是在凉州高僧昙曜的主持下开凿的。因此北魏灭北凉,对北中国的经学、佛学、文学、艺术和自然科学都起了极大的推动作用,使河朔地区的文化传统也得到刺激而进一步发扬光大。

凉州地区并入北魏以后,许多凉州士人都被迁入平城,其中如刘昞、张湛、宗钦、段承根、阚骃、程骏等,都在《魏书》中有传。刘昞因为年事已高,到平城后,不习惯那里的生活,不久又申请回凉州居住,后来卒于凉州。他的学术著作如《人物志注》,至今还保存着。据史籍记载,他作过《酒泉铭》,文章"清典"(见《周书·王褒庾信传论》),是十六国时代的名作。张湛和宗钦到平城后,与崔浩的来往很密切。据《魏书·张湛传》云:"浩注《易》,叙曰:'国家西平河右,敦煌张湛、金城宗钦、武威段承根三人,皆儒者,并有俊才,见称于西州。每与余论《易》,余以《左氏传》卦解之,遂相劝为注。故因退朝之余暇,而为之解焉。'其见称如此。"崔浩的《易注》,是北朝人经学著作中保存到隋代的极少数几部之一,其书已佚,内容无从详考。但据同书《崔浩传》:"太宗(魏明元帝)好阴阳术数,闻浩说《易》及《洪范五行》,善之,因命浩筮吉凶,参观天文,考定疑惑。"大约是属于汉代象数之学的一派。张湛、宗钦和段承根据《魏书》本传,都没有提到他们有什么经学著作。从宗钦、段承根的诗文看来,虽乏文采,却对经、史典籍很熟,可能在对《易经》的看法上,与崔浩有共同之处,所以崔浩特别提到了他们。这三人中,宗钦和段承根都和崔浩一起修史,因此崔浩被杀时,他们也被赐死。张湛因未任史职,所以没有被牵连。但他曾多次赠诗给崔浩，崔浩也曾作诗相酬答。《魏书·张湛传》说崔浩被杀后，张湛十分害怕，把崔的答诗都烧了。这件事说明了崔浩生平也曾作过诗。其实这也不奇怪，因为他父亲崔宏就曾写过诗，一直藏于家中，直到崔浩被杀，高允奉命查抄崔家时才发现，此诗后来也散佚了。大抵这些河朔的士大夫们都是在学术和文化上家世相传，外人很少知道。只是由于缺乏交流和互相切磋，水平很难提高，估计崔浩答张湛的诗如果保存到今天，大约也不过像宗钦、高允相赠答及段承根赠李宝之作一样质木无文。当他们还在写这种拙稚的四言诗时，南方的陶、谢两大诗人均已去世，鲍照、汤惠休已崭露头角。这说明长期的村居生活和缺乏"以文会友"的活动，已使河朔的文化与江南相比，拉开了很大的距离。至于凉州文人，在入魏以前，恐怕其文学水平也比入魏后要高。我们现在看前凉张骏、西凉李暠的文章，就不免有此感觉。这不是他们才华的减退，而是当时平城的环境，很难成为一个人文荟萃之地。因为当时居住在平城的，多数是鲜卑族人，他们对汉族文化很少了解。入仕北魏的士人，留居平城的为数不多。这里既无大量的藏书，北魏政府也没有对文化事业注意提倡。汉族士大夫们大多不想去平城。所以魏孝文帝深知要提高北朝的文化，非迁都洛阳不可。他一再地说："此间用武之地，非可文治，移风易俗，信为甚难。"（《魏书·任城王澄传》）"北人每言北人何用知书，朕闻此，深用忾然。今知书者甚众，岂皆圣人。朕自行礼九年，置官三载，正欲开导北人，致之礼教。朕为天子，何假中原，欲令卿等子孙，博见多知。若永居恒北，值不好文主，卿等子孙，不免面墙也。"（同书《广陵王羽传》）他的决心迁都，实在是已经认识到留居平城，已难于招致众多的人才，提高文化，来实行对汉族地区的统治。

第四节　南方文化对北朝的影响

　　推动孝文帝下决心实行汉化的一大原因是北魏的疆域因为刘宋的内乱而得以扩张。原来刘宋的孝武帝死后，前废帝刘子业立，被其叔父明帝刘彧所杀。刘宋各州刺史大多不服，晋安王刘子勋在江州起兵，于是徐州刺史薛安都、青州刺史沈文秀等都站在刘子勋一边，然而战争的结局却是刘彧取得了胜利。薛、沈诸人因此表示归降北魏。但刘彧也向他们表示一切不究。这时沈文秀又想归降刘宋，而魏将慕容白曜已兵至历下（今山东济南），很快攻进了青州刺史的治所广固（今山东益都）。沈文秀坚守数月，力竭被俘。魏军攻下今山东一带后，把这里的许多人劫掠到平城，称他们"平齐民"。在这些"平齐民"中，有不少饱学之士，如北朝著名学者刘芳，据《魏书》本传说，就是"平齐民"之一。刘芳当然是一位经学家，还不是文学家，但在当时的条件下，两者的关系本是十分密切、互相促进的。"平齐民"的到来，不但带来了许多南方的学术、文化成果，也带来了一些在北方尚未见到的图书，如东晋梅赜所献的伪《古文尚书》，大约就是这时传入北方的（详见拙作《读贾岱宗〈大狗赋〉兼论伪〈古文尚书〉流行北朝时间》，《中古文学史论文续集》，台湾文津出版社本，第 340 至 346 页）。北朝文学的兴起，与"平齐民"也有很大关系。《魏书·儒林传》："高祖（孝文帝）钦明稽古，笃好坟典，坐舆据鞍，不忘讲道。刘芳、李彪诸人以经书进，崔光、邢峦之徒以文史达，其余涉猎典章，关历词翰，莫不縻以好爵，动贻赏眷。于是斯文郁然，比隆周汉。"这里提到的四个人中，刘芳、崔光都是"平齐民"。刘芳的情形，我们在上文已讲到；崔光之父崔灵延本刘宋长广太守，和崔道固一起抵抗魏军。《魏书·崔光传》:"慕容白曜之平三齐,光年十七,随父徙代。"据说魏孝文帝曾说:"孝伯(崔光原名)之才,浩浩如黄河东注,固今日之文宗也。"崔光所著"诗赋铭赞咏颂表启数百篇,五十余卷,别有集";他曾巡察陕西,"所经述叙古事,因而赋诗三十八篇";他和李彪往来的诗,据本传载,有"百三卷"。《魏书·韩麒麟附韩显宗传》:"高祖曾谓显宗及程灵虬曰:'著作之任,国书是司。卿等之文,朕自委悉,中省之品,卿等所闻。若欲取况古人,班马之徒,固自辽阔。若求之当世,文学之能,卿等应推崔孝伯。'又谓显宗曰:'见卿所撰《燕志》及在齐诗咏,大胜比来之文。然著述之功,我所不见,当更访之监、令。校卿才能,可居中品。'"韩显宗曾作有《赠李彪诗》,见《魏书》本传,在文采上远胜高允诸人之作,而据孝文帝说,崔光的文学才能还在韩显宗之上。可惜他的集子已经散佚,无从知道详情,但他在文学上的成就,大约不会太低。《魏书·儒林传》说到的这四个人中,把李彪称为"以经书进",其实李彪在文学上也是很有贡献的。《魏书·李彪传》称李彪"述《春秋》三传,合成十卷。其所著诗颂赋诔章奏杂笔百余篇,别有集";同传又载他出使南齐时,曾对齐武帝萧赜背诵阮籍的诗,临行时齐武帝还叫群臣赋诗送别,如果没有很高的文学修养,齐武帝显然不会这样赏识这位北朝的使者。从这些情况看来,河朔学者本来就拥有深厚的学术和文艺的传统,只是当时的条件,使他们无法得到发挥。自从凉州文人和"平齐民"中的经学、文学人才来到北方,经过一段时间的接触,互相启发,使北方的经学和文学传统,得以发扬和变化。在这个时期中,河朔文人,虽有不少饱学之士,却由于缺乏写作的经验,在技巧方面,还不够熟练,虽有南方的作品可资借鉴,但由于长期的分裂,生活状况不同,表现在文学作品的内容也就不可能完全一样,所以吸收和借鉴南朝文人的创作经验,也必然要有一个逐步消化和改造的过程,不可能一下子就取得成功。所以《魏书·文苑传》评北魏文人"学者如牛毛,成者如麟角",这是完全正常的现象。在这个时期中,北方文人除上面提到的崔光外,较著名的如袁翻、袁跃兄弟,温子昇的祖先都在南朝做官;常景的祖父常爽(见《魏书·儒林传》)则来自凉州。正是这些"平齐民"和凉州人士的到来,作为一个外因,促使河朔文化传统这个内因得以发展起来,才造成了北朝经学和文学的复兴。

除了"平齐民"以外,南朝的几次内乱,迫使一些士大夫逃奔了北朝,这对北朝学术、文艺的发展也有较大影响。在这方面,在不同的时期,所起的作用也颇不同。最早由南入北的人物如晋宋之间的韩延之,在南方时曾作书回答刘裕,此书很有文采,辞气不卑不亢,很有特色。但他到北方后,似乎没有任何文学活动,也不见他对北朝文学起过什么影响。刘宋中后期入北的刘昶,在投奔北朝前作过一首诗,但入北后也没有很多文学活动。但到魏孝文帝时由南入北的王肃,却对北朝的学术文化起了不小的影响。《魏书·王肃传》称王肃"涉猎经史","肃自谓《礼》、《易》为长,亦未能通其大义也",似对他的学术成就评价不高。但孝文帝提倡汉化,在礼制等问题上,颇得王肃之助,这是史学家普遍承认的。至于文学,王肃虽不以文学见称却显然对北方文人们有影响。如《魏书·祖莹传》载,王肃到平城后,写了一首《悲平城》,此诗在艺术上没有太多特色,还不如刘昶入北时那首诗有文采。但此诗影响很大,北方文人祖莹作《悲彭城》,全仿此诗的形式;《魏书·彭城王勰传》载,魏彭城王元勰奉孝文帝命作了一首《问松林》,体裁也全仿王肃此诗。《洛阳伽蓝记》卷三载,王肃原配谢氏在王肃入北后,也到了北魏,作诗一首赠王肃,王肃入北后所娶北魏公主作了一首答诗,也全仿谢氏的体裁。这两首诗,都酷似南方的《子夜歌》。可见北朝诗歌的兴起,在开始时都以模仿南朝入手,逐步形成自己的特色。北朝文人诗的成熟,其实是在魏、齐间的"三才"

(温子昇、邢劭和魏收)出现以后。至于真正的名作,甚至更晚些,直到卢思道等人,才写出了《听鸣蝉篇》这样的名篇。在辞赋方面,由于北朝赋存者较少,现在所能见到的早期辞赋如张渊《观象赋》、高允《鹿苑赋》,基本上承袭西晋以前大赋的体制,而在艺术上则远为逊色。孝文帝迁洛以后,北朝赋出现较多,风格各殊,以阳固《演赜赋》为代表的北方文人,沿袭着汉晋旧体,其手法仍没有脱出张衡《思玄赋》的轨辙,但较之高允等人,艺术上已有很大进步。袁翻的《思归赋》则风格酷似南朝的鲍照和江淹,已有绮艳的色彩,音节也显得和谐流畅,在北朝赋中较少见,但因为过于模仿江、鲍,总不免使人感到缺乏独创性,只是一种因袭模拟之作。至于元顺《蝇赋》,意在刺世,激愤之情溢于言表,但不免使人有"雕润恨少"之感。比较值得注意的北朝赋则为李骞《释情赋》、李谐《述身赋》和卢元明的《剧鼠赋》。李骞和李谐都是身经离乱的人,他们的两篇赋在体制上似和《演赜赋》较近,但《演赜赋》写作时代较早,主要以史鉴戒,还可以说是"怨而不怒";二李则因为经历不同,更偏重于写亲身的经历,已经显出愤愤不平了。像李骞和李谐的两篇赋,如果孤立地从艺术上加以评价,也许称不上什么名篇,但它们的历史意义却不可低估。因为这种长篇叙事而主要写自身经历的赋,在过去不多见。汉人记事之赋,多为纪行之作,往往经历一个地方,写一段史实,虽寓讽谏,尚少涉及时事。他们这种尝试的结果,是开了后来庾信《哀江南赋》和颜之推《观我生赋》的先河。我们完全可以说庾、颜二家之赋在艺术上超过二李甚多,但二李时代在前,而且南朝赋中也缺乏这种先例,这倒是北人吸取南朝技巧而另辟新路的开始,但最后结出的硕果却是由两个从南方来的人完成的。这也许和北朝文人在艺术技巧方面还不如南朝文人熟练有关。北朝文人在辞赋方面的又一贡献,也许是在俗赋方面。俗赋这种文体,至迟在三国时代已经出现,曹植的《蝙蝠赋》、《鹞雀赋》已经很有较明显的俗赋色彩。后来左思《白发赋》也有点俗赋味，但更偏重于游戏文字的性质。南朝人这方面的作品传世甚少。卞彬的《蚤虱赋》只剩了序，但序文还是典雅的。《虾蟆赋》只存几句佚句，尚不足判断它是否俗赋体裁。北朝人在这方面作过些努力，如《洛阳伽蓝记》卷二所载姜质《庭山赋》，因为半雅半俗，很不调和，因此颇受后来评论者非议。但卢元明的《剧鼠赋》则在文体方面上承曹植，下开敦煌俗赋，其刻画老鼠可憎之状，颇为生动，在南北朝辞赋中别具一格。至于北朝的骈文，大体上也是到温子昇等人出现时才趋于成熟，前此文字，虽亦用骈句，但辞采远不及南朝人文章。总的来说，骈文由于多半是应用文，其地区的特色一般不很明显，而诗赋由于是抒情叙志之作，往往最能体现人们的心理状态，因此北朝人的作品，其佳作必然会体现出不同于南朝文学的特色。然而，这个特色当然不能是高允的四言诗那种枯燥无味之作，而是富于独特风格的艺术精品。这当然不可能在短期内完成，而是在学习和吸取南朝文学的成就，加以改造和发展之后才能出现的。这要经过一个长时间的模仿和摸索，才能做到。因此北朝文学的真正繁荣，实际上要到北魏灭亡，东西魏对立之际才得以实现。

第八章　北方的生活情况及文化的衰落

历来论述南北朝文学的人,都认为北朝文学的不如南朝,是由于各族军阀的入侵,造成北朝长期混战,经济受到破坏,大批文人南迁,文化重心移到南方的结果。这样的论点,显然不能说完全不对,但不免有失于笼统。因为各族的入侵,当然对文化有一定的影响,但有时也不尽如此。例如北魏后期的"六镇"军人进入中原,他们的文化并不比晋时的"五胡"为高,而且也有过混战,但当时北朝的文学并未因此衰落,反而有较大的发展和繁荣。至于经济的破坏和士人的南迁,也要作具体的分析。因为根据《洛阳伽蓝记》卷四的记载,北朝后期的财力也很富裕,再从贾思勰《齐民要术》看来,北方的农业技术也有很大的发展,不能说文学的衰落是由于经济受破坏。至于士人的南迁,虽属事实,但北方士族如崔、卢、李、郑都未南迁,恐亦不能说北朝文学的衰落,全由于士人的南迁。因此还须对西晋灭亡后北方人们的生活状况作一些具体的探讨,才能说明北朝文学一度衰落的原因。在这个问题上,我们似乎首先要对入侵各族的情况和北朝的历史来作一番考察。

第一节 "五胡乱华"的性质

过去的学者谈到"五胡",总是用大汉族主义的眼光去看待,所谓"五胡乱华"一语,就含有对这些种族的歧视态度。其实当时入居中原的匈奴、羯、氐、羌、鲜卑等五个种族,情况很不相同,不能一概而论。

首先起兵反对西晋的是匈奴族的前赵。匈奴族在汉代本是称雄大漠南北曾和汉朝争强的种族。后来屡被汉朝击败,又发生了内乱,才分化削弱,一部分人西迁,一部分归降汉朝,从此在东汉时附属于汉朝。在汉、魏二代,匈奴族人受着汉族士大夫和本族统治者的双重压迫。匈奴贵族与汉、魏统治者之间既有矛盾,又互相勾结。汉、魏政府有时调发他们去镇压农民起义和其他种族的叛乱;匈奴贵族也有时倚仗朝廷去镇压本族的内乱,在长期的杂居过程中,匈奴贵族中有不少人深受汉化的影响,如刘渊及其继承者刘聪、刘曜,都很熟悉儒家的经典和汉族的文学。他们起兵反晋,一方面是利用了汉族和匈奴族之间的种族矛盾,另一方面则是出于对政权的野心。本来匈奴族在入迁内地后,受汉族朝廷和地主的压迫而要求反抗,是无可非议的。但刘渊等统治者,出于个人野心,利用了这种矛盾,使前赵政权带有严重的暴乱性质,激起了大多数汉人的反对,如果西晋政权不是因为腐朽和四分五裂,对前赵这样的军阀割据,本是不难平定的。其实前赵之所以能接连攻下洛阳和长安,俘获怀、愍二帝,并不是由于它强大,而是利用了晋朝内部的"八王之乱"和民变蜂起,只是乘虚而入。当时起兵反对晋朝的各种力量,有时也曾在名义上一度归附前赵,事实却还是保持其独立,有的后来又投向东晋。刘渊、刘聪等人也想拉拢一些汉族士人来支持他们的政权,做出一些尊崇儒学等等的样子,但绝大多数汉人并不支持他们,而是聚结在坞堡之中,加以抵抗。所以在前赵时期,不管刘渊等人自己具有多高的文化水平,但并没有汉族士人在他的政权下进行较有成绩的学术和创作活动,甚至也没有几个人愿在前赵做官。这是因为他们俘虏怀、愍二帝,使之"青衣行酒",激起了汉族的普遍愤慨。前赵政权的残暴更是严重,在这个政权统治下,连年混战,生产遭受破坏,人民大批流亡,因此它也很快地为后赵所灭。

羯族人石勒所建立的后赵政权,性质与前赵不同。羯族据说是"匈奴别部羌渠之胄"(《晋书·石勒载记》)。据王仲荦先生《魏晋南北朝史》说:"羯人高鼻深目多须,崇奉祆教,和匈奴显然不是同一个部族。后人认为《魏书》有者舌国,《隋书》有石国,都于柘折城,即今天的塔什干。石勒的祖先可能就是石国人,移居中原后,遂以石为姓。"(上海人民出版社1979年版,第242页)石勒出身比较低微,曾被人掠卖为奴,后来被免为佃客,他投入了晋朝东嬴公司马腾的残部公师藩部下,其后有了自己的一支军队。石勒初起时,带有反压迫的性质,他自己又曾被人掠卖为奴,所以较能知道百姓的疾苦。在他刚起兵时,也曾有过劫掠的行为,但后来建立了政权,就比较注意发展生产。石勒对汉族士大夫们的态度,前后也有变化,初起时对晋朝官员,出于仇恨,多加杀戮;后来则为了进行统治,就改变了态度,对士大夫颇为优待,曾设立过"君子营"来加以照顾。在他手下的士人如张宾、徐光虽非著名高门,却很有才能。这时有些名门大族的人,也有出仕后赵的。魏《郑羲碑》称郑羲的高祖郑略,"值有晋弗竞,君道陵夷,聪曜虐刘,避地冀方,隐括求全,静居自逸。属石氏勃兴,拨乱起正,征给事黄门持节,迁侍中尚书,赠扬州刺史"。对前后赵的态度,显然不同。当然,石勒是羯族,又和东晋相对立,所以怀有正统观念和种族意识的士大夫们也不是都能和石勒合作,更多的人还是宁愿投奔东晋、前凉或慕容廆。同时,石勒从建立政权到死去才十四五年(319~333),毕竟时间较短,还不可能把都城襄国建成一个文化中心,所以还没有在学术和文艺上留下什么业绩。但据一些类书所引《十六国春秋》的佚文,石勒的谋士徐光就曾吟诗作赋,可惜兵戈扰攘的时代,这些作品很难保存,所以也无法加以评价。

羯族的文化,在"五胡"中比较低,像石勒这样具有远见的人物毕竟不多。石勒死后,政权落到了以残暴闻名的石虎手中。石虎是一个武夫,对文化的作用并无认识,他只是利用军事力量进行统治,他的残酷压榨激起了汉人的极大仇恨,在他死后,立即发生了冉闵大肆屠杀胡羯的事件。在这场大屠杀中,许多汉族士人都曾支持冉闵,其中如卢谌、刘群等都支持冉闵,随着冉闵的失败,他们也都死于战争中。这些汉族士大夫,本是刘琨的旧属,刘琨死后,跟着鲜卑人段匹䃅反对石虎,但段匹䃅不久也被石虎所击灭,他们被迫在后赵做官,而心中并不服气,所以对这场不分青红皂白的大屠杀并无反对之意。这说明羯族和汉族之间的矛盾仍很尖锐。卢谌等人都是有文学才能的,卢谌的诗文传世之作大抵作于刘琨在世时,他入后赵之后并无作品传世,甚至有没有进行过创作,也无从知道。在儒学家中,有一个韦謏,也曾在后赵做官,后来也支持冉闵,他在经学上也没有什么著作传世。这说明后赵在经学、文学等各方面都不是很兴盛的。

鲜卑族慕容氏曾建立过前燕、后燕和南燕三个政权。其中南燕的疆域很小,也没有出现过什么学者和文人。但这并不说明当时南燕境内就没有学术和文化人才。事实上南燕的疆域在今山东省黄河以南的大部分地区,在历史上本是一个文化发达的地区,后来南朝和北朝有许多杰出的学者和文人都是出生于此或以此为原籍。问题只是短暂的南燕政权始终处于动乱状态,人们很难进行学术和创作活动。前燕与后燕的情况则与此不同。前燕所以能取得广大的汉人的支持,除了打着扶助晋朝的旗号以外,也的确能注意农业生产、减轻人民负担和提倡汉族文化。现在看来,北朝一些汉族士大夫,大部分都曾在慕容氏政权下任职。北朝的学术和文化,基本上是由一些前后燕旧臣的后裔中发展起来的。这个情况很值得注意。但由于当时北方战乱很多,学术和文化的交流极少,书籍又无专门的机构去加以搜集、整理和保存,因此当时的著作均已散佚,无法详知。从情理来推测,河朔地区应该是有其学术和文艺传统的。根据《魏书·高允传》的记载,崔浩对一些经典的见解,颇与"马(融)、郑(玄)、王(肃)、贾(逵)"不同,崔浩之父崔宏曾作过诗;《陈奇传》载,陈奇对《论语》等书的见解,也不同于马融、郑玄,而近于崔浩,为游雅所反对;《隋书·经籍志》还著录有崔浩所编《赋集》。这说明像清河崔氏这样的高门士族,确有其经学和文学的传统,只是没有得到保存。崔家本是刘琨旧部崔悦之后。崔悦和卢谌一样,都是在段匹䃅败亡后被迫出仕后赵,并引以为耻的,最后他也死于乱兵之中。至于他的子孙出仕前燕和后燕,却并非被迫而属自愿,从这里可以看出汉族士人对慕容氏的态度和前后赵大有区别。

  氐族苻氏和羌族姚氏建立的前秦和后秦跟前后赵既不相同,和鲜卑慕容氏也有差别。这两个种族本来在西北各地,原是被前赵和后赵强迫迁到中原地区的,他们在前赵和后赵时代,也受到了控制和压迫。他们受汉族文化的影响较深,同时对汉族人的态度也不像匈奴族和羯族那样怀有仇恨。在前秦兴起时,上距西晋灭亡已经30多年,北方人民对东晋的兴复已失去了幻想,而前秦政权对人民的态度,也确实不像刘聪、石虎那样残暴。因此汉族人包括一些士大夫似乎都对苻氏没有很大反感。《洛阳伽蓝记》卷二记北魏隐士赵逸说:"苻生虽好勇嗜酒,亦仁而不杀。观其治典,未为凶暴。及详其史,天下之恶皆归焉。苻坚自是贤主,贼君取位,妄书君恶,凡诸史官,皆是类也。"这个隐士赵逸,大约和汉代的李少君一样是个冒充仙人的骗子,但他这段话,也多少反映了北方汉人对苻氏政权的看法。可见苻氏在苻坚称帝前,也不是很凶残的。苻坚在十六国君主中,政绩更颇可称道。《晋书·苻坚载记》所载王猛在时的情况,的确很值得称赞。所以赵逸称他"贤主",不为过誉。更可注意的是南方的汉族士大夫对苻坚的态度也与十六国其他君主不同。《世说新语·企羡》:"郗嘉宾得人以己比苻坚,大喜。"郗嘉宾即郗超,与王羲之家是亲戚,在东晋的仕历和门第都极高,居然把自己比于苻坚为荣,这很说明汉族士人对苻坚的看法。事实上苻氏确有才能,苻坚以外,像苻融也是一个很有才能的人物。后来投降东晋的苻朗,作有《苻子》,其佚文存者尚多,清严可均辑入《全上古三代秦汉三国六朝文》,其文辞和思想都颇有特色。值得注意的是,在十六国时代,各政权为了装饰门面,都设立一定的学校,设立五经博士教授儒家经典,但这些机构,实同虚设,统治者既不加重视,士人们也未必去学习。前秦的情况与此不同,百姓们甚至作歌谣加以称赞。随着教育和儒学的复兴,前秦的文学和其他学术也兴盛起来,王嘉的《拾遗记》和苏蕙的《回文诗》以至赵整在佛经翻译、诗歌写作及史学方面的种种贡献,都对学术和文艺的发展起了不小的推动作用。苻坚后来的失败,是由当时种种复杂的社会矛盾所造成的。再加上氐族人数较少,在遭受鲜卑、羌和东晋三方面的不断打击下,前秦终于灭亡了。但在十六国中,前秦时代留下的文化遗产是很有价值的。如果这个政权得以持久,那以长安为中心的关中地区,很可能成为学术和文艺的又一个中心。事实上前秦虽然灭亡了,但它留下的文化基础并未消失,继起的后秦,仍然具有较高的文化。所以《隋书·牛弘传》曾说"僭伪之盛,莫过二秦"。

在关中地区取代前秦的羌族姚氏政权,其性质与前秦颇有类似之处。羌族也是被前后赵强迫东徙的种族,在文化上受汉族影响也很大。在姚氏初起时,姚苌曾和前秦进行过多年征战,直到他儿子姚兴时,才最终取胜建立巩固的统治。姚兴的军事实力远不如前秦,但在他当太子时,就经常和他的官属梁喜、范勖等"讲论经籍",他称帝之后,招致许多儒者,在长安讲授经籍,"诸生自远而至者万数千人"。《晋书·姚兴载记》说在他的倡导下,"学者咸劝,儒风盛焉"。在儒学兴盛的同时,文学也得到了提倡,一些官员因为"文章雅正"而被委以重任。在姚兴统治下,曾有杜挺作《丰草诗》,相云作《德猎赋》来加以讽谏,都得到姚兴的称赞。这些作品虽未保留,但说明后秦文学相当发达。姚兴的儿子姚泓虽然在政治上并无才能,最后被刘裕所灭,但他在提倡文学方面,也起过作用。《晋书·姚泓载记》称他"博学善谈论,尤好诗咏。尚书王尚、黄门郎段章、尚书郎富允文以儒术侍讲,胡义周、夏侯稚以文章游集"。后秦留下的文化遗产,主要在佛学方面,许多佛经都是经后秦的名僧鸠摩罗什所译。鸠摩罗什的弟子僧肇,作有《肇论》,在文学和哲学方面都是名著。刘裕灭后秦时,曾将长安典籍全部运回建康,据云都是"赤轴青纸,文字古拙",数量达 4000 卷。这个数字和南方的藏书相比,自然不算多,但在十六国和北魏来说,已经是很有规模的了。刘裕克长安,把关中的图籍和一些人迁到南方,还有一些后秦士人逃到了北魏及匈奴赫连氏的夏国,长安这个有可能成为文化中心的地方,也就此荒芜了。值得注意的是,古代人对待汉族和其他种族间的战争,总是站在汉族立场上看问题的。但对后秦之亡,却有一些同情姚泓的传说,如《晋书·姚泓载记》说姚泓被杀后"建康百里之内,草木皆燋死焉"。《太平广记》卷二九引《逸史》,甚至讲唐太宗时有个僧人住在衡山,见到一个人形怪物,满身长着绿毛,来到面前。那怪物自称就是姚泓,临刑时脱逃,最后成了仙,已能"长生不死"。这些传说的出现,说明汉族人对姚氏正像对苻氏一样,并无恶感。与这些种族的政权相比,鲜卑拓跋氏是比较落后的。在西晋灭亡之初,拓跋氏曾经出兵帮助过刘琨抗击匈奴族和羯族,但并无多大作用,因为当时拓跋氏的部落还没有组织成一个统一的国家,实力还很有限。在前秦时代,拓跋族曾为苻坚所灭。从《魏书·燕凤传》看来,拓跋氏的生产状况和政治组织都很幼稚,还不可能与其他部族逐鹿中原。当时拓跋氏连遭石虎的征伐和苻坚的征服,当他们遭到攻击时,不是逃亡到别的部落,就是逃避。《魏书·皇后列传》载,平文帝皇后王氏当儿子昭成帝想"定都于灅源川,筑城郭,起宫室,议不决"时,她说:"国自上世,迁徙为业。今事难之后,基业未固。若城郭而居,一旦寇来,难卒迁动。"这说明拓跋氏当时基本上还属于游牧部落,军事力量也很不足,当发生外患或内乱时,常常乞援于慕容氏、宇文氏等其他鲜卑族。直到道武帝拓跋珪时代,这个部族才逐渐兴盛起来,但几次内乱时,还不免乞援于后燕。后来兵力渐强,和后燕相攻,在参合陂大破慕容宝之后,乘后燕内乱,才一下子攻入今山西、河北及河南等地,建立起统治。然而从拓跋珪一直到太武帝拓跋焘,虽已占有中原的大片土地,却始终没有迁都到汉族文化发达的地区,而仍然建都平城。拓跋氏的采取这个政策,并不是偶然的。因为当时北魏所面临的强敌很多,南方存在着刘宋政权,当时还在比较强盛的元嘉时代,如果南下与刘宋争强,很难速胜,而在北魏的北境还存在着一个强大的敌人柔然,在其西边又有一个赫连氏的夏国政权。拓跋焘采用崔浩的策略,全力从事于削弱夏和柔然,对刘宋只取守势。因为崔浩明知刘宋的兵力,自守有余,却不会贸然进攻北魏。如果迁都到中原,不但会加剧和刘宋的矛盾,也容易使北边空虚,对柔然的侵扰鞭长莫及。更重要的是前面已经讲到过的崔浩反对迁都邺城的理由,如果北魏过早地南迁使自己的部族陷于汉人的汪洋大海之中,对保持政权极端不利。在这种情况下,北魏皇朝从道武帝灭后燕直到孝文帝迁洛,经过了百余年时间,是有其历史原因的。

北魏建都平城百余年,当时为什么没有能使平城形成一个人文荟萃之地呢?这原因比较复杂。我们知道平城在汉代是一个边塞地区,汉高祖刘邦曾被冒顿单于围困于此。此后,经过汉武帝和东汉初年屡次北伐,汉朝的边界已向北推进到今内蒙古自治区境内,按理说,平城也应该是汉化较深的地区了。但经过魏晋以至十六国的混战,北方各族内迁,使平城的汉族人口减少,其他种族数量增加。在当时人心目中,平城是一个荒凉的地方,例如《魏书·祖莹传》所载王肃所作的《悲平城》,就体现出一幅萧条荒漠的景象,汉族的士大夫们自然很少人肯去定居于此。再加上北魏早年的官员,并无俸禄,《魏书·高允传》载,直到魏文成帝时,还是"时百官无禄,允常使诸子樵采自给"。这时高允入仕北魏二三十年,尚极贫困,当然更难吸收汉族士人到平城去做官。也正是这个原因,使平城的文化不可能兴盛起来,北魏初年的文学也只能较之十六国反有逊色。孝文帝所以竭力要迁都洛阳,这是一个很重要的原因。所以对于从十六国到北魏孝文帝迁洛,中间经过 150 年以上时间,其中文学、儒学和佛学都有过起伏,其中原因相当复杂,不能一概而论,用一句笼统的话来解释。

第二节　十六国北朝人们生活的特殊方式

文学作为一种意识形态,归根结蒂必然是人们社会生活的反映。文学的兴衰及其内容的变化,归根结蒂也必须从人们的社会生活中去探索其原因。我们如果要探讨北朝文学不同于南朝的原因,显然也无法离开当时北方人民在各族入侵和混战下所形成的特殊的生活方式和条件。在这里,我们首先应该注意的是当时聚族而居以及结成坞堡的情况。

聚族而居和建立坞堡的情况起源甚早,开始时大约是为了防止兵乱中的侵扰。据《后汉书·樊宏传》,早在西汉末年的农民起义中,就有些地主豪强如樊宏辈"与宗家亲属,作营垒自守,老弱归之者千余家"。到东汉末年,这种情形也经常出现。《三国志·魏志·田畴传》载,田畴被公孙瓒所拘,"畴得北归,率举宗族他附从数百人,扫地而盟曰:'君仇不报,吾不可以立于世!'遂入徐无山中,营深险平敞地而居,躬耕以养父母。百姓归之,数年间至五千余家。畴谓其父老曰:'诸君不以畴不肖,远来相就,众成都邑,而莫相统一,恐非久安之道。愿择其贤长者以为之主。'皆曰:'善。'同佥推畴。畴曰:'今来在此,非苟安而已,将图大事,复怨雪耻。窃恐未得其志,而轻薄之徒,自相侵侮,偷快一时,无深计远虑。畴有愚计,愿与诸君共施之,可乎?'皆曰:'可。'畴乃为约束相杀伤、犯盗、诤讼之法,法重者至死,其次抵罪,二十余条。又制为婚姻嫁娶之礼,兴举学校讲授之业,班行其众,众皆便之,至道不拾遗"。田畴这种做法,可以说是组织比较严格和强大的坞堡。不过田畴有他的政治目的,其他各地为了防止各种力量的侵扰,这种坞堡也不少,只是未必像田畴那样严密和整齐。到西晋末年,由于内乱纷起,各族的入侵,这种坞堡也在各地纷纷兴起。当时晋朝的朝廷有时要借助他们的力量,东晋初年叛服不常,有时还起了一些抗御前后赵及为朝廷出力的作用的如苏峻、郭默等,本来也就是坞堡的首领。前后赵政权对各地坞堡,只要他们能表示服从,缴纳一定的粮草,也就不加侵犯。因此坞堡中的百姓一般比散居的人安全。因为入侵各族,在晋时颇受压迫与歧视,得势之后强行抢劫和犯法之事经常发生,连他们的首领也无法加以完全禁止。《晋书·石勒载记》:"勒以参军樊坦清贫,擢授章武内史。既而入辞,勒见坦衣冠弊坏,大惊曰:'樊参军何贫之甚也!'坦性诚朴,率然对曰:'顷遭羯贼无道,资财荡尽。'勒笑曰:'羯贼乃尔暴掠邪!今当相偿耳。'坦大惧,叩头泣谢。勒曰:'孤律自防俗士,不关卿辈老书生也。'赐车马衣服装钱三百万,以励贪俗。"樊坦是石勒手下的官员,再说石勒已明令胡人"重其禁法,不得侮易衣冠华族"。然而这种法令收效极微,尤其羯族将领根本不怕什么禁令。例如程遐是石勒世子的舅舅,因为石勒曾和他商量叫世子石弘镇守邺城,而石虎自以功大,不愿相让,竟"遣左右数十人夜入遐宅,奸其妻女,掠衣物而去",也并不因此受到惩处。官员尚且如此,一般百姓自然更难安身,如果不结成坞堡,自然是很难安生的。

这种坞堡的建立,自然以一些强宗豪族为基础,它的首领也必然是地方上的豪门地主。对这些人,晋朝和后赵都想加以拉拢,他们中的态度,也不完全一致。有的始终坚持抵抗前赵和后赵如李矩,有的则依违于晋朝和前后赵之间。这种坞堡在战乱频仍的时代,确有其保护作用,但坞堡的势力范围成了局限人们活动的界限。因为出了这个范围,聚居的集体就无力加以保护。再加上由于坞堡的建立,一些强宗除了自守以外,也难免干出劫掠行旅的事情,因此交通极端不安全,商业和人们的交游几乎陷于停顿。在这种条件下,连平原地区也不安全(如《魏书·李孝伯附李安世传》所载《李波小妹歌》,正好出现在今冀、鲁、豫三省交界的大平原上),更不要说什么山林川泽险阻之地了。在这种情况下,要像谢灵运那样去登山临水,描写自然风光,自然是不可能的。我们经常认为,山水诗兴盛的原因之一是南方山清水秀的地理环境,这当然不能说错。但反过来说,北方也远不是绝无景区足资游览,其所以缺乏那样的山水诗名篇,其主要原因还应该从当时的社会存在中去寻找。

坞堡中的人既要生产,又要随时准备作战以保卫自己的生存,因此内部必然要有一定的组织和制度,才能维持下去。前面我们讲到田畴在组织他的坞堡时,就有着极严格的纪律和制度,甚至有处死人的权力,俨然像一个小小的独立王国。这种坞堡的组织显然是以封建宗法制为基础的。《宋书·王懿传》讲到南北社会风气的不同是北人把同宗叫作"骨肉",显然是因为北人的聚族而居,宗族越大,势力越强,也更能保证全族人的安全和在地方上占优势。所以北方一些豪门士族的家规十分严格,如《魏书·杨播传》所载杨播家中兄弟共财的大家庭生活,表现出浓厚的宗法制色彩。如:

> 播家世纯厚,并敦义让,昆季相事,有如父子。播刚毅。椿、津恭谦,与人言,自称名字。兄弟旦则聚于厅堂,终日相对,未曾入内。有一美味,不集不食。厅堂间,往往帏幔隔障,为寝息之所,时就休偃,还共谈笑。椿年老,曾他处醉归,津扶持还室,仍假寐阁前,承候安否。椿、津年过六十,并登台鼎,而津尝旦暮参问,子侄罗列阶下,椿不命坐,津不敢坐。椿每近出,或日斜不至,津不先饭,椿还,然后共食。食则津亲授匙箸,味皆先尝,椿命食,然后食。津为司空,于时府主皆引僚佐,人就津求官,津曰:"此事须家兄裁之,何为见问?"初,津为肆州,椿在京宅,每有四时嘉味,辄因使次附之,若或未寄,不先入口。椿每得所寄,辄对之下泣。兄弟皆有孙,唯椿有曾孙,年十五六矣,椿常欲为之早娶,望见玄孙。自昱(杨椿子)已下,率多学尚,时人莫不钦美焉。一家之内,男女百口,缌服同爨,庭无间言,魏世以来,唯有卢渊兄弟及播昆季,当世莫逮焉。

杨播家的家规是如此严格,这并非由于一个家族的特殊习惯,而是在北方长期的战乱中,人们只有聚族而居,才能自保。要聚族而居,势必要建立一个严密的家族组织，而这个家族的长者，就必须要具有极高的权威性，乃能统率全族和整个坞堡，保持其团结一致，免于涣散而削弱战斗力。而像《世说新语·雅量》所记："周仲智（周嵩）饮酒醉，瞋目还面，谓伯仁曰：'君才不如弟，而横得重名！'须臾，举蜡烛火掷伯仁，伯仁笑曰：'阿奴火攻，固出下策耳！'"又，《忿狷》："王司州（王胡之）尝乘雪往王螭（王恬）许。司州言气少有牾逆于螭，便作色不夷。司州觉恶，便舆床就之，持其臂曰：'汝讵复足与老兄计！'螭拨其手曰：'冷如鬼手馨，强来捉人臂。'"这种兄弟间全无相让之礼的事例在北方显然很难出现。至于《文选》任昉《奏弹刘整》中讲到叔嫂间为了争夺家产奴仆，竟至吵架斗殴之事，在北方更是很难设想，因为一般来说，北朝人因为聚族而居，财产也往往不加剖分。

北朝人由于抵御入侵各族的侵扰所采取的聚族而居的生活方式，为了避免纷争起见，也就坚持了古代君主"立子以嫡不以长，立嫡以长不以贤"（《公羊传·隐公元年》）的办法，对嫡出和庶出的子女，分得十分严格。《颜氏家训·后娶》："江左不讳庶孽，丧室之后，多以妾媵终家事；疥癣蚊虻，或未能免，限以大分，故稀斗阋之耻。河北鄙于侧出，不预人流，是以必须重娶，至于三四，母年有少于子者。后母之弟，与前妇之兄，衣服饮食，爱及婚宦，至于士庶贵贱之隔，俗以为常。"颜之推生长在南方，他所见到的北方习俗是北齐后期的情况，因此认为南优于北。这是因为经过二百多年的演变，坞堡和聚族而居的生活状况已有很大改变，所以他见了北人"子诬母为妾，弟黜兄为佣"的财产纷争而感到不满。不过在北朝初年，那种"鄙于侧出"的风气，也是社会状况所决定的。在当时"聚族而居"的大家庭中，一族的族长，就是全族的共主，必须有一个法定的继承人选，而以嫡长子为继承人，不但符合封建社会的传统，也可免于争执，使宗族涣散。在那个时代，一个家的家务，必然由族长之妻来掌握安排，如果像南方人那样"以妾媵终家事",容易引起门第观念极重的那些人的不满,而不屑听命于一个出身低微的妾媵。所以"重娶"而"至于三四",在当时亦势所必然。

在那种"聚族而居"的情况下,一切生活资料大抵全靠自给,取给于商品交换的情况极少。《颜氏家训·治家》:"生民之本,要当稼穑而食,桑麻以衣。蔬果之畜,园场之所产;鸡豚之善,埘圈之所生。爰及栋宇器械,樵苏脂烛,莫非种殖之物也。至能守其业者,闭门而为生之具以足,但家无盐井耳。今北土风俗,率能躬俭节用,以赡衣食;江南奢侈,多不逮焉。"又说:"河北妇人,织纴组紃之事,黼黻锦绣罗绮之工,大优于江东也。"这些被颜之推所竭力推崇的习俗,都是"坞堡"和聚族而居的时代,商业几近停滞,一切都依仗于自给的遗风。从社会的发展来讲,江南的奢侈习俗虽然无可称道,但水路交通的兴繁和商业的繁盛毕竟对经济的发展起着推动作用,而这种自给自足的封闭状态却是落后的。

在这种聚族而居的生活条件下,不但直接地影响到人们的物质生活,同时也必然要影响到人们生活的许多领域,例如在北方的文人诗中,有关男女之情的题材就十分稀少。尤其像南方《子夜歌》中一些涉及男女自相择偶甚至可能还有婚外恋的内容,以及《乐府诗集》卷四五引《古今乐录》所载东晋王珉和他嫂子的婢女谢芳姿调情的故事,更不可能在北方出现,因为这种调情,很容易引起家族间的矛盾,而使宗族之间失去团结。北方民歌中也有写妇女生活的,那仅仅是"老女不嫁,蹋地唤天"(《地驱乐歌》)这样悲叹成婚困难,或者像《折杨柳歌》中那种"愿作郎马鞭"的粗犷直率的感情,与细腻缠绵的南方民歌以及把女子作为欣赏对象和带有玩弄性质的文人诗,更是完全不同。至于《抱朴子·疾谬》所记东晋的荒谬风俗以及《世说新语·任诞》所载周颉的放纵行为,在北朝的坞堡中是不能出现的,因为这完全可能导致一支地方势力的瓦解。

但是,北方人民的特殊生活条件,也造成了另一些不同于南方的生活态度。那就是这种聚族而居的生活方式,也使北方的士人生活态度比较严肃,不像南方高门士族那样骄奢淫逸,贪图享受。那些坞堡中的首领,在自给自足的经济生活中,常常需要以身作则地去关心各种生产,过问田间劳动的情况,以维持这个集团的衣食所资。《颜氏家训·涉务》中,说到北方的士人,对农业生产的情况,多少是有了解的。虽然这些人未必亲身去参加劳动。由于他们长期处于一种不安定的社会环境中,不可能像南朝士大夫们那样懒散,骑马、步行对他们来说都不是什么难事。像《颜氏家训·涉务》所载建康令王复见了一匹不大驯服的马就认为是老虎的情况,在北方是没有的。不但如此,由于北朝士人有不少曾随从帝王出征,到过边塞地区,亲自见过许多塞上风光,因此他们笔下的边塞诗,常常有许多切身的感受,如卢思道等人在这方面的诗歌,确如刘师培所说"发音刚劲,嗣建安之逸响",与南朝文人之摆弄典故者毕竟大异其趣。

北朝的士大夫在生活中和下层人民的距离,似乎较之南朝要小。《颜氏家训·音辞》:"易服而与之谈,南方士庶,数言可辨;隔垣而听其语,北方朝野,终日难分。"这里当然涉及南方士人喜用洛阳语音,而普通百姓则通用吴语的问题。但另一方面,北方的士大夫长期接触普通百姓,从事各种官职;而南方士大夫则享受着优厚的待遇,事实上很少接触下层,只是生活在本阶层的小圈子中。因此他们和下层人民的生活和语言是隔膜的。因此在北朝现存的作品中,还可能找到像卢元明《剧鼠赋》那样的俗赋,而在南朝则似乎未见有人做过这种尝试。

第三节　北朝的学术和宗教

北朝的学术思想和南朝有很大的不同，这对南北文学的不同也有密切的影响。关于南北学术的不同，《隋书·儒林传》曾有如下的记载："自晋室分崩，中原丧乱，五胡交争，经籍道尽。魏氏发迹代阴，经营河朔，得之马上，兹道未弘。暨夫太和之后，盛修文教，搢绅硕学，济济盈朝，缝掖巨儒，往往杰出，其雅诰奥义，宋及齐、梁不能尚也。南北所治，章句好尚，互有不同。江左《周易》则王辅嗣，《尚书》则孔安国，《左传》则杜元凯。河洛《左传》则服子慎，《尚书》、《周易》则郑康成。《诗》则并主毛公，《礼》则同遵郑氏。大抵南人约简，得其英华；北学深芜，穷其枝叶。考其终始，要其会归，其立身成名，殊方同致矣。"《隋书·儒林传》这段话，和《文学传》一样，对南北的经学采取一种不加褒贬的态度。其实北朝的经学著作也和文学作品一样，留传下来的甚少，而唐代孔颖达等人撰《五经正义》，基本上全采南朝人的学说。至于北朝学者的"雅诰奥义"，我们现在已很难详知。南北儒学的差别，其产生原因比较复杂。例如南朝人治《周易》用王弼说，《左传》用杜预说，而北朝用郑玄说与服虔说，可能和学术的传统有关。因为在汉末和三国时代的经学，郑玄一派的学说最为兴盛，治经学的人都宗郑说。北方学者的儒学，实际上是郑玄学派的一统天下。因为《隋书·儒林传》所说北方经学，只有《诗经》和《左传》没有提到郑玄。不过郑玄治《诗经》，本主《毛诗》，现在我们所见的《诗经》，都是《毛传》、《郑笺》合在一起，《郑笺》虽并不全同毛说，然大体上还只是发挥《毛诗》的意见。至于服虔的《左传注》，现在虽已散佚，但它本与郑玄的看法基本一致。《世说新语·文学》："郑玄欲注《春秋传》，尚未成，时行与服子慎（服虔）遇，宿客舍。先未相识，服在外车上与人说己注《传》意，玄听之良久，多与己同。玄就车与语曰：'吾久欲注，尚未了。听君向言，多与吾同，今当尽以所注与君。'遂为《服氏注》。"郑玄晚年久居河北，影响甚大，所以河北的学者多宗郑说，这是不难理解的。至于南方流行的《周易》王弼注、《左传》杜预注在北方不甚流行的原因，也许和地区有关。因为王弼、杜预的著作，虽然在西晋承平时，已可能流传到河北地区，但未及盛行，已遭"永嘉之乱"，王弼、杜预学说的传人在北方甚少，很难占上风。河北学人多守师说，宗尚服、郑。尤其是王弼的《易》学，因为是以《老子》的学说来释《周易》，对于玄风尚未盛行的河北地区，更难为人们所接受。其实王弼的《易》学，在南朝也不是所有的人都表赞成的。《太平广记》卷三一七引梁殷芸《小说》："王弼注《易》，辄笑郑玄为儒，云：'老奴无意。'于时夜分，忽闻外阁有著屐声，须臾便进，自云郑玄，责之曰：'君年少，何以轻穿凿文句，而妄讥诋老子也！'极有忿色，言竟便退。弼恶之，后遇疠而卒。"这个故事显然很荒诞，但编造这个故事的人，当属郑学一派，由于南朝王弼《易》学盛行，而用这手段来表示不满。这是袭用干宝《搜神记》中说阮瞻主无鬼论而被鬼吓死的故技。不管如何，这说明郑玄的《易》学即使在南朝，仍有其信奉者。至于北朝的《尚书》盛行郑玄注，南朝用孔安国传，则另是一种情形。所谓"孔安国传"，实即和今本伪《古文尚书》相附而行的伪《孔传》，乃东晋人梅赜所献，此书在北魏攻克今山东一带以前，并未流传到北方。后来虽由"平齐民"携入河朔，并在《魏书》所载一些北魏中后期人的文章中一再被引用，大约也仅仅是一些上层官员能看到，所以据孔颖达《尚书正义序》说，当隋时传入北方，颇为北方学者所惊叹，这和当时北方书籍的交流和传阅不广有很大关系。书籍流传不广也和北朝士人喜欢乡居，私门传授，很少像南方文人的聚居城市，经常以文会友,并互相借阅和借抄书籍有关。在这个方面,北朝经学远不如南朝兴盛,其原因也和其文学不如南朝相同。

当然,南北经学的差别,还有一层更深的社会原因,那就是《隋书·儒林传》所说的"南人约简,得其英华;北学深芜,穷其枝叶"。这两种学风其实就是儒学和玄学的根本区别,和南北方人的性格倒未必有什么必然的联系。因为儒学在汉代,本来就被司马谈讥为"博而寡要,劳而少功"。后来的经学家更把学问搞得十分烦琐。"今文家"的章句之学,释"曰若稽古"四字,可以用一大堆话;古文家重训诂,也很难简要。至于玄学,则讲究得意忘言,不讲究繁复。现在我们看《十三经注疏》中王弼的《周易注》,就可以感到较之他书为简洁。更重要的是,南朝和北朝在经学方面的好尚还存在着对各经重视程度的不同。南人尚玄,把《周易》视为"三玄"之一。他们从中探索的是玄理,自然比较注重探索宇宙万物的本原,自然容易"得其英华"。北人治经,则比较注意探讨"三礼"之学。"礼"本身就比较繁富,各种规定很多,自然也容易"穷其枝叶"。南北治学的重点不同,也是由两地的社会现实决定的。南方比较安定,士大夫们以玄谈为高雅,在社交场合,如果不能谈上几句《老》、《庄》或《周易》,就会被人所轻视,正如前面引过《南齐书·王僧虔传》所载王僧虔告诫他儿子的那样,这些书已成了士大夫们必读之书,是高贵身份的象征。北朝则不然,散居乡村的士大夫们既很少有这种集会的机会,相见时也不见谈玄的事例。相反地,他们聚族而居,为了做到宗族的团结,必须强调少长有礼,所以对礼特别重视,前面所引《魏书·杨播传》的例子,就说明北朝士大夫对礼的重视。《魏书·崔浩传》:"朝廷礼仪、优文策诏、军国书记,尽归于浩。浩能为杂说,不长属文,而留心于制度、科律及经术之言。作家祭法,次序五宗,蒸尝之礼,丰俭之节,义理可观。性不好《老》、《庄》之书,每读不过数十行,辄弃之曰:'此矫诬之说,不近人情,必非老子所作。老聃习礼,仲尼所师,岂设败法文书,以乱先王之教。袁生所谓家人筐箧中物,不可扬于王庭也。'"崔浩在北方是一位很有代表性的士大夫。在他的心目中,对礼特别重视,可以看出他和南朝士人学风的显著不同。崔浩的礼学,实际上来自他的母家。本传云:"浩母卢氏,谌孙也。浩著《食经叙》曰:'余自少及长,耳目闻见,诸母诸姑所修妇功,无不蕴习酒食。朝夕养舅姑,四时祭祀,虽有功力,不任僮使,常手自亲焉。昔遭丧乱,饥馑仍臻,馆蔬糊口,不能具其物用,十余年间不复备设。先妣虑久废忘,后生无知见,而少不习业书,乃占授为九篇,文辞约举,婉而成章,聪辩强记,皆此类也。亲没之后,值国龙兴之会,平暴除乱,拓定四方。余备位台铉,与参大谋,赏获丰厚,牛羊盖泽,赀累巨万。衣则重锦,食则粱肉。远惟平生,思季路负米之时,不可复得,故序遗文,垂示来世。'"崔浩此文,讲的是居家之礼,这种礼又来自他母亲卢氏。卢氏为卢谌孙女,卢谌是汉代大儒卢植之后,最重礼学,家世相传,已经很多代,仍保持这种家学不变,甚至传到崔家这样好几代以后的外甥。《魏书·杨播传》所载家风严整的范阳卢渊,就是卢谌的子孙。他们的家学所以能世代相传,历久不衰,就是因为聚族而居,需要这种礼法来维护家族的团结。当然,"三礼"的内容不限于宗族,也涉及典章制度,而这些典章制度,也正是北方士大夫所长。崔浩在北魏掌管的"朝廷礼仪"、"制度、科律",无不与礼学有关。现在我们在《魏书》中所见北朝士大夫的文章,很多都是议礼的,引经据典,十分熟悉。《魏书·刘芳传》记刘芳和王肃辩论丧礼,《儒林·李业兴传》载李业兴出使梁朝,同朱异辩论郊祭和明堂制度以及与梁武帝讨论《尚书》中历法及《礼记·檀弓》所记孔子助原壤料理母丧的事,都引据《周礼》及郑玄的学说,对礼学的掌握确有南人所不及之处。这大约和南朝崇尚玄学,有蔑弃礼法的一面,北朝崇儒术,对礼特别重视有关。南北方经学的侧重面不同,其实也是当时社会生活的不同所造成的,并非像刘师培所说是由于水土等自然条件之故。

南北学风的差别也必然会引起文风的差别。因为《老子》、《庄子》和《周易》本身不但是哲学著作,也具有很高的文学价值;"三礼"中除《礼记》中个别篇目外,像《周礼》和《仪礼》,本身就谈不上什么文学意味。更重要的是玄学家们崇尚自然,强调人的个性;而礼学则强调遵守礼法的规范,对个性起着束缚作用。治《周易》者,大抵探讨的是宇宙的本体及其发展等问题,尤其是王弼一派的《易》学,更尚清通简要,在今存"十三经"的各家传注中最为简洁;而《礼》学则十分烦琐。后一种学风的不利于文学尤其是诗歌更为如此。南朝的文学家从孙绰、谢混开始到谢灵运对潘、陆诗歌的评价都是扬潘抑陆,实即主张清省而反对繁芜。后来《诗品》的主张也是如此。"永明体"的诗风更是趋于清绮而不尚繁富。《隋书·文学传》认为南方文人长于诗歌,恐怕也是这个原因。

南北学风的不同,也体现在他们的宗教方面。以佛教而论,南北的佛学也有很大的不同。许杭生《魏晋玄学史》中有一段话,说得颇为确切。他说:"北方的学风趋向朴实,带上了汉代经学的遗风。南朝则继承中朝清谈玄风,崇尚玄理之学。与之相应,南北朝的佛教文化也有着明显的不同;北方佛教重行业修行求取福田,如大规模地建寺造像和开凿佛教石窟等;南方则较多地受玄谈的影响,侧重于探求佛教的玄理。"(陕西师范大学出版社版,第486页)从大体上说来,确实如此。但佛教徒为了传教,往往可以采取许多不同的手段。以北方而论,在各个时期,也可以有不同的方式。例如在十六国的后赵时代,由于石虎是一个没有文化修养的武夫,所以当时名僧佛图澄,就专以各种方术如预言等手段来获取信任。所以《晋书》把他列进了《艺术传》。到了前后秦时代,苻坚、姚兴等人则文化颇高,当时名僧如释道安、鸠摩罗什和僧肇等,也以玄理和文学见称。其实道安是佛图澄的弟子,他的学说与佛图澄未必有太大的区别。但《高僧传》卷五载释道安"外涉群书,善为文章,长安中衣冠子弟为诗赋者,皆依附致誉"。他的弟子慧远,也是以善道佛理著称的。继前秦而起的后秦,文化也很高,因此有了僧肇的《肇论》那样的著作,当时北方尤其是长安一带的佛学,也很讲究玄理,并且能对东晋名僧支遁等人的意见提出不同看法,而为南方许多佛学家所敬佩。但自从后秦灭亡以后,北朝的佛教就偏重于寺院的建筑和塑造佛像。例如高允的《鹿苑赋》写的就是云冈石窟的佛像。北魏太武帝时,曾一度听从崔浩的建议,毁灭佛教,太武帝死后,佛教再度兴盛,但大抵都着重修建寺庙、建立佛像。如洛阳的龙门石窟,就是北魏中期以后建立的;《洛阳伽蓝记》中所记许多宏丽的佛寺建筑,也出现于北魏后期。现存的佛教造像出现在北方的远比南方为多,著名的石刻《龙门二十品》,不但是雕塑艺术的精品,也是书法的典范之作。在这方面,南方的情况与此不同,南方的佛寺建筑也很多,唐杜牧所说"南朝四百八十寺"(《江南春绝句》),是一个大概的数目,据《南史·郭祖深传》所说,似还不止此数;但造像传世者极少,这大约和南朝禁立佛像有关。《高僧传·宋豫州释僧洪传》:"后率化有缘,造丈六金像,熔铸始毕,未及开模。时晋宋铜禁甚严,犯者必死。"建立石像大约也和建碑一样,在晋代以来,限制甚严。东晋南朝常有所谓从地下挖出佛像或从海中出现佛像的神话,大约是信徒们为了避免朝廷治罪而编造的谎言。不过,北朝的一些佛教徒,对这种建寺造像的做法也不完全赞成。《洛阳伽蓝记》卷二记一个僧人叫慧嶷,死后七日复活,据说见了阎罗王,见阎罗王讯问五个僧人,一个生前诵经,一个生前坐禅,都升了天堂,而一个专事讲经,一个"造作经像",都受到处罚。故事中说"讲经者心怀彼我,以骄凌物,比丘中第一粗行";"虽造作经像,正欲得他人财物"。前者正是针对谈论佛理而言,后者则指北朝流行的塑造佛像。北朝的佛教徒也喜宣扬地狱、果报之说,这大约是佛教徒传教常用的一种手段,《洛阳伽蓝记》中故事和南方的《幽明录》、《冥祥记》中所载赵泰、程道慧等人入冥故事十分类似。这是佛教本身的传统。我们在敦煌壁画中所见的宗教故事,也是如此。这些手段大约在印度和西域也是经常使用的。不过,佛教徒很会掌握各种人物的心理,正如《高僧传》卷一五云:"如为出家五众,则须切语无常,苦陈忏悔;若为君王长者,则须兼引俗典,绮综成辞;若为悠悠凡庶,则须指事造形,直谈闻见;若为山民野处,则须近局言辞,陈斥罪目。凡此变态,与事而兴。可谓知时众,又能善说。"这个手法,南北的佛教徒都掌握得很灵活。北朝僧人从僧肇以后,就很少人能写文章,论玄理;而南朝的诗僧却代不乏人,许多僧人都能写出比较优美的文章。这正是针对南朝统治者和北朝统治者文化层次的不同而发。

同样地,南北的学风不同,也表现在道教方面。南方的道教,似乎派别较为复杂,例如东晋末年的天师道中,孙恩、卢循等人的起兵,是利用了天师道,而当时王凝之也信奉天师道,却想求"鬼兵"去抵御孙恩、卢循。至于道教的信徒则人数颇多。上层士大夫中如谢灵运出生后寄养在"杜治",王羲之一家都信仰天师道。"北府兵"出身的梁武帝,早年亦信道教,后来才改信佛教。所以他在《舍道事佛疏文》中自称"弟子经迟迷荒,耽事老子,历叶相承,染此邪法"。并且表示:"宁可在正法中,长沦恶道;不乐依老子教,暂得生天。"不过这些弃道事佛的人,有时仍不免对道教有所迷恋,如作家沈约,按他自己在《宋书·自序》中说,吴兴沈氏本是信天师道的,有些人曾参加孙恩、卢循的起义。他本人后来也曾表示皈依佛教,而在临死前,却又因梦见齐和帝用剑割他的舌头,"召巫视之,巫言如梦。乃呼道士奏赤章于天,称禅代之事,不由己出",因此触怒梁武帝。(见《梁书·沈约传》)大约当时人请道士向上天奏章,要求忏悔以及请道士禳灾祛邪等等事情,在当时是比较普遍的,不论民间或士大夫中都有。这在《异苑》等小说中也常有记载。不过,从当时的志怪小说看来,往往写到道士法术不如佛教威力大,这也曲折地反映出佛教的势力逐步战胜了道教。

南朝的道教徒还有一些人专讲炼丹、练气以求长生不死。这些主张以葛洪等人最为有名,当时颇受士大夫们重视的《黄庭内景经》、《黄庭外景经》等,也是讲求长生之术。这种说法在北朝则影响甚小,几乎不大有人提倡。据《魏书·释老志》,北魏早年曾有几个皇帝信过神仙方士之说,想叫他们炼金丹以求长生,这和秦始皇、汉武帝一样,还不像南方士大夫那样有人去著书立说,加以探讨。北方的道教较有影响的则为寇谦之一派。寇谦之早年也曾从事炼丹求仙,历年无效。据说后来遇到仙人,说他"未便得仙,政可为帝王师耳"。最后,他自称在嵩山遇到了"太上老君",赐给他《云中音诵新科之诫》20卷,并对他说:"吾此经诫,自天地开辟以来,不传于世,今运数应出。汝宣吾《新科》,清整道教,除去三张伪法,租米钱税,及男女合气之术。大道清虚,岂有斯事。专以礼度为首,而加之以服食闭练。"(《魏书·释老志》)寇谦之的道教得到了崔浩的尊信。据《魏书·崔浩传》载,寇谦之非常欣赏崔浩,曾对崔浩说:"吾行道隐居,不营世务,忽受神中之诀,当兼修儒教,辅助泰平真君,继千载之绝统。而学不稽古,临事暗昧。卿为吾撰列王者治典,并论其大要。"于是,崔浩"乃著书二十余篇,上推太初,下尽秦汉变弊之迹,大旨先以复五等为本"。崔浩后遭人反对,失职以公爵闲居,"因欲修服食养性之术,而寇谦之有《神中录图新经》,浩因师之"。崔浩是一个激烈反对道家学说的人,却又信仰道教,这说明寇谦之的道教已经吸收了许多儒学的成分。寇谦之的确是道教的一个改革者,他革去了早期道教中一些荒谬的秽行。但这个教派似乎带有强烈的政治色彩,对推动魏太武帝实行汉化起过一定的作用,太武帝所使用的"太平真君"年号,即与此教派有很大的关系;与太武帝的企图消灭佛教,更起着很大的作用。关于这个教派,佛教徒是很反感的。《高僧传·宋伪魏平城释玄高传》认为玄高之死,是由于崔浩、寇谦之对太武帝进了谗言。《高僧传》所载故事有很浓重的迷信色彩,但崔浩、寇谦之和佛教的矛盾恐怕确和汉化与反汉化的斗争有关。后来崔浩被杀以后,寇谦之已先死去,未受连累,但"太平真君"的年号也就被改为"正平",从此北朝的道教,就不及佛教兴盛。以寇谦之所倡的新道教,和南方的葛洪、陆静修、陶弘景等人的道教学说相比,其中有一点差别十分令人注目,即南方的道教徒不论其主张有多大的不同,但中心思想都是求个人的修炼成仙,长生不死,和治国平天下的儒家学说似很少直接联系;寇谦之则要辅佐"太平真君","兼修儒教",两者显然有不同。寇谦之这种思想,本来在道教中也曾存在,如《太平经》中,就强调要成仙不死,先要为天地立功,作为人臣,应该辅助君主平天下,上天就会把成仙的妙方赐予其君主,使君臣一同"得俱仙去"(见《太平经合校》第139页)。在这里存在着两种心态:一种是以个人为本位,追求个人的解脱和升仙,这是玄学家们追求个性解放的思想在道教中的反映,并且和魏晋的嵇康《养生论》等说法有着一脉相承的关系。这就是南方不少道教徒的特色。另一种是以"治国平天下"的儒家学说为"积善"、"立功"的手段,并以此为基础,求得上天的福佑以期成仙。这是寇谦之一派道教的宗旨。这两种道教的不同,与南方尚玄谈,北方尚礼法的思想确实是十分相似。这一切说明南北朝时期的各种社会意识都与当时的社会存在互相符合,不论儒学、佛教和道教都是这样。显然,反映在文学方面,这两种不同的世界观和人生观也很突出。这两种不同的思想意识,自然会对南北两地文学作品的内容和题材起很大的影响。对于文学来说,这两种思想都有其积极作用,也各有其消极作用。由于南北方的文学经历了各不相同的发展过程,在一个时期内,文学,特别是诗赋等纯文学作品的技巧,都是在南方发展得比较顺利,因此现存作品中,似乎传诵之作,大多出于南方,使人们产生了北方文人对文学几乎没有什么贡献的印象。但从历史发展的长河来看,恐怕就不能这样简单地看待。由于南方文学发展到后来,过分强调个人的"适性",不免陷于狭小的生活天地,从而导致题材的过分狭窄和风格的偏于纤弱。如果不是经过南北文风的互相融合,引进北人的刚健清新之风,那么像唐代诗歌的繁荣,也是很难出现的。

第四节　北朝前期士人生活状况对文学的影响

　　西晋灭亡之初,北方陷入了各族混战的劫难之中,当时留在北方没有南迁的士人,一时处境是很困难的。其中一些人如卢谌、崔悦、裴宪等,开始时依附刘琨,后来又依附段匹䃅,最后则被迫仕于后赵,其内心非常痛苦。也有些人像挚虞,甚至在兵乱和饥荒中饿死。这当然是最极端的例子。至于绝大多数的士人,则是留居在家乡和他们的宗族在一起,以聚众自保。在这样的条件下,外出交友,互相交流学术和文艺创作的条件是几乎不存在的。因此西晋时代一些著名作家,如张载、张协回了家乡,左思避乱到了冀州,就此无声无息,连他们的卒年也无从考知,更不用说他们的创作了。这种生活的条件,使许多具有才华的人很难在学术和创作上有所成就,即使原来已在学术和文艺上作出了很高成就的人,也很难继续发挥他们的才能,就是他们还在著述或创作,也常常因为不能流传到社会上而成为孤本,在战火和其他灾害中散佚。

　　十六国和北朝初年的聚族而居和结成坞堡的生活条件处于极端

的封闭状态中。人们活动的范围极为窄小,连生活资料的来源也限于本家族的耕织自给。尤其在前后赵纷争、燕魏相攻和前秦灭亡前夕这些混战最激烈时候,人们往往只能深居简出,离开家族聚居之区稍远,即有生命的危险。人们想要外出从师和结交朋友都是极端困难的。士大夫家中的经学、文学和其他学术文艺活动只能私门传授,父子相仍,很难有什么发展和进步。再加上当时的书籍流传极端困难,一部著作的传播全靠人们广泛的传抄。在这种极端封闭的条件下,人们有所著述,只能让自己的兄弟子侄们见到,外人一般是无法知道的;即使是西晋灭亡以前的学术著作和文学作品,人们也只好靠战乱发生以前家藏的本子,如果原先没有收藏的书,他们再也无法去访求和借抄。事实上在那种极端封闭的状态中,人们也仅能维持衣食等必不可少的生活资料的生产,要在每个家族内部都设立造纸的作坊,显然是不可能的。因此他们偶有机会发现一部家中没有收藏的书或同代人新著的书,也无从加以传抄。所以《隋书·牛弘传》说到刘裕灭后秦所得的图书,都是"文字古拙"的。显然,这些大多是西晋灭亡前的旧抄本。从《隋书·经籍志》中所记梁代诸书目著录情况看,即使在"侯景之乱"和萧绎焚书以前,南朝藏书中保存的十六国人作品亦殊寥寥。可见刘裕从后秦所缴获的图书中,绝大多数亦为西晋灭亡前的著作。后秦的藏书是继承前秦的,在十六国中,前秦疆域最广,文化也最具规模,但所能收藏到的书还是这样稀少,这多少能说明当时频繁的战乱中,人们缺乏必要的条件去潜心于学术和创作,所以产生的书籍本来就不多。以一个割据政权的条件,还不能收集到多少图书,那么退居乡里,很少出外求师访友的人,所能见到的书,更要少得可怜。在这种缺乏足够的图书作为依据、参考或借鉴的条件下,不论学术研究或文艺创作,都是很难提高的。在那种缺乏图书和互相交流的情况下,即使是很有声望的学术世家,也很难维持其长盛不衰,正像生物的近亲繁殖必然引起衰退一样,学术和文艺如果是父子相传,墨守成规,而没有相互的交流和争鸣,也同样要倒退和衰落。《魏书·崔浩传》记清河崔氏善于书法,"浩书体势及其先人,而巧妙不如也",正是这个原因。至于文学创作,更是如此。文学的发展本来很少有离群索居而异军特起的大作家,一般都是存在着这种或那种文人的集体,互相唱和赠答,才能创造出一个文学繁荣的局面。例如汉末的建安、西晋的太康、刘宋的元嘉以及齐梁诸代,莫不如此。我们谈到建安,常说"三曹"、"七子";太康则说"两潘二陆三张一左"。即使像陶渊明那样的隐士,也与"庞参军"、"郭主簿"等人相唱和,并且和颜延之也颇有交谊,绝无交游的作家实际上很难产生,也并无其一例。这一点,我国的古人早已认识得很清楚。《礼记·学记》说:"独学而无友,则孤陋而寡闻。"学术如此,文艺创作更是如此。以诗歌为例,我们试看《文选》中选录的诗歌,其中"赠答"一类,所占的比重最大,在全书中,诗歌一共占 12 卷多,其中"赠答"独占约 3 卷(这数字是根据李善注或六臣注的 60 卷本计算)。《文选》的诗一类,共分 20 多个子目,有些子目往往只选一二首或三四首,因此在一些卷中包含 3 个子目的现象也不少(如第二十一和二十二卷),而"赠答"却占了约 3 卷。此外,像"公宴"、"祖饯"也与朋友交游有关,其他子目中也还有唱和酬答之作。可见诗歌的发展,与作家的互相交往、互相切磋和唱和,有着密不可分的关系。只有通过交流,才能互相提高彼此的艺术技巧,也只有通过交流,作品才能为别人所知道,才能转相传抄而保存下来。我们试想同一个左思,在洛阳时作了《三都赋》就能出现"洛阳纸贵"的佳话;而当他一到冀州避难,就不见有一字留存于世。这当然和西晋末年的战乱有关。但他到了冀州就毫无事迹可查,而回到家乡安平以后的张载、张协兄弟竟也是这种情形,这就不能不说是河北一带的生活情况所造成的了。

左思和张氏兄弟的事例,颇使人想起恩格斯在《费尔巴哈与德国古典哲学的终结》中认为费尔巴哈晚年的村居生活对他学说的发展起了很大的局限作用的论断。事实上在19世纪的德国乡村虽然较之城市要闭塞,但比起西晋灭亡初期的中国北方乡村要好得多,至少还可以自由地活动,也多少可以和外界保持一定的联系。但在十六国和北朝初年聚族而居的坞堡中,连这点联系和活动也是十分困难的。在这种条件下,要使北方的文学取得卓越成就,自然也难以想象。

除了人际的交流以外,书籍的缺乏也是导致当时北方文学无法兴盛的一个重要原因。从来的文学艺术都是要从前人的文化遗产中吸取营养,得到借鉴。杜甫在论诗时强调"转益多师",就是要广泛地阅读古人和同时人的作品,这个道理是大家所理解的。还有一个道理,其实也重要,那就是古人的学习创作,往往是从拟古入手,然后再创造自己独特的风格,陆机、鲍照、江淹等作家都作有许多拟古诗。尤其是江淹的《杂体诗三十首》,更是模仿了他以前的30家诗作。这种拟古的功夫,尽管有不少人加以非议,但正如学习书法之必须经过一个临摹阶段一样,其实也无可厚非。在缺乏图书的条件下,这种通过阅读前人作品,吸取其创作经验的范围也往往很小,局限了人们"转益多师"的可能性,从而使北朝初期作品的辞汇、技巧和手法都显得稚拙和单调。

北朝文人还有一种风气,就是不欢迎别人对自己的作品提出意见。关于这一点,生长于南方而后来到了北方的颜之推,对此深有感受。在《颜氏家训·文章》中,他写道:"江南文制,欲人弹射,知有病累,随即改之,陈王(曹植)得之于丁廙也。山东(指华山以东,即北齐旧境)风俗,不通击难。吾初入邺,遂尝以此忤人,至今为悔;汝曹必无轻议也。"《颜氏家训》作于入隋之后,所以把河朔一带称为"山东"。从北方文学的发展来看,北齐旧境是比较具有传统的地区,关中则随着刘裕灭后秦和赫连勃勃的再次攻入长安,文化已经衰落。后来关中文学的兴起,完全是西魏攻克江陵,得到了庾信、王褒等一批文人,在他们的影响下发展起来的。所以关中文人的创作,大抵取法庾信,并且感受了南方文人的习气。至于北齐旧地,则本来有其一定的文学传统,这个传统虽远不如南朝丰富,一些人却保留着当年聚居乡村时的习惯,较少来往和讨论。因此故步自封,不肯虚心接受别人的批评。这是因为在聚族而居的早年坞堡中,真正能传授儒学或文学的,常常只是个别的人,他们的意见成了这个集体中的权威,没有人敢于去批评,也没有人感到应该去批评。久而久之,就形成了一种拒绝批评的意见。这和江南文士的经常集会,共同评议彼此作品的风气是根本不同的。这种故步自封的态度,自然也会影响到北方文学的进展。《颜氏家训·文章》中还说道:"学问有利钝,文章有巧拙。钝学累功,不妨精熟;拙文研思,终归蚩鄙。但成学士,自足为人。必乏天才,勿强操笔。吾见世人,至无才思,自谓清华,流布丑拙,亦以众矣。江南号为诊痴符。近在并州,有一士族,好为可笑诗赋,诮擎邢、魏诸公,众共嘲弄,虚相赞说,便击牛酾酒,招延声誉。其妻,明鉴妇人也,泣而谏之。此人叹曰:'才华不为妻子所容,何况行路。'至死不觉。"在颜之推看来,创作需要天分,不像学术可以用功力取得成功。这看法是否正确,可以讨论。但那位"并州士族"之"至死不觉",不是别的,正是由于交游不广,读书不博,为识见所限,不但手低连眼界也卑陋。这种情况的产生,不能不说是长期的乡居生活所造成的结果。北朝初年文学的不发达,和当时士人的乡居生活的关系,于此可见一斑。这正说明了社会存在对意识的决定作用。

第九章 孝文帝迁洛与北朝文学的兴起

第一节 鲜卑拓跋氏汉化的历程

北朝文学的兴衰和鲜卑拓跋氏的汉化过程是有密切联系的。当拓跋氏入主中原之初,由于这个部族接受汉化的影响较浅,对学术和文艺很不重视。再加上他们进入汉族地区时,常以征服者自居,造成了汉人和鲜卑人之间在心理上的隔阂。最初出仕北魏的一些士人,大多出于被迫。至于鲜卑族人进入汉族地区以后,恃强凌弱,劫掠百姓的事更是在所难免。于是许多汉人只能聚族而居,靠宗族的力量以免受侵扰。这就造成了前面讲到的士大夫们大多过着村居生活,使学术和文艺处于停滞和倒退的情况。对鲜卑族一方面来说,他们的内部也存在着矛盾。鲜卑族的上层统治者既已入据汉族地区,对汉族高度的物质生产和文化水平显然是羡慕的。他们面对着人口众多的汉人,想要维持自己的统治,如果不实行一定程度的汉化,显然是困难的。但他们对汉化也有疑虑,因为长期的民族隔阂使鲜卑贵族们对汉族士大夫存有戒心,不愿和他们一起来分掌大权。再说鲜卑的统治者们所面临的敌对力量也不止一个南朝,还有北方的柔然。正如《魏书·崔浩传》所载,崔浩认为北魏的对付柔然,和汉代对付匈奴的情况不同,"夫以南人追之,则患其轻疾,于国兵则不然。何者?彼能远走,我亦能远逐,与之进退,非难制也"。迅速的汉化,容易使鲜卑人由游牧而转为农业生活,对制服柔然不利。随着凉州和黄河南北大片土地的并入北魏,又使北魏统治者不能不采取一些汉化的手段。这种情况,在太武帝拓跋焘时已很尖锐。太武帝一方面深知汉族士大夫们的作用,他曾对高车族首领们夸耀崔浩"其胸中所怀,乃逾于甲兵";但当崔浩称赞王慧龙为"贵种"时,又听了长孙嵩的话加以指责。(见《魏书·崔浩传》、《王慧龙传》)在汉化与反汉化的斗争中,他经常处于左右摇摆的状态。太武帝在北魏不失为一个英明的帝王,然而在处理这个问题上,也限于具体形势不易作出果断的决定。这种局面经历了文成帝、献文帝两代直到孝文帝元宏时,才有了改变。这时北方的柔然已经被削弱,而南方的齐梁政权,军力也远不如刘宋初年,北魏的统治区域也已扩展到了淮河流域。在这种形势下,孝文帝不但产生了统一中国的愿望,而且在北魏统治区内,再实行鲜卑族原来的统治方式已经很困难,所以他的大力推行汉化也是势在必行的了。

　　魏孝文帝的实行汉化改革,虽然是顺应当时的形势,但也不是没有阻力的。其中一部分鲜卑贵族对于迁都和改制都不赞成,他的有些做法甚至某些汉族官员也不很赞成。因为他的有些做法至少操之过急,而且也未必很适当。《魏书·神元平文诸帝子孙传》载,当孝文帝提出迁洛意见时,群臣中如穆罴、于果、东阳王元丕等都表异议,孝文帝仅加说服,几个反对的人也并无激烈抗争。但矛盾远没有解决,同传载:"(元)丕雅爱本风,不达新式,至于变俗迁洛,改官制服,禁绝旧言,皆所不愿。高祖(孝文帝)知其如此,亦不逼之,但诱示大理,令其不生同异。至于衣冕已行,朱服列位,而丕犹常服列在坐隅。晚乃稍加弁带,而不能修饰容仪。高祖以丕年衰体重,亦不强责。"这些看来不太重要的细节,实际隐藏着严重的矛盾,后来竟发展到流血的事件。同传又称:"丕父子大意不乐迁洛。高祖之发平城,太子恂留于旧京,及将还洛,(丕子)隆与超等密谋留恂,因举兵断关,规据陉北。时丕以老居并州,虽不预其始计,而隆、超咸以告丕。丕外虑不成,口虽致难,心颇然之。"事情发觉后,孝文帝以穆泰为首谋,而元隆、元超都是党羽,全都处斩,元丕"听免死,仍为太原百姓"。《魏书·穆崇传》也记载此事,涉及的人更多:"(穆)泰自陈病久,乞为恒州,遂转陆睿为定州,以泰代焉。泰不愿迁都,睿未及发而泰已至,遂潜相扇诱,图为叛。乃与睿及安乐侯元隆,抚冥镇将、鲁郡侯元业,骁骑将军元超,阳平侯贺头,射声校尉元乐平,前彭城镇将元拔,代郡太守元珍,镇北将军、乐陵王思誉等谋推阳州刺史阳平王颐为主。颐不从,伪许以安之,密表其事。"于是孝文帝派任城王元澄带兵讨伐。穆泰等失败,党羽都被杀。接着,孝文帝的太子元恂又想回平城。《魏书·孝文五王传》:"(元)恂不好书学,体貌肥大,深忌河洛暑热,意每追乐北方。中庶子高道悦数苦言致谏,恂甚衔之。高祖幸嵩岳,恂留守金墉,于西掖门内与左右谋,欲召牧马轻骑奔代,手刃道悦于禁中。领军元俨勒门防遏,夜得宁静。厥明,尚书陆琇驰启高祖于南,高祖闻之骇惋,外寝其事,仍至汴口而还,引恂数罪,与咸阳王禧等亲杖恂,又令禧等更代,百余下,扶曳出外,不起者月余。"当时穆亮、李冲等人为元恂求情,孝文帝说:"此小儿今日不灭,乃是国家之大祸,脱待我无后,恐有永嘉之乱。"这说明孝文帝的推行汉化时,对鲜卑旧俗视为蛮荒之俗,非彻底改变不可。然而,这在事实上是不可能的,因为北方的柔然虽已削弱,但并未消灭,为了抵御柔然,北魏仍得在北部边境设置"六镇",屯驻重兵。这些"六镇"军人,虽然不尽是鲜卑族,也有一部分汉族和其他种族的人员,但当地的自然条件决定了其生产和生活的方式仍以游牧为主,和内地很不一样。这就决定了这些留居边境的军人仍然保留着鲜卑族的语言和生活习惯。至于随着朝廷迁到洛阳的鲜卑人,则衣冠、语言和习俗都必须改变旧样,连籍贯也改为洛阳,死后也不返葬平城。《魏书·咸阳王禧传》载,孝文帝对其弟咸阳王元禧说:"自上古以来及诸经籍,焉有不先正名,而得行礼乎?今欲断诸北语,一从正音。年三十以上,习性已久,容或不可卒革;三十以下,见在朝廷之人,语音不听仍旧。若有故为,当降爵黜官,各宜深戒。如此渐习,风化可新。若仍旧俗,恐数世之后,伊洛之下复成被发之人。"又说:"朕尝与李冲论此。冲言:'四方之语,竟知谁是?帝者言之,即为正矣,何必改旧从新。'冲之此言,应合死罪。"又对李冲说:"卿实负社稷,合令御史牵下。"李冲只得"免冠陈谢"。孝文帝又指责当时妇女服装还是"夹领小袖"的鲜卑族式样,指责元禧等人推行汉化不够有力。他的做法对推动汉族和鲜卑族的融合及北方经济的发展显然是有其积极意义的,但像语言、服饰这些问题,本不是一道命令所能改变的,所以像李冲这样的汉族官员,也持有不同看法。

在孝文帝迁洛和推行汉化之后,洛阳成为了北方的政治中心和文化中心。他本人又是热心地提倡儒学和文学的君主,从此北方的儒生和文人渐渐聚向洛阳,"以文会友"的机会增加了,学者和文人们互相交流、切磋日渐频繁。从南方流入北方的典籍也逐渐多起来了。据《南齐书·王融传》,北魏曾派使者向南齐朝廷要求借抄典籍,被南齐多数大臣的意见否决了。然而《隋书·牛弘传》载,北魏确曾从南齐借抄到一些书。同时,北朝人也有通过边境贸易向南朝购求书籍的,如《魏书·崔光附崔鸿传》载,崔鸿撰《十六国春秋》因缺乏"常璩所撰李雄父子据蜀时书",要求"敕缘边求采"即为一例。在这种情况下,北朝的文化开始兴盛起来,一部分迁洛的鲜卑族人很快地汉化,并且学起汉族士大夫的样子。他们开始学汉人的样子作起诗文来。孝文帝自己就擅长文学,能作诗文,还通经学,曾为群臣讲过丧服礼。《魏书·祖莹传》载,王肃入魏后,作过一首《悲平城》,孝文帝之弟元勰有一次讲话中误为"悲彭城",王肃对此加以讥笑,祖莹临时作了一首《悲彭城》为元勰解围。于是元勰很高兴,对祖莹说:"卿定是神口,今日若不得卿,几为吴子所屈。"从这个例子可以看出鲜卑族人南迁后,不愿在文化上落后于汉人的心理。《洛阳伽蓝记》卷二载,梁朝大将陈庆之攻占过洛阳,失败后回南,认为"昨至洛阳,始知衣冠士族并在中原,礼仪富盛,人物殷阜,目所不识,口不能传",从此"羽仪服式悉如魏法,江表士庶竞相模楷,褒衣博带,被及秣陵"。这段话出自杨衒之之手,可能有夸耀之意,但洛阳自从孝文帝以后,的确已成为人文荟萃之地,迁洛的鲜卑人已经被汉化得和汉人很少区别了。然而,留在平城及"六镇"的鲜卑人,则仍保持着旧俗不改。这就潜伏下后来北魏乱亡的重要原因。

第二节　汉化和迁洛所引起的新矛盾

在北魏入主中原之初,当时主要的矛盾是汉族和鲜卑族之间的种族矛盾。汉族以"戎狄"看待鲜卑人而加以鄙视,鲜卑族也以被征服者看待汉族而加以蔑视。当时即使入仕北魏的汉族士大夫,心理上对鲜卑统治者也仍怀有敌意。《宋书》卷五九《张畅传》载,元嘉后期的宋魏战争中,张畅在彭城前线和北魏的李孝伯对话,李孝伯说:"长史,我是中州人,久处北国,自隔华风,相去步武,不得致尽,边皆是北人听我语者,长史当深得我。"在《宋书》中,有两篇《张畅传》,另一篇(见卷六二)则录自《南史》,并无此语。从当时情况来看,像赵郡李氏这样的汉族高门,出仕鲜卑拓跋氏,恐怕是会有内心矛盾的。

因为当时鲜卑贵族歧视汉人,就像崔浩说王慧龙为"贵种",就会引起鲜卑人的愤怒。孝文帝推行汉化以后,汉族士大夫的地位也因此提高。当北魏向南齐借抄典籍时,王融曾主张允许借抄。他想用这办法激起北魏统治阶级内部的种族矛盾。他说:"又虏前后奉使,不专汉人,必介以匈奴,备诸觇获。且设官分职,弥见其情,抑退旧苗,扶任种戚。师保则后族冯晋国,总录则邦姓直勒渴侯,台鼎则丘颓、苟仁端,执政则目凌、钳耳。至于东都羽仪,西京簪带,崔孝伯、程虞虬久在著作,李元和、郭季祐上于中书,李思冲饬虏清官,游明根泛居显职。今经典远被,诗史北流,冯、李之徒,必欲遵尚;直勒等类,居致乖阻。何则?匈奴以毡骑为帷床,驰射为糇粮,冠方帽则犯沙陵雪,服左衽则风骧鸟逝。若衣以朱裳,戴之玄颏,节其揖让,教以翔趋,必同艰桎梏,等惧冰渊,婆娑蹴蹜,困而不能前已。及夫春草水生,阻散马之适,秋风木落,绝驱禽之欢,息沸唇于桑墟,别醍乳于冀俗,听韶雅如聋聩,临方丈若爱居,冯、李之徒,固得志矣,虏之凶族,其如病何?于是风土之思深,愎戾之情动,拂衣者连裾,抽锋者比镞,部落争于下,酋渠危于上,我一举而兼吞,卞庄之势必也。"(《南齐书·王融传》)但他没有料到,南迁的多数鲜卑族人并没有起来反对,而是自愿地接受了汉化。这是因为这部分鲜卑的上层分子在南迁前已经接受了很多汉族文化,而汉族的许多士族,在和鲜卑人长期的接触之后,也逐渐消除了成见。魏孝文帝在处理汉族士大夫和南迁的鲜卑贵族的问题上,是处理得比较妥善的。他既优待汉族士大夫,也没有轻视南迁的鲜卑人。他在为几个弟弟议婚时就把鲜卑贵族和汉族高门一例看待。他下诏书说:"将以此年为六弟娉室。长弟咸阳王禧可娉故颍川太守陇西李辅女,次弟河南王干可娉故中散代郡穆明乐女,次弟广陵王羽可娉骠骑咨议参军荥阳郑平城女,次弟颍川王雍可娉故中书博士范阳卢神宝女,次弟始平王勰可娉廷尉卿陇西李冲女,季弟北海王详可娉吏部郎中荥阳郑懿女。"(《魏书·咸阳王禧传》)这几个弟媳中,陇西李氏、范阳卢氏和荥阳郑氏都是汉族高门,代郡穆氏是鲜卑贵族。这就是说他把汉族士大夫和鲜卑贵族中南迁的人看成一样的高门,使之组成为一个汉族和鲜卑族合成的统治集团。他任用官员,也是这样,同传载:"于时王国舍人应取八族及清修之门,禧取任城王隶户为之,深为高祖所责。"在用人问题上,魏孝文帝特别注重门第,这显然是有其用意的。因为高门大族在当时的势力大,影响广,团结他们,就可以在汉族地区巩固统治,与南朝相抗衡。《魏书·韩麒麟附显宗传》:"高祖曾诏诸官曰:'自近代已来,高卑出身,恒有常分。朕意一以为可,复以为不可。宜相与量之。'李冲对曰:'未审上古已来,置官列位,为欲为膏粱儿地,为欲益治赞时?'高祖曰:'俱欲为治。'冲曰:'若欲为治,陛下今日何为专崇门品,不有拔才之诏?'高祖曰:'苟有殊人之伎,不患不知。然君子之门,假使无当世之用者,要自德行纯笃,朕是以用之。'冲曰:'傅岩、吕望,岂可以门见举?'高祖曰:'如此济世者希,旷代有一两人耳。'冲谓诸卿士曰:'适欲请诸贤救之。'秘书令李彪曰:'师旅寡少,未足为援,意有所怀,不敢尽言于圣曰。陛下若专以门第,不审鲁之三卿,孰若四科?'高祖曰:'犹如向解。'显宗进曰:'陛下光宅洛邑,百礼唯新,国之兴否,指此一选。臣既学识浮浅,不能援引古今,以证此议,且以国事论之。不审中、秘书监令之子,必为秘书郎,顷来为监、令者,子皆可为不?'高祖曰:'卿何不论当世膏腴为监、令者?'显宗曰:'陛下以物不可类,不应以贵承贵,以贱袭贱。'高祖曰:'若有高明卓尔、才具俊出者,朕亦不拘此例。'"这场辩论看似关于人才选拔是否有真才实学的问题,其本质则是孝文帝在着重门第以拉拢汉族士大夫。对那些汉族士大夫,他有时不免有点迁就。《北史·薛辩附薛聪传》:"(孝文)帝曾与朝臣论海内姓地人物,戏谓聪曰:'世人谓卿诸薛是蜀人,定是蜀人不?'聪对曰:'臣远祖广德,世仕汉朝,时人呼为汉。臣九世祖永,随刘备入蜀,时人呼为蜀。臣今事陛下,是虏非蜀也。'帝抚掌笑曰:'卿幸可自明非蜀,何乃遂复苦朕?'聪因投戟而出。帝曰:'薛监醉耳。'其见知如此。"这本是半开玩笑的事,河东薛氏本来有人称之为"蜀薛",但他们对此很反感。不过皇帝问起此事,薛聪竟发起脾气来,而孝文帝对此竟能如此宽容。这并不是完全出于孝文帝的宠待薛聪,而是因为薛家在河东一带是很有势力的。同传载,薛家从十六国时薛强起就是强宗豪族,在前秦苻坚伐张平之际,就不肯归附苻坚,到苻坚失败后,薛强遂总宗室强兵,威震河辅,薛强死后由薛辩统率他的部众,姚兴、刘裕都曾拉拢他,委以官职,最后遂归北魏,曾屡次打败赫连氏的夏国。他实际上就是一个坞堡的首领。孝文帝的优待他,其实也就是考虑到这种豪强在地方上的实力。

由于汉族和鲜卑贵族的合作,使南迁的鲜卑族很快地和汉族相融合,有些鲜卑贵族也和汉族士大夫一样流连诗酒,颇多风雅之气。此风在魏孝文帝迁洛后不久,就已经开始。《洛阳伽蓝记》卷三载,王肃入北后,与魏孝文帝及彭城王元勰等人的谈吐,已颇与南朝士大夫间的交往相近。卷四载北魏的河间王元琛、章武王元融、江阳王元继诸人,有的生活极为奢侈,但谈吐间引据书史,完全是汉族士人的作风。《魏书·郑道昭传》载孝文帝曾和元勰、郑道昭、郑懿、邢峦、宋弁等作诗联句。《北史·薛辩附薛孝通传》载,后来薛孝通与魏节闵帝元恭及鲜卑贵族元翌等一起作诗联句。这说明南迁的鲜卑人确实很快地汉化了。但这部分人的汉化远不等于北魏内部的种族矛盾已经消除,相反地,实际上却在酝酿着一场强烈的冲突。

原来,孝文帝在迁洛之后,为了团结汉族高门,在委任官职时很强调门第。被列入高门华胄的既有原来汉族的门阀世族,也有那些随着孝文帝南迁的一部分鲜卑贵族。这两部分人共同把持了朝廷中的官职,而留在北部地区抵御柔然等族的边防军人,在北魏初年,地位本很显赫,这时的社会地位却很快地下降,受到压制。这个矛盾在北魏后期就突显出来了。《北齐书·魏兰根传》载,魏兰根在北魏明帝时,随从李崇出征柔然,经历了北魏的北部边塞,就向李崇建议:"缘边诸镇,控摄长远。昔时初置,地广人稀,或征发中原强宗子弟,或国之肺腑,寄以爪牙。中年以来,有司乖实,号曰府户,役同厮养,官婚班齿,致失清流。而本宗旧类,各各荣显,顾瞻彼此,理当愤怨。更张琴瑟,今也其时,静境宁边,事之大者。宜改镇立州,分置郡县,凡是府户,悉免为民,入仕次叙,一准其旧,文武兼用,威恩并施。此计若行,国家庶无北顾之虑矣。"魏兰根看到这个矛盾的尖锐性,李崇也同意上奏,但北魏朝廷未予采纳,结果就酿成了导致北魏乱亡的大祸。

北魏在孝文帝时代的汉化,虽然在中原地区推动了经济和文化的发展,也带来了不少消极的影响,其中有一点是从魏晋到南朝一直流行的士大夫们轻视士兵的偏见。例如:魏孝明帝时发生的一次羽林军士兵暴动就是由此引起的。《魏书·张彝传》:"(彝)第二子仲瑀上封事,求铨别选格,排抑武人,不使预在清品。由是众口喧喧,谤讟盈路,立榜大巷,克期会集,屠害其家。彝殊无畏避之意,父子安然。神龟二年二月,羽林虎贲几将千人,相率至尚书省诟骂,求其长子尚书郎始均,不获,以瓦石击打公门。上下畏惧,莫敢讨抑。遂便持火,房掠道中薪蒿,以杖石为兵器,直造其第,曳彝堂下,捶辱极意,唱呼謷謷,焚其屋宇。始均、仲瑀当时逾北垣而走。始均回救其父,拜伏群小,以请父命。羽林等就加殴击,生投之于烟火之中。及得尸骸,不复可识,唯以鬓中小钗为验。仲瑀伤重走免。彝仅有余命,沙门寺与其比邻,舆致于寺。远近闻见,莫不惋骇。"张彝是清河东武城人,也是汉族士大夫中的著姓,早年和卢渊、李安民等为友,生性"爱好知己,轻忽下流,非其意者,视之蔑尔"。这种处世态度,正是高门士族的故态复萌,受到羽林军士的报复,也是事出有因。这次事件,北魏朝廷对此也只能不了了之。因为这样众多的军人,很难追究其责任的。但洛阳的羽林军,毕竟只是北魏军队的少数,而且也不如北部边境的军人强悍善战,朝廷对此也控制不了,北边的"六镇"军人当然更看穿了朝廷的无能。再说从《北齐书·魏兰根传》看来,他们所受的歧视和压迫又更甚于洛阳的羽林军。当张彝被羽林军打死之时,有一个早年被流放到怀朔镇(今内蒙古自治区固阳附近)的汉人高欢因事正在洛阳,眼见了一切,就看透了朝廷的虚实,回边地后就散财结交,准备着动乱的发生。高欢是一个鲜卑化了的汉人,早年也很穷,自然也希望发生变乱。果然,不久后就出现了沃野镇民破六韩拔陵的起义,朝廷派兵镇压屡战屡败。此后,又有柔玄镇民杜洛周、鲜于脩礼、葛荣等纷纷起兵反对朝廷。北魏政府在无可奈何的情况下,甚至借用柔然的力量来进行镇压,但也没有奏效。最后还是靠北部鲜卑贵族尔朱荣的力量消灭了葛荣等人的力量。但尔朱荣本人也是没有汉化的六镇军人,他部下的将领包括高欢等人都曾参与过杜洛周等人的军队,因此他对汉族士大夫及南迁后汉化了的鲜卑贵族也充满了仇恨。对于这一点,北魏朝廷也是比较清楚的,当魏孝明帝在时,尔朱荣曾提议派兵到今安阳一带捍卫朝廷,魏孝明帝就加以拒绝。因为孝明帝明知尔朱荣的军力远非朝廷所能制御。但不久孝明帝死去,尔朱荣借口孝明帝之死是由于被害,就长驱直入进了洛阳,控制朝政,镇压了葛荣等人的起义,成为北朝的实际统治者。他到洛阳后,发动了"河阴之难",在黄河边上屠杀了大批汉化的鲜卑族和汉族士大夫。这显然是出于北部边境的驻军长期以来对洛阳的汉族和鲜卑族联合统治时长期压抑他们的报复。但尔朱荣的专横跋扈激起了他所拥立的孝庄帝的不满。孝庄帝用计诱杀了尔朱荣,但尔朱氏的力量仍然存在,尔朱兆、尔朱世隆等又起兵杀了孝庄帝。不久,高欢又起兵削平了尔朱氏,掌握了北魏政权。但高欢和北魏孝武帝元脩也有激烈冲突。孝武帝便利用占据长安的将领宇文泰和高欢对抗。不久,矛盾激化,孝武帝逃到长安。从此北魏分裂为东魏和西魏。东魏占领着今山西、河北、山东和河南的大部分,而西魏只占有今陕西、甘肃等地。东魏的政权掌握在高欢及其儿子手中,西魏则掌握在宇文泰手中。不久,高洋取代东魏,成立北齐;宇文泰之子宇文觉也取代西魏成立北周,形成了东西对峙的局面。

高欢是鲜卑化了的汉人;宇文氏也是"六镇"军人出身,本属鲜卑人。从文化心理上说,他们都不赞成汉化。但双方的施政方针并不相同。在对峙开始之初,东魏力量大大超过西魏。因为高欢既拥有着大多数"六镇"军力,又占领了当时北方的富庶之区;宇文泰在军力上显然不及高欢强大,所占的关中地区也久经战乱,不免荒芜。但高齐的政策是一味为鲜卑族军人反对汉人和汉化的鲜卑人。所以侯景等人把高欢的儿子高澄称作"鲜卑小儿"。北齐统治者对汉族文化颇为轻视,尽管当时的汉族士大夫,大抵居住在北齐境内,但北齐朝廷对汉化很不重视,对他们也不很信任。《北齐书·高阿那肱传》:"尚书郎中源师尝咨肱云:'龙见,当雩。'问师云:'何处龙见?作何物颜色?'师云:'此是龙星见,须雩祭,非是真龙见。'肱云:'汉儿强知星宿!'"高阿那肱是善无(今山西左云附近)人,在北魏旧都平城附近,高姓颇似汉人,阿那肱又像鲜卑或其他种族的名字。不过,他是什么种族并不重要,重要的是在他心目中,源师竟成了"汉儿"。其实源氏本即秃发氏,乃河西鲜卑,是南凉秃发傉檀之后,到源贺归附北魏时,因"秃发"与"拓跋"音近,说是同出一源。所以改姓"源"。孝文帝迁洛,随之入洛阳,受了汉化,在高阿那肱心目中,他就成了"汉儿"。可见当时人心目中的汉人和鲜卑人,已不全根据血统,而是看这些人汉化的程度。北齐统治者所最信任的,全是留居北方的鲜卑人或鲜卑化汉人。那时汉人仕进的道路,往往要投鲜卑族所好。《北齐书·祖珽传》载,祖珽的得到任用的原因之一,即在他"解鲜卑语"。他倚仗自己的聪明,"凡诸伎艺,莫不措怀,文章之外,又善音律,解四夷语及阴阳占候,医药之术尤是所长"。他又会"造胡桃油",因此得用。这大约是当时汉人进身之阶。《颜氏家训·教子》:"齐朝有一士大夫,尝谓吾曰:'我有一儿,年已十七,颇晓书疏,教其鲜卑语及弹琵琶,稍欲通解,以此伏事公卿,无不宠爱,亦要事也。'吾俯而不答。异哉,此人之教子也。若由此业,自致卿相,亦不愿汝曹为之。"颜之推对这种现象自然是很看不惯的。但北齐统治者的任用官员,确是以此为标准。由这种方式入仕的人,有些也不全是无能之辈。如《颜氏家训》中讲到祖珽,在文学和政治上都颇有所肯定,说明有些人是无可奈何而采取的一种进身之阶。北齐朝廷对汉族士大夫是颇为轻视的。当齐文宣帝子废帝时,后来的孝昭、武成二帝发动政变,先从当时执政的杨愔身上下手。杨愔是高欢的女婿,但高氏政权对他也看得很轻。废帝对孝昭帝说:"天子亦不敢与叔惜,岂敢惜此汉辈?"娄太后(高欢妻,孝昭帝母)也只是说:"杨郎何所能,留使不好耶!"但她也十分歧视汉人,怕废帝在位文宣帝李后做太后,因此说:"岂可使我母子受汉老妪斟酌?"至于当时汉族士大夫如阳休之、邢劭却十分伤心。(见《北齐书·杨愔传》)当时汉族士大夫得罪了皇帝,可以受到各种酷刑,如《北齐书·崔季舒传》载,北齐文宣帝因兄高澄遇刺,前往晋阳,崔季舒和崔暹没有从行,就被鞭打二百,后来因为崔季舒到藩王家宅,又被打"马鞭数十";《王晞传》载,文宣帝时,孝昭帝进谏,文宣帝疑为王晞所教,故意当众将王晞杖打二十。《隋书·卢思道传》载,卢思道因诵读尚未公开的《魏书》,就"大被笞辱"。《北齐书·祖珽传》载,祖珽因得罪武成帝,被流放光州,刺史李祖勋待祖珽很厚,别驾张奉礼因此进谗,最后,张奉礼"乃为深坑,置诸内,苦加防禁,桎梏不离其身,家人亲戚不得临视。夜中以芜菁子烛熏眼,因此失明"。这种刑罚简直残酷得离奇。汉族士大夫为了北齐安危计,提一些建议,也会受到猜忌,招致杀身之祸。《北齐书·崔季舒传》载,北齐后主的宠臣韩长鸾怀疑崔季舒为祖珽的同党,"属车驾将适晋阳,季舒与张雕议,以为寿春被围(按:指被陈军所围),大军出拒,信使往还,须禀节度;兼道路小人,或相惊恐,云大驾向并,畏避南寇;若不启谏,必动人情。遂与从驾文官连名进谏。时贵臣赵彦深、唐邕、段孝言等初亦同心,临时疑贰,季舒与争未决。长鸾遂奏云:'汉儿文官连名总署,声云谏止向并,其实未必不反,宜加诛戮。'帝即召已署表官人集含章殿,以季舒、张雕、刘逖、封孝琰、裴泽、郭遵等为首,并斩之殿庭,长鸾令弃其尸于漳水。自外同署,将加鞭挞,赵彦深执谏获免"。这种屠杀和酷刑,当然有时也施诸"六镇"军人内部,但高齐统治者对汉族似怀有更大的戒心。《北齐书·杜弼传》:杜弼因当时官吏多贪污不法,曾向高欢提出,高欢说:"弼来,我语尔。天下浊乱,习俗已久。今督将家属多在关西,黑獭常相招诱,人情去留未定。江东复有一吴儿老翁萧衍者,专事衣冠礼乐,中原士大夫望之以为正朔所在。我若急作法网,不相饶借,恐督将尽投黑獭,士子悉奔萧衍,则人物流散,何以为国?"后来杜弼又提出这问题,高欢不答:"因令军人皆张弓挟矢,举刀按稍以夹道,使弼冒出其间,曰:'必无伤也。'弼战栗汗流。高祖然后喻之曰:'箭虽注,不射;刀虽举,不击;稍虽按,不刺。尔犹顿丧魂胆。诸勋人身触锋刃,百死一生,纵其贪鄙,所取处大,不可同之循常例也。'"这就是说,那些"六镇"军人尽管贪暴害民,只能置之不问,因为高欢要靠他们维持统治。高欢是北齐的创立者,他还较有识见,除了"六镇"的"勋贵"外,还想团结汉族士人。他的儿子们尤其是文宣帝高洋、武成帝高湛,都是昏暴至极,任意杀人。

从《北齐书·文宣帝纪》看来,他所杀的朝臣,多数是汉人或汉化的鲜卑人。《杜弼传》载,杜弼被杀的原因,就因为他对高洋说了"鲜卑车马客,会须用中国人",而高洋认为这话是讥笑他。在北齐的统治下,尤其是武成帝以后,正如魏征在《北齐书·幼主纪》末所论:"土木之功不息,嫔嫱之选无已,征税尽,人力殚,物产无以给其求,江海不能赡其欲。"在这种形势下,北齐在和南方的陈国交锋中也屡战屡败,不用说西边的北周了。北周自宇文泰创业,一直到武帝宇文邕,一直是励精图治,兵力日强,终于在武帝建德六年(577),一举灭齐,统一了北方。

北周的情况与北齐不同。北周的创立者宇文泰也是"六镇"军人出身,早年也参加过鲜于脩礼、葛荣的起义,后归尔朱荣。他在北魏末年的"六镇"军人中地位较低,初起时正如《周书·文帝纪》中所说:"田无一成,众无一旅,驰驱戎马之际,蹑足行伍之间。"比起高欢的"籍甲兵之众,恃戎马之强",确实力量颇为不如。他为了和高齐对抗,不能不实行团结当地汉人和汉化鲜卑人的政策,他的"八柱国"、"十二大将军"中,多为"六镇"军人,有鲜卑族,有鲜卑化的汉人,但也有一部分是早年南迁后已经汉化的鲜卑人。他所任用的关中士大夫如苏绰等,则为他出了不少主意,如颁布《六条诏书》,作《大诰》等。苏绰的《大诰》在文体上是复古主义的,前人已讥其"虽属词有师古之美,矫枉非适时之用"(《周书·王褒庾信传论》),结果对文学并未起到积极作用。但《六条诏书》则有许多好的主张,如认为要强国富民,必须"尽地利",使百姓"足其衣食",使各级官吏能"劝课有方","然后可使农夫不废其业,蚕妇得就其功"。在官吏的任用方面,他主张任用贤良,并指出:"自昔以来,州郡大吏,但取门资,多不择贤良;末曹小吏,唯试刀笔,并不问志行。夫门资者,乃先世之爵禄,无妨子孙之愚瞽;刀笔者,乃身外之末材,不废性行之浇伪。若门资之中而得贤良,是则策骐骥而取千里也;若门资之中而得愚瞽,是则土牛木马,形似而用非,不可以涉道也。若刀笔之中而得志行,是则金相玉质,内外俱美,实为人宝也;若刀笔之中而得浇伪,是则饰画朽木,悦目一时,不可以充榱橡之用也。今之选举者,当不限资荫,唯在得人。苟得其人,自可起厮养而为卿相,伊尹、傅说是也,而况州郡之职乎?苟非其人,则丹朱、商均虽帝王之胤,不能守百里之封,而况于公卿之胄乎?"他又主张减省官吏,对官员政绩进行考察。他还主张减省刑狱,反对"深文巧劾",主张"与杀无辜,宁赦有罪"。他又提出"均赋役",要求"不舍豪强而征贫弱,不纵奸巧而困愚拙"。他说:"租税之时,虽有大式,至于斟酌贫富,差次先后,皆事起于正长,而系之于守令。若斟酌得所,则政和而民悦;若检理无方,则吏奸而民怨。又差发徭役,多不存意。致令贫弱者或重徭而远戍,富强者或轻使而近防。守令用怀如此,不存恤民之心,皆王政之罪人也。"在宇文泰采纳苏绰这些主张之后,北周的政治显然较北齐清明。于是国势日强,从南朝手中夺取了今四川之地,又派于谨于魏恭帝元年(554)攻克江陵,占领了今湖北西部大片土地,国势日盛。到周武帝宇文邕建德六年(577),就一举灭了北齐,重新统一北方,并为隋的统一中国奠定了基础。

北周统治者出身"六镇军人",在用兵时自然也有其残暴的一面,如攻下江陵后,曾把很多人掠为奴隶;据卢思道《后周兴亡论》说,周武帝宇文邕在杀人方面也很残酷,但总的来说,在政治上毕竟比较清明,更没有像北齐那样对汉人和汉化的鲜卑人有所歧视,这就使人民在对齐、周两个政权之间无可避免地选择了北周,因此得到成功。

第三节　北齐文学与北周文学的不同

在北魏分裂为东魏与西魏及后来又为北齐和北周所替代之后，出现了一个很可注意的问题，那就是从政治上说，北周比北齐要清明得多，而在文学上却是北齐远比北周为发达。最明显的事实是《北齐书》中设有《文苑传》，而《周书》却只有一篇《王褒庾信传》讲到文学问题，王、庾二人又是从南方来到关中的，本非西魏、北周的土著。事实上北周一代也没有产生过什么在文学史上留下影响的北方作家。相反地，在北齐，则至少有邢劭、魏收等名家，又如隋代文人阳休之、卢思道、薛道衡等，也都由齐入隋。这种现象似乎有些奇怪，其实也不难解释。因为北魏一朝的政治、经济和文化中心始终在今河北、河南、山东、山西等地，至于甘肃、陕西两省，在后秦和北凉灭亡以后，大批文化人被迁到平城或南方。此后又频遭战乱，士人逃亡，文化早已衰落。魏孝文帝的迁都洛阳，推行汉化，对河朔一带的士大夫起了鼓舞作用。河朔文士在北魏后期文学的复兴上起了主导作用。东西分裂以后，这批文人大抵出身于今河北一带，如邢劭为河间人，魏收为巨鹿人，后来入隋的卢思道为涿郡人，薛道衡则为汾阴人，都在东魏、北齐的疆域之内。关中在北魏时本来没有出什么文人，所以在北方文学复兴之际，暂时还没有出现什么作家。这现象不光表现在文学方面，其他文化部门也是如此，例如《周书·儒林传》所载的北周经学家，本来也都是河朔或江南人，他们中有的是江陵陷落时入周，有的是齐亡入周，有的则是随着当地将领或官员降周而到关中的，而关中土著的儒生则几乎没有一人。文学的情况基本上也是如此。《周书·王褒庾信传论》讲到北周文人，除王、庾外，举出的人物有苏亮、苏绰、卢柔、唐瑾、元伟和李昶。其中苏绰在文学上并无多大成就。苏亮和苏绰是堂兄弟,《周书》本传认为苏绰"文章少不逮亮"。又讲苏亮早年到洛阳,遇到常景,常景曾对人说:"秦中才学可以抗山东者,将此人乎。"这说明"秦中"在文学上本来无足与"山东"相抗的人。苏亮作品现在亦无传诵的。卢柔本范阳涿人,从贺拔胜在荆州,曾奔梁,后归关中;李昶乃李彪孙,也曾奔梁,后来到关中;元伟是北魏宗室,本居洛阳,随孝武帝西迁;唐瑾据《北史·唐永传》本是北海平寿(今山东潍坊西南)人,祖上曾客居南朝,回魏后因唐永任东雍州刺史,经周文帝宇文泰致书唐永,要征召他两个儿子唐陵和唐瑾,才出仕西魏、北周,亦非关中土著。这些人中,只有李昶曾有一两首诗受人注意,其余都没有什么足称的成就。这说明北周地处关中这个文化上落后的地区,当魏孝文帝推行汉化,提倡文学之际,在当时所谓"山东"地区文化已经复兴之际,关中尚未起步,直到东西魏分裂,关中才开始有自己的文化中心,而从东西魏分裂(534),到北周灭齐(577)不过40多年,其儒学和文学自然不能很快地赶上南方和潼关以东的各地。在这方面,苏绰作《大诰》,"糠秕魏晋,宪章虞夏",还起了一定的阻碍作用,因此在文学上,北周还不足与北齐相比。文学的风格,本来不是统治者的政令所能左右的。宇文泰和苏绰尽管反对华丽的文风,但并未收到实效。在宇文泰派于谨攻克江陵以后,南方的作家大批来到关中,文学的形势为之一变。《周书·王褒庾信传论》:"既而革车电迈,渚宫云撤。尔其荆、衡杞梓,东南竹箭,备器用于庙堂者众矣。唯王褒、庾信奇才秀出,牢笼于一代。是时,世宗(明帝宇文毓)雅词云委,滕、赵二王雕章间发。咸筑宫虚馆,有如布衣之交。由是朝廷之人,闾阎之士,莫不忘味于遗韵,眩精于末光。犹丘陵之仰嵩、岱,川流之宗溟渤也。"的确,从王褒、庾信来到关中,对关中文化的影响是十分巨大的。因为在南北朝时期,南方的文化本来就高于北方,而在北方,东部的文化又远高于西部,在这种形势下,必然是关中政权在政治上征服南方,而在文化上却被南方所同化。这时关中人在文化上已经全面地模仿南朝,成了不可阻挡的形势。《周书·赵文深传》载,赵文深善于书法,"雅有钟、王之则,笔势可观",但"及平江陵之后,王褒入关,贵游等翕然并学褒书。文深之书,遂被遐弃。文深惭恨,形于言色。后知好尚难反,亦攻习褒书,然竟无所成,转被讥议,谓之学步邯郸焉。至于碑榜,余人犹莫之逮。王褒亦每推先之。宫殿楼阁,皆其迹也"。这说明当时人崇拜南朝文化,好比西晋末东晋初人的羡慕中原文化一样,到了一切模仿的程度。这种现象在后人看来,未免盲目,而在当时,似乎只有少数人能有所认识,却难于扭转潮流。但在文学上说,我们也要对关中人的崇拜南方文风作具体分析。关中地区在攻克江陵以前,既没有产生过有成就的作家,而在攻克江陵以后,马上有庾信、王褒等这些在南方也属第一流的作家,因此他们的热心于学习南方作家是合乎情理的。应该承认,关中文人在学习庾信等作家后,在文学上确有其进步,如滕王宇文逌为庾信编文集,并作序,此序即一篇较好的骈文。入隋后,关中又出现了杨素、杨广等人的一些诗;这两个人在政治和人品上,颇为人们所非议,但他们那些诗却还是有其价值的。当然,文化的进步,不可能飞跃前进,所以在《隋书》的《儒林》和《文学》二传中所载人物,仍以"山东"和南方的人为多,然而事实证明,关中地区的经学、文学等也在逐渐地进步和繁荣起来,而真正要赶上东方和南方,那还要一段时间,直到唐代才得以实现。关于这一点,唐初的一些史学家对关中人的学习南朝文风的批评,不免有欠公允。如《周书·王褒庾信传论》认为:"然则子山之文,发源于宋末,盛行于梁季。其体以淫放为本,其词以轻险为宗。故能夸目侈于红紫,荡心逾于郑卫。昔扬子云有言:'诗人之赋丽以则,词人之赋丽以淫。'若以庾氏方之,斯又词赋之罪人也。"这不但对庾信进行了全面否定,而且对南朝自宋末以后的文学似乎也颇有所非议。《隋书·文学传论》持论与《周书》略有不同,对梁代中期以前的文学并无批评,对梁后期文学则颇为反对。其辞云:"梁自大同以后,雅道沦缺,渐乖典则,争驰新巧。简文、湘东,启其淫放,徐陵、庾信,分路扬镳。其意浅而繁,其文匿而彩,词尚轻险,情多哀思。格以延陵之听,盖亦亡国之音乎!周氏吞并梁、荆,此风扇于关右,狂简斐然成俗,流宕忘反,无所取裁。"这两段话,看起来有所不同,究其实质,其实都是反映了北方士大夫对南朝文学的看法。《隋书·文学传论》反映的是东部北齐旧地一些文人的观点,他们在文风上取法梁中叶以前的南朝作家,主要是颜延之、谢灵运和沈约、任昉。《魏书·温子昇传》载魏济阴王元晖业提到南朝作家,就举出颜、谢和沈、任。其后北齐作家以邢劭、魏收为最著名,而邢劭仰慕沈约,魏收效法任昉。所以《隋书·文学传论》论到"永明、天监之际,太和、天保之间"的南北文学,特别举出江淹、沈约、任昉、温子昇、邢劭和魏收。这是因为邢、魏本以沈、任为榜样,否定沈、任,也等于否定了邢、魏。《隋书》的总主编是魏征,他本出巨鹿魏氏,在文学观方面,当然近于北齐文人的观点。他对"宫体"和徐陵、庾信等后起的南方流派,则很难接受。因为北方的士大夫比较重礼法,以杨播、卢渊式的家风为荣,自然很难接受像萧纲等人那种写妇女体态之作。至于《周书·王褒庾信传论》,其作者可能是唐初的岑文本。(《旧唐书·岑文本传》:"与令狐德棻撰《周史》,其史论多出文本。")岑文本的祖父本是后梁萧詧的官员,应该说还是南方人的后裔。但入唐以后的南方文人,大抵对艳体诗也都取否定的态度。《唐会要》卷六五载,唐太宗"尝戏作艳诗。(虞)世南进表谏曰:'圣作虽工,体制非雅,上之所好,下必随之。此文一行,恐致风靡,轻薄成俗,非为国之利'"。他们大抵认为梁、陈和隋的亡,与帝王的好作艳诗有关。这种见解未必正确,但在当时比较普遍。《周书·王褒庾信传论》说庾信文风"发源于宋末",大约是指以汤惠休为代表的一些受《子夜歌》影响的诗人,这些艳诗,确实是"宋末"就开始出现,齐梁也有不少人写过而最后发展为"宫体"。对于《子夜歌》一类诗,北朝人确实看不惯。《郑羲碑》载,郑羲出使刘宋,听到刘宋的音乐,就声称"其细已甚"。但这种艳诗大约在南朝,也不是所有的人都能接受的。《梁书·徐摛传》载,徐摛作新变体诗,梁武帝知道了很生气;昭明太子编《文选》,也不收这种作品。不过庾信入北以后的诗赋,已和在南朝时不很一样,这类艳体诗已为数不多。至于关中文人仿作这些艳体诗,现已基本没有留存,像杨素那样原出关中的人,其诗风似更近晋宋,与梁陈宫体相去甚远。或许唐时还有一些留存的作品,为岑文本等人所见到,现在已难考知。

和关中相对峙的北齐政权,情况和北周不同。这里的文化传统比之关中要雄厚得多。东晋南渡以后,留在北方的士族,大抵集中于今河北省一带,他们在"十六国"和北朝初年北方文化衰落之际,其家世相传的经学和文学传统,仍世代传授并未消失,只是当时的社会条件使之不能发扬光大。但在北魏灭北凉以后,大批凉州文人来到东部地区;又加上魏献文帝乘刘宋内乱,夺取了原属南朝的今山东一带,使许多"平齐民"来到河朔,使北魏的文化得以进一步提高,而孝文帝的迁洛和推行汉化,其影响所及,主要是在东部地区,对于洛阳以西各地,作用就较微弱,更不用说关中了。现今我们知道的北魏作家最早的一批如常景是凉州人才后裔,温子昇是南朝人后裔,而郑道昭祖上自西晋末已迁到冀州,邢劭、魏收的老家也在今河北省境内。这说明东部地区在当时是北方的文化中心。东部文人较多地保留其原有传统,也较早地接受南方文化。在他们的经学和文学已颇具规模之时,关中尚无人在文化方面做出令人注意的成绩。《隋书·文学传论》谈到南北文学时,盛称北朝"太和"、"天保"时代。"太和"是魏孝文帝年号,时代更早;"天保"是北齐文宣帝年号,相当于梁简文帝大宝元年(550)至陈武帝永定三年(559),而庾信、王褒到关中,是梁元帝承圣三年(554),这时北齐的邢劭、魏收早已成名,温子昇已经死去。这时东部北齐疆域之内,已经逐步地由模仿而渐渐进入创造自己风格的阶段。《颜氏家训·文章》记载,梁朝的宗室萧悫,作《秋思》诗,北齐方面原籍南方的文人如颜之推、荀仲举、诸葛颖都很称赞;而北方籍文人卢思道、魏收并不称赏。梁文人王籍的《入若耶溪》诗,在南方深受萧纲、萧绎的称赞,但北朝的卢询祖、魏收都不欣赏,说是"此不成语,何事于能"。不管北朝人对萧悫、王籍的批评对不对,总之已经是他们独立的见解,已经不是完全照搬南人的见解。邢劭在为萧悫的文集作序时,也强调北方和南方的文风应该有所不同。后来北方文人确实写出了许多杰出的作品,如祖鸿勋的《与阳休之书》、卢思道的《劳生论》等骈文,卢思道的《听鸣蝉篇》、《从军行》以及薛道衡、孙万寿等人的一些诗,确实不在南方文人以下。但这些作品中,多数还产生在北周灭齐甚至入隋以后。至于在北齐初年,即使河朔地区作家的作品,也不能说是很成熟的。《颜氏家训·文章》:"邢子才、魏收俱有重名,时俗准的,以为师匠。邢赏服沈约而轻任昉,魏爱慕任昉而毁沈约,每于谈燕,辞色以之。邺下纷纭,各有朋党。祖孝征尝谓吾曰:'任、沈之是非,乃邢、魏之优劣也。'"这段话应该说还是比较含蓄的。《北史·魏收传》载,邢、魏二人互相攻击,甚至到了说对方"偷窃"、"作贼"的程度。其实,邢、魏之学沈、任,也无非是竭力模仿而已。模仿,当然不是创作的正当途径,但在文学发展的一定阶段,人们总是先从模仿入手,然后才逐步得出经验而自辟门径的。东部地区的文学在其发展过程中,正和关中一样,也有过这样一个阶段。不过,在邢劭、魏收开始模仿南方文学之际,在南方还比较盛行的是沈约、任昉那种文体,还是以清丽典雅为主;不像关中文学在刚兴起时,正是"宫体"诗已经兴起,文风更趋轻艳。于是关中文学初起时的作品,可能更带有一些梁后期作品的色彩。这种文风,在唐代初年的史学家看来,是最不受欢迎的。这里既体现了唐初史家的某些正统礼教观点,却也说明梁后期至陈的文学确有严重缺陷,所以虞世南那样的南人,对此也有批评。

第十章　北朝文学的特点和得失

　　文学作为一种社会意识形态,归根结蒂毕竟是社会存在在人们头脑中的反映。它的发展总是和当时的社会现实息息相关的。但是,这种反映往往比较曲折和复杂,不能用一个简单的说法来加以解释;也不能表面化地只强调一时一地曾经出现过某些大作家,就断言某一个时代的文学,只存在于某个地区。事实上,一个国家或民族的文化,开始时总是在一个较小的范围内首先兴起,逐步向其邻近地区扩展开来。在这个扩展过程中,原来比较落后的地区不但逐步地赶上先进地区,而且其固有的,虽然是还不很发达的文化因素,也会在不同程度上影响到先进地区的文化。因此某一文化的传播和广被的过程,也是一个丰富和发展的过程。以我国古代文化而论,其发源地当然是在黄河沿岸的所谓"中原地区"。然而在中原文化向南扩展到江汉流域时,就出现了楚文化,反过来,楚文化也影响了中原文化;同时当中原文化向北推进到今山西、河北的北部时,也出现了赵武灵王的"胡服骑射"。当秦汉帝国的建立,使当时各地的居民正式融合成为一个汉民族的时候,其实汉民族已经不再是一个单纯的种族,而是融合着不少不同种族,并且吸收了这许多种族的文化而形成了一个统一的汉文化。当一个统一的民族和统一的文化形成以后,也并不是一成不变的。秦汉帝国的南平百越,北却匈奴和西通西域,又吸收了许多少数民族的和外国的文化因素。同样地,在西晋末年的各族入据中原时代,的确造成了军阀混战,使人民遭受灾难,典籍和文物遭到破坏,使文化受到损失。但从长远来看,这场战乱的影响,也不完全是消极的。首先,由于民族大迁徙的结果,使原来在经济和文化上比较落后的江南和凉州地区,迅速地发展起来,例如《宋书》卷五四《孔季恭、羊玄保、沈昙庆传论》所讲南方农业发展的盛况,若非大批劳动力的南下,是不可能这样迅速的。南方文学的繁荣,当然也和经济上的这种繁荣有一定的关系。至于北方的情况,人们似乎很少注意到当时的积极影响。这是因为史书中的《儒林传》,总是说各族入侵使经学如何荒废,《文学传》又说文学如何衰颓。于是造成了人们一种错觉,似乎东晋南渡后,北方就没有了文化,原有的文化都被南迁的士人带往江南了。如果我们表面地看问题,那么南北朝时期传诵之作,绝大部分出现在南方,连唐朝所定的《五经正义》,也完全采用了南朝的学说。但作为史的研究来说,除了应该注意到显而易见的现象以外,还应该注意一些"伏流",这些因素确实是存在的,后来在历史上起了很大的作用,而在当时,却常常不易察觉。例如北朝家世相传的经学传统和北朝的散文传统及经学,都是这种"伏流"。如果忽视了这些"伏流",许多历史现象就很难说清楚。

第一节　北朝文学的特点

长期以来,我们的文学史研究工作,常常着眼于作家和作品的分析和评述。这当然是很必要的,而且在这一学科开始兴起的时候,也不免要有一定的探索过程。在这个过程中,人们首先看到的总是一些历来传诵的作品及其作者,再加上我国古代的"正史",往往设有"文学传"或"文苑传",因此当人们开始把文学的发展作为一门独立学科来研究时,总不免从作家、作品论着手。事实上我国的文学史编著工作,历时并不久,从第一部中国文学史出现起,至今也不过百年左右,但在这段时间里,人们的文学概念本身就发生了剧烈的变化。例如在长期的封建社会中,人们对文学的理解和我们今天就有很大的不同。像今天我们认为是文学中非常重要的戏剧、小说这些作品,在古人却很不重视;古代人视为文学中重要部分的一些应用文如诏令、奏议等,在今天看来,又未必都能算文学作品。这些关于"文学"本身应该包含什么内容的问题,在很长一个时期内,还没有得到较圆满的共识。因此关于文学史研究究竟应包括哪些问题,尚待我们进一步探索。在笔者看来,文学的发展正像其他意识形态一样,并不是直线上升的,总有许多曲折、停滞甚至倒退。但从整个历史的发展过程来看,这样的曲折过程,却只是前进中的一个环节,有时在某些看来是停滞或倒退的现象后面,却酝酿着后来繁荣的枢机。研究者的目光不能局限在某些传诵之作或名气极大的作家身上,还应注意到某些产生作家和作品较少的时代,研究和探索其衰落的原因,以及这个时代在整个历史发展中的作用。即以北朝文学为例,如果研究者把眼光局限在几个作家或传诵的作品来看,似乎只能看到几首民歌和两部学术性著作,相对于南朝的一系列著名作家来说,就显得无足轻重。但那是一个民族大融合的时代,即以北朝的乐府民歌而论,其中至少包括了氐、羌、鲜卑等族的歌谣,据现在一些研究者说,著名的《敕勒歌》,还是现在维吾尔族的祖先,即铁勒(高车)族的歌谣。那么当时流传于北方的歌谣,可能还不限于组成过政权的五个种族。这些乐曲不光流行于北方,还传到了南方,受到南方各阶层人士的喜爱。《南齐书·柳世隆传》载,宋末萧道成与沈攸之作战时,萧道成的大将黄回"军至西阳,乘三层舰,作羌胡伎,溯流而进"。同书《东昏侯纪》:"高障之内,设部伍羽仪,复有数部,皆奏鼓吹、羌胡伎、鼓角横吹。"这两段记载,前一段发生在宋末,后一段发生在齐末。这说明这些北方乐曲,至少在宋末以前已传到南方。这些"羌胡伎"是什么内容,已无法详考。但有一个现象很值得注意,即《乐府诗集》中的所谓《汉横吹曲》,基本上没有汉代的歌辞,而这一曲种,在沈约的《宋书·乐志》中,根本不提;唐修《晋书》的《乐志》则曾经提到而认为是汉武帝时李延年根据西域乐曲所造。这些乐曲不见于沈约《宋书》而著录于唐修《晋书》,是一个疑问。是否在西晋盛时,本有此曲,经"永嘉之乱"以后,在北方还保存着,而南方则已经亡佚,现在很难判断。至于保存在北方的这部分乐曲,是否经过了"十六国"和北魏乐官改造,因此杂有"羌胡之音",也很难说。奇怪的是这种《汉横吹曲》的歌辞中,现存最早的南朝人作品是鲍照的《梅花落》。这种曲调据说是"笛曲",而笛这种乐器,据《宋书·乐志》说,本来出自羌中。鲍照卒于刘宋泰始二年(466),而萧道成和沈攸之的战争,发生在宋顺帝昇明元年末(公元478年初),二者相距不过十多年。那么鲍照所仿作的《梅花落》的曲调,是否即所奏"羌胡伎"的一种?至于《汉横吹曲》的曲名,有不少和《梁鼓角横吹曲》相同,其间应有一定的联系。值得注意的是,南朝人大量地拟作《横吹曲》如《出塞》、《入塞》等战争题材的诗,则始于齐梁间的吴均(卒于公元520年)。这正是"羌胡伎"在南方盛行之时。这说明北方的音乐曾经影响了南方的诗歌。但这种诗歌在南朝虽曾经成为一种较流行的题材,并未成为文学的主流。因为那些诗歌中所反映的边塞生活是南方人所不可能亲身经历的。因此他们也只能从《汉书》等古书中去找寻典故,凑合成篇,毕竟缺乏真实的生活体验。但这些题材,到了北方人笔下就不同了。北朝的疆域和柔然、吐谷浑甚至西域的一些政权相连,经常发生战争。有些北方文人曾随军到过边塞,写来就感到真切。同样地,北朝由于许多种族的入居中原,和汉人杂居,互相影响,其文化和心理素质,也会影响汉族人民。于是粗犷、刚健之气,也不可避免地反映在文学作品中。试看北方的民歌,其内容和风格和南方的"吴声"、"西曲"是何等的不同。同样写战争,在南朝的《丁督护歌》中,写的只是思妇相送之情,如:"闻欢去北征,相送直渎浦。只有泪可出,无复情可吐。"这当然很真实,确实写出了军人妻子对丈夫的依依惜别之情。但北方民歌中写战争,则更显示了战争的残暴性,如《企喻歌》:"男儿可怜虫,出门怀死忧。尸丧狭谷中,白骨无人收。"《隔谷歌》:"兄在城中弟在外。弓无弦,箭无栝。食粮乏尽若为活。救我来!救我来!"这完全是两种不同的情景,如果说南方民歌的缠绵悱恻之情颇能动人的话,北方民歌那种毫无雕琢的绝望呼喊,也同样使人惊心动魄。同样写爱情,《子夜歌》的"宿昔不梳头,丝发被两肩。婉伸郎膝上,何处不可怜",写女子娇媚之态,呼之欲出;而北方民歌的《捉搦歌》"谁家女子能行步,反著夹襌后裙露。天生男女共一处,愿得两人成翁妪",也很坦率和真诚。同样是写景之作,像《敕勒歌》那样的塞外风光,也自有其魅力;而南方的《子夜四时歌》中"春林花多媚,春鸟意多哀"或"青荷盖渌水,芙蓉鲜红葩"与此风格截然不同。我们也只能说各有所长,大可不必"论甘而忌辛,好丹而非素"。

文人作品,其实也是这样。由于南北文人的生活条件十分不同,反映的生活也就不可能一样。文学的技巧和手法,总是决定于它的内容的。内容不同,手法也不可能一样。北朝文人大多取法南朝,这是事实,然而北朝人的效法南朝,应该说是有选择的,而不是机械地照搬。例如:在形式方面,北朝人对南方文学用典、讲对仗、调声律等技巧,都是比较注意学习的,但在学习的时候,他们也常有所选择。即以我们经常提到的邢劭、魏收模仿沈约、任昉为例,邢劭之爱慕沈约,是取其平易和流畅,用典使人不觉等长处。他并没有去学沈约作《郊居赋》那种雕琢堆砌,并无多少艺术价值的大赋,也没有去学他作那些《杂咏》、《十咏》之类的咏物之作;对于任昉他认为"文体本疏",也不是单纯地出于攻击魏收,而是不满意任昉之竞须新事。魏收之学任昉,也不是无批判地学习。我们现在所见的魏收之文,也并不和任昉相同。任昉的骈文尽管辞藻华丽,却又说理透辟,有时委婉曲折,善于辞令,把别人所难于措辞的话说得有条有理(如《为范始兴作求立太宰碑表》)。魏收的骈文虽在北朝很有名,却没有留下可以与任昉一些名作媲美之文;但他的诗,似不在任昉之下,现存魏收的诗,显然不是单纯地仿任昉,而更多地受到"永明体"以后作家如何逊、刘孝绰甚至萧纲的影响,更注意色彩的绚丽、对仗的工整和平仄声的调和。这说明北朝作家之模仿南朝,已经不是单纯地模仿,而是吸收众家之长,多少能有一些自己的风格。至于入隋前后北方诗人的一些名篇,如卢思道的《听鸣蝉篇》、杨素的《山斋独坐赠薛内史》和孙万寿的《远戍江南寄京邑亲友》等,都各具其清刚的特色,其笔力和气势在南朝后期实在很少有能与之相比的。当然,南朝后期之作,也有其细致、绮丽的长处,但这些作品也不免有题材狭窄、笔力纤弱的短处。过去的研究者长期以来从地域上说重南轻北,从时间上说重宋齐而轻梁陈。现在有些研究的人看到了梁陈作品的某些长处,却过于强调这个方面,又忽视了风格上与此不同的北朝作家,这看法都未免有其片面性。

第二节 北朝文学的长处和短处

一个时代文学的兴衰,其原因往往十分复杂,很难用同一个理由来加以解释。再说一个具体历史阶段中所谓的"兴"和"衰",往往离不开对许多作家的评价问题。在这个问题上,人人都会有不同的偏好,很难强求一致。例如南北朝后期的文学,究竟是北方那些清刚而较少雕润之作更好,还是南方那些纤弱但更显细腻的作品为胜?这个问题就存在着分歧。其实文学既然是反映人们社会生活的一种意识形态,它必然会反映出各种不同的社会生活方面;而读者对这些作品的评价,也会由各人的经历和处境而各有不同。因此要对一个时代的文学作出一致公认的评价是几乎很难做到的。其实,不光对一个时代,即使对某个具体的作家,人们的看法也很难一致;甚至每个具体的读者,在不同的情况下,也会对同一作家作出不同的评价。然而,这并不等于说文学批评没有标准。我们如果用题材相近的作家,作一些比较,那么有些问题就可以看得比较清楚。以南朝文学而论,南朝后期的诗歌确以梁陈"宫体"为最著,对于"宫体"诗的评价,可以有不同看法,我们暂置勿论;而重要的问题是把"宫体诗"的前后作家来进行对比,那么以陈叔宝和萧纲相比,两人的地位相近,萧纲在侯景之乱以前的生活,也与陈叔宝相类似,但在文学上的成就显然远过于陈叔宝。这种个别的比较也许还不完全能说明问题,那么我们不妨把聚集在萧纲周围的文人和陈叔宝周围的文人作一番对比,就可以证明聚集在陈叔宝周围的那些"狎客",也远不及萧纲周围的学士。同样地,以陈代作家中最有成就的徐陵、阴铿而论,较之梁代那些较著名的文人,似也见逊色。这样的对比,可以说明,在南北朝后期,南朝文学确实不是处于上升的阶段而是趋于衰退的阶段。但北方文学的情况,则与此不同。尽管我们不能机械地去把北方文学和南方的"宫体诗"比个高下,因为不同的题材总是各具不同的风格,很难作比较。但把北朝前后期诗歌作一定的比较,还是可以看出其发展、进步的。例如:韩显宗《赠李彪》诗,是较早的抒情述怀之作,这首诗确实有些真情实感，但在艺术技巧上还欠成熟；稍后的李骞作《赠亲友诗》，在技巧上就有一定的进步；而到邢劭作《冬夜酬魏少傅直史馆诗》、《冬日伤志篇》，其进步的迹象尤为明显；到了周、隋间，卢思道、孙万寿一些作品在艺术上更臻完美，这些诗较之南朝人的作品，更是不见逊色。同样地，在写景诗方面，郑道昭的《登云峰山观海岛诗》，设想比较奇特，用了不少道教方术的辞藻，但读起来总觉得是有意识地模仿郭璞的《游仙诗》，而且总觉得有些生硬，不太流畅。至于刘逖的《对雨诗》、《秋朝野望诗》就明显地受到了南朝齐梁诗的影响，显得圆转流畅，较郑诗大有进步。后来元行恭的《秋游昆明池诗》，系入隋后与江总同作，较之江作，更未必有何高下。他的《过故宅》和江总的《南还寻草市宅诗》，诗调相近，艺术成就也足相匹敌。通过这个比较，我们至少可以说，在南北朝后期，北朝文学是处于上升阶段而南朝文学则多少处于下降阶段。过去的学者从陈旧的礼法观念出发，全盘否定"宫体诗"的艺术成就，同时也轻视北朝后期作家所取得的巨大进展，从而把南北朝后期的文学说得一无可取，这显然是不对的。现在一些研究者看到了以萧纲为代表的宫体诗人的一些长处，这无疑是一种进步；但不少人对北朝后期在文学上的长足进步，似乎还没有给予充分的注意。其实评价一个时代或一个流派时，我们不仅要着眼于几个成就最高的代表性人物，还得通观这个流派或这一阶段整个文学的发展趋向。即以"宫体"诗人来说，萧纲和他周围的文人如徐、庾父子等，还是有才华的。同时他们本来都有很高的文学修养，也有着一定的社会实践，所以在诗歌上确实创造了一个有特色的流派。然而，在萧纲以后，这个流派就渐见衰落。即以萧绎而论，文学修养应该说也是较高的，但在个人才华上就不如萧纲。因此"宫体"诗发展到萧绎时代，已不如萧纲等人。到了陈代，陈叔宝的文学修养，也未必比之梁代文人低多少，但这个生于深宫之中，长于阿保之手的皇帝，毕竟只能写一些平庸的作品。因为在他的一生中，根本谈不上什么社会实践，自然也写不出什么好作品。

北朝文学的情况与此不同，它是在经历"十六国"和北魏初年的"冬眠"状态中苏醒过来，渐渐地在洛阳形成一个文化中心，文人们得到了"以文会友"的机会，又得到了南方文学的借鉴。在洛阳这个政治文化中心形成以后，文人们对书籍的需求也易于满足。《北周书·刘昼传》："恨下里少坟籍，便杖策入都。知太府少卿宋世良家多书，乃造焉。世良纳之。恣意披览，昼夜不息。"这种条件，在"十六国"和北魏初年，显然是不具备的。当时的士人不但无法到家乡以外去看书，甚至也无法知道哪里有藏书家。更重要的是在北魏早期，统治者既未提倡，而士大夫在当时的社会地位，也并不受到优待。他们中有些人出仕北魏，多由于朝廷征召，不能不去赴任。但即使做了官，也如同《魏书·高允传》所说，并无俸禄，还得"樵苏自给"，稍有不慎，还可能招致杀身之祸。因此士人们对做官既不热衷，而且对精通学术和文艺也不很热衷。他们中不少人也在私门中父子相传地从事某些经学和文学的研习，这正如《南齐书·王融传》所说："前中原士庶，虽沦慑殊俗，至于婚葬之晨，犹巾褠为礼。"这只是一个民族处于被征服状态下对本民族文化的一种思恋。但正是这种感情，维系着北方一些私门传授的学术文化传统，在百余年中得以不绝如缕地继承下来。当魏孝文帝在历史的大势推动下不得不大力推行汉化时，北方的士大夫们对南方文化那种由衷的羡慕之情是十分明显的。《南齐书·王融传》载，王融作《三月三日曲水诗序》，北魏使者房景高、宋弁要求阅读，认为王融此文胜于颜延之所作，而且读了此文后，甚至赞叹说："昔观相如《封禅》，以知汉武之德；今览王生《诗序》，用见齐王之盛。"这种赞叹之词，说明北方士人不但很熟悉南方的文坛，而且对南齐政权也表示仰慕。《北齐书·元文遥传》："（元）晖业尝大会宾客,有人将《何逊集》初入洛,诸贤皆赞赏之。河间邢劭试命文遥,诵之几遍可得?文遥一览便诵,时年十余岁。济阴王曰:'我家千里驹,今定如何?'邢云:'此殆古来未有。'"元文遥是鲜卑族,本传称魏昭成皇帝六世孙,他也和汉族士大夫们一样,醉心于南朝文学。这说明自从孝文帝迁洛以后,一心向南朝学习的,不光是原来北方的士人,还有很多汉化了的鲜卑人,所以高阿那肱把源师叫作"汉儿"。这些汉人和汉化的鲜卑人,在尔朱荣入洛掌权和高欢取代尔朱氏以后,处境并不很好。因为尔朱荣和高齐这些"六镇"军人出身的人在孝文帝迁洛后,曾在仕途上受到压抑,因此不免有敌视他们的情绪。北魏宗室元晖业曾作诗云:"昔居王道泰,济济富群英;今逢世路阻,狐兔郁纵横。"他们对那些"六镇"军人出身的统治者既很反感又无力反抗。在北齐,汉人备受歧视。《北齐书·高德政传》载,齐文宣帝杀高德政时,曾对群臣说:"高德政常言宜用汉,除鲜卑,此即合死。"又《崔暹传》载,文宣帝初立,许多朝臣都说崔暹坏话,文宣帝派都督陈山提等搜查崔家,发现崔很穷,并无劣迹,很称赏。"仍不免众口,乃流暹于马城,昼则负土供役,夜则置地牢。岁余,奴告暹谋反,锁赴晋阳,无实,释而劳之。"又同书《高乾附高昂传》载,汉族将领高昂和鲜卑将领刘贵有忿争,高昂集合兵众要向他进攻。刘贵是秀容阳曲人,本尔朱荣部下,是"六镇"军人。这种冲突正是汉族和"六镇"军人的矛盾。《高昂传》又说:"于时,鲜卑共轻中华朝士,惟惮服于昂。高祖(高欢)每申令三军,常鲜卑语,昂若在列,则为华言。"早年南迁的鲜卑族人,因为汉化较深,也很受猜忌。《北齐书·元韶传》:"文宣帝剃韶须髯,加以粉黛,衣妇人服以自随,曰:'我以彭城为嫔御。'讥元氏微弱,比之妇女。"同传又载,文宣帝对元韶说:"汉光武何故中兴?"元韶说:"为诛诸刘不尽。"于是杀了元姓25家,禁止19家,元韶也被关进地牢,"啖衣袖而死"。接着又大杀元氏,连婴儿也不能免。

《北齐书》所载元姓人物除元景安、元文遥等少数人外，大抵不免于难。这些汉人和汉化的鲜卑人，在这种处境下，自然不可能有流连诗酒的闲情逸致，因此创作较少。同时，他们的条件也不可能像萧纲、萧绎和后来的陈叔宝那样广置声伎。因此，在北朝文化中较有基础的北齐，不可能有人去写类似"宫体诗"那样的作品。至于北周，汉人士大夫的处境相对地比较好些，宇文氏的几个王公对庾信等文人还比较优待，有时也会参加王公们的一些宴会，观看伎乐。所以庾信集中有着《奉和赵王看伎》等诗。这只是个别的代表作，当时写这个题材的作品数量大约不少，但多半散失了，如赵王宇文招那首诗，现在已经亡佚。这些诗，在隋唐之间，可能还有不少尚存，所以《周书》和《隋书》都作出了关中文风受"宫体"影响的结论。文学上任何形式和技巧，都是为它的内容服务的。技巧上的进步，并不是孤立的，总是由于要突出地表现一定的内容或题材，而这种内容和题材的盛行，总和当时的社会生活有着这样那样的关系。如果认为某一时代的作品在技巧上有某些独特的创造，那也是某种社会生活或其他原因所引起的文学题材的变化所必然要求的结果。正如我们不能要求北朝作家写出谢灵运式的山水诗和要求南朝文人唱出《敕勒歌》一样，也很难设想北朝文士能去写萧纲的《美人晨妆》这样的诗歌。任何一种艺术创作所以成功的原因，归根结蒂在于作者对生活的熟悉程度，所谓"技巧"毕竟是人们借以表现和反映生活的一种手段或技能。如果作者对某种生活不熟悉，他就不会去写这种题材，或写不好这种题材。清末王闿运评鲍照的《登庐山》诗说："观此二篇，方知颜、谢为不可及。"王闿运如果单说谢灵运"为不可及"，一般还不难理解，因为鲍、谢优劣本难论定，古人多有以为"鲍不及谢"的。至于颜延之则就有些费解。从总的成就来说，颜延之无论如何不足以望鲍照的项背，哪能有"不可及"之理？但如果从陪同达官贵人，应他们之命去写作诗歌，要求典重裔皇，确非鲍照所长。颜延之的门第较鲍照为高，官做得大，他在这种场合，经历得多，手法较熟练；鲍照则一生基本上是幕僚或小官，对这种内容的作品就缺乏经验，所以他的长处并不在此。同样地，像萧纲等人在诗歌方面的贡献，我们既应该实事求是地给予恰当的评价，也应当看到它是一定的社会条件的产物。试想如果没有魏晋名士的蔑弃礼法的传统，没有《子夜歌》等民歌的影响和沈约的《六忆》诗等作品为其先导，再加上从东晋至梁，朝廷的"优借士大夫"，使之能纵情声色，萧纲及其周围的文人也很难创作这些作品。至于北朝文人既缺乏这种传统，也没有这种生活，他们所能写作的自然是另一种诗歌。北方文人的诗歌，存留的较少，其原因比较复杂，除了北方文学兴起时间短、书籍的收藏和整理工作做得差之外，北方没有出现像萧统《文选》、徐陵《玉台新咏》这样的总集也是一个原因。这些原因，归根结蒂还在于当时的社会现实使人们对这些工作无暇顾及也不感兴趣。但北朝人在务实方面，确实比南朝人为胜。《颜氏家训·涉务》中讲到北方士人对农务等事，就比南方人精通，持家节俭，能够耐劳；办政事也较南朝的高门士族要强得多。像北周的苏绰在政治上是较有见地的；北齐方面，据《颜氏家训·涉务》记载，杨愔、祖珽二人也都有较高的政治才能。这一点，南朝的士大夫们就远为不及，梁武帝在生活上尽量照顾士大夫，政治上却并不任用他们而宁可使用一些寒门出身的人。此风其实在宋、齐时代已经如此。由于南朝士大夫们过着比较悠闲的生活，经常在一起"吟风月，弄花草"，自然作诗的数量会远远超过北朝。北朝士人则大抵关心现实，较之南人具有较多的政治眼光。他们的文章多为议政、议礼之作。《隋书·文学传论》说的河朔"辞义贞刚"，"便于时用"，江左"宫商发越"，"宜于咏歌"，是很有道理的。因为北方士人毕竟有较多的社会实践，正如卢思道在《劳生论》中所说自己在北齐时"耳听恶来之谗，足践龙逢之血",在北周末,仍是"敛笏升阶,汗流浃背"。他的一生曾在"羊肠、句注之道,据鞍振策;武落、鸡田之外,栉风沐雨。三旬九食,不敢称弊,此之为役,盖其小小者耳"。卢思道只是个比较典型的例子。一般来说,北朝后期士人处境都不像南朝那样优越,但他们却能有较多的社会实践,像卢思道那样驰驱奔命,经历险阻的人,毕竟对社会现实有较深的理解,对各方面生活有较多的知识。像《水经注》和《齐民要术》这样的著作,并不是南方文士所能问津的。因此北方文人写的诗尽管数量较少,在技巧方面也可能不这样丰富和成熟,但他们很少为了作诗,硬凑成篇写什么"赋得××"或咏一些身边杂物如《咏幞》、《镜台》、《领边绣》、《脚下履》等内容空洞,只靠摆弄辞藻的作品。相反地,他们的诗歌另有一种风格,如:温子昇的《白鼻䮼》、《凉州乐歌》等,表现了一些北方生活中特有的题材;裴让之的《从北征诗》几乎全不用典,而笔力清刚;高延宗的《经兰陵王高肃墓》诗,在北齐面临灭亡前夕,经过当年著名战将的坟墓,想起高齐的自坏长城,以陷于覆亡,感情真挚,别具一种特色。这些诗绝无矫揉造作,都是真实性情的流露。诗歌这种文学形式,归根结蒂不外乎作者的真实思想和情绪。我国古人所说的"饥者歌其食,劳者歌其事"确是诗歌最本质的方面。至于技巧问题,虽然也很重要,但它是在诗歌的长期发展中积累经验,逐步地提高和丰富起来的。同时,技巧问题还相当复杂,某些技巧也许适应的范围较广,也有些技巧,可能只适用于表现某些题材和内容。以庾信为例,他现存的诗歌,大部分作于入北以后,而在南朝时所作,存者已为数不多。现在我们读庾信的作品,就可以感到入北前后有一定的差别。从他的《奉和泛江》、《奉和山池》等诗看来,其实和徐陵、萧纲等南朝诗人区别不大;《拟咏怀》和《同卢记室从军诗》则和入北以前之作有明显差别。《奉和赵王美人春日诗》、《和赵王看伎诗》又与南朝时期作品很类似;《郊行值雪诗》一类作品在技巧方面,还保存不少"宫体诗"的特点,但所体现的情调和风格,却又和"宫体诗"不同,带有北方的苍凉之气。他的辞赋也是这样,他早年在南方的辞赋,体制轻短,一般多五七言句;到北方后的赋却多少夹有散文化句式,有的篇幅还较长。这些形式上的变化,是由内容决定的,内容变了,形式随之发生变化,所使用的技巧也不能不变。因此用南方文学的成就去要求北方文学,执此非彼,并非公允之论。南北朝时期,南方和北方就其社会性质来看,自然都属于封建社会。但长期的分裂,种族的迁徙及因此造成的种种不同的生活方式及由此产生的种种不同的社会心理都互相不同。正因为有不同,才能通过比较,各取他方之长,以补本身之短,才能更快地发展进步。在这方面,北朝文人中不少人就较能虚心地吸收南朝文学之长来丰富自己,从而很快地得到提高。《隋书·卢思道传》:"周武帝平齐,授仪同三司,追赴长安,与同辈阳休之等数人作《听鸣蝉篇》。思道所为,词意清切,为时人所重。新野庾信遍览诸同作者,而深叹美之。"阳休之等人之作,今已不存,只有颜之推同题之作尚存。现在看来,颜作前半似有意在模拟萧综的《听鸣钟》,后半则显得笔力不足。颜之推是入北的南人,但在这次唱和时,显然较北人卢思道逊色。至于入隋以后的诗人,由南入北者似亦不在少数,但被历来读者所喜爱的,大约以杨素、薛道衡几篇唱和的诗为最。这些都是北人。初唐作家中,较为传诵的名篇,亦出北人之手。至于南方文人,有时不免有轻视北人的心理。唐刘𫗧《隋唐嘉话》卷下:"梁常侍徐陵聘于齐,时魏收文学北朝之秀,收录其文以遗陵,令传之江左。陵还,济江而沉之,从者以问,陵曰:'吾为魏公藏拙。'"唐人笔记记六朝文人轶事,多不可全信,但这些传闻,多少能反映一些当时的风气,因为唐人毕竟离梁陈时代不远,对六朝人的情况有所了解。这种南人看轻北方文学的风气也阻碍了南朝文学的进展。其实北朝的诗歌数量虽然远较南朝为少,但在散文方面,北朝也有其长处。以魏收为例,他所作《魏书》的文章,决不是全无可取。后来一些选家很少收录魏收之文(如李兆洛《骈体文钞》),大抵是因为《魏书》被人称作"秽史",鄙其人遂废其文,然而《魏书》事实上也不是这样一无是处。这一点,周一良先生在《论魏收之史学》(《魏晋南北朝史论集》)和钱锺书先生的《管锥编》中,对他的史学和文学都作了较好的评价。所以唐代的文学的兴盛,应该是南北文风融合的贡献,而决非仅仅是南方文学单方面的影响。也许,北方文学在技巧方面有它的弱点,然而笔力的刚劲,反映生活的面较宽,毕竟也是长处。唐初史家过多地否定"宫体"诗,确有失当;但现在有些人过于看重"宫体"等南朝后期作家而贬低北朝文人的贡献,甚至因此过多地贬低陈子昂在唐代文学史上的地位,恐怕亦不免偏颇。

结束语

　　南北朝时期是一个民族大迁徙、大融合的时代,在文学上也是一个文风发生变化,并为唐代文学的高度繁荣奠定基础的时代。关于南北朝时期的文学情况,由于长期的南北对峙,人们的生活状况产生了很大的差异。北方各族的入居中原,其历史作用颇为复杂,从一个短期内来看,显然以消极作用为主,因为大量的人在战争中死亡或流离失所,土地荒废,生产倒退,大量文物和典籍的毁灭,再加上种族矛盾所造成的种种盲目性的仇杀和压迫,对各种文化,其中包括文学,都只能起破坏作用。但这种种现象的起因,又往往由于汉魏以来朝廷对其他种族的歧视和压迫。但当这些种族入居中原以后,其上层分子为了维持其统治,面对着人数众多和文化较高的汉族,不能不逐步地采用汉族的制度来进行统治;其普通百姓和汉族人民之间更没有根本的利害冲突,因此互相影响和融合,实系不可避免的趋势。这样,其他种族在接受汉化的同时,也把他们优秀的文化传统带给了汉族。这种融合,只能是双向的相互学习的过程,而不是单向的一个同化另一个的过程。唐代辉煌灿烂的文化正是这种融合的结果。这个文化上的繁荣昌盛,不能简单地说成只是汉民族文化本身发展的结果,其他各族人民也作出了各自的贡献,不能轻易地加以否定。同样地,南北朝的统一于隋及其后又变为唐,这个统一,也是一个融合的过程。在这个融合中,一般常说,在政治上是北方征服南方,而在文化上则是南方同化北方。这种说法并非一无是处,因为从一些事例看来,如经学上的《五经正义》是南朝流行的经学;在文学上许多作家的诗文也多模仿齐梁;书法上以唐太宗为首,就最重视王羲之的法帖。但我们也要估计到,北方的文化成分在唐代仍有一定的影响。如郑玄等人的《易》注、《尚书》注,服虔的《左传》注等,在唐代还存在,并有人引用;唐初书家据一些书法研究者说,最著名的如虞世南、欧阳询、褚遂良和薛稷四家除虞世南外,也都兼受北魏碑刻的影响。欧、褚均属南人,可见也不是单一的南风。在文学上,人们往往只看到"四杰"、"沈宋"等人所受南方文风的影响,而没有注意到像隋唐间的王绩,还有唐太宗本人和魏征等人也写了不完全是齐梁文风的作品;就是"四杰"的作品,也是兼采南北的,只是所得力于南朝的较多而已。明王世贞《艺苑卮言》说:"卢、骆、王、杨,号称四杰。遣词华靡,固沿陈隋之遗,骨气翩翩,意象老境,故超然胜之。五言遂为律家正始。内子安稍近乐府,杨卢尚宗汉魏,宾王长歌,虽极浮靡,亦有微瑕,而缀锦贯珠,滔滔洪远,故是千秋绝艺。"这里所谓"骨气"、"老境"和"宗汉魏"都和北朝后期的诗歌相近,而与南朝后期所谓"梁陈宫体"相去甚远。这说明即使是"初唐四杰",也不是和北朝文风绝无继承关系,仅仅是南朝文风的发展。现在有些研究者对古人的评论,往往好提不同的看法,这当然是很好的。墨守成规,不敢对古人的看法稍持异议,只能使学术停滞不前,丧失发展变化的可能。但全盘地否定古人的看法,也未必可取。任何真理只要强调得过了头,哪怕稍稍地偏离适当的分寸,有时也会走向谬误。任何科学的发展,总是以前人积累的成果为基础。所以墨守成规是错误的,对前人的成果取虚无主义态度也同样不足取。何况在文学史研究中只强调南朝文风而完全忽视北朝文风,其实也未必是跳出了古人的偏见,这就是一切以汉族文化为中心,不承认其他民族或种族的贡献。我们试想杜甫的《草堂》诗中"旧犬"、"邻里"、"大官"、"城郭"等句,显然是从《木兰诗》中"爷娘"、"阿姊"、"小弟"诸句得到启发。《木兰诗》的写定年代,虽有各种说法,但这种民歌从出现到写定往往要经过很长的口头流传时间,而《木兰诗》中屡见"可汗"字样,当属燕魏之际的鲜卑歌。这仅仅是一个例子,事实上唐诗的繁荣,也不可能和"十六国"、北朝时期入迁中原的各族文化绝无关系。

文学艺术的题材和手法必须是多样的。各种各样的生活反映为各种各样的题材,各种不同的题材又使作者不得不采用种种不同的手法。处境各不相同的作者,写出的作品自然不一样,生活经历不同的读者也会对各种作品作出许多不同的选择。即使同一个作者,由于处境和地位的变化,在各个时间既可能创作出内容和风格全不相同的作品,同一个读者也会在一定的时间偏爱某一种作品而在另一段时间更偏爱另一种作品。这里可以有种种不同的原因,而人们今天的爱好不同于昨天,明天的爱好又不同于今天,也不一定都是毫无理由的任意变化。因为人们的生活是多方面的,需要也是多种多样的。当庾肩吾写作《乱后行经吴御亭》时,不可能再有闲情逸致去作《咏美人自看画应令》那样的诗,即使勉强去作,也未必写得好。同一个徐陵的《玉台新咏序》和《在齐与仆射杨遵彦书》都是传诵的名文,但情调迥异,手法也完全不同,两者的优劣也很难比较。后来的读者也同样地可以在一种情况下,喜爱《咏美人自看画应令》和《玉台新咏序》,在另一种情况下更喜爱《乱后行经吴御亭》和《在齐与仆射杨遵彦书》。因为内容不同,题材有别,很难强作比较。不能说那些在闲情逸致时创作的作品一定是细致精美的,而在流离颠沛中的激愤之辞就都不足取。我们过去曾经过于强调反映民生疾苦之作,这自然失于偏颇;但反其道而行之,其实也不过是另一种形式的"题材决定论",而从社会效果而论,后者恐怕比前者所起的作用更为有害。

  研究古代文学的问题,其任务并不仅限于评骘某些作品的优劣,而在于从当时的历史条件下,探索出为什么这个时期出现了这一流派和作品,那一时期又出现了那一流派的作品,甚至在同一个时间里会出现几种不同题材、不同风格的作家和作品。因为文学史的事实是客观存在着的。某些作品的流传已超过了一千多年,有些作品尽管有它的缺点,但它仍然保留到今天,总有它的原因。古代作家的作品对我们今天来说,主要在于它的借鉴作用。所谓"借鉴",应该包括成功的经验和失败的教训。其中成功的经验要总结,却未必就能照搬;失败的教训同样可以总结,也不能简单地抛弃。即以南北朝作家说,从来的论者多认为颜延之的诗不如谢灵运和鲍照,这当然是对的。但这不等于说文学史的研究者就只要研究鲍、谢之作,而可以置颜于不顾。因为如果这样做就会使我们对刘宋一代的诗歌缺乏全面的了解。再说历史上确也有人认为颜延之优于鲍、谢。这种意见我们完全可以不赞成,但这也是一种历史现象,有其产生的根源,探索这个原因,有时还能理解到制约文学发展的种种因素。这里既和当时的社会状况有关,也和某些与文学相互影响的其他意识形态有关。如果从这些角度来进行多方面的研探,其作用也未必小于仅仅对几个大作家的赏析。同时每一种文学的传统,也往往包含着无数人的努力,比较次要的作家在历史上也有其贡献,不能加以抹煞。正如哲学上的绝对真理是无数相对真理的总和一样,我们丰富和优秀的文学传统也是多少代人无数作家的经验一点一滴地积累起来的。这些具体的流派或个人都是构成文学历史长河的各个大小不同的环节。在这里并不能说只有某几个环节是应该研究的,某些环节就根本不必研究。当然,对每个人来说,都可以根据自己不同的情况,着眼于这一问题或那一问题,不可能"无所不通"。正如《庄子》所说的"吾生也有涯而知也无涯",但断不可以一得之见,以为"天下之美尽在于己"。尤其是科学发展到今天,已经兴起了各种学科的交叉,产生许多边缘学科。我们每个研究者既不可能使自己的研究领域无所不包,也不应该对别人的研究范围划定禁区,只能择其性之所近,各尽所能。我们不能否认从东晋到梁陈,南方产生了许多著名的作家,相对来说,在同一时期中,北方出现的作家就要少得多。但当时的南方产生这许多作家有其历史原因,北方产生的作家较少也有其历史原因。这种区别本身就是研究文学史的人不能回避的问题。再说,出现作家较少,也不等于全无贡献。文学史研究是一门科学,如果研究得好,对当代的创作是可以有裨益的;但它又是一门独立的科学,其作用不仅限于为作家们提供参照和借鉴,为了弄清历史发展的脉络,诸如作家的生卒年、作品的真伪等一系列问题都是可以而且应该弄清的。这些问题对于本专业以外的人,大抵很少能引起他们的兴趣。这不等于说这些问题没有研究的必要。一般来说,当我们对某个时期的文学情况研究得越少,这方面悬而未决的问题往往越多。因此研究者对各种不同的研究对象,往往要采取各不相同的方法。大体上说,人们如果对一部作品的文字训诂还没有弄清,对作者的生平还不了解以前,对这些作家和作品的思想内容、艺术成就都很难作出适当的评价。因此研究者们对一些过去不大有人研究的作家、作品,大多先从具体问题的考证入手。这是无可非议的。不过,这些考证问题本身也无法穷尽,即以历来研究最多的《诗经》而论,其中许多训诂和考释的问题,至今还没有完全解决。如果要彻底解决这些问题以后,再来从事作品内容和艺术成就的分析,势必遥遥无期,也不利于学术的进展。于是,当一部分研究者还在训释和考订方面下功夫时,另一些人已经开始了对作家、作品的分析和评价。这两种工作是可以并行不悖而且还可以相互促进的。一般来说,对于南北朝文学,我们对东晋初期和末期以及南朝宋齐和梁初的文学研究,还较有成果;而对东晋中期及南朝梁中叶以后的文学,还有十六国和北朝的文学,还研究得很少。例如北齐、北周两代,有不少作家已经入隋,陈代作家中有些人也是这样。以江总的《南还寻草市宅诗》中"见桐犹识井,看柳尚知门"和元行恭的《过故宅诗》中"唯余一废井,尚夹两株桐"为例,都用了曹叡《猛虎行》中"双桐生枯井"句的典故。曹叡《猛虎行》并非名篇,为什么两人同用此典,就很可思考。这也许是巧合,但也可能其中有一人受了另一个人的启发。但江总此诗大约作于开皇十二三年(592~593)间,而元行恭的诗就无法考知,只知他"开皇中"流放瓜州而卒,究竟在江总前,或江总后,很难确定。但江总入隋在开皇九年(589),前后不过四五个年头,已和北方文人有互相交流(如同有昆明池诗等),说明南北文风相互影响是在隋初甚至北朝以前已经在进行。关于南朝文风的影响北朝,前人已有很多论述;至于北方文风对南方文人究竟有没有影响,有多大影响,我们至今还几乎没有进行什么研究。然而历史的事实是否只有南风北渐,没有北风南渐?这就很值得怀疑。至少我个人认为并不如此。例如庾信的《哀江南赋》中有"乘渍水以胶船,驭奔驹以朽索"两句,这和李骞《释情赋》中"延胶船而越水,若朽索而乘奔",二者都以同样两个典故作对仗,而李骞所处的时代比庾信要早,他死于北齐文宣帝取代东魏(550)以前,而庾信入北却在梁元帝承圣三年(554),作《哀江南赋》更在其后。这说明在这问题上只能是庾信取法李骞,不可能是李骞学习庾信。在文学史上,二三流作家影响第一流作家是常有的事,杜甫自己就说"颇学阴(铿)、何(逊)",还说李白的诗"似阴铿"。我们总不能认为这是杜甫"谦虚"或"有意贬抑李白"。文学史研究者的任务，正如其他科学一样，应当尊重事实，不能任意抹煞事实。对于南北朝文学史上许多重要的问题，我们现在还没有作过比较详细的调查考察，更谈不上深入的研究。我们似不必去划定禁区，认为这不是文学，那不需研究。这对研究工作是不利的。

最后，笔者认为在文学史的研究中，对各种不同题材和风格的作家作品，应该力求公允，不可凭个人的好恶任意抑扬；更不能追随时尚，故作惊世骇俗之论，以期哗众取宠，取得所谓"轰动效应"。学术史的事实证明所谓"轰动效应"的取得并不很难，有些名噪一时的著作，经时不久就烟消云散，被历史证明只是信口开河。这对科学的进展并无好处。例如：有人为了证明北朝文学不发达的原因，是因为士人们把精力都投入了"经学"，据云《隋书·经籍志》所载北人经学著作，不少于南人。对于这样的结论，笔者实在不敢置一辞。因为孤陋寡闻，不知道提出此论的人，是否家藏唐人墨宝或其他珍本秘籍？至于现在流行的各本《隋书·经籍志》，都不是这样著录的。是否今本《隋书》都不可信，那就只有天知道了！

后 记

这本小书虽然写得比较仓促,有些意见还不够成熟,但在笔者来说,却在头脑中盘旋甚久。早在八十年代初,当文学所古代室的同志正在酝酿多卷本中国文学史的编著工作时,我就想到了一个问题,即历来的评论家和许多文学史著作中讲到南北朝文学时,往往只谈南朝,不谈北朝,于是在那些著作中关于北朝文学大抵很少涉及,除了《水经注》、《洛阳伽蓝记》等少数学术著作外,几乎是一片空白。在这种情况下,我开始对"十六国"和北朝的文学作了一些初步的探讨。当时所形成的某些看法,除了写成一些拙文以外,大多数见解后来都写进了《南北朝文学史》中。但在编写那部《南北朝文学史》时,我既担负了全部北朝文学的章节,也担负了一些南朝文学的章节。在这个过程中,逐渐地感到南朝文学和北朝文学所以会形成这样悬殊的差别,必有其原因。这些原因显然很复杂,必须对当时的历史和其他学术部门的情况进一步作深入的研究。于是我又一次通读了南北朝的史籍及有关材料,也再一次阅读了陈寅恪、唐长孺、周一良等前辈先生的著作,得到了很多启发,开始形成了一些初步的见解。但限于那部文学史的篇幅和体例,这些看法就很难全部吸收进去。所以早在《南北朝文学史》脱稿之初,我就颇觉意犹未尽,应该把自己的那些浅见提出来向大家请教。但限于自己的水平，又觉得"兹事体大"，要涉及文学、史学、经学、哲学以至宗教的广泛领域，同时还要上溯先秦汉魏，下及唐代。对这些知识领域来说，我的学力就显得很不够了。因此多年以来，迟迟不敢下笔。直到最近，由于我对南北朝文学又作了一些探索，自己觉得有一得之见，或尚有可取，因此敢冒"敝帚自珍"之讥，把它写出来求正于方家。

在探讨南北朝文学的特点及其区别时，笔者认为其根本的原因还应该从当时的社会存在，即人们的生产和生活的方式中去探求。因为文学本身归根结蒂是一种社会意识形态。马克思主义关于社会存在决定社会意识的原理，毕竟是颠扑不破的真理。不管我们过去曾经对此作过什么狭隘的或片面的理解，但那是我们自己的问题，不应归咎于这原理。"人虽欲自绝，其能伤于日月乎？"我国古人的这句名言，看来还是适用的。只是在文学和社会存在的关系问题上，应该注意到许多复杂和曲折的问题。至于说什么北朝文学不发达是由于中原士人在"永嘉之乱"中都已南渡，或者说南北文学的不同是由于地理环境，甚至有人说北朝文学不发达是由于北朝人"致力于经学"，那都不过是任意的猜想，并无任何根据。事实证明，北方的崔、卢、李、郑等高门士族，在"永嘉之乱"中仍留居家乡；北方也有许多风景胜地，不然就不会有后来王维的许多山水诗名篇；"燕赵多佳人，美者颜如玉"，可见北方亦绝非没有美女，其所以没有产生"宫体诗"，更不是由于地理条件；至于北朝的经学著作，据《隋书·经籍志》所载，也极稀少，当然绝不可能把文学的衰落归罪于经学发达。

在评价南北朝文学及其兴衰时，笔者认为首先应该注意到的是南北双方的种种不同的社会情况。在这里，人们过去比较注意的是一个民族迁徙的问题。这当然是一个很重要的事实。过去的研究者，往往从汉族本位出发来看待这个问题。对西晋灭亡以后入居中原的匈奴、羯、氐、羌、鲜卑五族的历史作用估价不足,总是只强调其消极的作用,而忽视了其积极的作用。其实这些种族的入居中原尽管造成过一些战乱,对生产有很大破坏作用,但在他们,这种行为往往是汉魏以来汉族官僚、地主对他们的压迫所造成的;而当他们建立政权以后,有不少有识的君主,也曾采取过某些措施,推动生产和文化的发展。更重要的,是这些种族入居中原以后,和汉人长期杂居,互相交融,给汉族带来了新的血液,也带来了各自的文化成就。例如著名的北朝乐府民歌,就是这种历史条件的产物。但各族入居中原以后所造成的影响,主要还在于人们的生活状况。在战乱频仍的年代里,北方各地居民为了避免侵掠,于是聚族而居,结成"坞堡",在这种"坞堡"中,不但强化了人们的宗族观念,使汉以来的礼法进一步加强,而且在某种程度上真有点像《老子》说的"民至老死不相往来"的情形。关于这问题,陈寅恪先生在《桃花源记旁证》中论之已详,而当我重读《颜氏家训·涉务》篇讲到北朝人自给自足的情况,和《宋书·王懿传》、《魏书·杨播传》所述北人的家族观念及家庭生活状况时更使我对这个看法有了更大的信心。同样地,关于南朝人的生活状况,我也是从万绳楠先生的《陈寅恪魏晋南北朝史讲演录》和唐长孺先生的《读〈抱朴子〉推论南北学风的异同》等论著中得到启发,进而重读《世说新语》、《抱朴子》、《颜氏家训》及南朝五史中有关材料之后,才逐渐地形成了这些看法。在论述南北方人们生活方式的不同及其对文学的影响时,我觉得应该采取辩证的方法来看待问题,即南朝的士大夫们的生活方式,在很多方面确实有利于文学的繁荣,在宋、齐及梁中叶以前,他们确实也作出了不少令人注目的贡献。但是这种生活方式毕竟包含着不利于文学发展的因素,那就是局限了作家们的生活天地,使他们对现实生活的接触越来越少,纵使在写作的技巧方面仍不断有所创新,但其成就总使人感到有点像杜甫说的

"或看翡翠兰苕上,未掣鲸鳌碧海中"的情况。相反地,北朝人的生活情况,尤其是十六国和北魏初年的情况,确实对文学以至史学、哲学及经学等部门都十分不利,那时的人们也并没有写出过多少值得注意的文学作品。但是正如颜之推所记载的,他们对社会生活和生产劳动的理解却要比南朝人多得多。所以即使他们在一个时期里并没有写出过多少作品,但当魏孝文帝迁都洛阳,大力推行汉化,并吸收凉州和南朝的文化成果以后,其进步却是很迅速的。文学史的事实证明,到了隋代,北方诗人的作品已足与南方并驾齐驱;到了初唐,较有成就的作家其籍贯却以北人为多。这是千余年来人们一贯的看法,我们并无任何理由去加以改变,也不必要改变。如果承认这样一个事实的话,那么我自以为说北朝自魏孝文帝以后,文学创作呈上升的趋势,而南朝在梁中叶以后却呈下降的趋势之说,还是能够成立的。

在对待南北朝后期文学的评价问题上,我的看法和现在有些研究者存在着不同,那就是关于"宫体诗"的评价。无可否认的事实是,我们过去对"宫体诗"的评价确实失之偏颇,只是看到了其中个别不健康的内容,而用来否定其全部,完全抹煞了萧纲等人对诗歌技巧的贡献,这是应当纠正的。但是在重新评价"宫体诗"的同时,也不必走向另一个极端,从而去否定北朝诗人的一些其他题材的作品。因为"宫体诗"的产生有它特定的历史条件。不论萧纲、萧绎或陈叔宝周围的那些文人,大抵都有较优裕的生活条件,可以诗酒流连,有的甚至还可以由此得到赏赐。至于北朝的后期,不论北齐或北周,都是在较少汉化的鲜卑人或鲜卑化的汉人统治之下,两个政权又忙于火并厮杀,并没有余暇来给那些"文会之友"提供条件。但那里的文人却有的曾经从军出塞,有的饱经离乱,写出一些边塞战歌或感叹身世之作。这些作品在技巧上也许还不如南朝人的作品细腻精巧,却另有一种苍凉悲壮之气。由于题材的不同,其艺术成就也就很难机械地作比较。艺术上的风格本来是多样的,从来研究的人对此都有所论及,不论是西方美学家说的"崇高"与"优美"也好,我国词学家说的"豪放"与"婉约"也好,散文家说的"阳刚之美"与"阴柔之美"也好,都不必"论甘而忌辛,好丹而非素"。何况文学作品归根结蒂总是人们生活的反映,作家所最喜描写的,大抵是他所熟悉的生活。如果他们在生活中很少接触某些方面,也就很难要求他们去写好这些内容。在这个问题上,前几年的一些人非常强调人的"主体性"。当然,"主体性"是应该强调的。因为文学作品的反映现实,总要经过作家的头脑。但是,这只是就一个作家能否正确地理解生活、反映生活的问题。至于他究竟反映什么生活,那就不完全能决定于他的"主体意识"了。对此我们不妨作个比喻,例如一面镜子,它的反映事物可以有正确与不正确、清晰与模糊之分。但它即使是一面"哈哈镜",那么如果照镜子的是一个人,它也不过把胖子映成了瘦子,长脸映成了圆脸,断不能把一个人映成一棵树或一只狗。南北朝文学的区别也正是这样。在西晋灭亡后到隋的统一,中间经过了两百多年的南北分裂,南北两地的社会状况、地理环境、生活习惯以至某些心理素质都有很大的不同。因此要以南朝文学的条件来衡量北朝文学,符合的就肯定,不同的就否定,这显然是不现实的。其实文学史研究的目的,本在于说明某些历史现象及其产生的原因。至于对这个或那个作家的评价,各个时代和各个研究者往往有所不同,未可执此非彼,也不是研究者的主要任务。

在关于南北朝后期文学的评价问题上,还涉及笔者对待一些历史事实的态度和有些研究者不完全相同。在笔者看来,历史的发展虽然是曲折的、复杂的,但它总是呈螺旋形地不断前进着,历史上的许多重大的变革的出现,都有其深刻的社会原因;尤其是千百年来一直被人们所肯定的历史现象，在本质上总多少有其合理性。例如：唐代陈子昂所提倡的"复古"运动，从李白、杜甫、韩愈等人起，就一直加以肯定。但到了这几年来，有些研究者对陈子昂的态度却发生了变化。这显然和人们对"宫体诗"的评价有关。有一些研究者为了肯定"宫体诗"，就不免对某些不同的流派进行批评甚至贬抑。无可否认的是：这种以一个极端来反对另一个极端的现象，在历史上数见不鲜，陈子昂本人在反对齐梁文学的时候，有不少论点也未免过火，后来的韩愈和白居易也有这情况。但我们今天来评价古人，似乎应该采取历史唯物主义的态度，尽量要求客观公正。因为历来人一致的看法，已经延续了千年以上，虽然不一定就是不可动摇的定论，但大抵总有它的历史原因，才能被千百年来的人们所接受。否则就等于把历史上的一切看成了人类错误的总和，那么社会的不断发展和进步，也就无法理解了。根据同样的理由，我在追溯汉代经学的变迁时对于古文家之战胜今文家，以及魏晋玄学之战胜儒学，也采取了同样的态度。因为从学术的角度来评价《毛诗》和"三家诗"或《左传》与《公羊传》、《穀梁传》的争论，其实最终毕竟是符合于优胜劣败这个历史规律。关于后来的儒、玄之争，其结果也是这样。试想在西汉末年和东汉时代，国家所设立的学官都是"今文经学"，朝廷策试士人当然也用"今文家"的学说，但"今文经学"还是免不了节节败退，其著作亦大部散佚。那些在野的古文经学既无政府的支持，也不能为士子们开什么禄利之途，却日益在学术上得势，这说明我们的祖先毕竟也是有理智，能够分清是非优劣的。同样地，生活在武后时代的陈子昂，在朝廷中弥漫着绮艳文风之际，他以一个官位卑微的人物，开启了文风丕变的先声。这个事业又是他以前的苏绰、李谔等达官贵人以至宇文泰、杨坚这样的帝王所想做而不能做到的。这种"成败异势而功业相反"的史实，也很值得我们在评价这位历史人物时加以深思。对一位作家的成就作出这样或那样的评价,本来免不了主观的成分,因此还是比较容易的;但要凭历史事实来说明某些现象的社会根源,则要从大量的材料出发,不能随意褒贬。

在追溯到两汉和魏晋之间学风的变化时,笔者比较强调的是魏晋的学风和文学对两汉的继承关系,认为魏晋玄风的兴起是两汉以来学术思想发展演变的结果,崇尚老、庄的风气,其起源几乎与今文经学的衰微及古文经学的兴起是同步的。这一看法在笔者头脑中形成较早。原因是在我看来,魏晋清谈之风和汉代的学风确实有很大的区别,但这种区别究竟是怎样产生的?如果说是黄巾起义或曹操的一些改革措施的结果,总觉不大圆满。因为黄巾起义只是一场农民暴动,而曹操的一些措施,也仅仅涉及某些政治改革。两者都不可能另行创造出一套学术观点。直到阅读了余嘉锡先生的《世说新语笺疏》,见到余先生说的"盖魏晋人一切风气,无不自后汉开之"(中华书局版,第21页)时,才受到了启发。拙作的《〈风俗通义〉和魏晋六朝小说》(《文学遗产》1988年第三期)和《略论〈两都赋〉和〈二京赋〉》(《文学评论》1992年第三期)二文,都是在这种看法下写成的。尤其是后一篇文章,笔者原想再写一篇专论张衡《二京赋》和老、庄思想的关系的论文,但后来由于其他工作较忙,没有来得及动笔。但那些想法在这本小书中,已经谈到。总之,在这本小书中所涉及的一些问题,大抵是笔者多年来在学习汉魏六朝文学史时所形成的一些不成熟的想法,有些虽经过较长时间的酝酿,但限于水平,未敢自以为必是,还请专家和读者们指正。

在本书完稿之际,最使我感到遗憾的是这个问题涉及的知识范围很广,有些领域对我来说虽还有一定的基础,而对另一些领域,则平时很少涉猎。例如关于哲学史和宗教史的问题就是这样。对待这些平时不太熟悉的东西,我又有一个习惯,就是不敢随便去采用别人已有的成果,总想在自己已经阅读了较多的第一手材料之后,才敢作出判断。因此对有些问题,虽有一定的想法,但在掌握大量材料以前,就只能浅尝辄止。例如关于汉人《易》学和道教的关系。当我在阅读道教典籍《太平经》时,深感其中思想和汉代的《易》学颇有关系。后来读了宋人朱震的《汉上易传》和近人尚秉和的《焦氏易诂》二书后,更加深了这种印象。但像这样的问题,涉及的领域既广,而我自己对这些问题又不甚熟悉,所以只能不加深论了。

从这本小书的性质来看,它和《南北朝文学史》中一些论述,虽然在绝大部分上是一致的,但个别的结论也可能有所出入,这是因为本书的成书在该书完稿之后七八年,在这个期间,我对有些问题又作过一些探讨,并且又读到了不少别的同志的论著,使自己的看法有所改变。这大约也是正常的现象。本书中有不少论点,其实在写作《南北朝文学史》时已在逐步形成,有的甚至已经形成,但该书的性质和本书不同,不少问题,我认为还是在本书中来论述比较适当。

在写完这部小书以后,笔者的心情老实说是很不轻松而且有些沉重的。回顾我自己这几年来虽然写了几本专著和若干篇论文,但是就我自己看来,还很难满意,而汉魏六朝文学史中尚待进一步解决的问题又是这样多。这真使人有庄子说的"吾生也有涯而知也无涯"之感。像我这样的人,岁月蹉跎,悬车之年,忽焉将至,少而志学,白首无成。这使我想起了《世说新语》中记慧远和尚的一句话:"桑榆之光,理无远照。"魏晋六朝有不少人信佛,也很尊敬慧远。我这人并无宗教信仰,对慧远也不怀什么敬意。但他老来那种"锲而不舍"的治学态度,倒很可钦佩。我愿意继续努力,争取在业务上再取得一些进展。

在本书的写作过程中,曾参考了当代许多史学家、文学史家和思想家们的著作,谨在此一并致谢。在写作的过程中,又得到了徐公持先生和《文学遗产》编辑部其他先生还有江苏古籍出版社吴小平先生的大力支持和鼓励,在此谨表示衷心的感谢!

曹道衡

一九九五年四月于中国社会科学院文学研究所